ullstein

Das Buch

Es ist Spätsommer in Schweden. Auch Kommissar Winter genießt ein paar freie Tage, als an einem See am Stadtrand von Göteborg eine junge Frau ermordet aufgefunden wird – eine Frau ohne Papiere, ohne Namen. Aus dem Urlaub zurückgekommen, macht sich Winter an die Aufklärung des Falls, bei dem alle Spuren zunächst ins Nichts zu führen scheinen. Die Ermittlungen treten auf der Stelle, bis eines Tages bei einer Verkehrskontrolle das Fahrzeug des mutmaßlichen Täters gefunden wird. Doch Winters Geduld wird auf eine harte Probe gestellt: Erst eine alte Frau und eine Kinderzeichnung weisen ihm schließlich den Weg zur Lösung des Falls.

Der Autor

Åke Edwardson lebt in Göteborg und ist Professor an der dortigen Universität. Zuvor machte er als Journalist und Sachbuchautor Karriere und war im Auftrag der UNO im Mittleren Osten tätig. Seine Kriminalromane wurden mit dem Crime Writer's Award der Schwedischen Akademie ausgezeichnet. Åke Edwardsons erster großer Erfolg in Deutschland war *Tanz mit dem Engel.*

Von Åke Edwardson sind in unserem Hause bereits folgende Erik-Winter-Krimis erschienen:

Tanz mit dem Engel
Die Schattenfrau
Das vertauschte Gesicht
In alle Ewigkeit
Der Himmel auf Erden
Segel aus Stein
Zimmer Nr. 10

Außerdem:

Allem, was gestorben war
Geh aus, mein Herz
Der Jukebox-Mann
Samuraisommer
Der letzte Abend der Saison
Winterland

Åke Edwardson

Die Schattenfrau

Roman

Aus dem Schwedischen
von Wolfdietrich Müller

Ullstein

Besuchen Sie uns im Internet:
www.ullstein-taschenbuch.de

Umwelthinweis:
Dieses Buch wurde auf chlor- und säurefreiem Papier gedruckt.

Sonderausgabe im Ullstein Taschenbuch
Januar 2008

Titel der schwedischen Originalausgabe: *Rop från långt avstånd*
(Norstedts Förlag, Stockholm)
Umschlaggestaltung: HildenDesign, München
Titelabbildung: © stockxchng
Satz: Franzis print & media GmbH, München
Gesetzt aus der Sabon
Druck und Bindearbeiten: Ebner & Spiegel, Ulm
Printed in Germany
ISBN 978-3-548-26839-2

Für Ingrid und Georg Lejtzén

Prolog

Sie saß lange bei Mama. Sie schlief ein Weilchen auf dem Rücksitz und kroch dann nach vorn. Dort war es kalt. Mama ließ den Motor eine Weile laufen und schaltete ihn dann wieder aus. Mama hatte auf ihre Frage nicht geantwortet, also fragte sie noch einmal, und Mamas Stimme klang streng. Da schwieg sie. »Warum kommt er nicht?«, hatte Mama gesagt, aber nur so vor sich hin und nicht zu ihr. »Wo steckt er um Himmels willen?«

Jemand sollte kommen und sie abholen, und dann würden sie nach Hause fahren, aber es kam niemand. Sie wollte bei Mama sein, aber sie wollte auch gern im Bett liegen. Es war nun dunkler, und es regnete. Sie konnte nicht hinausschauen, weil die Fenster beschlagen waren. Da kroch sie näher heran und rieb mit dem Pulloverärmel über das Fenster. Autos glitten vorbei, und es war, als führen die Lichter Karussell in dem Auto, in dem sie saßen. »Warum können wir nicht fahren?«, hatte sie gefragt. Mama hatte nicht geantwortet, also fragte sie noch einmal. »Sei still!«, befahl Mama. Da wagte sie nichts mehr zu sagen, weil die Stimme vom Vordersitz so hart klang. Mama sagte mehrere hässliche Wörter. Aber sie hatte sie schon so oft gehört, dass es ihr nichts mehr ausmachte. Sie hatte solche Wörter selbst gebraucht, und es war gar nicht schlimm gewesen. Aber sie wusste, dass es trotzdem nicht richtig war.

Der Regen trommelte aufs Dach. Trommeditrommeditrom.

So träumte sie eine Weile vor sich hin und schlug mit der Hand auf den Sitz neben sich: trommeditrommeditrom.

»Lieber Gott«, sagte Mama und wiederholte es mehrmals. »Bleib hier.« Mama öffnete ihre Tür vorne. »Du musst hier bleiben, wenn ich telefonieren gehe«, sagte Mama, und sie nickte zur Antwort vom dunklen Rücksitz her. Es war noch nicht richtig Abend draußen, aber dunkel war es trotzdem.

»Ich kann dich kaum sehen«, sagte Mama. »Du musst antworten.«

»Wohin gehst du?«

»Ich gehe nur zur Telefonzelle an der Ecke und rufe an. Es dauert nicht lange.«

»Wo ist die? Kann ich nicht mitkommen?«

»Du bleibst hier!«, sagte Mama streng, und sie antwortete »ja«. Mama warf die Tür zu, und sie bekam Regenspritzer ab. Sie fuhr zusammen vor Schreck.

Dann saß sie still, horchte auf Schritte draußen und glaubte, das Geräusch von Mamas Schuhen auf der Straße zu hören, wie ein Klicketiklicketiklack. Es konnte jemand anders sein, aber sie sah nichts. Draußen war es neblig.

Sie zuckte zusammen, als Mama zurückkam. »Niemand da!«, sagte Mama oder rief es vielmehr. »Herrgott! Die sind schon weg!«

Mama ließ den Wagen an, und sie fuhren los.

»Fahren wir jetzt heim?«

»Bald«, sagte Mama. »Wir müssen nur vorher noch etwas erledigen.«

»Ich möchte aber heim.«

»Wir fahren ja nach Hause. Aber wir müssen erst noch was anderes erledigen«, sagte Mama, dann hielt sie den Wagen wieder an, stieg aus und setzte sich neben sie auf den Rücksitz. Mamas Gesicht war nass.

»Bist du traurig, Mama?«

»Nein. Das ist vom Regen. Hör mir jetzt gut zu. Wir fahren erst zu einem anderen Haus und holen ein paar Onkel ab. Hörst du, was ich sage?«

»Wir holen ein paar Onkel ab.«

»Ja. Die Onkel werden angerannt kommen, wenn sie uns sehen, das ist nämlich ein Spiel. Sie springen ins Auto, wenn es noch gar nicht richtig gehalten hat. Verstehst du?«

»Die springen ins Auto?«

»Wir fahren langsamer, sie springen ins Auto, und wir fahren wieder los.«

»Fahren wir dann heim?«

»Etwas später, ja.«

»Ich will aber jetzt heimfahren.«

»Das machen wir auch bald. Aber vorher spielen wir noch dieses kleine Spiel.«

»Können wir nicht morgen spielen, wenn es heller ist? Ich bin müde. Das ist ein doofes Spiel.«

»Es muss aber sein. Wichtig ist vor allem, dass du dich auf den Boden legst. Das gehört zum Spiel. Du musst dich auf den Boden legen, wenn ich es sage. Verstehst du?«

»Warum denn?«

Mama schaute sie an und dann immer wieder auf die Uhr. Es war jetzt ganz dunkel hier drinnen, aber Mama konnte die Uhr sehen. »Weil sie so schnell gelaufen kommen und vielleicht andere, die nicht mitspielen sollen, auch ins Auto springen wollen. Die könnten dich stoßen oder so. Deshalb musst du hinter meinem Sitz unten auf dem Boden liegen.«

Sie nickte.

»Probier es mal aus.«

»Aber du hast gesagt, dass …«

»Leg dich hin!«

Mama fasste sie hart an. Es tat weh im Nacken. Sie legte sich auf den Boden, der schlecht roch und kalt und nass war. Das Atmen fiel ihr schwer. Sie hustete und lag auf dem kalten Boden. Der Arm tat ihr weh.

Mama ging zurück zum Vordersitz und ließ den Motor an. Da richtete sie sich wieder auf und blieb sitzen, bis Mama sagte, dass sie sich auf den Boden legen sollte.

»Geht es jetzt los?«

»Ja. Liegst du?«

»Ich bin ganz unten.«

»Du darfst dich nicht aufrichten«, befahl Mama. »Das kann

sehr gefährlich sein.« Und Mama sagte immer wieder, wie gefährlich es war. »Du musst auch ganz still sein.«

Sie fand gefährliche Spiele doof, aber sie wagte es nicht zu sagen.

»Still jetzt!«, befahl Mama in bösem Ton, obwohl sie gar nichts gesagt hatte.

Sie lag ruhig da und lauschte den Geräuschen unter sich. Es war, als läge sie fast auf der Straße, rattatirattatiratt, und sie dachte wieder, es klingt wie ein Lied, als das Auto die Fahrt verlangsamte; rattatirattat... und plötzlich hörte sie einen Schrei und noch einen, und Mama rief etwas. Die Tür über ihr wurde aufgerissen. Etwas Schweres drückte sie nach unten, und sie wollte schreien, aber es ging nicht. Vielleicht traute sie sich auch nicht. Die Türen flogen auf und wurden zugeschlagen und wieder geöffnet und zugeschlagen, und sie hörte, dass es knallte, als eine Tür vorn gegen das Auto schlug, wie ein Feuerwerk klang es, und es war, als ob der Regen jetzt viel härter auf das Auto trommelte. Sie schielte nach oben und sah, dass das Glas im Fenster gesprungen war, aber es hielt dennoch irgendwie. Es fiel kein Glas auf sie oder auf den Rücksitz.

Alle schrien, doch sie verstand nicht, was die Stimmen sagten. Sie horchte, konnte aber ihre Mama nicht hören. Sie wollte sich aufsetzen, aber das ging nicht. Und nun fuhren sie wieder an, das Auto wendete und schleuderte. Es klang wie ein Kreischen. Sie hörte es, weil sie so weit unten lag. Und dann hörte sie den Onkel, der auf dem Rücksitz saß. Es war, als weinte er. Das war komisch für einen Onkel. Dieses Spiel gefiel ihr nicht. Sie hatte Angst, aber sie wagte nicht, sich zu bewegen. Sie versuchte, sich ein neues Lied auszudenken.

Teil 1

1

Erik Winter wachte spät auf. Er hatte sich in den Laken verheddert und musste sich hin und her wälzen, bis er den Körper frei bekam. Vor dem Balkon hing die Sonne an ihrem Platz. Es war schon warm in der Wohnung.

Er setzte sich auf die Bettkante und strich sich über die Bartstoppeln. Der Kopf war schwer, als wäre er noch gar nicht richtig wach. Er saß reglos mit geschlossenen Augen da und dachte an nichts. Jede Stunde war er aufgewacht und hatte sich den Schweiß von der Stirn gewischt, das Kissen und die Laken gewendet. Zweimal war er aufgestanden und hatte Wasser getrunken, den Geräuschen der Nacht gelauscht. Was für ein Sommer.

Er stand auf und ging über den Dielenboden ins Bad. Vor der Dusche stand er da und wartete, bis das Wasser warm wurde. Feigling, dachte er. Als ich jünger war, habe ich die ersten eiskalten Strahlen hingenommen wie ein Mann.

Er seifte sich ein, griff mit der linken Hand um sein Geschlecht und spürte, wie die Hoden und der Penis hart wurden in seiner Hand.

Vorgestern Nacht war Angela nach einer Doppelschicht im Krankenhaus nach Hause gekommen. In den Morgenstunden hatten sie das Tier mit den zwei Rücken gespielt, und er hatte sich wieder jung und stark gefühlt. Der Orgasmus war wie ein Feuer, das durch ihn hindurchrollte, bis er aufgeschrien hatte. Der Laut hatte im Zimmer nachgeklungen, und Winter hatte den salzigen Geschmack nach ihr noch auf den Lippen. Einen Geschmack, der ihn an den Sommer erinnerte, wenn er von den Klippen ins Meer sprang.

Hinterher hatten sie still nebeneinander gelegen, und als er sich bewegte, waren es die schlaffen Bewegungen eines alten Mannes. Sie lag auf der Seite und blickte ihn an. Wieder einmal staunte er über die Linie ihrer Hüfte, die einem weichen Berg in der Landschaft glich. Ihr Gesicht war teilweise hinter den Haaren verborgen, das Haar war nass und dunkler an den Spitzen.

»Du glaubst, du nutzt mich aus, aber es ist umgekehrt«, sagte sie und zwirbelte langsam mit dem Finger das dichte Haar auf seiner Brust.

»Hier nutzt keiner den anderen aus«, meinte er.

»Ich habe aber immer das Gefühl, es geht nur darum, dass ich hinterher zufrieden bin.«

»Gut, dass du mir das erklärst, Frau Doktor.«

»Aber mir ist klar geworden, dass wir mehr brauchen als Sex.«

»Was ist denn das für ein Quatsch?«

»Dass wir mehr brauchen als Sex?«

»Als ob es nur um Sex ginge. Als ob wir nichts anderes täten.«

»Was machen wir denn?«, fragte sie und nahm den Finger von seiner Brust.

»Was für eine Frage! Wir machen doch ziemlich viel.«

»Na, dann erzähl mal.«

»Jetzt gerade führen wir zum Beispiel ein Gespräch. Ein Gespräch über unsere Beziehung.«

»Na ja, vielleicht zum ersten Mal«, antwortete sie und setzte sich im Bett auf. »Ein Gespräch auf zehnmal Sex.«

»Jetzt übertreibst du aber.«

»Mag sein. Aber nur ein bisschen. Ich will mehr ...«

»Was denn?«

»Du weißt, wovon ich spreche, Erik. Wir haben auch schon früher darüber gesprochen.«

»Ich soll endlich erwachsen werden.«

»Ja.«

»Ich soll endlich zum Manne reifen und Verantwortung für eine Familie übernehmen, die ich noch nicht habe.«

»Du hast doch mich«, sagte sie und sah ihn wieder an.

»Entschuldige. Aber du weißt, was …«

»Nein, ich weiß eben nicht, was du meinst. Das hier reicht mir nicht mehr.«

»Auch wenn du mich hin und wieder ausnutzen darfst?«

»Nicht einmal dann.«

»Auch wenn es vor allem um deine Bedürfnisse geht?«

»Das hätte ich nicht sagen sollen. Jetzt hast du noch mehr, womit du mich aufziehen kannst.«

»Komm schon, Angela. Ich bin auch wieder ernst.«

»Denk daran, dass du nicht ewig jung bleibst, Erik. Du bist schon jetzt nicht mehr jung. Denk mal darüber nach.«

»Ich denke an nichts anderes.«

»Und denk mal über uns nach. Ich geh duschen.«

Er war siebenunddreißig und Kriminalkommissar beim Fahndungsdezernat der Bezirkspolizei. Mit nur fünfunddreißig Jahren war er Kommissar geworden, ein Rekord in Göteborg und sogar in Schweden, aber für ihn bedeutete es nur, dass er nicht mehr so oft Befehlen gehorchen musste wie früher.

Zunächst hatte er sich bei der Arbeit stark und jung gefühlt, aber jetzt war er sich nicht mehr ganz so sicher. Es schien, als wäre er in kurzer Zeit fünf oder zehn Jahre älter geworden. Ein Fall, an dem er im Frühjahr gearbeitet hatte, war so hart für ihn gewesen, dass er sich anschließend, den Frühsommer über, gefragt hatte, ob er es überhaupt schaffen würde, weiterhin Polizist zu sein – Sand im Getriebe des Bösen.

Er hatte eine Woche Urlaub genommen und war im Licht des hohen Nordens über die lappländische Tundra gewandert. Dann war er zurückgekehrt und hatte seine Arbeit fortgesetzt, aber er war nicht mehr der Alte. Nun versuchte er, sich vom Sommer und der Muße einlullen zu lassen. Er ließ sich Bartstoppeln stehen. Sein Haar bedeckte schon halb die Ohren und war auf dem Weg zu den Schultern. Allmählich veränderte sich sein ganzes Äußeres. Vielleicht passt es dann besser zu meinem komplizierten Innenleben, hatte er einmal vor dem Spiegel gedacht, eine hässliche Grimasse geschnitten und den Mund zu einem Lächeln verzogen. Vielleicht macht das aus mir einen guten Polizisten.

Winter saß allein am Küchentisch vor zwei getoasteten Brotscheiben und einer Tasse Tee. Angela hatte »tschüss« gesagt und war nach Hause gegangen. Am Haaransatz brach ihm schon wieder der Schweiß aus, als die Wärme von draußen durch die Jalousien drang. Das Thermometer auf der Schattenseite des Balkons zeigte neunundzwanzig Grad. Es war elf Uhr, und ihm blieben von seinem zweiten Urlaub noch vier Tage. Er würde weiter die Ruhe genießen.

Auf dem Tisch im Flur läutete das Telefon. Er stand auf und ging aus der Küche, griff zum Hörer und nannte seinen Namen.

»Hier ist Steve, erinnerst du dich?«, erwiderte eine Stimme mit schottischem Akzent.

»Wie könnte man einen Ritter aus Croydon vergessen?«

Steve Macdonald war Kriminalkommissar im Süden von London, und sie beide hatten zusammen an dem schwierigen Fall zu Beginn des Jahres gearbeitet. Sie waren Freunde geworden, zumindest hatte Winter es so aufgefasst. Sie hatten in London und in Göteborg miteinander zu tun gehabt. Allerdings hatten sie seit einem Frühlingsabend in Winters Wohnung, als der Fall endlich gelöst war und sie gemeinsam Trost suchten, nichts mehr voneinander gehört.

»Der Ritter bist wohl eher du«, sagte Macdonald. »Strahlende Rüstung und all das.«

»Damit ist jetzt, glaube ich, Schluss«, gab Winter zu, der sehr wohl wusste, dass Steve Macdonald auf seine teuren Klamotten anspielte – etwas zu elegant für den Durchschnittspolizisten. Aber im Moment sah er doch ein wenig anders aus. Winter schmunzelte.

»Was?«

»Ich habe Bartstoppeln und war seit Monaten nicht mehr beim Haareschneiden.«

»Habe ich dich so sehr beeindruckt? Ich dagegen bin mal oben in der Jermyn Street gewesen und habe mich nach Baldessarini-Klamotten umgesehen. Dachte, ich kriege darin mehr

Autorität. Wenn du länger hier auf der Wache geblieben wärst, hätten sie angefangen, Befehle von dir entgegenzunehmen.«

»Und was ist daraus geworden?«

»Woraus?«

»Hast du einen Anzug gefunden?«

»Nein. Ein gewöhnlicher Sterblicher kann sich das, was du anziehst, einfach nicht leisten. Ach, ich muss dich noch etwas fragen: Ist es wahr, dass du nicht jeden Monat erst aufs Gehalt warten musst, bevor du anfangen kannst, Geld auszugeben?«

»Wie kommst du darauf?«

»Du hast im Frühjahr so was angedeutet.«

»Hab ich das? Ich muss mich so auf die Arbeit konzentriert haben, dass ich nicht mehr aufgepasst habe, was ich da rede.«

»Also bist du doch auf das Gehalt angewiesen?«

»Was glaubst du denn? Etwas Geld hab ich zwar auf der Bank, aber so viel nun auch wieder nicht.«

»Gut zu hören.«

»Spielt das eine Rolle?«

»Ich weiß nicht. Vielleicht. Ich wollte es nur wissen.«

»Hast du deshalb angerufen?«

»Eigentlich wollte ich hören, wie es dir geht. Es war schlimm im Frühjahr.«

»Ja.«

»Also?«

»Was?«

»Wie ist die Lage?«

»Es ist heiß. Wir haben einen neuen Hitzerekord, obwohl eigentlich der Sommer längst vorbei sein müsste. Und ich habe gerade Urlaub.«

»Danke für die Karte aus den Alpen.«

»Aus den Bergen. Lappland. Das ist immer noch Schweden.«

»*Whatever*. Danke, auf jeden Fall.«

Es wurde still. Winter lauschte dem elektrostatischen Knistern in der Leitung.

Macdonald räusperte sich vorsichtig. »Lass mal wieder von dir hören.«

»Kann sein, dass ich Weihnachten rüberkomme und ein bisschen was einkaufe«, sagte Winter.

»Zigarren? Hemden?«

»Jeans, dachte ich.«

»Pass auf, dass du nicht irgendwann aussiehst wie ich.«

»Könnte ich auch sagen.«

Sie verabschiedeten sich, und Winter legte den Hörer auf. Plötzlich spürte er einen Schwindel, und er stützte sich auf die Tischplatte. Doch nach einigen Sekunden hörte die Welt auf, sich um ihn zu drehen. Er ging in die Küche zurück, trank einen Schluck von dem kalt gewordenen Tee und überlegte, ob er frischen aufgießen sollte. Stattdessen stand er auf und trug Tasse und Untertasse zur Spüle.

Er zog Shorts und ein kurzärmeliges Baumwollhemd an und schlüpfte mit den Füßen in die Sandalen. Dann verstaute er sein Portmonee in der linken Brusttasche und vergewisserte sich, dass der Schlüsselbund noch vom Vortag in der Tasche steckte. Das Handy ließ er auf dem Nachttisch liegen.

Als er nach der Türklinke griff, hörte er draußen den Briefträger herumalbern, und die Post fiel ihm vor die Füße. Er bückte sich und sah sie durch. Das Polizeiblatt, zwei Umschläge von der Bank, eine Zeitschrift in einem weißen Umschlag, eine Benachrichtigung über ein mehr als ein Kilo schweres Päckchen, das auf dem Postamt in der Avenyn abgeholt werden konnte. Eine bunte Ansichtskarte stach aus all dem Weiß hervor. Er hob sie auf und drehte sie um. Macdonald sandte Grüße von einem Besuch in den schottischen Highlands. »Wir haben auch Alpen«, schrieb er, und Winter betrachtete die Vorderseite. Ein schneebedeckter Gipfel, der sich über eine Ortschaft neigte, in der Häuser standen, altertümlich wie aus einer anderen Zeit.

Die Wärme schlug ihm ins Gesicht. Die Luft über dem Vasaplatsen flimmerte. Ein paar Leute standen im Schatten des Häuschens an der Straßenbahnhaltestelle auf der anderen Seite des Parks; ihre Körper nur schwarze Silhouetten.

Er holte das Fahrrad aus dem Keller und fuhr die Vasagatan entlang, dann links hoch am Skanstorget vorbei. Bevor er den Linnéplatsen erreichte, war das Hemd nass. Ein angenehmes Gefühl. Der Rucksack schlug ihm gegen die Schulterblätter. Er beschloss, weiter Richtung Süden zu fahren, und strampelte in dem grellen Licht den Weg hinaus bis Askimsbadet. Dort machte er eine Pause, trank eine Dose Ramlösa-Mineralwasser. Dann fuhr er weiter, am Golfplatz in Hovås und an Järkholmen vorbei. Er stellte das Rad zu den übrigen neben den Fahrradweg, kletterte zu dem kleinen Strand hinunter und stürzte sich, so schnell er konnte, ins Wasser.

Danach lag er in der Sonne und las, und wenn es zu warm wurde, ging er wieder schwimmen. Das war sein Urlaub, und genau so wollte er diesen Sommer verbringen. Es war schon Nachmittag, als er sich auf den Heimweg machte, und die Sonne stand schon tief im Westen. Er genoss das trockene Gefühl an den Füßen, als er den Sand abbürstete und sie in die Sandalen schob. Er wollte es noch ein Weilchen festhalten, denn für ihn bedeutete es das Gute in der Welt.

2

Es war kurz nach Mitternacht, als Aneta Djanali mit einem Schlag der Kiefer zertrümmert wurde. Sie war auf der Östra Hamngatan in südlicher Richtung spazieren gegangen, und überall um sie herum waren Leute. Sie war nicht im Dienst, aber das hätte keinen Unterschied gemacht, da sie Kriminalinspektorin war und bei der Arbeit nie eine Uniform trug.

Sie war mit einer Freundin auf dem Göteborgskalaset unterwegs, dem großen Sommerfest, und die beiden Frauen hatten in einer Querstraße eine Prügelei bemerkt. Drei Männer schlugen und traten auf jemanden ein, der am Boden lag, und Aneta Djanali schrie sie an und ging ein paar Schritte in die dunklere Kyrkogatan hinein. Die drei Männer blickten auf und kamen nach kurzem Zögern auf die Frauen zu. Im Vorbeigehen verpasste einer von ihnen Aneta einen Schlag ins Gesicht. Erst spürte sie keinen Schmerz, doch dann breitete er sich im ganzen Kopf aus bis hin zur Brust. Die Männer waren einfach weitergegangen, und der eine, der sie angegriffen hatte, machte irgendeine Bemerkung über ihre Hautfarbe. Aneta Djanali war schwarz, aber zum ersten Mal war ihr wegen ihrer Hautfarbe Gewalt angetan worden.

Sie wurde nicht bewusstlos, aber als sie versuchte, ihrer Freundin etwas zu sagen, kam nichts heraus. Lis ist weißer denn je, dachte Aneta Djanali. Vielleicht ist der Schock für sie größer als für mich.

Das Fest ging um sie herum weiter, Leute schlenderten zwischen den verschiedenen Bierzelten und Bühnen hin und her. Die Nacht war warm. Der Geruch von Holzkohlengrills und Menschen erfüllte die Stadt. Es roch nach Schnaps und Schweiß. Die Stimmen waren laut, vermischten sich, und in dieser Kakophonie gingen die Rufe von Anetas Freundin unter. Zum dritten Mal waren sie an diesem Abend auf ihrem Spaziergang durch das feiernde Göteborg an dieser Stelle vorbeigekommen. Aller guten Dinge sind drei, dachte Aneta Djanali. Ihr Kopf tat nicht mehr so weh. Sie spürte die raue Oberfläche des Asphalts an der Wange und sah viele nackte Beine, Sandalen und Seglerschuhe. Plötzlich wurde sie hochgehoben und zu einem Auto getragen, das sie als Krankenwagen erkannte. Sie fühlte, wie jemand sie vorsichtig berührte, dann wurde sie ohnmächtig.

Fredrik Halders erfuhr von dem Vorfall, als er am nächsten Morgen um halb acht das Polizeipräsidium betrat. Er war ein Kriminalbeamter mit kurz geschorenem Haar, der keinem Streit aus dem Weg ging. Besonders gern stritt er mit Aneta Djanali und machte sich über ihre Hautfarbe und Herkunft lustig. Manchmal konnte er richtig dumm sein, und er wurde als Rassist und Sexist beschimpft, aber solche Vorwürfe prallten an ihm ab. Seit seiner Scheidung vor drei Jahren war er allein. Er war vierundvierzig, ewig wütend, ein jähzorniger Mann, in dem es ständig brodelte. Die anderen meinten schon länger, er solle mal mit jemandem darüber reden. Fredrik Halders bei einem Psychotherapeuten! Eher würde er sich in aller Öffentlichkeit einen runterholen. Diese nervöse Energie im Leib würde irgendwann noch mal seinen Untergang bedeuten. Ihm selbst wurde das einmal mehr bewusst, als er erfuhr, was mit Aneta passiert war. Am liebsten würde er aus diesen verdammten Hurensöhnen Hackfleisch machen. Verdammt, verdammt, VERDAMMT. Er lief im Konferenzzimmer umher, immer im Kreis. Lars Bergenhem, der Bericht erstattet hatte, blieb still.

»Keine Zeugen?«, schrie Halders.

»Doch, die ...«, sagte Bergenhem.

»Wo sind sie?«

»Die Freun...«

»Her mit ihnen! ... Ach, scheiß drauf.« Halders ging zur Tür.

»Wo willst du hin?«

»Was, zum Henker, glaubst du wohl?«

»Sie steht unter Narkose. Zumindest als sie ihr den Kiefer gerichtet haben.«

»Woher weißt du das?«

»Ich habe gerade mit dem Sahlgrenska gesprochen.«

»Und warum ruft das Krankenhaus nicht bei mir an?«, rief Halders. »So was kann gefährlich werden. Da kann Gift ins Blut kommen und so 'n Scheiß. Sie müsste auf der Intensivstation liegen.«

Ach, damit kennst du dich wohl besser aus als die Ärzte, dachte Bergenhem bei sich.

»Ich arbeite noch immer am meisten mit Aneta zusammen«, sagte Halders etwas ruhiger. »Du warst doch so gut wie nie mit ihr unterwegs!?«

»Das werden die nicht gewusst haben«, antwortete Bergenhem leise.

»Was?«

»Nichts.«

»Was ist jetzt mit den Zeugen?«, fragte Halders.

»Ich versuche dir die ganze Zeit zu erklären, dass Anetas Freundin herkommt in ...« – Bergenhem sah auf die Uhr – »... in einer Viertelstunde.«

»War sie dabei?«

»Ja.«

»Sonst niemand?«

»Du weißt, dass das Fest noch läuft. Es waren Unmengen von Leuten dort. Da ist es doch oft so, dass keiner was bemerkt hat.«

»Was für'n Mist«, rief Halders, »ich zieh hier weg, aus dieser verdammten Stadt.«

Bergenhem gab keine Antwort.

»Gefällt dir die Stadt etwa?«, fragte Halders. Er hatte sich gesetzt, war aufgestanden und hatte sich wieder hingesetzt.

Bergenhem überlegte, was er antworten sollte. Fredrik war wütend – was nichts Neues war –, aber diesmal war es anders. Eher ein heiliger Zorn. Dahinter steckte mehr als das Mitgefühl mit einer Kollegin. Bald würde er zum Krankenhaus fahren, und gnade Gott dem, der vor Halders an einer gelben Ampel trödelte.

»Es ist eben eine moderne Stadt«, sagte Bergenhem. »Das ist die neue Zeit, eben komplex.«

»Komp... Was zum Teufel soll das heißen?«

»Zusammengesetzt. Es gibt Gutes, und es gibt Böses«, erklärte Bergenhem, und merkte selbst, wie abgedroschen das klang. »Man kann doch nicht eine ganze Stadt bitten, sich zum Teufel zu scheren.«

»Da ist sie doch längst«, polterte Halders. »Kaum geht man friedlich auf der Hamngatan spazieren, kommt da schon so ein Teufel daher und zertrümmert einem den Schädel. Das kapier ich einfach nicht. Das kann man eben auch nicht einfach wieder so zusammensetzen, wie du mit deiner Stadt.«

Bergenhem schwieg.

»Ich weiß ja, es gibt gute und fröhliche Menschen und schöne Plätze und so, aber jetzt ... aber jetzt ...« Halders spürte einen Kloß im Hals und wandte sich ab. Er zog die Schultern hoch, und Bergenhem sah, wie Halders die rechte Hand hob und sich über das Gesicht fuhr. Er weint, dachte Bergenhem. Oder fast. Noch gibt es Hoffnung für Fredrik. Und er hat ja Recht, besonders in diesem Sommer. Wie viele Zwischenfälle haben wir in den letzten Wochen gehabt? Fünfzehn? Es ist wie eine Vorbereitung zum ... Krieg oder so ähnlich. Guerillakrieg zwischen Göteborgs Banden. Gestern trafen ...

»Wer spricht mit dem Mädchen?«, Halders' Stimme schien von weit weg zu kommen. »Mit Anetas Freundin?«

»Wir beide, wenn du willst«, antwortete Bergenhem.

»Du kriegst das schon hin«, sagte Halders. »Ich fahre rasch zum Krankenhaus. Wie ist es übrigens dem anderen Typen ergangen? Dem, der auch Prügel abgekriegt hat.«

»Er lebt«, antwortete Bergenhem.

Halders fuhr ungeduldig und bemerkte nicht, dass die Lüftungsklappen Luft hereinließen, die heißer war als die im Auto. Er war schweißnass am Hinterkopf, aber das war ihm egal.

Aneta saß im Bett, als er kam, oder wurde vielmehr durch Kissen aufrecht gehalten. Ihre Augen waren rot von geplatzten

Äderchen. Die bekommt man lieber vom Saufen, dachte Halders.

Ihr Gesicht war rundum bandagiert.

Sie ist gerade erst aufgewacht. Ich sollte eigentlich nicht hier sein, überlegte er.

Neben ihr stand ein hoher Plastikbecher mit einem Strohhalm, der in der Mitte gebogen war. Auf einem Rolltisch vor ihrem Einzelzimmer hatte er zehn Rosen gesehen. Die Krankenschwester hatte gesagt, sie dürften sie Aneta wegen der Infektionsgefahr nicht ins Zimmer stellen. Die Blumen ließen die Köpfe hängen.

Haben die kein Wasser in die Vase getan?, hatte Halders sich gefragt. Das könnten meine Blumen sein.

Er griff sich einen Stuhl und setzte sich darauf neben das Bett. »Wir kriegen sie«, begann er.

Aneta bewegte sich nicht. Dann schloss sie die Augen.

Halders war sich nicht sicher, ob sie eingeschlafen war. »So schnell, wie du dich erholst, haben wir die Kerle hinter Schloss und Riegel«, sagte er. »Sogar unsere schwarzen Mitbürger sollen sich nach Einbruch der Dunkelheit auf den Straßen sicher fühlen können.«

Sie reagierte nicht. Halders betrachtete den Kissenberg im Rücken der Kollegin. Es sah unbequem aus.

»Da kommt einem fast der Gedanke, es wäre besser gewesen, wenn du zu Hause in Ouagadougou geblieben wärst«, wärmte Halders einen alten Scherz zwischen ihnen beiden auf. Aneta Djanali war im Östra-Krankenhaus in Göteborg geboren. »Ouagadougou«, wiederholte er, als könnte das Wort allein ihn beruhigen, oder vielleicht bewirken, dass es Aneta ein wenig besser ging.

»Eigentlich ist das hier eine Gelegenheit, die nie mehr wieder kommt«, meinte er nach einigen Minuten des Schweigens. »Ausnahmsweise kann ich alles sagen, ohne dass du dich einmischst und die Überlegene spielst. Endlich hab ich mal die Ruhe, dir zu erklären, worauf es in unserem Beruf ankommt.«

Aneta Djanali hatte die Augen geöffnet und sah Halders mit einem Blick an, den er wieder erkannte.

Sie ist verletzt, aber zum Glück hat es nur ihren Kiefer erwischt, dachte er. Das ist die Gelegenheit, ungehindert zu Wort zu kommen.

»Das Wichtigste dabei ist, die Kontrolle zu behalten«, begann er. »Wenn wir die Kerle schnappen, werden wir uns unter Kontrolle haben, so lange es nur geht, und dann werden wir einfach 'nen Fehler machen. Denen zeigen, dass wir auch bloß Menschen sind. Bullen sind auch bloß Menschen, meine ich.«

Wie zum Teufel trinkt sie mit dem Strohhälmchen da aus diesem Becher?, fragte er sich. In dem Verband ist ja gar keine Öffnung für das Röhrchen. Steht das Zeug nur so zum Schein da? Bekommt sie nicht alles, was sie braucht, aus dem Tropf? Wie lange wird sie hier liegen müssen?

»Es heißt, dass Winter seit dem Frühjahr ein bisschen spinnt«, sagte Halders. »Er ist den ganzen Urlaub über mit abgeschnittenen Jeans herumgelaufen und mit einem T-Shirt, auf dem ›London Calling‹ steht. Es geht das Gerücht, dass er während des Urlaubs mal oben in der Abteilung war, um sich irgendwelche Papiere zu holen, und dass er unrasiert und lange nicht beim Friseur gewesen war.«

Aneta Djanali schloss wieder die Augen.

»Ich kann kaum erwarten, dass es Montag ist«, meinte Halders. »Dann sind wir alle wieder zusammen, bis auf dich, aber ich kann was auf deinen Stuhl legen, damit es so aussieht, als wärst du doch dabei, Aneta.« Er beugte sich vor. »Sieh zu, dass du das hier hinkriegst, Aneta.« Er atmete den bedrückenden Geruch des Zimmer sein. »Ich vermisse dich«, sagte er.

Dann stand er auf, stellte ungeschickt den Stuhl weg, ging ums Bett herum und aus dem Zimmer. Im Flur warf er einen Blick in die Vase, sie war voll Wasser.

Warum lassen die Blumen dann die Köpfe hängen, fragte er sich.

Winters wartete nicht erst bis Montag. Er beschloss sofort, seinen Urlaub abzubrechen, als Ringmar anrief und ihm das Wichtigste erzählte. Winter traf diese Entscheidung nicht aus Pflichtgefühl, im Gegenteil, es war eher eine egoistische, vielleicht therapeutische Handlung.

»Das ist wirklich nicht nötig«, meinte Ringmar.

»Ich habe genug vom Sand zwischen den Zehen«, erwiderte Winter.

Am selben Nachmittag betrat er sein Zimmer und zog die Jalousien hoch. Es roch nach Staub und Arbeit. Die Schreibtischplatte war leer. Perfekt, dachte er. Vielleicht kann ich es wie der Chef machen: die Ermittlungsunterlagen vom Schreibtisch fern halten und in die Schubladen stopfen.

Sture Birgersson war Leiter der Fahndung und hatte es verstanden, seinem Stellvertreter die ganze Verantwortung aufzuladen. Das bedeutete, dass Winter Chef von dreißig Kriminalbeamten war, die in der Stadt die Kriminalität bekämpften. Die Fahndung ersetzte bei der Bezirkspolizei irgendwann das herkömmliche Fahndungsdezernat, aber an der Sache änderte das nichts. Selbst wenn die alte Bezeichnung verschwunden war, ging die Fahndung nach Verbrechern einfach weiter, nur, dass die früheren Kriminalassistenten jetzt Inspektoren waren. »Endlich ist man wer«, hatte Halders gesagt, als 1995 die Beförderung kam. Der höhere Dienstgrad war allerdings nicht mit höherem Gehalt verbunden. »Aber man ist doch gleich ganz anders motiviert, wenn man sich als Inspektor auf die *mean streets of Göteborg* begibt«, hatte Halders kommentiert.

»Mach die Tür zu«, sagte Winter zu Ringmar, der gerade den Raum betrat. »Was sagst du dazu?«, fragte er, noch bevor Ringmar sich auf den Stuhl vor dem Schreibtisch gesetzt hatte.

»Wir haben es mit ganz üblen Typen zu tun. Hoffentlich sind sie nicht von hier«, antwortete Ringmar.

»Glaubst du das?«

»Das sagen zumindest die Leute«, gab Ringmar zu. »Wir befinden uns in einer prekären Lage. Ich weiß nicht, wie viel du schon gehört hast, aber du siehst ja auch die Nachrichten. Ob das mit der Hitze zusammenhängt?«

»Die Demonstrationen?«

»Ja, aber das ist noch nicht alles. Es brodelt in der Stadt, oder wie auch immer man es nennen will. Vergangene Woche haben wir ein Dutzend Bandenschlägereien gehabt oder standen kurz davor. Ja, sogar Schlägereien. Ich weiß nicht, wie viele Nationalitäten, einschließlich der schwedischen, daran beteiligt waren. Es ist einfach furchtbar, Erik. Es gibt da etwas ... ich weiß nicht, was es ist ... Hass ... etwas, das die Leute dazu bringt, sich zu prügeln oder zumindest damit zu drohen. Aber trotzdem. Wir tun, was wir können. Vielleicht hocken da irgendwo Teufel und fachen von unten das Feuer an. Steuern es, jedenfalls zum Teil.«

Bertil Ringmar war der dritte Kommissar der Fahndung und als solcher Chef der Personenfahndung, bestehend aus zehn Polizisten mit einem guten Draht zur Unterwelt und der Aufgabe, die schlimmsten Verbrechen und das Berufsverbrechertum unter Kontrolle zu halten. Sie sollten »der Entwicklung immer ein wenig voraus sein«, wie Sture Birgersson es formuliert hatte, als die Polizei neu organisiert worden war.

»Aneta ist in der Stadt ja nicht gerade unbekannt«, sagte Ringmar. »Ich hab immer geglaubt, sie scheuen sich, eine von uns anzugreifen, außer in Notwehr.«

»Genau das kann es ja sein«, meinte Winter.

»Was?«

»Eben weil wir glauben, dass die wissen, dass wir wissen, dass die wissen, dass wir glauben, dass die so was nie tun würden, ist es geschehen«, sagte Winter.

Ringmar gab keine Antwort.

»Oder?«

»Ja, das ist eben ein klassisches Dilemma«, meinte Ringmar. »Wenn ich dich richtig verstanden habe.«

»Da musst du wohl an den Anfangspunkt zurück, auf Feld Nummer eins?«

»Na, danke schön!«

Winter starrte auf die Tischplatte. Sie war blank gewienert, als hätte die Raumpflege einen Sondereinsatz gefahren, als klar war, dass er vorzeitig zurückkam. Er konnte sein Spiegelbild sehen, das Haar wie ein stachliger Kreis um sein Gesicht. Er griff nach dem Zigarillopäckchen in der Brusttasche seines Hemdes und zündete sich einen Corps an. Er ließ das Streichholz fallen, und verbrannte sich am Oberschenkel. Ein kurzer scharfen Stich.

Ringmar hatte die Shorts bemerkt, aber nichts gesagt. Ringmar selbst war in lange Khakihosen gekleidet. Die sehen aus, als hätte er sie in einem der Kleiderdepots der Armee gekauft, dachte Winter. Einem Kleiderdepot der britischen Kolonialarmee.

»Sind die Kerle von hier, finden wir sie«, fuhr Ringmar fort.

»Du glaubst noch an die Macht des Guten?«

»Ich glaube daran, dass die guten Mächte unter den bösen Mächten uns zu den bösen Mächten führen werden«, erklärte Ringmar.

»Den bös*eren* Mächten«, verbesserte ihn Winter. »Den bösesten.«

»Anetas Freundin glaubt, sie würde eins der drei Schweine wieder erkennen können«, sagte Ringmar.

»Hatten sie irgendwelche Nazisymbole oder anderen faschistischen Scheiß an sich?«

»Nein. Sie sahen ganz und gar anständig aus.«

Winter ließ die Asche in seine Hand fallen. Anscheinend war der Aschenbecher während seines Urlaubs aus dem Zimmer entwendet worden.

»Sonstige Zeugen?«

»So etwa tausend, aber nur einige wenige haben nach unserem Fahndungsaufruf von sich hören lassen. Und die sind sich nicht sicher, wie die Kerle ausgesehen haben.«

»Anständig hast du gesagt?«

»Ja.«

»Es sind noch keine vierundzwanzig Stunden vergangen.«

»Nein.«

»Da ruft bestimmt noch jemand an«, meinte Winter. In diesem Moment klingelte das Telefon rechts auf dem Schreibtisch. Winter nahm den Hörer ab und murmelte seinen Namen. Ringmar sah, wie er zuhörte, mit gerunzelter Stirn, die Schultern vornübergebeugt. Dann sagte Winter ein paar knappe Worte und legte den Hörer auf.

»Es kommt einer rauf, der ihnen gefolgt ist«, erklärte er.

»Das ist ja 'n Ding«, staunte Ringmar. »Warum hat der nicht schon längst von sich hören lassen?«

»Es war wohl was mit seinem kranken Kind heute Nacht.«

»Wo ist er?«

»Auf dem Weg hierher«, erklärte Winter. »Übrigens war ich oben im Sahlgrenska-Krankenhaus und hab nach Aneta gesehen. Ich hab Fredrik dort getroffen, als er gerade aus ihrem Zimmer kam. Er hatte ganz rote Augen.«

»Gut«, staunte Ringmar.

3

Winter war ans Fenster getreten. Die Stuhllehne hatte einen feuchten Abdruck auf seinem Rücken hinterlassen. Ihn fröstelte von der Klimaanlage. Die Kälte, die manchmal bei ihnen herrschte, ließ auch den Sommer draußen kalt aussehen. Alles wirkte grau durch das Fenster, das man nicht öffnen konnte, der Himmel wie verhangen. Die Hitze hatte die Stadt lautlos eingeschlossen. Es war Vormittag, und nur wenige Menschen bewegten sich auf den Straßen. Der Rasen im Stadion Gamla Ullevi stand unter dem Beschuss der Wasserkanonen.

Aneta Djanali fiel ihm ein, und Winter ballte die rechte Faust, als er daran dachte, was mit ihr passiert war. Plötzlich konnte er sich gut vorstellen, selbst gewalttätig zu werden, seine Wut auszutoben. Das Gefühl überwältigte ihn. Ein primitiver Gedanke wie Rache oder irgendetwas jenseits davon. Er war zurückgekehrt in seine Welt der Gewalt.

Winter drehte sich um, Ringmar saß noch immer da und starrte ihn wortlos an. Ringmar ist fünfzehn Jahre älter als ich und hat sicher begonnen, die Tage zu zählen bis zu einer besseren Welt, dachte Winter. Wenn der letzte Tag hier vorbei ist, nimmt er vielleicht das Schiff raus auf die Insel, zu seinem Häuschen auf Vrångö, um nie mehr zurückzukehren.

»Was bedeutet das da auf dem T-Shirt?«, fragte Ringmar.

»London Calling.«

»Sehnsucht nach London! Das ist der Titel einer CD von einer Rockband. Macdonald hat sie mir geschickt.«

»Rock? Du kennst dich doch mit Rockmusik gar nicht aus, oder?«

»Eine Rockband habe ich jedenfalls gehört. The Clash. Macdonald hat mir die CD zusammen mit dem T-Shirt geschickt.«

»The Clash? Was ist das?«

»Das ist das englische Wort für Zusammenprall.«

»Ich meine die Band. Kannst du Hardrock und Pop überhaupt auseinander halten?«

»Nein. Aber es gefällt mir wirklich.«

»Ich glaube das einfach nicht. Du stehst doch auf Coltrane.«

»Es gefällt mir«, wiederholte Winter. »Das wurde aufgenommen, als ich neunzehn war oder so, aber es ist trotzdem Musik unserer Zeit.«

»Hardrock«, murmelte Ringmar.

Es klopfte an der Tür.

Der Zeuge berichtete. Seine Gesichtshaut war gespannt und wirkte spröde nach einem Tag und einer Nacht ohne Schlaf. Aus seinen Augen sprach ernstliche Besorgnis über das, was in der Nacht geschehen war. Sein Kind hatte einen allergischen Schock erlitten, das Leben hatte auf der Kippe gestanden. Winter sprach ihn an.

»Entschuldigung, ich habe Sie nicht verstanden. In meinem Kopf dreht sich alles.«

»Sie haben gesagt, Sie waren hinter den Männern.«

»Ja.«

»Wie viele waren es?«

»Drei, wie ich gesagt habe.«

»Sind Sie sicher, dass die drei zusammengehörten?«

»Zwei von ihnen haben gewartet, während der dritte ... der, der sie geschlagen hat ... Sie haben gewartet, bevor sie weitergegangen sind.« Der Zeuge fuhr sich über die Augen. »Der sie geschlagen hat, war etwas kleiner, daran erinnere ich mich.«

»Kleiner?«

»Es sah so aus.«

»Und Sie sind ihnen gefolgt?«

»So lange wie möglich. Danach ist alles verdammt schnell gegangen. Zuerst war ich geschockt und bin wie erstarrt stehen geblieben. Dann dachte ich, das ist ja furchtbar, und bin ihnen gefolgt, um zu sehen, wohin sie gingen. Aber dann waren zu viele Leute auf dem Kungstorget. Und genau in dem Moment klingelte das Handy. Meine Frau schrie, dass Astrid keine Luft bekomme. Astrid ist unsere Tochter.«

»Ja.« Winter blickte Ringmar an. Bertil Ringmar hatte selbst Kinder. Und Winter hatte zwar keine Kinder, aber er hatte eine Freundin, die nicht mehr warten wollte, bis er erwachsen genug wäre, um die Verantwortung für ein Kind zu übernehmen. Erst vor vierundzwanzig Stunden hatte Angela das gesagt, bevor sie zur Feineinstellung ihrer biologischen Uhr zu ihrer Mutter nach Hause gefahren war. Wenn sie wieder da ist, werde ich erfahren, wie schnell sich die Zeiger bewegen, hatte Winter gedacht.

»Es ist noch mal gut gegangen«, sagte der Mann, mehr zu sich selbst. »Astrid ist wieder in Ordnung.«

Winter und Ringmar warteten. Die Luft im Zimmer bewegte sich kaum. Der Mann war mit derselben kurzen Hose und demselben Tennishemd bekleidet, die er am Abend zuvor getragen hatte. Kurze Bartstoppeln bedeckten sein Kinn, und die Augen lagen tief in ihren Höhlen.

»Wir sind dankbar, dass Sie nach dem … Unglück zu uns gekommen sind«, sagte Winter. »Direkt vom Krankenhaus.«

Der Zeuge zuckte die Achseln. »Es gibt so viele, die nichts tun. Laufen herum und schlagen Leute nieder. Da kriegt man eine verdammte Wut.«

Winter wartete darauf, dass er weiterredete.

»Es ist wie auf der Arbeit. Dieses verfluchte Geschwätz über die Einwanderer. Als ob es auf einmal politisch korrekt ware, zu sagen, dass es zu viele Flüchtlinge und Schwarze im Land gibt.«

»Wo genau haben Sie die Bande aus den Augen verloren?«, fragte Ringmar.

»Bitte?«

»Die drei Typen, die unsere Kollegin niedergeschlagen haben. Wo genau sind sie verschwunden?«

»An der Seite der Markthalle, wo es zum Kungsportsplatsen geht, würde ich sagen. Also bevor man zum Platz kommt.«

»Haben Sie sie reden hören?«

»Kein Wort.«

»Sie haben keine Ahnung, woher sie kamen?«

»Von irgendwo südlich der Hölle, wenn Sie mich fragen«, antwortete der Mann.

»Geht's nicht genauer.«

»Nein. Aber Schweden waren sie, waschechte Schweden, wie man so sagt.«

Sie baten ihn, die Männer zu beschreiben, und er tat es, so gut er es vermochte.

Als er das Zimmer verlassen hatte, zündete Winter einen neuen Zigarillo an. Die Asche fiel auf seinen nackten Oberschenkel.

»Hast du gemerkt, dass der Bursche unsere Aneta für einen Flüchtling gehalten hat?«, fragte er.

»Wieso meinst du das?«, fragte Ringmar zurück.

»Es wird immer einen Unterschied geben. So 'ne und so 'ne Menschen. Generation um Generation. Ohne Rücksicht darauf, wo sie geboren sind.«

»Ja.«

»Die Flüchtlinge dieser Welt.«

»Was?«

»Es gibt einen Ausdruck für Menschen, die von Land zu Land ziehen, ohne in eines der Paradiese eingelassen zu werden. Man nennt sie die Flüchtlinge dieser Welt.«

»Das ist ein hübscher Ausdruck«, sagte Ringmar. »Fast poetisch. Aber das gilt nicht für Aneta.«

»Nein, aber wenn sie im Paradies angekommen sind, was geschieht dann?« Winter drückte den Zigarillo im Aschenbecher aus, den er hinter der Gardine wieder gefunden hatte.

Draußen lastete die Wärme drückend auf dem Ernst Fontells Plats. Die Sonne hatte ihren höchsten Stand erreicht. Der getrocknete Schweiß auf Winters Haut löste sich und rann ihm den Rücken hinab. Es juckte ihn zwischen den Beinen. Er setzte die Sonnenbrille auf, ging zum Auto und öffnete die Tür. Er hatte den Schatten der Bäume falsch eingeschätzt. Die Hitze auf dem Vordersitz war unerträglich. Er setzte sich, ließ den Motor an und atmete vorsichtig ein. Dann schaltete er die Klimaanlage an.

Er fuhr nach Osten, am Stadion Nya Ullevi vorbei und hinauf zu einer großen Villa in Lunden. Im Hof des Nachbarhauses bellte wie verrückt ein Hund. Winter hörte das Gerassel der Kette, mit der er angeleint war.

Der Hauseingang lag im Schatten. Winter läutete an der Tür und wartete. Er klingelte noch einmal, und als niemand öffnete, stieg er die Treppe wieder hinunter, wandte sich nach links und ging an der verputzten Hauswand entlang. Es duftete nach schwarzen Johannisbeeren aus den Büschen an der Wand und nach etwas anderem, das er nicht einordnen konnte.

Auf der Rückseite glitzerte die Sonne in einem Swimmingpool. Winter bekam den Geruch von Chlor und Sonnenöl in die Nase. An der nördlichen Schmalseite des Pools stand ein Liegestuhl, und darauf lag ein nackter Mann. Sein Körper wirkte massig und war gleichmäßig gebräunt. Eine matte, kräftige Farbe, die sich von dem Handtuch abhob, das den Stuhl gegen Schweiß und Öl schützte. Das Handtuch war blau und weiß, und Winter konnte unter den Füßen des Mannes »Swedcom« lesen. Winter räusperte sich, und der Nackte öffnete die Augen.

»Dacht ich's mir doch, dass ich was gehört habe«, sagte er.

»Warum machst du dann nicht auf?«, fragte Winter.

»Du hast doch trotzdem hergefunden.«

»Es hätte jemand anders sein können.«

»Wär besser gewesen«, gab der Mann zurück, der noch immer in derselben Stellung dalag. Sein Penis hing schrumplig zwischen den muskulösen Schenkeln.

»Zieh dich an und lad mich zu einem Drink ein, Benny.«

»In dieser Reihenfolge? Bist du homophob geworden, Erik?«

»Alles eine Frage der Ästhetik.« Winter sah sich nach einem Stuhl um.

Der Mann, der Benny Vennerhag hieß, stand auf, ergriff einen weißen Bademantel und machte eine Geste zum Wasser hin. »Kannst so lange ins Wasser.« Er ging zum Haus und drehte sich auf der Veranda um. »Ich hol uns Bier. Eine Badehose findest du in der Schublade des Hockers da. Hübsches T-Shirt. Aber wer sehnt sich schon nach London?«

Winter zog das T-Shirt und die Shorts aus und sprang ins

Becken. Das Wasser war kühl auf seiner Haut, und er tauchte über den Grund, bis er die andere Schmalseite erreichte. Dann teilte er kraftvoll die Oberfläche und ließ sich auf dem Rücken treiben. Für einen Augenblick schien die Sonne weiter weg zu sein. Er tauchte wieder, drehte sich auf dem Grund um und blickte zum Himmel. Die Wasseroberfläche sah aus wie ein Dach aus flüssigem Glas. Da unten knisterte es in den gekachelten Wänden oder aber in seinen Trommelfellen. Er blieb lange unter Wasser und glitt erst wieder an die Oberfläche, als er den Schemen eines Gesichts über sich erblickte.

»Hast du versucht, einen neuen Rekord aufzustellen?«, fragte Vennerhag und reichte ihm ein Bier über den Beckenrand.

Winter strich sein Haar zurück und nahm die Flasche. Sie fühlte sich eiskalt an. »Du lebst gut«, sagte er und trank.

»Das hab ich mir verdient.«

»Den Teufel hast du.«

»Wer wird denn da neidisch sein, Herr Kommissar.«

Winter stemmte sich hoch und setzte sich auf die Kante.

»In der Unterhose zu baden! Wo bleibt dein Stil, dein Geschmack.«

Winter antwortete nicht. Er trank sein Bier aus, stellte die Flasche auf die Platten neben dem Pool, zog die nassen Boxershorts aus und die kurze Hose an.

»Du kannst einen Plastikbeutel für die Unterhose haben.« Vennerhag lächelte. Er lehnte sich wieder in dem Liegestuhl zurück. Vennerhag hatte eine kurze Khakihose angezogen, die ganz offensichtlich um die Hüften spannte.

»Wer hat Aneta krankenhausreif geschlagen?«, fragte Winter und drehte sich zu Vennerhag um.

»Wovon redest du?«, Vennerhag setzte sich wieder auf.

»Eine Frau ... aus meiner Abteilung ist letzte Nacht niedergeschlagen worden. Wenn du erfährst, wer das getan hat, dann will ich es wissen«, forderte Winter. »Jetzt oder später.«

»Das ist auch nicht der Stil, den ich von dir gewohnt bin.«

»Ich bin jetzt ein anderer.«

»Tja, das mag ...«

»Es ist mir ernst, Benny.« Winter war aufgestanden. Er trat vor den Liegestuhl und ging in die Hocke, sodass sein Gesicht dem anderen ganz nah war. Der Geruch von Alkohol und Kokosöl stieg ihm in die Nase. »Ich lasse dich in Ruhe, solange du ehrlich zu mir bist. Wenn du nicht ehrlich bist, lasse ich dich nicht mehr in Ruhe.«

»Ach, nee. Und was heißt das?«

»Dann ist Schluss mit alldem hier«, drohte Winter, ohne sich zu rühren.

Vennerhag sah sich auf seinem Besitz um. »Was soll die Drohung? Und woher soll ich wissen, was mit deiner Kollegin passiert ist, Erik?«

»Du kennst einfach persönlich mehr Schweine als ich«, erklärte Winter. »Das ist schließlich nicht das erste Mal, dass jemand in letzter Zeit eine Schwarze niedergeschlagen hat, auch wenn es diesmal eine schwarze Polizistin war.«

»Das ist mir nicht entgangen.«

»Du bist kriminell. Du bist Rassist. Wenn du was hörst, will ich es wissen. Du erfährst doch so was.«

»Ich bin immer noch dein Exschwager.« Vennerhag lächelte. »Komm nie wieder her, wenn du dich so verdammt überheblich aufführen willst.«

Plötzlich legte Winter die Hand um den Kiefer des Mannes und drückte fest zu. »Diesen Teil des Gesichts haben sie ihr kaputtgeschlagen.« Er beugte sich noch weiter vor und drückte fester. »Spürst du es, Benny? Spürst du das?«

Vennerhag ruckte mit dem Kopf zur Seite, und Winter ließ los.

»Verdammt, du bist ja nicht normal, du Spinner«, sagte Vennerhag, massierte sich Kinn und Wangen. »Warum machst du so was? Du brauchst einen Arzt, und wie du den brauchst.«

Winter war schwindelig. Er schloss die Augen und hörte das Kratzen, als der andere sich wieder mit der Hand übers Kinn fuhr.

»Herrgott«, fluchte Vennerhag. »Dich dürfen die nicht mehr lange frei draußen herumlaufen lassen, dich verdammten Irren.«

Winter öffnete die Augen und blickte auf seine Hände. Waren das wirklich seine? Es war ein verdammt gutes Gefühl gewesen, als die Finger sich um Vennerhags Kiefer schlossen.

»Ich glaub, ich muss mal mit Lotta sprechen«, meinte Vennerhag.

»Untersteh dich, in ihre Nähe zu kommen«, drohte Winter.

»Sie ist fast genauso verrückt wie ihr Bruder.«

Winter stand auf. »Ich ruf dich in ein paar Tagen an«, sagte er. »Hör dich in der Zwischenzeit um.«

»Was für ein netter Besuch«, antwortete Vennerhag.

Winter stopfte die nasse Unterhose in die Tasche und zog sein T-Shirt an. Er ging denselben Weg zurück, den er gekommen war, setzte sich ins Auto und fuhr wieder Richtung Stadt, am Polizeipräsidium vorbei und dann weiter zum Korsvägen und durch Gullheden zum Sahlgrenska-Krankenhaus. Durch die Fenster sah die Stadt wieder kalt aus.

Das Straßenbauamt hatte drei Palmen vor den Krankenhauseingang gestellt, aber durch die getönten Scheiben an Winters Mercedes sahen die Bäume aus, als würden sie in ihren Töpfen frieren.

Als er in Aneta Djanalis Zimmer kam, streckte sie sich gerade nach dem Rolltischchen. Bei seinem Anblick erstarrte sie in der Bewegung. Winter sah das Staunen in ihren Augen. Er war schnell am Bett, lächelte und reichte ihr die Zeitung. »Ich will hier nur ein Weilchen sitzen«, erklärte er. »Bis die schlimmste Hitze vorbei ist.«

4

Mama war nicht mehr da. Sie hatte nach Mama gerufen, doch der Onkel hatte gesagt, die Mama würde bald zurückkommen. So hatte sie gewartet. War still gewesen. Es war dunkel, und niemand knipste die Lampe an. Warum machen die kein Licht, wenn es dunkel ist, dachte sie. Sie musste aufs Klo, wagte aber nicht, etwas zu sagen, also nahm sie sich zusammen, und davon wurde ihr auf dem Stuhl am Fenster noch kälter.

Durch den Spalt neben dem Rollo konnte sie sehen, dass genau vor dem Fenster ein Wald war. Die Bäume wiegten sich im Wind. Drinnen roch es übel. Es juckte unter ihrem Hemd. Jetzt musste Mama bald bei ihr sein.

Der Onkel sagte etwas zu einem anderen Onkel, der ins Haus gekommen war. Sie kroch näher an die Wand. Sie hatte Hunger, aber vor allem Angst. Warum waren sie nicht nach Hause gefahren, nachdem das Schreckliche passiert war? Einer der Onkel hatte am Steuer gesessen, und sie waren zwischen den Häusern hin und her gefahren, und dann war sie von einem anderen Onkel getragen worden, als er aus dem einen Auto in ein anderes geklettert und dann weggefahren war. Sie hatte sich umgeschaut, sobald sie es gewagt hatte, aber Mama war nicht da gewesen.

»Mama!«, hatte sie geschrien, und der Onkel hatte gesagt, dass die Mama bald kommen würde. Sie hatte noch einmal geschrien, und da war der Onkel furchtbar böse geworden und hatte sie hart an der Schulter gepackt. Er war nicht nett.

Sie hatte geweint und sich die Schulter gehalten, neben dem Onkel auf dem Rücksitz. Dann war sie eingeschlafen und erst aufgewacht, als sie angehalten hatten und der Onkel sie ins Haus – oder was das war – getragen hatte.

Das sind keine Onkel, dachte sie jetzt. Das sind alte Männer, die laut schreien und übel riechen. Sie konnte die Alten hören und auch dann verstehen, wenn die zwei nicht so laut sprachen.

»Was machen wir mit der Kleinen?«, fragte einer der beiden.

Sie konnte nicht hören, was der andere sagte. Er murmelte, als wollte er nicht, dass sie ihn hörte.

»Das müssen wir heute Nacht entscheiden«, sagte wieder der eine Alte, der lauter sprach als der andere.

»Schrei nicht so verdammt laut«, sagte der andere.

Sie fand es komisch, was er da sagte. Entweder schrie man, und dann war es immer laut, oder aber man redete normal.

»Wir gehen in die Küche.«

»Ist die Kleine da?«

»Was?«

»Die Kleine?«

»Was meinst denn du? Wo sollte sie wohl sonst sein?«

Sie saß noch immer am Fenster. Die alten Männer waren weg. Sie hörte eine Eule schreien und zog ein wenig am Rollo, um besser sehen zu können. Vor dem Fenster wuchs ein Busch. Sie sah ein Auto. Es war jetzt heller über dem Wald. Sie schaute ins Zimmer und ließ die Hand am Rollo. Vom Fenster fiel ein Lichtstrahl ins Zimmer. Wie von einer schwachen Taschenlampe, dachte sie.

Es sah aus wie ein Strich aus Licht, den jemand auf den Boden gemalt hatte, und mitten auf dem Strich lag etwas. Wenn sie das Rollo losließ, verschwand das Licht vom Boden, und sie sah nicht, was da lag. Wenn sie es wieder anfasste, kam der Strich zurück, und sie sah, dass etwas auf dem Boden lag, das wie ein Stück Papier aussah.

Sie ließ wieder los, rutschte vom Stuhl und ging ganz leise. Nun war es einfacher als vorher, etwas zu erkennen.

Sie hörte die alten Männer reden. Weit weg. Sie kniete sich hin und tastete den Boden ab und nahm das, was da lag, in die

Hand. Es war wirklich ein Stück Papier, und sie steckte es in die Geheimtasche ihrer Hose. Sie hatte unbedingt genau diese Hose anziehen wollen, die mit der geheimen Tasche.

Sie ging zum Stuhl an der Wand zurück und kletterte wieder hinauf.

Ein Geheimnis in ihrer Tasche. So etwas kann lustig sein und spannend. Nicht jetzt, dachte sie. Ich habe genauso viel Angst wie vorhin. Was ist, wenn der Mann, der den Zettel verloren hat, danach sucht und darauf kommt, dass ich ihn genommen habe? Ich lege ihn wieder hin, dachte sie, aber da kamen die Männer ins Zimmer, und beide schauten sie an. Dann kamen die zwei näher, und einer von ihnen hob sie hoch. Der andere blickte aus dem Fenster.

Sie fuhren vom Haus weg, und sie versuchte, wach zu bleiben, aber die Augen fielen ihr zu. Als sie erwachte, war es hell geworden. Sie dachte nach. Dann fragte sie nach ihrer Mama.

»Wir werden deine Mama finden«, sagte der Mann, der vorne saß und das Auto fuhr.

Warum sagte er das? Wussten sie nicht, wo ihre Mama war? Wusste Mama nicht, dass sie bei den alten Männern war?

Sie fing an zu weinen, aber der Mann neben ihr blickte sie nicht an. Sie hatte niemanden mehr, denn ihre Puppe hatte sie fallen lassen, als sie zu dem anderen Auto gerannt waren. Wo meine Puppe wohl jetzt ist?, dachte sie.

5

Sie gingen langsam um den Kungstorget-Platz. Jöran Qvist, der Zeuge, Halders und Bergenhem. Es war elf Uhr abends, und wegen der vielen Menschen war es schwierig voranzukommen. Auf der Bühne spielte eine Band. Halders fand die Musik grauenhaft. Er sagte es Bergenhem, doch der jüngere Kollege tat, als hätte er es nicht gehört. Bergenhem versuchte, in den Wogen der Menschenmasse einzelne Gesichter auszumachen.

Die Kriminalinspektoren und ihr Zeuge bewegten sich auf den Kanal zu. Rockmusik hämmerte ihnen aus einem der Imbissstände entgegen. Ein Ausflugsschiff zog vorbei. Das Gemurmel der Stimmen klang jetzt lauter als oben auf dem Platz. Von hunderten Fleischspießen tropfte es zischend auf die Kohle der großen Grills an der Mauer. Menschen drängten sich vorbei, Plastikbecher mit Bier in den Händen und balancierten Pappteller mit *langos*, schwarzem Kaviar und Sauerrahm. Die meisten sahen fröhlich aus.

»Was für ein idiotisches Fest«, schimpfte Halders. »Minderwertiges Essen und sauteures Pils aus Plastikbechern. Und dies Gedränge.«

»Den Leuten macht's Spaß«, sagte Bergenhem. »Ist doch okay.«

»Alles Quatsch«, meinte Halders.

»Es können ja nicht alle so 'nen abgehobenen Geschmack haben wie du.« Bergenhem konnte sich den Kommentar nicht verkneifen.

»Wie meinst du das?«

»Es können nicht ...«

»Da sitzen sie«, sagte Jöran Qvist.

Abrupt verstummte Bergenhem. Er blickte Qvist an, der mit einem verstohlenen Nicken auf einen Tisch nahe am Rand des Kanals wies. Einer der Scheinwerfer über der Theke war auf den Tisch gerichtet, an dem drei Männer auf einer Bank unter einem Sonnenschirm saßen, mit Biergläsern vor sich. Das grelle Licht strahlte sie an wie auf einer Bühne. Was für arrogante Hunde, dachte Bergenhem. Dass die es wagen ...

Merkwürdigerweise blieb Halders ganz ruhig. Er wandte sich an Qvist. »Sind Sie sicher?«

»Unbedingt.«

»Es sind genau die drei? Sie erkennen nicht nur einen von ihnen wieder?«

»Nein. Sie haben sogar die Sachen von gestern an. Und der Kleinere hat dieselbe Baseballmütze auf.«

»Wir rufen besser eine Streife«, meinte Bergenhem.

»Den Teufel werden wir tun.«

»Fredrik ...«

Aber Fredrik Halders hörte schon nichts mehr. Er bahnte sich einen Weg durch die Menge, fast ein wenig zögernd und unentschlossen. Er bewegt sich wie ein Auftragskiller, Sekunden bevor es knallt, dachte Bergenhem.

»Was passiert jetzt?«, fragte Qvist.

Bergenhem murmelte eine Antwort.

»Was?«

»Wenn ich das wüsste«, sagte Bergenhem lauter und rief die Zentrale an. Er gab eine Lagebeschreibung durch und steckte das Handy wieder in die Brusttasche.

»Warten Sie hier«, ordnete er an und setzte sich auch in Bewegung. Es waren vielleicht zehn Meter bis zu dem Tisch, an dem die Männer saßen, und Halders hatte bereits die Hälfte zurückgelegt. Einer der drei Verdächtigen war aufgestanden, um neues Bier zu holen. Er schwankte und setzte sich wieder. Die beiden anderen lachten.

Bergenhem schwitzte. Es war ihm schon vorher warm gewesen, aber nun lief ihm der Schweiß über die Stirn und brannte in den Augen. Die Achselhöhlen waren nass, und er hatte das Gefühl, als wären auf einmal Pfützen in seinen Seglerschuhen. Er rieb sich die Augen, und als er wieder scharf sehen konnte, beobachtete er, wie Halders sich auf die Bank neben einen der drei Typen setzte.

Halders blieb still. Machte einen verschlossenen Eindruck. Bergenhem war nur noch drei Meter vom Tisch entfernt.

Endlich hatte er ihn erreicht. Er ließ sich neben Halders auf der Bank nieder. Jetzt war am Tisch kein Platz mehr. Qvist, der den beiden Polizisten gefolgt war, setzte sich zwei Tische weiter hin. Bergenhem bemerkte, dass er sich bereithielt wie zum Kampf.

Auch Halders stand unter Hochspannung. Bergenhem spürte es, als er aus Versehen gegen seinen linken Arm stieß, denn Halders warf ihm einen ganz starren Blick zu.

Sie schwiegen. Bergenhem wusste nicht, ob Halders ebenfalls lauschte, aber er selbst versuchte dem Gespräch der Männer zu folgen.

»Wird man schneller blau, wenn es so heiß ist?«

»Nee.«

»Doch, und man wird aggressiver.«

»Gibt ja kein Bier mehr.«

»Wo ist der Wodka?«

»Keiner mehr da.«

»Glaub ich nicht.«

»Keiner mehr da, hab ich gesagt!«

»Ich will 'n Bier.« Der Mann, der zuletzt gesprochen hatte, stand auf.

Halders erhob sich gleichzeitig, zog seinen Ausweis aus der Brusttasche und hielt ihn hoch. »Polizei«, sagte er.

»Was?«

Bergenhem war ebenfalls aufgestanden.

»Polizei«, wiederholte Halders. »Wir möchten gern, dass ihr drei Jungs mitkommt, damit wir uns über letzte Nacht unterhalten können.«

»Was?«

»Wir brauchen Infor...«, setzte Halders an, als ihm der Typ, der vor ihm stand, plötzlich gegen das Schienbein trat und nach links davonstürzte. Halders schrie auf vor Schmerz und bückte sich unwillkürlich. Die beiden anderen Männer am Tisch sprangen auf und versuchten ebenfalls wegzulaufen, blieben aber zwischen den Tischnachbarn stecken. Einer der Kerle drehte sich nach Bergenhem um und wollte gerade zuschlagen, als Bergenhem kurz auswich und dann stehen blieb. Der Mann vor ihm blickte sich nach dem Typen um, der Halders getreten hatte und dann verschwunden war. Bergenhem warf einen schnellen Blick zur Seite und bemerkte, dass Qvist sich über jemanden beugte, der am Boden lag. Verdammt, dachte Bergenhem. Dieser Qvist scheint ein ganz schön harter Bursche zu sein. Irgendwann wird er noch Schwierigkeiten damit bekommen. Bergenhem wandte seine Aufmerksamkeit dem Mann vor sich zu, der ihn wie hypnotisiert anstierte, seinen Blick in Bergenhems gefangen. Jetzt bloß nicht blinzeln, dachte Bergenhem.

Die plötzlichen, schnellen Bewegungen waren von mehreren Leuten ringsum bemerkt worden. Sie hatten einen Kreis um die Polizisten und die beiden Verdächtigen gebildet. Die Rockmusik war verstummt. Die Band auf der Bühne hatte mitten in einem Akkord aufgehört zu spielen. Göteborgs Sommerfest hielt den Atem an.

Einer der Verdächtigen löste den Bann und warf sich zurück, durch den schmalen Ring der Zuschauer, und stürzte sich in den Kanal, schwamm laut plantschend davon. Der Mann vor Bergenhem setzte sich, beugte den Kopf zwischen seine gespreizten Beine und fing an zu kotzen. Halders rannte zum Kanal und sah, dass der Flüchtige schwerfällig auf das hell beleuchtete Stora Teatern auf der anderen Seite zusteuerte. Der Scheinwerfer über der Bar fing ihn ein. Plötzlich hörte der Mann auf zu schwimmen. Er zappelte panisch, bevor er zu sinken begann.

»Er ertrinkt«, schrie Bergenhem, aber Halders war schon gesprungen.

Die Festnahme war schließlich gelungen. Halders hatte sich trockene Hosen angezogen und saß mit Bergenhem auf der Parkbank vor dem Polizeipräsidium. Bergenhem konnte sich nicht erinnern, jemals so müde gewesen zu sein.

Der Ernst Fontells Plats lag friedlich da, die Hundestaffeln und Streifenwagen waren unterwegs. Obwohl es erst drei Uhr morgens war, zeigte das Quecksilber bereits 23 Grad. Dabei war der August halb vorbei. Es war noch dunkel, aber es war wärmer denn je.

»Wenn die Durchschnittstemperatur über 21 Grad liegt, haben wir tropisches Klima«, unterbrach Halders das lange Schweigen.

»Woher weißt du das?«

»Das hat Aneta erzählt. Sie muss es ja wissen«, sagte Halders, und Bergenhem wandte sich zu ihm um, konnte aber nicht erkennen, ob Halders grinste.

Bergenhem blickte zum Himmel. Es wurde allmählich hell. Das Licht kroch langsam an der Gebäudefassade der Versicherungskasse auf der anderen Seite der Smålandsgatan herab. Ein Taxi fuhr vorbei. Ein Streifenwagen bog ein und kam auf den Eingang des Polizeipräsidiums zu. Er blieb mit auf die Tür gerichteten Scheinwerfern stehen. Der Motor erstarb.

»Warum zum Teufel machen die das Licht nicht aus!« Halders schnaufte wütend.

Der Streifenwagen wurde wieder angelassen und blieb mit laufendem Motor stehen. Nach zwei Minuten erhob Halders sich und ging auf den Lichtkreis vor dem im Dunkel liegenden Gebäude zu. Seine Stimme schallte laut und deutlich zu Bergenhem herüber: »Was zum Henker macht ihr hier eigentlich, ihr Bullen?«

Bergenhem hörte Gemurmel und dann wieder Halders' Stimme: Sag das noch einmal!«

Noch ein Gemurmel als Antwort.

»Steig aus, verdammt noch mal!«

Bergenhem sprang auf, rannte zu dem Auto und packte Halders von hinten, gerade als dieser dem Polizisten, der aus dem Wagen gestiegen war, die Faust ins Gesicht schlagen wollte.

»Der hat sie doch nicht alle«, protestierte der Streifenpolizist.

Halders zappelte und wand sich in Bergenhems Armen, aber Bergenhem war stark. »Verdammt, Fredrik«, fluchte er.

»Sollen wir ihn einsperren?«, fragte der Polizist vor ihnen. »Der ist doch blau, oder?«

Halders' Bewegungen wurden ruhiger.

»Er ist nur müde«, erklärte Bergenhem. »Es war eine harte Nacht.«

»Den kenne ich doch. Der macht immer Rabatz.«

»Ich stehe hier vor dir. Du kannst direkt mit mir sprechen«, bemerkte Halders.

Der Polizist in Uniform antwortete nicht. Er war an die Fünfzig, ein gestandener Mann. Er legte die Hand an die Mütze und deutete einen Gruß an. Dann setzte er sich wieder ins Auto. Sein Kollege war im Wagen geblieben, hatte still auf dem Vordersitz gehockt, als schliefe er.

»Eine Minute Leerlauf ist eine Minute, die ihr nicht auf Göteborg aufpasst«, schrie Halders dem Streifenwagen nach, der wendete und zurück Richtung Södra vägen fuhr. Der Fahrer winkte.

»Lass es nicht an den Kollegen aus«, versuchte Bergenhem ihm zu beschwichtigen.

»Da musste man doch was tun«, antwortete Halders.

»Du hast vorhin doch auch ... die Ruhe bewahrt.«

»Das war für Aneta«, erklärte Halders.

Bergenhem schwieg. Hat ja nicht lange vorgehalten, dachte er.

Drei Minuten später ging ein Notruf bei der Zentrale ein und unmittelbar darauf an den diensthabenden Kriminalbeamten im Präsidium, keine 25 Meter von dem Platz entfernt, wo Halders und Bergenhem noch immer standen.

Eine Frau lag am Ufer des Delsjö-Sees. Ermordet. Der Sommer war vorbei. Die Saison begann: Auf Winters Nachttisch klingelte das Telefon. Die Uhr zeigte genau vier Uhr morgens, am Donnerstag, dem 18. August. Er nahm ab und sagte seinen Namen.

6

Winter konnte die Blaulichter von weitem sehen, als er den Hügel Richtung Delsjömotet hinauffuhr. Ihr Schein schien östlich von ihm in der Luft zu rotieren. Fehlt nur noch ein Hubschrauber, dachte er.

Er steuerte unter dem Viadukt durch, dann am Restaurant und dem Parkplatz des Erholungsgebietes Kallebäck vorbei und weiter auf den J. A. Fagerbergs väg, bis er beim Tunnel unter dem Boråsleden, der Schnellstraße, ankam. Den Wagen stellte er auf dem Asphalt vor dem Parkplatz ab, neben der Einfahrt, so weit wie möglich vom Fundort entfernt. An der Einfahrt stand ein Hinweisschild mit dem Verbot, Wohnwagen zu parken. Die Kollegen, das konnte er auch aus dieser Entfernung erkennen, waren schon zahlreich eingetroffen. Zwei Techniker von der Spurensicherung und der stellvertretende Chef der technischen Abteilung liefen da rum, was gut war, dazu die Gerichtsmedizinerin, was bestimmt auch gut war. Aber das hätte nun wirklich gereicht. Noch ein paar, um den Tatort abzusichern und höchstens ein neugieriger Polizist waren okay. Wie viele wohl vor seiner Ankunft schon um das Opfer herumgetrampelt waren?

Ein junger Polizist in Uniform wartete mit blassem Gesicht an der Absperrung. Winter zeigte seinen Ausweis vor. Ein leiser Wind kam von Süden herauf. Der Tag war nah.

»Warst du als Erster hier?«

»Ja. Als der Notruf eingegangen ist, sind wir sofort losgefahren.«

»Der Anrufer. Ist er hier?«

»Er sitzt dort drüben.« Mit einem Nicken wies der junge Streifenpolizist ins Dunkel. Im Licht der Morgendämmerung erkannte Winter die Silhouette eines Kopfes vor der helleren Fläche des Morgenhimmels.

»Ist alles abgesperrt?«, fragte Winter weiter.

»Ja.«

»Gut. Was ist mit den Autos?« Außer den zwei Streifenwagen und den beiden Fahrzeugen, mit denen die Techniker von der Spurensicherung und ihr Chef gekommen waren, parkten fünf weitere Autos auf dem Parkplatz, hatte Winter gezählt.

»Wie bitte?«

»Habt ihr die Autos?«

»Ob wir ...?«

»Habt ihr die Autonummern notiert und angefangen, die Besitzer zu überprüfen, und ist rund um die Autos alles abgesperrt?«, fragte Winter so sanft er konnte.

»Noch nicht.«

»Dann kümmert euch darum«, befahl Winter. »Die Kollegen dort drüben können Beschäftigung brauchen.« Dann blickte er zur Silhouette des Zeugen. »Waren noch andere Leute hier, als ihr eingetroffen seid?«

»Nur der da.«

»Und keiner ist weggefahren, als ihr angekommen seid?«

»Nein.«

Winter war mit einem Mal kalt. Die Reaktion seines Körpers auf die Erkenntnis, warum er hier war und was noch vor ihm lag. Er verspürte große Lust, sich einen Zigarillo anzuzünden, ließ es aber bleiben. Er brauchte dringend eine Tasse Kaffee. Wieder spürte er den Wind, der über die Haare an seinen Oberschenkeln strich. Er trug Shorts, das Hemd hing locker darüber. »Wo kann ich langgehen?«

»Bitte?«

»Wo beginnt der gesicherte Pfad?«

Der junge Polizist verstand offenbar nicht. Winter sah sich um. Die meisten Aktivitäten konzentrierten sich auf eine Stelle in fünfzig Meter Entfernung, vielleicht siebzig. Es war schwierig, da noch etwas zu erkennen. Er winkte, und drüben entdeckte ihn einer. Der Mann löste sich aus der Gruppe und kam auf Winter zu.

»Ich bin auch gerade erst eingetroffen«, sagte Kriminalkommissar Göran Beier. »Sie liegt dort drüben.«

Winter folgte ihm. Sie gingen geradeaus über den Parkplatz, zwischen zwei Autos hindurch, wandten sich nach links und vorsichtig weiter auf dem breiten Pfad zu einem breiten Graben, der von einer Kiefer und mehreren Birken teilweise verdeckt war. Der Pfad. Die Techniker hatten einen sicheren Weg markiert, an den sich alle halten sollten.

Winter hörte ein Auto und blickte sich um. Ein paar Autoscheinwerfer, die nur wenig ausrichteten, nun, da der Himmel langsam hell wurde. Es war Ringmars Wagen. Ringmar stieg aus. Er würde den Zeugen vernehmen.

Winter wandte sich wieder dem Graben zu. Unten lag eine Frau auf dem Rücken hinter der Kiefer. Er trat näher heran, damit er ihr Gesicht deutlicher sehen konnte. Sie konnte fünfundzwanzig oder dreißig oder sogar fünfunddreißig Jahre alt sein. Ihr Haar wirkte hell, aber das war schwer zu entscheiden, da es feucht war vom Morgentau. Sie trug einen kurzen Rock, eine Bluse und eine Strickjacke. Ihre Kleider schienen nicht in Unordnung zu sein. Sie starrte zu dem fahlen Himmel empor. Winter beugte sich näher über sie und glaubte, die kleinen roten Pünktchen an ihren Ohren und die kleinen geplatzten Äderchen in ihren offenen Augen zu erkennen. Sie war erwürgt worden, vermutete er. Aber er war kein Fachmann. Das Licht der Dämmerung reichte aus, um zu sehen, dass ihr Gesicht verfärbt und geschwollen war. Die Zähne lagen frei, als hätte sie gerade etwas sagen wollen.

Die Techniker von der Spurensicherung hatten sofort die Gerichtsmedizinerin zum Fundort gerufen. Winter befürwortete das stets, aber er wusste, dass Ringmar dagegen war. Ringmar glaubte, dass die Gerichtsmedizinerin am Fundort, der nur vielleicht auch der Tatort war, unnötige Hinweise erhalten und so zu einer vorgefassten Meinung kommen könnte. Seiner Meinung nach sollte sie einer Leiche erst auf dem Stahltisch in der Pathologie begegnen.

Winter nickte Pia Erikson Fröberg zu. Sie stand unten im Graben und las ihr Fieberthermometer ab. Es sah aus, als wartete die Tote auf das Ergebnis. Winter konnte die Augen nicht von der toten Frau abwenden. Sie schien den Blick vom Himmel abgewandt und auf Pias routinierte Bewegungen gerichtet zu haben.

Sie ist in guten Händen, dachte Winter. Ihr Körper ist in guten Händen.

Er sah sich die Umgebung genauer an. Das war der wichtigste Augenblick bei einer Untersuchung. Die Leiche der Frau lag in der Nähe eines Schilds mit der Warnung »Lebensgefährliche Leitung«. Auf der anderen Seite des Grabens war das Dickicht über dem Moorboden niedrig und dicht, es sah fast undurchdringlich aus. Das Blattwerk schien im Morgendunst zu schweben, war noch ohne Farben. Der Graben lag unmittelbar links von dem Pfad, der einen siebeneinhalb Kilometer langen Rundweg um den See bildete und gleichzeitig nur ein Teil des Bohusleden war. Auf der anderen Seite dieses Jogging- und Spazierwegs lag das Seeufer des Stora Delsjön. Das Wasser schimmerte matt zwischen den Birkenästen hindurch. Winter konnte das andere Ufer sehen. An diesem Ende bildete der See eine Bucht, die sich landeinwärts wölbte. Nebel trieb in Fetzen über dem Wasser. Winter hörte einen Seetaucher und Schreie anderer Wasservögel, die er nicht kannte.

Plötzlich war es still um ihn herum. Die Geräusche brachen ab, die Vögel verstummten, und das Einzige, was er vernahm, war das schwache Rauschen der wenigen Autos oben auf dem Boråsleden. Der morgendliche Berufsverkehr hatte auf der Schnellstraße noch nicht eingesetzt.

Eine Stimme sprach ihn an.

»Bitte?«

»Acht oder zehn Stunden«, sagte Pia Erikson Fröberg. »Wäre das nicht deine erste Frage gewesen?«

»Ich habe sie doch noch gar nicht gestellt.«

»Jedenfalls hast du jetzt die Antwort. Ich bin nicht ganz sicher, weil die Wärme dafür sorgt, dass die Leichenstarre schneller einsetzt.«

»Aha.«

»Ich versuche aber, das zu berücksichtigen.«

Winter blickte wieder auf das Gesicht der Toten. Es war rundlich. Die Augen standen weit auseinander, der Mund war groß. Das lange Haar wirkte ... ungepflegt, aber Winter wollte nicht vorschnell urteilen. So was hing schließlich vom Alter ab, vielleicht auch von der Mode.

»Sie hat nichts bei sich«, sagte Beier, der noch neben Winter stand. »Gar nichts. Keine Papiere oder Ausweise, nichts.«

Winter blinzelte wegen der Blitzlichter der Techniker. Das Fotografieren am Tatort würde bald erledigt sein, bis zu den Nacktaufnahmen bei der Obduktion. Zuletzt wäre der Profi im Labor an der Reihe, Kleidungsstück für Kleidungsstück und Finger für Finger zu fotografieren.

Unten im Graben blitzte es wieder auf, und Winter staunte, dass die Blitzlichter so grell waren, obwohl es doch bereits tagte.

»Ich glaube, sie ist hergebracht worden«, sagte Pia Erikson Fröberg. »Der Körper hat nicht lange hier gelegen.«

Winter nickte. Es war sinnlos, jetzt mehr zu fragen. Pia würde im Östra-Krankenhaus die weißen Flecken am Körper untersuchen. Trotzdem war es äußerst wichtig, hier alle Spuren zu sichern. Für den Augenblick würden sie aber voraussetzen, dass die Frau woanders getötet und dann an diesen Ort gebracht worden war. Irgendjemand war hier gewesen.

Die Tote war namenlos. Und es war kein Zufall, dass ihr die Ausweispapiere fehlten. Winter wusste es, spürte es: Das hatte etwas zu bedeuten. Allein das war eine unheimliche Mitteilung. Sie würden lange nach ihrer Identität forschen müssen. Wieder fror ihn. Die Kälte breitete sich bis in seinen Kopf aus.

»Was ist das für ein Zeichen dort an der Kiefer?«, fragte er Beier.

»Weiß ich nicht.«

»Ist das von der Forstwirtschaft?«

»Keine Ahnung, aber da hat jemand was auf die Rinde gemalt.«

»Scheint rote Farbe zu sein?«

»Sieht so aus. Aber das Licht ...«

»Da steht was. Aber was?«, fragte Winter mehr sich selbst.

Er versuchte zu erkennen, was für ein Zeichen oder Wort oder Buchstabe es sein könnte, aber vergebens.

»Wir prüfen es nach«, meinte Beier.

»Ich nehme mir die Häuserverwaltung AssiDomän und das Kreisamt vor oder wer sonst in den Wäldern hier zuständig ist«, sagte Winter. »Kann ich auf dem Pfad weitergehen?«

Beier blickte einen der Männer von der Spurensicherung fragend an.

»Du siehst doch den Weg«, erklärte dieser. »Halt dich in der Mitte.«

Winter ging den Strand entlang weiter. Der Graben zur Linken endete nach einigen Metern. Er kam an mehreren Kiefern vorbei, aber soviel er sehen konnte, war an keiner ein Zeichen. Das hat eine Bedeutung, dachte er. Ich mag keine Mörder, die auf Wände oder Bäume malen.

Er erreichte die kleine Lichtung mit der einzeln stehenden, eigenartig verkrüppelten Kiefer. Sie schien einmal abgeknickt zu sein, in jungen Jahren beschädigt, und war mit dieser lebenslangen Behinderung weiter gewachsen.

Winter blickte über das Wasser. Er sah keine Bewegung und hörte auch keine Wasservögel mehr. Gab es hier nicht sonst zu jeder Tages- und Nachtzeit Sportangler? War nicht jemand vorbeigerudert? Oder war der Mörder selbst mit dem Boot hergekommen, hatte sein Opfer liegen gelassen und war wieder davongeglitten?

»Sucht den ganzen Strand ab«, ordnete er an, als er an den Fundort zurückkam. »Vielleicht ist sie mit einem Boot hergebracht worden.«

Beier nickte. »Da könntest du Recht haben.«

Winter machte sich auf den Weg zurück zum Parkplatz. Am hinteren Zaun hing ein Schild von den Sportanglern im Regierungsbezirk Göteborg och Bohus mit dem Hinweis, dass für den Fischfang im Stora Delsjön der gelbe Anglerschein erforderlich war. Sie würden alle überprüfen müssen, die einen Schein besaßen.

Links waren weitere Anschläge und Karten des Naturschutzgebiets. Winter fiel auf, dass der Verkehr oben auf der Schnellstraße dichter geworden war. Er blickte hinüber und sah die

Autos oben vorbeirauschen. Vorsichtig lief er zum Abfluss des Sees und fand ein Schild, das vor dünnem Eis warnte.

Nach zwei Stunden waren die Einsatzkräfte mit der vorläufigen Arbeit fertig. Es war noch früh am Morgen. Die Leute von der Spurensicherung bedeckten den ganzen Körper der Toten mit einer durchsichtigen Klebefolie und warteten auf den Leichenwagen. Als das Auto ankam, legten sie den Körper in einem Plastiksack auf die Bahre und transportierten ihn in die Pathologie des Östra-Krankenhauses. Bald würde das neue Gebäude der gerichtsmedizinischen Abteilung auf dem Medicinarberg fertig sein, aber vorerst war noch das Östra zuständig, wenn Verdacht auf ein Verbrechen bestand.

Die Frauenleiche lag nun auf einem rostfreien Tisch. Die Lampen ersetzten das Morgenlicht, das Winter geblendet hatte, während er hinter dem Leichenwagen hergefahren war.

Hier drinnen schien der Tod endgültig besiegelt. Im hellen Kunstlicht war es, als stürbe die Frau einen zweiten Tod. In dem verdammten Graben draußen, dachte Winter, gab es sie noch, aber jetzt ist es endgültig vorbei. Das Gesicht der Toten schien obszön zu leuchten, und die Haut war gespannt, schimmerte durchsichtig.

Pia Erikson Fröberg und zwei Assistenten, Jonas Wall und Bengt Sundlöf, begannen, die Leiche zu entkleiden. Die Klebefolie hatten sie angebracht, um mögliche Spuren eines Mörders zu sichern. Haare, Fasern, Haut, Staub, Steine.

Göran Beier sprach leise in sein Diktiergerät, während sie die Frau entkleideten, und nahm so seine Beobachtungen auf: Schäden, Zustand, Aussehen der Kleidung. Dann legten die beiden Techniker die einzelnen Stücke vorsichtig, eins nach dem andern, in je einen Papiersack.

Als der Körper nackt war, begann Pia Erikson mit der Obduktion, zunächst mit der äußeren Besichtigung, während die Assistenten die Leiche aus jedem erdenklichen Winkel fotografierten. Pia Erikson beschrieb laut alle sichtbaren Verletzungen. Auch sie sprach in ein Diktiergerät. Winter hörte, wie sie die Verletzungen aufzählte, die er selbst an den Unterarmen der Leiche bemerkt hatte und die wahrscheinlich von Gegenwehr herrührten. Er konnte die Punkteinblutungen sehen, die entstanden waren, als der Blutdruck gestiegen war, weil die Gefäße vom Kopf abgeschnürt wurden und als das Zungenbein gebrochen und sie zu Tode gewürgt worden war – wenn das tatsächlich die Todesursache war. Pia sprach von Würgemalen an der Kehle. Sie hatten sie vorher nicht sehen können, weil die Frau ein Polohemd getragen hatte. Nun fanden sich an ihrem Hals deutlich blaue Flecken.

Dazu hatte sie weiße Flecken auf Bauch und Brust und an der Vorderseite der Oberschenkel. Sie hatte auf dem Rücken gelegen, als sie aufgefunden worden war. Das bedeutete, man hatte sie erst an den Fundort gebracht, als sie schon tot war. Winter konnte also ausschließen, dass sie Selbstmord begangen hatte und hinterher von jemand anders weggebracht worden war. Oder konnte es trotzdem so gewesen sein?

Fest stand nur, dass sie mindestens eine Stunde auf dem Bauch gelegen hatte, nachdem der Tod eingetreten war. Der Blutdruck war gesunken, weshalb sich alles Blut an den tiefsten Körperstellen gesammelt hatte. Außer dort, wo ihr Gewicht auf dem Gewebe gelastet hatte. Dort war das Blut aus dem Gewebe gepresst worden, sodass sich diese weißen Flächen gebildet hatten, die nun hier im Licht der grellen Lampen leuchteten.

Die Techniker nahmen dem Opfer die Fingerabdrücke ab.

Pia Erikson Fröberg fuhr mit der kostspieligen gerichtsmedizinischen Untersuchung fort, um die Göran Beier sie ausdrücklich gebeten hatte. Die Tür ging auf, und Winter hörte die Klänge eines Radios. Musik, die undefinierbar war. Aber er verfolgte Pias Arbeit weiter, ohne den Blick zu heben. Er hatte auf irgendein deutliches Zeichen gehofft, das ihnen bei der Identifizierung helfen würde: Tätowierungen, Narben von Verbrennungen oder Operationen, ein Piercing. Doch da war nichts als glatte blauviolette oder weiße Haut. Er hatte keinen Anhaltspunkt.

»Sie hat sich nicht die Haare gefärbt«, erklärte Pia Erikson.

Winter antwortete nicht. Er schaute sich noch einmal das Gesicht der Toten an und versuchte, es sich in Bewegung vorzustellen, als noch alle Nerven und Muskeln unter der Oberfläche funktionierten, alles, was für ein Lächeln, eine Grimasse erforderlich war.

»Wie alt ist sie?«, fragte er.

»Ungefähr dreißig, würde ich jetzt sagen. Aber du musst dich noch gedulden. Sie kann auch älter oder jünger sein, einige Jahre mehr oder weniger. Die Haut ist recht zart. Glatt um den Mund und an den Augen.«

»Keine Lachfalten?«

»Vielleicht hatte sie nicht so viel, worüber sie sich freuen konnte«, sagte Pia Erikson Fröberg, und Winter grübelte kurz, warum sie wohl so eine Bemerkung fallen ließ. »Aber nun ist Schluss mit der Traurigkeit. Bleibst du da, wenn ich mit der medizinischen Untersuchung beginne?«, fuhr Pia Erikson fort.

»Ich bleibe noch ein wenig«, sagte Winter.

»Aber ich gehe jetzt«, verkündete Beier mit einem Blick auf Winter. »Ich rufe dich an.«

Winter nickte. Er wandte sich wieder dem Gesicht der Frau zu. Sie wirkte älter, jetzt, nachdem ihr die Augen geschlossen worden waren. Die Beleuchtung erzeugte scharfkantige Schatten um ihren Körper. Es sah aus, als würde sie vom Licht durchbohrt.

Pia Erikson hatte sich die inneren Organe angesehen, den Mageninhalt aufbewahrt, eine Urinprobe entnommen sowie eine Blutprobe aus der Schenkelvene. Winter verließ den Obduktionssaal zwischendurch, um Ringmar anzurufen.

»Warum treibst du dich da noch rum?«, fragte Ringmar.

»Ich dachte, es würden Hinweise auftauchen, die bei der Identifizierung helfen«, antwortete Winter.

»Ja, vielleicht. Die Leute tätowieren oder piercen sich an den eigenartigsten Stellen. Und, hast du was gefunden?«

»Nein. Nur ein nacktes Gesicht. Kein Make-up.«

»Bitte?«

»Sie hat kein Make-up benutzt.«

»Ist das so ungewöhnlich?«

»Kommt drauf an, in welchen Kreisen man verkehrt. In den besseren mag das so sein, aber ich glaube nicht, dass sie in die gehört hat.«

»Wie meinst du das?«

»Sie wirkt arm. Billige Kleider und so. Aber vielleicht irre ich mich ja auch.«

»Was sagt Beier?«

»Bisher nichts.«

»Ich hab einen, der mehr sagt.«

Winter dachte an die Silhouette, die er vom Parkplatz aus gesehen hatte. Er selbst hatte nur kurz mit dem Mann gesprochen, bevor er ihn Ringmar zur Vernehmung überlassen und sich in den Leichenzug zum Krankenhaus eingereiht hatte.

»Was denn?«

»Ihm gehört eines der Autos auf dem Parkplatz.«

»Und was wollte er um vier Uhr morgens dort? Konnte er das erklären?«

»Er behauptet, er sei auf einem Fest unten in Helenevik gewesen. Weil er ein Bier zu viel getrunken hatte, wagte er nicht, weiter in die Stadt reinzufahren, sondern beschloss, auf dem Delsjö-Parkplatz zu parken und im Auto zu schlafen.«

»Was für eine verdammte Räuberpistole. Die hat er mir auch aufgebunden, jedenfalls Teile davon.«

»Er behauptet, es stimmt.«

»Habt ihr ihn pusten lassen?«

»So bald wir konnten. Und er war wirklich nicht ganz nüchtern. Er hatte getrunken, wenn auch nicht so viel.«

»Okay, okay. Was sagt er weiter? Was hat er gesehen?«

»Nachdem er eine Weile im Auto geschlafen hatte, musste er pinkeln und ist ein Stück vom Parkplatz weggegangen. Da hat er sie gesehen.«

»Was hat er gesagt?«

»Er hat beim Pinkeln den Graben entlanggeschaut und etwas entdeckt. Er ist hin und fand die Leiche. Das Handy steckte in seiner Brusttasche, also rief er uns direkt an.«

»Dieses Gespräch müssen wir überprüfen.«

»Natürlich.«

»Wie viel Uhr war es?«

»Als er anrief? Viertel vor vier ungefähr. Die Zentrale hat die genaue Zeit.«

»Was hat er noch gesehen? Mehr?«

»Nichts, sagt er. Niemand ist gekommen oder gegangen.«

»Was ist mit den anderen Autos?«

»Wir arbeiten daran.«

»Der Morgenappell wird um eine halbe Stunde verschoben.«
»Willst du alle dabeihaben?«
»Alle.«

Winter ging in den Obduktionssaal zurück. Die Frau auf dem Stahltisch blieb ein toter Körper ohne Namen. Wenn jemand ermordet wurde, gab es in den meisten Fällen wenigstens einen Namen, für den man um Frieden bitten konnte, wenn das Grauen für den Toten vorbei und seine Überreste den Hinterbliebenen übergeben waren. Nun schien Unfrieden den Raum zwischen den grellen Lampen zu erfüllen und auch das stumme Fleisch unter ihnen.

»Gerichtete Zähne«, sagte Pia Erikson. »Leicht verfärbt, aber in gutem Zustand.«

»Das hilft uns nur, wenn sie als vermisst gemeldet ist«, seufzte Winter. »Ich möchte den Obduktionsbericht, so schnell es geht. Danke.«

»Wie immer.«

»Du machst deine Sache gut, Pia.«

»So ein Gewäsch macht mich immer misstrauisch.«

Winter sagte nichts mehr. Er ging zur Tür. Die trockene Luft im Raum hatte ihn durstig und müde gemacht.

»Was machst du heute Abend, Erik?«, fragte Pia, als er schon halb draußen war.

Er blieb stehen und sah ihr zu, wie sie gerade auf dem Obduktionstisch aufräumte. »Ich dachte, du wärst wieder verheiratet.«

»Da ist nichts draus geworden. Wieder einmal.«

»Ich glaube nicht, dass das eine gute ...«

»Nein«, unterbrach sie ihn. »Du hast völlig Recht. Ich wollte auch nur sichergehen, dass du zu Beginn dieses Falles nicht zu lange ausgehst. Wir alle müssen unsere Kräfte sparen.«

»Heute Abend schlafe ich, und vielleicht spreche ich vorher mit Angela über die Zukunft«, antwortete er auf eine Frage, die ihm gar nicht gestellt worden war. »Und denke an die da.«

»Ich hab noch etwas für dich«, sagte Pia Erikson. »Damit du mehr zum Denken hast. Die Frau hat Kinder geboren.«

»Sie hat Kinder?«, wiederholte Winter.

»Ich weiß nicht, wie es jetzt steht, aber sie hat Kinder geboren. Eins, vielleicht mehrere.«

»Wann denn?«

»Das kann ich nicht beantworten, wenigstens jetzt noch nicht. Aber es zeigt sich an ihren …«

»Erspar mir lieber die Details«, bremste Winter sie, »jedenfalls für den Augenblick.« Er spürte einen Schauder über seine Kopfhaut laufen. Es gab vielleicht ein kleines Kind da draußen. Das konnte eine Hilfe bei der Fahndungsarbeit bedeuten – oder Anlass zu Frustration. Vielleicht Schlimmeres.

7

Die Polizisten fächelten sich mit einem doppelseitigen Formular Luft zu, vielleicht mit den »Fahndungsfragebögen bei schwereren Straftaten«. Diese Formulare flogen überall herum. Winter würden in den nächsten Tagen ganze Stöße davon auf seinen Schreibtisch flattern, ausgefüllt mit den Aussagen von Menschen, die nichts oder vielleicht nur etwas über die Tote am See wussten.

Auf dem Gang roch es nach Schweiß und Sonne, im Wartezimmer rechts stank es nach altem Säufer. Ein Spaßvogel hatte ein Poster mit einem Bild von Strand und Palmen neben einem Werbeplakat für den Dienst bei der Kriminalpolizei angeschlagen. Die Poster hingen genau über einem schlafenden Mann, aus dessen offenem Mund ein Strang Speichel den ganzen Weg vom Mundwinkel bis auf die Armlehne des Kunstledersofas lief. Es wirkte wie ein Trick. Damit könnte er auftreten, dachte Winter und nahm den Aufzug zu seinem Zimmer im zweiten Stock.

Er betrat den Raum und strich sich hastig über das Gesicht, rieb sich über die Stoppeln am Kinn und auf den Wangen. Auf der Autofahrt vom Krankenhaus hatte er sich etwas erholt. Aber weiterhin pumpte Adrenalin durch seinen Körper, während ihm gleichzeitig der Schweiß den Rücken hinablief. Das war keine gewöhnliche Mordfahndung. Er wusste es instinktiv, spürte die körperliche Anspannung. Vielleicht würde sie monatelang nicht nachlassen.

Er ging über den Korridor zurück zum Aufenthaltsraum und genoss den Duft des frisch gebrühten Kaffees. Er füllte einen Becher und verharrte einige Sekunden am Fenster. Draußen war der Tag jetzt wirklich angebrochen. Die zweite Pendlerwelle quoll aus der Ausfahrt am Stadion. Der Fahrzeugstrom verteilte sich dann längs der Ullevigatan und der Skånegatan. Er hörte das Brausen. Obwohl es erst zwanzig nach acht war, zeigte das Thermometer vor dem Fenster schon 27 Grad an. Winter wusste, dass für ihn die Badesaison zu Ende war.

Das Besprechungszimmer füllte sich mit seinen Leuten. Einige wenige sahen müde aus, diejenigen, die von Anfang an dabei gewesen waren. Die anderen warteten, rutschten ungeduldig auf den Stühlen herum. In einem anderen Zusammenhang hätte man die Stimmung im Zimmer als hoffnungsvolle Erwartung beschreiben können, aber jetzt schien Hoffnung ein unpassendes Wort. Ringmar hatte »Brainstorming zum Mordfall« ans Flipchart geschrieben. Winter hielt auch einen Stift in der Hand und suchte nach einer treffenden Beschreibung für die geistige Verfassung der Anwesenden. Sie war ... leer. Wie ein leerer Bogen Papier in professionellen Händen. Er hoffte jedenfalls, dass sie professionell sein würden, dass ihnen nicht gleich am Anfang zu viele Fehler unterlaufen würden. Dieselbe Angst wie immer.

So sehen wir uns nach der Sommerpause wieder, dachte er und malte ein X ans Flipchart.

»Eine unbekannte Frau, etwa dreißig, ist heute Morgen zwischen halb und Viertel vor vier von einem Mann tot aufgefunden worden. Wahrscheinlich erwürgt. Den Mann werden wir im Laufe des Vormittags weiter vernehmen. Gegen ihn liegt zur Zeit kein Tatverdacht vor. Aber man kann nie wissen.«

»Wie hat er mit uns Kontakt aufgenommen?«, fragte Sara Helander. »Es wurde doch gleich darauf Alarm gegeben. Er muss ein Handy gehabt haben.«

»Ja.« Ringmar lächelte.

»Handys, Handys, überall Handys«, bemerkte Halders.

»Können wir fortfahren?«, fragte Winter. Stumm starrte er auf sein X, unter das er eine Skizze zu zeichnen begann, während er gleichzeitig weiterredete. »Sie wurde hier gefunden.« Er zog einen Kreis um den angedeuteten Fundort. »Wir sehen es uns nachher genauer auf der Karte an, aber ich zeichne schon mal die Lage ein. Fährt man unter der Schnellstraße auf dem Gamla Boråsvägen, der alten Fahrstraße durch, kommt man zur Kreuzung Richtung Helenevik und Gunnebo. Hier also wurde sie gefunden«, wiederholte er und zeigte auf seinen Kreis. »In einem Graben mit Gestrüpp dahinter. Das Wäldchen grenzt an Kalvmossen, das hier vom alten Boråsvägen durchschnitten wird.« Er zeichnete den Seitenweg vom J. A. Fagerbergs väg ein.

»Da ist doch unsere Sportanlage«, entfuhr es Halders.

»Richtig«, sagte Winter. »Ein Stück weiter, den Seitenweg runter befindet sich, wie die meisten hier wissen dürften, das Sportzentrum der Polizei.«

»Da hab ich meinen vierzigsten Geburtstag gefeiert«, erzählte Halders. »War da nicht gestern ein Fest?«

»Die Kollegen vom Ermittlungsdezernat hatten dort am frühen Abend eine kleine Veranstaltung«, erklärte Ringmar.

»Wie früh?«, fragte Möllerström.

»Der letzte Mann ist morgens um vier gegangen«, antwortete Ringmar. »… oder hat vielmehr ein Taxi genommen.«

»Aber war …«, begann Halders, wurde jedoch von Ringmar unterbrochen.

»Wir werden alle befragen.«

»Das sind doch nur wenige hundert Meter von diesem Graben bis zu unserer Anlage, oder?« Bergenhem konnte es nicht glauben.

»Ja«, bestätigte Winter. »Aber der Schießstand ist zu dem Zeitpunkt nicht benutzt worden.«

»Gibt's da nicht einen Hundezwinger, kurz bevor man zum See kommt?«, wollte Halders noch wissen.

»Doch. Direkt nach der Kreuzung. Die Leute dort werden wir uns auch vornehmen müssen.«

»Die Köter auch?«, fragte Halders mit Unschuldsmiene.

»Wenn nötig«, sagte Winter. »Es gibt überhaupt eine ganze Menge Häuser an diesem Weg. Da ist der Schießstand Örgryte ein paar hundert Meter weiter oben, der Golfclub Delsjön und die GAIS-Trainingsanlage. An der Kreuzung Gamla Boråsvägen und Frans Perssons väg liegen mehrere Wohnhäuser. Hier.« Er malte ein paar kleine Vierecke ans Flipchart.

»Und zusätzlich haben wir also noch eine Horde besoffener Bullen.« Halders konnte das Frotzeln nicht lassen.

Winter ging nicht darauf ein. Er beendete die Skizze an der Tafel und drehte sich um zu den Anwesenden. »Der Fundort ist nicht der Tatort. Die Frau wurde erst eine Stunde, nachdem sie getötet worden war, zu dem Graben gebracht, in dem wir sie fanden. Als wir zu der Stelle kamen, war sie schon acht bis zehn Stunden tot. Das ist der momentane Stand der Dinge. Ich warte auf den Obduktionsbericht.«

»Sexuelle Gewalt?«, fragte Halders, der trotz der kurzen Nacht ganz ausgeruht zu sein schien. Ein paar Stunden Schlaf hatten ihm genügt.

»Das wissen wir noch nicht. Aber ihre Kleider waren wohl in Ordnung. Pia Erikson konnte keine direkten Anzeichen für eine Vergewaltigung feststellen.«

»Weitere Zeugen?«, fragte Janne Möllerström. Er war Winters Mann in der Registratur, ein für seine Gründlichkeit bekannter Kriminalinspektor, der Sorge trug, dass alles Material zu der Fahndung in der Datenbank landete.

»Das ist alles, was wir bis jetzt haben«, erklärte Winter. »Und bisher hat sich außer dem Mann, der eine Treppe tiefer sitzt und wartet, niemand gemeldet.«

»Wir überprüfen gerade die anderen vier Autos«, informierte Ringmar seine Kollegen. »Zwei davon sind als gestohlen gemeldet.«

»Gut«, freute sich Lars Bergenhem. Alle verstanden, was er meinte: Ein gestohlenes Auto war eine heiße Spur und konnte sie von einem Fundort zu einem Tatort führen.

»Heute nehmen wir uns also die Autos vor«, sagte Ringmar.

»Was ist mit den anderen Autohaltern?«, fragte Sara Helander.

Winter lächelte sie an. Sara Helander war während der letzten, schwierigen Ermittlung zu seiner Kernmannschaft gestoßen, und er wollte sie gerne auf Dauer im Team haben und nicht nur leihweise von der Abteilung für Personenfahndung wie bisher.

»Zwei Besitzer waren sehr froh, dass wir ihre Autos gefunden haben, wenigstens haben sie das gesagt. Die beiden anderen müssen wir erst noch befragen.«

»Warum haben sie ihre Autos wohl überhaupt dort abgestellt?«, wunderte sich Halders.

»Ja«, hakte Veine Carlberg ein, »warum bloß stellt man seinen Wagen über Nacht auf einen gottverlassenen Parkplatz?«

»Wir werden versuchen, das festzustellen«, bestätigte Winter.

»Wies die Tote Verletzungen durch Gegenwehr auf?«, fragte Sara Helander und betrachtete die beiden Bilder, die sie in der Hand hielt. »Auf diesen Fotos kann man das nicht gut erkennen.«

»Sie scheint heftig um sich geschlagen zu haben«, berichtete Winter. »Es fanden sich Verletzungen an den Unterarmen, aber ob sie ihr im Todeskampf zugefügt wurden ... Wir müssen den Obduktionsbefund abwarten. Hier sind Fotos von der Obduktion.« Winter reichte ihr ein dünnes Bündel. »Darauf kann man es besser erkennen.«

»Eine Unbekannte«, murmelte Halders.

»Sie hat mindestens ein Kind geboren«, ergänzte Winter. »Vielleicht kann uns das helfen.«

Keiner kommentierte seine Worte, aber alle dachten darüber nach. Winter betrachtete die Gesichter vor sich und begann, allen ihre Aufgaben für den Tag zuzuweisen. Er wollte diese Versammlung am Morgen kurz halten, da die Ermittlungsarbeit des ersten Tages die wohl wichtigste während eines Falles sein konnte.

Er hatte bereits Leute daran gesetzt, die Listen der als vermisst gemeldeten Personen durchzugehen. Außerdem war es zur Routine geworden, bei der Annahme einer Vermisstenanzeige auch gleich die Angabe zu notieren, welcher Zahnarzt die vermisste Person behandelt hatte. So konnten sie sich bei Bedarf mit diesem in Verbindung setzen und die Gebissbeschreibung zum Odontologen in die Gerichtsmedizin bringen. Das war oft die schnellste Methode, die Identität einer Leiche festzustellen. Der Odontologe röntgte die Zähne des unbekannten Opfers und verglich anschließend das Bild mit der vorliegenden

Zahnkarte. Manchmal reichte es auch, Zahnstatus und Zahnkarte einfach nur nebeneinander zu legen.

Winter wartete gespannt auf das Ergebnis dieser Arbeit.

Zusätzlich würde natürlich eine Untersuchung der DNS vorgenommen werden.

Die interne Fahndung hatte also routinemäßig begonnen: Melderegister durchgehen, die Schlüsselfragen in den Computer eingeben.

Sie würden die gesamte Verbrecherkartei durchforsten, in der Hoffnung, dass die Frau früher einmal festgenommen und inhaftiert, vielleicht sogar verurteilt worden war und dass ihre Fingerabdrücke ihnen helfen würden, den Mörder zu finden. Aber die Wahrscheinlichkeit war gering.

Im Polizeiblatt SPAN würden sie das Foto schalten und darauf hoffen, dass ein Kollege sie auf dem Bild in der Zeitung, die vierzehntägig erschien, wieder erkannte. Eine Fotografie der Toten, auf der kaum spürbar war, dass die Frau verstorben war, lag vor Winter auf dem Schreibtisch: Sie sah aus, als gehörte sie noch in diese Welt, schien nur auszuruhen.

Winter dachte daran, dass die Frau einmal Mutter gewesen war.

Sie würden bei allen, die in der Nähe des Fundorts wohnten, an die Tür klopfen, Zeitungsausträger und andere, die in der Nacht unterwegs sein konnten, ausfindig machen.

Sie würden die Taxis überprüfen. Diese Aufgabe bekam Halders zugewiesen, und trotz seines Interesses für Autos verzog er das Gesicht. Das ist doch sinnlos, dachte er, aber er sprach es nicht aus.

»Ich weiß, dass du das für überflüssig hältst, aber es muss gemacht werden«, sagte Winter.

»Diesmal könnte der Fall anders liegen«, lenkte Halders ein. »Es muss ein paar Fahrten vom und zum Sportzentrum gegeben haben. Aber der Teufel soll sie holen, diese Taxifahrer, wenn sie was gesehen haben und keine Meldung machen. Früher war das anders.«

Früher war es tatsächlich anders, besser, dachte Winter. Früher hatte er den Hörer abnehmen und 17 30 00 wählen können, und die Taxizentrale hätte eine Mitteilung an alle Fahrer gefunkt, Winter anzurufen, und das Arbeitsleben eines Fahnders war gleich ein wenig einfacher gewesen.

»Die Konkurrenz der Taxiunternehmen macht die Fahndungsarbeit kaputt«, schimpfte Halders. »Die neuen Gesellschaften ... Wie viele von denen, die da arbeiten, sind denn noch weiß? Die sind doch schwarz und gelb und grün und Ich-weiß-nicht-Was. Wie viele von denen würden einer näheren Überprüfung durch die Einwanderungsbehörde standhalten? Diese verdammten Fahrer lassen doch freiwillig nichts von sich hören, die nicht.«

Winter drehte sich zur Tafel um, aber Halders fuhr unbeirrt fort: »Nehmt den Mord auf dem Ramberget letztes Frühjahr. Wie viele Taxis sind in der Nacht den Berg rauf- und runtergerast? Zwanzig? Dreißig? Und wie viele von den Fahrern haben sich bei uns gemeldet? Nicht ein Einziger!«

Halders blickte sich Aufmerksamkeit heischend um.

Die Einwanderungsbehörde!, dachte Winter bei sich. Die Frau könnte eine ausländische Mitbürgerin sein. Sie müssten die Akten der Behörde durchgehen. Interpol. Immer mit der Ruhe!, Winter. Er blickte auf die Pfeile und Ziffern, die er gemalt hatte. Sie hatten fast nichts. Auch das war doch immerhin ein Ausgangspunkt.

Es war elf Uhr. Ringmar und er saßen in Winters Zimmer. Winter rauchte am offenen Fenster, aber bei der Hitze machte das keinen großen Unterschied. Der Rauch stieg zur Decke, breitete sich aus und fiel wieder auf sie beide herab. Ringmar hustete. Winter legte den Zigarillo in den Aschenbecher.

»Tja, willkommen zurück im wirklichen Leben«, begann Ringmar.

»Es wurde sowieso allmählich langweilig. Im Urlaub.«

»Wär gut, ein Hobby zu haben«, meinte Ringmar. »Da ist die freie Zeit besser ausgefüllt.«

»Ich bin Rad gefahren und schwimmen gegangen«, sagte Winter. »Und hab Rockmusik gehört. Das mit dem Rock könnte ein Hobby werden. Jazz ist Arbeit, aber Rockmusik wär ein gutes Hobby. Man braucht Zeit, um sie hören zu lernen.«

»Ja, einfach furchtbar«, meinte Ringmar.

Winter griff wieder zum Zigarillo, ließ ihn dann aber doch liegen. Er hörte Motorgeräusche von draußen und das höhnische Gelächter der Möwen, die Ankunft und Abfahrt der Streifenwagen verfolgten.

»Keine Vermisstenanzeige«, sagte Winter. »Das kann gut oder schlecht sein.«

»Was könnte daran gut sein?«

»Sie war vor weniger als 24 Stunden noch irgendwo unterwegs. Jemand hat sie gesehen, vielleicht mit ihr gesprochen. Und ich meine nicht den, der sie getötet hat. Wär möglich.«

»Die Meldung kann im Laufe des Tages hereinkommen. Oder morgen.«

»Und so lange sind die Zahnbefunde nutzlos.«

»Ja, wir brauchen ihren Zahnarzt«, bestätigte Ringmar.

»Und ihren Namen, eine Wohnung und Spuren«, sagte Winter. »Man hat das Gefühl, als ob ... als wäre es unanständig, von ihr zu reden. Kennst du das?«

»Nein.«

»Mir geht es immer so, wenn wir eine unidentifizierte Leiche haben. Du weißt schon. Kein Friede.«

Ringmar nickte.

»Ich möchte gern noch einen Tag warten mit den Zeitungen und Anschlägen«, sagte Winter.

»Anschläge? Fangen wir mit Anschlägen an?«

»Ja. Die Kollegen in London arbeiten damit, und ich will es auch mal ausprobieren, wenn nötig.«

»Und funktioniert es?«

»Was?«

»Hat es in London etwas gebracht?«

»Das weiß ich eigentlich nicht.«

»Ach.«

»Ich mache heute Abend einen Entwurf.«

»Was willst du als Bild nehmen?«

»Genau genommen bin ich nicht sicher. Können wir das hier verwenden?« Winter hielt das Foto von dem Gesicht der Toten hoch. »Das ist zwar nicht üblich, aber es ist die einzige Möglichkeit. Eine andere haben wir nicht.«

»Kann ich mal sehen?«, fragte Ringmar und streckte die Hand nach dem Foto aus. Er betrachtete das Gesicht und gab das Bild zurück. »Man fühlt sich nicht wohl dabei. Aber ich nehme an, wir müssen es machen, wenn nicht schnell etwas geschieht. Frisch verstorben und ein einigermaßen gutes Bild. Aber in Göteborg wird es wohl das erste Mal sein.«

»Erinnerst du dich an die Deutsche in Württemberg? Der Sprengsatz? Die Frau war völlig zerfetzt, aber sie haben mittels plastischer Chirurgie ihr Gesicht zusammengesetzt und sind mit diesem Bild an die Öffentlichkeit gegangen.«

»Das ist geschmacklos, absolut.«

»Die Explosion war schlimmer«, widersprach Winter.

Ringmar stand auf, reckte sich. »Für mich ist es schon Abend«, stöhnte er.

»Reiß dich zusammen«, raunzte Winter ihn gutmütig an. »Der Tag hat erst angefangen.«

»Dann reiß du dich zusammen bei der Pressekonferenz«, erklärte Ringmar, indem er sich wieder setzte und ein Bein über das andere schlug. Seine Khakihose und das kurzärmelige karierte Hemd waren wesentlich eleganter als Winters Freizeitshorts und das ausgewaschene Hemd. Winter kratzte sich am Oberschenkel, ganz oben. Er konnte dringend eine Dusche und etwas zu essen gebrauchen. »Pressekonferenz? Wer hat das entschieden? Birgersson?«

»Nein. Sie haben dich gesucht, als du von der Obduktion im Östra hierher unterwegs warst. Wellman.«

Henrik Wellman war der Polizeichef des Bezirks. An ihn mussten sich die Kommissare des Fahndungsdezernats wenden, um Geld für Dienstreisen, mehr Autos und dergleichen zu bekommen.

Über Wellman stand nur noch die Polizeipräsidentin Judith Söderberg. Danach lagen die Fragen in Gottes Hand.

»Will Henrik selbst dabei sein?«, fragte Winter lächelnd.

»Du musst ihn verstehen«, meinte Ringmar. »Junge Frau ermordet, nicht identifiziert. Der Reichstag ist noch nicht eröffnet. Die Hockeysaison hat noch nicht begonnen. Da stürzt sich die Presse auf so was. Sommermord.«

»Sommermord«, wiederholte Winter. »Wir sind Mitspieler

bei einem klassischen Sommermord. Der Traum jeder Abendzeitung.«

»Daran ist auch die verdammte Hitze schuld«, sagte Ringmar. »Hätten wir nicht diese Hitzewelle, wäre es was anderes. Zumindest für die Presse.«

»Herbstmord«, sagte Winter. »Falls es Mord ist. Ist es bestimmt, wenn auch noch nicht offiziell. Vielleicht haben wir sie bald schon identifiziert. Tja. Vielleicht ist eine Konferenz mit den Freunden von der Presse ja sogar für was gut. Ich bin wohl wieder derjenige, der uns repräsentieren soll, nehme ich an.«

»Vierzehn Uhr. Bis dann.«

Ringmar stand auf und verließ das Zimmer. Winter nahm sich einen neuen Zigarillo und starrte zehn Sekunden die Decke an. Dann griff er zum Telefon, aber Beier, der technische Kommissar, zuständig für die Spurensicherung und -analyse, war nicht im Haus.

Sie brauchten endlich ein Zimmer, ein Haus oder eine Wohnung. Wenn sie schon keinen Namen hatten, brauchten sie einen Raum, einen Ort, wo sie mit den Ermittlungen anfangen konnten. Es gab nicht viele Möglichkeiten, wenn sie nicht bald eine Adresse als Ausgangspunkt hatten.

Er zog die linke obere Schreibtischschublade auf, nahm einen Umschlag heraus und öffnete ihn. Weitere Fotos vom Fundort lagen darin. Er versuchte sich vorzustellen, was in den Minuten geschehen war, kurz bevor jemand die Tote dort abgelegt hatte. Vielleicht war sie von der anderen Seite des Grabens dorthin getragen worden, durch Wald und Gestrüpp, über das Moor. Ein starker Mann könnte das. Sie wog nicht mehr als 55 Kilo. Die Druckstellen an ihrem Hals stammten wahrscheinlich von kräftigen Fingern und großen Händen, aber das war offiziell noch nicht gesichert.

Sie musste getragen worden sein. Bisher hatten sie keine Schleifspuren auf dem Parkplatz, dem Weg oder im Gras gefunden. Der Parkplatz. Jemand hatte sie dorthin gefahren, aus dem Auto gehoben und zum Graben getragen. So konnte es sich abgespielt haben. War sie mit einem der Autos, die dort standen, hergebracht worden? Vielleicht. Mit einem der beiden gestohlenen Wagen? Warum nicht. Er würde es bald wissen. Jemand ermordet einen Menschen, geht runter auf die Straße, stiehlt ein Auto, legt die Leiche hinein und fährt weg. Würdest du es so machen, wenn du jemanden ermordet hättest, Winter? Würdest du zum Delsjö-See fahren? Warum gerade dorthin? Warum wurde die Leiche dort abgelegt? Wie viele unserer bekannten Gewalttäter erwürgen gern ihre Opfer? Haben sie irgendwelche Lieblingsorte oder -gegenden? Was wissen wir über den Fundort? Was ist vorher geschehen, rund um diesen Parkplatz oder an dieser Bucht? Hatte sich dort nicht vor ein paar Jahren eine Bande Satanisten herumgetrieben?

Der See. Vielleicht war die Leiche ja auch mit einem Boot hergebracht worden. Um den ganzen See konnten Leute etwas bemerkt haben. Fast zehn Kilometer Uferlinie. Wie schleppte man eine Tote ins Boot, ohne gesehen zu werden?

Gab es nicht Jogger, die nachts um den See liefen? Bei Joggern konnte man nie wissen.

Hinter der Wahl eines Fundortes steckt immer etwas, dachte Winter. Auch wenn es dem Mörder selbst gar nicht bewusst ist. In seiner Wahl findet sich ein Anhaltspunkt für uns. Irgendetwas veranlasst ihn, zu genau dieser Stelle zu fahren. Etwas in seiner Vergangenheit.

Der Ort. Von dem müssen wir ausgehen. Dort werde ich anfangen. Ich fahre zurück.

Winter legte den Umschlag in die Schreibtischschublade, schloss sie und stand so hastig auf, dass ihm für den Bruchteil einer Sekunde schwindelig wurde.

Winter hatte vor einiger Zeit schon Hunger gehabt. Der war zwar weg, aber er musste trotzdem etwas essen. Er nahm das Auto für die kurze Strecke zum Chinarestaurant in der Folkungagatan, wo er eine Kleinigkeit aß und einen Liter Wasser trank.

Die anderen Gäste um ihn herum trugen Hemden und Kleider, die schweißnass waren. Keiner machte sich mehr etwas daraus.

8

Auf der Höhe des Liseberg-Vergnügungsparks hörte Winter im Auto die Lokalnachrichten. »Die Polizei hat noch keine Spur von ...« Es war die Wahrheit, wer auch immer das dem Radio Göteborg mitgeteilt hatte. Am Nachmittag würde er selbst zugeben müssen, was sie alles nicht wussten.

Die Autoscheiben ließen das Tageslicht nur gedämpft durch. Winter regelte die Klimaanlage auf Zimmertemperatur. Er wollte sich nicht erkälten. Durch die Fenster sah es wieder so aus, als wäre es draußen kalt. Aber wenn er die Autotür öffnete, würde ihm die Hitze entgegenschlagen.

Im Liseberg-Park drehten sich die Räder. Winter musste daran denken, wie viele Jahre er nicht mehr dort gewesen war.

Der Asphalt war weich vor Hitze. Die Autos um ihn wirkten verschwommen, wie aufgelöst. Fahrzeuge und Straße schienen zusammenzufließen. Er kam an einer Tafel vorbei, wo die Temperatur der Luft und der Straßenoberfläche angezeigt wurden. 43 Grad in der Luft. 49 Grad auf der Straße. Wahnsinn.

Auf dem Berg hinter Kallebäcksmotet fiel ihm auf der Gegenfahrbahn eine Verkehrskontrolle auf. Ein uniformierter Polizist winkte freundlich die Fahrer an die Seite. Ein Kollege stand ein Stück weiter weg mit einer Videokamera am Straßenrand.

Eine Videokamera. Winter fixierte den Mann, der sie hielt, verfolgte ihn im Rückspiegel. Der Mann musste ihn auch gesehen haben. Das Videoband filmte den entgegenkommenden Verkehr, aber er hatte den Mann im Blick. Die Kamera also war auch auf ihn selbst gerichtet, was bedeutete, dass er auf dem Band dort eingefangen war: Er und andere Autofahrer, die in die entgegengesetzte Richtung unterwegs waren, wurden aufgenommen, auch wenn die Aktion gar nicht ihnen galt.

Winter fuhr den Delsjömotet hoch und bog auf dem Hügel rechts ab und kam auf dem Boråsleden am Erholungsgebiet vorbei. Die große Hitze hielt die Leute fern. Kein Mensch war auf dem Parkplatz oder auf den Rasenflächen.

Er wollte gerade einbiegen zu der Stelle, wo man die Frau gefunden hatte, als er beschloss, auf der alten Straße, dem Gamla Boråsvägen, weiterzufahren, die längs dem neuen Boråsleden –, der Schnellstraße, verlief. Nach der Unterführung galoppierten auf den Feldern links Reitpferde, und Winter kam an zwei Höfen vorbei. Einen knappen Kilometer weiter erreichte er wieder eine Kreuzung. Er blinkte und hielt auf dem Park- und Bushalteplatz rechts am Straßenrand. Winter stieg aus, zündete sich einen Zigarillo an und lehnte sich ans Auto.

Er musste an den Polizisten mit der Videokamera denken. Dort könnte er ansetzen: Hatte die Verkehrspolizei nicht schon seit einiger Zeit Nachtstreifen eingesetzt? Mit Kameras, die im Dunkeln sahen. Ein Test mit Infrarot-Kameras? Er glaubte, etwas darüber in Group Wise gesehen und eine Mitteilung im E-Mail-System der Polizei gelesen zu haben.

Waren sie auch letzte Nacht unterwegs gewesen? War dieser Test nicht sogar auf die östlichen Stadtteile und Ausfallstraßen beschränkt gewesen?

In der besten aller Welten würde sich einer der Männer von der Verkehrsüberwachung bei Winter melden, wenn eine Streife während der letzten 24 Stunden in der Nähe des Fundorts gewesen war. Aber es brauchte seine Zeit, bis die interne Kommunikation in Gang kam, manchmal Tage. Fehler und Missverständnisse zu Beginn einer Ermittlung waren mitunter schwer wieder gutzumachen, aber sie traten natürlich auf. Ziemlich oft. Polizisten sind eben auch nur Menschen, dachte Winter. Und die Neuorganisation von 1995 hatte auch einem unglücklichen Revierdenken in den einzelnen Polizeibezirken Vorschub geleistet.

Winter nahm das Telefon von der Halterung am Armaturenbrett und wählte die Nummer der Verkehrsüberwachung. Er stellte sich dem Diensthabenden vor und bat, mit dem leitenden Kommissar der Abteilung verbunden zu werden.

»Walter Kronvall ist beschäftigt.«

»Wie lange wohl?«

Winter konnte fast den Stoßseufzer am anderen Ende hören: Warum kann der nicht woanders anrufen?

»Wie lange wohl, habe ich gefragt.«

»Wie war der Name?«

»Kommissar Erik Winter. Ich bin stellvertretender Leiter des Fahndungsdezernats.«

»Geht es nicht auch mit einem andern?«

»Wie bitte?«

»Walter ist be ...«

»Wir ermitteln hier in einem Mordfall, und es ist sehr wichtig, dass ich Walter Kronvall sprechen kann.«

»Okay, okay, einen Moment«, sagte die Männerstimme, und Winter wartete. Ein Flugzeug flog im Anflug auf Landvetter über ihm vorbei. Es schwebte lautlos im Blau. Winter hörte das Dröhnen der Motoren erst, als das Flugzeug aus seinem Blickfeld verschwunden war. Er sah ... das musste ein Hirsch sein, der den Kopf hob am Waldrand hundert Meter weit weg, hinter dem Pferdegatter. Die Farbe des Fells verschmolz mit der des sonnenverbrannten Grases. Als das Wildtier davoneilte, sah es fast aus, als ginge ein Windhauch durch die Felder.

Winter lauschte den Grillen und dem Lärm eines weiteren Flugzeugs am leeren Himmel. Er wartete. Der Zigarillo in seiner Hand war längst ausgegangen.

»Ja, hier Kronvall.«

»Erik Winter.«

»Ich war beschäftigt.«

»Das bist du noch.«

»Was?«

»Du bist noch beschäftigt, aber jetzt mit diesem Gespräch hier, Walter. Aber ich will mich kurz fassen. Ich muss wissen, ob ihr heute Nacht draußen am Boråsleden Kameras installiert hattet, in der Gegend beim Delsjömotet. Am frühen Morgen. Als es noch dunkel war.«

»Geschwindigkeitskontrolle?«

»Das weißt du besser als ich.«

»Worum geht es?«

»Hast du noch nicht von dem Mord gehört? Wir haben heute Morgen eine tote Frau gefunden. Erwürgt ...«

»Klar weiß ich davon. Trotz der Kommunikationswege hier im Haus, muss man wohl sagen.«

Winter wartete auf die Fortsetzung. Schweiß lief ihm in die Augen und die Wange hinunter, gegen die er das Telefon gedrückt hielt. Er rückte in den Schatten und wischte sich mit dem rechten Handrücken über die Stirn.

»Und du willst wissen, ob wir in der Nähe gefilmt haben? Im Dunkeln? Schon möglich. Normalerweise verfügen wir nicht über die nötige Ausrüstung, aber wir haben sie bei den Knaben von der Hubschrauberstaffel ausgeliehen, um sie ein wenig zu testen. Infrarot-Kameras. Ich muss bei der Polizei vor Ort in Härlanda anfragen.«

»Kannst du das jetzt gleich tun?«

»Ja, das wäre wohl das Beste, wenn du es noch schaffen willst, dir die Bänder anzusehen. Falls sie in der Gegend gewesen sind.«

»Wie meinst du das?«

»Weiß der Herr Kommissar nicht, wie das geht? Die Polizisten in den mit Video ausgerüsteten Wagen sehen sich das Band an, spulen es zurück, und dann übernimmt ein anderer. Aber vielleicht ... Es wär möglich, dass sie heute eine Viertelstunde länger warten, bevor sie an eine neue Stelle ausrücken. Weil diesmal mehr Leute sich das Band anschauen sollten. Es war ja wie gesagt ein Test.«

»Das Band wird normalerweise sofort überspielt?«

»Natürlich. Hier in der Verkehrsüberwachung sind die Mittel beschränkt.«

»Bitte ruf dort an, sei so gut.«

»Wo kann ich dich erreichen?«

Winter sagte es ihm und drückte auf Aus. Er verließ den Wagen, das Telefon in der Brusttasche und stellte sich ein Stück weit neben das Auto, um ein paar Dehnübungen zu machen, die Hände auf die Karosserie gestützt. Es knirschte im Körper.

Ich muss mich mehr bewegen, dachte er. Ich werde nicht ewig der jüngste Kommissar bleiben. Bergenhem hat mich kürzlich erst wegen Hallenbandy gefragt. Eine verrückte Idee, aber vielleicht mache ich mit. Oder ich laufe jeden dritten Tag nach Långedrag und durch den Slottskogen zurück. Dabei bin ich den ganzen Sommer mit dem Rad gefahren ...

Er überquerte die Fahrbahn, um sich den Busfahrplan anzusehen. Es war die Bushaltestelle Helenedal, und der Bus 701 hielt auf dem Weg vom oder zum Broplatsen und Frölunda Torg. Die erste Fahrt morgens kam um Viertel nach fünf hier vorbei. Der letzte Bus ging um 23.43 Uhr. Das mussten sie untersuchen. Winter speicherte diese Anregung bei den anderen zu dieser Ermittlung. Manchmal fühlte er sich wie ein großer Staubsauger, der alles einsog: Aussagen von Vernommenen, gesicherte Spuren, gute Ideen und verrückte Einfälle, und das meiste hatte mit der Sache an sich nichts zu tun. Und ganz allmählich finde ich Dinge, die zusammenpassen, dachte Winter. Dann kann ich eine Hypothese formulieren.

Das Telefon in der Brusttasche piepste. Winter meldete sich.

»Walter wieder. Du hast richtig gedacht, Winter. Tatsächlich sind sie heute Nacht und heute früh mit den Videowagen draußen in den östlichen Stadtteilen gewesen. Ein Sonderangebot für unsere Kunden. Gibt es nur in dieser Woche.«

»Prima«, freute sich Winter. »Haben sie irgendwo am Boråsleden gestanden?«

»Allerdings. Und ein paar von den Kameras, die nachts verwendet werden, sind noch nicht wieder benutzt worden.«

»Sind das alle Kameras?«, fragte Winter.

»Jetzt komme ich nicht mit.«

»Du hast gesagt, ein paar Kameras. Wurden gleich mehrere in dem Gebiet verwendet, von dem wir sprechen?«

»Nein, wenn ich es richtig verstanden habe, nicht.«

»Ich muss mir diese Bänder ansehen.«

»Wo?«

»Kannst du sie am Nachmittag in meine Abteilung bringen lassen?«

»Natürlich. Wir haben ja extra Kurierautos für so was«, sagte Kronvall, und Winter lachte auf.

»Dank dir.«

»Wenn das hilft, den Fall zu lösen, wollen wir aber auch einen Teil der Anerkennung abbekommen.

»Selbstverständlich.«

»Wir danken Kommissar Walter Kronvall von der Verkehrsüberwachung für die Steilvorlage zum Tor. Etwas in der Art.«

»Wir von der Fahndung vergessen unsere Freunde nicht.« Winter brach die Verbindung ab und blieb vor dem Busfahrplan stehen. Der Hirsch drüben war zurückgekehrt. Er war sogar näher gekommen, bewegte sich in einem weiten Kreis von der einen Seite des Feldes zur andern, bis zum Hügel in der Mitte. Für einige Sekunden war ein großer Teil des Körpers sichtbar. Winter war ihm so nahe, dass er sehen konnte, wie die Muskeln in einer einzigen vollkommenen Bewegung zusammenwirkten. Der braucht keine Dehnübungen, dachte er.

Das Tier stand nun still, den Blick auf Winter gerichtet. Beäugte ihn. Winter war wie gelähmt. Der Hirsch hypnotisierte ihn einige Sekunden lang. Winter war nie Jäger gewesen. So wie hier musste es sein: ein Opfer, ein Jäger, eine Waffe, ein Blickkontakt, der sich zu Stunden dehnte. Die Stille vor dem Tod. Ein Heben der Waffe. Ein furchtbares Geräusch. Ein Körper, der zusammenbricht.

Der Hirsch hatte sich nicht geregt. Er schien zu warten. Winter verharrte unbewegt. Der Abstand zwischen ihm und dem Hirsch hatte sich nicht verändert. Er war kein Jäger, aber er war austauschbar. Das hier musste der bei einer Jagd übliche Abstand sein, der Abstand zwischen Jäger und Wild. Eine Situation, die Winter bekannt vorkam. Er *war* der Jäger ... Das war seine Arbeit. Und Verbrecher waren sein Wild. Konnte ein Mörder als Wild bezeichnet werden? War nicht eher der Mörder der Jäger ... und das Opfer das Wild?

Winter musste wieder an die Frau denken, die vor kurzem noch ganz in der Nähe gelegen hatte, die dorthin getragen worden war wie ein abgeschlachtetes Tier. Ein Opfer ... aber auch ein Wild? Ihr namenloser Körper gab Aufschluss über das, was geschehen war. Doch warum war es geschehen? Winter dachte an ihren halb geöffneten Mund, die entblößten Zähne. Wie ein stummer Ruf. Ein Ruf von weither.

Der Hirsch würde nicht lange brauchen bis zu dem Platz, an dem man sie gefunden hatte. Falls er sich in den Tunnel wagte.

Winter wandte sich um, setzte sich ins Auto und ließ den Motor an. Die Geweihkrone ragte unbewegt aus dem Feld. Winter wendete und beobachtete, wie der Hirsch gleichzeitig einen Halbkreis beschrieb und dann die Richtung zum Wäldchen einschlug.

Winter fuhr zurück zum Fundort. Er parkte und betrat auf dem ausgewiesenen Pfad den abgesperrten Bereich. Das Gras im Graben war noch niedergedrückt vom Gewicht des Frauenkörpers. Winter drehte sich um und folgte seiner eigenen Spur mit dem Blick. Ein langer Weg mit einem Menschen als Last, tot oder lebendig. Ein lebloser Körper war schwer, leistete aber keinen Widerstand.

Wer immer sie getragen hatte, musste kein Riese gewesen sein. Die Angst, ertappt zu werden, konnte einem Mörder ungeahnte Kräfte verleihen, wenn er sich überhaupt etwas aus seiner Tat machte. Oder waren es mehrere gewesen, die hier im spärlichen Licht der Morgendämmerung entlanggegangen waren? Toll vor Wut, Wahnsinn ... oder Adrenalin ...

Oder man hatte sie über die holprigen Felder getragen, durch den Nebel. Warum nicht?

Sie würden versuchen, sich in einem angemessenen Radius durch das Gelände vorzuarbeiten, aber das war äußerst schwierig. Die Polizisten durften nicht einfach herumtrampeln. Und wurden es zu viele, musste man viel Glück haben, wollte man etwas finden.

Ein Schuss ließ Winter zusammenzucken. Noch ein Schuss zerriss die Stille des frühen Nachmittags und übertönte kurz das Rauschen der nahen Autos. Die scharfen Geräusche pflanzten sich als Echo fort, über die Birken und die Wasserflächen dahinter. Die Schießstände waren wieder in Betrieb.

Die Videobänder lagen auf seinem Schreibtisch. Die Luft im Zimmer stand still. Ringmar klopfte an die offene Tür, ehe Winters Hemd trocknen konnte.

»Alles geht seinen Gang. Auch die Sonne«, sagte Ringmar.

»Ich mag die Sonne.«

»Wenn du fertig bist, warten die Gentlemen von der Presse.«

»Keine Ladies?«

»Es gibt keine Gerichtsreporterinnen.«

»Vielleicht wäre vieles anders, wenn es sie gäbe.« Winter fuhr sich mit den Fingern durch sein feuchtes Haar.

»Wollen wir los?«

»Hoffentlich geht's schnell. Ich will gleich danach einen Blick auf die Bänder hier werfen.« Winter erklärte Ringmar, was es mit den Videos auf sich hatte, während sie durch die Flure wanderten. Sie nahmen den Aufzug nach unten. Dort trafen sie auf die Vertreter der Presse, die aussahen, als wären sie auf dem Weg zum Strand: Shorts, dünne T-Shirts, einer trug eine Sonnenbrille. Cooler Bursche, dachte Winter und nahm vor einem Pult am hinteren Ende des Raums Platz.

»Wir wissen noch nicht, wer sie ist«, beantwortete er die erste Frage. »Und wir brauchen vielleicht Ihre Hilfe, um das in Erfahrung zu bringen.«

»Haben Sie ein Foto von ihr?«

»Gewissermaßen.«

»Was soll das heißen?«, fragte Hans Bülow von der *GT*. Er war einer der wenigen Journalisten, die Winter mit Namen kannte.

»Wir haben Aufnahmen von der Toten gemacht. Es ist bei uns nicht gerade üblich, mit solchen Bildern an die Öffentlichkeit zu gehen, wie Sie vielleicht wissen.«

»Und wenn Sie müssen?«

»Ich komme darauf zurück.«

»Und sie ist ermordet worden?«

»Das kann ich noch nicht beantworten. Vielleicht war es Selbstmord.«

»Sie hat sich also das Leben genommen, ist dann zum Delsjön gefahren und hat sich neben dem See in einen Graben gelegt?«, fragte eine Frau vom Lokalradio. Winter schaute sie an und musste an Ringmars Worte über Gerichtsreporterinnen denken.

»Wer hat behauptet, dass sie woanders gestorben ist?«, fragte er.

Die Frau schielte zu Hans Bülow hinüber. In der letzten Ausgabe der *GT* war in einem Artikel darüber spekuliert worden.

»Wir haben den genauen Hergang des ... Todesfalls noch nicht ermitteln können«, sagte Winter.

»Wann erfahren wir, ob sie ermordet wurde?«

»Später am Nachmittag bekomme ich den Obduktionsbericht der Gerichtsmedizinerin.«

»Gibt es Zeugen?«

»Dazu kann ich mich nicht äußern.«

»Wie wurde die Leiche entdeckt?«

»Wir bekamen einen Notruf.«

»Von einem Zeugen also?«

Winter machte eine Geste mit den Armen, die jeder deuten konnte, wie er wollte.

»Ist sie Schwedin?«

»Das weiß ich nicht.«

»Na, wie sieht sie denn aus? Sieht sie aus, als wäre sie schwedischer oder skandinavischer Herkunft, oder als käme sie ganz woanders her?«

»Darüber möchte ich noch nicht spekulieren.«

»Wenn sie nicht aus dem Norden ist, wäre es leichter, sich zu überlegen, wo in Göteborg sie wohl gewohnt hat«, meinte ein junger Journalist, den Winter, soweit er sich erinnerte, noch nie gesehen hatte.

»Warum?«

»Wissen Sie nicht, wo die Einwanderer wohnen?«

Winter antwortete nicht. Die nördlichen Vororte kamen ihm in den Sinn, aber das war zu simpel gedacht.

»Weitere Fragen?«

»Wie alt ist sie?«

»Da sind wir uns natürlich auch nicht sicher. Um die dreißig.«

Die Journalisten schrieben, reckten ihm die Mikrofone entgegen: ein Sommermord in Göteborg.

»Wie werden Sie weiter vorgehen?«

»Heute Morgen wurden umfassende Ermittlungen aufgenommen. Wir arbeiten daran, die Spuren am Fundort zu sichern, und versuchen mit allen uns zur Verfügung stehenden Mitteln, die Frau zu identifizieren«, erklärte Winter.

»Wann ist es passiert?«

»Was?«

»Der Mord. Oder der Todesfall. Wann ist es passiert?«

»Es ist noch zu früh, das genau zu sagen. Gestern, irgendwann am späten Abend.«

»Und gefunden wurde die Frau ...?«

»Heute früh.«

»Wann denn?«

»Etwa um vier.«

»Haben Sie mit jemandem gesprochen, der in der Nähe war?«

»Wir versuchen, alle anzuhören, die etwas gesehen haben könnten. Jeder, der glaubt, wertvolle Hinweise zu haben, wird gebeten, sich bei der Polizeidienststelle zu melden.«

»Und das Motiv?«

»Unmöglich, das im Moment zu sagen.«

»Ist sie vergewaltigt worden?«

»Das kann ich nicht beantworten.«

»Gibt es etwas, das Sie wieder erkennen?«, fragte Hans Bülow.

»Wie meinen Sie das?«

»Hat der Fall Ähnlichkeit mit einem früheren? Hier oder anderswo?«

»Aus Rücksicht auf die laufenden Ermittlungen kann ich auf diese Frage nicht weiter eingehen.«

»Also ist das Opfer der Polizei nicht bekannt?«

»Ich glaube, ich habe eben gesagt, dass wir die Tote noch nicht identifizieren konnten.«

»Kommt das häufig vor?«

»Wie bitte?«

»Kommt es häufiger vor, dass die Identität einer Toten unbekannt bleibt? Ich meine, nach so langer Zeit.«

»Es sind jetzt ...« – Winter blickte auf die Uhr – »... weniger als zwölf Stunden vergangen, seit wir sie gefunden haben. Das ist nicht lange.«

»Sicher ist das eine lange Zeit«, protestierte der Journalist mit der Sonnenbrille.

»Weitere Fragen?«, sagte Winter. Er wusste, der coole Bursche hatte Recht.

9

Es regnete den ganzen Tag. Sie saß jetzt an einem anderen Fenster. Die alten Männer waren nicht da. Sie hatte Angst, aber die Angst war stärker, wenn die Männer da waren. Im Auto hatte sie einmal geschrien, und da hatte einer von ihnen sie so angeschaut, als ob er sie schlagen wollte. Er hatte nichts getan, aber er hatte ausgesehen wie einer, der zuschlägt.

Das Haus lag irgendwo anders, denn draußen standen jetzt andere Bäume. Mehr Häuser gab es nicht, und niemand ging je den Weg entlang. Nie hörte sie ein Auto oder einen Zug. Einmal grollte es über ihr. Vielleicht ein Flugzeug. Sie versuchte, nach oben zu blicken, aber das vorstehende Dach störte dabei.

Sie schaute sich nach einem Telefon um, aber es gab keines.

Wäre ein Telefon da gewesen, hätte sie den Hörer abnehmen, auf die Tasten drücken und mit Mama sprechen können. Sie wusste, wie man das machte.

Mama musste bald kommen. Vielleicht waren die Männer deshalb draußen. Die beiden suchten Mama. Die Männer waren weggefahren und zurückgekommen und wieder gefahren und zurückgekommen. Jetzt war einer weg, und der andere war auch nicht da, aber er war nicht mit dem Auto gefahren. Vielleicht war er doch nicht weg. Sie dachte, vielleicht ist er in einem anderen Zimmer, aber da sah sie ihn auf das Haus zukommen. Es war nur ein kleines Stück vom Haus zum Wald, und er kam aus dem Wald und starrte durchs Fenster direkt in ihr Gesicht. Sie rutschte vom Stuhl und zog sich ins Zimmer zurück, weil sie Angst bekam.

Sie lag auf dem Boden, als sie das nächste Mal wieder an etwas dachte. Sie fühlte sich schläfrig, und es roch anders im Zimmer. Sie schaute sich um. Auf dem Boden stand ein Teller, von dem Dampf aufstieg.

»Iss das.«

Sie rieb sich die Augen, alles war verschwommen. Sie rieb noch einmal. Jetzt sah sie, dass es kräftig aus dem Teller dampfte.

»Das ist Suppe. Du musst sie essen, solange sie warm ist«, sagte der Mann. Sie sah nur seine Schuhe und Beine.

Sie fragte: »Wo ist Mama?«

»Deine Mama kommt bald.«

»Aber wo ist Mama?«

Er antwortete nicht, und sie fragte nicht noch einmal.

»Iss jetzt die Suppe. Hier ist ein Löffel.«

Sie sagte: »Ich habe Durst.«

»Ich hole Wasser, wenn du isst.«

Sie nahm den Löffel, tauchte ihn in die Suppe und kostete. Die Suppe war zu heiß und schmeckte nach nichts.

Sie wartete, damit die Suppe abkühlen konnte. Ihre Sachen waren zerknittert, weil sie auf dem Boden saß. Sie dachte an das Papier, das in ihrer geheimen Hosentasche steckte. Keiner hatte danach gesucht, als sie von dem anderen Haus weggefahren waren. Alles war ganz schnell gegangen. Das war gut, denn so konnten sie nicht nach dem Zettel suchen. Aber bisher hatten sie es immer eilig gehabt.

»Jetzt musst du essen.«

Sie blickte auf den Teller, aber die Suppe sah immer noch zu heiß aus. Sie machte die Augen zu.

Plötzlich tat ihr das Ohr weh, und sie machte die Augen auf und sah die Hand direkt davor. Es tat wieder weh.

»Ich ziehe dich am Ohr, wenn du nicht isst.«

Dann war die Hand weg, und sie tauchte den Löffel wieder in den dampfenden Teller. Sie fing an zu weinen. Er würde sie wieder schlagen und am Ohr ziehen. Mama hatte sie auch geschlagen, aber das war Mama gewesen.

10

Winter las den Obduktionsbericht genau, Seite für Seite. Pia Erikson beschrieb ein Organ nach dem andern. Immer, wenn Winter diese Berichte las, musste er sie unwillkürlich mit der bizarren Ausrüstungsliste vergleichen, wie er sie bei der militärischen Grundausbildung unterschrieben hatte.

Pia hatte ihren Bericht unterschrieben, direkt unter dem obligatorischen »Oben stehender Befund spricht dafür, dass der Tod verursacht wurde durch ...«

Erwürgen. Die Frau war ermordet worden. Sie hatte sich gewehrt, wies Verletzungen von einem scharfen Gegenstand an den Armen, an der Brust und im Gesicht auf. Von einem Messer? Einem Schraubenzieher? Sie hatte keine größeren Stichspuren am Körper, aber auf einigen Fotos konnte er feine Kratzer erkennen. War die Waffe von Anfang an im Spiel gewesen, als Drohung? Oder hatte der Mörder sie sich plötzlich gegriffen, etwa von einem Brett in der Küche?

Die Spurensicherung untersuchte noch die Proben, die sie auf der Haut der Frau gesammelt hatte.

Winter überlegte, was er da gerade erfahren hatte: Die Frau war ungefähr dreißig gewesen, vielleicht ein paar Jahre jünger. Sie hatte mindestens ein Kind geboren, aber es ließ sich nicht feststellen, wann. Kindergarten? Tagesstätte? Schule? Tagesmutter? Spielgefährten, die darüber sprachen, warum er oder sie nicht mehr zum Spielen herauskam? Oder war es gar kein Kind mehr? War das Kind schon ein Teenager?

Sie hatte keine Operationsnarben am Körper, aber kleine Narben im Gesicht und um die Ohren. Und sie hatte einmal in ihrer Kindheit eine Verbrennung zweiten Grades an der Innenseite des linken Oberschenkels erlitten. Winter hatte es im grellen Licht des Obduktionssaals nicht bemerkt.

Sie war Raucherin. Die Leber wies keine Veränderungen auf. Er musste das Resultat der chemischen Analysen abwarten. Das Labor würde eventuelle Rückstände von Alkohol und Drogen finden.

Er wartete auch auf Bescheid von der Zentrale in Stockholm, von der Abteilung für vermisste Personen. Oder eigentlich von dem Kollegen, der diese Frage bearbeitete: Wenn die Frau irgendwo im Land als vermisst gemeldet war, würde Stockholm sie identifizieren.

In ihrem Bezirk war sie nicht in den Vermisstenmeldungen aufgetaucht. Auch nicht in der Verbrecherkartei. War ihre Vergangenheit makellos? Keine Festnahmen oder Verhaftungen?

Wer hatte ihr das Haar geschnitten?, dachte Winter. Wie viele Friseursalons gibt es in der Stadt?

Ihre Kleidungsstücke wiesen keine Etiketten von exklusiven Marken auf. Winter dachte an die H & M-Plakate, die ihm immer auffielen, wenn er durch die Stadt ging, und er dachte an den Anschlag, den er selbst aushängen wollte. Er legte den Obduktionsbericht auf den Schreibtisch.

Die Tote hatte keine Schuhe angehabt. Die Polizisten am Fundort hatten auch kein Paar auf dem Gelände gefunden. Sie hatten eine Unmenge einzelner Schuhe und anderen Ramsch gefunden, aber nicht die Schuhe der Frau.

Ihre kurzen weißen Söckchen waren nass gewesen, zumindest sehr feucht. Vom Gras? Das war zur Zeit verhältnismäßig trocken. Vom Wasser? Winter sah vor seinem inneren Auge ein Boot leise über den See gleiten, mit umwickelten Dollen, um Geräusche zu vermeiden.

Er stand auf und reckte sich. Die Müdigkeit hatte sich angeschlichen, während er dasaß und las. Er rieb sich übers Gesicht, und das Kratzen von seinem Bart übertönte das Brummen der Klimaanlage.

Quer durchs Zimmer ging er zu seinem Schrank und öffnete

die rechte Tür. Vom obersten Brett nahm er eine Spraydose Rasiercreme und einen Rasierer und ging zum Waschraum, wo er sich das Gesicht nass machte und mit der Creme einschäumte. Die Beleuchtung war schwach. Seine Augen leuchteten in der weißen Maske, schienen zu glühen. Er beugte sich vor und sah, dass das Weiße in den Augen von kleinen roten Äderchen durchzogen war, wie es vorkam, wenn man sich zu viele Stunden über konzentriert hatte. Ihm war noch einmal schwindelig geworden um die Mittagszeit, aber nur für ein paar Sekunden.

Winter rasierte sich genüsslich. Es tat gut zu spüren, wie die Haut sich spannte und der Bart abgeschoren wurde.

Er wusch sich nochmals das Gesicht und ließ es von allein trocknen. Es wirkte jetzt dünner, als hätten die Bartstoppeln es vorher breiter aussehen lassen. Er hatte Schatten unter den Augen. Aber das lag bestimmt an der Beleuchtung.

Die Rasur hatte ihn erfrischt. Zurück in seinem Zimmer, schaltete er mit der Fernbedienung das Videogerät und den Fernseher ein. Die Geräte begannen zu brummen. Er ließ sich mit dem Rücken zum Schreibtisch nieder, gerade als die erste Filmsequenz auf dem Bildschirm erschien. Das Bild blieb schwach und trüb, und er versuchte, es mit der Kontrasttaste ein wenig klarer einzustellen.

Es sah aus wie ein Negativfilm. Die Nacht glänzte silbrig, mit den Augen der Kamera im Dunkeln aufgenommen. Man konnte alles erkennen, aber das Motiv blieb unwirklich, als wäre Winter Zeuge eines Traums.

Zwei Autos fuhren im Vordergrund vorbei, von der Schnellstraße kommend. Sie waren nicht erst an der Straßenmündung aus dem Erholungsgebiet Kallebäck auf die Fernstraße abgebogen. Winter versuchte, an ihnen vorbeizusehen, hinüber auf die andere Fahrbahn. Die Zeit war am unteren Rand eingeblendet: 02.03. Ein weiteres Auto sauste durch den Vordergrund, auf dem Weg in die Stadt. Noch immer keine Bewegung auf der anderen Straßenseite. Der Polizist hatte mit der Kamera kurz vor der Anhöhe gestanden, die Linse nach Osten gerichtet. So war er für den spärlichen Verkehr nicht zu sehen. Winter konnte zwar die Abzweigung hinunter zum See erkennen, aber die Sicht war schlecht. Das Band lief weiter, aber noch immer gab es kein Fahrzeug Richtung Osten. Da tauchte am rechten Bildrand ein Auto auf, und genau in diesem Moment wurde die Mattscheibe hell.

Winter ließ das Band zurücklaufen und folgte der Sequenz noch einmal. Das Auto kam näher, sein Umriss wurde deutlicher, und wieder wurde der Bildschirm weiß und leer.

Viermal sah sich Winter diese Stelle auf dem Band an, ohne wirklich mehr zu erkennen, als beim ersten Mal. Er würde Hilfe brauchen, um festzustellen, wie wertvoll die Aufnahme für sie war.

Er nahm die Kassette aus dem Rekorder und legte die zweite ein. Nach vier Sekunden schossen zwei Autos in hohem Tempo von links nach rechts durchs Bild, und Winter fragte sich, ob die Fahrer wohl wegen überhöhter Geschwindigkeit belangt werden würden.

Ein Auto kam aus der Gegenrichtung an der Abzweigung vorbei. Seit der ersten Zeitangabe auf dem vorigen Videoband waren zehn Minuten vergangen.

Die Kamera wackelte und wurde dann wieder stabilisiert. Die Fahrbahn blieb in beiden Richtungen leer. Da glänzte etwas am rechten Bildrand, und ein PKW fuhr Richtung Osten, blinkte und bog zum Delsjö-See ab. Er konnte das Fahrzeugmodell nicht erkennen. Die modernen Wagen ähnelten sich zu sehr, als wären sie geklont. Er wartete, und ein weiteres Auto tauchte auf. Auch dieses fuhr nach rechts ab. Winter glaubte, dass es aussah wie eines der kleineren Fordmodelle, war sich aber alles andere als sicher.

Er wartete. Die Zeit tickte am unteren Bildrand. Weitere Autos fuhren von links in Richtung Stadt. Die Kamera blieb nun ruhig. Vielleicht hat der Kollege sie auf ein Stativ gesetzt, überlegte Winter.

Wieder bewegte sich etwas am unteren Rand. Ein Auto kam aus der Richtung des Erholungsgebiets. Winter beobachtete, wie es vorbeifuhr, dann ließ er das Band zurücklaufen.

Das Auto war drei Minuten vor drei Uhr in Richtung Stadt gefahren. Auch diese Sequenz wiederholte er mehrmals. Es konnte dasselbe Auto sein, das zuvor zum Delsjön eingebogen war. Und zwar ... vierzehn Minuten vorher. Es dauerte nicht mehr als eine Minute, um von der Ausfahrt zum Parkplatz zu fahren, möglicherweise anderthalb. Genauso lang zurück. Also blieben mindestens elf Minuten: die Autotür öffnen, um den Wagen gehen, den Körper herausheben, ihn fünfzig Meter weit tragen, ihn in den Graben legen, sich umsehen und in den eigenen Fußstapfen zurückgehen.

Winter spielte das ganze Band noch einmal ab, aber er fand nichts Interessantes mehr und kehrte zu den Anfangssequenzen zurück, auf denen anscheinend dasselbe Auto von der Straße abbog und nach vierzehn Minuten wieder auftauchte.

»Du bist noch hier?« Ringmar hatte die Tür geöffnet und den Kopf ins Zimmer gesteckt.

»Komm mal kurz rein, Bertil.«

Ringmar trat neben Winter, der auf den Fernsehapparat deutete. »Sieh dir das an. Warte kurz ... Siehst du das Auto auf der anderen Straßenseite?«

»Das ist das Band von Kronvall?«

»Ja. Siehst du das Auto, das den Hügel hochfährt?«

»Ich bin ja nicht blind. Trotz dieser Dunkelheit. So muss man sich fühlen, wenn man langsam die Sehkraft verliert.«

»Jetzt ... Da, der Wagen biegt zum Delsjön ab. Ich lasse das Band eben zurücklaufen.«

Keiner der beiden sprach, während Winter mit der Fernbedienung hantierte. Das Auto kam wieder ins Bild.

»Kannst du erkennen, was für eine Marke das ist?«

»Tja ... Hältst du das Band mal an?«

Winter drückte auf »Pause«, und das Auto erstarrte in der Bewegung, stand da und zitterte leicht. »Dieses Gewackel kriegt man nicht weg.«

»Vielleicht ein Ford«, meinte Ringmar.

»Das glaube ich auch. Bist du sicher? Du verstehst mehr von Autos als ich.«

»Nein, sicher bin ich mir nicht. Aber es sieht aus wie ein ... Escort. Fredrik versteht am meisten von Autos.«

»Der Wagen kommt wieder zurück«, erklärte Winter und spielte die vierzehn Minuten vor.

»Da, jetzt ist es näher, aber das macht es nicht leichter. Aus diesem Winkel kann man auch nicht wirklich sagen, welches Modell es ist«, meinte Ringmar.

»Es sitzt jemand auf dem Fahrersitz.«

»Alles andere wäre ja wohl auch sensationell.«

»Man kann fast das Gesicht erkennen.«

»Die Nummer leider nicht.«

»Schwierig, aber nicht unmöglich.« Winter drehte sich zu ihm, und Ringmar bemerkte ein merkwürdiges Leuchten in Winters Augen. Oder war es die Spiegelung von der Mattscheibe?

»Irgendjemand war in der Nähe des Fundortes, nachdem die Leiche hingebracht worden ist. Oder kurz davor oder ... währenddessen.«

»Wir müssen dieses Auto selbstverständlich finden«, bestätigte Ringmar. »Womit nur können wir diese Bilder besser machen?«

»Du meinst klarer, deutlicher?«

»Ich meine so gut, dass man Ziffern, Buchstaben oder Gesichtszüge erkennen könnte«, sagte Ringmar. »Und dann sollten wir mit dem Kollegen reden. Dem Kameramann.«

»Als Erstes müssen wir mit Beier sprechen.«

Wie bestellt läutete das Telefon. Es war Beier.

»Wir haben etwas über dieses Zeichen«, sagte er.

»Das Zeichen?«

»Die Schrift an der Kiefer, auf der Rinde. Das rote Symbol. Das Zeichen oberhalb der Leiche.«

»Ach ja, alles klar.«

»Habt ihr euch bei der Forstbehörde danach erkundigt?«

»Einen Augenblick.« Winter legte den Hörer hin und blätterte in dem dünnen Stapel von Protokollen auf seinem Schreibtisch. »Hat schon jemand bei AssiDomän wegen des Zeichens an dem Baum nachgehakt?«, fragte er, aber Ringmar wusste es nicht.

»Wir haben noch nicht alle Berichte von heute reinbekommen«, sagte Winter in den Hörer. »Die Antwort auf deine Frage lautet also vorerst nein.«

»Auf jeden Fall ist diese Schmiererei frisch.«

»Wie frisch?«

»Kann sogar von heute Nacht stammen.«

»Sag bloß nicht, dass es Blut ist.«

»Nein. Farbe, Acryl, einer der hundert Rottöne.«

»Und so ein Zeichen ist nur an diesem Baum?«

»Anscheinend.«

»Und was soll es sein?«

»Was?«

»Was bedeutet es?«

»Wir sind noch dran, aber ich habe ehrlich gesagt keine Ahnung. Es könnte ein Kreuz sein, aber das ist 'ne reine Vermutung.«

»Wie viele Fotos habt ihr davon?«

»Ziemlich viele Abzüge.«

»Verteil sie doch in den Abteilungen. Könnte von irgendeiner Bande sein. Einer Jugendbande oder so.«

»Oder von Satanisten. Der Delsjön ist für Satanisten kein unbekanntes Gebiet.«

»Der Delsjön ist groß.«

»Lass von dir hören, wenn du mit dem Waldpfleger gesprochen hast«, ordnete Beier an. »Falls in diesem Zusammenhang Pflege der richtige Ausdruck ist.«

»Schick mir bitte auch ein paar von den Fotos«, meinte Winter. »Ich hatte übrigens gerade vor, dich anzurufen. Ich habe ein paar Videobänder hier, die du dir ansehen solltest.« Winter erklärte Beier, was es damit auf sich hatte.

»Schick sie rauf«, sagte Beier und legte auf.

Das Telefon läutete sofort wieder, und Ringmar beobachtete, wie Winter aufmerksam zuhörte, etwas notierte. Dann blickte Winter auf. »Der Knabe, der den Hundezwinger am Moor hat, ist letzte Nacht davon aufgewacht, dass ein paar Hunde angefangen haben zu bellen. Er ist rausgegangen und hat ein Auto wenden sehen. Dann ist es auf den Weg zurück und Richtung Schnellstraße gefahren oder jedenfalls in Richtung Erholungsgebiet.«

»Konnte er die Marke erkennen?«

»Er hat seine Laterne am Tor angeschaltet, und er ist sicher, dass es ein Ford Escort war.«

»Unsere Kiste. Was er dort gemacht hat? Um wie viel Uhr war das?«

»Genau bevor wir ihn auf dem Videoband gesehen haben«,

Winter wies mit einem Nicken auf den dunklen Bildschirm. »Er hat sich sogar das Baujahr gemerkt.«

»Wirklich?«

»Er hat das Auto ja mit eigenen Augen sehen können«, meinte Winter.

»Dann kann er sich jetzt die Wiederholung im Fernsehen angucken«, scherzte Ringmar.

»Manchmal würde ich auch lieber nur die Fernsehwiederholung mitbekommen«, seufzte Winter. »Nicht die harte Realität, sondern nur die Aufzeichnung.«

11

Die Kollegen in Stockholm hatten Verbindung mit Winter aufgenommen. Er hatte gerade das Foto von der toten Frau vor sich liegen. Es gab zwar vermisste Frauen, bei denen einige Merkmale mit denen der Ermordeten übereinstimmten, aber die Ähnlichkeiten reichten nicht aus. Winter fragte sich, wann er wohl Ergebnisse der chemischen Analyse bekäme. Die Überlastung des Labors bedeutete, dass er weiter auf Auskunft über eventuelle Krankheiten und über Arzneien oder Drogen warten musste. Über den Gebrauch oder Missbrauch dieser Substanzen.

Ein Bote kam mit Beiers Fotografien. Winter zog sie aus dem Umschlag und studierte das Zeichen auf der Rinde. Er schloss die Augen und überlegte, ob eine Botschaft dahintersteckte: Es gab eine ganze Sammlung solcher Zeichen im Archiv. Manchmal wollte ihnen jemand so etwas mitteilen. Oder sie auch nur in die Irre führen.

Es klopfte an der Tür, und Winter sagte: »Herein.« Ein junger Fahnder trat mit einem Protokoll in der Hand ein.

»Was ist?«, fragte Winter.

»Ich habe mit dem Kreisamt gesprochen. Dieses Zei...«

»Danke.« Winter stand auf. Er kannte den Jungen, erinnerte sich aber nicht an den Namen. Er war neu im Dezernat, seit ungefähr einem Monat. Das musste seine erste Ermittlung in einem Mordfall sein.

Der junge Kollege übergab ihm das Protokoll.

»Berichte lieber selbst«, bat Winter. »Bitte, setz dich.«

Der Junge nahm auf dem Stuhl vor Winters Schreibtisch Platz und versuchte, locker zu wirken. Schweiß stand ihm auf der Stirn und er war sich dessen bewusst. Er war rot im Gesicht. Sein Hemd hatte Schweißflecken. Der Sakko, den er trug, sah zwar dünn und kühl aus, war bei diesem Wetter aber trotzdem der reine Wahnsinn. Die Hose wirkte teuer. Winters Kleidungsgewohnheiten hatten auf die Jüngsten im Dezernat abgefärbt, und er fragte sich, was der Junge wohl von seinen abgeschnittenen Jeans und dem T-Shirt hielt.

»Kann man in diesem Sakko denken?«, fragte Winter schelmisch.

»Bitte?«

»Zieh lieber deinen Sakko aus und das Hemd aus der Hose. So ist es dir bestimmt zu warm.«

Der Fahnder lächelte wie über einen Witz, den man nicht versteht, und schlug die Beine übereinander.

»Ich meine es ernst«, wiederholte Winter. »Das Gute an der Arbeit bei der Kripo ist, dass du anziehen kannst, was du willst.«

Der Junge schaute drein, als habe er beschlossen, hartnäckig zu bleiben, trotz allem. »Das hängt wohl vom Fall ab... Von den Ermittlungen?«

»Vielleicht.«

»Man kommt dabei eben manchmal ins Schwitzen.«

»Dann leistest du ja gerade gute Arbeit.«

Der Junge lächelte und zog den Sakko aus. »Draußen ist es verdammt heiß.«

»Was sagen denn die Behörden?«

»Die sind nicht dort gewesen ... am Fundort, keinem ist in letzter Zeit irgendein Baum aufgefallen. Der Grund gehört dem Kreis.«

»Wann waren sie zuletzt dort?« Winter beugte sich über den Schreibtisch und nahm die zwei Papierbogen an sich, die der Kollege auf die Tischplatte gelegt hatte. »Wie heißt du noch?«

»Äh ... Börjesson. Erik Börjesson.«

»Ach ja.« Winter suchte im Protokoll nach der Antwort auf seine letzte Frage. »Vor einem Monat. Sie haben einen Monat lang die Waldpflege um den Delsjön nicht mehr ausgeübt.«

»Nein«, sagte Börjesson. »Nichts dergleichen.«

»Hast du dir Gedanken gemacht, was es sonst sein könnte?«, fragte Winter, und bemerkte, wie überrascht der Junge war. Börjesson holte sichtbar Luft. Er merkt, dass ich merke, dass er bemerkt hat, dass ich seine Meinung hören will, dachte Winter.

»Was das sein könnte, da am Baum?«

»Ja.«

»Fische? Der Anglerverein?«

»Hast du das untersuchen können?«

»Nee ... Noch nicht.«

»Irgendeine andere Idee?«

»Du meinst ... eine natürliche Ursache?«

»Irgendetwas, das nicht mit dem Mord zusammenhängt.«

»Junge Leute?«

»Weist sonst noch was darauf hin?«

»Ich ... ich weiß es wirklich nicht.«

»Das könnte eine Überprüfung wert sein.«

»Oder ein Liebespaar.«

»Mhm.«

»Leute, die ihre Namen in die Rinde ritzen und so«, erklärte Börjesson.

»Das ist eine beliebte Gegend für Menschen, die ein wenig traute Einsamkeit suchen«, sagte Winter.

»Dann könnte es das sein«, meinte Börjesson.

»Aber was bedeutet es dann?«, fragte Winter und schob Börjesson eine Fotografie über den Tisch.

Er sieht richtig stolz aus, dachte Winter bei sich. Erik fühlt sich jetzt, wo er gemeinsam mit dem Chef dasitzt, mehr denn je an der Ermittlung beteiligt. Ich sollte das öfter machen. Bisher bin ich nicht gerade pädagogisch klug vorgegangen. »Was bedeutet diese Einritzung oder Zeichnung oder was es ist?«

»Arbeiten nicht die Techniker daran?«

»Ich möchte wissen, was du davon hältst«, drängte Winter. Von draußen klang das Brummen eines Hubschraubers herein. Winter konnte den Schatten sehen, als der Hubschrauber von der Landefläche im Westen abhob und am Fenster vorbeiflog. Langsam wurde es Abend. Die Besucherschlangen, die auf das Fest wollten, wurden bestimmt schon länger. Ihm fiel unwillkürlich Aneta Djanali ein, und er spürte einen sauren Geschmack im Mund. Automatisch zündete er sich einen Zigarillo an, um den Geschmack von Gewalt und Trunkenheit loszuwerden. Wenn er aufstehen und ans Fenster gehen würde, könnte er die Menschen auf ihrem Weg ins Stadtzentrum beobachten. In der flimmernden Luft würde es aussehen, als taumelten sie.

Winter schloss die Augen. Berittene Polizei würde die Leute vor sich her hinter die Gatter auf den großen Plätzen Lilla Bommen und Kungstorget abdrängen. Da drinnen würden die Menschen sich gegenseitig anbrüllen, bis sie vom Alkohol umfielen. Die Polizisten würden absitzen und in die »Viehtransporter« umsteigen und ganze Haufen bewusstloser Körper in schmutzige, leere Räume abtransportieren, die sich nur vier Doppeltreppen unterhalb von Winters Aufenthaltsort befanden. Winter saß da und dachte an seine ersten Jahre als berittener Polizist. Er hatte auf seinem Pferd gethront, unter sich das Gesindel, ein Meer in panischer Bewegung. Diese jugendliche Überheblichkeit konnte gefährlich sein, wenn man sie in späteren Dienstjahren nicht ablegte. Wer die Menschen nur noch als Gesindel betrachtet, verdrängt eine selbstverständliche Tatsache: Alle sind gleich ängstlich, verwirrt, verzweifelt.

Wir alle haben dieselbe verdammte Angst, dachte Winter und öffnete die Augen. Börjesson schaute ihn an. Winter erhob sich und trat ans Fenster, aber das starke Licht der Sonne, die tief im Westen stand, blendete ihn. Es war, als hinge sie auf einer Höhe mit Långedrag und würde verschwinden mit dem Versprechen, in einigen Stunden zurückzukehren.

Winter blinzelte und erkannte Plakate und Spruchbänder, die zur nächsten Demonstration getragen wurden. Sie erzeugten Reflexe und Schatten. Einzelne Worte oder Buchstaben ließen sich nicht entziffern.

Es würde schon bald wieder Stunk geben.

Und währenddessen ginge das Fest weiter, blieben die Gegensätze bestehen.

»Ich glaube, das gehört zusammen«, hörte er Börjesson sagen.

Winter drehte sich um. Er blinzelte, um das Sonnenlicht aus den Augen zu bekommen.

»Ich weiß zwar nicht, was genau das hier sein soll«, fuhr Börjesson fort, »aber es scheint mir zu viel des Zufalls, dass das Zeichen zur gleichen Zeit dort hingekommen sein sollte wie ... die Leiche.«

»Gut.« Winter konnte endlich wieder Börjessons Gesicht erkennen. Der Junge wirkte nun wie ein Mann, wie ein Erwachsener. Geistig beweglich, die Gedanken standen nicht still.

»Ich würde versuchen herauszufinden, ob in derselben Gegend auch Satanskult betrieben wurde.«

»Satanisten?«, fragte Börjesson.

»Die mögen den Wald. Das Leben im Freien.«

»Dann könnte es wohl von so was sein.«

»Schau dir das Zeichen noch mal genauer an«, bat Winter, während er um den Schreibtisch herumging und sich neben Börjesson stellte. »Was meinst du, woran das dich erinnert?«

Der junge Kriminalbeamte hob das Bild hoch. Erst hielt er es auf Armlänge von sich, dann führte er es näher zum Gesicht und legte es wieder auf den Tisch. Zwei senkrechte Linien, die in der Mitte von einer waagerechten durchschnitten wurden. Aber die Farbe war verlaufen und hatte vielleicht die ursprüngliche Form des Zeichens oder der Mitteilung verändert.

»Es könnte ein H sein«, meinte Börjesson.

»Ja«, sagte Winter.

»Glaubst du das auch?«

»Es ähnelt einem H«, antwortete Winter.

»Oder irgendeinem chinesischen Schriftzeichen.«

»Das ist eine gute Idee.«

»Chinesische Zeichen bedeuten immer etwas«, erklärte Börjesson. »Ich meine ... über das Wort hinaus. Mehr wie eine Sache. Ein Ding.«

»Hast du Chinesisch gelernt?«

»Auf dem Gymnasium, ein paar Jahre. Ich bin in den humanistischen Zweig am Schillerska gegangen.«

»Und dann bist du Polizist geworden?«

»Ist daran was falsch?«

»Im Gegenteil«, wehrte Winter ab. »Wir brauchen alle Humanisten, die wir bekommen können.«

Börjesson lachte auf und schaute sich das Foto nochmals an.

»Ich könnte es mit den Schriftzeichen in meinen Büchern vergleichen.«

»Wie viele gibt es?«

»Zehntausende, aber nur einige tausend werden im Alltag gebraucht.«

Winter antwortete nicht. Auch er starrte konzentriert das Zeichen am Baum an. Er wollte noch einmal zurückfahren, um die Konturen des Baums zu studieren. Es schien, als wäre derjenige, der es auf den Stamm gemalt hatte, den Konturen gefolgt. Ihm war, als hätte der Stamm genau an dieser Stelle eine Narbe von einer früheren Verletzung, einem Schnitt. Unter der Narbe ragte ein schwacher Trieb aus dem Stamm. Das Zeichen sah aus, als gehörte es zu dem Baum.

Er würde hinfahren und nachsehen. Von dem Bild schien eine urwüchsige Kraft auszugehen, die mächtige Kraft einer anderen Welt: einer Welt des Bösen. Wie eine Mitteilung aus einer anderen Zeit, vollendet vor einigen Stunden, als ein Frauenkörper unter diesen Baum gelegt worden war.

Winter schüttelte sich leicht. Es ging wieder los, die Gedanken kreisten unaufhörlich in seinem Kopf.

Für ihn sah das Zeichen wie ein H aus. Ein merkwürdiger Zufall. Bei sich hatte Winter die Frau nach der Häuseransammlung in der Nähe des Fundorts genannt: Helenevik, Helene.

Für ihn war sie bereits Helene gewesen – Stunden, bevor er ernstlich das Zeichen an dem Baumstamm studiert hatte. Helene. Er wurde das Gefühl nicht los, dass ihm dieser Name helfen würde festzustellen, wer die tote Frau eigentlich war.

Sie war tot, und Tote haben keine Freunde, aber er wollte ihr Freund sein, bis sie ihren Namen zurückbekäme.

12

Winter strich sich über das Kinn. Es fühlte sich weich an, und die Wangen wie eingefallen. Er war allein in seinem Büro. Draußen war das Tageslicht ganz schwach. Es war unterwegs zu einem anderen Teil der Welt.

Und drinnen war alles schwarz und weiß, ohne Grautöne, die Zettel am Merkbrett an der Wand gegenüber seinem Schreibtisch nichts als leere Rechtecke.

Er blieb in der Stille sitzen. Plötzlich schien es überall so ruhig zu sein. Er fühlte sich müde, ein überwältigendes Gefühl, das gut zu der Stille des Zimmers passte. Jetzt gibt es nichts mehr, was wir machen könnten, dachte er. Wir haben getan, was wir für Helene in diesen ersten Stunden tun konnten.

Winter schloss die Augen und verlor sich in Gedanken. Er sah ein Kindergesicht vor sich und öffnete die Augen wieder. Aber immer, wenn er sie zumachte, sah er das Gesicht. Das Haar hatte keine bestimmte Farbe. Es war das Gesicht eines Mädchens, das ihn unverwandt anschaute.

Plötzlich zuckte er zusammen, wäre beinahe vom Stuhl gekippt. Er setzte sich aufrecht hin. Ich muss eingeschlafen sein, dachte er.

Das Gesicht des Mädchens war verschwunden, aber vergessen würde er es nicht. Das Telefon läutete.

»Du bist also noch im Dienst.«

Es war seine Schwester.

»Schon seit heute Morgen. Ziemlich früh«, erklärte Winter.

»Ich bin ein wenig früher zurück aus dem Urlaub, aber so richtig da bin ich erst seit heute.«

»Was ist denn passiert?«

»*Somebody's got murdered.*«

»Was?«

»*Somebo...* Jemand ist ermordet worden, meine ich. Das ist der Liedtitel von einer Band, die ich im Moment oft höre, um mich selbst wiederzufinden.«

Er konnte ihr spontanes Lächeln fast hören.

»Coltrane natürlich?«

»Clash. Englische Rockband. Macdonald, mein Kollege aus England in diesem Frühjahr, du weißt schon, hat mir ein paar CDs geschickt.«

»Du hast doch dein Leben lang noch keinen Rock gehört!«

»Gerade deshalb.«

»Was?«

»Das ist wie ... ich weiß nicht. Ich brauche mal was anderes.«

»Und jetzt habt ihr einen neuen Mord.«

»Ja.«

»Diesen Misshandlungsfall, oder wie das heißt, habt ihr also gelöst? Oder ad acta gelegt?«

»Misshandlungsfall?«

»Deine Kollegin, Agneta irgendwas. So ein ausländischer Nachname.«

»Aneta.«

»Genau. Sie ist anscheinend misshandelt worden. Du errätst nie, wer mich gerade angerufen hat!«

Winter sah einen Swimmingpool vor sich, einen nackten Mann, Sonnenglast auf dem Wasser, und meinte, den widerlichen Geruch des Sonnenöls wieder in der Nase zu haben.

»Ich kann es mir denken.«

»Wie kannst du nur so blöd sein, ausgerechnet zu diesem Mistkerl zu fahren und ihm zu drohen, ihn umzubringen!?«

»Hat er das gesagt?«

»Er hat gesagt, dass du bei ihm zu Hause aufgetaucht bist und versucht hast, ihn zu erwürgen.«

»Ganz so war es nicht.«

»Das hat er aber gesagt.«

»Ich wollte eine Auskunft.«

»Das ist jedenfalls nicht die richtige Art.«

Winter gab ihr keine Antwort. Er hatte den Vorfall hinter sich gelassen. Hatte ihn eigentlich verdrängt.

»Seit Jahren habe ich nichts mehr von Benny gehört.« Lotta klang wütend. »Und das Gleiche könnte ich von dir sagen.«

»Es tut mir Leid.«

»Manchmal frage ich mich, ob du dich entschlossen hast, nicht mehr mein Bruder zu sein.«

»Was meinst du damit?«

»Du warst nicht da, als ich dich brauchte. Nein, das klingt zu pathetisch. Und zu hart. Ich meine, ich habe eben manchmal das Bedürfnis, mit dir zu sprechen.«

»Ich will's versuchen.«

»Du bist merkwürdig.«

»Es kann nur besser werden.«

»Mit den Jahren, meinst du?«

»Es ist wichtig und bringt bestimmt was, älter zu werden.«

»Da können wir uns gegenseitig gratulieren.«

»Vielleicht.«

»*We'll meet again, don't know where, don't know when.*«

Winter wusste, dass seine Schwester Recht hatte. Als ihr Leben schwieriger geworden war, hatte er nur an sich gedacht, an seine eigene ... Karriere, oder was ihm seine Arbeit wert war.

Er war unreif gewesen. In mancher Hinsicht fehlte ihm noch immer die innere Stärke oder das richtige Mitgefühl. Sie hat Recht, dachte er noch einmal.

»Um noch einmal auf Benny Vennerhag zurückzukommen ...«, hob sie an. »Er hat angerufen und gejammert. Und mich gebeten, dich von ihm fern zu halten.«

»Ich werde mit ihm reden.«

»Warum denn? Mir reicht, was passiert ist.«

»Du weißt warum.«

»Schafft die Polizei ihre Arbeit nicht ohne seine merkwürdigen Kontakte? Habt ihr die nicht erwischt, die deine Kollegin verletzt haben?«

»Wir haben sie erwischt. Aber wir brauchen alle Hilfe, die

wir kriegen können, in anderen Fällen. Der Mistkerl sollte dich nicht zu Hause anrufen.«

»Tja, wenigstens einer, der anruft.«

»Jetzt übertreibst du, Lotta.«

»Ach ja?«

»Ich will mich bessern. Åke macht dir doch wohl keine... neuen Probleme?«

Seine Schwester hatte sich von Åke Deventer getrennt, ein Prozess voller Bitterkeit. Jetzt lebte sie allein mit den beiden Kindern in dem Haus, in dem die Geschwister Winter aufgewachsen waren.

»Er hält sich von hier fern. Das bedeutet, er macht keine Probleme«, erklärte sie. »Aber meine Jugendsünde Benny Vennerhag hatte ich im Großen und Ganzen vergessen, bis ich gestern seine Stimme hörte.«

»Ich verstehe«, sagte Winter. »Wie lang ist das her, dass ihr verheiratet wart?«

»Waren wir je verheiratet? Ich erinnere mich nur an einen unaufhörlichen Wirbel und an einen befreienden Abschied.«

»Jetzt weiß ich es wieder. Du warst noch keine 25, glaube ich.«

»Gott ja. Da sollte man eigentlich schon erwachsen sein.«

»Ich muss ihm Angst eingejagt haben.«

»Bitte?«

»Benny. Er muss richtig Schiss bekommen haben.«

»Du hast ja auch versucht, ihn umzubringen.«

Winter schwieg. Irgendwer rief etwas Unverständliches draußen auf dem Gang.

»War es ein schönes Gefühl?«, fragte sie.

»Was?«

»Zu versuchen, jemanden zu ermorden? War es ein schönes Gefühl?«

Winter antwortete nicht. Im Zimmer war es dunkler geworden. Die Rechtecke am Merkbrett waren kaum noch zu erkennen. Er versuchte sich seine Hände um Benny Vennerhags Hals vorzustellen. Was war das für ein Gefühl... Das waren nicht seine Hände gewesen.

»Bist du noch da?«, fragte sie.

»Ja.«

»Wie geht es eigentlich dir?«

»Ich weiß nicht recht. Eine Frau, nicht viel älter als dreißig, ist tot, und wir wissen nicht, wer sie ist. Das macht mich ... mutlos. Mehr, als ich es sein dürfte, wenigstens zu Anfang der Ermittlung.«

»Warum kommst du nicht mal hier vorbei? Ist ja schon Monate her ...«

Ja, warum nicht. Winter blickte sich wieder im Büro um. Nichts hatte sich hier drin verändert während des Gesprächs mit seiner Schwester. Alles würde noch da sein, wenn er am nächsten Tag zurückkäme. Sein anonymes und düsteres Zimmer im Polizeipräsidium schien ihm größer als sein Leben: Es war hier, bevor er gekommen war, und es würde da sein, wenn er längst fort wäre.

Er wartete auf Antworten zu mehreren Anfragen, aber die hatten Zeit. Und er hatte niemanden, zu dem er sonst gehen konnte.

»Du meinst heute Abend?«

»Ich meine jetzt, in einer halben Stunde oder wie lange du brauchst, um herzufahren«, sagte Lotta.

»Okay. Soll ich was einkaufen?«

»Nein. Aber du kommst?«

»Bist du allein?«

»Du meinst Bim und Kristina? Die beiden sind gerade nicht da. Die kommen später. Sie würden dich gern mal wieder treffen, Erik.«

Winter dachte an seine Nichten. Er war ein erbärmlicher Onkel. Erbärmlich.

»Wirklich«, betonte seine Schwester. »Die zwei haben dich noch nicht vergessen.«

Er ging durch die leeren Flure des Dezernats. Die Dämmerung kehrte den letzten Rest des Tages aus. Jemand hatte vergessen, im Besprechungszimmer das Licht auszumachen. Winter stellte sich vor das Flipchart und betrachtete seine eigenen vagen Striche und Pfeile, Punkte und Kreuze. Er nahm den Filzstift vom Gestell am Fenster und notierte »Helene« neben dem Kreuz, das den Fundort markierte. Dann schrieb er »Transport« in das leere Feld rechts von der Karte und die Zeiten der Autos, die er auf dem Videoband gesehen hatte. Beiers Männer würden sich die Filme genau ansehen. Die Zeit ist knapp, hatte Winter gesagt.

Er musste wieder an den See denken, an das Wasser. Wie viele Leute besaßen Boote am Delsjön? Das musste doch nachprüfbar sein. War jemandem ein Boot gestohlen worden, wenn auch nur für ein paar Stunden? Vielleicht wusste man im Anglerverein etwas.

Es gab unendlich viele Möglichkeiten. Und weitere Enttäuschungen. Winter legte den Stift hin und drehte sich um. Ihm fiel das Kind ein, die Kleine, die er vor sich gesehen hatte. Jetzt hatte er ihr Gesicht nicht mehr vor Augen. Aber sie war ihm erschienen wie ein Traum oder ein Gruß aus einem fernen und beängstigenden Land, das er so schnell wie möglich besuchen musste. Wir müssen deinen Namen herausfinden, Helene, dachte er.

Der Parkplatz war menschenleer. Rechts standen drei Motorräder an der dafür vorgesehenen Stelle. Kaum war Winter aus dem Polizeigebäude getreten, hatte er wieder angefangen zu schwitzen. Der Kopf tat ihm weh, ein plötzlich einsetzender Schmerz. Er spürte wieder diesen Schwindel, eine sekundenkurze Leere im Gehirn. Als wäre er nicht da.

Er setzte die Sonnenbrille auf. Es juckte ihn auf der Kopfhaut und an anderen Körperstellen, wo er Haare hatte. Winter fühlte sich wie elektrisch geladen, als wäre er in mehrere Schichten heißer Haut gekleidet.

Zwei Luftballons trieben in östlicher Richtung über den Himmel. Der Vollmond hing links. Der eine Ballon verdeckte den Himmelskörper und verursachte eine kleine Mondfinsternis. Ein Streifenwagen bog vor Winter ein, und der Mann am Steuer nickte ihm kurz zu. Winter hob die Hand und ging weiter auf den Mercedes zu. Die Shell-Tankstelle gegenüber strahlte wie ein Vergnügungspark, der grelle Schein der Neonschilder gab der Nachbarschaft einen fröhlichen Anstrich. Winter stieg der Duft von gebratener Wurst in die Nase, von überhitztem Spätsommer.

Er hörte ein Dröhnen und hob den Blick. Ein Hubschrauber verharrte in der Luft, an der gleichen Stelle, wo sich vorher die Luftballons befunden hatten. Es war, als zerschnitten die Rotorblätter das schwache Mondlicht und sandten es in kurzen Blitzen über den Himmel. Der Hubschrauber wendete schwerfällig und flog weiter Richtung Stadt. Das Fest schien zu warten. Auf der anderen Seite der Tankstelle standen die Autos in dichter Schlange bis vor das Ullevi-Stadion. Die ganze Stadt war verstopft. Winter blieb am Auto stehen und blickte genervt auf die Schlüssel in seiner Hand und das Auto vor sich: Er würde nicht viele Meter in der Stunde auf der Straße vorankommen.

Winter machte kehrt, lief zum Eingang zurück und weiter zum Fahrradständer. Für Situationen wie diese hatte er hier immer ein Reservefahrrad stehen. Er lächelte einer Rechtsanwältin zu, die nach ein paar Stunden Arbeit oben in der U-Haft das Präsidium verließ. Sie setzte sich auf die Bank. Winter vermutete, dass sie auf ein Taxi wartete. »Brauchen Sie eine Mitfahrgelegenheit?«, fragte er und zeigte auf seinen Gepäckträger. Er kannte sie nur flüchtig. Sie antwortete nicht, sondern blickte in die andere Richtung. Bestimmt ist sie die Anwältin, überlegte Winter. Ich habe sie doch im Gericht gesehen. Sie erkennt mich nur nicht. Vielleicht liegt es an der Sonnenbrille und dem Hemd und den abgeschnittenen Jeans. Für sie machen Kleider Leute.

Er strampelte am Hauptbahnhof vorbei und zum Fluss hinunter. Weiter im Westen war er gezwungen, zwischen den Menschen zu kreuzen, die auf dem Weg zu und von den Bierzelten am Lilla Bommen unterwegs waren. Vor der Oper lief ein Mann bei Rot über die Straße, und Winter wäre um ein Haar mit ihm zusammengestoßen. Doch Winter wich nach rechts aus und verlor kurz das Gleichgewicht. Er griff nach der Schulter des Mannes, um nicht zu stürzen.

»Was fährst du denn für einen Scheiß zusammen, du Tölpel«, schrie der Mann Winter ins Gesicht. »Lass mich los, verdammt noch mal.« Winter roch die Alkoholfahne des andern, in dessen Augen es zornig aufblitzte.

»Ist ja gut«, beschwichtigte ihn Winter und versuchte, den Lenker dem Griff des Mannes zu entwinden.

»Du haust mir nicht ab, verdammter Fahrradrowdy«, brüllte der Mann und packte den Lenker fester.

Der perfekte Abschluss eines langes Arbeitstages, dachte Winter und riss kräftig, während er gleichzeitig zwei Schritte rückwärts machte. Der Fremde ließ mit verwunderter Miene los, stellte sich ihm aber in den Weg, als Winter versuchte wegzufahren. Sie hatten Publikum bekommen.

»Heja, Nasse«, rief einer.

Winter dachte, was für ein Schwein, als der Mann erneut nach ihm griff. Da ließ Winter das Fahrrad los, zog seine Brieftasche aus der Hose und nahm den Ausweis heraus. Er erinnerte sich noch zu gut an seine Hände um Benny Vennerhags Hals. So etwas durfte nicht noch einmal passieren.

»Ich geb dir eine Chance«, erklärte Winter. »Ich bin Polizist. Du kannst entweder sofort von hier verschwinden, oder du bekommst echte Schwierigkeiten.«

Nasse starrte auf den Ausweis, dann wandte er sich seinem Publikum zu.

»Heja, Nasse«, brüllte der Schreihals von gerade noch einmal, und Nasse starrte Winter an.

»Hau ab«, wiederholte Winter. »Du hast fünf Sekunden.«

Er bückte sich und hob sein Fahrrad auf, während Nasse regungslos dastand. Der muss nüchterner gewesen sein, als ich dachte, überlegte Winter, setzte sich aufs Rad und strampelte weiter, so schnell er konnte. Dieses Stadtfest ist eine gefährliche Veranstaltung, vor allem für Bullen. Aber ich bin besser davongekommen als Aneta.

Es duftete nach frisch gemähtem Gras, als er das Fahrrad an den Eisenzaun lehnte und den kurzen Gartenweg zur Treppe ging. Es war Monate her, dass er zuletzt hier gewesen war. Warum das so war, über diese Frage hatte er gegrübelt, während er durch Hagens stille Straßen radelte. Vielleicht konnte seine Schwester ihm bei der Antwort helfen, aber einen der Gründe kannte er. Er hatte zum Nachbarhaus auf der linken Seite geblickt, als er das Rad abstellte. Kein Licht. Ein halbes Jahr zuvor hatte er versucht, den Mord an dem 19-jährigen Jungen, der in dem Haus aufgewachsen war, aufzuklären. Er war dort gewesen und hatte mit den Eltern des Jungen gesprochen, und es war furchtbar gewesen.

Die Tür zum Haus der Schwester war angelehnt. Winter läutete.

»Du kannst außen rumgehen«, hörte er von innen. Er vermutete, dass Lotta auf der Veranda saß.

Er ging die Treppe wieder hinunter und über den Rasen zur Rückseite des Hauses. Lotta stand auf und umarmte ihn. Sie roch nach Abenddämmerung und Wein. Sie trug das Haar kürzer, als er es in Erinnerung hatte, und vielleicht dunkler. Die Züge um Mund und Augen waren schärfer, die Haut spannte. Um Arme und Brust herum fühlte sie sich mager an. Er wusste, dass Lotta in zwei Monaten, am 18. Oktober, vierzig wurde. Er war sich nicht sicher, ob sie den denkwürdigen Tag feiern würde.

»Willst du ein Glas Wein? Kalt. Weiß.«

»Ja, gern. Und etwas Wasser.«

»Ich habe kein Auto gehört.«

»Das kommt, weil ich mit dem Rad gekommen bin.«

»Ah.«

»Die Stadt ist dicht.«

»Das Sommerfest?«

»Ja. Bist du dort gewesen?«

»Du ctwa?«

»Nicht, um mich zu amüsieren.« Winter lächelte.

»Immer noch ein kleiner Snob. Aber bei der Kleidung hast du ziemliche Abstriche gemacht.«

»Ich bin nicht mehr derselbe.«

Lotta schenkte ihm ein Glas Wein ein und ließ ihn allein, um Wasser und zwei neue Gläser zu holen.

»Vorige Woche habe ich Angela getroffen«, begann sie, als sie zurückgekommen war und sich neben ihn aufs Sofa gesetzt hatte. »Auf einem Gang, nach der Visite. Sie war mit einem Patienten beim Röntgen gewesen.«

»Aha.«

»Sie hat nicht viel gesagt. Wir hatten uns lange nicht gesehen. Sie scheint sich dir allmählich anzupassen. Mit dem Schweigen. Hat gar nichts erzählt.«

»Worüber auch?«

»Über euch zum Beispiel.«

Winter wartete auf die Fortsetzung. Seine Schwester arbeitete als Stationsärztin am Sahlgrenska-Krankenhaus. Angela hatte erst vor kurzem von einer Stelle am Krankenhaus Mölndal dorthin gewechselt.

»Die zwei wichtigsten Frauen in meinem Leben sind Ärztinnen«, sagte Winter. »Ich frage mich, was das bedeutet.«

»Das bedeutet, dass du ein Pflegefall bist«, erklärte seine Schwester. »Aber du vergisst wohl Mama.«

»Klar doch, ja.«

»Wann hast du zuletzt mit ihr gesprochen?«

»Als sie zum letzten Mal angerufen hat. Vor zwei Wochen vielleicht. Und du?«

»Gestern.«

»Wie geht's ihr?«

»Ich glaube, sie hat ihren Konsum reduziert – auf zwei Martini vor dem Mittagessen«, sagte Lotta, und sie lachten zusammen. »Nein, im Ernst, sie trinkt jetzt weniger Alkohol. Ich glaube, Vater hat mit ihr gesprochen.«

»Vater? Du machst Witze.«

»Wann hast du zuletzt mit ihm geredet, Erik?«

Winter leerte sein Glas. Seine Hand zitterte leicht, und er wusste, dass Lotta es bemerkte.

»Als sie nach Spanien umzo... flohen.«

»Ich weiß.«

»Na, dann hast du es eben noch einmal bestätigt bekommen.«

»Zwei Jahre. Das ist eine lange Zeit.«

»Er hatte die Wahl. Er hätte mit seinem Geld etwas tun können, für andere. Und damit meine ich keineswegs mich oder uns. Es ist sein Geld. Ich habe mein eigenes. Nichts von dem, was ich besitze, hat ihm je gehört.« Winter stellte sein Glas hin. »Am Ende hat er sich für die schlechtere Alternative entschieden.«

»Ist es nicht schwer, immer Richter zu sein?«

»Ich bin kein Richter, ich bin Polizist.«

»Du weißt, was ich meine.«

»Es war seine Entscheidung.«

»Mama hat ihn begleitet.«

»Sie ist nicht zurechnungsfähig.«

»Du bist abscheulich, Erik!« Lotta hatte ihre Stimme erhoben und setzte sich aufrecht hin. »Wer, zum Teufel, gibt dir das Recht, über deine Nächsten zu richten.«

Wie betäubt streckte Winter die Hand nach der Weinflasche aus.

»Willst du noch ein Glas haben?«

Fast widerwillig hielt sie ihm ihr Glas hin.

»Sie haben die Wahl. Sie könnten nach Hause kommen und ihren Teil beisteuern.«

»Was würde das schon verändern?«

»Es dreht sich nicht um ... Müssen wir jetzt darüber reden?«, fragte Winter. »Können wir nicht einfach ein Weilchen hier sitzen und diesen Wein trinken?«

13

Sie saßen schweigend da. Die Nacht hatte sich um sie gebreitet. Winter konnte nicht lesen, was auf dem Flaschenetikett stand. Er trank, und der Wein schmeckte metallisch und erdig. Er nahm noch einen Schluck, und als er den Arm bewegte, war ihm, als verlöre er das Gleichgewicht.

»Wie lange bist du eigentlich schon auf den Beinen?«, fragte die Schwester.

»Tja ... Seit vier Uhr heute Morgen.«

»Du lieber Gott.«

»Die ersten Stunden sind wichtig.«

»Ich weiß. Die Allerwichtigsten. Aber wenn der Herr Kommissar danach nicht mehr denken kann? Oder seine Mannschaft?«

»Die ersten Stunden sind die ersten Stunden.«

»Und die sind jetzt vorbei«, ordnete Lotta an. »Deine ersten wichtigen Stunden.«

»So gut wie.«

»Aber die Jagd geht weiter.«

»Wenn man es eine Jagd nennen kann.«

»Willst du darüber reden?«

Winter streckte die Hand wieder nach dem Glas aus, zog sie aber zurück. Er hatte das Gefühl, er würde kein Wort mehr herausbekommen, wenn er weiter Wein trank.

Er erhob sich, machte die wenigen Schritte zum Geländer der Veranda und lehnte sich dagegen. Ein schwacher Wind wehte vom Garten herauf. Drüben an der Hecke, hinter dem Ahorn, war schemenhaft ein Spielhaus zu erkennen. Es hatte all die Jahre dagestanden. Winter hatte ewig währende Abenteuernächte darin gewohnt, als er neun, zehn, vielleicht elf gewesen war.

Er bekam Lust hinzugehen, bewegte sich aber nicht. Bliebe er an diesem Abend lange genug dort stehen, würde er das Spielhaus in der Dunkelheit nicht mehr sehen können. Nur noch erahnen würde er es. Die Müdigkeit brachte ihm seine Kindheit näher. Was für ein Verlust. Man ahnt ein früheres Leben, aber mehr ist es nicht, dachte er. Bald geht alles unter im Jetzt.

Er drehte sich seiner Schwester zu. Sie hatte ein Tuch um die Schultern gelegt, wirkte fremd damit. Wieder spürte er den Wind vom Garten, der durch die kurzen Haare an seinen nackten Beinen fuhr. Aber er fror nicht.

»Da ist ein Kind«, begann er. »Diese Frau, die ermordet worden ist und für die wir noch keinen Namen haben ... Wie ich bei deinem Anruf gesagt habe ... Sie hat ein Kind bekommen, und dieses Kind wird wohl irgendwo da draußen sein.«

»Beunruhigt dich das?«

»Würdest du nicht genauso empfinden?«

»Doch.«

»Es stört mich. Einige Male hatte ich heute das Gefühl, ich könnte mich nicht genug konzentrieren, weil ich daran denken musste, dass Helene ein Kind hat.«

Die Schwester blickte ihn an. »Hast du nicht gerade gesagt, dass ihr keinen Namen habt?«

»Was?«

»Die ermordete Frau ist doch noch nicht identifiziert. Aber du hast sie eben Helene genannt.«

»Hab ich das? Da muss ich aufpassen. Ich habe sie so getauft, um ... ihr näher zu kommen. In meinen Überlegungen.«

»Warum gerade dieser Name?«

»Sie wurde am Delsjön gefunden, bei Helenevik.«

»Helenevik? Davon habe ich nie gehört.«

»Eine Hand voll hübscher Häuser auf der anderen Seite der Schnellstraße, mit Aussicht auf den Rådasjön.«

»Helene?«

»Ja. Ich nenne sie Helene. Und ich muss ständig an ihr Kind denken.«

Winter sah, wie Lotta schauderte, mehr von den Worten als von der Abenddämmerung, schien es ihm.

»Dann geht es darum, so schnell wie möglich ihre Identität zu bestimmen. Und wo sie wohnt.«

Winter antwortete nicht.

»Oder wie?«

»Natürlich, aber ich bin nicht gerade optimistisch. Es ist wie ein neuerlicher Abstieg in die Hölle. Vielleicht empfinde ich es nur heute Abend so. Im Moment ist es das für mich. Vielleicht werden wir abwarten müssen, bis ein Hauswirt anruft, weil sie mit der Miete im Rückstand ist. – Aber bis dahin kann Zeit vergehen. Furchtbar viel Zeit.«

»Du machst Spaß.«

»Das hoffe ich. Ich hoffe, dass ich Spaß mache.«

»Hast du mit einem Kollegen über dein pessimistisches Gefühl sprechen können?«, fragte Lotta.

»Selbstverständlich nicht.«

»Ist das kein Problem für dich? Ich meine, nicht nur jetzt ..., sondern überhaupt?«

»Wie meinst du das?«

»Du weißt, was ich meine.«

»Ich spreche mit meinen Mitarbeitern«, sagte Winter. »Das ist doch wohl normal.«

»Aber du erzählst niemandem, dass du pessimistisch bist.«

»Natürlich nicht.«

»Aber mir sagst du es.«

»Worauf willst du hinaus?«, fragte er und hob das Weinglas.

»Das hast du schon verstanden.«

Winter antwortete nicht, sondern nahm einen Schluck Wein. Er fühlte sich kalt an in seinem Mund.

»Alleinsein kann zur Belastung werden«, fuhr Lotta fort. »Glaub mir, ich weiß Bescheid. Es gab noch einen Grund, warum du heute Abend hergekommen bist. Nicht nur, um deine liebe Schwester zu besuchen. Du wolltest deine Zweifel jemand anders gegenüber aussprechen, sie aus dir herauslassen, damit du weiterarbeiten kannst.«

»Wie eine Beichte?«

»Für dich ist es vielleicht eine Beichte. Wenn du Zweifel hast, fühlst du dich, als hättest du gesündigt.«

»Äh.«

»Das war immer so bei dir. Schon als du noch ein Kind warst.«

»Was soll ich darauf antworten?«

»Dass auch du ein normales Leben führen willst. Was bedeutet, dass du jemanden brauchst, mit dem du über deinen unnormalen Alltag sprechen kannst.«

»Unnormal?«

»Deine Arbeit.«

»Jetzt mach aber mal halblang, Lotta.«

»Man kann nicht nur eine Art Leben leben, und dass vierundzwanzig Stunden am Tag.«

»Das tu ich ja gar nicht. Und wenn, dann deshalb, weil ich muss.«

»Du musst es wohl ein wenig zu oft.«

»Darüber habe nicht ich zu entscheiden.«

Als Winter Stunden später aufstand, schwankte er ein wenig. Der Blick auf die Uhr sagte ihm, dass er jetzt seit achtzehn Stunden auf den Beinen war. Die ersten wichtigen Stunden. Er machte sich auf den Weg.

»Wo willst du hin, Erik?«

»Rüber zum Spielhaus. Ist die Luftmatratze noch dort?«

Fredrik Halders konnte es nicht leiden, eine Schlacht zu gewinnen, aber den Krieg zu verlieren. Kompromisse waren was für Heulsusen. Wer den Krieg gewinnen wollte, musste sich darauf einstellen, den Krieg auch wirklich zu gewinnen. Das war das Einzige, was man als Bulle, als Autorität, tun konnte. Das war schließlich die Bedeutung des Begriffs Autorität.

Er war ins Zentrum zurückgekehrt, nachdem er spät noch mit dem Besitzer des Hundezwingers gesprochen hatte. Der Mann war sehr überzeugend gewesen. Ungefähr zu der und der Zeit habe ein Ford Escort CLX Kombi Sedan an der Kreuzung zurückgesetzt und gewendet. Ein 92er, 93er oder 94er, wahrscheinlich polarweiß. Ob er sicher sei? Ja, der habe im Laternenlicht weiß ausgesehen, man könne zwar nicht vollkommen sicher sein, aber es sei ja allgemein bekannt, dass das Modell millionenfach in Polarweiß verkauft worden ist. »Man fragt sich fast, ob es das Modell überhaupt in einer anderen Farbe gibt.«

»Und ein älteres Modell kann es ...?«

»Möglicherweise ein 91er, aber dann ist Schluss. Sie haben den Escort von '91 an verändert, das wissen Sie bestimmt auch? Er ist runder geworden in der Form, bulliger. Höher. Und genau so einer war es.«

»Und es war auf jeden Fall ein CLX?«

»Was?«

»Sie haben gesagt, es sei ein CLX gewesen. Warum kein RS?«

Der Mann schaute ihn an, als habe er endlich etwas Intelligentes gesagt. »Sie kennen sich also mit Autos aus?«

Halders nickte.

»Dann wissen Sie auch, dass die RS-Modelle einen Spoiler am Heck haben«, erklärte der Mann. »Dieses Auto hatte keinen Spoiler.«

»Haben Sie die Autonummer erkennen können?«

»Ich hatte keinen Notizblock dabei, aber sie fing mit HE an.«

»HE? Keine Ziffern?«

»Die waren nicht gut zu sehen. Vielleicht sind Buchstaben leichter zu lesen als Ziffern.«

»Wirklich?«

»Wir sprechen schließlich nicht in Ziffern, oder? Deshalb glaube ich, dass es leichter ist, Buchstaben zu lesen.«

Total übergeschnappt, aber gute Augen und Ahnung von Autos, befand Halders bei sich. Er nickte wieder und notierte die Angabe. »Sonst noch was?«

»Ob ich noch mehr gesehen habe?«

»Ja. Oder gehört.«

»Was soll ich zuerst beantworten?«

»Haben Sie mehr gesehen als bloß das Auto?«

»Jedenfalls keinen Fahrer. Das Licht fiel so, dass die Fahrerseite dunkel blieb.«

»Keine Mitfahrer?«

»Soviel ich erkennen konnte, nein.«

»Woher kam das Auto?«

»Weiß ich nicht. Aber es ist dann Richtung Stadt gefahren, nachdem es hier gewendet hatte.«

Halders schrieb eifrig mit.

»Also muss es aus der anderen Richtung gekommen sein«, folgerte der Mann. »Vom See oder aus Helenevik. Oder wie?«

Halders hatte nicht geantwortet.

»Oder wie?«, wiederholte der Mann hartnäckig. »Das kann sich ja sogar einer von meinen Hunden ausrechnen.«

Halders blickte vom Block auf. »Der Fahrer könnte sich verfahren oder es sich anders überlegt haben. Oder er hat einen Ausflug bis zu dieser Kreuzung gemacht, gewendet und ist wieder heimgefahren«, sagte er, innerlich fluchend. Verdammter Idiot.

»Ah«, machte der Mann. »Jetzt versteh ich, wie die Polizei arbeitet.« Er tippte sich mit dem Zeigefinger an die Stirn. »Darauf wäre ich selbst nie gekommen, oder wie?«

»Und haben Sie etwas gehört?«

»Mehr als das Geräusch des Autos?«

»Ja. Davor, während oder danach.«

»Was soll ich zuerst beantworten?«

Halders seufzte hörbar. »Es wird allmählich spät, und wir sind beide müde.«

»Ich bin nicht müde«, war die Antwort.

»Haben Sie etwas gehört?«, wiederholte Halders.

»Nein.«

»Und sonst haben Sie nichts Ungewöhnliches gestern Abend oder Nacht bemerkt?«

»Das wäre jedenfalls nicht so einfach gewesen, oder wie?«

»Ich verstehe nicht.« Halders wartete auf die Fortsetzung. Sie standen draußen auf der Treppe zum Wohnhaus des Mannes. Ein Hund oder zwei hatten gekläfft, als Halders gekommen war, aber dann war der Lärm verstummt. Halders hatte den Stahldraht des Hundezwingers im Licht der Wandlaterne glänzen sehen. Der Mann hatte ihn nicht hereingebeten. Er war klein und irgendwie bucklig und hatte sofort, wie zur Verteidigung gegenüber dem langen Halders, eine defensive Haltung angenommen. Und nun sprach der Mann einfach nicht weiter.

»Das letzte versteh ich nicht«, wiederholte Halders.

»Es war nicht leicht, überhaupt noch was zu hören, wo doch den ganzen Abend über so ein Verkehr war zu eurem Haus, oder wie?«

Halders wurde immer gereizter. Die Gewohnheit des Mannes, seine Ausführungen mit einem »Oder wie?« abzuschließen, ging ihm auf die Nerven. Aber wenigstens wusste er nun, was der Kerl gemeint hatte.

»Sie meinen die Veranstaltung gestern Abend im Sportzentrum der Polizei?«

»Ich dachte, das heißt Bierzentrum. Oder wie?«

»Sind Sie durch die Veranstaltung in irgendeiner Weise gestört worden?«

»Kann ich nicht behaupten. Aber es war viel Verkehr.«

»Autos?«

»Das nennt man doch wohl Verkehr, oder wie?«

»Keine Fußgänger?«

»Soviel ich gesehen habe, nein. Aber es hat ja schon Festlichkeiten oben im Bierzentrum gegeben, da sind eure Gäste in den frühen Morgenstunden hier und da auf meinem Grund und Boden gelandet. Einmal haben sogar ein Polizist in Zivil und ein so gut wie gar nicht bekleidetes Weibsbild beschlossen, sich ins Moor zu betten, da hinter dem Zwinger.« Der Mann deutete mit dem Kopf zur Hausecke.

Das könnte durchaus bei meinem Fest zum vierzigsten Geburtstag gewesen sein, musste Halders unwillkürlich denken. »Aber kein Gerenne letzte Nacht?«, fragte er.

»Nicht, dass ich was gehört hätte. Da müssen Sie mit Ihren Kumpeln reden.«

»Wir sind dabei.«

»Ist ja auch 'ne gute Idee, oder wie?«

»Aber bei dem Auto sind Sie sicher?«, fragte Halders, selbst verwundert über die eigene Geduld.

»Das hab ich doch gesagt, oder wie? Wir haben ja schließlich endlos über die Einzelheiten geplaudert, oder wie?«

»Dann möchte ich Ihnen für alle Auskünfte danken. Wenn

Ihnen noch etwas einfällt, was auch immer, dann lassen Sie doch von sich hören, oder wie? Es kann auch früher passiert sein. Jemand, der mehrmals hier vorbeigekommen ist. Was auch immer. Sie verstehen, was ich meine, oder wie?«, sagte Halders abschließend, ließ den Motor an und brauste mit einem schiefen kleinen Lächeln auf den Lippen in die Stadt zurück.

Halders stellte das Auto am Polizeigebäude ab und marschierte am Fluss entlang. Die Stadt um ihn herum schien aus den Fugen. Er fand kein besseres Wort dafür. Die ganze Gesellschaft war aus den Fugen. Es gab zu wenig Polizeipräsenz auf den Straßen, weil auch Polizisten ein normales Leben führen wollten. Es müsste ebenso viele Polizisten wie Staatsbürger geben, überlegte er. Ein Polizist je Staatsbürger, vorausgesetzt, der Polizist war ehrenhaft und anständig.

Halders ging über den Drottningtorget. Vor der Börse stand ein Pärchen und trank etwas aus durchsichtigen Plastikbechern. Das ist kein Himbeersaft, dachte Halders. Ich sollte hingehen und ihnen die Becher aus den Händen reißen, sie mir greifen, und ab in die U-Haft mit ihnen. Man müsste ein Riesentheater veranstalten, schon bei Lappalien. Nulltoleranz. Was für ein idiotischer Ausdruck, aber er hatte die richtige Bedeutung: Die Gesellschaft müsste klarstellen, dass sie das nicht mehr akzeptiert. Jeder klitzekleine Verstoß müsste wie ein Verbrechen behandelt werden. Wer ohne Fahrradlampe fährt, musste den Führerschein verlieren. Wer öffentlich trinkt, müsste mit Gefängnis bestraft werden. Immer wieder ein kurzer Freiheitsentzug. So haben die das in New York gemacht. Und in der Stadt ist es ruhiger geworden. Das ganze Land ist ruhiger geworden.

Alles und alle werden ruhiger, nur ich nicht, erkannte Halders. Je mehr ich an Ruhe denke, desto wütender werde ich. Wie weit wäre ich bereit zu gehen, wenn die Gesellschaft grünes Licht für Nulltoleranz gäbe? Und die Kollegen? Was würden die machen? Ein Teil begnügt sich damit, so zu tun als ob, und einige ziehen das durch. Für die ist das ein ständiger Krieg.

Er wartete mit tausend anderen, um den Götaleden zu überqueren, und befand sich plötzlich unter Zehntausenden auf dem Packhuskajen. Das Feuerwerk hatte begonnen. Es setzte sich in Halders' Kopf fort, schien dort zu explodieren. Er holte sich einen Becher Bier, ließ sich am Ende eines langen Tisches nieder und starrte den Mann gegenüber so lange an, bis der sich nach einigen Minuten verzog.

Halders hob den Blick zum Himmel, schaute dem Feuerwerk zu. Das Licht wurde von den Gesichtern der Menschen reflektiert, ihre Stirnen sahen aus wie tätowiert, die Wangen und Kinne wie mit Zeichen gestempelt, die Halders nicht deuten konnte. Er nahm einen tiefen Schluck aus dem Becher, schloss kurz die Augen und dachte, er würde nie mehr schlafen können. Noch durch die Augenlider schimmerte es rot und gelb vom Schein am Himmel. Dann wurde es mit einem Schlag dunkler, als das Feuerwerk vorbei war. Halders öffnete die Augen. Ihm war übel. Er dachte an Aneta in ihrem weißen Krankenhausbett. Die finsteren Gedanken in seinem Kopf kreisten weiter.

Winter war in das Spielhaus gekrochen und hatte sich auf die Luftmatratze gelegt. Sie war nur zur Hälfte aufgepumpt, und er spürte das Holz der Bodenbretter im Kreuz. Vielleicht war in den Ritzen etwas übrig geblieben. Vielleicht lag er auf Luft aus der Kindheit. Es roch hier drinnen jedenfalls nach Kindheit, ein trockener und weicher Duft, den er nie vergessen würde. Flüchtig und trotzdem unverkennbar.

Winter breitete die Arme aus und tastete nach den Wänden zu beiden Seiten. Er schlief ein.

14

Winter radelte in der Morgendämmerung nach Hause. Gegen besseres Wissen hatte er um Mitternacht einen Versuch gemacht loszufahren.

»Leg dich doch hier hin«, hatte seine Schwester vorgeschlagen, und er hatte auf sie gehört.

Im Grün des Slottskogen erholte er sich ein wenig. Die Straßenkehrer waren nun nach der Nacht im Einsatz, und beinahe wäre Winter umgefahren worden, als er regelwidrig schräg über den Linnéplatsen bog.

Seine Wohnung roch nach Wärme und Staub. Er streifte die Sandalen ab und bückte sich nach der Zeitung. Die *GP* behandelte den Mord mit Zurückhaltung und ohne Spekulationen. Winter suchte nach Anregungen für die Sitzung, die in zwei Stunden beginnen würde, fand aber nichts.

Helene blieb namenlos, ein kalter Körper in einem weißen Sack mit Reißverschluss lag im Kühlraum. Es war Freitagmorgen, vierundzwanzig Stunden nachdem er ihr Gesicht zum ersten Mal gesehen hatte. Er versuchte, sich an die Züge zu erinnern, aber in seiner Erinnerung vermischten sie sich mit denen anderer Toter von früheren Fällen.

Winter legte die Zeitung in den Zeitungskorb, zog das T-Shirt, Shorts und Unterhose aus und ließ die Sachen im Flur auf dem Boden liegen. Dann stellte er sich unter die Dusche und dachte an nichts, während ihm das Wasser auf Schädel und Schultern prasselte. Er rasierte sich, trocknete sich nachlässig ab und ging, mit dem Badetuch um die Hüften, in die Küche. Die Sonne kletterte über das Dach des Hauses auf der anderen Seite des Vasaplatsen. Winter veränderte die Stellung der Lamellen seines Rollos, nahm Bohnen und Mühle und mahlte frischen afrikanischen Kaffee. Der Duft stieg ihm in die Nase, und schon fühlte er sich gestärkt, noch bevor er den Kaffee gebrüht hatte.

Er machte sich die zwei Baguettebrötchen, die er zuvor in der kleinen Bäckerei im Erdgeschoss gekauft hatte. Die Butter fühlte sich kühl an im Mund. Dazu aß er zwei dicke Scheiben Käse. Unten ratterten die Straßenbahnen vorbei. Eine Möwe landete auf dem Balkon, Winter konnte sie durch die Wohnzimmertür sehen. Mit einem Schrei flog sie auf und flatterte schwerfällig am Küchenfenster vorbei. Winter trank Kaffee und lauschte den Flügelschlägen in der Stille des Morgens.

Die Besprechung war kurz.

Winter hängte sein Sakko über die Stuhllehne, krempelte die Hemdärmel hoch und wischte etwas vom Hosenbein.

Cerutti, dachte Sara Helander. Die kühle Qualität.

»Wir wissen also immer noch nicht, wer sie ist«, begann Winter. »Die Zentrale hat ihre Identität auch nicht feststellen können.«

»Wir klappern heute diese Ortschaft ab.« Fredrik Halders redete wieder einmal dazwischen. »Wie heißt sie noch?«

»Helenevik«, antwortete Bertil Ringmar.

»Ihr werdet zu siebt sein«, erklärte Winter.

»Oho.«

»Mehr bringen wir nicht auf die Beine. Es geht allerdings um das ganze Gebiet, von dem ich gestern gesprochen habe.«

»Ich meinte ja auch, dass das wirklich viele sind«, gab Halders zu. »*I am impressed.*«

Winter blickte ihn an, sagte aber nichts. Fredriks Problem, seine Einstellung, wurde immer offensichtlicher. Winter würde mit ihm reden müssen. War das so, wenn man alt wurde? Wenn man die magische Grenze der vierzig überschritt und es langsam bergab ging?

»Wie viele von uns sollen sich um die Kollegen kümmern?«, fragte Bergenhem.

»Die Kollegen?«, fragte Carlberg.

»Das kleine Fest des Ermittlungsdezernats«, half ihm Sara Helander auf die Sprünge.

»Können die das nicht selbst ermitteln?«, war Halders Frage.

»Was zum Teufel meinst du damit?«, fragte Möllerström.

»Ermittlung. Das Ermittlungsdezernat.«

»Reg dich ab, Fredrik«, ging Winter dazwischen.

»Was mei...«

»Ich sage, REG DICH AB«, wiederholte Winter und beugte sich über ein Blatt Papier, als sei die Angelegenheit damit erledigt. Das war die beste Methode, Kritik zu üben und gleichzeitig dem Opfer die peinliche Fortsetzung zu ersparen.

»Du und Börjesson, ihr nehmt euch die Zechbrüder vor«, sagte Ringmar zu Bergenhem.

»Da dürften einige noch etwas müde sein«, meinte Bergenhem.

»Da sind sie wohl nicht die Einzigen«, flachste Sara Helander.

Alle im Zimmer mussten plötzlich an die kommenden Feiertage denken. Hier saßen sie, 24 Personen. Viele hatten für den Abend oder für Samstagabend das große Krebsessen der Saison geplant. Würden sie es richtig genießen können? Würden sie überhaupt nach Hause können? Wie viele Überstunden da wohl wieder auf sie zukamen?

»Hier ist doch keiner müde«, protestierte Winter, gähnte demonstrativ und winkte den Kollegen zum Abschied. An der Tür entstand Gedränge, weil alle gleichzeitig hinauswollten.

Winter stieg die Treppe zur Kriminaltechnik hoch und ging durch die Doppeltür, die die Abteilung vor unwillkommenen Besuchern schützte. Beier und seine Gruppe vermieden gern jedes Risiko. Wer durch die erste Tür kam, landete am Empfang und musste sein Anliegen erklären und abgeben, was er bei sich trug. Und Beier selbst nahm nur entgegen, was in Beutel oder Kartons verpackt war. Sonst wird alles auf dem Weg hierher unbrauchbar, dachte Winter. Inzwischen gab es Plastiktüten der Kriminaltechnik in allen Polizeifahrzeugen und trotzdem kam es vor, dass gedankenlose Leute ihre Funde unverpackt ablieferten.

Winter wurde ohne weiteres eingelassen. Unmittelbar rechts hinter der Tür begannen die Labors: das der Spurensicherung mit zwei Angestellten, einem Waffenexperten und einem Chemiker für Drogenanalysen, Stoffuntersuchungen und das Sichtbarmachen von Fingerabdrücken. Zwei Polizisten und ein ziviler Angestellter waren in einem besonderen Labor allein mit der Auswertung von Fingerabdrücken befasst. In Göteborg waren drei Fotografen ganztags mit der Erfassung von Fingerabdrücken beschäftigt, ein weiterer Kollege arbeitete in Uddevalla.

Dreizehn Polizisten bildeten die Abteilung für Spurensicherung im Dezernat für Kriminaltechnik. Darüber hinaus gab es zwei Kommissare und zwei weitere Angestellte im Labor.

Einige von ihnen saßen in der neuen Cafeteria. Das Staatliche Kriminaltechnische Institut hatte dem Dezernat in Göteborg eine ansehnliche Summe zugeteilt, obwohl ein baldiger Umzug bevorstand. So hatte Beier ungehindert um- und ausgebaut. Hatte er früher ein einziges Labor geführt, in dem sämtliche Untersuchungen durchgeführt werden mussten, gab es jetzt ein Hauptlabor, das die eingehenden Stücke und Proben den weiteren Labors zuwies, einen Raum für Untersuchungen von Stoff- und Faserproben, ein Labor für chemische Analysen, ein Labor der Spurensicherung, das Winter gerade passiert hatte, und ein Speziallabor zur Untersuchung von Fingerabdrücken sowie ein zusätzliches Zweitlabor. So konnten Kleider von Opfern und Verdächtigen in getrennten Räumen untersucht werden, und ein Vertauschen einzelner Proben wurde nahezu unmöglich. Beier legte Wert darauf, dass jeweils verschiedene Angestellte die Untersuchungen von Spuren des Opfers und des Täters vornahmen.

I am impressed, dachte Winter. Er war eine Weile nicht mehr hier oben gewesen.

Beier kam ihm über den Flur entgegen. »Möchtest du Kaffee?«

»Gern, danke.«

»Er steht schon bereit.«

Sie gingen in Beiers Zimmer. Beier schloss die Tür hinter ihnen. »Womit wollen wir anfangen?«, fragte er.

»Beim Auto.«

»Es sind unscharfe Bilder.«

»Aber es ist ein Ford?«

»Das glauben wir.«

»Escort CLX.«

»Vielleicht. Wahrscheinlich.«

»Hast du mit der ITV-Gruppe Kontakt aufgenommen?«

»Die haben keine Experten für diese Art von Untersuchung. Meine Augen sind so gut wie deren. Oder deine.«

»Kann man das machen, dass man mehr vom Fahrer sieht?«

»Jensen brütet gerade darüber, aber er macht sich keine größeren Hoffnungen und ich auch nicht.«

»Kann man sehen, ob ein Mann am Steuer sitzt?«

Beier hob hilflos die Arme. »Manchmal ist das nicht einmal möglich, wenn die Bilder scharf sind.«

»Wieso das?«

»Frauen können genauso schön sein wie Männer.«

»Ich verstehe.«

»Da kann man dann einfach keinen Unterschied erkennen.«

»Natürlich.« Winter trommelte mit dem Finger auf die Tischplatte. »Und noch eine große Frage«, sagte er. »Das Kennzeichen?«

»Da haben wir vielleicht etwas herausbekommen«, freute sich Beier. »Drei Buchstaben. HEL oder HEI.«

»Wie sicher ist das?«

Beier zuckte die Achseln. »Wir bemühen uns weiter«, antwortete er. »Aber du kannst loslegen und erst mal damit anfangen – wenn du Leute dafür hast.« Beier goss ihnen Kaffee ein, und Winter trank, ohne etwas zu schmecken.

»Wir dürfen also davon ausgehen, dass dieser Wagen am Fundort war, als der Körper dort abgelegt wurde«, sagte Winter.

»Ja«, stimmte Beier zu.

»Immerhin etwas, ein erster Anhaltspunkt.«

»Du brauchst dir bloß alle Ford Escort der Stadt vorzunehmen. Oder die von ganz Schweden.«

»CLX.«

»Das ist nicht gesichert.«

»Nein, aber damit fange ich an. Bei diesem Fall, an dem ich im Frühjahr gearbeitet habe, in London ... Der Kollege dort hat mir von einem Fall erzählt, wo sie nach einem Auto suchten und als Anhaltspunkt nur die Farbe und vielleicht die Marke wussten. Wir haben mehr.«

»Vielleicht.«

»Ganz sicher, Göran. Ich spüre, wie ich immer optimistischer werde, allein dadurch, dass ich hier neben dir sitze.«

»Leider muss ich deinen Optimismus gleich wieder dämpfen.«

»Wie das?«

»Ich habe nichts Neues zu diesem eigentümlichen Symbol am Baum. Wie immer man das bezeichnen soll.«

»Einer von meinen Jungs hat auf ein chinesisches Schriftzeichen getippt.«

»Das würde die Sache sehr erleichtern.«

»Genau.«

»Dann brauchen wir bloß noch eine Milliarde Chinesen zu verhören.«

»Du hast alle Abendländer vergessen, die Chinesisch können«, gab Winter zurück.

»Ich schlage vor, dass du damit anfängst«, feixte Beier.

Sie blieben einen Moment still sitzen, tranken Kaffee, lauschten der lauten Klimaanlage im Zimmer. Winter fror beinahe in der kühlen Luft. Beier trug ein gemustertes Sakko, dazu ein weißes Hemd und einen Schlips, der Winter an Ochsenblutrot erinnerte. Vermutlich sind wir die beiden einzigen Polizisten im ganzen Haus, die heute einen Schlips tragen. Als Winter der Gedanke kam, lockerte er sofort seinen. Er trug wieder den gewohnten Panzer, seine besondere Uniform. Beier hatte nichts dazu gesagt.

»Ich bin mir sicher, das Zeichen hat mit dem Mord zu tun«, durchbrach Winter die Stille.

»Warum?«

»Es ist nur ein Gefühl, aber ein starkes.«

»Wunschdenken also.«

»Es wäre ein zu großer Zufall, wenn jemand fast gleichzeitig etwas an den Baum pinselt.«

»Vielleicht lässt der Betreffende heute von sich hören, wenn wir uns mit einer Bitte um Mitarbeit an die Öffentlichkeit wenden.«

»Damit warte ich lieber noch ein bisschen.«

»Nicht zu lange, Herr Kommissar.«

»Ja, aber wenn wir zu früh damit rausrücken, kann das auch Nachteile haben – vielleicht kann uns dieses Wissen schon bald bei einem Verhör von Nutzen sein.«

»Mhm.«

»Es könnte ausschlaggebend sein.«

»Vielleicht war sie an einer … Zeremonie beteiligt?«, spekulierte Beier.

»Nein.«

»Warum nicht?«

»Diese kleine Bucht ist vielleicht ein lauschiger Ort für Satanisten und andere Weltverbesserer gewesen – oder ist es noch –, aber an so was hat sie nicht teilgenommen.«

»Vielleicht blieb ihr nichts anderes übrig.«

»Du weißt, was ich meine«, sagte Winter. »Das passt nicht zusammen. Da müsste jemand was bemerkt haben, etwas gehört haben.«

»Wie Halders' Hundezüchter?«

Fredrik hatte Winter von dem Mann erzählt, der die Geschichte an Beier weitergegeben hatte. Winter schmunzelte und wollte seinen Kaffee austrinken, aber er war zu kalt geworden.

»Oder wie die Kollegen vom Ermittlungsdezernat?«, hakte Beier noch einmal nach.

»Darunter sind einige der aufmerksamsten Polizisten überhaupt.«

»Gilt das in jedem Zustand?«

»Ein Polizist ist allzeit bereit.«

»Wozu?«

»Zum Schlimmsten«, scherzte Winter, doch sie wurden beide schnell wieder ernst. »Es hat sich oft gezeigt, dass die Ortswahl alles andere als zufällig ist. Der Mörder wählt den Ort bewusst aus, in einem Fall wie … diesem.«

»Ich gebe dir Recht. Glaube ich.«

»Wir müssen uns also fragen, warum sie gerade dort lag. Warum am Delsjön. Und warum an diesem Ende des Sees ...«

»Die Nähe zur Straße«, unterbrach ihn Beier.

»Könnte sein. Aber warum dann an der Stelle und nicht fünf Meter weiter zur einen oder anderen Seite.«

»Du glaubst, sogar ein paar Meter sind wichtig?«

»Sie könnten wichtig sein. Könnten uns bei unseren Überlegungen in die richtige Richtung führen.«

»Du gibst viel auf Richtungen.«

»Das ist eben besser als Stillstehen.«

»Das hast du schön gesagt«, meinte Beier.

Halders zog es vor, allein am See entlangzuwandern. Er hätte sich einen Sprung in das kühle Nass vorstellen können, aber er ging langsam immer weiter nach Westen und schließlich auf dem Rådavägen zurück. Die Villen ruhten still und gemessen oben auf den Hängen.

Die Gegend erinnerte ihn daran, dass er ein armer Kriminalinspektor war, aus dem nie etwas anderes werden würde. Er würde nie Kommissar werden, aber er war sich nicht sicher, ob ihn das verbitterte. Irgendwo in seinem Innern war er sich im Klaren darüber, dass er zum Kommissar nicht taugte, aber so genau wollte er es lieber nicht wissen.

Wenn er zur rechten Zeit am rechten Ort wäre, würde dort vielleicht das Glück auf ihn warten. Sie würden einander die Hand geben, und am Ernst Fontells Plats würde die Polizeipräsidentin ihn zu sich bestellen und dann Winter befehlen, seinen Posten an Kommissar Halders abzugeben ...

Halders begann seine Fragetour bei einem der Häuser in der Nähe einer Schule, deren Namen er nicht kannte. Er läutete an der Tür und wartete. Die Türglocke hallte in der großen Villa wider. Er läutete noch einmal. Eine Markise über der Tür spendete Schatten. Der Schweiß auf Halders' Stirn schien langsamer über das Gesicht zu rollen und über den Augenlidern kurz zu zögern. Er blinzelte und neigte den Kopf, gerade als die Tür von einer Frau im Bademantel geöffnet wurde. Sie war dunkelhaarig, oder vielleicht wirkte es auch nur im Gegenlicht so, das durch die offenen Türen hinter ihr einfiel. Es mussten mindestens drei Türen sein, die das Licht von einem Garten hereinließen, der bestimmt zwanzig Meter weit weg begann. Halders sah das Grün wie in einem Film, wie durch einen Tunnel. Das Haus muss innen größer sein als außen, kam ihm in den Sinn.

»Entschuldigen Sie die Störung. Ich komme von der Polizei«, begann Halders und hielt ihr seinen Dienstausweis hin. »Kriminalpolizei.« Er fuchtelte fünf Sekunden mit seiner Brieftasche herum.

»Ja?«

»Wir sind dabei, den ...«

»Geht es um den Mord auf der anderen Seite des Boråsleden? Gerade habe ich davon gelesen. Wir haben eben darüber gesprochen«, unterbrach ihn die Frau, hinter der sich plötzlich ein Mann in Badehose und mit nacktem Oberkörper ins Bild schob.

Halders hatte ihn nicht kommen sehen.

»Das ist Routine, wir müssen alle, die hier in der Nähe wohnen, befragen, ob sie in den letzten 24 Stunden etwas bemerkt haben.«

»Von wann an sollen wir rechnen?«, fragte der Mann. »Mein Name ist übrigens Petersén.« Er streckte die Hand vor. Halders drückte sie. »Ebenso«. Die Frau lächelte und hielt Halders ihre Hand hin. Halders drückte sie vorsichtig. »Denise«, fügte sie hinzu.

»Halders«, antwortete Halders.

»Kommen Sie doch rein«, lud ihn der Mann ein, und Halders betrat den Lichttunnel, der wieder ans Tageslicht führte. Er folgte dem Paar zu einer Terrasse im Freien, die mit etwas belegt war, das ein Mosaik sein mochte.

»Etwas zu trinken?«, fragte der Mann, und Halders antwortete mit Ja.

»Einen Drink? Gin Tonic? ...«

»Leider ...«

»Ein Bier?«

»Gern.«

Der Mann verschwand im Haus, und die Frau ließ sich in einen kompliziert aussehenden Klappstuhl zurücksinken. Sie setzte eine Sonnenbrille auf die Nasenspitze und schien Halders anzublicken. Er blickte zurück. Sie balancierte die eine Sandale am Fuß. Die Sandale war rot, wie Feuer in der Sonne.

»Ich stehe Ihnen solange gern zur Verfügung«, sagte sie.

Lass die Fantasie nicht mit dir durchgehen, rief Halders sich zur Ordnung. Versuch, ein wenig Blut für den Kopf übrig zu lassen.

Der Mann kam mit einem Tablett zurück, auf dem drei Flaschen Bier standen.

Benny Vennerhag rief an. Winter hatte ihn fast schon vergessen, war in den Anblick der Fotografien vertieft.

»Ich habe gehört, dass ihr den Fall gelöst habt.«

Winter sagte nichts. Er starrte weiter auf ein Bild von einem Baum, der einem toten Menschen Schatten spendete. Man konnte die Leiche nicht sehen, aber er wusste, dass sie da war.

»Der Übergriff auf eure Kollegin«, fuhr Vennerhag fort. »Das hat sich ja wohl geregelt, habe ich gehört.«

»Wie hast du es erfahren?«

»Ist der Herr Kommissar plötzlich naiv geworden?«

Winter antwortete nicht. Er musste an seine Hände denken, wie sie um Vennerhags Hals lagen.

»Ich hab immer noch Schmerzen«, sagte Vennerhag da.

»Bitte?«

»Die Brutalität der Polizei. Was du mit mir da gemacht hast. Ich könnte ...«

»Ich brauche vielleicht schon sehr bald wieder deine Hilfe«, schmeichelte Winter.

»Dein Ton gefällt mir nicht«, gab Vennerhag zurück. »Wenn, dann müssen wir das telefonisch regeln.« Er wartete ab, aber von Winter kam keine Reaktion. »Worum geht es denn?«

»Das kann ich noch nicht sagen, aber vielleicht lasse ich in Kürze von mir hören.«

»Und wenn ich die Stadt verlasse?«

»Tu's nicht.«

»Darf ich die Stadt nicht verlassen?«

»Wann hast du zum letzten Mal die Stadt verlassen, Benny?«

»Das ist nicht der Punkt, Herr Kommissar.«

»Du bist seit vier Jahren nicht mehr jenseits der Stadtgrenze gewesen, Benny.«

»Woher weißt du das?«

»Ist der Herr Meisterdieb plötzlich naiv geworden?«

Vennerhag lachte schrill. »Okay, okay. Ich verstehe schon, worum es geht. Ich kann schließlich lesen. Aber wie ich dir in dem Fall zu Diensten sein könnte, weiß ich beim besten Willen nicht. Wer ist sie übrigens?«

»Wer denn?«

»Die Tote, zum Teufel. Die Leiche. Wer ist sie?«

»Wir wissen es nicht.«

»Komm schon, Winter. Das gibt es doch heute nicht mehr, so was wie eine unbekannte Leiche.«

»Vielleicht nicht in deiner Welt.«

»Was meinst du damit?«

Winter hatte genug von Vennerhags Stimme. Er wollte das Gespräch beenden. Die Wange juckte von der Wärme des Hörers an seinem Ohr. »Ich sage dir ganz ehrlich, dass ich nicht weiß, wer sie ist«, erklärte er. »Ich werde vielleicht trotzdem deine Hilfe brauchen. Du hilfst mir doch, Benny?«

»Nur wenn du nett bist.«

»Die Polizei, dein Freund und Helfer. Das kennst du doch. Alle wissen, dass die Polizei nett ist.«

Vennerhags Lachen schrillte wieder durch die Leitung. »Und die anderen, das sind die Bösen. Wie geht es eigentlich Lotta?«

»Sie hat erzählt, du hättest sie angerufen und gejammert.«

»Ich hab nicht gejammert. Und es war zu deinem Besten. So was tut man nicht, was du getan hast. Es ist heiß, aber man beherrscht seine Gefühle.«

»Ruf sie nicht mehr an. Halte dich von ihr fern.«

»Wie fern? Ich darf die Stadt ja nicht verlassen.«

»Du hörst noch von mir, Benny.« Winter legte auf. Seine Hand war klebrig. Er stand auf, zog den Sakko aus und hängte ihn über die Stuhllehne. Der Stoff hatte sich zuvor kühl an seinem Handgelenk angefühlt, aber jetzt war es eine Last, ihn zu tragen. Winter nahm den Schlips ab und ließ ihn wie eine glänzende Schlange über Stuhl und Sakko gleiten.

Trotz hoch gekrempelter Ärmel vermisste er das T-Shirt und die abgeschnittenen Jeans. Aber an diesem Morgen hatte er entschieden, dass es damit vorbei war. Die Arbeit wartete und das bedeutete, dass er den teuren Panzer brauchte, um sich zu wappnen. Für ihn war diese Rüstung wie ein Schutz, sandte Signale aus. Deutliche Signale. Darüber hatte er in der vergangenen Nacht mit seiner Schwester gesprochen, bevor er durch die Dunkelheit zum Sommerhaus gewankt war. Das sind Signale der Schwäche, hatte Lotta gemeint. Wer sich hinter einem Anzug von Armani verstecken muss, ist in seinem Körper nicht richtig zu Hause.

»Baldessarini«, hatte er sie korrigiert. »Cerutti. Nicht Armani, so was trägt man, wenn man Autos frisiert.«

»Oh«, hatte sie nach einem kurzen Lachen gesagt, »es ist sogar ernster, als ich geglaubt habe.«

»Könnte es nicht sein, dass ich bloß schön angezogen sein will?«, hatte er gefragt. »Nicht mehr?«

»Da steckt mehr dahinter«, war ihre Antwort.

Und da hatte er es ihr erzählt. Von der Angst, die nach ihm griff, wenn er dem Kern des Bösen nahe kam. Wie die Angst stärker geworden war. Diese Empfindung war gewachsen wie eine Luftblase, die sich immer weiter ausdehnt. Und das Wissen darum, dass er mit seinem Leben nichts anderes mehr anfangen konnte – nichts anderes anfangen wollte –, war ihm zur Last geworden, sobald ihm klar wurde, was das bedeutete: Er konnte den Tag nicht abhaken, wenn die Nacht kam, ihn nicht einfach weghängen wie einen Sakko. Er konnte nicht einfach einen Freizeitoverall überziehen und an etwas anderes denken. Der verdammte Ceruttianzug – und alles, was mit ihm zusammenhing – verfolgte ihn bis in den Schlaf.

Aber es gab doch auch noch etwas anderes. Vielleicht lag da die Antwort – oder wenigstens der Teil einer Antwort. Seine Kleidung war ein Schutz gegen die Unruhe, die ständig drohte, seinen Körper zu überwältigen.

»Das wäre eine mögliche Deutung«, hatte Lotta zu ihm gesagt. »Das Problem ist nur, dass die ganze Maskerade dir in deinem Innern kaum hilft. Denk mal darüber nach, wenn du das nächste Mal deine Panzerhemden bügelst.«

Die Wasserfläche schien von einer leuchtenden Schicht Silber bedeckt, die von unbekannter Hand über den See gestreut worden war. Sie blendete Winter, als er nach Norden blickte. Das Sonnenlicht blitzte auf den Bändern, die das Gelände absperrten, wo sie Helene gefunden hatten. Die Sonne war falsch, sie spielte mit allem, was ihre Strahlen erreichten, sogar mit dem befremdlichen Gefühl, das an einem Ort des Todes herrschte.

Winter schritt über den ausgewiesenen Weg zum Baum und zum Rand des Moors. Um ihn herum zirpten die Grillen. Dies war der Klang der großen Hitze. Eine leichte Brise führte den modrigen Geruch des austrocknenden, dunklen Morasts mit sich. Winter sah niemanden, aber er wusste, dass sich rund um den See Polizisten bewegten, auf Spurensuche und auf der Jagd nach Augenzeugen, die in Ufernähe wohnten.

Es war kurz vor Mittag. Von der Schnellstraße über und hinter Winter kamen nur wenige Motorengeräusche. Winter verharrte unter dem Baum. Er zählte zwanzig Grüntöne. Auch das Sonnenlicht auf den Blättern war grün. Selbst der Himmel im Osten, der durch die Lücken im Blattwerk leuchtete, wirkte grün. Nur das Symbol auf der Rinde, zwanzig Zentimeter von Winters Kopf entfernt, stach rot hervor. Unter der Farbe war der Stamm eingeritzt. Für Winter war dies eindeutig ein Symbol. Aber wofür? Er konnte ein »H« darin lesen, aber vielleicht nur, weil er es lesen wollte. Er fühlte, dass das Zeichen zu diesem Ort gehörte und zu dem, was hier geschehen war. Ein beängstigendes Gefühl.

Als er wieder auf das Wasser blickte, war das Silber verschwunden, und auf der Oberfläche schien eine schwere grüne Masse zu treiben. Winter begriff, dass er einer optischen Täuschung zum Opfer fiel, aber in seinem Kopf hing auch das mit dem Baum und dem Graben dicht daneben zusammen, mit dem Mord, mit dem Schweigen.

Winter lächelte beinahe. Knackten sie den Code, dann würde der Schrei über den See und das Moor hallen, würde den Lärm der Schüsse übertönen, die er jetzt vom Schießstand der Polizei jenseits des Sumpfes hörte. Überall waren Spuren. Spuren von Tausenden von Schritten. Aber es war unmöglich, den Boden sorgfältig zu untersuchen, da es nur stellenweise Boden gab. Das sumpfige Gelände hob und senkte sich, wälzte sich um, schuf sich neu. Spuren von Schritten, die einmal sichtbar waren, rutschten ab, glitten zur Seite, verschwanden unter Erde und Gras.

Winter hörte ein Geräusch hinter sich und drehte sich um. Die Silhouette eines Mannes bewegte sich auf ihn zu. Als er aus der Sonne in den Baumschatten trat, erkannte Winter, dass es Halders war.

»Der Chef hat also Zeit, hier herumzustehen.« Halders hatte ein kurzärmliges Hemd an, das über die Hose hing, sein Gesicht, obwohl im Schatten, glänzte schweißnass an der hohen Stirn, die nach oben in Halders' Haarstoppeln verschwand. »Da hast du dir einen kühlen, stillen Platz ausgesucht.«

»Kommst du aus Helenevik? Ich habe kein Auto gehört.«

»Das steht da hinten«, erklärte Halders und wies auf die Stelle, als wollte er beweisen, dass er in der drückenden Hitze die fünf Kilometer nicht zu Fuß zurückgelegt hatte. »Ich vermute, dass es mir ging wie dir. Ich wollte die Stelle sehen, wo ich sowieso in der Nähe war.«

»Ja.«

»Es ist das erste Mal, dass ich hier bin.« Aus Halders' Mund klang das wie ein Vorwurf.

Winter antwortete nicht. Er richtete den Blick auf den Baum.

Halders kam näher. »Das ist also das verdammte Zeichen. Können das nicht Jugendliche hingeschmiert haben?«

»Ja, klar. Wir müssen uns nur sicher sein können.«

»Aber es steht fest, dass es wirklich Farbe ist?«

»Ja.«

»Es kann kein Blut sein?«

»Nein.«

»Aber das könnte doch der Sinn sein, dass es wie Blut aussehen soll«, meinte Halders. »Dass wir das denken.«

»Möglich«, sagte Winter.

»Findest du es wirklich einleuchtend, dass es mit dem Mord zusammenhängen soll? Mit der toten Frau?« Halders hielt eine Hand hoch. »Nein, nein, du brauchst nicht zu antworten, ich denke bloß laut. Bestimmt sind oft Jugendliche hier. Die schmieren was an einen Baum, und dann geht ihnen die Farbe aus … Nein, sie werden überrascht … Sie wollen gerade ein Zeichen malen, es soll geheimnisvoll wirken, und jetzt sitzen sie da und fragen sich, ob wir es gefunden haben … Die fragen sich, warum wir nichts davon gesagt, nichts an die Zeitung gegeben, kein Foto davon veröffentlicht haben.«

»Die Jugend von heute weiß sehr wohl, dass wir Bullen einen Teil der Informationen zurückhalten, wenn es um Beweismaterial geht.«

»Daran hab ich nicht gedacht!« Halders schlug sich mit der Hand vor die Stirn.

»Wie waren die Leute in Helenevik?«, fragte Winter.

»Nett und freundlich.«

»Ja?«

»Ein Paar in einer Supervilla versuchte mir ’nen Drink anzubieten.«

»Nett, aber offenbar erfolglos?«

»Ich habe gesagt, ich bin im Dienst.«

»Vielleicht ist dir so eine Gelegenheit entgangen, etwas wirklich Wesentliches zu erfahren.«

»Worüber? Soll ich noch mal hingehen?«

Winter zuckte die Achseln und grinste.

»Da war noch was … Aber das spielt sich wohl nur in meiner Fantasie ab. Vielleicht bin ich ja schief gewickelt, wie es so schön heißt«, fuhr Halders fort.

»Ja?«

»Nichts. Das Klinkenputzen hier in der Gegend bringt wenig, wie ich es erwartet habe. Niemand will etwas gesehen oder gehört haben.«

»Dein Hundezüchter hat was gehört und gesehen«, hielt Winter ihm scherzhaft vor.

»Der ist doch nicht normal.«

»Mitunter sind uns solche Typen die beste Hilfe.«

Sie hörten gleichzeitig das Geräusch eines Außenbordmotors über den See näher kommen. Ein Kunststoffboot mit einem Zehn-PS-Motor kam von Norden und steuerte fünfzig Meter von ihrem Standort entfernt in die Bucht. Der Motor wurde gedrosselt, und das Boot glitt neben der Absperrung an Land. Der

Wind trug einige Wortfetzen bis zu Winter und Halders, die aufmerksam das Boot beobachteten.

Sie sahen zwei Jungen, die ausstiegen, und Halders lief über den Pfad auf sie zu. Kaum fünf Minuten später war er mit den beiden zur Stelle. Die beiden Teenager trugen jeder mindestens je zwei Angelruten, als hätten sie sich geweigert, die Sachen einfach im Boot zurückzulassen. Winter hatte Halders fragen hören, warum sie mit dem Boot gerade dort gelandet seien, und sie hatten geantwortet, das sei ihr Platz. Ihr gewohnter Platz.

»Wo war das Boot gestern Nacht?«, fragte Winter, als die Drei nahe genug herangekommen waren.

»Was?«

»Er ist auch Kriminalbeamter«, stellte Halders Winter vor.

»Gestern früh hat kein Boot dort gelegen«, sagte Winter.

»Nee, das war weg«, meinte einer der Jungen, und beide blickten betreten zu Boden.

»Was sagst du da?«, fragte Halders. Die Jungen schienen in ihren Schwimmwesten, die sie noch nicht abgelegt hatten, zu schrumpfen.

»Wann war denn euer Boot weg?« Winter gab Halders ein diskretes Warnzeichen.

»Heute Morgen«, erklärte der Wortführer.

»Ihr seid heute Morgen hergekommen und habt entdeckt, dass das Boot nicht da war?«

»Ja.«

»Wann war das?«

»Acht … Viertel nach acht, so was.«

Winter sah auf die Uhr. Das war vor vier Stunden gewesen.

»Was habt ihr dann gemacht?«, fragte Halders.

Die Jungen schauten sich an.

»Wir … Wir haben natürlich nach dem Boot gesucht.«

»Mit allen Sachen?«

»Was?«

»Dem ganzen Angelgerät«, sagte Halders ungeduldig. »Habt ihr das mitgeschleppt, als ihr euer Boot gesucht habt?«

»Wir haben die Sachen hier gelassen«, gab der Wortführer kleinlaut zu.

»Was habt ihr dann gemacht?«

»Wir sind um den See gegangen.«

»Und wo habt ihr das Boot gefunden?«, fragte Winter.

»Auf der anderen Seite.« Der Junge deutete durch das Laub auf den See.

»Ihr müsst uns später die genaue Stelle zeigen.«

»Ja ... Sicher.«

»Es lag also einfach da?«, hakte Halders nach. »Mit Motor und allem.«

»Nee. Den Motor nehmen wir doch immer mit.«

»Und die Ruder? Nehmt ihr die auch mit?«

Der Junge, der noch nichts gesagt hatte, begann nervös zu kichern, fing sich aber schnell wieder.

»Man kann das Boot also rudern?«

»Ja.«

»Aber es war wohl angekettet?«

»Das Schloss war aufgebrochen.« Der Junge, der nur kurz gekichert hatte, schien seine Sprache wieder gefunden zu haben.

»Aufgebrochen«, wiederholte Halders. »Kommt das oft vor?«

»Uns ist es bisher nicht passiert. Aber anderen.« Der Junge machte eine Geste, die alle Bootsbesitzer rund um den Stora und den Lilla Delsjön einbezog.

»Was habt ihr gemacht, nachdem ihr das Boot wieder gefunden hattet?«, fragte Winter.

»Wir sind zurückgerudert, haben den Motor angehängt, und dann sind wir rausgefahren und haben geangelt.«

»Wann war das?«

»Wann war was?«

»Wann seid ihr zum Angeln gefahren?«

Der Junge blickte auf seine Armbanduhr. »Vor ein paar Stunden.«

»Ihr habt nichts Ungewöhnliches im Boot entdeckt, als ihr es gefunden habt?«, fragte Halders.

»Nee. Was sollte denn da gewesen sein?«, fragte der Junge zurück. Winter konnte sich vorstellen, was er dachte.

»Etwas, das dort nichts zu suchen hatte«, erklärte Halders.

»Nee, wir haben nichts gesehen.«

»Keinen Müll, kein Blatt Papier oder so was? Keine Flecken?«

»So genau haben wir nicht nachgesehen. Aber das Boot liegt ja dort drüben«, sagte der Junge und wies mit einem Nicken auf den Weg und das Boot.

»Ihr versteht bestimmt, dass wir uns das Boot für ein Weilchen ausleihen und es untersuchen müssen.« Winter ärgerte sich über die lange Zeit, die verstrichen war. Warum hatten sie das Boot nicht vorher entdeckt, »auf der anderen Seite«? Hatte es am Morgen zuvor oder den Tag über oder in der letzten Nacht nicht da gelegen? Oder war es übersehen worden aus Schlamperei? War es möglich, dass ein Kollege das Boot unbeachtet gelassen oder gar nicht gesehen hatte? Es war möglich. Alles war möglich bei den Ermittlungen in einem Mordfall.

»Total okay.« Der Junge klang richtig begeistert, als wäre dies alles ein großes Abenteuer.

Sie gingen gemeinsam zum Boot zurück. Auf dem Kunststoffboden stand das Wasser zehn Zentimeter hoch.

»Habt ihr geschöpft, nachdem ihr es gefunden hattet?«, fragte Halders.

»Nee.«

»Gut. Wo sind eigentlich die Fische?«

Die Jungen blickten erst einander und dann Halders an. »Wir haben sie wieder hineingeworfen, weil sie uns Leid getan haben«, sagte der eine.

»Gut.« Auch Sportangler lügen wie gedruckt, dachte Halders. Und schon die jüngsten können verdammt durchtrieben sein.

Er war näher getreten und hatte sich an den Bug des Boots gestellt. Er beugte sich vor und nahm die Innenseiten in Augenschein. »Was ist denn das da unter der Ruderdolle?«, fragte Halders und zeigte darauf. »Kommt näher, damit ihr es auch seht. Da. Links, zehn Zentimeter über dem Wasser.«

Die Jungen schauten hin, sagten aber nicht.

»Erkennt ihr das nicht?«, fragte Halders.

»Das sieht aus wie irgendein Zeichen oder so«, meinte der eine Junge und blickte auf den kleinen roten Farbflecken an der schmutziggelben Innenseite des Bootes. »Das ist vorher nicht da gewesen.«

15

Es gab kein Fenster, und sie wusste nicht, ob es Morgen oder Abend war. Sie war eingeschlafen und wieder aufgewacht, aber sie fühlte sich, als hätte sie überhaupt nicht geschlafen. Der Schein der Lampe im Zimmer war schwach, drang nicht bis zu ihr dort unten auf dem Boden. Sie konnte kaum die Hand vor Augen sehen. Sie beugte und streckte die Finger, vor und zurück, sie wollte sie so weit es ging nach hinten biegen. Und dann nach vorn. Und dann wollte sie nur einen Finger in der Luft halten, allein, während sie die anderen fest an die Handfläche drückte. Am schwierigsten war das mit dem Ringfinger, da musste sie mit der anderen Hand helfen, um die übrigen Finger unten zu halten.

Ihr war nicht mehr kalt. Sie hatte zwei Decken und warmes Zuckerwasser bekommen. Als sie das Wasser getrunken hatte, war sie eingeschlafen. Beim Aufwachen hatte sie nicht gewusst, ob sie wirklich geschlafen hatte. Komisch. Aber es war auch gut, denn sie hatte keine Angst, wenn sie schlief. Sie konnte dann keine Angst haben, denn sie war ja nicht richtig da.

Jetzt aber war sie da, und von oben war ein Geräusch zu hören, von der Decke her. Sie hatte Angst. Sie wollte schreien: ICH WILL MEINE MAMA HABEN, aber sie traute sich nicht. Vielleicht würde der alte Mann wieder mit Zuckerwasser kommen, und dann müsste sie schlafen. Sie war schon einmal eine Weile wach gewesen. Und er kam mit einer neuen Tasse und tauschte sie gegen die alte aus. Sie glaubte, dass er wiederkommen würde, weil sie das Geräusch gehört hatte.

Wehgetan hatte ihr niemand mehr. Sie dachte gar nicht mehr daran, sondern an den Sommer und dass es schön warm war, wenn man mit nackten Füßen über die Straße oder durch Sand lief. Sie hatte im Sand gespielt, kurz bevor sie mit dem großen Schiff gefahren waren. In dem Schiff hatte es gerasselt, und sie hatte Angst gehabt, als sie mit dem Auto hineingefahren waren. Die Männer hatten ihnen zugewinkt, tiefer in den Bauch des Schiffes zu fahren. Nicht lange danach war sie wieder durch Sand gestapft, und Mama hatte bei ihr gesessen. Dann hatte sie im Wasser geplantscht, und Mama hatte am Ufer gestanden. Mama war einmal weggegangen und hatte von einem Mann am Strand etwas zu trinken gekauft. Eine lustige Flasche war das, klein, richtig niedlich. Der Sprudel darin hatte nach Zitrone geschmeckt, und Mama hatte gesagt: Das ist Zitronensprudel. Kein Zuckerwasser. Zitronensprudel. Der Mann am Strand hatte es auf eine komische Art und Weise gesagt, als sie das nächste Mal mitgegangen war, mehr davon zu kaufen.

Sie schloss die Augen, und es wurde schwarz. Als sie die Augen noch fester zudrückte, wurde es rot. So sah es also im Kopf aus. Da waren Punkte, wie Sterne. Sie reiste im Himmel, zwischen den Sternen, die in ihrem Kopf leuchteten. Aufblitzten. Es war schön, die Augen zu schließen und in den Himmel zu reisen. Hier war es hässlich, so viel konnte sie sehen; kein Tisch und keine Stühle. Sie musste auf der Matratze sitzen. Die Matratze roch schlecht. Sie wollte die Nase nicht zur Matratze drehen, deshalb hatte sie beim Schlafen versucht, sie in die Luft zu recken und geradeaus zu schauen, aber das war schwierig. Jetzt roch es gar nicht mehr so schlimm. Sie hatte es fast vergessen, und es roch nur noch, wenn sie daran dachte.

Sie raschelte ein wenig mit dem Zettel in der Hosentasche. Sie traute sich nicht, ihn herauszunehmen und anzugucken. Der Zettel, das war ihr Geheimnis. Es machte ihr Angst, aber es war gut, dass sie den Zettel hatte. Die Männer würden bestimmt böse, wenn sie wüssten, dass sie ihn hatte. Sie hatte Angst. Aber sie hatte auch ein Geheimnis. Das wussten die gar nicht. Das Geheimnis würde sie nur Mama verraten. Sie würde Mama davon erzählen, sobald Mama da war.

Vielleicht ist Mama tot. Sie ist tot, und ich werde sie nie mehr sehen. Sonst wäre Mama schon gekommen. Mama würde nie so lange wegbleiben, ohne ihr etwas zu sagen oder anzurufen. Oder einen Zettel zu schreiben, den die Männer ihr zeigen und vorlesen könnten …

Sie fuhr zusammen, als die Tür knarrend aufging. Die Tür war oben am Ende der Treppe. Die Treppe sah sie sonst nicht, weil das Licht nicht so weit reichte. Vielleicht bekomme ich neues Wasser, dachte sie und nahm den leeren Becher und stellte ihn neben die Matratze. Dorthin hatte sie vorher den anderen Becher gestellt.

Jetzt konnte sie die Beine des Mannes sehen, der die Treppe herabkam. Sie sah ihn nicht an, sondern schaute nur auf die Beine, auch als er vor ihr stand.

»Wir fahren. Du musst aufstehen.«

Sie blickte auf, konnte aber das Gesicht des Mannes nicht sehen. Die Lampe schien auf ihn. Blendete sie. Sie wollte etwas sagen, aber irgendwie ging das nicht. Es kam nur ein Krächzen wie von einer Krähe heraus.

»Steh auf.«

Sie wickelte sich aus der Wolldecke, kniete sich erst hin und stand dann auf. Das eine Bein tat ihr weh. Es war eingeschlafen. Es stach wie von Stecknadeln im ganzen Bein, fast vom Bauch bis in den Fuß.

Sie versuchte noch einmal, etwas zu sagen. »Fahren wir zu … Mama?«

»Die brauchst du nicht mitzunehmen«, befahl der Mann und nahm ihr eine der Decken ab, die sie sich unter den Arm geklemmt hatte. »Los, gehen wir.«

Er zeigte zur Treppe, und sie wankte los. Er ging hinter ihr her. Sie erinnerte sich nicht, dass die Treppenstufen so hoch waren. Sie musste fast klettern wie ein Bergsteiger. Die Augen taten ihr weh vom Licht, das durch die offene Tür direkt auf sie herabfiel. Sie schloss die Augen und öffnete sie wieder. Es wurde dunkler, und sie konnte leichter gucken, denn es hatte sich jemand vor das Licht geschoben und stand in der Tür.

16

Sture Birgersson hatte sich bis zu diesem Zeitpunkt taktvoll im Hintergrund gehalten, hatte wie gewohnt seinen Blick dahin gerichtet, wo eine Ebene höher die wahre Macht saß. Jetzt aber rief der Dezernatsleiter seinen Stellvertreter zu sich.

Winter wusste, dass Sture Birgersson extra seinen Urlaub verschoben hatte, seine Reise ins Unbekannte: Gewöhnlich verschwand er einfach spurlos, niemand hatte eine Ahnung davon, wohin. Viele hätten es gern herausbekommen, aber Birgersson verlor kein Wort darüber. Winter hatte zwar eine Telefonnummer für Notfälle, aber es wäre ihm niemals eingefallen, sich ihrer zu bedienen.

Der Chef rauchte am offenen Fenster, der Tabakqualm glitt hinaus und verpestete die Luft von hier bis nach Heden. Birgerssons Gesicht war wie aus steifem Karton geschnitten und erhitzt von der Sonne, da er direkt am Licht gesessen hatte. Sein Schreibtisch war leer bis auf den Aschenbecher. Das ist jedes Mal wieder gleich faszinierend, wenn ich herkomme, dachte Winter. Kein Schnipsel Papier. Der Computer läuft nicht, und der Schrank sieht aus, als wäre er noch nie geöffnet worden. Sture raucht und denkt. Damit hat er es weit gebracht.

»Ich bin fertig mit Lesen«, begann Sture Birgersson. Er drückte die Zigarette aus und betrachtete nachdenklich seine Hand. Dann zog er eine Zigarettenschachtel aus der Innentasche seines hellen Sakkos und steckte sich eine neue an. »Ihr habt viele Spuren.«

»Du weißt doch, wie das ist, Sture.«

»Mir fällt nur ein Fall ein, bei dem wir die Identität nicht in den ersten vierundzwanzig Stunden herausbekommen haben.«

Winter wartete, holte seine Zigarillos hervor, zündete sich einen Corps an und tat den ersten Zug, während Birgersson noch immer in seinem Gedächtnis herumzukramen schien. Du machst mir nichts vor, Alter, dachte Winter. Du weißt genau, ob es ein Fall war oder mehrere.

»Vielleicht hast du das besser im Blick?«, Birgersson schaute seinem ranghöchsten Untertan in die Augen.

Winter lächelte und beugte sich über den Schreibtisch vor zum Aschenbecher. »Da kommt nur ein Fall in Frage, soweit ich mich erinnere.«

»Ich meine in neuerer Zeit«, ergänzte Birgersson.

»Falls wir beide den Typ am Stenpiren meinen, so hoffe ich, dass das ein einmaliges Vorkommnis war«, sagte Winter.

Ein Mann war ins Wasser gefallen und ertrunken, und als sie zu ermitteln versuchten, wer er war, stellten sie fest, dass er nirgendwo im Land als vermisst gemeldet war. Er trug einen Jogginganzug, hatte kein Geld in der Tasche, keinen Schlüssel, keinen Personalausweis, keinen Ring mit Inschrift, nichts. Nach der langen Zeit im Wasser hatten sie seine Fingerabdrücke gerade noch abnehmen können, aber das half ihnen nichts. Er war ein Unbekannter geblieben, und sie hatten ihn längst begraben.

»Das ist damals auch während des Stadtfests passiert«, betonte Birgersson. »Allein schon das wäre Grund genug, den ganzen Mist abzublasen, den Wahnsinn ein für alle Mal zu stoppen.«

»Manchen macht das Sommerfest eben Spaß.«

»Gib dir keine Mühe, Erik. Du hasst wie ich den Anblick großer Menschenansammlungen. Bier aus Einwegbechern trinken und sich dann einreden, man würde sich amüsieren. Oder sogar überzeugt zu sein, das mache Spaß. Sieh dir doch an, was mit Aneta passiert ist. Übrigens, wie geht es ihr?«

»Das Kauen fällt ihr noch schwer.« Winter hatte versucht, den Gedanken an Aneta beiseite zu schieben. Das war nicht richtig gewesen. »Ich habe vor, sie so bald wie möglich zu besuchen.«

»Hm. Ich hoffe, sie ist bald wieder bei uns, wär gut für die Moral. Und natürlich für sie selbst. Ich schätze sie sehr. Sie hat keine Angst. Vor allem nicht vor mir. Und das bedeutet, sie ist ganz schön zäh.«

»Ja, du kannst einem richtig Angst einjagen, Sture.«

»Was hat es mit diesem rätselhaften Zeichen auf sich?« Birgersson wechselte das Thema.

»Es gi...«

»Ja, ja, ist klar. Ich meine, was hältst du davon.«

Winter wischte mit der Hand durch die Luft, in der er den Zigarillo hielt, und sofort verbreitete sich der aromatische Duft im ganzen Zimmer, als hätte er ein Gefäß mit Weihrauch geschwenkt.

»Igitt, wie riecht das denn«, beschwerte sich Birgersson. »Halt bloß die Hand still. Also, glaubst du, die Sache ist ein richtiger Anhaltspunkt, über den es sich nachzudenken lohnt? Meinst du, sie ist das Gehirnschmalz wert? Du bist näher dran als ich.«

»Ich weiß nicht.« Winter legte den Zigarillo auf den Rand des Aschenbechers. »Wirklich nicht. Erst hatte ich es fast schon verdrängt, aber dann waren Fredrik und ich draußen am See und ... Tja, du hast es ja selbst gelesen.«

»Es muss dich in deinem Glauben an die Wichtigkeit von Intuitionen bei der Ermittlungsarbeit ja bestärkt haben«, sagte Birgersson. »Dass du ausgerechnet dann zur Stelle warst, als diese jungen Burschen aufgetaucht sind.«

»Nun, ich *war* da. Ich bin einer Eingebung folgend hingefahren. Und ich hab mich nicht getäuscht.«

»Wie willst du das erklären, dass Halders zur gleichen Zeit aufgetaucht ist? Ich glaub, der gute Fredrik kann das Wort Intuition noch nicht mal buchstabieren.«

»Das ist ja auch gar nicht so einfach. Hast du's selbst schon mal probiert?«

»Wenn ich Papier und Stift da hätte, würd ich es dir beweisen, aber hier im Zimmer gibt es so was nicht, wie du siehst.«

Aha! Erwischt!, dachte Winter bei sich. Er hat extra kein Schreibzeug hier herumliegen, weil er seine Unsicherheit bei schwierigen Wörtern verbergen will. Jetzt fasse ich mir mit der Hand in den Sakko und tue so, als wollte ich mein Notizbuch herausholen, den Stift habe ich ja schon in der Hand.

Birgersson grinste und winkte abwehrend. »Du warst jedenfalls dort. Und was hat dir das gebracht?«

»Wie meinst du das?«

»Der Farbfleck im Boot allein beweist doch gar nichts.«

»Ja, aber es ist dieselbe Schmiererei wie an dem Baum.«

»Vielleicht sind die Jungen es selbst gewesen.«

»Dann lügen sie gut.«

»Immer mehr Leute werden immer besser im Lügen«, gab Birgersson zurück. »Und genau das macht Polizeiarbeit so abwechslungsreich, so faszinierend. Das hält einen richtig auf Trab, findest du nicht? Dass man sich auf nichts mehr verlassen kann. Alle lügen, wenn sie Gelegenheit dazu haben.«

»Wie du gerade, als du behauptet hast, du könntest Intuition buchstabieren.«

»Du bist wie ein Sohn für mich, Erik, aber ich warne dich: Strapazier nicht meine Geduld.«

Winter zündete sich einen neuen Zigarillo an. »Die Jungen können es gewesen sein«, lenkte er ein. »Oder andere Jungen. Wer immer ein Zeichen hinterlassen wollte. Vielleicht nimmt uns jemand auf den Arm.«

»Dann ergibt es noch weniger Sinn.«

»Ja.«

»Das kann für uns bedeuten, dass etwas Schwerwiegendes oder etwas völlig Unbedeutendes dahinter steckt«, philosophierte Birgersson. »Verstehst du, was ich meine?«

»Ein Verrückter.«

»Ein Verrückter, der eine Absicht verfolgt. Vielleicht ist er jetzt zufrieden, oder er hat es satt und wartet auf uns. Oder ein Verrückter, der erst angefangen hat.«

Winter sagte nichts. Von draußen und auch vom Flur drang kein Geräusch herein. Winter konnte Birgerssons Gesichtsausdruck nicht erkennen, er war verborgen hinter einem Vorhang aus Gegenlicht und Schatten.

»Ich kann gar nicht genug betonen, wie wichtig es ist, dass wir diese Frau identifizieren«, sagte Birgersson in die Stille.

Helene, dachte Winter. Mutter und Mordopfer.

»Und wo zum Teufel ist ihr Kind?«, fuhr Birgersson fort, als könne er Gedanken lesen. »Wenn es überhaupt eins gibt.«

Winter räusperte sich vorsichtig, ekelte sich plötzlich vor dem Rauchgeschmack in seinem Mund.

»Wellpappe ist nervös«, betonte Birgersson. Der Präsident der Bezirkskripo Henrik Wellman, hatte diesen Spitznamen schon vor langer Zeit von seinen Kollegen erhalten. »Es geht um die Presse oder die Medien, wie es heute wohl heißt. Wellpappe will, dass wir mehr Resultate vorweisen als bisher.«

»Ich kann ihm gern Bilder vom Gesicht der Toten vorweisen. Ich denke übrigens wirklich darüber nach, mit den Fotos an die Öffentlichkeit zu gehen.«

»Was denn? Wie denn?«

»Eine Suchmeldung, wie ein Plakat.«

»Mit dem Foto einer Toten?«

»Wir haben kein anderes.«

»Kommt nicht in Frage«, wehrte sich Birgersson. »Wie zum Teufel würde das denn aussehen? Und was würden die Leute sagen?«

»Vielleicht würden sie ja was sagen«, meinte Winter, »das uns weiterhelfen würde.«

»Wir werden sie auch so finden«, sagte Birgersson. »Rauskriegen, wer sie ist.«

»Wir tun alles, was wir können.«

»Ich weiß, ich weiß. Aber das ist ... Wie soll ich es sagen, Erik. Es ist, als hättest du zu viele Spuren. Als wiesen sie in zu viele Richtungen.«

»Wie meinst du das?«

»Tja ... Manchmal bist du vielleicht *zu* tüchtig, Erik. Du siehst vielleicht zu viele alternative Lösungen schon im ... Initialstadium. Dein Hirn rattert los, und die Kollegen schwärmen aus ...«

Initialstadium, ging es Winter durch den Kopf. Noch ein schwieriges Wort. »Du denkst also, es wäre besser, wenn ein denkfauler Bulle für die Ermittlung verantwortlich wäre?« Zum ersten Mal im Laufe des Gesprächs schlug Winter ein Bein über das andere.

»Nein, nein.«

»Was dann? Wir verfolgen die Spur der Autos und die des Zeichens. Wir verhören alle, die in der Nähe wohnen oder sich dort aufgehalten haben. Wir überprüfen die Wagen, die in der Nacht dort gestanden haben, und wir setzen all unsere Mittel ein, um den Namen dieser Frau herauszufinden.«

»Ja, ja.«

»Ich würde gern mit einer Suchmeldung an die Öffentlichkeit gehen, aber das hältst du für unpassend.«

»Nicht ich in erster Linie.«

»Nein. Diese erste Linie ist der größte und drückendste Hemmschuh bei diesem verdammten Beruf«, ereiferte sich Winter. »Ängstliche Chefs, die keine Ahnung von nichts haben und einfach nichts kapieren. Und damit meine ich nicht dich.«

»Du bist selbst Chef, Kronprinz, und das will einiges heißen.«

»Damit ist wohl bald Schluss. Ich bin nicht denkfaul genug.«

»Vergiss es, Erik. Was ich gemeint habe, ist, dass wir mit einfachen Mitteln vorankommen müssen. Aber du hast ja selbst die Autos erwähnt. Das ist ein guter Ansatzpunkt, ist was Konkretes.«

»Hunderttausend gleiche Fordmodelle. Sehr konkret.«

Birgersson schien nicht mehr zuzuhören. Vielleicht war die Audienz, was ihn anging, beendet. »Das ist doch eine gute Idee. Die Infrarotkamera, das Auto.«

»Jetzt fang nicht an, mir um den Bart zu gehen.«

»Aber dabei könnte was herauskommen.«

»Wir machen es auch, so gut wir können. Irgendwie werden wir den Fall lösen. Das fühle ich. Intuitiv.«

Birgersson, der mit seiner Zigarettenschachtel herumgespielt hatte, blickte auf. »Von den Kollegen, die im Sportzentrum gefeiert haben, hat wohl keiner was gehört oder gesehen? Von der Ermittlertruppe?«

»Bergenhem hat mir noch nicht berichtet. Aber es hätte doch sicher jemand spontan von sich hören lassen – in der Zwischenzeit, meine ich.«

»Tu bloß nicht auf einmal so naiv, Erik. Seit wann kann man sich nach einem gemütlichen Abend mit den Kollegen noch an was erinnern?«

»Frag mich nicht«, antwortete Winter. »Ich hab nie einen gehabt.«

17

Bergenhem hatte sich umgehört und herumgefragt, aber keiner wusste etwas. Keiner hatte bei dem Fest Augen oder Ohren auf das sumpfige Gelände gerichtet. Bei der kleinen Veranstaltung. Kam ganz auf den Betrachter an. So gut wie alkoholfrei sei es zugegangen, von ein paar Ausnahmen abgesehen. Die Kollegen waren genauso überrascht wie alle andern, als sie von dem Mord erfuhren. Du lieber Gott, ein Sommermord ganz in der Nähe. Das konnte man doch nicht ahnen, wenn man gemütlich am Tisch saß oder kurz draußen war, um Luft zu schnappen.

Vier Autos hatten die Nacht über auf dem Parkplatz am See gestanden. Zwei waren als gestohlen gemeldet. Die Diebstähle waren anscheinend nach allen Regeln der Kunst begangen worden – wenn man einmal davon absah, dass es ein recht ungewöhnlicher Platz war, um ein Auto loszuwerden. Die Besitzer sagten aus, keinerlei Beziehung zum Ostteil von Göteborg zu haben … aber vielleicht die Diebe? War ihnen das Benzin ausgegangen? Hatten sie die Autos den Hügel hinunter zum See rollen lassen? Und beide Besitzer hatten ein Alibi.

Also waren die zwei anderen Fahrzeuge ins Blickfeld gerückt. Einer der Besitzer hatte sich gemeldet.

Den andern suchten sie auf. Bergenhem fuhr durch das Industriegebiet Högsbo und parkte vor dem Industriehotel. Er öffnete die Wagentür und sofort strömte die Hitze des frühen Nachmittags herein. Das Hemd klebte ihm am Gesäß, links vom Hodensack, darunter. Bergenhem hob den Hintern, griff sich in den Schritt und zog. So war es besser.

Der Geruch nach Brot und verbranntem Mehl von Påâls Backwarenfabrik stieg ihm in die Nase. Der Duft hüllte ihn ein, und vor seinem inneren Auge schwebten Kaffee und Kuchen. Ihm war leicht schwindelig, und er versuchte sich wieder ins Gedächtnis zu rufen, dass es nur die hohen Temperaturen waren, die Gebäude aussehen ließen, als würden sie schwimmen. Da löste sich der Druck auf seine Magengrube. Aus dem Kassettenrekorder tönte Nick Cave. *People ain't no good.* Bergenhem setzte einen Fuß nach draußen auf den Asphalt und klopfte leise den Takt mit, als er einen Mann aus dem Gebäude direkt vor sich kommen und die halbe Treppe zum Parkplatz hinuntereilen sah.

Bergenhem stieg aus dem Wagen. Der Mann kam die letzten zwanzig Schritte auf ihn zu, und Bergenhem setzte die Sonnenbrille ab. Nun wirkte das Gesicht des Mannes heller, als alles andere ringsumher. Jetzt duftete es auch wieder nach frischem Brot, ein schwerer drückender Geruch. Bergenhem streckte die Hand aus, und begrüßte den Mann. Es war Peter von Holten, dessen Gesicht, obwohl er nur einige Jahre älter war als Bergenhem, vielleicht knapp über dreißig, scharfe Züge besaß. Das mochte am grellen Licht liegen.

»Ich habe vorhin angerufen«, begann Bergenhem.

»Wollen wir ein Stück fahren?«

Von Holten hatte darum gebeten, nicht am Arbeitsplatz aufgesucht zu werden, und Bergenhem hatte sich einverstanden erklärt. Manchmal konnten sie ein wenig entgegenkommend sein.

»Es gibt einen kleinen Park drüben bei Pripps«, erklärte von Holten.

Sie fuhren nach Süden und hielten dort. Dichtes Gebüsch zog sich bis an den Straßenrand. Von Holten hatte während der kurzen Fahrt geschwiegen und zur Weltuntergangsmusik aus dem Kassettenrekorder mit den Fingern gegen das Handschuhfach geklopft.

Sie setzten sich auf eine Bank. Nun roch es nach Bier von der Brauerei, und Bergenhem überlegte, welcher Geruch schlimmer war. Plötzlich sehnte er sich nach dem Duft seiner erst vier Monate alten Tochter.

»Sie haben also Ihr Auto nicht als vermisst gemeldet«, kam Bergenhem zur Sache.

»Wer würde auch auf die Idee kommen? Dass die Karre in einer Morduntersuchung eine Rolle spielen würde?«

»Warum hat das Auto überhaupt dort gestanden? Oder: Warum haben Sie es da abgestellt?«

»Es war ein Versehen«, sagte von Holten, »und ich kann es erklären. Aber es ist eine ... hm ... etwas heikle Angelegenheit.«

Bergenhem wartete geduldig, dass er weitersprach. Ein Dutzend Möwen flog dicht über ihren Köpfen vorbei, torkelte in loser Formation, als hätte es sich am vom Bierdunst gesättigten Wind berauscht.

»Ich bin überrascht, dass das Auto noch da ist«, kam es von von Holten. »So war das nicht gedacht.«

Bergenhem nickte.

»Also, das ist so. Ich habe ein Mädchen, mit dem ich mich manchmal treffe, und vorgestern Abend sind wir zu dieser Bucht rausgefahren, weil es dort an einem warmen Sommerabend so schön ist. Und dann ... danach hatten wir beschlossen, dass sie das Auto nehmen sollte, um von dort wegzukommen.« Von Holten wischte sich über den Mund. »Ich bin verheiratet«, sagte er, als ob das alles erklärte.

»Ihr ... Mädchen sollte also den Wagen nehmen? Habe ich das richtig verstanden?«

»Ja.«

»Wie heißt sie?«

»Muss das sein?«

»Ihr Name? Aber sicher.«

Von Holten nannte einen Namen, und Bergenhem schrieb ihn in sein Notizbuch mit dem schwarzen Einband, das er aus dem Auto mitgenommen hatte.

»Wo wohnt sie?«

Von Holten nannte eine Adresse. »Sie lebt allein.«

»Wie sind Sie selbst von dort weggekommen?«

»Ich bin zu Fuß gegangen.«

»Über die Schnellstraße?«

»Es gibt Fußwege zur Stadt. Und ich wohne nicht so weit weg vom Delsjön. Eineinhalb Stunden dauert es ungefähr.«

»Okay. Aber warum sollte sie das Auto nehmen?«

»Sie hat kein Auto ... und, tja ... ich habe noch eins. Es war mein Dienstwagen, auf dem meine ... Frau wenigstens nicht die Hand drauf hat.«

People ain't no good, ging Bergenhem durch den Kopf. Aber wer war er, darüber zu richten. Er hatte selbst vor kurzem erst gesündigt, in diesem Jahr. Es hatte ihn beinahe das Leben gekostet.

»Aber sie hat das Auto nicht genommen?«, fragte Bergenhem.

»Das ist jedenfalls nicht normal«, erklärte von Holten.

»Warum nicht? Sie werden doch sicher mit ihr darüber gesprochen haben?«

»Das ist es ja«, meinte von Holten. »Ich habe sie in den letzten Tagen nicht ausfindig machen können. Sie antwortete nicht am Telefon. Also bin ich hingefahren und habe eine Nachricht durch den Briefschlitz geworfen, aber sie hat nicht ...«

»Wie sieht sie aus?«, fragte Bergenhem und spürte, wie das Blut in den Schläfen zu pochen begann. »Wie sieht ...«, er warf einen Blick in sein Notizbuch, »Andrea aus?«

»Braunes Haar, ziemlich dunkel, ein ganz normales Gesicht, finde ich. Hübsch natürlich, meine ich, aber es ist schwer, jemand zu beschreiben, den ... Vielleicht eins siebzig groß ...« Von Holten blickte Bergenhem an. »Sie glauben doch nicht, dass ...«

»Was?«, fragte Bergenhem.

»Dass And... Also dass Andrea die ist, die ... gestorben ist?«

»Warum haben Sie uns nicht benachrichtigt? Die Polizei?«

Von Holten begann plötzlich zu weinen. Wieder fuhr er nervös mit der Hand über den Mund, presste die Augen fest zusammen. »Das darf einfach nichts mit ihr zu tun haben«, flüsterte er, die Augen noch immer geschlossen.

»Sie müssen doch was darüber gelesen oder im Fernsehen gesehen haben.«

Von Holten blickte hoch in die Bäume, auf die Möwen, deren höhnisches Gelächter Bergenhem über und hinter sich hören konnte. *Birds ain't no good.*

»Ich ... konnte einfach nicht darüber nachdenken, wollte es nicht wahrhaben, dass ... Ich habe eine Familie, die mir viel bedeutet.«

Bergenhem sagte nichts.

»Ich weiß, was Sie denken, aber ... Aber überlegen Sie mal, dass so was passiert, also ...«

Das sollte man sich überlegen, bevor man bei einer Fremden die Hosen runterlässt, dachte Bergenhem. Da kann wer weiß was passieren. Er hatte schon allerhand gesehen während seiner relativ kurzen Karriere als Polizist bei der Schutzpolizei und dann bei der Kripo. Ein Mann, der beim Sex mit der Geliebten an einem Herzinfarkt starb. Ein Verkehrsunfall in falscher Gesellschaft. Plötzlich in der falschen Wohnung eingesperrt zu sein. An einem Ort zusammengeschlagen zu werden, wo man zu der Zeit gar nicht hätte sein dürfen. Am falschen Ort zum falschen Zeitpunkt. Irgendwas stimmt an dem Ausdruck nicht, grübelte Bergenhem. Man konnte am rechten Ort zur falschen Zeit sein. Oder am falschen Ort zur rechten Zeit. Das Beste wäre, am rechten Ort zur rechten Zeit zu sein. Immer. Vielleicht war er das ja in diesem Augenblick. Vielleicht war genau dies ein Stück Ermittlungsarbeit, das sie voranbringen würde.

»Genau«, sagte Bergenhem. »Man muss es sich gut überlegen.«

»Sicher war es falsch«, gab von Holten mit müder Stimme zu. »Ich hätte mich natürlich melden müssen, aber ich habe geglaubt, sie ... Andrea würde von sich hören lassen. Es gibt auch einen anderen Grund, warum ich noch abgewartet habe. Manchmal dauert es länger, bis sie mich anruft. Ich konnte doch nicht wissen, dass das Auto noch dort stand.«

»Wollte sie es sich für länger ausleihen?«

»Sie wollte eine Reise aufs Land machen und ein paar Tage wegbleiben. Vielleicht hat sie es ja getan ...« Von Holtens Gesicht hellte sich auf.

»Aber nicht mit Ihrem Auto«, bremste ihn Bergenhem. »Ihr Auto steht noch da.«

»Mein Gott!«

In Winters Zimmer zeigten sie von Holten die Fotografien, und er übergab sich heftig, direkt über Winters Schreibtisch. Winter riss die Bilder weg, bevor sie vom Mageninhalt des Zeugen getroffen wurden.

»Hol einen Lappen und einen Eimer«, bat Winter Bergenhem. Er selbst holte ein Glas Wasser. Der Liebhaber kotzte noch einmal. Winter prüfte mit einem Blick, ob sein Sakko in sicherer Entfernung hing. Dann näherte er sich und reichte von Holten das Wasserglas. Bergenhem kam zurück, und sie beide wischten in aller Ruhe auf, was über den Schreibtisch gelaufen war. Es war nicht das erste Mal. Sie machten jeden Handgriff bewusst ruhig, damit es so aussah, als wäre dies eine ganz alltägliche Arbeit. In dieser Zeit konnte sich der Zeuge wieder fangen. Nur der Gestank blieb zurück, aber nach einer Weile dachte keiner mehr daran.

»Was für widerwärtige Bilder«, stammelte von Holten.

»Erkennen Sie das Gesicht?«, fragte Winter.

»Nein«, sagte von Holten und wandte den Blick ab von der Fotografie, die Winter ihm hinhielt. »Das war das verd... Wer zum Teufel kann auf so einem Foto jemanden wieder erkennen? Das ist ... Das ist unmenschlich.«

»Es ist ein toter Mensch«, entgegnete Winter. »Es ist das Gesicht einer toten Frau.«

»Ich glaube nicht, dass es ... Andrea ist«, sagte von Holten.

»Sind Sie ganz sicher?«

»Sicher?« Von Holten sah aus, als wäre ihm erneut übel. Sie warteten. Von Holten schloss die Augen. Plötzlich erbrach er sich wieder, in den Eimer, den Bergenhem neben ihn auf den Boden gestellt hatte. »Ich bin mir bei gar nichts mehr sicher.« Von Holten standen die Tränen in den Augen. »Gibt es hier ein Handtuch?«

Bergenhem hatte ein Papierhandtuch mitgebracht und reichte es ihm. Von Holten trocknete sich den Mund.

»Ich glaube nicht, dass sie es ist, aber wie soll ich das entscheiden? Ich weiß nicht, was ich sagen soll.«

»Hatte Andrea ... Maltzer irgendwelche besonderen Kennzeichen?«, fragte Winter. »Wie Muttermale, Narben ... etwa von einer Verletzung.«

»Nicht dass ich wüsste. Muss ich das wissen?«

Winter zuckte fragend mit den Achseln. Der Geruch von Erbrochenem hing schwer im Raum.

»Wir waren nicht so ... intim auf diese Weise«, versuchte von Holten zu erklären. »Dass wir ... alles gezeigt hätten. Ich kann nicht so was sagen, wie: Sie hat ein Muttermal an der Innenseite des Oberschenkels. So was.«

Über die Art der Intimität werden wir später noch reden, überlegte Winter. Jetzt geht es erst mal um diese Frage. Er sagt nichts über die kleinen Narben an ihren Ohren. Entweder er weiß wirklich nichts, oder er hat ihr Haar nicht angehoben. Oder er will nichts wissen. Er hat auch die Narbe an ihrem Schenkel nicht erwähnt. Vielleicht kennt er die gar nicht.

»Wir möchten gern, dass Sie mitkommen und einen Blick auf die Frau werfen«, sagte Winter so behutsam er konnte. »Es ist wichtig, das verstehen Sie doch.«

»Muss ich?«

»Das verstehen Sie doch«, wiederholte Winter.

»Kann ich mich vorher waschen?«

Winter nickte Bergenhem zu, der von Holten zur Toilette begleitete.

Das Licht wirkte blau. Sogar das Weiß sah blau aus. Winter bekam eine Gänsehaut und hatte das Gefühl, der Schweiß auf seiner Haut würde gefrieren. Merkwürdig, dass er nicht auch im Körperinneren einfror.

Es klapperte. Bahren mit Toten wurden draußen über die Flure geschoben. Hier gab es mehr Tote als Lebende. Der Ort war nur ein Parkplatz auf dem Weg zum Begräbnis. Die Toten lagen hier, aber sie fanden noch keine Ruhe. Sie warteten.

Helenes Gesicht schimmerte im Licht der Leuchtröhre stumpf, eine Farbe, die keine Entsprechung in der Welt der Lebenden hatte.

Von Holten hatte gezittert, als sie ihre Bahre herausgezogen hatten. Seine Zähne klapperten, als müsste er zu Eis erstarren.

Winter sah ihn an, nicht die Ermordete. Von Holten wagte einen Blick, und in seinem Gesicht zuckte es. Mit einem Mal sah er glücklich aus, eine Veränderung, die sich nicht verbergen ließ. Winter verfolgte, wie er es versuchte, aber es gelang nicht.

Helene war weiter Helene, nicht Andrea. Winter beobachtete, wie das Blut langsam in von Holtens Gesicht zurückkehrte.

»Das ist sie nicht«, erklärte von Holten.

»Nein?«

Bergenhem und Winter wechselten einen Blick.

»Ich bin mir ganz sicher, dass sie es nicht ist«, versicherte von Holten.

Winter betrachtete Helenes Gesicht. So also sieht ein Mensch aus, der weder einen Namen noch eine Vergangenheit hat. Und eine Zukunft?, fragte sich Winter. Es hängt von mir ab, ob wir ihr in angemessener Zeit zu einer Zukunft verhelfen können. Sonst liegt sie hier ein Jahr, bevor sie ein anständiges Grab bekommen kann. Gott, wie ich diesen Raum hasse.

Draußen schmolz die Eisschicht in der Sonne, und seine Haut fühlte sich wieder weich und feucht an. Auf von Holten hatte das Tageslicht eine andere Wirkung: Das Weiße in seinen Augen wurde blutrot. Er sah plötzlich aus, als hätte er einen harten Schlag ins Gesicht bekommen.

»Wir müssen trotzdem alles über Ihre Freundin wissen«, erklärte Winter. »Über Andrea Maltzer.«

»Muss meine Frau davon erfahren? Von ... Andrea?«

Winter antwortete nicht. Er steuerte Richtung Stadt. Bei Rot hielt er an einer Ampel.

»Ich bin ja gerne bereit mit Ihnen zusammenzuarbeiten«, drängte von Holten. »Ich tue alles.«

»Dann erzählen Sie«, sagte Winter.

»Was für ein Scheißkerl«, schimpfte Ringmar.

»Einer von Tausenden.«

»Der Mensch ist schwach.«

»Jetzt haben wir also eine Verschwundene und eine Ermordete«, sagte Winter. Sie beide saßen in Ringmars Zimmer und tranken schwarzen Kaffee, so heiß, dass es im Mund brannte. Ringmar hatte Schweißflecken groß wie Fußbälle unter den Armen, aber Winter roch nichts. Er schwitzte selbst genauso, aber er hatte ein Hemd an, bei dem man es nicht merkte.

»Kann sie etwas gesehen haben?«, fragte Ringmar.

»Kann sie *es* gesehen haben?«, fragte Winter zurück.

»Kann sie jemanden überrascht haben?«

»Kann sie noch im Auto gesessen und über ihre Zukunft nachgedacht haben?«

»Kann jemand auf den Parkplatz eingebogen sein, während sie in dem Auto saß?«

»Kann man sie darin sehen?«

»Kann sie versucht haben wegzufahren, wagte es aber nicht?«

»Kann sie neugierig gewesen sein?«

»Kann sie selbst überrascht worden sein?«

»Kann sie niedergeschlagen worden sein?«

»Kann sie entführt worden sein?«

»Kann sie mit in der Sache drinhängen?«

»Kann sie schuldig sein?«

»Kann sie sich an den Weg gestellt haben und per Anhalter gefahren sein?«

»Kann sie den ersten Bus am Morgen genommen haben?«

»Kann sie noch andere Gründe gehabt haben, das Auto nicht zu nehmen?«

»Kann sie wirklich die sein, die sie sein soll?«

»Kann sie eine Erfindung dieses von Holten sein? Meinst du das?«

»Können wir das innerhalb einer halben Stunde klären?«

»Ja«, antwortete Winter. »Und das ist schon geschehen. Es gibt eine Andrea Maltzer unter der Adresse, die von Holten angegeben hat. Auch die Telefonnummer stimmt, aber es meldet sich keiner, wenn man anruft. Oder macht die Tür auf, wenn man klopft. Börjesson war dort.«

»Gehen wir rein?«

»Ich will bis morgen warten. Aber wenn sie bis dahin nichts von sich hören lässt …«

»Warum?«

»Irgendetwas stimmt hier nicht.«

»Ja, das Gefühl habe ich allerdings auch.«

»Sie passt nicht dazu«, meinte Winter. »Wir sollten uns auf die Tote konzentrieren.«

»Wie nennt man das, was du da sagst? Negatives Wunschdenken?«

»Ich lese lieber alles noch einmal durch«, beschloss Winter. »Diese Andrea Maltzer meldet sich bestimmt spätestens morgen.«

»Warum bist du dir so sicher?«

Winter antwortete nicht. Er sah von dem Papier vor sich auf, blickte Ringmar an. »Haben wir die Fingerabdrücke aus von Holtens Auto?«

»Ja, aber es sind eine ganze Menge Leute damit gefahren. Es war ja sein Dienstwagen. Den hat er auch andern geliehen.«

»Anderen Frauen?«

»Jedenfalls nicht, wenn man ihm glauben will«, antwortete Ringmar. »Das waren andere. Von der Arbeit.«

18

Die Welt erschien durch die getönten Fenster von dort, wo sie lag, weit weg zu sein. Ein Tag war wie der andere, vom frühen Morgen bis zum Abend. Aber der Abend kam schneller, und für eine halbe Stunde hellte sich das Grau auf. Bevor es draußen dunkel wurde, fiel das Licht der sinkenden Sonne in ihr Zimmer und leuchtete auf an der Wand. Nur eine kleine Weile loderte es und verschwand dann spurlos von der Tapete. Auf eine Art waren es schöne Abende. Aneta Djanali fühlte sich langsam wieder wie ein Mensch. Die langen Phasen, in denen sie wegdämmerte, wurden kürzer, die Stunden, in denen sie aus Träumen aufgetaucht und in Träume versunken war. Sie begann, sich nach Stimmen zu sehnen. Sie lauschte der Putzfrau, die ein seltsames Kauderwelsch sprach.

Sie saß aufrecht im Bett, Winter neben ihr. Sie deutete auf die Wand und murmelte etwas.

»Ja, das ist wunderbar«, stimmte Winter ihr zu.

Sie nickte und deutete auf den tragbaren CD-Player, der auf ihrem Bett lag.

Winter zog eine Tüte aus der Innentasche. »Es war das letzte Exemplar bei Skivhugget«, berichtete er. »Dieser Dylan-Titel, den du mir aufgeschrieben hast, den hatten sie nicht da. Deshalb war ich so frei, eine Platte von einer neuen Band zu kaufen. Ich finde, das ist was ganz Besonderes, was die machen.«

Aneta Djanali nahm »London Calling« aus der Tüte und schaute Winter fragend an.

»Ö Äsch?«, fragte sie.

»Ja, The Clash.«

»Eue Änd?«

»Neue Band? Ist das keine neue Band?« Winter lächelte fragend.

Aneta Djanali schrieb »1979!« auf einen Block, der neben ihr lag, und reichte ihn Winter.

»Wie die Zeit vergeht«, sagte er. »Aber für mich ist sie neu. Macdonald hat mir den Tipp gegeben, nein, er hat mir sogar die CD geschickt. Hat wohl geglaubt, dass wir so was hier in unseren Alpen nicht haben.«

Während er redete, steckte Aneta die CD ins Gerät, drückte auf Start und setzte die Hörer auf, *London calling to the underworld*, sie zuckte mit dem Körper und schlug mit der Faust den Takt auf der Decke, um Winter zu zeigen, dass sie auch fand, dass die Musik gut war und wie froh sie war, dass sie hier sitzen und etwas neu genießen durfte, das sie vor Jahrhunderten hinter sich gelassen hatte. Wenn Erik nur einen Scherz gemacht hatte, verstand er es gut, sich zu verstellen. Aber sie glaubte irgendwie nicht, dass er es nicht ernst gemeint hatte. Er hatte Rockmusik erst entdeckt, und wenn, warum dann nicht mit Clash anfangen? Weiter würde er nicht kommen. Bei dem Gedanken hätte sie gerne gelächelt. *London calling to the zombies of death* dröhnte es mit voller Lautstärke, das war genug Stoff für einen Kriminalkommissar mit Sinn für Melancholie und Angst, *a nuclear error but I have no fear*.

»Hast du noch mehr Lieder von der CD gehört?«, schrieb sie auf den Block.

»Noch nicht«, antwortete Winter. »Dieses erste erfordert eine lange Analyse.«

»Hier ist eins, das heißt *Jimmy Jazz*«, schrieb Aneta Djanali.

»Was meinst du?«, fragte Winter. »Darf ich mal hören?«

Sie gab ihm den Player und schrieb: »Das dürfte passen.« Dann reichte sie ihm die Kopfhörer und Winter lauschte konzentriert.

»Das ist doch kein Jazz«, protestierte er, und Aneta Djanali umklammerte den Bettgalgen, um sich nicht vor Lachen den frisch fixierten Kiefer auszurenken.

»Aber du hast dir die andere CD in der Tüte nicht angesehen«, sagte Winter. »Das ist Jazz. Eine gute Scheibe für jemanden, der noch nicht oft die Musik der Unterwelt gehört hat.«

Sie zog eine CD mit einem schwarzen Gesicht in Nahaufnahme heraus, hielt die Hülle hoch und schrieb dann »Oh, ein Taschenspiegel!« auf den Block.

Winter lachte laut auf. Aneta Djanali tat so, als betrachte sie ihr Gesicht in der CD-Hülle.

»Lee Morgan«, erklärte Winter. *»Search for the new Land.«*

Aneta Djanali legte den Spiegel hin und schrieb: »Wie geht es Fredrik?«

»Nicht so gut ohne dich. Eure Chemie passt anscheinend inzwischen zusammen. Ein Verhältnis, das sich aus gegenseitiger Abneigung nährt.«

»Haargenau«, schrieb Aneta Djanali. »Eine Negerin und ein Skinhead.«

»Er ist ein guter Kopf.«

»Pass auf ihn auf.«

»Was?«

»Er dreht so leicht durch. Fühlt sich nicht wohl in seiner Haut.«

»Das gilt für viele von uns.«

»Dürfte das nicht schreiben. Aber er ist ...« – ihr Stift schwebte kurz über dem Blatt – »... nervös ... verzweifelt.«

»Du hast Fredrik wohl durchschaut«, meinte Winter.

Weiß der Teufel, dachte Aneta Djanali. Und jetzt tut mir die Hand weh. Ich rede zu viel. Man braucht nicht Sozialarbeiterin zu sein, um zu kapieren, was mit Fredrik los ist. Erik hat es auch bemerkt, aber er wartet ab. Er sitzt hier, und ich weiß nicht, ob es ihm oder mir gut tun soll. Es tut gut, aber am Ende finde ich mich in dieser Hölle wieder, aus der man eigentlich nur raus will. Nichts als weg will. Ich könnte ja auch Telefonistin werden. Ein bisschen Abstand schaffen zwischen den Verrückten und mir. Aber die gibt es überall. Nur muss man sie nicht auch noch ständig bei der Arbeit treffen. Würde Erik mich für feige halten? Er würde das nie sagen. Alle fassen ihre eigenen Entschlüsse. Ein Mensch wird allein nach seinen Taten beurteilt. Aristoteles. Ich kann.

Sie lehnte sich zurück in den Kissenberg und schloss die Augen.

»Du bist müde.« Winter stand auf und klopfte auf ihre Decke. »Vergiss Lee Morgan nicht.«

Draußen atmete er die Abendluft ein. Es duftete nach Salz und Sand, die monatelang in großer Hitze gebacken worden waren. Das ist kein skandinavischer Geruch, dachte er. Jedenfalls nicht so spät im Jahr. Was sollen bloß die Touristen aus dem Süden denken? Deswegen kommen die nicht her. Ich habe die Hitze satt. Ich bin schließlich Schwede. Würde gern ein starker, fortschrittlicher Schwede sein. Ich habe die Gewalt satt, denn ich bin Schwede. Diese Stadt hat keine Infrastruktur, die auf Gewalt eingestellt ist. In anderen Städten ist man vielleicht nicht sonderlich überrascht, wenn die Leute nicht so gut sind, wie man hofft.

Winter ging zum Parkplatz vor dem Krankenhaus. Ein Krankenwagen fuhr ruhig vorbei und hielt vor der Notaufnahme. Zwei Sanitäter rollten eine Trage heran, und ein Mann wurde aus dem Krankenwagen auf die Trage gehoben und durch die Doppeltür geschoben, die in der so plötzlich hereingebrochenen Dunkelheit leuchtete wie ein Portal. Das Abluftsystem winselte wie ein Wüstenwind um die Gebäude.

Winter fuhr nach Hause, parkte in der Tiefgarage und setzte sich dann in ein Gartenlokal. Er trank ein Bier, die Ohren gespitzt, aber ohne den Gesprächen an den wenigen Tischen wirklich zuzuhören.

Die Straßenbahnen ratterten leer über den Vasaplatsen direkt vor ihm. Einmal meinte er ein Gesicht in einem der Wagen wieder zu erkennen. Wie eine schwache Erinnerung. Die Bedienung nahm sein Glas und fragte, ob er noch eins wolle, aber Winter sagte nein und zündete sich einen Zigarillo an. Er konnte den Rauch bis weit in den Park verfolgen. Eine Gruppe junger Leute auf dem Weg zur Universität ging auf dem Bürgersteig vor ihm vorbei. Aus einem Fenster schallte Musik, Rockmusik, aber er glaubte nicht, dass es Clash war. Fange ich mein Leben noch einmal an?, dachte er. Fängt das jetzt alles wieder von vorne an?

Er fühlte, dass er Angela jetzt brauchte, an diesem Abend. Wann sie wohl von ihrer Mutter zurückkam? Wie würde sie sein?

Er holte das Handy heraus und schaltete es ein. Drei Gespräche hatte er verpasst, und er sah auf dem Display, dass eines von Angela war. *Here I come*, dachte er und tippte ihre Nummer.

19

Er radelte zu ihrer Straße in Kungshöjd. Die Wohnung lag im fünften Stock und hatte den Balkon nach Westen. Dort saßen sie und schauten zum Meer, das sich schwarz gegen den helleren Himmel abzeichnete. Die Hausdächer wirkten im Mondlicht wie mit Asche bestreut. Angela hatte sich nur kurz an ihn geschmiegt und dann auf den Balkon gezeigt. Auf dem Tisch standen Wasser und Wein und etwas Salziges, das nach Kräutern duftete.

»Du bist also gestern wiedergekommen?«, fragte Winter.

»Wie ich gesagt habe.«

Angela trug ein weiches Polohemd und Shorts, das Haar zum Pferdeschwanz gebunden, aber kein Make-up, und Winter sinnierte über die feinen Gesichtszüge der Frauen, als er ihr Profil vor dem hellen Verputz sah. Alles war kleiner und deutlicher, so wie es sein sollte. Nichts an Angelas Gesicht musste betont werden. Keine zusätzliche Farbe, keine weiteren Striche.

»Was hast du gemacht?«

»Eigentlich habe ich die meiste Zeit auf dem Balkon verbracht. Gestern konnte man bis zu den Klippen sehen und diese Fischerboote beobachten, mit denen die Sportangler hinausfahren. Ich konnte richtig erkennen, wie es schaukelte.«

»Ich werde allein von dem Gedanken seekrank.«

»Ich nicht«, gab sie zurück und trank vom Wasser. »Es war so friedlich.«

»Klingt herrlich«, stimmte Winter zu.

»Ich habe an uns gedacht«, sagte sie.

Here it comes, dachte Winter. Uns waren nur wenige Minuten ruhigen Plauderns vergönnt. »Wie geht es deiner Mutter?«

»Ausgezeichnet«, antwortete sie, »bis die Sprache auf ... uns gekommen ist.«

»So schlimm ist es doch wohl nicht gewesen. War das nötig?«

»Was denn?«

»So viel mit deiner Mutter über uns zu sprechen. Wir können doch selbst vernünftig miteinander reden.«

»Vernünftig miteinander reden. Wann soll man mit dir denn mal vernünftig reden?«

»Man hält mich im Allgemeinen für recht vernünftig.«

»Man? Ich sehe hier heute Abend keine andern, die vortreten und allgemeine Ansichten über dich äußern.«

»Angela.«

»Wir sprechen von dir und mir.«

»Das war nur eine Redensart.«

»Redensart? Gibt es jetzt auch schon Redensarten über Erik Winter?«

Er tunkte ein Stück Sellerie in den Dip aus Sardellen und schwarzen Oliven. Es schmeckte salzig und bitter, köstlich. »Das ist lecker.«

Angela schaute ihn wortlos an. Er wollte gern ganz und gar bei ihr sein, aber gerade jetzt ging es nicht. Als er sich wieder über die Schüsselchen beugte, hatte er Helenes Gesicht vor Augen. Wie es in dem toten bläulichen Licht des Leichenschauhauses ausgesehen hatte. »Bitte entschuldige«, sagte er, als könnte sie seine Gedanken lesen.

»Das kenne ich schon, und ich sage das nicht, um mich wie eine Polizistenfrau anzuhören, die in der Nacht zu Hause sitzt und wartet.«

»Dann bin ich es wohl, der wartet«, meinte er.

Sie nahm seine Hand, als er nach seinem Wasser greifen wollte. »Worauf wartest du, Erik?«

Worauf er wartete? Das war eine schwierige Frage. Auf alles, vom Namen einer Ermordeten und eines Mörders bis zum ewigen Seelenfrieden. Auf den Sieg des Guten über das Böse. Und auf sie.

»Heute habe ich auf dich gewartet«, antwortete er.

»Vielleicht am meisten auf meinen Körper?«, entgegnete sie.

»Das ist nicht fair. Ich will dich ganz.« Winter drückte ihre Hand.

Sie ließ seine Hand los und trank einen Schluck Wasser. Ein Windstoß hob eine Serviette vom Tisch und nahm sie mit sich in die Tiefe unter dem Balkon. Winter konnte sie wie einen Schmetterling in den Schatten flattern sehen, dorthin, wo das Mondlicht nicht hinkam.

»Das müsstest du mir irgendwie zeigen«, sagte Angela.

»Das tue ich ja. Ich versuche, es dir auf meine Art zu zeigen.«

»Du bist so oft woanders.«

»Ich weiß. Du hast Recht. Nicht immer.«

»Aber jetzt.«

»Da ist dieser Fall ...«

»Es ist immer ein Fall. Ich verlange ja nicht von dir, die Stelle zu wechseln. Aber das ... das überträgt sich, legt sich wie ... wie eine Schicht Staub auf uns ... auf alles um uns herum.«

»Nicht Staub«, wandte er ein. »Es kann sich kein Staub auf uns legen, weil ich ihn die ganze Zeit aufwirble. Was auch immer als Metapher taugen könnte, das nicht.«

»Du weißt, was ich meine.«

Winter sah die nächste Windböe kommen, als sich Angelas Haar bewegte, und er griff nach der anderen Serviette, ehe der Wind sie erfassen konnte. Stattdessen trug er das Papiertuch davon, das über dem Brot gelegen hatte. Das ist die Methode der Natur, den Müll zu trennen, dachte er.

»Ich kann nichts dafür, Angela. Es ist eben ein Teil von ... mir. Und von der Arbeit, oder wie man es nennen soll.«

Er erzählte, wie er gerade eben Helenes Gesicht vor sich gesehen hatte. Es war da gewesen, mitten während der Mahlzeit. Er suchte es sich nicht aus. Es suchte ihn. Angela erkundigte sich nicht nach Helene. Er hatte gewusst, dass sie das nicht tun würde, und das war gut. Vielleicht später, aber nicht jetzt.

»Du trägst doch auch manchmal Bilder von deinen Patienten mit dir herum«, entgegnete er.

»Bei dir ist es anders.«

»Ich kann nichts dafür«, wiederholte er. »Und im Übrigen hilft es mir.«

»Wirklich? Dem großen Kommissar mit den magischen Fähigkeiten? Am Ende kann ... das kann überhand nehmen. Immer mehr werden.«

»Und am Ende werde ich verrückt? Vielleicht bin ich schon *crazy*? Jedenfalls verrückt genug, um an der Polizeiarbeit festzuhalten.«

»Der Kampf gegen das Böse«, zischte sie. »Das ewige Lied.«

»Ich weiß, es klingt pathetisch.«

»Nein, Erik. Du weißt, das ich das nicht denke. Aber manchmal wird es so viel, irgendwie so groß.«

Was sollte er darauf sagen? Es war wie ein Krieg, den er führte. Er war Polizist, aber er war kein Zyniker. Er glaubte an die Kraft des Guten, und deshalb sprach er vom Bösen. Es war unfassbar, als erblicke man einen Feind durch Panzerglas. Er war da, voll sichtbar, aber man kam nicht an ihn heran. Wie ein Ungeheuer, das mit dem Verstand nicht zu begreifen war. Wer versuchte, das Böse mit Hilfe der Vernunft zu erfassen, ging unter. Er lernte es allmählich, aber er hatte noch einen langen Weg vor sich. Er wollte dem Ungeheuer näher kommen, um es besiegen zu können. Seine Aufgabe war, das Böse aufzuspüren, durch den Panzer zu dringen und es zu besiegen. Was sollte er dabei gebrauchen, wenn nicht seine Vernunft? Wenn man dem Bösen nicht mit Hilfe seiner Güte und seines Verstands beikommen konnte, was blieb einem dann noch? Auch ihm war der eine Gedanke gekommen – ein Gedanke wie ein unheimliches schwarzes Loch in der Wirklichkeit: Böses konnte nur ... mit Bösen bekämpft werden.

Bergenhem pustete auf den Hals hinter Adas Ohr, und sie schrie auf. Vor Vergnügen, hoffte er. Die Welt um sie war ein Nebel aus Puder, nachdem er die offene Dose aus Versehen mit dem Ellenbogen in den Korb unterm Wickeltisch geschubst hatte.

Als er noch einmal pustete, wirbelten einige Körnchen von ihrem Ohrläppchen auf. Ada plapperte die ganze Zeit vor sich hin, ein Gegurgel, das ihm mehr sagte als alles, was er an diesem Tag gehört hatte. Bald würde sie ein halbes Jahr alt sein.

Während er Ada schützend im Arm hielt, musste er daran denken, wie eigenartig die Wege des Lebens waren.

Er selbst war zurückgekehrt nach einem kurzen Augenblick zwischen Leben und Tod, auf dem scharfen Grat. Fast genau im gleichen Augenblick, in dem Ada auf die Welt gekommen war. Daran hatte er oft denken müssen, nächtelang. Nächte, nach denen er schweißbedeckt erwachte.

Bergenhem trug seine Tochter vorsichtig die Treppe hinunter ins Wohnzimmer und legte sie auf eine Wolldecke auf dem Boden. Er ließ sich mit dem Gesicht auf gleicher Höhe daneben nieder. Ada plapperte munter weiter.

»Ich dachte, wir könnten draußen essen«, sagte Martina, die aus der Küche gekommen war.

»Ja, es ist überall gleich warm.«

»Auf der Veranda ist es kühler.«

»Ich nehme die Decke für Ada mit rüber«, fuhr er fort und klemmte sich Ada unter den einen und die Decke unter den anderen Arm und ging durch die Verandatür hinaus.

»Ich habe heute etwas erlebt, das mich erschreckt hat«, sagte er.

Martina hatte Teller und Besteck geholt und deckte den Tisch. »Ja?«

»Ein Mann, der sich freute, als er einen toten Menschen sah.«

»Wirklich?«

»Er war darauf gefasst, dass es jemand anders wäre. War fest davon überzeugt. Ich auch, obwohl ich nicht erklären könnte, warum. Es war, als passte plötzlich ein Teil zum anderen und wir wüssten endlich, wer die Ermordete war.«

Er bereute seine Worte, als er seine Tochter neben sich glucksen hörte. Es war, als hätte er etwas Hässliches gesagt, den Augenblick verdorben.

Martina erriet, was er dachte. »Das war wohl eine natürliche Reaktion«, meinte sie.

»Ja. Aber es war so ... pervers dort, in diesem Raum. Dass sich da plötzlich jemand freute.«

»Das war eben eine Spontanreaktion. So was kann man nicht steuern.«

»Was hab ich doch für eine kluge Frau.«

»Ich weiß.«

»Wie macht man das?«

»Was meinst du?«

»So klug zu werden.«

»Erst einmal lässt man sich als Frau zur Welt bringen«, begann sie, und Bergenhem gratulierte seiner Erstgeborenen, indem er ihr hinters Ohr pustete. Ada schrie auf. Vor Vergnügen, hoffte er wieder.

»Es gibt nichts, worauf wir warten müssten«, sagte Angela, als sie wieder ruhiger atmeten.

Winter hatte wieder dieses weiße Licht gesehen und noch einmal das sensationelle Gefühl erlebt, diesen Moment, in dem Körper und Seele eins waren, in den Sekunden aus weißem Licht zu einer Einheit verschmolzen. Plötzlich wusste er nicht mehr, was Wirklichkeit war und was Traum.

Danach kam die süße Müdigkeit, Stille. Und dann war da Angelas Stimme wieder.

»Worauf warten wir?«, wiederholte sie. »Ich will diese verdammten Pillen wegwerfen.«

Winter konnte nicht antworten. Alles, was er sagen würde, wäre falsch. Er schwang sich aus dem Bett. »Ich hole was zu trinken.«

»Komm zurück, Feigling!«

»Ich brauche was zu trinken«, beharrte er und zog die Shorts an, indem er erst auf dem einen Bein, dann auf dem andern hüpfte. Er ging auf den Balkon, um Gläser und Flaschen zu holen. Der Wind vom frühen Abend hatte sich gelegt. Es schien, als wäre es wärmer geworden, fast wärmer als im Zimmer. Nichts rührte sich unten auf der Straße. Ein paar Leute fingen an zu jubeln, aber das war irgendwo weit im Osten.

Er hob den Blick. Auch der Himmel war leer. Es mochte ein oder zwei Uhr sein. Er konnte die Arbeit vorschützen und nach Hause radeln, aber das wäre feige. Sagen, dass er noch eine Stunde über dem Laptop sitzen wollte, im gemütlichen Schein des Bildschirms. Das war an sich die Wahrheit, aber es klang nicht wirklich glaubhaft.

Er trug zwei Gläser mit Weinschorle in die Küche, aber es war kein Eis mehr im Kühlschrank. Zurück im Schlafzimmer, reichte er ihr das eine. Sie nahm es und trank.

»Erzähl mir doch mal, worauf wir warten«, sagte sie. »Ich habe es satt, dieses ... Arrangement.«

»Welches Arrangement?«

»Alles«, entfuhr ihr, und sie trank noch einmal, durstig. »Ich will nicht mehr alleine wohnen.«

»Anfangs war es deine Idee.«

»Es ist mir egal, wessen Idee es war. Das ist Jahre her. Damals als wir beide Yuppies waren.«

»Das sind wir noch.«

»Du bist siebenunddreißig, Erik. Bald bist du vierzig. Ich bin dreißig. Das Spiel ist aus.«

Er nahm einen Schluck aus seinem Glas. Unten auf der Kungsgatan fuhr ein Auto mit hoher Geschwindigkeit vorbei, auf dem Weg nach Rosenlund. Vielleicht ein Taxi oder ein Privatwagen auf dem Weg zum Straßenstrich an der Feskekörka. Manchmal reihte sich unter ihrem Fenster ein Auto ans andere, alles Freier, aber an diesem Abend war es bislang ruhig gewesen. Er fragte sich, warum. Die Bedingungen waren schließlich optimal.

»Es mag lächerlich klingen, aber das Spiel ist aus. Du weißt, dass ich nie irgendwelche Forderungen gestellt habe, aber jetzt tu ich es«, sagte sie mit Nachdruck.

»Ja.«

»Ist das ein Fehler? Wir sind jetzt fast zwei Jahre zusammen, und das ist eine lange Zeit in unserem Alter und bei getrennten Wohnungen.«

»Da hast du vielleicht Recht.«

»Irgendwann musst du Verantwortung übernehmen, Erik.«

Er schwieg.

»Sonst kann ich mich nicht mehr auf dich verlassen«, sagte sie. »Dieses ... Arrangement hier passt dir vielleicht in den Kram, aber mir reicht es nicht. Bei weitem nicht.«

»Du willst, dass wir zusammenziehen?«

»Du weißt, was ich will, aber das wäre ein Anfang.«

»Du und ich ... in einer Wohnung?«

»Das pflegt man allgemein unter Zusammenziehen zu verstehen, oder?«

»Ja.«

»Hast du noch nie davon gehört?«

Er musste kichern wie ein Schuljunge. Die Situation war unhaltbar, entsetzlich. Er wurde wegen seines Wunsches, für sich zu leben – sie in bequemer Reichweite zu haben, mit dem Fahrrad an einem warmen Abend erreichbar –, zur Rede gestellt. Sie hatte Recht, es war so, wie sie sagte. Das Spiel war aus.

»Einmal muss man sich entscheiden«, erklärte sie sanft, wie einem Kind, das nicht weiß, was es will. »Das kommt doch nicht wirklich überraschend für dich, Erik.«

»Wir können uns noch häufiger …«

»Du bist also nicht bereit?«

»Das habe ich nicht gesagt.«

»Ich gebe dir nur diese eine Chance«, betonte sie, und der Satz verfolgte ihn auf dem ganzen Weg: hinaus ins Wohnzimmer, wo er den CD-Player anschaltete, vor dem Ständer niederkniete und eine CD aus dem Turm herauszog, einfach eine griff, ohne hinzusehen, die Scheibe aus der Hülle nahm, auflegte und auf Shuffle drückte. Das Zimmer wurde von einer nasalen Männerstimme erfüllt, die ihm entfernt bekannt vorkam. In einem disharmonischen Blues begann der Sänger zu klagen, dass er nicht mehr warten konnte. *I can't wait, wait for you to change your mind, it's late, I'm tryin' to walk the line.*

»Du meine Güte«, sagte Angela von der Tür her. »Ich wusste gar nicht, dass du die neue CD von Dylan so gut kennst. Oder Dylan überhaupt.« Sie kam näher und zeigte auf die Stereoanlage. »Meinst du uns beide?«

Winter drehte sich mit einem verwirrten Ausdruck im Gesicht zu ihr um.

20

Winter verließ Kungshöjd bei stechendem Sonnenschein. Seine dunkle Brille dämpfte den Schmerz unter dem Scheitel. Er war mit rasenden Kopfschmerzen aufgewacht, die trotz zweier Tabletten noch nicht nachgelassen hatten.

Am Abend zuvor hatte er Sachen zum Wechseln mitgenommen. Angela winkte vom Balkon, als er den Hügel hinuntersauste. Er hatte noch eine Bedenkzeit herausgeschlagen, aber das war eigentlich der falsche Ausdruck. Die richtigen Worte fand er nicht. Er konnte sich jetzt nicht auf sein Privatleben konzentrieren, obwohl ihm klar war, dass es mehr bedeutete, als er ahnte. Das Private.

Über Heden hing eine Staubwolke. Ein paar junge Männer spielten Fußball auf einem der Kiesplätze, die nur noch ein Meer aus wirbelndem Sand waren. Studenten, dachte Winter. Während seines einzigen Jahres an der sozialwissenschaftlichen Fakultät war er in zwei Studentenmannschaften Vorstopper gewesen. Die beste Truppe hatte »Gut durchblutet« geheißen und hatte das Cupfinale hier auf Heden erreicht, vielleicht auf demselben Platz, war aber dann »Per Rectum«, der Mannschaft der Mediziner, unterlegen. Winter war in der zweiten Halbzeit vom Platz gestellt worden. Der Schiedsrichter war ein Idiot gewesen. Ein tragischer Mangel an Urteilsvermögen.

»Sie hat nichts von sich hören lassen«, begrüßte ihn Ringmar gleich nach der morgendlichen Besprechung. »Sollen wir hinfahren?«

Winter überlegte. Sie brauchten keine Anordnung des Staatsanwalts. Als Leiter der Ermittlung konnte er selbst den Beschluss fassen, jemanden »zum Verhör zu laden«. Das schloss ein, in eine fremde Wohnung zu stiefeln und auch zu versuchen, jemanden mit Gewalt zum Verhör zu holen, der nicht aus freien Stücken auftauchte. Er sah in seinen Papieren nach: Andrea Maltzer wohnte in der Viktor Rydbergsgatan. Feine Adresse.

»Okay. Wir fahren hin.«

Sie nahmen den Korsvägen. Jemand hatte es im Kreisverkehr zu eilig gehabt und nicht aufgepasst. Zwei beschädigte Autos standen in einem hässlichen Winkel ineinander verkeilt. Ein uniformierter Beamter prüfte zusammen mit zwei Männern, in denen Winter die Fahrer vermutete, die Sachlage. Der eine wirkte aufgeregt und verlegen zugleich. Das war der normale Gesichtsausdruck bei Unfällen ohne Verletzte. Bei Blechschäden. Der Polizeibeamte war ein Mann in den Fünfzigern. Er blickte auf, als sie sich vorsichtig vorbeischlängelten und nickte zum Gruß. Ringmar streckte die Hand durch die Fensteröffnung und grüßte zurück.

»Sverker«, sagte Winter.

»Wir haben viele Schichten Seite an Seite durchgestanden«, bestätigte Ringmar. »Die süße Jugendzeit in Uniform.«

»Ich hab ihn eine ganze Weile nicht gesehen.«

»Er war krank. Krebs, im Bein, glaube ich.«

»Ich glaube, ich habe davon gehört«, meinte Winter und fuhr den Eklandabacken hinauf.

»Er hat keinem was gesagt. Es ging ganz schnell. Er war im Nu wieder aus der Klinik. Als ob er bloß eine Hautbehandlung oder so gehabt hätte. Und das sind immer noch seine eigenen Beine, auf denen er steht.«

Winter spähte an den Häusern empor, nachdem sie an der Kirche vorbeigefahren waren und in einer Parklücke direkt gegenüber von Andrea Maltzers Adresse hielten. Das Haus war hoch, und die Straße lag im Schatten. Die Haustür war breit und wirkte streng. Es roch nach Geld und etwas anderem, Schmierseife vielleicht.

»Sogar noch schöner als in deinem Hausflur«, sagte Ringmar.

Der Schlosser wartete schon auf sie. Er saß auf einem Rattansessel bei der Haustür und stand auf, um sie zu begrüßen.

»Erster Stock«, gab Winter an. »Wir nehmen die Treppe. Ich will nicht auf den Aufzug warten.«

Sie gingen die Treppe hoch. Das polierte Tropenholz und die dicht stehenden Grünpflanzen auf jedem Treppenabsatz gaben Winter das Gefühl, durch einen gestutzten Dschungel zu wandern.

Der Aufzug stand im ersten Stock. Der Schlosser machte sich bereit.

»Ich läute erst einmal«, sagte Winter.

Man konnte nie wissen. Er läutete noch einmal. Schritte ertönten, und Winter dachte, sie kämen von anderswo. Die Tür sah so massiv aus, als könnte man sich unmöglich mit einem Beil Zugang verschaffen. Sie erforderte eine Motorsäge. Oder einen Sturmbock mit Fredrik in der ersten Reihe.

Eine Kette rasselte, dann wurde die Tür von einer Frau geöffnet, die ungefähr so alt sein mochte wie Angela.

Sie blickte die drei Männer an. Einer war groß, mit einem gut geschnittenen Sommeranzug in Grau, der andere war etwas kleiner und trug ein Hemd mit hochgekrempelten Ärmeln, das in eine beige Baumwollhose gestopft war. Der dritte war höchstens fünfundzwanzig und hatte abscheuliche Bermudashorts und ein T-Shirt an und hielt einen Schlüsselbund in der Hand. Er sah am dümmsten aus von den Dreien, nicht viel dümmer.

Sie wirkt gelassen, überlegte Winter beeindruckt. Dabei kommt das überraschend für sie. Sie hat nur das Recht auf ihr Privatleben genutzt und ist für ein paar Tage verschwunden.

»Ja?«, sagte die Frau.

»Andrea Maltzer?«

»Worum geht es? Wer sind Sie?«

»Polizei«, antwortete Winter und zeigte seinen Ausweis. Sie betrachtete ihn genau. Der Schlosser schaute Winter fragend an, und er nickte. Der Mann ging die Treppe hinunter, und seine weiße kurze Hose schien sich zu verfärben in dem Licht, das durch die bunt verglasten Fenster des Treppenhauses rieselte. Die richtige Uniform für dieses Haus, dachte Ringmar.

»Was wollen Sie?«, wiederholte Andrea Maltzer.

»Dürfen wir einen Augenblick reinkommen?«

»Sind Sie auch Polizist?«, fragte sie Ringmar.

»Entschuldigen Sie«, sagte Ringmar und wies sich aus.

Sie warf einen raschen Blick auf die Karte und blickte erneut Winter an. Ihr Gesicht war mit Sommersprossen übersät. Sie waren in diesem Sommer bestimmt mehr geworden, vermutete Winter. Sie sieht gepflegt aus, ungefähr wie Peter von Holten, wenn er nicht gerade auf meinen Schreibtisch kotzt. Kann sie nicht jemand Besseres finden als einen, der schon verheiratet ist? Sie wirkt müde, aber nicht verbraucht.

»Ist das okay?« Winter nickte fragend zur Wohnung hin. Der Flur war dunkel, aber von irgendwo kam Licht.

»Es ist ... okay«, sagte sie, und sie traten ein. Die Frau ging ihnen in ein Wohnzimmer voraus, das Winter an das erinnerte, in dem er eine gewisse Zeit seines Lebens gewohnt hatte: weißer Stuck und Fenster, die auf einen Balkon hinausgingen, auf dem es in der Morgensonne schon glühend heiß zu sein schien. Die Tür stand offen, und Winter sah einen leeren gusseisernen Tisch unter einem Sonnenschirm.

Sie trug ein Hemd und Shorts, die weit und lang waren und bequem aussahen. Sommerkleidung, obwohl es schon fast September war.

Morgen ziehe ich auch wieder kurze Hosen an, beschloss Winter. Man kann sich so ja doch nicht schützen. Der Gedanke erinnerte ihn an seine Schwester. Lotta hatte am Vortag angerufen und ihn zu sich eingeladen. Er wusste nicht, warum. Er würde von sich hören lassen, wenn er Zeit hatte.

»Ich sollte Ihnen wahrscheinlich Kaffee oder so etwas anbieten, aber ich will erst wissen, worum es sich handelt«, sagte Andrea Maltzer.

Sie fragten sie, was sie am Delsjön gemacht hatte. Wann denn? Sie nannten ihr einen Zeitraum. Da? Sie war eine Weile herum gewandert, nachdem Peter gegangen war. Warum? Sie musste nachdenken. Winter vermeinte Angelas Stimme zu hören.

Andrea Maltzer hatte nachdenken müssen, warum sie einen verheirateten Mann »im Dunkeln« traf, wie sie es ausdrückte.

Sein Auto zu nehmen wäre ... kompromittierend gewesen. Das war das Wort, das sie verwendete. Sie hatte nur eine Weile im Wagen gesessen. Dann ging sie zum Lokal vor und wartete auf ein Taxi, das sie über das Handy bestellt hatte. Winter sah Ringmar an. Sie hatten keine Meldung von einem Taxifahrer vorliegen. Früher wäre das ganz normal gewesen, hatte Halders sich beschwert. Doch jetzt hielten die Taxifahrer den Mund, nicht bei allen Gesellschaften, aber bei fast allen.

Sie notierten die Details. Die Frau schüttelte den Kopf, als sie nach einer Quittung fragten. Sie konnten auch so nachprüfen, ob sie die Wahrheit sagte.

Winter glaubte ihr. Die Leute machten nun einmal merkwürdige *und* normale Sachen. Ein Abschied von von Holten vielleicht? Meinetwegen. Winter fragte, ob ihr etwas Besonderes aufgefallen sei, während sie dort im Auto gesessen hatte.

»Als ich allein war? Nachdem Peter gegangen war?«

»Ja.« Danach könnte er fragen, was genau die beiden zusammen gemacht hatten, wie aufmerksam sie auf die Umgebung geachtet hatten. »Es ist wichtig, dass Sie sich versuchen zu erinnern. Jede Kleinigkeit kann uns helfen.«

»Ich kann ein wenig Kaffee kochen, während ich versuche, mich zu erinnern.«

»Vorher noch ...«, unterbrach Ringmar. »Können Sie uns sagen, wo Sie die letzten Tage waren?«

»Hier«, antwortete sie. »Und woanders. Aber meistens hier, glaube ich.«

»Wir haben Sie gesucht«, erklärte Ringmar.

»Ich wollte nicht, dass mich jemand findet«, gab sie zu. »Ich habe den Stecker vom Anrufbeantworter rausgezogen und das hier abgeschaltet.« Sie deutete auf ihr Handy, das auf dem Wohnzimmertisch lag. »Ich habe weder Zeitungen gelesen noch Radio gehört. Noch ferngesehen.«

»Warum?«

»Ich dachte, das hätte ich schon erklärt.«

»Haben Sie nicht gehört, dass es an der Tür geläutet hat?«

»Nein. Da war ich wohl nicht da.«

»Haben Sie keine Mitteilung von ... Haben Sie keine Mitteilung bekommen?«

»Peter war hier und hat einen Umschlag durch die Tür gesteckt, aber ich habe ihn weggeworfen.«

»Was hat er Ihnen geschrieben?«

»Das weiß ich nicht. Ich habe ihn ungeöffnet weggeworfen.«

»Wann?«

»Gestern. Er ist mit der Müllabfuhr abgeholt worden, wenn Sie es genau wissen wollen.«

Winter nickte. Es war keine Kunst, sich zu verstecken, wenn man wollte. Wenn man von seinem Recht auf Privatsphäre Gebrauch machen wollte.

»Ich hatte noch ein paar Tage Urlaub.«

Winter nickte noch einmal. Er wollte weg, aber sie waren noch nicht fertig.

»Gibt's noch was?«, fragte sie, als weder Winter noch Ringmar etwas sagten.

»Was haben Sie gesehen, falls Sie was gesehen haben?«, hakte Winter nach.

»Darüber wollte ich ja in der Küche nachdenken«, meinte sie.

»Ja, natürlich.«

Sie stand auf und ging aus dem Zimmer. Winter schaute sich um. Zwei gerahmte Fotografien standen auf einem Schrank aus gebeiztem Holz. Winter erhob sich und ging näher. Auf keinem war Peter von Holten abgebildet. Das eine zeigte ein Brautpaar, vielleicht ihre Eltern. Das Bild sah aus, als wäre es dreißig Jahre zuvor aufgenommen worden. Das Paar trug den klassischen Hochzeitsstaat. Kein Flirt mit der Flower-Power jener Zeit. Die Fotografie roch nach Geld, wie die Wohnung, das Haus, die Straße. Der ganze Stadtteil.

Das andere Foto war im Freien aufgenommen. Die Schwarzweiß-Aufnahme zeigte ein Haus irgendwo auf den Schären. Das Haus konnte rot sein und stand ein wenig oberhalb der Klippen. Im Vordergrund konnte man unscharf Teile eines Bootsstegs erkennen. Der Fokus lag auf dem Haus und auf einem Ausschnitt des Hintergrunds. Der Himmel hinter dem Haus war wolkenlos. Links auf dem Bild war ein Hinweis zu sehen. Vor Kabeln wird gewarnt. Vom Bootssteg führte eine gemauerte Treppe zum Haus, wie in den Stein gehauen.

Winter kannte die Stelle. Er hatte dieses Sommerhaus selbst einmal vom Meer aus gesehen, glaubte er. Man konnte die Landzunge mit dem Boot umrunden und dreihundert Meter weiter in einer Bucht anlegen und einen von sturmzerzausten Wacholderbüschen gesäumten Hügel hinaufwandern. Im Windschatten des Hügels stand ein Haus, das seinen Eltern gehört hatte, als er klein war. Er war zwölf gewesen, als sie es verkauften. Seither war er einige Male vorbeigesegelt, aber selten an Land gegangen, worüber er sich jetzt ärgerte.

Andrea Maltzer war wieder ins Zimmer gekommen und sah ihn vor dem Foto stehen. Sie nannte den Namen der Insel.

»Ich dachte doch, dass es mir bekannt vorkommt«, begeisterte sich Winter. »Meine Eltern hatten dort ein Haus, aber das ist lange her.«

»Meine haben es vor ein paar Jahren gekauft.«

»Deshalb sind wir uns wohl nie begegnet«, sagte Winter und drehte sich um. Sie blickte ihn sonderbar an. Das Tablett hatte sie auf dem Tisch abgestellt und setzte sich nun selbst.

»Ich meine, damals gab es dort keine kleinen Kinder.«

Sie lächelte, sagte aber nichts dazu.

Winter nahm ihr gegenüber Platz. Sie machte eine Geste zum Tablett, und Ringmar begann Kaffee einzuschenken. Winter war plötzlich ungeduldig, rastloser als sonst. Die Fotografie von der Insel war nicht ohne Wirkung auf ihn geblieben. Aber in seinem Kopf war gerade jetzt kein Platz für eigene Erinnerungen. Aber er war hierher geführt worden. Alles hatte schließlich einen Sinn. Er glaubte nicht an Zufälle, hatte es nie getan. Viele Verbrechen wurden mit Hilfe so genannter Zufälle gelöst, aber Winter glaubte nicht daran. Es steckte immer ein Sinn dahinter. Jeder Zufall hatte Sinn.

»Das ist meine Oase«, erzählte die Frau. »Dort bin ich, wenn ich nicht hier bin. Wie gestern.«

»Erinnern Sie sich an etwas aus der Nacht, von der wir sprachen?«, fragte Ringmar.

»Ich erinnere mich, dass ich ein Boot gesehen habe«, sagte sie. »Draußen auf dem See.«

»Ein Boot«, wiederholte Ringmar.

»Ein weißes Boot. Hell. Aus Kunststoff, nehme ich an.«

»Weit weg?«

»Es war ein Stück weit draußen auf dem See. Es ist mir aufgefallen, als ich aus dem Auto gestiegen bin ... Als ich zu dem Schluss gekommen war, dass ich mir Peters Auto zum letzten Mal ausgeliehen hatte.«

»Beschreiben Sie genau, was Sie gesehen haben«, bat Winter. »So gut Sie können.«

»Wie ich gesagt habe. Ein Boot weit draußen, das ziemlich still zu liegen schien. Es war nichts zu hören. Kein Motor.«

»Haben Sie einen Motor gesehen?«

»Nein. Aber es war dunkel, nur Mondlicht. Wäre ein Außenbordmotor da gewesen, hätte ich ihn in der Dunkelheit wahrscheinlich nicht gesehen.« Sie setzte ihre Tasse ab.

»Keine Ruderschläge? Sie haben nichts gehört?«

»Nein. Aber ich habe gesehen, dass jemand in dem Boot saß.«

»Jemand? Eine einzelne Person?«

»Es schien nur einer zu sein.«

»Sie sind sich nicht sicher?«

»Dafür war es zu dunkel.«

»Konnte derjenige Sie sehen?«

»Woher soll ich das wissen?«

»Würden Sie das Boot erkennen, wenn Sie es wieder sähen?«

»Tja ... Ich weiß nicht. Ich erinnere mich an seine Form, an die Größe ungefähr.«

»Was haben Sie dann gemacht?«

»Wie bitte?«

»Wie lange haben Sie da gestanden?«

»Fünf Minuten vielleicht. Ich habe wohl nicht soviel darüber nachgedacht, es sind ja auch nachts Leute zum Angeln auf dem See.«

»Davon hab ich keine Ahnung«, meinte Ringmar. »Ich angle nicht.«

»Und das Boot war da, so lange wie Sie am Auto standen?«, fragte Winter.

»Es schien ganz still zu liegen.«

»Können wir die Zeiten noch mal haben, so genau es geht?«, fragte Winter.

21

Die Suchmeldung brachte Ergebnisse. Es riefen Leute an, und Janne Möllerström war einer derjenigen, die die Gespräche annahmen. Viele wollten etwas gesehen haben, aber niemand war in der Nähe gewesen. Das Übliche. Doch Möllerström sagte immer: »Es gibt irgendwo jemanden.« Winter schätzte solchen Optimismus. Das war Wasser auf seine Mühlen. Ich bin stolz, wenn ich Janne höre, dachte er. Richtig stolz.

Winter hatte den Text formuliert, und sie hatten Anschläge gedruckt, und in Wohngebieten ausgehängt, wo sie blieben, bis sie abgerissen wurden. Allerdings ohne Fotografie. Die Überschrift lautete: »Die Polizei bittet um Hilfe!« Er hatte geschrieben, dass am Donnerstag, dem 18. August, um vier Uhr früh nahe dem Stora Delsjön eine Frau ermordet aufgefunden worden war. Dann folgte ihre Beschreibung. »Die Polizei bittet Sie, sich mit ihr in Verbindung zu setzen, wenn …« Und weiter unten: »Können Sie hilfreiche Auskünfte geben, melden Sie sich bei der angegebenen Telefonnummer.« Und noch weiter unten: »Lassen Sie die Polizei entscheiden, was von Interesse sein kann.« Ein eigenartiger Satz, wenn man ihn aus dem Zusammenhang riss, aber Winter ließ ihn bewusst so stehen. Er hatte mit »Fahndungsdezernat der Bezirkskriminalpolizei« unterschrieben, um Missverständnisse auszuschließen. Am Seitenrand unten hatte er »FÜR HINWEISE SIND WIR DANKBAR!« hinzugefügt. Der Text war in einem nassforschen Ton gehalten, der ihm eigentlich nicht behagte. Aber vielleicht verstärkte er die Wirkung des Anschlags. Winter dachte zurück an ähnliche Anschläge, die in den Bahnhöfen von Londons Vororten im Wind flatterten.

»Was im Boot gefunden?«, fragte Halders.

»Beier sagt, es ist die gleiche Art Farbe«, erklärte Börjesson. »Und sie kann im Boot ungefähr zur gleichen Zeit haften geblieben sein.«

»Falls ›haften‹ das richtige Wort ist«, ergänzte Halders.

»Oder sie ist aufgemalt worden«, merkte Börjesson an.

»Noch was?«, fragte Winter.

»Keine Fußspur im brackigen Wasser, aber eine Unmenge Fingerabdrücke. Es wird seine Zeit brauchen, alle durchzugehen. ›Gelinde gesagt‹, hat Beier hinzugefügt.«

»Abdrücke von vielen Händen?«

»Die Jungs haben ihr Boot offenbar gern verliehen. Oder vermietet, aber das wollen sie nicht zugeben.«

»Ich rede noch mal mit ihnen«, beschloss Winter.

»Es waren auch viele Fischschuppen drin«, sagte Halders. Anscheinend gibt es wirklich Fische im See.«

»Oben auf den Rändern des Boots haben sie keine Fußabdrücke gefunden?«

»Wie denn?« Börjesson sah Winter fragend an.

»Wenn man an Land springt, stößt man sich vom Rand ab. Jedenfalls manchmal.«

»Das hat Beier sicher überprüft.«

»Apropos überprüfen«, klinkte sich Halders ein. »Tokholma hat nichts von sich hören lassen? Von *missing persons*?«

»Nichts aus Stockholm«, bestätigte Ringmar. »Keine Anzeige, die zum Fall passt.«

»So 'n Mist«, fluchte Halders. »Gerade heutzutage müsste es doch massenweise dreißigjährige Hausfrauen geben, die genug haben.«

»Genug haben?«, wiederholte Sara Helander.

»Die den heimischen Herd verlassen haben«, erklärte Halders. »Die abgehauen sind, um den Sinn des Lebens zu finden.«

Winter und Ringmar saßen zusammen in Winters Büro und sprachen über Autos. Ford Escort 1.8i CLX Kombi Sedan, 3-türig, Baujahr 92 oder 93. Oder möglicherweise 94. Oder 91, aber dann der 1.6i.

Die Straßenmeisterei hatte über den Zentralcomputer alle Escort-Modelle mit den Buchstaben »HEL« oder »HEI« im Kennzeichen herausgesucht. Das hatte einen Tag gedauert, aber nun hatten sie die Listen sämtlicher Escorts mit diesen Buchstabenkombinationen, dazu weitere zu früheren Modellen, den primitiven, flacheren, die erst von '91 an aufgemotzt worden waren. Sie hatten auch einen Computerdurchlauf für diese Escort-Modelle bestellt, die nicht die vermuteten Buchstabenkombinationen aufwiesen. Beier war sich mit den Buchstaben schließlich nicht sicher, er hatte von »optischer Täuschung« gesprochen. Keiner war sich sicher, nicht einmal der Hundezüchter, wie sich gezeigt hatte.

Wenn sie den Einzugsbereich auf Großgöteborg beschränkten, mit Kungsbacka im Süden, Kungälv im Norden und Hindås im Osten, gab es 214 Escorts Baujahr 91–94. Autos, die sich ähnlich waren. Viele Autos.

»Es ist wie immer die Frage, welche Prioritäten man setzt«, sagte Ringmar.

»Du meinst, das hier hat nicht erste Priorität? Danke, ich hab schon verstanden.«

»Aber du machst dich dafür stark?«

»Es war eine gute Idee, das musst du zugeben.« Winter blickte von den Listen auf, die in dünnen Stößen auf seinem Schreibtisch lagen.

»Es könnte schlimmer sein«, gab Ringmar zu. »Wenn wir nach einem der häufigsten Volvo-Modelle suchen müssten …«

»Es könnte auch besser sein«, sagte Winter. »Ein Cadillac Eldorado.«

»Warum kein Trabant?«, flachste Ringmar.

»Meinetwegen.«

»Wir können zwei Mann dransetzen«, schlug Ringmar nach einer Pause vor. »Zwei Polizisten könnten sich das Fahrzeugregister vornehmen und jeden einzelnen Besitzer heraussuchen. »Und wir beginnen mit allen Autos auf der Fahndungsliste.«

»Wer stiehlt heute noch einen Ford Escort? Sind es viele auf der Liste?«

»Wir können jederzeit Fredrik fragen. Seine Spezialität sind gestohlene Autos.«

»Wir könnten bei den Mietwagen anfangen.«

»Oder den Firmenwagen.«

»Ford Escort? Du machst Witze.«

»Kleinunternehmer«, sagte Ringmar, und Winter lachte.

»Und dann kommen die Privatpersonen dran«, beschloss Winter.

»Da kann man ja einen Teil gleich aussortieren.«

»Wir stellen zwei Fahnder dafür ab«, sagte Winter. »Okay. Fangen wir an.«

Winter hatte an diesem Vormittag eine weitere Besprechung. Er klopfte leise und betrat das Zimmer des Polizeipräsidenten. Wellpappe saß aufrecht wie ein Vorgesetzter und deutete auf den Stuhl vor sich. Durch das Fenster hinter seinem runden Kopf sah Winter das Stadion Nya Ullevi mit den weichen Konturen. Wellmans Körper passte nicht zu seinem Spitznamen. Es war nichts Steifes, Hartes an ihm.

Der Asphalt vor dem Stadion war leer, ein schwarzer See mit einzelnen glitzernden Punkten, wo Abfälle aus den Autos auf die Skånegatan geworfen worden waren. Wellpappe trank schwitzend Mineralwasser.

Er trägt einen Anzug, der viel zu dick ist, und dann fragt er sich, warum ich nicht genauso sehr schwitze, dachte Winter.

»Heiß heute«, sagte Wellman und nahm noch einen Schluck.

»Findest du?«

»Fühlst du dich bei der Hitze wohl?«

»Sie kann stimulierend sein. Die Abende sind schön, auch wenn ich sie vielleicht nicht richtig genutzt habe.«

»Ich wollte nur hören, wie es geht«, bremste ihn Wellman. »Oder eher, wie der Stand der Dinge ist.«

»Wir tun alles, was in unserer Macht steht«, erklärte Winter und überlegte, ob er die Suche nach dem Besitzer eines Ford Escort erwähnen sollte.

»Dass keiner sie vermisst …«

»Ja.«

»Hast du's gelesen?«, fragte Wellmann und griff nach einer der Tageszeitungen, die vor ihm lagen. »Die Polizei hat keine Spur, schreiben die.«

»Du weißt, wie das ist, Henrik.«

»Ihr ... Wir haben doch Spuren?«

Winter beobachtete einen großen Bus, der über den Asphaltsee fuhr und anhielt.

»Erik. Ihr habt doch mehrere Spuren?«

Der Bus bewegte sich nicht, niemand stieg aus. Winter konnte nicht erkennen, ob der Motor lief.

»Ja, natürlich«, antwortete er dann. »Darüber brauche ich dir ja wohl nicht zu berichten.«

»Nein, nein. Aber am Nachmittag ist eine Pressekonferenz.«

»Als ob ich das nicht wüsste.«

»Eine ganz blöde Sache das«, sagte Wellman. »Die ganze verdammte Aufregung.«

»Was meinst du?«

»Ich mag es gar nicht, wenn wir keinen Namen haben. Wenn wir einen Namen hätten, wär alles einfacher. Ein Streit im Drogenmilieu, Körperverletzung mit Todesfolge oder eine Fahrerflucht.«

»So was magst du also mehr?«

»Wie man's nimmt. Aber du weißt, was ich meine.«

»Wenn wir gleich von Anfang an mehr Antworten haben, soll es leichter sein, auf Spuren zu stoßen?«

»W ... was?«

»Meinst du, es ist leichter, wenn uns alles von Anfang an leichter gemacht wird?«

»Jetzt wirst du spitzfindig, Erik.«

»Hast du was anderes gemeint, Henrik?«

»Nein, nein. Du machst das schon richtig.«

»Wenn ich nicht ständig gestört werde«, sagte Winter. Er blieb stehen und betrachtete den Bus. Noch immer war niemand ausgestiegen. Er beobachtete, wie eine Frau darauf zuging und am Fahrerfenster stehen blieb. Es schien, als spräche sie mit dem Fahrer. Dann machte sie einige Schritte rückwärts, drehte sich um und rannte los, zur Skånegatan und über den

Parkplatz, auf das Polizeipräsidium zu, direkt auf das Gebäude zu, in dem er, Winter, sich befand. Ihre Gesichtszüge wurden immer deutlicher. Sie verschwand aus seinem Blickfeld. Sie hatte ausgesehen wie vor Schreck gelähmt.

»Entschuldige mich«, sagte Winter, verließ das Zimmer und fuhr mit dem Aufzug runter zum Eingang.

22

In der Eingangshalle herrschte große Aufregung. Die Frau, die Winter über die Skånegatan und den Parkplatz hatte laufen sehen, lehnte vor dem Empfangsschalter und sprach durch die Öffnung im Glas. Der Chef der Schutzpolizei kam mit einem Trupp von fünf, sechs Mann anmarschiert. Ein paar Kriminalbeamte drückten sich herum. In der Halle und dem Wartezimmer wimmelte es von der üblichen Mischung aus Fahrradboten, uniformierten Streifenbeamten, Empfangspersonal, Anwälten und ihren Klienten. Eine bunte Mischung aus hoch und niedrig Gestellten: Fixer auf dem Weg in die Räume oben oder unten, Huren, Autoknacker, Kleinkriminelle aller Gesellschaftsschichten, Säufer, die ihren Rausch ausschliefen. Dazu Direktionsassistenten, die man aus einer Kneipe geworfen hatte und die mit einer Brechstange zurückgekommen waren. Karrierefrauen mit Katzenjammer, die frustriert gewaltsamen Widerstand gegen die Polizei geleistet hatten. Und welche, die nur ein Formular ausfüllen wollten. Die einen Pass beantragen wollten und sich verlaufen hatten. Die jemanden lange genug vermisst hatten, um Anzeige zu erstatten. Die einfach hereinspaziert kamen, Gott allein wusste warum.

Der Chef der Schutzpolizei sprach mit der Frau, die auf den Bus vor dem Stadion deutete. Winter trat näher. Er hatte ohnehin nichts Besseres vor.

Die Frau berichtete, im Bus sitze ein Mann mit einem kleinen Jungen und drohe, das Kind und sich selbst zu erschießen und den Bus in die Luft zu sprengen. Er habe ihr die Waffe gezeigt und eine Schnur oder so was, woran er ziehen könne. Dann werde der Bus explodieren, habe er gesagt.

»Absperren«, befahl der Chef einer uniformierten Frau, die neben ihm stand.

Winter nahm wahr, wie der Alarm sich unter den Polizisten ausbreitete. Die Bewegungen wurden plötzlich intensiver in dem engen Raum um den Empfangsschalter, als alle Polizisten gleichzeitig hinausdrängten, um sich dort mit den Kollegen zu vereinen, die aus der ganzen Stadt zurückbeordert worden waren. Winter sah den Bus nun aus anderer Perspektive. Er wirkte kleiner, als hätte ihn die Sonne schrumpfen lassen, während er ungeschützt draußen auf dem leeren Platz stand.

»Benachrichtigt Bertelsen bei der Ausländerbehörde«, hörte Winter den Chef jemandem nachschreien, der schon fast in dem Gewimmel verschwunden war. Winter hatte genug gehört, um zu begreifen, dass ein verzweifelter Mann in dem Bus saß, der sich in einer ausweglosen Lage zu einer Verzweiflungstat entschlossen hatte. Winter vermutete, dass es wieder einer von denen war, die in Schweden nicht willkommen geheißen wurden, die abgeschoben werden sollten zurück auf die Flucht um die Welt, auf Lebenszeit verdammt. Noch einer der Flüchtlinge der Welt, ein Heimatloser, der auf dem Planeten seine Runden zog, auf rostigen Schiffen, die nirgends anlegten, oder in Wohnwagen, die durch alle Sümpfe und Wüsten der Erde klapperten, ohne jemals eine der Oasen anzusteuern. Vielleicht erschießt er sich und den Jungen, dachte Winter. Das ist schon vorgekommen.

Umgehend wurde die Skånegatan abgesperrt, der Verkehr umgeleitet. Schon hatten sich die ersten Neugierigen versammelt, als wäre die Nachricht von der Tragödie bereits in den Medien verbreitet worden.

In dem schönen Foyer des Polizeipräsidiums wimmelte es schließlich ständig von Reportern, wenn man Wellpappe Glauben schenken wollte. Winter schaute sich um. Vielleicht stimmte es ja. Es waren jetzt weniger Polizisten im Gebäude und dafür mehr Personen in Zivil. Ein Journalist hatte seine Arbeit getan und geplaudert.

Winter ging hinaus. Von allen Seiten kamen Schaulustige, die unter Körpereinsatz zurückgedrängt wurden, da die Polizisten das Gebäude noch nicht weiträumig abgesperrt hatten.

Das Stadtfest ist von einem neuen Spektakel abgelöst worden, und ich bin nicht besser als all die andern Neugierigen. Winter machte kehrt, um in sein Büro zurückzukehren, das nach hinten hinausging.

Er blickte flüchtig zum Fenster hinaus und sah Leute über die Rasenflächen strömen, als hätten sie sich dort plötzlich materialisiert, wo zuvor nur Wind und Hitze gewesen waren. Als hätte jemand auf dem einsamen Meer einen Laib Brot in Stücke gebrochen und Tausende Möwen stürzten sich kreischend aus heiterem Himmel darauf.

Winters Telefon läutete.

»Ja?«, meldete er sich.

»Bertil hier. Am Vårväderstorget gibt es eine Schießerei.«

»Was?«

»Der Zeuge, der vor drei Minuten hier angerufen hat, sagt, es sei der reinste Bandenkrieg. Wir haben jetzt ein Auto vor Ort, und die Kollegen bestätigen, dass es eine Schießerei gibt.«

»Heute ist was los.« Winter schüttelte den Kopf.

»Habe ich was verpasst?«

»Das Geiseldrama vor der eigenen Haustür sozusagen.«

»Ich hab die ganze Zeit tele... Was sagst du? Geiseldrama?«

»In einem Bus. Aber scheiß drauf. Hast du jemand hinschicken können zum ... Wo war die Schießerei noch?«

»Am Vårväderstorget. In ...«

»Ich weiß, wo das ist.«

»Eine Streife ist wie gesagt schon dort, aber sonst keiner. Es ist kein Schwein zu errei...«

»Fahren wir los«, forderte Winter ihn auf. »Hast du 'nen Wagen?«

»Ja.«

Sie fuhren über die Smålandsgatan vom Hof. Winter hörte die Megafone über den Platz vor dem Präsidium hallen. Er dachte an den Jungen, der mit dem Mann im Bus saß. Vielleicht waren es Vater und Sohn. Er fühlte sich plötzlich ohnmächtig vor Zorn.

»Was ist da bloß los?«, fragte Ringmar mit einem Blick in den Rückspiegel.

»Ich weiß nicht viel mehr als du. Nur, dass ein Mann im Bus sitzt und vorhat, sich und den Jungen bei sich zu erschießen. Vielleicht sind noch andere da.«

Ihm war so, als hätte Ringmar geseufzt.

»Er droht, auch den Bus in die Luft zu jagen«, erzählte Winter.

»Und wir sitzen hier, unterwegs zu einem anderen Zentrum der Ereignisse«, wunderte sich Ringmar.

Winter schaute ihn von der Seite an. Plötzlich knisterte es im Funkgerät, und ein Polizist gab einen Bericht zur Lage am Vårväderstorget. Von einem Hausdach, von dem aus man den Platz oder einen Teil von ihm überblickte, waren vier Schüsse abgefeuert worden. Es schien, als hätten zwei Männer aufeinander geschossen, die aber jetzt verschwunden waren. Sie hätten die Suche nach ihnen aufgenommen.

»Was zum Teu... Da schießt wieder einer!«, hörten sie die Stimme, und die Verbindung brach ab.

»Himmel Herrgott!« Ringmar schlug auf das Funkgerät. Es rauschte, aber es kamen keine Worte. »Das hat sich nach Jonne Stålnacke angehört.«

Sie überquerten zügig die Brücke und rasten weiter die Hjalmar Brantingsgatan runter. Als sie sich dem Vårväderstorget näherten, erblickte Winter zwei Streifenwagen und zwei Personen, die auf dem Boden lagen. Gleich darauf merkte er, dass sie dort Schutz suchten. Es war kein Blut zu sehen.

Sie hielten an und liefen geduckt zu den beiden Polizisten, die sich hinter ihrem Wagen verkrochen hatten. Der eine hielt ein Mikrofon in der Hand und nickte, als er Ringmar und Winter erkannte. Es war Sverker. Vor ein paar Tagen erst waren sie an ihm vorbeigefahren, als er gerade einen Autounfall am Korsvägen untersuchte. Winter fiel ein, dass Sverker Krebs hatte und doch in den Dienst zurückgekehrt war.

»Verdammte Bande«, fluchte Sverker. »Das die das einfach machen!«

»Was ist denn passiert?«, fragte Winter.

»Jemand hat geschossen, das ist passiert«, erklärte der andere Polizist, und plötzlich krachte wieder ein Schuss, ganz in der

Nähe. Es war ein verdammt unangenehmes Gefühl, da zu liegen.

»Wie im Krieg«, sagte Sverker.

Irgendwo fing jemand an zu schreien. Der Schrei verstummte, setzte aber bald wieder ein, schwächer, aber lang gezogen.

»Was war das?«, fragte Ringmar.

Winter kniete sich hin, hob vorsichtig den Kopf und blickte durch die Autoscheiben. Dreißig Meter weit vor ihm lag ein uniformierter Polizist auf dem Asphalt. Er war es, der schrie oder inzwischen eher rief. Vermutlich war er von einem Schuss getroffen worden, konnte sich anscheinend nicht bewegen. Oder er hielt jetzt absichtlich still. Aber er schrie. Winter konnte kein Blut erkennen, aber der Mann lag in einem eigenartigen Winkel da. Jetzt bewegte er einen Arm, als winke er, und verstummte.

»Du lieber Gott, das ist Jonne«, rief Sverker, der neben Winter durch die Fenster blickte. »Er ist vorgerückt, als die Schießerei zu Ende schien. Das ist Jonne Stålnacke.«

»Hast du ein Megafon?«, fragte Winter.

»Im Auto. Ich hole es.« Vorsichtig öffnete Sverker die Wagentür. »Wir haben es zufällig noch von einem Verkehrsunfall dabei. Das sollte Grundausstattung in den Autos sein.«

Winter nahm das Megafon entgegen und rief: »HIER SPRICHT DIE POLIZEI. WIR HABEN EINEN VERLETZTEN KOLLEGEN, DER SOFORT HILFE BRAUCHT. VIELLEICHT GIBT ES WEITERE VERLETZTE. LEGEN SIE SOFORT DIE WAFFEN…« und da krachte es wieder. Winter warf sich so schnell auf die Straße, dass er sich die Hand aufschürfte, in der er das Megafon hielt. Jemand erwiderte den Schuss, irgendwo über ihnen. Er schien von weiter weg zu kommen als der erste Schuss gerade eben. Vielleicht ziehen sie sich zurück, hoffte Winter. Der Feind zieht sich zurück. Oder es war nur einer von mehreren Angreifern. Die hatten ja wohl aufeinander geschossen.

Er setzte wieder das Megafon an und bemerkte, dass die Knöchel und Finger seiner rechten Hand stark bluteten. »HIER SPRICHT DIE POLIZEI. LEGEN SIE SOFORT DIE WAFFEN NIEDER. ES GIBT HIER VERLETZTE. WIR SIND VON DER POLI-

ZEI. LEGEN SIE SOFORT DIE WAFFEN NIEDER. WIR HABEN HIER VERLETZTE, DIE VERSORGT WERDEN MÜSSEN. LEGEN SIE SOFORT DIE WAFFEN NIEDER.«

Er musste sich einfach ausdrücken. Er hätte auch sagen können, wir sind hier in Schweden, und so etwas dulden wir hier nicht in unserem Land, aber er war sich nicht sicher, ob die Botschaft ankäme. Vielleicht waren es gar keine rivalisierenden Banden ausländischer Herkunft, die da aufeinander und auf alle anderen schossen. Es konnten irregeleitete schwedische Staatsangehörige sein, Jugendliche auf Motorrä…

Das Heulen eines Krankenwagens näherte sich ihnen von hinten, zwei Krankenwagen. Winter drehte sich um. Die Autos hatten in zwanzig Meter Entfernung gehalten. Auf der anderen Seite der Straße hatten sich Menschen versammelt. Tausende, wie es schien. Und um ihn herum lagen Polizisten und Zivilisten, die sich zufällig am falschen Ort zur falschen Zeit befunden hatten. Oder am rechten Ort, aber zur falschen …

Wieder war ein Schuss zu hören, aber nun so fern wie ein Silvesterkracher in einem anderen Stadtteil. Der verletzte Polizist murmelte etwas. Er steht unter Schock, dachte Winter. Er könnte sterben.

»Wir müssen Jonne holen«, sagte Sverker. »Es können noch mehr dort liegen.«

»HIER SPRICHT DIE POLIZEI. LEGEN SIE DIE WAFFEN NIEDER. WIR MÜSSEN UNS UM VERLETZTE KÜMMERN. WIR STEHEN JETZT AUF UND GEHEN AUF DEN PLATZ. WIR STEHEN JETZT AUF. HIER SPRICHT DIE POLIZEI. LEGEN SIE DIE WAFFEN NIEDER. ES GIBT VERLETZTE. WIR WERDEN MIT EINEM KRANKENWAGEN AUF DEN PLATZ KOMMEN. WIR HABEN HIER VERLETZTE.«

Der Fahrer eines Krankenwagens hinter Winter hupte, als wolle er seine Worte unterstreichen. Die Leute ringsum starrten ihn an und auf die Fläche vor ihm, auf den ovalen Platz, die Dächer, die Ladenschilder. Sverker hielt seine Dienstwaffe in der Hand.

»Steck sie weg«, befahl Winter.

Jonne schrie wieder. Kein Schuss war mehr gefallen. Winter versuchte zu erkennen, ob jemand auf einem der Dächer stand, aber die Sonne stach ihm in die Augen. Die Gebäude sahen aus, als würden sie von kreideweißem Licht angenagt.

»HIER SPRICHT DIE POLIZEI. WIR RÜCKEN JETZT VOR. WIR GEHEN JETZT AUF DEN PLATZ, UND DANN FÄHRT EINE AMBULANZ VOR. WIR KOMMEN JETZT.«

Er stand auf und schritt, das Megafon in der Hand, langsam um das Auto herum. Mutiger Idiot. Er machte ein paar Schritte, als ginge er auf dünnem Eis, vorsichtig auf den verletzten Polizisten zu. John Stålnacke lag still da, doch Winter konnte einen schwachen Ton hören, als murmele er etwas.

Winter blickte sich um. Menschen lagen auf dem Boden unter den Arkaden, aber er konnte nicht feststellen, ob jemand verletzt war. Er hörte Sverkers Stimme dicht hinter sich und wandte sich um. Der Krankenwagen war vorgefahren, und Ringmar stand daneben.

Winter beugte sich über Jonne, kniete sich hin. Jonnes Gesicht war weiß wie die Wand. Seine Lippen wirkten durchsichtig. Sein Unterleib war blutüberströmt, das hatten sie nicht sehen können von hinter dem Auto. Winter fiel auf, wie sauber Jonnes Schuhe und Strümpfe waren. Das blank geputzte Leder blitzte in der Sonne wie ein Spiegel. Sverker, der neben ihm kniete, richtete sich hastig auf und winkte den Krankenwagen näher, der mit quietschenden Reifen anfuhr. Das wirkte wie ein Signal auf alle, die am Boden lagen. Die Leute standen auf, aber viele zitterten so stark, dass sie sich wieder setzen mussten. Winter hörte Weinen. Ein ganzer Platz unter Schock. Winter konnte riechen, dass sich ein Mann, der versuchte die Straße zu überqueren, in die Hose gemacht hatte. Jetzt fuhren weitere Krankenwagen neben ihn auf den Platz. Und wie ein Ding aus einer anderen Welt ratterte eine Straßenbahn vorbei. Polizisten kümmerten sich um die Leute und suchten zusammen mit Sanitätern und Ärzten nach weiteren Verletzten. Jonne Stålnacke wurde vorsichtig in einen Krankenwagen gelegt und weggefahren. Winter merkte mit einem Mal, wie durstig er war.

Es war so heiß, und deshalb war es merkwürdig, dass das Mädchen schon so lange nicht mehr herausgekommen war, um im Plantschbecken zu baden. Viele Tage nicht. So lange war es jetzt schon warm, dass sie nicht mehr genau wusste, wann sie das Mädchen zuletzt gesehen hatte. Und die Mutter auch nicht, aber so viel wusste sie noch in ihrem alten Kopf, dass sie eben nicht mehr richtig mit der Zeit mitkam. Elmer war nicht mehr da. Er hatte immer die Uhr aufgezogen oder gesagt, wann es Abend war. Es war schwierig zu wissen, wie viel Uhr es war, wenn so viel Zeit verstrich, bis es dunkel wurde. Aber jetzt ging es schneller, denn es ging auf den Herbst zu.

Ester Bergman hörte die Kinderstimmen durch die Fensterritze. Sie hielt nichts davon, die Fenster aufzureißen, wenn es draußen warm war. Dann wurde es drinnen nur noch wärmer. Sie hatte eine angenehme Temperatur im Zimmer.

Die Kinder sprangen ins Wasser, aber es war nicht viel los mit diesem Wasser. So nah am Meer, und doch konnten sie nicht hinfahren. Vielleicht wollten sie nicht. Manche konnten auch nicht, das wusste sie. All die kleinen Kinder mit den schwarzen Köpfen und ihre Mütter oder Tanten oder was sie waren, die im Schatten saßen. Vielleicht gab es dort kein Meer, wo sie herkamen. Wüste vielleicht, Berge oder so.

Das Mädchen hatte keine schwarzen Haare. Nicht alle Kinder auf dem Hof hatten welche. Der Hof war groß, und sie konnte nicht einmal mit der neuen Brille bis zur anderen Seite hinübersehen. Manchmal hatte sie fast das Gefühl, es sei sogar zu weit, dort hinzugehen. Ein Glück, dass der Durchgang aus dem Hof so nahe lag und sie noch selbst zum Laden gehen konnte.

Ester Bergman nahm die Brille ab, putzte sie und setzte sie wieder auf, aber es war, als wäre trotzdem noch Schmutz darauf. Vielleicht lag es an den Augen. Sie sollte sich freuen. Fünfundachtzig Jahre, und sie konnte noch fast über den ganzen Hof sehen und eine Weile Zeitung lesen, ehe sie müde wurde, oder fernsehen, wenn es etwas für sie gab. Oder einen der Aushänge lesen im Laden. Das war eine Abwechslung. Es gab immer etwas, das die Leute brauchen konnten oder loswerden wollten. Es machte ihr Spaß, diese Mitteilungen zu lesen.

Sie glaubte, dass das Mädchen an einem der Treppenaufgänge links an der Schmalseite wohnte, aber sie hatte es nie dort hineingehen oder herauskommen sehen, denn der Giebel versperrte die Sicht. Vielleicht erinnerte sie sich wegen der roten Haare an das Mädchen und fragte sich deshalb, wo es war. Einige Kinder, die nicht dunkel waren, hatten helle Haare, aber kein anderes hatte rote.

Das Mädchen war vor ihrem Fenster vorbei zum Spielplatz gegangen. Es rannte nie.

Die Mutter hatte blondes Haar und saß immer für sich. Vielleicht erinnerte sie sich auch deshalb an das Mädchen, weil die Mutter nie mit jemandem redete. Sie blieben nie besonders lange auf dem Hof. Nach einer Weile nahm die Mutter das Mädchen bei der Hand, und sie gingen weg. Gingen wieder hinein oder verließen den Hof. Sie hatte sich oft gefragt, wohin sie wohl gingen. Aber was geht mich das an?, hatte sie gedacht.

Die Mutter hatte geraucht, und das hatte sie gar nicht gern gesehen. Von den anderen Frauen im Hof rauchten nicht viele, soweit sie sehen konnte. Aber diese Mutter rauchte, wenn sie und das Mädchen an ihrem Fenster vorbeigingen. Wenn man im Erdgeschoss wohnte, fielen einem solche Dinge auf.

Einige Male in der vergangenen Woche hatte sie geglaubt, das Mädchen gesehen zu haben, aber jedes Mal war es ein anderes gewesen. Sie wusste nicht, wie seine Stimme klang. Sie hatte auch die Mutter nie etwas zu dem Mädchen sagen hören, obwohl sie das ja getan haben musste.

Die Kleine fehlt mir richtig, dachte sie. Sie müssen weggezogen sein, aber ich habe keinen Möbelwagen gesehen.

23

Sie hatte andere Kleider bekommen, aber sie wollte die Sachen nicht anziehen. Der Mann sagte, sie müsse sich umziehen. Er ging so lange hinaus. Und sie zog die alten Sachen aus, die sie lange angehabt hatte.

Sie hustete. Ihr Gesicht fühlte sich heiß an und auch ihr Körper.

Woher kam das Kleid? Es war nicht eins von ihren, sah aber auch nicht neu aus. Es roch nach nichts Besonderem.

Der Mann war nicht da. Sie hatte den Zettel in der Hand. Sollte sie die Hose ausziehen, weil die Männer nach dem Zettel suchen wollten? Die Alten hatten nichts gesagt. Sie schaute sich um, aber es gab keinen Ort, wo sie den Zettel verstecken konnte. Sie tastete das Kleid ab, und da war eine Tasche an der Innenseite, wo es meistens eine gab, wie sie wusste. Sie hatte schon einmal so ein Kleid gehabt, deshalb wusste sie Bescheid.

Sie zog das Kleid über den Kopf, und wenn sie den Zettel ein wenig faltete, passte er in die Tasche, die sie mit einer Klappe aus Stoff verschließen konnte. Sie klopfte darauf, aber den Zettel spürte man nicht.

Es kam ihr so vor, als wären sie wieder da, wo sie früher gewesen waren. Es war ziemlich dunkel, aber sie glaubte, dass es dasselbe Zimmer war, auch wenn es nicht ganz gleich aussah. Waren die Fenster verrückt worden? Konnte man Fenster wegrücken, wie man einen Tisch oder einen Stuhl wegrückte?

Da draußen war Mama. Sie dachte an Mama, aber es war

schwer, dabei nicht traurig zu werden. Sie hatte geweint und sich selbst an den Armen und an der Wange gestreichelt. Sie hatte die Hand vors Gesicht gelegt, den ganzen Arm ums Gesicht, als hielte sie sich selbst, und so hatte sie dagesessen, bis der Mann mit etwas zu essen kam. Sie hatte wieder Angst bekommen und die Arme heruntergenommen.

»Hast du geschlafen?«

Sie wollte sagen, dass sie geschlafen hatte, weil sie glaubte, dass er das hören wollte. Aber als sie zu sprechen versuchte, kam kein Ton heraus, und sie musste es noch einmal probieren, und da ging es. Dann hatte sie gehustet. Sie war still gewesen, und dann hatte sie wieder husten müssen. Sie schwitzte. Es hatte angefangen, kurz bevor der Mann heruntergekommen war, und sie konnte es nicht abstellen. Er guckte sie an, und sie wollte es abstellen. Ihr war warm. Sie hustete wieder. Der Mann guckte sie an. Er kam näher, und sie fuhr ein wenig zusammen.

»Sitz still«, sagte er und fasste sie mit der einen Hand an der Schulter, während er ihr die andere auf die Stirn legte. Er murmelte etwas, das sie nicht verstehen konnte. Dann sagte er ein hässliches Wort und »Du bist ganz heiß«, und sie hustete wieder. Er rief etwas, und sie hörte eine Antwort.

»Die Kleine hat Fieber!«, rief er wieder.

Es war wieder etwas wie eine Antwort zu hören.

»Ich sage, die Kleine ist krank!«

Sie hörte wieder etwas. Es klang wie ein neues hässliches Wort.

»Ich gebe dir gleich was Warmes zu trinken«, sagte er, aber sie dachte, mir ist doch schon so warm.

Er ging, und sie musste daran denken, dass das neue Kleid etwas nass an den Armen und am Rücken war, weil ihr so warm war. Sie legte sich auf die Matratze, und das war gut. Sie hustete wieder und dann nach einer kleinen Weile noch einmal. Sie machte die Augen zu. Es klang, als käme der Mann zurück, aber sie wollte nicht nachsehen. Da fasste er sie wieder an. Sie wollte nichts sehen. Wollte sich nicht hinsetzen.

»Du musst dich aufsetzen und das hier trinken«, sagte er.

Sie wollte nicht, aber er half ihr hoch.

»Du musst trinken, solange es warm ist«, sagte er, und sie

machte die Augen auf und schaute in die Tasse. »Dann kannst du dich wieder hinlegen.«

Der Mann roch nach Rauch. Die Männer rochen fast immer nach Rauch.

Sie trank ein wenig, aber ihr tat beim Schlucken der Hals weh. Dann wurde es besser, aber als sie wieder trinken wollte, tat es weh.

»Hast du Schmerzen?«

Sie nickte.

»Hast du Halsschmerzen?«

Sie nickte wieder.

»Danach wird es besser«, sagte er.

Sie sagte, dass sie liegen wolle. Er ließ sie los und nahm die Tasse mit. Sie schloss die Augen und begann zu träumen.

24

Ringmar verließ sein Büro, ging in die Kantine und setzte sich an einen der Tische. Draußen lärmte ein Megafon und verstummte abrupt. Die Menschenmenge auf dem Platz vor dem Gebäude erschien größer als sie war. Das lag an der Perspektive, die er von seinem Platz aus hatte.

Halders kam herein und holte sich eine Tasse frisch aufgebrühten Kaffee. Er setzte sich an Ringmars Tisch und hob den Blick zum Fenster.

»Was für ein Halligalli.«

»Siehst du das so?«, fragte Ringmar.

»Passt dir nicht, wie ich spreche?«

»Tja …«

»Zu respektlos? Vielleicht hast du Recht, aber ich habe in erster Linie die Schaulustigen gemeint.«

Es war der zweite Tag nach dem, was in der Abendzeitung der Stadt unter anderem als »Terror« bezeichnet worden war. Sie hatte zweihunderttausend Exemplare abgesetzt, und das war kein Wunder. Es war, als wäre Göteborg explodiert, zumindest Teile der Stadt. Die Untadeligen sagten, das habe man erwartet. Auch Birgersson hatte das gesagt, auf seine Weise und obwohl er nicht wirklich ein untadeliger Bürger war. Zumindest nicht nach Ringmars Meinung.

»Und dabei sollten wir solchen Entwicklungen zuvorkommen«, sagte Ringmar zu Halders.

»Was meinst du damit?«

»Bei uns von der Fahndung, setzt man doch voraus, dass wir unsere Fühler ausstrecken, die Lage allzeit unter Kontrolle haben. Immer ein wenig weiter vorausschauen als die anderen.«

»Wer könnte so was voraussehen?« Halders winkte mit der Hand Richtung Stadion, wo das Drama noch immer nicht zu Ende war.

»Mir geht die Sache am Vårväderstorget nicht aus dem Kopf.«

»Wie geht es Stålnacke?«

»Er hat viel Blut verloren«, antwortete Ringmar, »aber er kommt durch. Er wird wieder laufen können.«

»Die Frage ist, ob er auch wieder pissen kann«, sagte Halders, »um nicht davon zu reden, ob er auch …«

»Wir können ja nicht überall unsere Leute haben«, unterbrach ihn Ringmar.

»Wer kann schon solche Entwicklungen voraussehen?«, meinte Halders.

»Wir müssen«, beharrte Ringmar.

Halders schnaubte verächtlich durch die Nase. »Müssen wir uns also mal wieder zerreißen, was?«

»Wir müssen die ergreifen, die geschossen haben, und zwar so schnell wie möglich.«

»Das klingt doch nach einer richtigen Aufgabe«, sagte Halders. »Was, wo man sich reinwühlen kann.«

»Wie meinst du das?«

»Die Spuren vom Mord am Delsjön sind doch längst kalt. Das weißt du so gut wie ich. Egal, was Winter meint. Das liegt bestimmt daran, dass wir die Tote nicht identifizieren konnten. Ich habe das Gefühl, dass wir uns allmählich festfahren.«

»Sag das bloß nicht laut.«

»Ich hab es grad gesagt. Gibst du mir nicht Recht?«

Ringmar antwortete nicht.

»Hör mal, Bertil, ich denke wie alle anderen hier. Es wäre eine verdammte Niederlage, wenn wir in diesem Mordfall nicht weiterkämen. Wenigstens näher dran an den Mörder. Vielleicht lösen wir ihn ja auch bald. Ich weiß nicht. Wir brauchen einfach mehr Anhaltspunkte.«

»Wir haben die Sache mit den Autos«, gab Ringmar zu bedenken. »Das ist doch was.«

»Das ist nur ein Schuss ins Dunkle«, sagte Halders, »aber okay. Ein Ford Escort. Immerhin etwas. Das bedeutet vor allem viel Arbeit.«

Ringmar schien zuzuhören, als das Megafon draußen wieder losbrüllte.

»Das ist widerwärtig«, sagte er.

»Was denn?«

Ringmar zeigte zum Fenster, antwortete aber nicht.

Die Tragödie vor dem Stadion ging weiter. Das für denselben Abend angesetzte Freundschaftsspiel zwischen Schweden und Dänemark musste abgesagt werden. Der schwedische Fußballverband hatte eine diskrete Anfrage an das Polizeipräsidium gerichtet, ob man glaube, der »Zwischenfall« könne vielleicht rechtzeitig beendet werden. Doch dafür gab es keine Garantie. Viele waren enttäuscht.

Der Mann in dem Bus war Kurde, und der Junge bei ihm war sein Sohn. Nach sieben Jahren in Schweden sollten sie zurück in ihr Heimatland abgeschoben werden. Der Junge hatte sechs Jahre in Schweden gelebt. Er sprach den Dialekt von Dalsland. Die Einwanderungsbehörde war überzeugt, dass der Mann und seine Familie aus dem nördlichen Iran stammten, und dorthin sollten sie abgeschoben werden. Die Türkei war als Alternative im Gespräch. Der Mann hatte behauptet, ihm drohten in beiden Ländern Gefängnis und vielleicht der Tod, aus verschiedenen Gründen, mit verschiedenen Henkern. Die staatliche Behörde, die von immer mehr Menschen Auswanderungsbehörde genannt wurde, pochte auf Gesetz, Recht und Ordnung: Der Mann hatte bei seiner Ankunft in Schweden aus Furcht, abgewiesen zu werden, einen falschen Namen und eine falsche Nationalität angegeben. Er hatte gelogen. Deshalb sollte er abgeschoben werden.

So stand es in der Presse. Die Tat des Mannes sei ein letzter verzweifelter Versuch. Er drohe, sich und seinen Sohn zu erschießen, wenn seine Familie nicht bleiben durfte. Die Frau und die beiden Töchter warteten unter Hausarrest in einem Flüchtlingsheim in Dalsland. Sie sollten nach Göteborg in Abschiebehaft überstellt werden. Man hoffte auf eine friedliche Lösung. Der Mann sollte vernünftig sein und die Waffe niederlegen. Die Einsatztruppe diskutierte, ob er eine richtige Waffe oder nur eine Wasserpistole hatte. Keiner hatte sie gesehen. Durfte man einen Angriff wagen? Oder war es wirklich gefährlich? Herrschte Lebensgefahr?

Winter stand am Rand der Zuschauermenge.

Es sollte jemand Tribünen zimmern. Eintritt verlangen. Dies ist eine öffentliche Veranstaltung. Zur allgemeinen Unterhaltung. Wir werden schon bald mehr als genug von so was sehen, dachte er. Es wäre doch nicht zu viel verlangt, uns Zuschauern, die wir wissen wollen, wie es weitergeht, ein wenig mehr Komfort zu bieten.

Ihm war bewusst, dass der Mann, der hundert Meter weit weg im Bus saß, zu einer Notlüge gegriffen hatte, um nach Schweden zu kommen. Vielleicht hatte er ja einen Ministerposten und eine Villa mit sieben Zimmern in Diyarbakir oder Täbris hinter sich gelassen, um mit seiner Familie durch Syrien zu vagabundieren, bevor sie auf Kreuzfahrt nach Norden gingen. Vielleicht fiel es der Familie nur schwer zu erklären, warum sie nicht zu dem schönen Fleckchen Erde, das sie verlassen hatten, zurückkehren wollten. Hier gab es jedenfalls keinen Platz, dachte Winter zynisch. Schweden ist viel zu dicht bebaut, die Wälder sind voll von Städten und übervölkerten Dörfern.

Er schloss die Augen und sah einen Wald vor sich. Zwischen Bäumen glitzerte Wasser. Alles war in grünes Licht getaucht. Er sah einen Weg und jemanden, der den Weg entlangging. Das war er selbst. Er hielt ein Kind an der Hand.

Er öffnete die Augen, und alles war schwarz und weiß. Der Asphalt glänzte schwarz unter seinen Füßen. Und weiß wurde es vor seinen Augen, als er den Blick zum Bus hob. Der stand in der prallen Sonne. Im Innern muss es fünfzig Grad heiß sein, überlegte Winter. Nicht einmal ein Mann, der im heißesten Land der Welt aufgewachsen war, konnte das lange aushalten. Es konnte sich nur noch um Stunden, vielleicht Minuten handeln. Lasst es zu Ende gehen.

Eine kleine Delegation von Unterhändlern bewegte sich auf den Bus zu. Die Leute ringsum wurden still. Ein Hubschrauber dröhnte über ihnen. Winter hörte Reporter von Rundfunk und Fernsehen, die in der Nähe in ihre Mikrofone sprachen. Er bekam live die Ereignisse kommentiert, die er mit eigenen Augen sah. Lebte er in einem Film, oder spielte sich die Wirklichkeit auf dem Bildschirm ab? Nichts geschah, was nicht gleichzeitig beschrieben wurde.

Winter schloss die Augen. Für einen kurzen Augenblick überfiel ihn wieder ein Gefühl des Schwindels, als hätte er einen Bungee-Sprung gewagt. Als schnellte er zurück.

So geht das nicht weiter, dachte er. Ich muss bald mal mit einem Arzt reden. Mit Angela. Oder Lotta.

Ringmar sprach ihn an. Er war herausgekommen, hatte Winter gesehen und sich neben ihn gestellt.

»Bitte?«

»Ich glaube, hier ist bald Schluss«, wiederholte Ringmar.

»Ja.«

Wir haben vielleicht die ausfindig gemacht, die für die Schießerei verantwortlich sind.«

»Das habe ich gehört.«

»Von wem?«

»Birgersson.«

Ringmar lachte. »Der weiß es natürlich als Erster.«

»Das ist doch deine ... Abteilung, Bertil.«

»Ich hatte ihn darüber informiert«, sagte Ringmar.

»War es eine interne Abrechnung oder ein Bandenkrieg?«, fragte Winter.

»Kommt drauf an, wie man es sehen will. Der Grund war wohl in etwa der gleiche wie hier: Verzweiflung«, sagte Ringmar. »Wir gehen dem Ende des Jahrhunderts entgegen. Und dem Ende der Zivilisation, wie wir sie kennen.«

»Aber wir gehen doch auch der Zukunft entgegen«, wandte Winter ein.

»Natürlich.«

»Wir gehen dem Leben entgegen, wohin auch immer wir gehen.«

Winters Handy vibrierte in der Innentasche, als er aus dem Aufzug stieg.

»Ja?«

»Erik. Ich dachte, es wäre …«

»Hej, Mutter.«

»Was ist denn da bei euch zu Hause los? Wir haben die Zeitungen hier bekommen, und das klingt ja grauenhaft.«

»Ja.«

»Erst dieser Mord. Dann diese Schießerei. Und dann noch Kidnapping!«

»Das ist kein Kidnapping.«

»Nicht? Ich dachte, da hätte einer den Jungen …«

»Das sind Vater und Sohn«, sagte Winter.

»Vater und Sohn? Jetzt verstehe ich gar nichts mehr.«

»Nein.«

»Vater und Sohn? Wie entsetzlich.«

Winter antwortete nicht. Er war in seinem Büro angelangt. Auf dem Schreibtisch läutete das Telefon.

»Augenblick mal, Mutter«, sagte er, nahm den Telefonhörer ab und legte das Handy auf den Schreibtisch. »Winter«, meldete er sich.

»Janne hier. Wir haben mehrere Anrufe und Briefe als Reaktion auf deinen Aushang bekommen. Willst du Kopien haben oder kommst du her?«

Winter blickte nachdenklich auf seinen Bürostuhl. Er sollte besser eine Weile dort sitzen und versuchen, sich auf die Mordermittlung zu konzentrieren. Möllerström sollte ihm ein hübsches Päckchen von allen Aussagen machen.

»Schick alles rauf«, bat er, legte den Hörer auf und griff zum Handy. »Ich bin wieder da«, sagte er zu seiner Mutter, die in einem Haus in Marbella saß. Sein Vater war im Hintergrund nicht zu hören, aber Winter vermutete, dass er in der Nähe war, mit einem Glas in der Hand, einen müden Blick auf die staubigen Palmen warf, die sich im fremden Wind wiegten. Abgesehen von den Fotografien, die seine Mutter geschickt und die er sich nur flüchtig angeschaut hatte, wusste Winter nicht, wie es dort aussah. Das Haus war weiß, eins von mehreren im selben Stil. Auf einem der Fotos saß seine Mutter auf einer Veranda, die mit weißen Steinplatten bedeckt war. Sie wirkte einsam. Die Sonne hinter ihr war auf dem Weg, sich langsam ins Meer zu stürzen, aber noch war der Himmel so blau, dass er schwarz wirkte gegen das Weiß der Fliesen. Das Bild konnte sein Vater gemacht haben. Seine Mutter blickte suchend in die Kamera. Sie lächelte, aber er hatte das Foto lange genug betrachtet, um zu wissen, dass es kein glückliches Lächeln war. Sie schaute drein wie jemand, der sein Ziel erreicht hat, und feststellen muss, dass ihn eine Enttäuschung erwartet. Winter war ein Mann eingefallen, an dem er einmal in der Stadt vorbeigegangen war und der traurig ausgesehen hatte, obwohl er ein gut gearbeitetes Toupet trug, das fast wie echtes Haar aussah. Dieser Mann hatte neue Haare bekommen und war trotzdem nicht glücklich gewesen. Seine Mutter saß im Paradies, aber ihr Lächeln erhellte nicht die Veranda.

»Ich habe von Lotta gehört, dass du sie besucht hast«, sagte seine Mutter gerade. »Ich war so froh darüber. Und sie auch, musst du wissen.«

»Ja.«

»Das ist ihr so wichtig. Sie ist einsamer, als du glaubst.«

Warum kommt ihr dann nicht nach Hause?, dachte er.

»Sie will uns im Oktober besuchen, zusammen mit den Mädchen.«

»Das wird ihr gut tun.«

»Denk nur, bald ist ihr vierzigster Geburtstag.«

»Ein großer Tag.«

»Deine große Schwester.«

»Mutter, ich ...«

»Ich wage ja schon nicht mehr, dich zu bitten herzukommen. Es ist eine Schande, Erik. Wir möchten so gern, dass du kommst. Besonders Vater.«

Er antwortete nicht. Er meinte eine Stimme gehört zu haben, hinter ihr, aber es konnte auch der spanische Wind gewesen sein oder ein spanischer Wasservogel.

»Ich weiß nicht, was ich noch tun soll«, fuhr seine Mutter fort.

»Nichts.«

»Ich möchte aber gerne.«

»Fang nicht wieder damit an.«

»Kannst du nicht auch mal wieder anrufen? An den Feiertagen?«

»Ich versuche es.«

»Du rufst nie an. Ich weiß, es hat keinen Sinn, dich zu bitten. Aber ich tu's ja doch. Wie geht es mit Angela?«

Die Frage kam plötzlich. Winter wusste nicht, was er sagen sollte.

»Ihr ... trefft euch noch?«

»Ja.«

»Wie schön, wenn ich sie mal kennen lernen könnte.«

Ester Bergman stand vor dem Laden und blickte auf das große Infobrett. Sie hatten es erst vor kurzem angebracht. Es war das einzige, das sie in der Gegend gesehen hatte.

Ihre Tasche war schwer, weil sie für mehrere Tage eingekauft hatte. Es war schwieriger geworden, etwas im Laden zu finden, wo jetzt so viele neue Waren dazugekommen waren, die Leute aus anderen Ländern kauften. Eigenartige Gemüse und Konserven. Sie aß ohnehin nicht so viel Gemüse, aber manche Sorten sahen aus, als hätten sie weder ein Vorn noch ein Hinten. Wie sollte man sie aufschneiden und kochen?

Sie versuchte sich auf die neuen Zettel am Brett zu konzentrieren. Die Gemeinde veranstaltete eine Singstunde. Sie würde hingehen und zuhören, falls sie Zeit hätte. Die Baugenossenschaft plante ein Hoffest in einem der Höfe, aber es schien nicht für alle zu sein. Sie fragte sich, warum. Die Polizei hatte einen Anschlag gemacht wegen einer Frau, die verschwunden war. Sicher verschwinden oft Leute, dachte sie, und ihr fielen das rothaarige Mädchen und seine blonde Mutter ein, die beide so still und stumm waren, wenn sie vorbeigingen. Wo sie jetzt wohl sind?, fragte sie sich. Ich vermisse das kleine Mädchen. Ich habe ihr so gern zugeschaut, wenn sie im Sand gespielt hat.

Ester hatte am Fenster gesessen und hinausgeschaut.

Wohin waren sie gezogen? Sie bereute, nie mit dem Mädchen gesprochen zu haben. Wieder etwas, das ich bereue, dachte sie. Man bereut viel, wenn man alt wird. Das macht das Altwerden zur Last. Viele Alte haben eine Menge, was sie ungeschehen machen möchten, aber bei mir ist es beinahe umgekehrt. Ich bin traurig, dass ich keine Kinder bekommen habe. Wie komisch es ist, so was zu denken. Wir konnten keine Kinder bekommen, und es war vielleicht nicht meine Schuld. Vielleicht lag es an Elmer, aber er wollte sich nicht untersuchen lassen, und ich habe ihm die Entscheidung überlassen. Jetzt bereue ich es. Hätte ich damals nur gewusst, dass ich einmal alt würde und dasitzen und alles Ungetane betrauern würde. All die nicht begangenen Sünden.

Sie las noch einmal den Anschlag am Brett. Sie musste sich anstrengen, denn die Schrift war winzig. Wenn sie wollten, dass die Leute es lasen, sollten sie daran denken, nicht so kleine Buchstaben zu nehmen.

Auf dem Rückweg musste sie dauernd an das Mädchen denken, das so still gewesen war. Warum grüble ich so viel darüber nach? Schon seit Tagen.

Sie kam am Büro der Baugesellschaft vorbei. Wohn-Service stand da. Das war doch neu, dieses Schild, auf dem in gut leserlichen Buchstaben stand, dass das Büro Montag bis Freitag 8–9 und Dienstag 16–18 geöffnet war? Da gab es jemanden, der hieß Gebäudebeauftragte und war zu den Öffnungszeiten da. Was war eine Gebäudebeauftragte? Sie wusste es nicht, aber es würde wohl jemand sein, der sich in der Umgebung und mit den Häusern auskannte. Heute war Mittwoch, überlegte Ester Bergman. Sie wollte am nächsten Morgen Radio hören, um sicher zu sein, wann es zwischen acht und neun Uhr war. Dann könnte sie zu dieser Gebäudebeauftragten gehen und fragen. Schließlich konnte sie nicht ständig herumlaufen und grübeln. Sie würde hingehen und fragen, wann und vielleicht wohin die Mutter und das kleine Mädchen umgezogen waren.

25

In der Nacht fiel die Temperatur. Als Winter aufwachte, spürte er, dass sich die Luft in der Wohnung verändert hatte. Da war keine Spur mehr von der Hitze des Abends. Es roch auch anders, grüner, nicht mehr so weiß. Es war kälter und dunkler, als würde die Welt trauern am Ende des langen Sommers. Der war ein für alle Mal vorbei, in rekordverdächtig hohem Alter dahingeschieden.

Winter setzte die Füße vorsichtig auf den Parkettboden aus Fichtenholz und spürte die Kühle, ein angenehmes Gefühl an den Fußsohlen. Er gähnte. Eine Nachwirkung des Arbeitens bis spät in die Nacht, den Kopf über den Laptop gebeugt, den er durch die offene Schlafzimmertür noch mit hochgeklapptem Deckel auf dem Schreibtisch in der Wohnzimmerecke erspähen konnte. An diesem Morgen sah die Wohnung anders aus. Er hatte sich in den vier Monaten, in denen es keinen Schutz vor Licht gab, an den fast ständigen Sonnenschein in seiner Wohnung gewöhnt.

Jetzt kam es ihm so vor, als wäre er umgezogen. Die Schatten fielen anders, veränderten die Konturen. Winter spürte, wie gut seinen Augen das gedämpfte Licht tat, das durch die geschlossene Wolkendecke drang.

Er ging in die Küche und zog die Rollos hoch, ohne geblendet zu werden. Kein einziges Stück blauer Himmel. Ein leiser Nieselregen putzte die Markisen auf der anderen Seite des Parks blank. Die Straßenbahnen fuhren unter seinem Fenster mit einem Geräusch vorbei, das ihn an Schiffe auf dem Meer erinnerte. Ein Kind ließ auf dem Rasen seinen Hund laufen. Winter konnte nicht erkennen, ob es ein Junge war oder ein Mädchen, aber das Kind trug eine leuchtend gelbe Regenjacke und einen Südwester in derselben Farbe. Der Hund wälzte sich im Gras, stand auf und schüttelte sich, sprang steifbeinig zu dem Kind und leckte ihm die Hand.

Winter tapste im Morgenmantel zurück ins Wohnzimmer und öffnete die Balkontür. Die Geräusche wurden deutlicher, als wäre er aus einer Kajüte hinaufgestiegen und an Deck gelandet, ringsumher Meer. Plötzlich schien um ihn her eine andere Welt zu sein. Noch immer war es warm, aber er hatte auf das Thermometer vor dem Küchenfenster geschaut. Die Temperatur war auf unter zwanzig Grad gefallen.

Er holte tief Luft, so tief er konnte. Ein angenehmes Gefühl. Es ging ihm gut. Die Müdigkeit ließ langsam nach. Die drückende Hitze der vergangenen Wochen hatte ihn bei der Arbeit bestimmt negativ beeinflusst.

Wie eine Depression, dachte er. Alles ist in Stücke zerfallen. Wir haben die Spuren ausgewertet. Dann die Ausbrüche von Gewalt. Die Schießerei. Der Mann und sein Sohn, die keinen Ausweg mehr sahen. Vor einer Woche war das Drama vor dem Stadion undramatisch zu Ende gegangen. Der Mann hatte seine Waffe im Bus liegen gelassen und war mit seinem Sohn an der Hand herausgekommen, nach über vierundzwanzig Stunden. Winter war nicht dabei gewesen, hatte aber gehört, der Sohn habe froh und munter ausgesehen und seiner Mutter fröhlich gewinkt, die dastand. Sie hatte zuletzt an ihren Mann appelliert aufzugeben.

Die Familie war noch in Schweden. Ihr Anwalt hatte einen neuen Asylantrag eingereicht. Winter glaubte nicht an einen Erfolg. Die Regierung verfolgte eine harte Linie. Die Verzweiflungstat war in ihren Augen ein Erpressungsversuch. Solche Hoffnungslosigkeit konnte vielleicht die Gemüter der Schwachen rühren, aber das Urteil der Behörden beeinflusste sie nicht.

Winter schaute nach Westen über die grauschimmernden Hausdächer, und als er den Blick wieder hinunter auf den Vasaplatsen richtete, war das Kind nicht mehr da. Es war neun Uhr, und es war Samstag. Am Vorabend hatte er beschlossen, an diesem Tag zu Hause zu bleiben. Ihm war bei zwei Gelegenheiten am Freitagnachmittag wieder sekundenlang schwindelig gewesen, und er hatte sich fest vorgenommen, den Samstag in der Wohnung im Schatten zu verbringen.

Nun war die Sonne weg und damit auch das schleichende Gefühl verlorener Bodenhaftung. Er wusste, das Schwindelgefühl war ein für alle Mal vorbei, würde nicht zurückkehren. Ich bin mehr Nordländer, als ich wahrhaben will, dachte er. Ich muss mich mit Kühle und Kälte umgeben. Dann funktioniere ich besser. Aber schön war es doch, das Schwimmen bei Järkholmen.

Er schlenderte ins Bad und wusch sich die Augen. Sogar in diesem fensterlosen Raum schien sich das Licht verändert zu haben. Vielleicht lag es an seinen Augen, die wieder klarer waren, nicht mehr durchzogen von roten Äderchen, den sichtbaren Vorboten der Kopfschmerzen und Schwindelanfälle.

Winter ging wieder ins Wohnzimmer und zögerte am Schreibtisch. Er blickte auf den Computerschirm, schaltete den Laptop aber nicht ein. In der Nacht hatte er versucht, die verschiedenen Voruntersuchungen in die richtigen Gleise zu lenken, als arbeite er im Bahnhof. Er war den Spuren in die unterschiedlichsten Richtungen gefolgt, in die sie wiesen, und war dann zum Ausgangspunkt zurückgekehrt, um sicherzugehen, dass nichts auf dem Weg liegen geblieben oder in den Graben oder ins Gras gefallen war.

Besonders viel Zeit hatte es ihn gekostet, den Hinweisen aus der Bevölkerung nachzugehen, den Zeugenstimmen, die dreißigjährige Frauen an den unmöglichsten Orten gesehen haben wollten, Frauen, die orientierungslos oder verdächtig gewirkt hatten. Winter hatte alle Aussagen gelesen. Sie hatten einige dieser Vermisstenmeldungen überprüft, aber keine der Frauen war ... Helene gewesen. Winter hatte auch eine Anfrage an Interpol geschickt. Es war ein neuer Schritt, aber auch von dort war noch nichts Verwertbares gekommen. Er glaubte nicht wirklich, dass sie aus einem anderen Land kam. Ihre Zahnfüllungen waren in Schweden gemacht worden, auch die aus der Zeit, als sie noch ein kleines Mädchen war. Sie konnte zwischendurch im Ausland gelebt haben, aber das war eine andere Sache.

Er hatte eigenhändig Kollegen im ganzen Land angerufen, hatte mit Hunderten über Group Wise in Verbindung gestanden. Die E-Mail-Verbindung war ein Segen, aber auch eine Quelle für neuen Stress: zu viele Mails.

Sie hatten die beiden Jungen noch einmal wegen des Boots verhört, und sie schienen die Wahrheit zu sagen. Ihr Boot war zu irgendeinem Zweck missbraucht worden. Vielleicht war es dasselbe Boot, das Andrea Maltzer auf dem See draußen beobachtet hatte. Falls sie wirklich ein Boot gesehen hatte. Winter hatte viel über sie und von Holten, ihren Liebhaber, nachgedacht. Da war etwas ... Er wusste nicht, was ... Etwas veranlasste ihn, nicht ihre ganze Geschichte zu schlucken. Dass der Mann in der Nacht allein durch gerade erst befriedetes Räuberland nach Hause gewandert sein wollte, war eine Sache. Aber dass Andrea Maltzer den verhältnismäßig kurzen Weg vom Parkplatz zur Raststätte auch allein zurückgelegt hatte? Warum hatte sie sich das Taxi nicht direkt zum Parkplatz bestellt?

War sie allein dort?, hatte Winter sich gefragt und sich eine letzte Notiz gemacht, bevor mitten in der Nacht die Außentemperatur sank.

Zwei Polizisten hatten fast eine Woche lang am Computer gearbeitet, um aus dem Fahrzeugregister Namen der Besitzer der in Frage kommenden Ford Escorts herauszusuchen. Sie sollten anfangen, die zu verhören, deren Kennzeichen mit dem Buchstaben H begann. Eine unsichere Sache, aber ein Anfang. Ich weiß nicht ..., hatte er gezögert, das Gesicht vom bläulichen Licht des Bildschirms angestrahlt. Ich weiß nicht, wohin das führen soll. Hoffentlich ist das nicht nur eine Beschäftigungstherapie. Winter hatte oft an die Frau gedacht. Helene ohne Namen. In seinem Innern war ihm klar, dass sie nicht weiterkommen konnten, solange ihre Identität nicht geklärt war. Ihm war auch klar, dass die andern das wussten.

Winter hob den Blick vom Laptop, wanderte in die Küche und stellte den Wasserkocher an. Er gab Teeblätter in eine Kanne und toastete zwei Scheiben Brot, die er von dem erst einen Tag alten Weißbrot abgeschnitten hatte, das er spät am Abend zuvor auf dem Heimweg gekauft hatte. Er hätte sich schnell Hose und Sweatshirt überziehen können und zu der kleinen

Bäckerei auf der anderen Seite des Parks gehen können. Ich frage mich, warum ich es nicht tue, zweifelte er, jetzt, wo ich die Energie habe, und er ließ das Brot liegen. Zurück im Schlafzimmer warf er den Morgenmantel ab und streifte die kurze Hose und ein Hemd über.

Er kaufte ein frisches Rosenbrot und eine Brioche. Dann schlenderte er mit den nackten Füßen in Sandalen durch das Gras und spürte, wie die Zehen nass wurden. Er blickte gerade noch rechtzeitig nach unten, um nicht in einen frisch aussehenden Hundehaufen zu treten. Er erinnerte ihn an das Kind mit der leuchtenden Jacke und an den Hund, der offenbar in der Nässe glücklich gewesen war.

Der Regen, ungreifbar wie Dunst, sank weiter. Er fiel nicht, er sank nur in einem dichten Schleier herab, der zum größten Teil aus Luft bestand. Um Winter herum duftete es wunderbar nach Leben. Nach etwas, das er fast vergessen hatte. Der Vasaplatsen, zuletzt gelb und glühend heiß, veränderte sich vollkommen.

Er ging wieder hinauf und machte sich einen Café au lait statt des Tees, presste drei Apfelsinen mit der Hand aus und goss den Saft in ein Glas. Er aß das noch warme Brot mit Butter und Kirschmarmelade und dazu ein gekochtes Ei, das er schälte, teilte und mit frisch gemahlenem schwarzem Pfeffer bestreute. Er trank zwei Tassen Kaffee und las die Zeitung. Danach fühlte er sich für alles gewappnet, was auch kommen mochte.

Ester Bergman streckte vorsichtig die Hand aus dem Fenster und fühlte die Nässe. Das tat gut auf der Haut. Sie hielt die Hand so lange hinaus, bis sich eine kleine Pfütze in ihrer faltigen Handfläche bildete. Sie fand, dass es viel dunkler aussah, jetzt, wo die Sonne nicht alles bleichte.

Ester Bergman war mehrere Tage im Haus geblieben, denn sie hatte sich nicht wohl gefühlt. Als sie vom Laden zurückgekommen war, waren ihre Beine ganz zittrig gewesen. Sie hatte sich hingelegt und war eingeschlafen und erst wieder aufgewacht, als es in dem Zimmer, in dem sie lag, schon finster war. Es war ihr schwer gefallen, aufzustehen und sich für die Nacht fertig zu machen, aber schließlich hatte sie es geschafft. Am nächsten Morgen hatte sie nicht zum Wohn-Service, oder wie das hieß, gehen können. Sie hatte an die Mutter und das Mädchen gedacht und dass sie an einem anderen Tag hingehen würde. Dann war die Frau von der Sozialeinrichtung gekommen, die Neue, deren Namen sie sich nicht merken konnte, und sie hatte in der Wohnung herumgewühlt und so getan, als ob sie sauber machte. Aber Ester Bergman wusste, dass die Neue nicht richtig putzte. Sie wusch ein bisschen ab, aber das war auch alles. Manchmal spült sie Geschirr ab, obwohl ich es schon gemacht habe, dachte Ester Bergman. Wenn sie nicht merkt, dass ich es beobachte, holt sie Gläser heraus und wäscht sie noch einmal ab, als könnte ich nicht selbst für mich und meine Sachen sorgen. Ich habe immer alles selbst gemacht, für mich und für Elmer dazu!

»Was tun Sie da?«, hatte Ester sie zur Rede gestellt und sich noch älter und kraftloser gefühlt als sonst.

»Ich räume nur ein bisschen bei Ester auf«, hatte die Frau gesagt, als sei sie schwachsinnig. So war es nun mal. Die Alten hatten nichts zu sagen.

»Und gleich essen wir eine Kleinigkeit?«, hatte die Frau gesagt, obwohl sie selbst gar nichts essen würde. Warum sagt die immer »wir«, wenn sie mich meint?, ärgerte sich Ester Bergman.

»Kommen Sie kurz her«, hatte sie gesagt und gewinkt, wie eine Greisin das tun würde. Ester Bergman hatte mehrere Male eine Freundin besucht, die ihren ganzen Verstand durch diese grauenhafte Vergesslichkeitskrankheit verloren hatte. Und die winkt genau so, hatte Ester Bergman gedacht, als sie dalag und zusah, wie die Frau von der Sozialstation sich vor dem Bett aufbaute. Vielleicht war sie ja nett, aber sie gehörte nicht zur Familie. Der Gedanke war Ester Bergman schon oft gekommen, aber es hatte keinen Sinn, darüber zu grübeln. Es würde nie jemand zu Besuch kommen und sich zu ihr setzen, der zur Familie gehörte, wie sie es auch drehte und wendete. So war es nun mal. Es konnte eben vorkommen, dass eine alte Frau keine Familie hatte, wenn sie einen Mann gehabt hatte, der keine anderen Leute im Haus haben wollte. Immerhin hatte sie eine Freundin, auch wenn diese inzwischen sagte: »Ich kannte mal eine Ester, kennst du sie?«, wenn sie zu Besuch kam und sich an ihr Bett setzte und in diese Augen blickte, in denen seit Jahren niemand mehr zu Hause war. Aber Ester war da, und so hatte die Freundin auch sie. Es spielte keine Rolle, dass ihr Verstand sie vor langer Zeit verlassen hatte.

»Kommen Sie?«, hatte Ester Bergman noch einmal zu der Frau gesagt.

»Ich stehe schon hier, Ester«, hatte die Frau geantwortet. »Wie geht es Ester heute?«

»Wir müssen sie mal fragen«, hatte Ester Bergman geflachst. »Sie liegt hier irgendwo neben mir in den Bettfedern.«

»Ester scheint ein wenig Fieber zu haben«, hatte die Frau gesagt und ihr die Hand auf die Stirn gelegt.

»Das tut gut«, hatte Ester Bergman geseufzt.

»Möchte Ester eine Tasse Tee?«

»Fragen wir sie doch.«

»Unsere Ester ist immer zu Scherzen aufgelegt.«

»Sie möchte Kaffee.« Ester Bergman hatte es langsam satt, in einem Ton zu sprechen, den sie den Fernsehfilmen nach Astrid Lindgrens Büchern abgelauscht hatte. »Ich liege hier und muss dauernd an eine Sache denken«, hatte sie gesagt.

»Aha?«

»Achten Sie auf die Leute, die hier um den Hof herum wohnen?«

»Wie meint Ester das?«

»Würden Sie sie wieder erkennen, wo es doch Ihre Arbeit ist, zu den alten Menschen hier ringsum zu gehen?«

»Ester meint, ob wir unsere Fäl... die, zu denen wir gehen, wieder erkennen? Das versteht sich von selbst.«

»Nein, nein. Ich meine andere auf dem Hof. Andere, die hier wohnen.«

»Andere?«

»Kinder! Kinder und ihre Mütter!«

»Jaaa ... Ich weiß nicht ...«

»Also nicht.«

»Denkt Ester an jemand Bestimmtes?«

»Nein, schon gut.«

»Denkt Ester an jemand Bestimmtes?«

Jetzt reicht's mir aber mit Ester hier, Ester da, hatte sie gedacht. Es ging ihr auf den Geist, dauernd ihren Namen zu hören. »Früher hat draußen oft ein kleines Mädchen mit feuerrotem Haar gespielt«, hatte sie gesagt. »Und ihre Mutter hat daneben gesessen. Sie sind auf einmal nicht mehr da.«

»Nicht mehr da?«

»Ich habe sie schon lange nicht mehr gesehen. Ich möchte nur wissen, ob Sie sie vielleicht gesehen haben.«

»Ein Mädchen mit rotem Haar? Wie alt denn?«

»Ich weiß nicht. Noch klein, fünf vielleicht.«

Die Frau von der Sozialstation hatte ein Gesicht gemacht, als versuchte sie nachzudenken. Möchte wissen, was bei der im Kopf vorgeht, hatte Ester Bergman gedacht. Die Frau roch nach Zigaretten. Die will bloß hier weg und auf der Treppe rauchen. »Die Mutter hat auch geraucht«, sagte Ester Bergman.

»Was hat Ester gesagt?«

»Die Mutter des Mädchens hat auch geraucht. Wenn es seine Mutter war.«

»Wie hat die Mutter denn ausgesehen?«

»Sie war blond und sah aus, wie die jungen Leute heute so aussehen.«

»Sie war jung?«

»Für mich sind wohl alle jung.«

Die Angestellte lächelte. Wieder schien sie nachzudenken. »Ich sehe sie nicht vor mir«, hatte sie geantwortet. »Aber ich kriege auch nicht so viel vom Hof mit. Wir gehen ja nur in die Wohnungen und in die Treppenhäuser.« Und nach einer Pause: »Nein, ich habe kein Bild vor Augen.«

»Ester möchte jetzt eine Tasse Kaffee«, hatte Ester Bergman abschließend gesagt.

Die Angestellte hatte ihr wieder die Hand auf die Stirn gelegt. »Bleiben Sie schön liegen, dann hole ich eine Tasse.«

»Ich gehe schon nicht weg.«

Dann war sie wieder allein gewesen.

Daran dachte sie jetzt, während ihre Hand immer nasser wurde. Es war schön, dass es regnete. Alte Menschen taten sich schwer mit der Hitze. Sogar Alte aus anderen Ländern bleiben drinnen, wenn es draußen heiß ist, überlegte sie.

Ester Bergman zog die Hand zurück, ließ aber das Fenster angelehnt. Der Regen malte Streifen auf die Scheibe. Es roch wie früher, als sie ein Kind war. Durch das nasse Fenster konnte sie die Kinder draußen beobachten.

Plötzlich traf sie fast der Schlag. Sie glaubte, ein Rotschopf wäre dabei. Sie beugte sich vor und stieß das Fenster auf, um besser sehen zu können. Aber da war niemand mit rotem Haar. Es war überhaupt niemand da, sondern völlig leer vor ihrem Fenster. Ein paar Kinder spielten weiter weg, aber keins von ihnen hatte rote Haare. »So weit ist es also mit mir gekommen«, stöhnte Ester. »Jetzt sehe ich schon Gespenster.«

Aneta Djanali konnte zum Herbstanfang nach Hause zurück. Es roch nach Stillstand in der Wohnung. Sie öffnete ein Fenster, und obwohl es nicht windig war, wirbelte Staub auf. Als erstes legte sie Musik auf, und zwar keinen Jazz.

Der frühe Nachmittag kam ihr wie Abend vor, wenn das Licht nicht mehr bis in den letzten Winkel drang. Das Tageslicht schien auf den Dingen zu verweilen. Alles war unscheinbarer. Erholsam für den Kopf, dachte Aneta und schenkte sich ein Glas Whisky aus der fast vollen Flasche auf dem Küchenregal ein. Zum letzten Mal hatte sie die Flasche an dem Abend in der Hand gehabt, an dem sie niedergeschlagen worden war. Ein eigenartiges Gefühl. Sie hatte mit Lis hier gesessen und an einem Whisky genippt. Dann waren sie ausgegangen. Und erst jetzt war sie wieder nach Hause gekommen, trank wieder einen Whisky, als hätte jemand die Zeit angehalten. So muss man das wohl sehen, philosophierte sie. Aber ich wünschte, ich hätte im Dienst eins auf die Nase bekommen. Das wäre besser gewesen. Sie nahm noch einen Schluck und verzog das Gesicht, wie sie es bei ihrer zusammengeflickten Kieferpartie wagte. Der Alkohol wanderte fast sofort wärmend in die Glieder, wie ein kleines Feuer, das in ihrem Körper loderte, sich in alle Nervenbahnen und Blutgefäße ausbreitete. Besser als Schmerztabletten. Aneta nahm ein wenig Whisky in den Mund und ließ ihn langsam die Kehle hinablaufen. Aus der Anlage klang es, als stünde Nick Cave in der Ecke des dunkler werdenden Zimmers. *People they ain't no good.* Sie hörte nicht auf den Text, sondern saß einfach da, die Füße hochgelegt und sog die Gerüche ihres eigenen Zuhauses ein. Mir geht's ziemlich gut, dachte sie.

26

Ester Bergman trank einen Schluck Kaffee, aber sie dachte an etwas anderes. Der junge Mann im Radio hatte gerade die Zeit angesagt: acht Uhr. Ester Bergman war schon auf und saß angezogen da. Diese Frau von der Sozialstation würde heute nicht kommen. Wie schön.

Auch an diesem Tag regnete es, und das war gut. Es ließ sich leichter atmen, auch wenn sie eigentlich keine Probleme damit hatte wie andere Alte. Es goss auch nicht in Strömen, sondern es war ein angenehmer Regen, der sie glauben ließ, besser zu sehen. Die Luft war wie frisch gereinigt. Wie eine trübe Brille, die man tüchtig mit einem Tuch poliert, damit die Gläser blank werden.

Vor dem Büro zögerte sie und las sicherheitshalber noch einmal das Schild. Sie war ein wenig aufgeregt, als sie da stand. Mit einem Fremden über … über dieses Mädchen und seine Mutter zu sprechen. Jetzt erschien es ihr dumm: Was hatte sie damit zu schaffen? Es war doch besser, zurückzugehen und …

»Frau Bergman, Sie sollen nicht draußen im Regen stehen«, sagte das Mädchen, das aus dem Büro gekommen war. »Kann ich Ihnen bei irgendwas helfen? Brauchen Sie etwas aus dem Laden?«

»Nein …, danke«, sagte Ester Bergman. Sie erkannte das Mädchen. Es war manchmal auf dem Hof gewesen, und sie hatten sich gegrüßt. Es wusste also, wer sie war. »Sie kennen meinen Namen?«

»Sie wohnen doch schon so lange hier, Frau Bergman«, antwortete das Mädchen. »Wir haben auch schon miteinander gesprochen. Ich heiße Karin Sohlberg.«

»Lange? Seit das Haus gebaut wurde, wohne ich hier.« Sie waren 1958 hergezogen, als alles neu und strahlend war. Elmer hatte ihr nie erklärt, wie sie es sich hatten leisten können, und sie hatte nicht gefragt. Sie hatte sich nach nichts erkundigt, und das war dumm gewesen. Sie hätte ihn danach und nach tausend anderen Dingen fragen sollen.

»Frau Bergman, Sie werden ja nass.«

»Kann ich kurz reinkommen?«, fragte sie und sah das Mädchen an. »Ich wollte etwas fragen.«

»Sicher. Wir brauchen ja nicht draußen zu stehen. Ich fasse Sie unter, dann gehen wir die Treppe hoch.«

Drinnen erhellte die Schreibtischlampe den Raum. Das Mädchen bot ihr einen Stuhl an, auf dem sie sicher bequem sitzen würde. Der Schreibtisch war voller Papiere. Das Telefon läutete, aber das Mädchen ging nicht ans Telefon, sondern half Frau Bergman, sich zu setzen.

Ich hätte mich auch allein hinsetzen können, aber warum nicht, dachte Ester Bergman.

Als das Mädchen den Anruf annahm, war niemand mehr dran. Sie legte den Hörer zurück und sah ihre Besucherin an. Dieses Gespräch würde seine Zeit brauchen, aber das machte nichts. »Das war ein richtiger Wetterumschlag«, begann Karin Sohlberg.

Ester Bergman antwortete nicht. Sie überlegte, wo sie anfangen sollte, und hatte keinen Gedanken für das Wetter.

»Der Regen tut richtig gut«, fuhr das Mädchen fort.

»Ich wollte mich nach jemandem erkundigen. Sie wohnen auch in einem der Häuser am Hof. Eine Mutter und ihre Tochter.«

Das Mädchen sah sie an, als hätte es sie nicht verstanden, als sei es in Gedanken noch beim Wetter. Früher waren es die Alten, die vom Wetter redeten, aber jetzt sind es anscheinend die Jungen, dachte Ester Bergman und sagte: »Ein kleines Mädchen mit rotem Haar.«

»Was meinen Sie, Frau Bergman?«

»Ich habe ein kleines Mädchen mit rotem Haar seit langem nicht mehr gesehen. Und seine Mutter. Und deshalb frage ich nach ihnen.«

»Sind sie ... Bekannte von Ihnen, Frau Bergman?«

»Nein. Müssen sie das sein?«

»Nein, nein. Und Sie wollen etwas über sie wissen?«

»Ich habe sie schon lange nicht mehr gesehen. Wissen Sie, wen ich meine?«

Karin Sohlberg stand auf, ging zu einem Schrank und öffnete ihn. Mit Schwung zog sie eine Schublade heraus und kam mit einem kleinen Stapel Papiere zurück, den sie vor sich auf den Tisch legte. Dann blickte sie wieder Ester Bergman an und erklärte: »Das hier sind Listen der Mieter der Wohnungen am Hof, von Nummer 326 bis 486.«

»Aha.«

»Frau Bergman, Sie haben von einem kleinen Mädchen mit rotem Haar gesprochen? Und von seiner Mutter? Wie sah sie aus?«

»Ich weiß nicht, ob es die Mutter war, aber man darf es wohl annehmen. Sie hatte blondes Haar, aber mehr weiß ich nicht. Ich habe nicht mit ihr gesprochen. Kein einziges Mal.«

»Ich glaube, ich erinnere mich«, meinte Karin Sohlberg. »Hier gibt es ja nicht so viele mit roten Haaren.«

»Jedenfalls nicht auf dem Hof.«

»Eine allein Stehende mit einem Kind«, sagte Karin Sohlberg nachdenklich und blätterte in ihren Papieren.

»Ich habe den Hinweis der Polizei gesehen«, entfuhr es Ester Bergman.

Karin Sohlberg blickte auf. »Was sagen Sie, Frau Bergman?«

»Draußen am Infobrett im Laden hängt eine Mitteilung von der Polizei. Sie suchen eine junge Frau.« Daran hatte sie vorher gar nicht gedacht. Es war, als wäre ihr eben jetzt erst die Idee gekommen. Als sie gleichzeitig daran und an die Mutter und ihre Tochter dachte. »Sie fahnden nach einer Frau mit blondem Haar.«

»Wirklich?«

»Hat die Polizei das nicht auch an Ihr Büro verteilt? Das hätten sie wohl tun sollen.«

»Ich hatte Urlaub. Wir hatten wegen eines kleinen Umbaus geschlossen. Sie haben sicher bemerkt, Frau Bergman, dass es immer noch nach Farbe riecht.«

»Nein.«

Karin Sohlberg blickte wieder in ihre Papiere. »Wir haben mehrere allein Stehende mit kleinen Kindern. Sie haben die Mutter nur mit einem Kind gesehen?«

»Die Mutter war blond, und das Mädchen war rothaarig ...«

»Ich meine, ob sie mehrere Kinder hatte. Oder einen Mann.«

»Nicht, dass ich wüsste.«

»Haben Sie eine Vorstellung, an welchem Treppenhaus sie gewohnt haben könnten, Frau Bergman?«

»Nein. Aber es muss ein Stück weiter hinten sein.«

Karin Sohlberg blätterte weiter. Alles steht heute auf irgendeinem Papier, dachte Ester Bergman.

»Nach der Wohnungsnummer zu urtei... Das könnte ...« drang ein Murmeln an Ester Bergmans Ohren. Dann blickte Karin Sohlberg auf. »Ich versuche die Personenkennzeichen hier auf der Liste zu finden«, erklärte sie.

Es war nicht das erste Mal, dass sie nach jemandem gefragt wurde, den man eine Weile nicht gesehen hatte. Im Frühjahr hatte ein Nachbar angefangen, sich Gedanken zu machen, als der alte Mann in der Wohnung unter ihm sich nicht mehr blicken ließ, obwohl das Licht brannte. Nach einer Woche hatte der Nachbar sich an das Büro gewandt. Karin Sohlberg war hingegangen und hatte geklingelt, aber es hatte keiner aufgemacht. Durch die Briefklappe hatte sie einen Haufen Post gesehen. Da es keine Angehörigen gab und sie selbst nicht berechtigt war, die Wohnung zu betreten, hatte sie die Polizei benachrichtigt. Der alte Mann saß tot auf seinem Stuhl. Hinterher hatte sie denken müssen, wie merkwürdig es war, dass sie nichts gerochen hatte.

Sie ging weiter die Spalten auf der Liste durch.

»Können Sie was finden?«, fragte Ester Bergman.

»Es könnte Helene Andersén sein, nach der Sie fragen. Sie wohnt zwei Treppenhäuser von Ihnen entfernt«, antwortete Karin Sohlberg und nannte eine Wohnungsnummer, die Ester Bergman nicht ganz mitbekam.

»Hat sie eine rothaarige Tochter?«

»Das steht hier nicht, Frau Bergman.« Karin Sohlberg sah sie nachdenklich an. »Aber ich frage mich, ob sie nicht … Einen Moment …«, wieder vertiefte sie sich in ihre Liste. »Sie hat eine kleine Tochter, die Jennie heißt. Da steht es ja.«

»Jennie?«

»Ja. Das könnten sie sein. Ich kann Ihnen nicht genau sagen, wie sie aussehen. Dazu müsste ich sie erst kennen lernen.«

»Aber sie sind ja nicht mehr hier. Sie sind weg.«

»Wie lange ist es her, Frau Bergman, dass Sie das Mädchen zum letzten Mal gesehen haben? Oder die Mutter?«

»Das kann ich nicht genau sagen. Vor einem Monat oder so. Als es warm war. Und es ist noch lange warm geblieben. Und jetzt ist es auch schon eine Weile kühler.«

»Die Mutter und das Mädchen könnten in den Urlaub gefahren sein. Oder Bekannte besucht haben.«

»So lange?«

Das Mädchen machte eine Geste, die wohl bedeuten sollte, dass so etwas vorkam, riet Ester Bergman. »Und ich habe gedacht, sie wären vielleicht weggezogen«, sagte sie.

»Nein. Das sind sie nicht.«

»Aber sie wohnen bestimmt nicht mehr hier.«

»Ich weiß, was wir machen können. Ich kann hingehen und klingeln und sehen, ob jemand zu Hause ist.«

»Was sagen Sie dann? Wenn jemand aufmacht?«

»Mir wird schon was einfallen.« Karin Sohlberg lächelte.

Ester Bergman wollte nicht mitkommen, sondern ging nach Hause. Karin Sohlberg betrat den Aufgang zwanzig Meter weiter und stieg die Treppe hoch in den ersten Stock. Sie klingelte an der Tür und wartete. Sie drückte noch einmal auf die Klingel und lauschte dem Echo in der Wohnung. Es hallte noch immer nach, als sie die Briefklappe anhob und den kleinen Haufen Reklamezettel sah und andere Post, die sie nicht genauer erkennen konnte. Wie viel da lag, konnte sie nicht abschätzen.

Sie ging die Treppe wieder hinunter und klingelte Minuten später an Ester Bergmans Tür. Die alte Frau öffnete sofort, als hätte sie direkt hinter der Tür gestanden.

»Es war niemand zu Hause.«

»Das habe ich ja die ganze Zeit gesagt.«

»Es lag ein wenig Post hinter der Tür, aber dafür kann es mehrere Erklärungen geben.«

»Mir reicht schon eine«, sagte Ester Bergman.

»Eines könnte ich für Sie noch tun, Frau Bergman«, schlug Karin Sohlberg vor. Und für mich selbst, fuhr es ihr durch den Kopf. Ich will es jetzt auch genauer wissen. »Ich kann zum Bezirksbüro gehen und nachschauen, ob die Miete bezahlt ist.«

»Das können Sie tun?«

»Wir sind schon so weit im September, dass zumindest ersichtlich ist, ob die Miete bezahlt wurde oder ob ein Mahnbrief an Helene Andersén rausgegangen ist.«

»Ich denke vor allem an die Kleine.«

»Frau Bergman, Sie verstehen, was ich meine?«

»Ich bin nicht dumm, und ich bin nicht taub«, antwortete Ester Bergman. »Gehen Sie zu diesem Büro. Das ist gut.«

Karin Sohlberg machte sich auf den Weg zum Bezirksbüro im alten Heizwerk in der Dimvädersgatan und überprüfte am Computer, ob Helene Anderséns letzte Miete bezahlt worden war.

Sie war zum Monatswechsel eingegangen.

Formal einen Tag zu spät, aber der letzte Tag im Monat war ein Sonntag gewesen.

Auf jeden Fall war die Miete vor weniger als zwei Wochen bei der Post eingezahlt worden, und zwar wie sonst auch: Helene Andersén ging anscheinend mit ihrer vorgedruckten Zahlkarte zum Postamt und zahlte den Betrag in bar ein. So machten es viele. Die meisten in dieser Gegend. Auf der Post am Länsmantorget, dachte Karin Sohlberg.

Ester Bergman hatte gesagt, dass die Mutter und das Mädchen schon lange weg seien. Zeit war relativ. Alte Menschen sagten mitunter etwas und meinten etwas ganz Anderes, überlegte Karin Sohlberg. Darin unterschieden sie sich nicht von andern ... Aber für sie kann eine Woche wie ein Monat sein. Die Zeit konnte langsam verstreichen und dennoch allzu schnell. Sie hatte oft an die Alten gedacht, die allein mit ihren

Gedanken dasaßen. In ihnen musste so viel vorgehen. Manches, das herauswollte, und manches, über das sie lieber schwiegen.

Karin Sohlberg stand wieder vor ihrem Büro. Die Sprechstunde war vorbei. Sie sah Helene Anderséns Tür wieder vor sich und versuchte, sich an das Gesicht zu erinnern, das zu dem Namen und der Wohnung gehörte. Es gelang ihr nicht. Das rothaarige Kind, daran glaubte sie sich zu erinnern, aber ganz sicher war sie nicht. Sie hatte einen langen Urlaub hinter sich und zu viele neue Gesichter um sich gehabt.

Ester Bergman war nicht verwirrt. Sie hatte vielleicht schwache Augen, aber ihr Blick war auf seine Art scharf. Sie lief nicht herum und tratschte. Sie musste lange gezögert haben, bis sie sich aufraffte, ins Büro zu kommen. Und wenn sie sagte, die kleine Familie sei schon länger nicht mehr da, konnte es wahr sein. Die Frage war nur, was das zu bedeuten hatte. Die Miete war bezahlt. Aber das bedeutete nicht, dass sie auch in der Wohnung leben mussten, die junge Frau und ihre Tochter.

Sie könnte einen Mann kennen gelernt haben, dachte Karin Sohlberg. Sie hat bestimmt einen Mann kennen gelernt, und die beiden sind zu ihm gezogen, aber sie wagt nicht, die Wohnung aufzugeben, weil man ja nie wissen kann. Erst vor kurzem. Sie verlässt sich nicht auf Kerle, denn sie hat schlechte Erfahrungen gemacht. Vielleicht. Wahrscheinlich. Es ist wahrscheinlich, weil es an der Tagesordnung ist. Karin Sohlberg warf einen raschen Blick auf ihren linken Ringfinger, wo sich noch immer ein schmaler Streifen weißer Haut von der sonnengebräunten Haut abhob, vom Verlobungsring, der da gesessen hatte.

Karin Sohlberg musste an Ester Bergmans Worte von der Polizei denken. Sie ging hin und sah sich den Anschlag näher an. Er steckte in einer Klarsichthülle. Die Polizei schien zu wollen, dass er jeder Witterung standhalten konnte. Der feine Regen tropfte auf die Hülle, rann daran herab. Dadurch hob er sich ab von den übrigen durchweichten Zetteln an der Holztafel. Er zog ihren Blick an. Ich bemerke ihn erst jetzt, wo es regnet, gestand Karin Sohlberg sich ein. Deshalb habe ich ihn vorher nie beachtet, weil die Hülle so blendete, dass der Text ganz verschwand.

Sie las. Zuerst sah sie keine Verbindung zu ihrer Arbeit an diesem Tag, doch wenn Ester Bergman einen möglichen Zusammenhang bemerkt hatte, würde es ihr sicher auch gelingen. Aber das konnte ja gar nicht sein. Karin Sohlberg dachte wieder an die Miete und las noch einmal das Hilfsersuchen der Polizei.

Karin Sohlberg ging zurück in ihr Büro und ließ sich auf ihren Stuhl fallen. Dazu habe ich keine Zeit, ging ihr durch den Kopf. Wenn ich sitzen bleibe, kommt bestimmt jemand, und dann hab ich noch weniger Zeit.

Sie ging über den Hof zu Helene Anderséns Wohnung und klingelte. Sie lauschte dem Echo des Klingeltons, das nur langsam verhallte. Karin Sohlberg hob wieder die Briefklappe und versuchte, weiter in die Wohnung hineinzusehen. Sie konnte nur die Farben der Wurfsendungen und einige Umschläge in Braun und Weiß sehen. Sieht aus wie Rechnungen, aber da bin ich mir nicht sicher, überlegte sie. Was sicher ist: Hier hat schon lange niemand mehr die Post geöffnet.

Zeitungen lagen nicht dort, aber das hatte nichts zu bedeuten. Viele konnten sich keine Tageszeitung leisten oder bestellten sie aus anderen Gründen ab.

Es wurde ihr langsam unheimlich, so dazustehen. Als könnten jederzeit ein Paar Füße näher kommen. Sie zuckte zurück, als ihr der Gedanke kam, lief die Treppe hinunter, stellte sich auf den Hof und blickte zu Helene Anderséns Küchenfenster hinauf. Die Jalousien waren unten, und das unterschied das Fenster von anderen daneben und darunter und darüber. Während der Hitzewelle waren alle Jalousien heruntergelassen gewesen, jetzt aber waren sie es fast nur noch vor dem Fenster, das sie betrachtete.

Karin Sohlberg versuchte, Helene Anderséns Fenster an der Außenseite des Gebäudes zu finden. Es war nicht schwer, da auch hier die Jalousien heruntergelassen waren. Das war normal, wenn man verreiste. Karin Sohlberg blickte zum Fenster hinauf. Nach einer halben Minute empfand sie das gleiche unangenehme Gefühl wie zuvor. Sie schloss die Augen, um nicht plötzlich einen Schatten im Fenster sehen zu müssen, eine Bewegung. Mein Gott, ich stehe hier und bin völlig durcheinander, dachte sie. Ein Schauder überlief sie, ein erschreckendes Gefühl, als verlöre sie kurz die Kontrolle über sich. Dann aber war es vorüber und sie war wieder sie selbst.

Karin Sohlberg kam sich dumm vor, als sie bei der Familie Athanassiou in der Wohnung darunter klingelte. Der Mann machte auf. Ein bekanntes Gesicht. Sie fragte, so einfach sie konnte, nach der Frau und dem Mädchen über ihm. Doch der Mann schüttelte zur Antwort den Kopf. Sie hätten die beiden eine ganze Weile nicht mehr gesehen, aber wer konnte schon sagen, wann das letzte Mal? Nein, gehört hatten sie auch nichts. Sie waren immer leise gewesen da oben, solange sie hier wohnten. Das Mädchen war vielleicht gelegentlich herumgehüpft, aber das war nicht weiter schlimm. Meine Decke ist der Fußboden von jemand anders, hatte der Mann gesagt und nach oben gezeigt, und Karin Sohlberg hatte an einen griechischen Philosophen denken müssen.

Karin Sohlberg wollte noch einmal zum Infobrett gehen, irgendetwas zog sie dorthin. Sie kam an Ester Bergmans Fenster vorbei und blieb stehen, als sie die alte Frau hinter der Scheibe entdeckte. Ester Bergman machte das Fenster auf, aber Karin Sohlberg verriet ihr nichts davon, dass die Miete bezahlt war. Sie wusste nicht, warum. Vielleicht wollte sie der alten Frau das Gefühl nicht nehmen, dass einmal etwas Aufregendes in ihrem Leben passierte. Vielleicht will ich mir selbst das Gefühl erhalten, gestand sie sich ein.

Von dem Aushang schrieb sie dann die Telefonnummer des Fahndungsdezernats der Bezirkskripo ab.

Frau Bergman hatte nämlich gesagt, sie wolle einen Brief an die Polizei schreiben, und hatte gefragt, ob Karin Sohlberg ihr dabei helfen könne? Sie habe gerade den Entschluss gefasst.

»Wenn Sie die Polizei benachrichtigen wollen, Frau Bergman, dann können Sie auch anrufen«, hatte Karin Sohlberg geantwortet. »Ich helfe Ihnen gerne dabei.«

»Ich mag nicht telefonieren, da kommt nichts bei raus.«

27

Karin Sohlberg saß bei Ester Bergman in der Wohnung, wo der Regen leise ans Küchenfenster klopfte, und dachte darüber nach, dass dies praktisch die Welt der alten Frau war. Oder war das ein Vorurteil? Ester Bergman war ständig in dieser Küche, an ihrem Fenster. Da musste sie allerhand mitbekommen haben. Kein Wunder, dass sie einige Gesichter vermisst hatte. Gesichter und vielleicht Stimmen – die sie sah und hörte, aber nicht kannte – waren ihre Welt.

Kindergeschrei drang an ihr Ohr, aber wie von weit her. Die ganze Welt war hinter diesem Glas, das am unteren Rand beschlagen war und über das im oberen Teil die rinnenden Regentropfen Streifen zogen. Durchs Fenster konnte sie nicht nur leise Stimmen hören. Sie sah die Kinder, die sich wie verschwommene Farbtupfer auf dem Spielplatz bewegten. Mit dem Regen sind auch die Farben zurückgekehrt, fiel ihr auf. Karin Sohlberg wandte sich vom Fenster ab und Ester zu. »Was soll ich denn schreiben?«

»Schreiben Sie, dass wir uns fragen, wo die Mutter und ihr kleines Mädchen sind.«

»Wir sollten vielleicht den Aushang über die ... tote Frau erwähnen.«

»Sie können ja schreiben, dass wir den Aushang gelesen haben«, stimmte Ester Bergman ihr zu. »Und dass die Mutter blond ist.«

»Ja.«

»Und vergessen Sie nicht anzugeben, in welchem Hof sie wohnen.«

»Nein.«

»Mein Alter brauchen Sie aber nicht anzugeben.«

Karin Sohlberg lächelte und sah von dem Briefbogen auf, den Ester Bergman ihr gegeben hatte. Sie hatte ihn einem hübschen Sekretär im Wohnzimmer entnommen.

»Wir brauchen gar kein Alter anzugeben.«

»Sie können aber hinschreiben, wie alt die Frau und das Mädchen sind«, schlug Ester Bergman vor. »Das ist wichtig, damit da kein Missverständnis aufkommt.«

»Ja, das schreibe ich auch dazu.«

»Vergessen Sie nicht, dass die beiden schon länger weg sind. Lange bevor es zu regnen angefangen hat.«

»Wir wissen aber doch nicht ganz gen…«

»Ich weiß, was Sie damit sagen wollen. Aber ich versichere Ihnen, genau so ist es.«

»Okay.« Karin Sohlberg zögerte. Welches Recht hatte sie eigentlich, sich in Helene Anderséns Privatleben einzumischen? Vielleicht wollte die Frau einfach ihre Ruhe haben, das war doch normal. Das Mädchen war auch noch nicht so alt, dass es zur Schule gehen musste.

Ihr fiel ein, dass sie sich umhören könnte, ob das Mädchen in eine Tagesstätte oder Vorschule in der Umgebung ging. Aber war das ihre Aufgabe? War das nicht nur Neugierde?

»Sie können mit Ihrem Namen unterschreiben, wenn Sie wollen«, sagte Ester Bergman.

»Warum sollte ich das tun, Frau Bergman?«

»Sie können besser mit den Polizisten reden, wenn sie herkommen.«

»Sie sind es aber doch, Frau Bergman, die sie lange nicht gesehen hat.«

»Aber Sie können sich besser ausdrücken, meine ich. Und ich mag nicht so viele fremde Leute. Wenn die in ihren Autos kommen. Mit Hunden. Oder gar Pferden.«

»Es werden bestimmt nicht gleich so viele sein«, beschwichtigte Karin Sohlberg die alte Frau. »Vielleicht nur einer oder zwei, die ein paar Fragen stellen. Aber das kann dauern, bis die überhaupt kommen. Und vielleicht wird ja gar nichts draus.«

»Nein? Warum sollten sie denn nicht kommen?«

Karin Sohlberg wusste nicht, was sie antworten sollte. Sie schaute hinaus, als hoffte sie, dass die Mutter und das rothaarige Mädchen Hand in Hand vorbeikämen.

»Vielleicht ist es besser, wir schreiben den Brief nicht«, zögerte Ester Bergman.

»Er ist schon fertig.«

»Aber wir müssen ihn nicht abschicken.«

»Wollen Sie es wirklich nicht, Frau Bergman?«

»Doch.«

»Dann tun wir es.«

»Aber es ist besser, wenn Sie mit denen reden.«

»Können wir uns nicht darauf einigen, dass ich dabei bin und mit der Polizei rede? Ich kann neben Ihnen sitzen, Frau Bergman.«

»Ja, das ginge vielleicht.«

»Dann klebe ich den Brief jetzt zu und werfe ihn gleich ein«, sagte Karin Sohlberg.

»Lesen Sie ihn noch mal vor«, bat Ester Bergman.

Als Karin Sohlberg las, war sie fest überzeugt, dass der Brief bestimmt liegen bleiben würde. Bei der Polizei mussten doch hunderte oder tausende solcher Hinweise auf verschwundene Personen eingehen. Telefonanrufe und Briefe. Vielleicht gingen sogar welche persönlich hin. Sie fragte sich, wie die Polizei entschied, welchen Hinweisen sie nachgehen sollte. Sie konnten ja nicht alles ernst nehmen.

Winter las die Protokolle der immer umfangreicheren Voruntersuchung: Der Papierberg auf seinem Tisch wuchs. Er saß im Sakko da und arbeitete am offenen Fenster. Im Laufe der Nacht hatte es aufgehört zu regnen. Die Geräusche von den Straßen waren dumpfer und gleichzeitig gedämpfter, da die Luft jetzt schärfer und leichter zu atmen war. Ein Widerspruch, über den er kurz nachgedacht hatte, als er von zu Hause zur Arbeit geradelt war.

In den Gemeinden Göteborg, Kungälvs, Kungsbacka und

Härryda gab es insgesamt 124 weiße Ford Escort 1.8 CLX Kombi Sedan 3-türig, Baujahr 91–94, die den Buchstaben H als ersten auf dem Nummernschild hatten. Es gab keinen, bei dem das Kennzeichen mit »HE« anfing. Merkwürdig.

Winter hatte noch einmal lange über den unscharfen Videobildern gebrütet. Eines war sicher, der Anfangsbuchstabe auf dem Nummernschild war ein H. Kein Zweifel.

Eines der Autos auf seiner Liste musste das Auto auf dem Film sein. Was hatte es dort am See gemacht?

124 Autos. Das war nun wirklich keine geringe Zahl. Es würde viel Zeit kosten, 124 Besitzer zu befragen. Auf der Liste standen jeweils das Autokennzeichen, der Name, die Adresse des Fahrzeughalters und die Nummer des Personalausweises. Zwei der Autos waren zur Zeit des Mordes an Helene als gestohlen gemeldet. Das war ein Problem, aber es konnte auch eine Hilfe sein. Sie hatten bei den Besitzern der beiden gestohlenen Autos angefangen. Das eine hatte sich wieder gefunden, falsch geparkt mit staubtrockenem Tank auf dem Parkplatz vor Swedish Match. Das andere blieb verschwunden, was beides bedeuten konnte: eine weitere Komplikation oder einen Schritt nach vorn. Sie mussten nur die Unschuldigen ausschließen durch die Vernehmung der betroffenen Personen über ihr Tun zu einem gewissen Zeitpunkt ihres Lebens. Das hieß konkret: zuhören und daraus den Schluss ziehen, wer log und möglicherweise warum.

Das große Problem waren die Lügner – nicht etwa weil sie gegen die Gesetze verstoßen hatten, sondern weil sie sich nahe Stehenden gegenüber unmoralisch, unethisch oder falsch verhalten hatten – und nun unter keinen Umständen gestehen wollten, was es war. Lieber sollten Mörder frei herumlaufen, Unfallflüchtige weiter fahren. Es gibt dafür eine alte Redensart, erinnerte sich Winter. Die Sache mit dem Dreck am Stecken.

Winter wartete noch auf mehrere Abschriften von Verhören mit Autobesitzern, die den Leuten gegenüber als Gespräche bezeichnet wurden, um sie nicht zu erschrecken.

Winter spürte wieder diese innere Unruhe und wünschte sich zurück auf das weite Feld, wo er den Hirsch gesehen hatte. Er spielte Coltrane auf seinem tragbaren Panasonic ab, der auf der

Fensterbank stand, aber *Trane's Slow Blues* hatte nicht den gewünschten Effekt. Mit dem linken Mittelfinger schlug er den Takt auf der Schreibtischkante und starrte auf das vor ihm liegende Dokument, während Earl May in einem Studio in Hackensack, New Jersey, am 16. August 1957 sein Basssolo klopfte. Winter war nie dort gewesen. Man musste sich noch etwas für später aufheben.

Gefesselt von der aussagekräftigen Melodie schweiften seine Gedanken ab, und ein paar Sekunden lauschte er *Lush Life*. Janne Möllerström betrat das Zimmer, gerade als Red Garland sein Pianosolo begann.

»Hier ist es aber gemütlich«, sagte Möllerström.

»Das ist im Dienstvertrag inbegriffen«, gab Winter zurück.

»Wohl nur für die Chefs.«

»Klar.«

»Was ist das?«, fragte Janne Möllerström und wies mit einem Nicken auf den CD-Player.

»The Clash.«

»Was?«

»The Clash. Eine englische Rock...«

»Das ist nie im Leben Clash. Ich habe selbst CDs von Clash.«

»War ein Scherz. Weißt du nicht, wer das ist?«

»Ich höre bloß ein nettes Pianosolo. Jetzt setzt eine ... Trompete ein. Muss Herb Alpert sein.«

Winter lachte.

»Tijuana Brass«, trumpfte Janne Möllerström. »Meinem alten Herrn hat das auch gefallen.«

»Aha.«

»War ein Scherz«, lenkte Möllerström ein. »Da du es hörst, kann es eigentlich nur John Coltrane sein.«

»Wer sonst«, gab Winter zu. »Aber du bist bestimmt nicht deswegen hier, oder?«

»Ich habe einen Brief, auf den du, meine ich, einen Blick werfen solltest«, erklärte Möllerström.

»Okay.« Winter nahm die Kopie entgegen. Er las und blickte dann seinen Kollegen aus der Registratur an. Möllerström wirkte aufgeweckt, wie immer. Winter wusste, dass er alles genau las, was hereinkam, und dann das meiste beiseite legte.

Möllerström war feinfühlig und verfügte über ein gutes Urteilsvermögen, das sich schon oft bewährt hatte.

»Was bringt dich auf den Gedanken, das könnte etwas sein?«

»Ich weiß nicht ... Vielleicht, weil es zwei sind ... eine ältere Dame und eine junge Frau, die sozusagen in ihrem Namen schreibt.«

»Der Brief hat etwas Zögerliches ...«

»Genau. Oder Zurückhaltendes, als täten sie ihre Pflicht oder so. Nicht, als wollten sie sich wichtig machen.«

»Keine Verrückten, meinst du?«

»Genau.«

»Diese ... Karin Sohlberg hat hinzugefügt, wir könnten anrufen, wenn wir finden, es ist eine Untersuchung wert. So schreibt sie. Eine Untersuchung wert.«

»Ich hab's gelesen.«

»Und was meinst du, Janne?«

»Wozu?«

»Ist der Brief eine Untersuchung wert? Sollen wir anrufen?«

»Deshalb bin ich hier.«

»Gut.« Winter streckte die Hand nach dem Telefon aus. Es war nicht das erste Mal. Mehrmals hatten sie sich sogar schon auf den Weg gemacht, um mit Angehörigen zu sprechen. Aber immer hatten sie eine natürliche Erklärung für das »Verschwinden« der betreffenden Person gefunden. Die natürlichste war, dass niemand verschwunden war. Im schlimmsten Fall war eine junge Frau im Krankenhaus gewesen, ohne ihren Nachbarn Bescheid zu sagen.

»Sie schreibt nur, dass es sich um eine Frau und ihr Kind handelt«, sagte Winter und wählte eine der Telefonnummern, die im Brief standen. »Keine Namen.«

»Vielleicht aus Diskretion.«

»Genau, was ich dach ... Hallo? Karin Sohlberg? Hier ist Kriminalkommissar Erik Winter vom Fahndungsdezernat der Kripo.« Winter machte Möllerström ein Zeichen, die Musik leiser zu drehen. »Ja, wir haben den Brief bekommen, deshalb rufe ich an ... Überlassen Sie uns die Entscheidung. Es ist nie falsch, wachsam zu sein. Es ist vor allem ... Ester macht sich Sorgen? Das ist doch gut. Ja. Man soll sich ruhig um andere kümmern«, sagte Winter und nickte Möllerström zu, den CD-Player ganz auszumachen.

»Helene Andersén ist tatsächlich schon eine ganze Weile nicht mehr gesehen worden«, erklärte Karin Sohlberg am Telefon in Hisingen gerade.

Winter glaubte zuerst, er hätte sich verhört. Dass er einen eigenen Gedanken laut ausgesprochen hätte, dass die alten Träume plötzlich wieder da wären. Er sah seine Helene vor sich, ihr Gesicht in dieses obszöne Licht getaucht.

»Entschuldigung«, unterbrach er Karin Sohlberg. »Was sagen Sie, wie heißt sie?«

»Helene Andersén. Um sie geht es, aber ich wollte den Namen nicht in dem Brief ...«

»Diese Frau, die Sie eine Weile nicht gesehen haben, heißt also Helene?«, fragte Winter, und befürchtete, seine Verblüffung müsse allzu deutlich hörbar sein. Er hatte rau geklungen, als wäre ihm der Hals zugeschnürt. Möllerström sah ihn mit einem sonderbaren Blick an. Winter fing an zu schwitzen.

»Stimmt etwas nicht?«, fragte die Frau. »War es ein Miss ...«

»Nein, nein«, beeilte sich Winter. »Das ist ausgezeichnet. Wir kommen gern raus und sprechen einmal mit Ihnen persönlich darüber. Können wir uns ...«, – er sah auf die Uhr – »... in einer halben Stunde treffen? In diesem Innenhof, von dem Sie schreiben?«

»Ich weiß nicht, ob ich es scha...«

»Es könnte wichtig sein.«

»Machen Sie das immer so?«

»Wie bitte?«

»Untersuchen Sie alles so ... schnell?«

»Wichtig ist, dass wir uns möglichst bald sehen und unterhalten können«, antwortete Winter.

»Das können wir in meinem Büro«, sagte sie. »Das liegt gleich daneben. Sie sehen es, wenn Sie vom Parkplatz kommen.« Sie gab ihnen die genaue Adresse. »Soll ich Frau ... Ester Bergman bitten, auch zu kommen?«

»Nein. Wir unterhalten uns besser kurz allein, und dann können wir sie bei sich aufsuchen.« Winter schwieg und überlegte. »Könnten Sie ihr vielleicht schon einmal ankündigen, dass wir ihr heute gerne ein paar Fragen stellen möchten? Nur ganz kurz.«

»Sie hat ein wenig Angst davor. Dass zu viele Polizisten auf einmal kommen, zum Beispiel.«

»Das kann ich verstehen. Aber ich komme allein.«

»Und dass es ... bedrohlich wirkt. Sie stellt sich Uniformierte mit Hunden vor.«

»Ich komme allein«, wiederholte Winter. »Ein netter junger Mann, den sie gern zu einer Tasse Kaffee einladen darf.« Seine Stimme klang jetzt fest und normal, aber in seinem Kopf überschlugen sich die Gedanken. Alles hat einen Sinn, dachte er.

Halders versuchte, nicht darüber nachzudenken, ob der Mann, der vor ihm saß, log, weil er ganz einfach aufgeregt war oder weil er etwas zu verbergen hatte. Nichts Schwerwiegendes, nur eine Reihe kleiner Lügen. Er verriet sich immer dadurch, dass es in seinen Augenwinkeln aufblitzte, sobald er den Blick von Halders abwendete. Es war leicht zu bemerken. Bei jeder kleinen Lüge blickte er zur Seite. Halders überlegte, ob sie ein richtiges Verhör draus machen sollten.

»Ich bin nicht mehr in dieser Bande seit ... zehn Jahren«, stotterte der Mann, der direkt von seiner Autowerkstatt gekommen war. Halders sah schmale Ränder von Öl und Dreck unter den Nägeln des Mannes, und das war ihm sympathisch. Der ganze Kerl war ihm sympathisch, bis auf diesen flackernden Blick. Er trug ein weißes Hemd und ein Paar lange Khakihosen. Solche, wie Bertil sie gern trägt, dachte Halders und fragte: »Was denn für eine Bande?«

»Das wisst ihr doch. Davon habt ihr doch vorhin gesprochen.«

»Ich habe nichts von einer Bande gesagt.«

»Dann war es ein anderer. Aber ich bin sauber. Ich halte mich bedeckt.«

»Kommt man jemals davon los?«

»Aber ja. Es wird zu viel Gewese darum gemacht.«

»Sie nennen das ›Gewese‹?«

»Ich sage, das sind alles Übertreibungen«, ereiferte sich der Mann, der Jonas Svensk hieß.

»Aber Sie halten sich trotzdem bedeckt.«

»Bitte?«

»So haben Sie es ausgedrückt. Sie sagen, dass Sie sich bedeckt halten.«

»Das ist nur so eine Redensart.«

»Okay.«

»Das klingt, als würden Sie mich verdächtigen.«

Halders antwortete nicht.

»Verdächtigt man mich?«, wiederholte Jonas Svensk seine Frage.

»Ich möchte nur, dass Sie mir mehr über Peter Bolander sagen.«

»Er ist in meiner Werkstatt angestellt, und das ist alles, was ich sagen kann. Sie müssen ihn selbst fragen, wenn Sie was wissen wollen.«

»Er wird dagegen verdächtigt«, fuhr Halders fort.

»Ich weiß, dass er wegen dieser Schießerei auf dem Vårväderstorget in Haft ist, aber ich weiß auch, dass er sagt, er sei nicht dabei gewesen«, wehrte Jonas Svensk ab.

»Jemand hat ihn wieder erkannt«, sagte Halders. »Er hatte ein Gewehr in der Hand, und als wir ihn zu Hause angetroffen haben, war es nicht mehr da.«

Jonas Svensk zuckte die Achseln. »Gewehre können gestohlen werden. Das sagt er ja auch selbst. Und er sieht doch aus wie tausend andere. Aber ich weiß von überhaupt nichts. Ich sitze doch nicht hier und verteidige ihn wegen etwas, von dem ich gar nicht weiß, ob er es getan hat. Er hatte frei, das habe ich schon gesagt. Und ich war jedenfalls nicht dort. Dafür habe ich ein Alibi.«

Halders antwortete nicht.

»Es ist schließlich kein Verbrechen, Leute einzustellen«, beharrte Svensk.

»Nein.«

»Nur weil ich Mitglied bei den Hell's Angels war und Peter vielleicht auch, können Sie mir nichts vorwerfen. Ich bin nicht mehr dabei. Das war eine Jugendsünde.«

»Okay.«

»Und wenn ihr glaubt, das wäre eine Bandenabrechnung gewesen, dann seid ihr auf dem Holzweg.«

»Warum sollten wir das glauben?«

»Tut ihr das nicht?«

»Dass es eine Abrechnung zwischen Banden gewesen wäre?«

»Ja ...«

»Oder eine interne Abrechnung?«

»Ja, ich weiß nicht.«

»Selbst für einen, der sich bedeckt hält, dürfte es kein Geheimnis sein, dass in Göteborg schon interne Abrechnungen zwischen Mitgliedern der Hell's Angels vorgekommen sind.«

»Ich habe mal was in der Zeitung darüber gelesen. Aber waren das nicht Drogengangster?«

Halders grübelte immer noch darüber nach, warum dieser Svensk sich dümmer stellte, als er war.

»Überprüft doch die Araber.«

»Die Araber?«, fragte Halders.

»Überprüft die Muslime«, wiederholte Svensk. »Ich glaube, die haben aufeinander geschossen. Unter denen war es unruhig im Sommer. Das wisst ihr doch genau. Sehen Sie sich doch an, was in Algerien los ist.«

28

Ringmar und Winter saßen im Auto und fuhren über die Götaälvbron. Die Eisenbahnwagen standen in Nebel gehüllt am Freihafen.

»Ich habe das Gefühl, dass wir erst kürzlich hier rübergefahren sind«, sagte Ringmar.

»Das ist nicht lange her«, bestätigte Winter. Er konnte kaum erwarten, was sie in einer Weile erfahren würden. Die Anspannung machte ihm Lust auf einen Zigarillo, und er steckte sich einen Corps in den Mund, ohne ihn anzuzünden.

»Damals konnte man kaum die Hand am Steuer sehen, so blendete die Sonne, und jetzt sieht man wieder nichts, bloß aus einem anderen Grund«, schimpfte Ringmar.

»Pass auf! Da kommt eine Straßenbahn«, rief Winter aus, als sie über den Vågmästarplatsen fuhren. Sein Zigarillo fiel ihm fast aus dem Mund.

Die Bahn schrammte wenige Zentimeter vor dem Auto vorbei.

»Die glauben, sie sind allein auf der Straße«, meckerte Ringmar und fuhr weiter.

»Rein technisch betrachtet sind sie es«, versuchte Winter die Stimmung etwas zu heben. »Auf dem Gleis.«

»Aber nicht im Verkehr!«

Wir sind beide nervös, sagte sich Winter. Rauchen ist gut dagegen, aber ein Frontalzusammenstoß mit einer Straßenbahn …

Sie näherten sich dem Vårväderstorget. Auf den Feldern hinter Ramsbergvallen stand das Wasser über dem Boden wie ein Teil vom Lundbybadet. Alles, was Winter sah, schien eingefasst, als hätten sich riesige Wasserwände vom Himmel gesenkt und sein Gesichtsfeld umringt und würden nun oben in den Wolken festgehalten.

Der Vårväderstorget war kaum zu erkennen.

»Es kommt einem vor, als wäre es Jahre her.« Ringmar deutete nach links. »Als wär es in einer anderen Zeit gewesen. Oder in einem anderen Land.«

»Ist es ja auch fast«, meinte Winter.

»Unsere Spur ist jetzt schwach«, sagte Ringmar.

»Die hatten sich lange gut geführt«, bestätigte Winter. »Vielleicht mussten sie Druck ablassen.«

»Oder es hat an der Hitze gelegen.«

»Lederjacken sind bei dreißig Grad eben zu warm.«

»Heutzutage treten Hell's Angels in Anzügen auf«, sagte Ringmar mit einem Seitenblick auf Winters grafitfarbenen Corneliani-Anzug und auf den Oscar-Jacobson-Mantel, der über seinen Knien lag.

»Wenn sie überhaupt auftreten«, meinte Winter. »Es ist wie mit den englischen Fußballhooligans.«

»Wie denn?«

»Man sieht sie nicht. Aber sie sind trotzdem da.«

»Wir haben unsere Engel ja unter Kontrolle«, sagte Ringmar. »Oder haben es zumindest geglaubt.«

»Die Engel sind auch nicht mehr, was sie mal waren«, scherzte Winter. »Und nicht nur im Fußball.«

Sie bogen in die Flygvädersgatan ein und orientierten sich an dem Schild, auf dem Norra Biskopsgården stand. Rechts ragten die mächtigen Mietshauskasernen auf. Die obersten Stockwerke verschwanden in den tief hängenden Wolken. Der Gebäudekomplex war so lang, dass er sich von Winter wegzubewegen schien, nach Norden in den Nebel. Die Seiten waren gespickt mit großen Satellitenschüsseln, die wie runde Augen hinaus in den Raum zu starren schienen.

Oder Ohren, die sich entfaltet hatten und zu Stahl geworden

waren, Stimmen und Bewegungen anderer Länder einfingen, von denen die Menschen hier sehnsüchtig träumten. Oder wie offene Münder, die nach Antworten riefen, ging es Winter durch den Kopf.

»So viele habe ich noch nie auf einem Fleck gesehen«, sagte Ringmar und wies auf die runden Auswüchse am nächstgelegenen Hochhaus.

Winter, der ausgestiegen war, schwieg. Er studierte den Stadtplan und seine Notizen. »Dimvädersgatan«, las er. »Wohn-Service, Dimvädersgatan.«

»Passender Name, Nebelwetterstraße«, meinte Ringmar, der an seiner Seite auftauchte. »Und sieh mal hier«, er folgte der Flygvädersgatan mit dem Finger auf der Karte. »Am Ende dieser Straße liegt die Winterschule.«

»Es gibt keine Zufälle«, sagte Winter. »Gehen wir.«

Karin Sohlberg wartete vor ihrem Büro. Sie war mittelgroß und dunkel, trug Regenzeug. Winter wunderte sich über ihr asiatisches Aussehen. China vielleicht. Oder Korea. Am Telefon hatte sie sich angehört, als wäre sie auf dem Gråberget oder im Stadtteil Lindholmen aufgewachsen. War sie ja vielleicht auch. Er musste an Aneta denken und fragte sich, warum er sich eigentlich wunderte.

Sie gingen hinein, und Karin Sohlberg bot ihnen Stühle an, aber Ringmar blieb stehen. Sie blieb auch stehen, mit aufgeknöpfter Regenjacke. Winter hatte sich auf einem Stuhl vor dem Schreibtisch niedergelassen, stand aber wieder auf, als sich sonst niemand setzte.

»Die Miete für die Wohnung … dieser Frau ist also für September bezahlt worden, sagen Sie?« Winter fragte sich unwillkürlich, warum sie eigentlich hier waren.

»Ja. Direkt nach dem Samstag.«

»Es ist also noch keine Mahnung rausgegangen?«

»Nein. Aber das … kann dauern. Zuerst wird eine Deckungsbeitragsrechnung vorgenommen. Die Mahnung geht erst fünf oder sechs Tage später raus.«

»Und Sie haben Helene Andersén und ihre Tochter schon eine Weile nicht gesehen?«

»Nein. Aber ich bin mir offen gesagt nicht sicher, ob ich mich überhaupt an sie erinnere. Ich bin noch nicht so lange hier.«

»Wie heißt die Tochter?«, fragte Ringmar.

»Jennie.«

»Woher wissen Sie das?«

Karin Sohlberg erwähnte die Mieterlisten und zeigte mit der Hand, dass sie auf dem Schreibtisch lagen.

Es gibt kein Gesetz, dass jemand, der eine Wohnung hat, die Miete selbst bezahlen muss, überlegte Winter. Es kann auch jemand anders getan haben. Wenn ich das nicht wüsste, wäre ich schon nicht mehr hier.

»Diese beiden Gebäudekomplexe haben zusammen dreihundert Wohnungen. Und es gibt hier ziemlich viele Umzüge. Helene Anderséns Haus hat die meisten Wohnungen«, erklärte Karin Sohlberg.

»Und diese ältere Frau wohnt auch da?«, fragte Winter.

»Ja. Ester Bergman. Zwei Treppenaufgänge weiter nach hier, wie man hier sagt.«

»Dann gehen wir doch zu ihr«, schlug Winter vor. »Können wir schon jetzt einen Schlosser rufen? Gibt es hier einen in der Nähe?«

Karin Sohlberg nickte.

Es war schwer zu sagen, ob der Regen aufgehört hätte oder nicht. Der Nebel blockte alles ab. Winter konnte gerade eben das nächste Haus sehen, eines der unendlich vielen roten Backsteinhäuser, die Norra Biskopsgården bildeten – ein starker Kontrast zu den Hochhäusern am Rand des Viertels, die aufragten, als wollten sie sich gegen die Außenwelt schützen. Hier aber waren niedrige Mietshäuser um kleine Höfe mit Spielplätzen und Spazierwegen gebaut. Schräg gegenüber tauchte schemenhaft eine Spielfläche für Basketball auf und dort eine schwedische Flagge. Winter begegneten einige Menschen, aber keiner war blond. Auf der anderen Seite des Parkplatzes gab es ein Geschäft. Ein Lieferwagen stand davor mit der Aufschrift »Simmo Gross«.

Sie gingen durch den breiten Durchgang. Er war länger, als Winter gedacht hätte, was bedeuten musste, dass die Wohnungen eher länglich zugeschnitten waren.

Der Hof, in den sie gelangten, war groß. Im Nebel war es unmöglich, bis zur anderen Seite zu blicken.

Für Ester ist es vielleicht immer so, kam Karin Sohlberg in den Sinn. Jetzt sehe ich mal so wenig wie sie.

Ein paar Kinder klammerten sich an ein Klettergerüst, zwei Frauen saßen auf einer Bank, über der ein Stück Tuch hing wie ein Zelt. Die beiden waren in Schwarz gekleidet. Ein Kind rief etwas, aber Winter konnte nicht verstehen, was. Der Ruf reichte nicht weit, wurde vom Nebel halb verschluckt.

Sie gingen nach links und in das Treppenhaus. Winter las die Namen auf dem Türschild: Sabror. Ali. Khajavi. Gülmer. Sanchez. Und Bergman. Zwei Wohnungen je Stockwerk. Sie gingen eine halbe Treppe hoch, und Karin Sohlberg klingelte an einer Tür. Winter blickte in Ringmars ernstes Gesicht. Da fiel Winter ein, dass er gesagt hatte, er käme allein, aber da öffnete die alte Frau schon die Tür, als hätte sie drinnen gestanden und auf den ersten Klingelton gewartet.

Sie tranken eine Tasse selbst gemahlenen Kaffee, der in den Eingeweiden wühlte. Winter ließ sich nachgießen und erntete einen Seitenblick von Karin Sohlberg. Es roch staubig und süß im Zimmer, wie bei alten Menschen. *Home sweet home.* Winter rührte in seiner Tasse. Er las die tröstende Zeile auf zwei Wandbehängen. Das Fenster stand einen Spalt offen, und die Rufe der Kinder drangen herein.

»Frau Bergman, Sie haben also Helene und ihre Tochter länger nicht mehr gesehen?« Winter versuchte seiner Stimme einen sanften Klang zu geben.

»Ich wusste nicht, wie sie heißt.«

»Das Mädchen heißt Jennie«, erklärte Winter.

»Sie ist rothaarig«, ergänzte Ester Bergman.

»Ja.«

»Was ist mit ihnen passiert?«

»Wir wissen es nicht.« Winter beugte sich vor. »Deshalb sind wir hier.«

»Aber etwas muss doch passiert sein, sonst wären Sie nicht hier, oder?«

Ringmar sah Winter an. Karin Sohlberg blickte aus dem Fenster.

Es hat nicht viel Sinn, jetzt mit ihr zu reden, dachte Ringmar. Vielleicht später.

»Wir haben Ihren Brief bekommen, Frau Bergman, deshalb sind wir hier«, sagte Winter.

»Sind Sie wirklich Polizist?«, fragte Ester Bergman und starrte Winter aus zusammengekniffenen Augen an.

»Ja.« Winter stellte die Tasse ab.

»Sie sind noch so jung«, sagte Ester Bergman. Jetzt fange ich wieder an, wie eine alte Frau zu reden, dachte sie. Ich bin wohl nervös. Aber der junge Mann sieht nicht aus, als hätte er es faustdick hinter den Ohren. Wenn man sie sehen könnte. Er hat sich die Haare lang nicht geschnitten. Und fein gemacht hat er sich, als ginge er zur Hochzeit. Polizisten sollten doch wohl kurze Haare haben? Der andere hat kurzes Haar und ist älter. Aber er sagt nichts. »Sie können nicht viel älter sein als sie.«

»Als wer?«, fragte Winter.

»Als sie. Die Frau mit dem blonden Haar.«

»Sie ist also nicht mehr hier gewesen seit dem Wetterumschlag? Seit das warme Wetter zu Ende ist?«

»Da sind sie schon lange nicht mehr hier gewesen«, sagte Ester Bergman. »Es war warm, und ich habe viel am Fenster gesessen, aber ich habe sie nicht gesehen.«

Sie standen wieder auf dem Hof. Die Kinder waren nicht mehr da, und inzwischen war es dunkel.

»Wir gehen hinein«, sagte Winter, und Ringmar nickte. »Aber erst klingeln wir«, erklärte Winter an Karin Sohlberg gewandt. Sie nahm ihr Handy und rief den Schlosser an. Während sie auf ihn warteten, winkte Winter einmal Ester Bergman zu, die hinter dem Küchenfenster hockte.

»Sitzt sie immer dort?«

»Oft, glaube ich. Und da ist sie nicht die Einzige.«

»Wohnen Sie selbst in der Gegend?«, fragte Winter.

»Ich ... Spielt das eine Rolle?«

»Tja, ich würde nur gerne wissen, ob Sie die Gegend kennen. Ob Sie auch außerhalb der Arbeitszeit hier sind. Oder nur tagsüber.«

»Ich wohne unten am Wieselgrensplatsen.«

»Aha.«

»Mit dem Wagen ist man schnell hier.«

»Ich habe in Ihrem Büro gesehen, dass Sie jeden Morgen hier sind.«

»Acht bis neun.«

»Dann sind das hier alles Wohnungen der Baugesellschaft?«

»So weit wir sehen können.«

»Heute ist das nicht viel.«

»Auch bei klarem Wetter ist hier nicht viel zu sehen«, meinte Karin Sohlberg. »Hier ist es durchaus an vielen Stellen schön, aber wenn man glaubt, was die Leute in der Stadt sagen, also auf der anderen Seite des Flusses, dann sind wir hier in Stalingrad oder so.«

»Ich finde, es sieht mehr wie Lützen aus«, sagte Winter.

»Warum nicht wie Göteborg«, schaltete sich Ringmar ein. »Da kommt übrigens jemand.«

»Das ist der Schlosser«, sagte Karin Sohlberg.

Die Treppe schien frisch gewischt zu sein und roch nach Reinigungsmittel. Wie in den anderen Eingängen waren die Wände unten aus grobem Backstein, der dann in gelben Putz überging. Winter las auf dem Klingelbrett: Perez. Al Abtah. Wong. Andersén. Shafai. Gustavsson.

Erster Stock. Andersén. Das Blut pochte in seinen Schläfen. Er wusste, dass Bertil es bemerkt hatte. Bertil wusste zwar nicht, dass Winter die Tote vor langer Zeit schon Helene getauft hatte, aber er verstand Winters Erregung ohne große Worte. Bertil griff bei einer Ermittlung ebenfalls nach jedem Strohhalm.

Jemand sagte etwas zu Winter, aber das Blut rauschte ihm in den Ohren, und er blinzelte.

»War es der erste Stock? Andersén?«

Er nickte dem Schlosser zu. Sie stiegen die Treppe hoch und blieben vor einer Tür stehen, an der ein paar Zentimeter über dem Namensschild »H. Andersén« eine Kinderzeichnung hing. Winter beugte sich vor. Die Zeichnung stellte ein Schiff auf dem Wasser dar. Der Himmel war zweigeteilt. Rechts vom Schiff regnete es, und links schien die Sonne. Das Schiff hatte runde Fenster, und in einem davon waren zwei Augen zu sehen, eine

Nase und ein Mund. Der Mund war ein gerader Strich. Ein Stück weiter unten hatte ein Kind »jeni« ins Wasser geschrieben.

Winter richtete sich auf und klingelte. Der Ton war so schrill, dass er zusammenfuhr. Oder klang es nur in seinen Ohren so laut?

Er klingelte noch einmal und hörte wie das Geräusch verschluckt wurde, als herrsche auf der anderen Seite der Wand in der Wohnung auch Nebel. Ringmar bückte sich, hob mit der behandschuhten Hand die Klappe des Briefeinwurfs hoch und versuchte hineinzublicken. Er sah einen bunten Reigen von Reklameschreiben und den Schimmer eintöniger Umschläge.

Winter klingelte ein drittes Mal. Wieder das gleiche Geräusch. Plötzlich wünschte er sich weit fort. Als hätte ihn Angst überkommen vor dem, was er drinnen sehen würde. Was ihn dort erwartete. Er schloss kurz die Augen und schluckte, und das Dröhnen in seinem Kopf ließ wieder nach. Er nickte dem Schlosser zu, und der Mann drehte ohne Probleme den Schlüssel ins Schloss, den er bereitgehalten hatte. Ein Sicherheitsschloss gab es nicht.

Die Tür ging nach außen auf. Als Erstes sahen sie den kleinen Berg Papier auf dem Läufer direkt dahinter und das Dunkel im Flur. In dem Zimmer am Ende des Flurs war ein Fenster zu erahnen, ein Rechteck aus schwachem Licht. Winter bat die andern zu warten und betrat vorsichtig die Wohnung, nachdem er die Fußschützer aus Plastik, die er aus der Manteltasche genommen hatte, übergezogen hatte. Er ging langsam durch den Flur. Die Stille wurde gestört vom leisen Brummen des Kühlschranks, den er jetzt links von sich sehen konnte, durch die Küchentür. Er wusste, dass die Küche auf den Hof ging, genau wie bei Ester Bergman. Es roch verlassen hier drinnen und nach Staub, der sich in der eingesperrten Luft angesammelt hatte. Winter schritt weiter. Rechts befand sich eine Tür, die geschlossen war. Das Zimmer geradeaus musste das Wohnzimmer sein. Winter spürte seine Konzentration wie eine Klammer aus Eisen um sein Gehirn. Seine Dienstwaffe scheuerte mehr denn je in der Achselhöhle, und er verspürte einen starken Drang, sie zu ziehen. Er starrte die geschlossene Tür an und ging vorsichtig durch die offene Tür ins Wohnzimmer. Ein Sofa. Tisch und Sessel. Eine kleine Vitrine und ein Fernseher. Eine Kommode. Welke Pflanzen auf zwei schmalen Gestellen unter den Fenstern. Ein Teppich auf dem Boden. Ein Gemälde, auf dem eine Indianerin abgebildet war, hing an der Wand über dem Sofa. Das schwache Licht von den Fenstern war ihm nun eher hinderlich. Winter trat ein paar Schritte zurück und zog die Waffe. Jetzt stand er vor der geschlossenen Tür, drückte die Klinke herunter und öffnete mit einem Ruck, während er sich gleichzeitig an die Wand im Flur presste. Er lauschte, hörte aber nur sein eigenes Atmen und die Geräusche der drei an der Wohnungstür. Winter blickte sich in dem Zimmer um. Es war lang und schmal. Zu beiden Seiten des Zimmers stand je ein Bett, das kleinere an der hinteren Wand. Das Fenster ging auf den Hof. An der Schmalseite sah er Kleiderschränke. Eine der Türen stand offen. Die Wand über dem kleinen Bett war bedeckt mit angehefteten Zeichnungen. Winter bemerkte, dass das größere Bett leicht von der Wand abgerückt stand, wodurch das Zimmer breiter wirkte. Auf dem Fenster welkten weitere Pflanzen, aber im Gegenlicht konnte er nicht sehen, ob sie schon eingegangen waren. Das Fenster war geschlossen, und im Zimmer war es warm, als hinge der Sommer noch darin. Gemalte Sonnen leuchteten an mehreren Stellen über dem Bett des Mädchens. Auf einigen Zeichnungen regnete es, auf anderen gab es sowohl Regen als auch Sonnenschein. Ich möchte wissen, was das bedeutet, dachte Winter. Er richtete den Blick auf das größere Bett. Auf dem kleineren Nachttisch fand er das Telefon und ein leeres Glas. Auf dem Tisch lag eine Zeitung, und daneben stand ein Farbfoto, das eine blonde Frau mit ihrem rothaarigen Mädchen zeigte. Winter trat näher heran. Die Frau auf dem Bild lächelte nur schwach, ließ kaum ihre Zähne sehen. Es war Helene. Winter fand, der Tod hatte ihr Gesicht nicht sehr verändert. Helene war Helene. Sie waren ein Stück weitergekommen auf der Jagd nach ihrem Mörder, aber die Genugtuung des Jägers blieb aus. Sie hatten in dieser Minute eine Ermittlung wiederbelebt, die beinahe vorzeitig beendet worden wäre. Aber jetzt ging es erst richtig los. Bald würde er Kraft ziehen aus der fortgesetzten Arbeit, aber im Moment empfand Winter nur

Trauer, ein Gefühl, das dem Dunkel angemessen schien, das in der ärmlich eingerichteten Wohnung herrschte. Und eine Spannung erfüllte ihn, die er auf das Grauen zurückführte, das er empfand, als er nun ihre Fotografie betrachtete. Helene hatte ihren Namen zurückbekommen. Ihre Tochter lächelte auch auf dem Foto, herzlicher und offener als ihre Mutter. Das Mädchen namens Jennie. Es war nicht hier. Im ersten Augenblick war Winter erleichtert gewesen, die Kleine hier nicht … Nicht … Er hatte den Gedanken nicht zu Ende gedacht, aber er wusste, dass das Unaussprechliche, Undenkbare ihn begleiten würde. Bei der Jagd nach dem Mörder würden sie auch nach dem Mädchen suchen. Winter spürte einen stechenden Schmerz in der rechten Hand und blickte hinunter. Er umklammerte noch immer krampfhaft seine Waffe. Erst hatten sie einen Körper, aber keinen Namen. Nun hatten sie einen Namen. Und dazu hatten sie noch einen Namen ohne … Körper. Der Gedanke traf ihn hart, ließ ihn nicht mehr los.

29

Drei Polizisten und ein Fotograf von der Spurensicherung arbeiteten sich durch Helene Anderséns Wohnung, methodisch und mit vorsichtigen Bewegungen, das übliche Verfahren. Sie bepinselten die Zeitung, die auf dem Nachttisch lag, mit Ninhydrin ebenso wie alle anderen Gegenstände. Ninhydrin ermöglichte, auch sehr alte Fingerabdrücke sichtbar zu machen. Winter hatte gehört, dass das SKL in Linköping verwendbare Fingerabdrücke auf hundert Jahre alten historischen Dokumenten gefunden hatte. Salze und Proteine des menschlichen Schweißes dringen in das Papier ein, und bleiben dort haften, wie ein Handschlag der Geschichte.

Abdrücke auf Stahl ließen sich nicht wegwischen. Sie blieben nachweisbar, als seien sie eingeätzt. Es gab sogar Wege, Fingerabdrücke noch auf nassem Papier zu finden.

Die Techniker packten einige Gegenstände in die obligaten Tüten und versiegelten sie. Das Glas vom Nachttisch und etwas Spielzeug. Es war einfacher, im Labor daran zu arbeiten.

Sie bepinselten die glatten Oberflächen der Wohnung mit dem schwarzen Kohlepulver, das Beier gar nicht mochte, wie Winter nur zu gut wusste. Beier ärgerte es, dass das Eisen in dem Pulver rostete, wenn es feucht wurde, und überall unschöne Flecken hinterließ. Indirekt waren es die Fingerabdrücke, die bei so einer Untersuchung in einer Wohnung viel zerstörten.

Die Techniker suchten nach Abdrücken an Schaltern, neben Türen, auf Tischen und anderen Flächen, wo immer Hände sich bewegt hatten. Sie bepinselten die Stellen mit dem Pulver und warteten, bis es sich in den feinen Linien der Abdrücke abgesetzt hatte. Dann hoben sie es mit Klebefilm ab.

Saß der Abdruck zu fest, lief man Gefahr, dass man keinen Abdruck bekam. Manchmal gingen sie dieses Risiko gar nicht erst ein, sondern fotografierten stattdessen zuerst die Stelle und versuchten dann, den Abdruck abzunehmen. So verfuhr man oft, wenn es sich um ein Kapitalverbrechen handelte und man nur einen Abdruck gefunden hatte. Der Fotograf verwendete immer Schwarzweißfilme.

Karin Sohlberg weinte. Winter saß ihr im Servicebüro gegenüber.

»Ester hatte Recht«, schluchzte sie.

»Ja.«

»Was sagt sie jetzt?«

»Ich spreche gleich mit ihr.«

»Wie schrecklich«, sagte Karin Sohlberg und wischte sich die Tränen ab. »Das Mädchen und alles.«

»Sie erinnern sich an sie?«

»Ich bin vollkommen durcheinander. Ich kann mich nicht richtig erinnern. Vielleicht später.«

»Ja. Wir müssen Sie leider bitten, uns dann bei der Identifizierung zu helfen.«

»Was heißt das? Muss ich mitkommen zum ... Leichenschauhaus?«

»Ja, leider. Wir müssen endlich Sicherheit haben. Wir werden auch die alte Dame bitten müssen. Es tut mir leid.«

Sie blieb eine Weile in Gedanken versunken sitzen.

»Es mag für Sie komisch klingen, aber ich bin ja, wie ich gesagt habe, noch nicht so lange hier«, sagte sie. »Vielleicht waren sie welche, die sich versteckt gehalten haben. Die Mutter.«

»Sich versteckt gehalten haben?«

»Manche hier verhalten sich ganz still. Lassen sich nicht so oft sehen.«

Winter verstand, was sie meinte. Einsamkeit konnte einen Menschen dazu bringen, sich zurückzuziehen. Einsamkeit oder Armut. Winter war in eine arme Familie geboren worden, aber plötzlich, als er noch ganz klein war, hatte es Geld gegeben. Er hatte seine ersten Jahre in einem der zahllosen Hochhäuser in Göteborgs Randbezirken verbracht. Es war eine Welt, an die er sich noch immer erinnerte. Als kleiner Junge hatte er sich einmal in eine Straßenbahn Richtung Süden gesetzt, und es hatte über einen halben Tag gedauert, bis er wieder zurückgefunden hatte.

»Sie bleiben für sich«, sagte er.

Karin Sohlberg putzte sich die Nase. Eine kleine Gruppe Zuschauer hatte sich in etwa fünfzig Meter Entfernung vor dem Eingang zu Helene Anderséns Wohnhaus versammelt und verfolgte ein Fußballspiel zwischen zwei Mädchenmannschaften. Winter sah Menschen vorbeigehen. Eine Gruppe stand vor dem Laden. Ein Streifenwagen hatte dicht am Basketballfeld geparkt, unterhalb der Fahnenstange. Der muss wegfahren, dachte Winter. Von Westen her war Wind aufgekommen und hob die Fahne an. Sie sollte auf halbmast stehen, fand er.

»Ihre Miete ist aber bezahlt worden«, sagte er laut. »Wissen Sie mehr darüber?«

»Nein, nur was ich dem Computer im Bezirksbüro entnommen habe.«

»Es war aber eindeutig, dass die Miete für genau diese Wohnung bezahlt war?«

»Ja. Es stand im Computer.«

»Und sie wurde mit einem vorgedruckten Einzahlungsschein bezahlt?«

»Ja, mit einer gewöhnlichen Zahlkarte. Also bar.«

»Wo gibt es die?«

»Was denn?«

»Die Zahlkarten.«

»Auf dem Postscheckamt in Stockholm, nehme ich an. Und dann gibt es, glaube ich, noch Exemplare dieser Zahlkarten hier im Bezirksbüro, in dem, das wir das alte Heizwerk nennen.«

»Und Helenes Miete kann entweder mit einem Vordruck oder mit einer gewöhnlichen leeren Zahlkarte bezahlt worden sein?«

»Ja.«

»Aber Sie wissen nicht, was von beidem?«

»Das taucht nicht im Computer auf. Nur, dass bezahlt ist.«

»Aber wenn jemand ohne vorgedruckten Einzahlungsschein bezahlt, also mit leerer Zahlkarte ... Handschriftlich ausgefüllt oder wie auch immer, dann gibt es bei Ihnen eine Kopie?«

»Ich glaube es jedenfalls.«

»Und jemand muss doch ihren Namen hingeschrieben haben, damit Sie sehen, dass es sich um gerade diese Wohnung handelt, oder?«

»Die Wohnungsnummer genügt.«

»Die auf dem vorgedruckten Schein steht?«

»Ja.«

»Ist im Moment jemand in diesem Bezirksbüro?«

Karin Sohlberg sah auf ihre Armbanduhr. »Ja ... Ich glaube, Lena müsste jetzt dort sitzen, die Leiterin. Ich kann anrufen und das feststellen.«

Winter nickte, und Karin Sohlberg tippte eine Nummer ins Telefon auf dem Schreibtisch. Sie sprach mit jemandem. Winter wartete.

»Sie ist da«, erklärte Karin Sohlberg und legte den Hörer auf.

»Können Sie mitkommen?«

»Ich weiß nicht, ob ich ...« Karin Sohlberg wischte sich über die Augen. Sie dachte daran, wie rot sie aussehen mussten, aber was für eine Rolle spielte das jetzt, wenn man bedachte, was mit der Frau passiert war, die nicht viel älter gewesen war als sie. Und das Kind ... Da war wohl große Eile geboten. »Ja, ich komme mit.«

Winter sprach sich über das Handy mit Ringmar ab. Bertil sollte das Gespräch mit Ester Bergman führen und dafür sorgen, dass der Polizeiwagen da wegfuhr. Winter drückte auf Aus und steckte das Handy in die Innentasche seines Sakkos.

Draußen hatte sich die eine Gruppe aufgelöst und eine andere gebildet, näher bei ihnen. Winter sah die dunklen Gesichter, vielleicht aus Südost- und Ostasien. Wie die Frau, die neben ihm herging. Er hatte sie gar nicht nach ihrer Herkunft gefragt.

»Es gibt hierherum viele Nationalitäten«, begann er.

»Über fünfzig Prozent sind keine schwedischen Staatsangehörigen«, meinte Karin Sohlberg.

Winter blickte auf sie hinab. Sie war einen Kopf kleiner als er.

»Ich schon«, betonte sie. »Ich bin Schwedin.«

»Ich habe nicht gefragt«, sagte er.

»Südkorea«, ergänzte sie. »Adoptiert, obwohl manche es geraubt nennen.«

Winter äußerte sich nicht dazu.

»Ich weiß, wer meine richtigen Eltern sind«, erzählte Karin Sohlberg.

»Sie sind nie wieder dort gewesen?«

»Noch nicht.«

Lena Suominen erwartete sie im Bezirksbüro. Sie hatte schon eine Kopie der Zahlkarte herausgesucht, die verwendet worden war, um Helene Anderséns letzte Monatsmiete von 4350 Kronen für die Dreizimmerwohnung mit 69,9 Quadratmetern zu bezahlen.

Winter blickte auf das Papier. »Das ist also eine Kopie?«

»Ja. Wir bekommen sie vom Hauptbüro, das sie wiederum von der Post erhält, nehme ich an.«

»Und Sie archivieren alle Kopien?«

»Ja.«

»Wo sind die Originale?«

»Zu diesen von Hand ausgefüllten Formularen?«

»Ja.«

»Beim Postscheckamt, würde ich meinen. In Stockholm. Genau wie die vorgedruckten Formulare. Die landen auch dort.«

Winter betrachtete die Kopie vor sich etwas genauer. Jemand hatte mit gestochenen Ziffern die Postschecknummer der Baugesellschaft, 882000-3, und dann eine Nummer in das Feld für den Verwendungszweck geschrieben, aber weder Namen noch Adresse.

»Ist das hier die Wohnungsnummer?«, fragte er und zeigte auf die drei Ziffern auf der Kopie.

»Ja. 375, das ist die Wohnung.«

»Man braucht demnach nicht den Namen anzugeben?«

»Nein.«

»Ist es üblich, dass die Leute ihre Miete auf diese Weise bezahlen?«

Lena Suominen sah aus, als wollte sie lächeln. »Es gibt auch Leute, die ihre vorgedruckten Formulare verlieren und hier anrufen, um die Postschecknummer zu erfahren. Und dann nenne ich sie ihnen. Aber das ist eine andere.«

»Wie bitte?«

»Bei manueller Einzahlung, also auf einer neuen Zahlkarte, gilt eine andere Nummer.«

Winter blickte auf die Kopie. »Die hier also? 882000-3?«

»Nein. Das ist die gewöhnliche der Baugesellschaft.«

»Und es funktioniert trotzdem? Wer eine Einzahlung macht, kann auch die Nummer verwenden, die eigentlich zu den vorgedruckten Formularen gehört?«

»Ja.«

»Aber dazu muss man sie wissen. Zum Beispiel auf einem Vordruck lesen«, dachte Winter laut. »Gilt diese Nummer für alle Ihre Wohnungen in Göteborg?«

»Ja.«

»Wie viele Wohnungen gibt es in Norra Biskopsgården?«

Lena Suominen überlegte. Sie war um die fünfzig, hatte ein breites Gesicht, das einen intelligenten Eindruck machte. Sie sprach Finnlandschwedisch, was den förmlichen Ton ein wenig weicher klingen ließ.

»Ungefähr eintausendzweihundert.«

»Und viele bezahlen ihre Miete auf der Post, habe ich das richtig verstanden? Mit den vorgedruckten Formularen?«

»Ja.«

»Und andere lassen direkt von ihrem Girokonto abbuchen?«

»Ja«, bestätigte Lena Suominen. »Und wieder andere verwenden die Vordrucke nicht, weil sie die Miete nicht auf einmal bezahlen können. Das ist leider so, und das ist bedauerlich für sie und für uns ...«

»Bezahlen sie in Raten?«, fragte Winter.

»Ja, oder zumindest eine erste Rate. Und dabei bleibt es manchmal.«

»Kommt das ... häufig vor?«

»Immer häufiger.«

Einsamkeit und Armut, schoß es Winter durch den Kopf. Wie fühlte man sich, wenn man nur einen Teil der Wohnungsmiete aufbringen konnte? Betrat man das Wohnzimmer nicht mehr?

»Und manchmal ist gar nicht zu ersehen, wer seine Miete bezahlt hat. Man kann den Namen nicht entziffern oder die Adresse oder die Wohnungsnummer. Aber das Geld geht ein.«

»Und wo landet es dann?«

»Auf einem besonderen Konto. Abfallkonto nenne ich es.«

Winter studierte die Kopie, die er in Händen hielt. Das Original konnte also auf dem Postscheckamt in der Hauptstadt liegen. Sie würden dort anrufen und bitten, es ihnen herauszusuchen, in eine Plastiktüte zu stecken und zu schicken. Dies war ein Anhaltspunkt. Definitiv.

»Die meisten werden ihre Miete auf dem nächsten Postamt bezahlen, nehme ich an.«

»Das nehme ich auch an. Ich kann Ihnen auch sagen, wo«, half Lena Suominen. »Es ist die Post am Länsmantorget.«

»Aber ersehen können Sie das nicht? In Ihrem Computer, meine ich.« Winter wies auf den großen PC neben ihr.

»Nein.«

Ganz unten auf der Zahlkarte entdeckte Winter eine Zeile mit einer langen Reihe Ziffern. Er konnte das Datum erkennen, an dem die Zahlung getätigt worden war. Genau wie Karin Sohlberg bereits gesagt hatte, war die Miete am ersten Werktag im September gezahlt worden. Aber da war Helene Andersén schon tot gewesen. Seit dreizehn oder vierzehn Tagen.

Die anderen Ziffern konnte Winter nicht deuten.

»Was bedeuten die hier?«, fragte er, hielt ihr die Kopie hin und zeigte darauf.

Lena Suominen nahm das Papier entgegen und warf einen Blick darauf. Karin Sohlberg stellte sich dazu.

»Das sind die Kennziffern des Postamts«, sagte Lena Suominen. »Ich glaube, dieselben Ziffern stehen auf der Quittung, die derjenige bekommt, der auf der Post bezahlt.«

Winter las die Ziffern nach dem Datum: 01-223770030. Er hatte keine Ahnung, wofür sie standen, aber so etwas musste man nachprüfen können.

»Sie wissen nicht zufällig die Telefonnummer des Postamts?«, wandte er sich erneut an Lena Suominen.

»Nein …«

»Könnten Sie mir das Telefonbuch hinter Ihnen reichen«, bat er. »Das mit den rosa Seiten.« Er schlug die Seite über den Kundendienst der Post auf und wählte eine der 020-Nummern, landete aber in der Warteschleife und legte auf. Er suchte die Nummer des Postamts Länsmansgården heraus, und nach zwei Klingelzeichen meldete sich eine Frauenstimme.

»Guten Tag, mein Name ist Erik Winter, und ich bin Kriminalkommissar. Wir ermitteln im Zusammenhang mit einem Verbrechen, und ich hätte gern gewusst, ob Sie mir mit einer Sachauskunft helfen könnten. Nein, nur eine Sachaus… Nein, das wird Ihnen keine Probleme bereiten, glaube ich. Es geht um Ihre Kennziffern auf der Qui… Ja, genau, die Zahlenkombi… Nein, ich will das nur ganz beispielhaft klären … BITTE hören Sie zu, ich habe eine Frage zu folgenden Ziffern.« Es gelang ihm, ihr die Ziffern zu nennen und woher er sie hatte.

Er hörte zu und versuchte ihren Erklärungen zu folgen. »Die Erste steht also für die Art des Dienstes? Null, eins bedeutet Einzahlungen auf ein Postscheckkonto? Danke. Die vier … Ja, direkt danach. P-Nummer? Das Amt, wo die Einzahlung getätigt wurde!? Die Nummer sagt, wo die Einzahlung getätigt wurde? Ich habe die Nummer hier … Ich wiederhole sie gerne. Können Sie sagen, wo das ist? Dann holen Sie ihn bitte. Ich warte.«

Er hielt den Hörer ein paar Zentimeter vom Ohr weg. »Die vier ersten Ziffern bezeichnen, wo die Einzahlung gemacht wurde«, teilte er sein neuerworbenes Wissen mit den beiden Frauen. »Sie holt ein Verzeichnis.«

Er hörte eine Stimme im Hörer und drückte ihn sich wieder ans Ohr. »Ja? Zwei, zwei, drei, sieben, ja. Mölnlycke!? Sind Sie sicher? Ja, das sind die Ziffern. Und dann die … Heißt das so? Okay, was bedeu… Der Schalter, sagen Sie? Diese Ziffern null, null, drei, null besagen also, an welchem Schalter die Einzahlung getätigt wurde? Dann bedeutet die genannte Zahlenkombination also, dass die Einzahlung der Miete für die Wohnung mit dieser Nummer hier am 2. September auf der Post in Mölnlycke an einem bestimmten Schalter getätigt wurde? Stimmt das? Danke.«

Winer legte auf. »Sie haben es ja mitbekommen«, sagte er.

Winter war auf dem Weg zum Hof vor Helene Anderséns Wohnung, als sein Handy in der Innentasche seines Sakkos vibrierte. »Winter hier.«

»Bertil. Wo bist du?«

»Auf dem Weg zum Hof. Und du?«

»Vor der Wohnung. Anderséns Wohnung.«

»Ich bin in einer Minute bei dir«, antwortete Winter.

Ringmar wartete auf der Treppe.

»Beiers Jungs sagen, dass vor gar nicht langer Zeit jemand in der Wohnung gewesen ist.«

»Und das bedeutet?«

»Wahrscheinlich irgendwann in den letzten Wochen. Nach ihrem Tod.«

»Wie können sie das wissen?«

Ringmar zuckte die Achseln. »Die können eben zaubern. Aber ich glaube, sie haben etwas vom Staub gesagt. Ein genauer Bescheid kommt noch. Und dann meinen sie, es habe jemand in den Sachen rumgekramt und dann versucht, alles wieder ungefähr so hinzulegen, wie es vorher war.«

»Das hört sich an, als wäre da einer ganz schön ungeschickt.«

»Könnte eine falsche Spur sein. Oder Einbildung, trotz allem. Helene Andersén hatte vielleicht eine bestimmte Ordnung in ihren Sachen.«

»Oder es war jemand da und hat gesucht und sich nicht weiter darum gekümmert, ob es bemerkt wird.«

»Nun, anscheinend wohl gerade doch.«

»Hast du mit der alten Dame gesprochen?«

»Ja, kurz. Sie ist natürlich erschüttert. Übrigens hat sie sich nach dir erkundigt.«

»Verrat mir, was sie gesagt hat. Ich will später noch mal hin.«

»Sie redet dauernd von dem Mädchen. Jennie. Sie kann an nichts anderes denken, sagt sie.«

»Mir geht es genauso«, meinte Winter. »Es fällt schwer, nicht daran zu denken.«

»Wenn die Presse Wind hiervon bekommt, ist der Teufel los«, stöhnte Ringmar.

»Wir müssen unbedingt darauf achten, dass nichts durchsickert«, warnte Winter.

»Warum?«

»In einigen Tagen kommt vielleicht jemand auf das Postamt in Mölnlycke und bezahlt wieder die Miete. Dann sollten wir dort sein.«

»Das ist ja ein Ding«, staunte Ringmar.

»Gehen wir jetzt mit einer landesweiten Fahndung nach dem Mädchen an die Öffentlichkeit und machen Helenes Identifizierung bekannt, verderben wir uns jede Chance. Eine kleine Möglichkeit nur, aber immerhin.«

»Ich weiß nicht, was ich sagen soll«, sagte Ringmar perplex.

»Es ist verrückt, aber tatsächlich nicht unwahrscheinlich«, begeisterte sich Winter.

»Ja, vermutlich. Wir sollen also bis dahin den Ermittlungserfolg geheim halten?«

»Ja. Wir werden einfach weiterarbeiten wie bisher, aber insgeheim mit neuen Voraussetzungen.«

»Möchte wissen, ob das klappt«, meinte Ringmar. »Ich wundere mich ja fast, dass hier noch keine Ü-Wagen vom Fernsehen aufgetaucht sind.«

Sie durchforsteten nun, da sie ihren Namen kannten, alle aktuellen Register nach Helene Andersén, und auch die veralteten. Auch die Verbrecherkartei in der Stockholmer Zentrale. Es würde noch einmal einen vollen Durchlauf geben, aber jetzt mit einem wirklichen Suchbegriff.

In ein paar Tagen verbreiten wir ihren Namen und ein Foto von ihr, als sie noch lebte, plante Winter. Eins, auf dem die Tochter zu sehen ist. Mit und ohne ihre tote Mutter. Wenn wir dann immer noch nicht schlauer sind, haben wir es mit den einsamsten Menschen auf der Erde zu tun, denen ich je begegnet bin. Sie haben existiert. Eigentlich nur ihre Namen.

Alle Behörden mussten befragt werden. Winter hatte die Post, die im Wohnungsflur gelegen hatte, nicht selbst durchgesehen, und die Techniker von der Spurensicherung hatten keinen Brief vom Sozialamt gefunden. Vielleicht war er mit der Rechnung für die Wohnung und der Zahlkarte verschwunden.

Sie würden trotzdem rausbekommen, ob Helene Geld vom Sozialamt oder von einer Arbeitsstelle bekommen hatte. Schon bald würden sie es genauer wissen.

Ein Telefon hatte Helene gehabt. Winter erinnerte sich daran, es auf dem kleinen Tisch neben dem Bett stehen gesehen zu haben. Sie konnten nun Auskunft über alle geführten Gespräche anfordern. Sicher hatte sie ein Telefon, weil sie mit jemandem sprechen wollte.

30

Winter rief zuerst beim Postscheckamt an. Es gab eine besondere Abteilung für »Polizeiangelegenheiten«. Der Zuständige antwortete nur widerwillig auf Winters Fragen.

»Das ist gelaufen«, sagte der Mann.

»Wie bitte?«

»Die Formulare werden im Schnitt nach zwei Wochen makuliert. Sagten Sie nicht, die Miete sei vor mehr als drei Wochen eingezahlt worden?«

»Doch.«

»Dann ist es gelaufen. Wir maku...«

»Was versteht man unter makulieren?«, fragte Winter.

»Man kann sagen, das Papier hört auf zu existieren«, erklärte der Postbeamte.

»Jetzt legen Sie mal Ihre selbstgefällige Pose ab, Sie verdammter Wichtigtuer. Ich untersuche einen Mordfall und möchte gern Antwort auf meine Fragen. Also: Wie genau werden die Formulare makuliert?«

»Sie werden durch den Reißwolf geschickt.«

»Und das geschieht automatisch nach zwei Wochen?«

»Manchmal früher, manchmal später. Hängt davon ab, wie viel wir zu tun haben.«

»Was für einen Sinn hat es dann, sie überhaupt zu Ihnen zu schicken?«

»Das weiß ich wirklich nicht. Das habe ich mich auch schon gefragt. Eigentlich haben wir hier ja keinen Platz dafür.«

»Besteht denn eine Möglichkeit, dass eine Sendung von einem Postamt ans Postscheckamt liegen geblieben ist?«

»Nicht drei Wochen lang. Wenn sie nicht zuunterst gelandet ist oder wir unterbes…« Der Mann verstummte, als hätte ihn ein Geistesblitz am Sprechen gehindert.

Winter lauschte dem Rauschen in der Leitung zwischen Stockholm und Göteborg. Es klang wie heulender Wind. Der erste zaghafte Herbststurm wehte von Nordwesten her.

»Wir waren in den letzten Wochen unterbesetzt.« Der Postbeamte hatte seine Sprache wiedergefunden. »Es könnte tatsächlich etwas liegen geblieben sein. Wo, sagen Sie, ist die Einzahlung erfolgt? Göteborg, ich weiß, aber auf welchem Amt? Können Sie die Postschecknummer und den Betrag wiederholen? Und die Wohnungsnummer auch.«

Winter begriff, dass er anfangs mit einem Mann gesprochen hatte, der nur mit halbem Ohr hingehört hatte. Er wiederholte also, was er zuvor schon gesagt hatte. Wie viele Fälle waren schon in die Hose gegangen, weil irgend so ein Idiot sich nicht bequemte, ihm zuzuhören?, wetterte er im Stillen. Man konnte sich schließlich nicht ständig wiederholen.

»Bitte haben Sie einen Moment Geduld«, sagte die Automatenstimme der Telefonanlage, die wie einer dieser Stockholmer Jazzmusiker klang, der sich herabließ zu einem Konzert im Nefertiti nach Göteborg zu kommen, überlegte Winter. Die spielen auch besser, als sie reden.

Es krachte im Hörer, und die Stimme des Postbeamten füllte wieder die Leitung.

»Können Sie noch einen Moment dranbleiben? Vielleicht hab ich hier was.«

»Was denn?«

»Wie ich schon gesagt habe. Wir sind in letzter Zeit ein wenig knapp mit Leuten gewesen. Vielleicht gibt es noch was im Archiv.«

»Ich warte«, sagte Winter. Es gab also doch ein Archiv, wenn man das so nennen konnte, wo doch der Inhalt immer so schnell wie möglich vernichtet wurde. Vielleicht würden sich dieses Mal die Sparmaßnahmen im öffentlichen Dienst für ihn auszahlen, freute Winter sich: So viele waren an die Luft gesetzt worden, dass die wenigen, die übrig waren, nicht schnell genug schnipseln konnten. Oder war bereits die erste Grippewelle der Saison über die Hauptstadt hereingebrochen?

»Ich hab's«, dröhnte die Stimme in sein Ohr.

»Sie haben es gefunden?«

»Ja, tatsächlich. Ich bin selbst erstaunt.«

Die Sache war also keineswegs »gelaufen«, triumphierte Winter. Laut sagte er: »Ich möchte, dass Sie diese Karte sofort in einen neuen Umschlag stecken und an einem sicheren Platz verwahren. Am besten schließen Sie sie in einen Schrank ein.«

»Okay.«

Winter blickte auf seine Armbanduhr. »Sind Sie in zwei Stunden noch da?«

»Ja.«

»Dann kommt in zwei Stunden ein Kollege von mir bei Ihnen vorbei und holt den Umschlag ab. Er fragt nach Ihnen.« Winter warf einen Blick auf den Namen, den er sich notiert hatte. »Bitten Sie ihn, sich auszuweisen.«

»Okay.«

»Und vielen Dank für die Hilfe. Ich bitte um Entschuldigung, dass ich Sie vorhin so angeschnauzt habe. Wiederhören.«

Winter drückte auf die Gabel, wartete auf das Freizeichen und rief noch einmal in Stockholm an, diesmal die Abteilung der Post, die als »Geschäftsbereich« bezeichnet wurde, und sprach mit einem Sicherheitsbevollmächtigten, der bat, binnen einer halben Stunde zurückrufen zu dürfen.

Winter legte den Hörer auf und erhob sich. Sein linkes Schulterblatt tat ihm weh von der steifen Haltung, in der er dagesessen hatte, während er telefonierte. Er verbrachte viel zu viel Zeit am Telefon. Sein langer Rücken würde am Ende schief und krumm sein, gebogen wie ein Telefonhörer. Er musste im Zimmer Gymnastik machen. An diesem Abend würde er ins Valhalla gehen und sich in die Sauna setzen, wenn er Zeit dafür fände. Sauna, ein Bier zu Hause. Stille zum Denken. Er musste Angela anrufen. Er muss...

Es läutete, schmetterte. Der Klingelton war extra so laut eingestellt, damit er ihn auch hörte, wenn er nicht im Zimmer, aber in der Nähe war.

»Okay«, sagte der Sicherheitsbevollmächtigte bei der Stockholmer Post. »Nicht ganz einfach, das hier. Wir haben die üblichen Verfahren bei Auszahlungen. Konto sperren et cetera... Aber ein Sperrsignal für eine Einzahlung, tja, ich muss zugeben, das ist tatsächlich etwas Neues.«

»Es kommt immer ein erstes Mal«, sagte Winter. »Aber was können wir tun?«

»Sie wollen also eine Kontrollmöglichkeit bezüglich einer Einzahlung auf dem Postamt in Mölndal vom Ende dieser Woche bis zum ersten Werktag im Oktober.«

»Mölnlycke«, sagte Winter.

»Was? Ja, Mölnlycke. Okay. Aber die Zeit ist zu kurz, um die Computer und Kassenmaschinen auf ein bestimmtes Signal am Bildschirm zu programmieren, und dann würde es in der Praxis wahrscheinlich doch nicht helfen, weil wir uns nur an die Wohnungsnummer halten können.«

»Reicht das nicht?«

»Die kriegen wir nicht hinein. Und wenn wir nach der Postschecknummer gingen, dann wären ja fünftausend Menschen, oder was weiß ich wie viele, von der Sperre betroffen.«

»Ich verstehe.«

»Aber eines kann ich für Sie tun, auch wenn es äußerst ungewöhnlich ist. Ich kann eine Mitteilung an sämtliche Postämter schicken, dass sie versuchen sollen, auf diese Ziffern zu achten.«

»Wie machen Sie das?«

»Darauf möchte ich lieber nicht antworten, wenn es nicht sein muss.«

»Aber Sie können es sofort in die Wege leiten?«

»Ja, so gut wie. Aber es ist wie gesagt ungewöhnlich. Zuletzt haben wir das vor mehreren Jahren gemacht, als wir versuchten, einen Währungsumtausch zu verhindern. Der Sinn ist ja, wenn so eine Mitteilung kommt, dass alle wissen, sie ist superwichtig. Hat höchste Priorität.«

»Das trifft hier zu.«

»Das verstehe ich. Aber, tja, das ist schon alles, was wir tun können.«

»Gut.«

Winter sah Millionen Computerschirme vor sich, die per E-Mail den Hinweis des Sicherheitsbeauftragten empfingen und anzeigten. Das Postamt Mölnlycke. Er war nie dort gewesen, kaum einmal in dem Ort zehn Kilometer östlich von Göteborg. Aber es bestand eine geringe Chance, dass wieder jemand dorthin käme, um die Miete einzuzahlen. Jemand, der nicht Bescheid wusste, dass ... Wenn sie es nur noch einige Tage geheim halten konnten! Es müsste doch eine diskrete Möglichkeit der Überwachung geben. Nicht nur mit Hilfe der zentralen Sicherheitsabteilung der Post, sondern vor Ort. Ein oder zwei Polizisten. Vielleicht gab es dort ja ein Überwachungssystem. Eine Kamera. Er machte sich eine Notiz.

In diesem Augenblick meldete sich der Sicherheitsbeauftragte wieder zu Wort: »Aber es gibt auch andere Möglichkeiten. Sie können mit dem Chef in diesem Amt in Mölnd... Mölnlycke sprechen, ob sie den Kassiererinnen nicht lose Zettel in die Kasse legen können zur Erinnerung. Damit sie die Nummer im Kopf haben und schnell reagieren können.«

»Ja, ich verstehe«, antwortete Winter. »Daran hatte ich auch schon gedacht.«

»Öh ... Okay. Aber was zu beachten ist dabei, das ist der Datenschutz. Der Post muss eine schriftliche Verfügung des Staatsanwalts vorliegen.«

»Oder vom Leiter der Ermittlung«, ergänzte Winter. »Das bin ich.«

»Richtig. Aber von uns aus ist das jedenfalls machbar, diese Einzahlung zu überwachen, wenn die Leute auf dem Postamt wissen, worum es sich handelt.«

»Danke für Ihre Hilfe«, verabschiedete sich Winter. »Ich bin Ihnen wirklich sehr dankbar.«

»Dann schicke ich meinen Rundbrief raus. Für den Fall, dass das Ganze irgendwo anders als in Mölndal über die Bühne geht.«

Winter drückte wieder auf die Telefongabel und wartete auf das Freizeichen. Mit der linken Hand schlug er die Nummer im Telefonbuch nach, dann rief er die Sicherheitsabteilung der Post in Göteborg an. Ein Mann meldete sich mit »Bengt Fahlander«.

»Hallo. Erik Winter. Kriminalpolizei. Ich leite die Ermittlungen in einem Mordfall.«

»Hallo.«

Winter erläuterte den Hintergrund und stellte seine Frage.

»Wir haben eine Kamera in Lindome, aber nicht in Mölnlycke«, berichtete ihm Fahlander. »Mölnlycke hat schon lange keine solche Ausrüstung mehr.«

»Warum nicht?«

»Tja, das ist das Übliche. Die Ämter, die am meisten bedroht sind, bekommen die beste Überwachungsausrüstung. Das sind ungefähr fünfzehn Filialen im Kreisgebiet, darunter Lindome. Dort haben mehrere Überfälle stattgefunden, und schließlich haben wir selbst die Initiative ergriffen und eine Kamera installiert.«

»Aber nicht in Mölnlycke«, wiederholte Winter.

»Nein. Aber das würde in diesem Fall keine Rolle spielen«, meinte Fahlander.

»Warum nicht?«

»Der Videofilm. In Extremfällen erhalten wir manchmal die Erlaubnis, den Film einen Monat aufzubewahren, aber fast immer wird er nach zwei Wochen gelöscht. Makuliert, kann man wohl sagen.«

Dieses verfluchte Makulieren verfolgt mich, ärgerte sich Winter. Bald gab es für nichts mehr Belege, was weiter in der Vergangenheit passiert war als vor zwei Wochen. Dann war Schluss.

»Also wäre – wenn es eine Kamera in Mölnlycke geben würde – der Film von dem genannten Tag längst gelöscht«, führte Fahlander aus. »Aber Mölnlycke hatte früher eine Kamera. Ziemlich lange, glaube ich, bis es dort ruhiger geworden ist. Die Kriminalität ist von dort abgewandert, könnte man sagen.«

»Nach Lindome«, ergänzte Winter. »Aber jetzt ist die Kriminalität wieder da, und ich will dort eine Kamera installiert haben.«

»Sofort?«

»Heute noch, wenn es geht. So schnell wie möglich.«

»Das erfordert einen formellen An…«

»Ich weiß. Und ich weiß auch, an wen ich ihn richten muss. Es ist wirklich äußerst wichtig. Und eilt.«

»Es handelt sich allerdings um die Überwachung eines öffentlichen Ortes«, gab Fahlander zu bedenken. »Daher sind Schilder vorgeschrieben, die der Allgemeinheit mitteilen, dass der Ort überwacht wird.«

Auf welcher Seite stehst du eigentlich?, fragte sich Winter ... der Postbeamte hatte ja Recht. »Natürlich«, stimmte er zu. »Vielleicht haben Sie ja sogar die alten noch, andernfalls regeln wir das.«

»Wäre es möglich die Sache diskret zu behandeln?«, fragte Fahlander zum Abschluss.

Es waren jetzt mehr Polizisten im Besprechungszimmer als zu Beginn der Ermittlung, was zweihundert Jahre zurückzuliegen schien. Im Raum war es schwül warm. Ringmar war gerade dabei, ein Fenster zu öffnen. Winter hängte sein Sakko über die Lehne des Drehstuhls und wandte sich an die Anwesenden.

»Wir planen für die kommenden drei Tage etwas Ungewöhnliches: Wir gehen in Norra Biskopsgården diskret von Tür zu Tür, aber angeblich im Rahmen einer Routineermittlung. Über den wahren Hintergrund bewahren wir Schweigen.«

Ringmar stand auf und fuhr fort. »Wenn jemand fragt, warum wir gerade jetzt dort sind, brauchen wir nur anzugeben, dass wir uns bei dem Versuch, die Frau zu identifizieren, Stück für Stück durch die ganze Stadt arbeiten.«

»Zumindest durch die großen Wohngebiete«, gab Halders seinen Senf dazu.

»Ja«, sagte Winter. »Wir dürfen uns diese Chance in Mölnlycke nicht vermasseln. Es ist vielleicht ein verrückter Beschluss, den ich damit fasse, aber die Erfolgsaussichten sind nicht ganz unmöglich.«

»Der Schlüssel«, erinnerte Bergenhem. »Wer die Miete bezahlt hat, ist auch im Besitz des Wohnungsschlüssels.«

»Ja«, sagte Ringmar. »Es scheint, als sei jemand in ihrer Wohnung gewesen. Entweder hat jemand in der Wohnung gründlich nach etwas gesucht, oder Helene Andersén hatte eine etwas sonderbare Ordnung in ihren Sachen.«

»Es fanden sich also keine Schlüssel in der Wohnung?«, fragte Bergenhem.

»Nein.«

»Wie viele hat sie von der Baugesellschaft ausgehändigt bekommen?«

»Zwei.«

»Sie kann nicht einen davon einer Freundin gegeben haben?«

»Schon möglich«, erklärte Winter. »Aber bis jetzt scheint sie nur die einsamste Frau auf Erden gewesen zu sein.«

»Was fehlt sonst noch in der Wohnung?«, fragte Sara Helander.

»Das Zahlungsformular für die Miete«, sagte Winter.

»Wir sollen also über das Ganze Stillschweigen bewahren?«, bemerkte Halders.

»Wir versuchen es.«

»Und die ganze Zeit über fahnden wir diskret nach dem Mädchen, obwohl doch sofort landesweit Alarm geschlagen werden müsste?«

»Es ist vielleicht ein verrückter Beschluss, wie ich schon sagte«, gab Winter zurück. »Aber wir haben eine einmalige Möglichkeit. Und gleichzeitig legen wir mit der Fahndung noch einmal los, ganz von vorn, auf der Grundlage der neuen Fakten.«

Es war ein zweiter Start in der Ermittlung. Ein zweiter Start war nötig. Sie würden noch einmal von vorne anfangen, am Fundort.

»Aber das Verbrechen … der Mord wurde nicht in ihrer Wohnung verübt?«, fragte Sara Helander.

»Nicht, soweit Beiers Männer bis jetzt feststellen konnten.«

»Ist das nicht sowieso unrealistisch, wenn man sich die Entfernung zum Delsjön anschaut?«, hakte Börjesson nach.

»Von der Zeit her könnte es gerade eben hinhauen, aber wir haben bisher keine entsprechenden Spuren in ihrer Wohnung gefunden.«

»Hat das kein großes Hallo gegeben, als wir die Wohnung durchsucht haben? Ist dieses angebliche Geheimnis nicht längst keines mehr?« Halders ärgerte sich, dass ihm dieses idiotische Hallo rausgerutscht war.

»Es waren ein paar Neugierige da, aber das ist nicht ungewöhnlich, wenn die Polizei zu Besuch kommt«, erwiderte Ringmar. »Ich habe jedenfalls zu keinem etwas gesagt.« Er blickte Winter an, der auch den Kopf schüttelte. »Und ich hoffe, dass unsere Zeuginnen ihr Versprechen halten, darüber zu schweigen.«

»Was ist mit der Presse? Es wäre ziemlich absonderlich, wenn die nicht bald Wind von der Sache kriegen.« Halders fiel immer noch etwas ein.

»Mir ist noch nichts bekannt geworden«, antwortete Ringmar.

»Es wäre doch komisch«, wiederholte Halders. »Wenn die nicht schon etwas wüssten.«

»Ich bin für die Presse bis auf Weiteres die einzige Kontaktperson«, ordnete Winter an. »Das ist mit Sture und Wellman so abgesprochen.«

Na, ob Wellpappe den Mund halten kann?, zweifelte Halders im Stillen. Wenn diese drei Tage vorbei sind und wir nicht den Mörder und das Mädchen oder wenigstens einen von den beiden gefunden haben, müssen wir landesweit Alarm geben, und dann wird ein Höllenlärm losbrechen. Wie will Wellpappe dann erklären, warum er nicht gefordert hat, die Suche nach dem Mädchen zu beginnen, sobald wir von ihr wussten? Ob wir das geheim halten können? Vielleicht ist Wellpappe zäher, als ich ihn eingeschätzt habe.

»Ich halte das Ganze für eine riesig gute Idee«, sagte Halders schließlich und blickte Winter dabei an. »Ich würde dasselbe beschließen.« Er sah, dass Winter begriff, er meinte es ernst. Wer nicht wagt, der nicht gewinnt.

»Also, was passiert jetzt genau?«, fragte Sara Helander.

»Ich spreche mit der Post in Mölnlycke«, erklärte Winter. »Das mit der Kamera geht klar. Vielleicht bekommen wir zwei. Leider haben sie dort vorher keine Ausrüstung gehabt, aber wir bringen sie so schnell und diskret an, wie es geht. Wir versuchen, den Eindruck zu erwecken, als wäre die Kamera schon immer da gewesen.«

»Wer übernimmt die Überwachung im Postamt?«, wollte Bergenhem wissen.

»Ich schlage vor, dass du das machst«, sagte Winter.

»Ich?«

»Das muss einer machen, der so gewöhnlich wie möglich aussieht«, feixte Halders.

»Ja, man darf keinen nehmen, der nur die Kunden verscheuchen würde«, schoss Bergenhem zurück. »Wann soll's losgehen?«, wandte er sich dann fragend an Winter.

»Am besten gleich«, antwortete Winter. »Ich spreche nachher sofort mit dir. Und deine Ablösung wird auch organisiert.«

»Bald werden solche Operationen einfacher«, mischte sich Halders ein.

»Wie denn?«, fragte Sara Helander.

»Die schließen doch die Postämter schneller, als die Gauner auf Heden ein Auto knacken. Bald gibt es ein einziges großes Postamt auf der grünen Wiese im Süden der Stadt und einen verdammt großen Parkplatz daneben, wo alle parken müssen, und dann wird es noch viel leichter, ein Auto zu klauen.«

»Wie praktisch.«

»Es geht also um drei Tage«, sagte Sara Helander. »Woher wollen wir wissen, dass er oder wer immer es ist, also dass er oder sie nicht schon bezahlt hat? Oder ob er überhaupt vorhat zu bezahlen?«

»Wir erfahren fast sofort, wenn jemand bezahlt hat«, sagte Ringmar. »Das war bisher nicht der Fall, wenigstens heute nicht. Und ... tja, natürlich weiß keiner, ob es noch zu einer Einzahlung kommt.«

»Hat sie selbst regelmäßig bezahlt?«, fragte Sara Helander.

»Anscheinend immer an den letzten Tagen des Monats«, sagte Winter. »Einmal am ersten, weil Feiertag war.«

»Wie jetzt also.«

»Ja.«

»Es kann also jemand sein, der ihre ... Gewohnheiten, ihren Alltag kennt«, schlussfolgerte Sara Helander.

Winter nickte als Antwort. Er sah Helenes Gesicht vor sich und dann das ihrer Tochter. Sie hatten noch mehr Fotos in der Wohnung gefunden.

»Wie steht es mit ihrem Sündenregister?«, wollte Bergenhem wissen.

Winter blickte seinen Kollegen aus der Registratur fragend an.

»Noch nichts«, antwortete Möllerström. »In unserem eigenen Register findet sie sich nicht, und was das zentrale angeht, so sind wir gerade dabei.«

»Da haben wir bestimmt kein Glück«, meinte Halders.

»Was meinst du?«, fragte Möllerström.

»Dass sie im Register steht. Das wäre Glück, und wir beim Fahndungsdezernat haben nun mal kein Glück. Bei uns dreht sich alles um Tüchtigkeit ...«

»Okay, okay, Fredrik«, bremste ihn Winter. »Das wissen wir. Aber sie kann doch in ihrer Jugend in einer anderen Stadt etwas angestellt haben, was registriert ist. Das hat mit Glück nichts zu tun.«

»Jugendkriminalität«, sagte Möllerström.

»Warum nicht«, bekräftigte Bergenhem.

»Ist die Personenfahndung schon auf die beiden angesetzt?«, fragte Halders. »Mit den neuesten Erkenntnissen? Den Namen?«

»Natürlich«, antwortete Ringmar.

»Sonst gibt's wenigstens immer einen Auftraggeber, der etwas weiß«, ärgerte sich Halders. »Zum Beispiel diese Schießerei auf dem Vårväderstorget. Die kann man lösen, weil man einen Denunzianten hat. Einer kennt den nächsten, der wieder etwas mehr weiß.«

»Ja«, sagte Ringmar.

Winter ergriff das Wort. »Wir erwarten eine Liste mit allen Nummern, die sie angerufen hat.«

»Dann haben wir die Sache auch bald unter Dach und Fach«, sagte Halders.

Vielleicht hat sie bloß telefoniert und Pizza bestellt, dachte Sara Helander, sprach es aber nicht aus.

Winter spürte die Ungeduld in der Gruppe, den Willen zur Arbeit und die Frustration über die Warterei auf Dokumente, Listen und Resultate, die einen kleinen Anstoß gaben für das weitere Vorgehen. Ein einziger neuer Name konnte mehr Klarheit bringen, eine neue Adresse. Ein Fingerabdruck. Winter musste an die Techniker von der Spurensicherung denken, wie sie die Wohnung auf den Kopf gestellt hatten.

»Was ist mit den Fingerabdrücken aus ihrer Wohnung?«, fragte Bergenhem.

»Die von ihrer Tochter haben wir zuordnen können. Vermuten wir zumindest, da ein Paar zu einem Kind gehört. Es gibt noch mindestens zwei unbekannte Abdrücke von zwei verschiedenen Personen«, berichtete Winter. »Außer Helenes selbstverständlich.«

»Mindestens?«

»Das heißt, was wir bisher haben. Es gibt auch Fragmente von Abdrücken. Aber die Spurensicherung ist noch nicht fertig – mit der ganzen Wohnung. Und dann ist da noch ein Kellerraum.«

»Zwei verschiedene Personen«, wiederholte Halders. »Uns unbekannt, nehme ich an?«

»Ja.«

»Wusste ich's doch.«

»Wieder Glück«, ergänzte Sara Helander.

»Laut Beier gibt es an einer Stelle, einer Kommodenschublade, glaube ich, einen Teilabdruck. Ich weiss nicht, wie groß er ist. Ob er sich verwenden lässt, um jemanden danach zu identifizieren. Das wissen selbst die Techniker noch nicht. Aber er ist da.«

»Ein kaputter Handschuh?«, fragte Sara Helander.

»Vermutlich«, sagte Winter und sah sie anerkennend an. »Gut gedacht. Wir haben eine Faser in der Nähe des Abdrucks gefunden. Sie kann aus der Wohnung, aber auch von jemand Fremdem stammen, es kann aber auch sein, dass sich jemand ein kleines Loch in einen Handschuh gerissen hat. An der Kante der Schublade. Genau dort befindet sich der Abdruck.«

31

Winter stellte das Auto in der Nähe des Friskvädertorget ab und ging nach Norden. Dünnes Papier flatterte über den Platz ihm entgegen. Vor dem Supermarkt lagen drei geköpfte Flaschen. Der Mülleimer war umgekippt, und Papier breitete sich Blatt für Blatt mit dem Wind über den Platz aus. Winter lauschte, konnte aber nicht verstehen, was die anderen Passanten zueinander sagten.

Er spürte die Spannung im Körper. Eine Mischung aus Aggressivität und Konzentration. Das Wichtigste, was er tun konnte, war, sich in der Umgebung und in der Wohnung umzusehen. Der alten Frau ein paar Fragen zu stellen.

Zwei Polizisten, die er kaum kannte, standen vor dem Supermarkt. Sie waren abgestellt für die Befragung der Nachbarn in der ganzen Gegend. Sie trugen keine Uniform, fielen aber trotzdem auf wie Fremde in einem anderen Land. Mit mir ist es bestimmt dasselbe, dachte Winter. Oder schlimmer.

Er ging hin und begrüßte sie. Vor dem Supermarkt lagen Reste von kleinen Feuerwerkskörpern, rote und gelbe Papphülsen mit aufgeweichten Rändern, die der Wind langsam vor sich her trieb. Eine stieß gegen Winters rechten Schuh.

»Hier hat wohl 'ne verdammte Volksgruppe ihr eigenes Neujahr gefeiert«, kommentierte einer der Klinkenputzer die Papprolle zu Winters Füßen. Der andere lachte auf. »Oder sie müssen jeden Tag was in die Luft jagen, aus Heimweh an ihr Zuhause in Kurdistan.«

»Was sagst du da?«, fragte Winter.

»Was?«

»Was du da gerade gesagt hast. Über Neujahr. Und Kurdistan.«

»Was denn?«

»Was hast du damit gemeint? Mit der Volksgruppe.«

»Was zum Teufel soll das? Das war doch ein Scherz. Was hast du denn?« Der Mann drehte sich zu seinem Kollegen. »Das war doch ein Scherz, oder?« Dann sah er Winter an: »Hast du ein Problem oder was? Darf man nicht mal …«

»Ich finde das nicht lustig«, raunzte Winter. »Ich kann keine Mitarbeiter brauchen, die hier voller Vorurteile rumlaufen. Dafür ist diese Ermittlung viel zu wichtig.«

»Aber …«

»Ich will euch hier nicht mehr sehen«, befahl Winter. »Verschwindet.«

»Du bist wohl nicht ganz …«

»Ich entscheide hier. Und ich befehle euch, zum Präsidium zu fahren und euch bei Kommissar Ringmar zu melden. Er wird euch eine andere Arbeit zuteilen. Ich rufe ihn gleich mal an.«

Die zwei sahen sich an. Was zum Teufel glaubte dieser Snob, wer er war.

»Was glaubst du eigentlich …«, ereiferte sich der eine, aber der andere fasste ihn an der Schulter. »Komm jetzt, Gusse, das werden wir auf der Wache regeln.«

Winter war schon weitergegangen und rief im Gehen Ringmar an, der sich nach dem zweiten Klingelzeichen meldete, und Winter erklärte ihm die Situation.

»So was kannst du nicht machen, Erik.«

»Es ist nun mal passiert. Du musst versuchen, zwei neue Kollegen herzuschicken. Sie werden dringend gebraucht.«

Ringmar seufzte. »Und was soll ich den beiden Missetätern sagen, wenn sie auftauchen?«

»Gib ihnen einfach neue Arbeit. Setz sie auf die Autohalter an.«

»Ja, da könnten sie besser hinpassen«, meinte Ringmar. »Vorausgesetzt, dass kein Besitzer ausländischer Herkunft darunter ist. Da haben unsere Bullen hier vielleicht nicht das nötige Feingefühl …«

»Frag sie«, antwortete Winter.

Winter ging weiter auf Helene Anderséns Wohnung zu. Kinderstimmen. Die Temperatur war über Nacht gefallen, und er zog den Reißverschluss an seiner Lederjacke hoch. Er strich sich das Haar aus der Stirn und betrat den kleinen Laden, der nur etwa hundert Meter von Karin Sohlbergs Servicebüro entfernt war.

Drinnen überfiel ihn der Duft fremder Gewürze und Kräuter. Rechts standen Regale voller Gläser und Konservendosen, die südeuropäische und orientalische Gerichte enthielten.

Ein Schild mit dem Wort »halal« war über der Fleischtheke befestigt, die zur Hälfte mit Würsten, Lammkeulen und -mägen gefüllt war. Zwei Schafsköpfe lagen in der Ecke, und Winter musste grinsen, als er an die beiden Polizisten vor dem Supermarkt dachte.

Die Gemüsetheke war randvoll mit Paprika in zehn verschiedenen Formen, großen fleckigen Tomaten, merkwürdigen Rübenarten, großen Büscheln Koriandergrün und anderen frischen Kräutern. Das Angebot war größer und bunter als in einem der Spezialitätenladen im Stadtzentrum oder in der Markthalle.

Hatte Helene hier manchmal eingekauft? Wie viele von den Schweden des Viertels kauften bei Simmo?

Ein Verzeichnis über den Inhalt ihres Kühlschranks hatte er noch nicht gesehen.

Im Laufe des Tages würde einer seiner Fahnder auch hierher kommen und Fragen stellen. Als Winter den Laden verließ, blickte der junge Mann hinter der Theke auf, und Winter nickte grüßend.

Karin Sohlbergs Büro war geschlossen. Sie hatte sich krankschreiben lassen. Er hatte dafür vollstes Verständnis. Polizisten war es leider nicht möglich, sich nach solchen Erlebnissen krankschreiben zu lassen, was auch ihre natürliche Reaktion wäre. Manchmal bekamen sie den Rest des Tages frei, aber das reichte eigentlich nicht. Aber immerhin konnten sie zu Hanne gehen, der Polizeiseelsorgerin. Winter sehnte sich plötzlich nach dem Klang ihrer Stimme, oder nach ihren Worten?

Hanne Östergaard war Pastorin in Skår und hatte nur eine Teilzeitstelle als Seelsorgerin bei der Göteborger Polizei. Doch sie versuchte, sich Zeit zu nehmen und in Ruhe mit den Männern und Frauen zu sprechen, die schlimme Dinge erlebt oder deren Folgen gesehen hatten. Polizisten waren ebenso verletzlich wie andere Menschen, und in den meisten Fällen hatten sie lange an ihren Erinnerungen zu tragen. Eigentlich werden wir sie nie los, hatte Winter schon oft gedacht.

Was Hanne ihnen zu geben versuchte, war ... Seelsorge. Vielleicht ein bisschen Trost. So war wenigstens auch mal jemand für sie, die Polizisten da, überlegte Winter. Jemand, der mit einem sprach und sei es auch nur eine Stunde oder eine halbe. Auch Winter war einer ihrer ... Klienten, war ebenso verwundbar wie irgendein anderer.

Hanne hatte ihren Urlaub diesmal jedoch mit einer Dienstbefreiung für Studienzwecke verbunden und war seit dem Ende des Frühjahrs nicht mehr im Präsidium gewesen. Winter hatte im Laufe des Sommers zweimal mit ihr gesprochen, allerdings telefonisch. Das heißt, sie hatte sich einmal gemeldet, und das zweite Mal hatte er angerufen. An ihren Stellvertreter hatte er sich noch nicht gewandt. Andere, die ihn aufgesucht hatten, meinten, er sei in Ordnung. Aber Winter war sich sicher, dass viele auf Hanne warteten, ihre Probleme runterschluckten und ihre Wunden verpflasterten, so gut es ging. Ganz sicher würde sie ganz schön in Stress geraten, sobald sie zurückkäme. Ein Halbzeit-Mitmensch und etwa hundert Polizisten mit Seelenqualen. Darunter ein Kommissar, der für die kommenden Wochen das Schlimmste befürchtete. Winter dachte wieder an das Mädchen, Jennie Andersén. Die entsetzlichen Befürchtungen ließen sich nicht einfach wegschieben. Er konnte es versuchen, sie hinter banalen und austauschbaren Begriffen wie »Verdacht auf ein Gewaltverbrechen« zu verbergen, aber unter der Oberfläche brodelte es in ihm.

Winter blieb einen Moment auf dem Hof stehen und schaute sich das Haus an. Die Wohnung wurde versteckt überwacht, sie versuchten aber jedes Aufsehen zu vermeiden. Ihr Küchenfenster hob sich als ein dunkles Viereck vom helleren Backstein ab. Wildtauben klammerten sich darüber und darunter ans Mauerwerk, als wollten sie extra auf die Stille dort drinnen hinweisen. Die Tauben hockten um dieses eine Fenster, so gegen die Wand gedrückt, kamen sie Winter vor wie geflügelte Ratten. Ihn fröstelte in seinem schwarzen Leder. Der Wind, der über den Hof fegte, erfasste auch Winters langes Haar über den Ohren. Und ein paar Tauben, die mit einem Schrei von der Wand aufflatterten und über das Dach verschwanden. Winter betrat das Haus und kletterte die Treppe hoch bis zu Helenes Wohnung. Jennies Zeichnung von Regen und Sonne hing noch da. Es war, als hätte sie das Wetter der vergangenen sechs Wochen abbilden wollen. Winter mochte gar nicht daran denken, aber es ließ sich nicht vermeiden. Sie hatten ihre Untersuchung dessen, was der Mutter des Mädchens widerfahren war, sowohl bei Sonne als auch bei Regen fortgesetzt, bald zu gleichen Teilen. Winter betrachtete das Schiff auf der Zeichnung genauer. Es erinnerte ihn an das Boot auf dem Stora Delsjön. In diesem Punkt waren sie bei ihren Nachforschungen nicht weit gekommen. Sie glaubten, die Namen aller Bootsbesitzer im Umkreis festgestellt zu haben, aber sicher konnte man sich bei so was nie sein. Hatten Helene Andersén und ihre Tochter Zugang zu einem Boot gehabt? Warum hatte das Mädchen ein Schiff gemalt oder ein Boot? Es gab noch mehr solcher Zeichnungen an der Wand über ihrem Bett. Als Beiers Männer die Wohnung durchsucht hatten, waren sie auf einige dieser Zeichnungen gestoßen, die alle von einem Kind zu stammen schienen. Die Blätter hatten eine große Papiertasche gefüllt.

Winter öffnete die Wohnungstür und trat in den Flur. Es war jemand nach Helenes Tod hier gewesen. Dieser Jemand musste nach etwas gesucht haben. Winter dachte an ihn als einen »er«. Hatte er nur die Mietunterlagen haben wollen? Wusste er, wo er sie finden könnte? Sie hatten keine persönlichen Briefe gefunden. Das war keine Überraschung, da Helene Andersén offensichtlich niemanden auf der Welt hatte, der nach ihrem Verschwinden nach ihrem Verbleib geforscht hätte. Auch nach ihrer Tochter hatte niemand gefragt. Das war für Winter eine noch schmerzlichere Erkenntnis. Wie groß konnte Einsamkeit sein? Wie konnten eine Mutter und ihre kleine Tochter verschwinden, ohne dass jemand sie vermisste? Wie nur war das möglich? Winter trug den Gedanken mit sich durch die Wohnung, in der es nach stummer Trauer roch.

Der Mord war nicht hier, in der Wohnung, begangen worden. Wo hatte er stattgefunden? In der Nähe des Fundorts? Es war ein ganz schön langer Weg von den nordwestlichen Stadtteilen zum Delsjön im Osten, eine Gegend, wo die städtische Bebauung langsam aufhörte. Hatte sie diese viele Kilometer lange Fahrt allein gemacht? War sie da schon tot gewesen? Das war möglich. Oder fuhr sie oft dorthin, allein oder mit ihrem Kind? Sie hatten angefangen, sich bei der städtischen Verkehrsgesellschaft umzuhören: Straßenbahnen, Busse, reguläre und schwarze Taxis. Würde jemand in irgendeinem Fahrzeug sie wieder erkennen? War sie oft mit ihrem Kind unterwegs gewesen? Wo war das Kind sonst, wenn Helene etwas alleine unternahm? Falls sie das je getan hatte. Auf ihren Namen war kein Auto zugelassen.

Winter verharrte in der Küche. Er hörte das Gurren der Tauben vor dem Fenster. Eine Kinderzeichnung wurde von einem Magneten, der ein Segelboot vorstellte, an der Kühlschranktür festgehalten. Die Techniker hatten sie hängen lassen, und Winter wunderte sich, warum. Vielleicht waren sie mit der Küche noch nicht fertig.

Das Bild zeigte ein Auto. Ein Gesicht schaute aus je einem der Fenster vorn und hinten. Das Auto war weiß. Wieder regnete es nur vom halben Himmel, und auf der anderen Hälfte schien die Sonne. Winter hatte sich das Bild nur flüchtig angesehen, als er zum ersten Mal in der Wohnung war. Am Vortag. War das erst einen Tag her? Nun sah er, dass das Gesicht vorn im Profil gemalt war und dass am Kinn ein Bart klebte. Wie ein Ziegenbart.

Mein Gott! Winter bekam vor Aufregung einen ganz roten Kopf. Er betrachtete das Gesicht genauer. Eine Nase. Einen schwarzen Bart, der vom Kinn wegstrebte. Auf dem Kopf trug der Mann eine Mütze.

Das Gesicht im hinteren Fenster hatte rotes Haar. Zöpfe.

Ein Mann mit Bart lenkt ein Auto, in dem das Mädchen mitfährt, schloss er. Er musste sich unbedingt sämtliche Bilder ansehen, die die Techniker mitgenommen hatten. Lieber Gott! Das Mädchen hatte alles gemalt, was es gesehen hatte. Manche Kinder malen mehr als andere. Sie malen, was sie erleben, weil sie es nicht aufschreiben können. Jennies Bilder sind ihr Tagebuch, dachte er. Wir haben ihr Tagebuch.

Ihm war noch immer heiß im Gesicht. Er musste Ruhe bewahren. Dies war nur eine Spur unter vielen. Vielleicht nicht einmal eine Spur. Und doch war er erregt. »Er« war jedenfalls nicht wegen der Kinderzeichnungen hergekommen. An so was denkt man nicht auf Anhieb. Vor allem dann nicht, wenn man weiß, dass Kinder malen, und man nicht verraten will, dass man in der Wohnung gewesen war – die ohne diese Kinderzeichnungen ... nackt aussehen würde.

Er hat zugesehen, wie Jennie malt, überlegte Winter. Er kennt das Mädchen. Kennt diese kleine Familie. Immer mit der Ruhe, Winter. Denk daran, was Sture über deinen Ehrgeiz gesagt hat. Der mit dem Bart kann jemand anders sein. Ein ... Freund. Oder ein Taxifahrer. Ein beliebiger Mann aus der Phantasie. Ich muss die Zeichnungen durchsehen, eine nach der andern. Wie viele waren es?

Fünfhundert? Ist das normal, dass man so viele aufhebt? Woher soll ich das wissen, dachte er, ich weiß nichts von Kindern. Plötzlich stand Angelas Gesicht vor seinem inneren Auge.

Winter stand noch immer in der Küche. Im Keller könnte es noch mehr geben. Helene Andersén hatte einen Kellerraum ohne Wohnungsnummer oder Namen. Das war nicht ungewöhnlich. Nach einer Weile hatten sie ihn gefunden. Er war mit einem kleinen Vorhangeschloss abgesperrt. Sie hatten keine Schlüssel gefunden. Aber derjenige, der in Helenes Wohnung gewesen war, hatte nichts von dem Kellerraum gewusst – oder sich nicht hineingewagt. Darin hatten sie einige Kisten mit Kleidern, ein Paar Kinderski und einen Stuhl entdeckt.

32

Als sie lauschte, war es, als säße derselbe Kuckuck im Wald und riefe nach ihr. Das geschah ein paarmal am Tag. Gestern auch. Schu-huu, Schu-huu, klang es wie von weit her, von jenseits der Bäume.

Ihr Haar war nass und ihre Sachen auch. Sie hatte das Kleid unter sich gelegt wie ein Laken. Es war ganz nass geworden. Manchmal fror sie und zog es wieder an, über die Hose und das Unterhemd. Aber dann wurde es ihr zu heiß, und sie zog es aus. Sie glaubte, sie würden ihr das Kleid wegnehmen, aber sie durfte es behalten. Die Männer kamen und betrachteten sie, wenn die beiden glaubten, sie schliefe. Aber sie war wach, obwohl es fast war wie schlafen. Ihr war die ganze Zeit schwindelig, und sie hatte eine Gänsehaut am Körper, wie wenn man im Freien gebadet hat und herauskommt, und der Wind einen abkühlt, bevor man das Handtuch um hat.

Der Mann, der immer kam, trat neben sie. Er hatte Tabletten dabei, die sie schlucken sollte, aber sie schaffte es nicht.

Er rief den anderen. »Sie schluckt sie nicht runter.«

»Sag ihr, sie muss.«

»Das hilft nicht.«

»Dann zerdrück die Tabletten.«

»Was?«

»Zerdrück die Tabletten in Wasser, dann kriegt die Kleine sie leichter runter. Oder tu das Pulver mit Zucker und warmem Wasser in die Tasse.«

»Ob sie sie dann nimmt?«

»Probier's doch aus.«

Der Mann hatte sich vorgebeugt und wieder die Hand auf ihre Stirn gelegt. »Sie fühlt sich nicht mehr so heiß an.«

»Dann ist es vielleicht nicht nötig.«

»Was denn?«

»Die Tabletten, verdammt noch mal.«

»Ich glaube, sie sind nötig.«

»Dann mach, wie ich es gesagt habe.«

Sie hatte tapfer versucht zu schlucken, als er mit dem Glas Wasser kam, das schlecht schmeckte. Sie döste ein und lauschte den Geräuschen von draußen. Ein Donnern oder Brummen, und dann war es weg, und sie lauschte dem Kuckuck, der geschwiegen hatte, als das Brummen gekommen war. Sie wartete auf den Kuckuck. Vielleicht war er immer da.

Sie dachte, ich werde nicht lange hier sein. Ich werde zu Hause sein in meinem neuen Zimmer, und dort steht Helene an der Tür. Ich heiße Helene, und die Männer haben mich nie so genannt, deshalb muss ich es selbst sagen. Sie flüsterte, und es tat im Hals weh, aber sie flüsterte noch einmal Helene, und dann wurde es heller und rot vor ihren Augen, und da glaubte sie, dass sie den Kuckuck wieder hörte.

Teil 2

33

Er lauschte auf die Geräusche des Waldes, aber sie hörten sich nicht mehr wie früher an. Nichts war mehr geblieben von der Ruhe, die hier früher geherrscht hatte. Kaum, dass er noch den Wind hörte.

Sie war aus der Vergangenheit aufgetaucht wie ein Gruß des Teufels. Beim ersten Telefongespräch hatte er noch abgewehrt: Sie haben die falsche Nummer, Fräulein. Sie müssen woanders anrufen.

Diese Stimme. Eine lang zurückliegende Erinnerung, etwas, das es nicht mehr geben sollte. Das nicht gehört werden sollte.

Er hatte alles getan, was er konnte, um zu vergessen. Alle, die darüber reden könnten, waren fort.

Danach, ihre Stimme noch im Ohr, hatte er auf seine Hände geblickt. Mit ihnen hatte er ... Hatte er ... Er hatte die Augen geschlossen, und die Tage des Teufels waren wieder da in seinem Innern. Das Haus. Der Wind vom Meer, der durch diese verdammte Bude geradewegs hindurchblies. Und der Mann, der ... Er hatte nur getan, wozu er gezwungen gewesen war. Er hatte es geplant, aber immer noch glaubte er, es würde nicht nötig sein ... Aber dann hatte er begriffen, dass er es tun musste. Seine Hände hatten es getan.

Er saß im Auto und fuhr zwischen Bäumen hindurch. Kein Lichtstrahl drang durch die Wipfel. Es regnete, und dieser Teil des Himmels war kurze Zeit für den Luftverkehr gesperrt. Er war auf dem Weg zur Bushaltestelle, um sie abzuholen. Es war nicht die nächstgelegene Haltestelle, aber sie verstand schon, warum. Hatte sie es nicht sogar selbst vorgeschlagen?

Er hatte jetzt Angst. Als sie wieder angerufen hatte, konnte er nicht auflegen. Und nun war es schon das zweite Mal, dass er sie abholte. Komm allein, hatte er gebeten. Sie hatte nein gesagt. Und später, als Antwort auf eine Frage von ihr hatte er nein, nein, NEIN, geantwortet. Wer hat das behauptet?, hatte er von ihr wissen wollen. Sie hatte ihn angesehen, mit einem Blick, den er von sich kannte. Ein Blick, aus dem der Wahnsinn sprach. Er hatte dagestanden wie gelähmt von der schrecklichen Angst vor dem, was geschehen würde. Er hatte zur Decke geblickt, gehofft... Gehofft, dass es einen Ausweg gab. Den hatte es die ganze Zeit gegeben. Eine letzte Möglichkeit. Nur die Angst hatte ihn davon abgehalten.

Über ihnen schrie etwas. Sie war allein. Es war das zweite Mal, dass sie allein zu ihm kam. Er hatte keine Ahnung, ob sie... alles wusste. Sie waren hinunter durch das Gehölz zu der nächsten Lichtung gegangen. Die Tiere waren vor ihnen zwischen den Bäumen weggesprungen. Sie hatte ihn angeschaut, aber er hatte ihr nicht in die Augen blicken wollen. Er hatte einen Ruf gehört, einen Ruf von weither. Plötzlich wünschte er, das Kind wäre da. Das nächste Mal wollte sie das Kind mitbringen.

Der Schweiß rann ihm in die Augen und machte ihn blind. Auf der Straße war kein Auto zu hören. Es wurde nie richtig dunkel. Er versuchte, sich den Schweiß abzuwischen. Doch ihre Arme blie...

Als er sich umdrehte, bemerkte er ein weißes Boot auf der Wasserfläche. Es schien zu schweben, lautlos. Als warte es. Ihm war, als sähe sie sich danach um, den Kopf zur Seite gewandt. Das Boot lag still, gefangen im Dunst der späten Nacht. Er konnte niemanden im Boot sehen. Er schaute nach unten, auf den Boden. Und als er sich wieder umwandte, war die Wasserfläche leer und schwarz.

34

Die Wohnung befand sich in einem Haus mit Blick auf Svarte mosse. Draußen verriet nichts, dass es hier eine private Tagesstätte gab. Drei Zimmer mit Küche.

Die Häuser duckten sich längs der Flygvädersgatan. Hinter dem Wasserlauf nördlich des Sjumilastigen setzte sich die Natur endlos fort. Die Häuser bildeten die westliche Grenze von Norra Biskopsgården. Die Stille schien greifbar. Wie ein Lied vom Herbst, das über den Feldern lag.

Winter verglich die Architektur mit etwas wie gefrorener Musik. Erstarrte Akkorde, die eine strenge Schönheit in ihren Wänden trugen, aber in sich alles gefangen hielten. Die Natur war nah, aber sie gehörte nicht zu den Häusern.

Karin Sohlberg hatte ihm den Weg beschrieben, wollte ihn aber nicht begleiten. Winter klingelte im Erdgeschoss bei der linken Wohnung auf diesem Treppenabsatz. Die Tür war mit Kinderzeichnungen bedeckt, die kreisförmig um das Wort »Altes Dorf« angeordnet waren. Die Tür wurde von einem Mann geöffnet, der siebzig sein konnte oder achtzig. Er trug ein braunes Khakihemd und darüber breite Hosenträger, die an einer großen und bequem wirkenden grauen Hose befestigt waren. Er hatte einen weißen Schnurrbart und dichtes weißes Haar, und Winter fühlte sich an einen Kobold erinnert, der sich den Bart ums Kinn abrasiert hatte und in die Welt der Menschen gekommen war, um zu bleiben. An der Hand hielt der Mann einen kleinen Jungen, der am Daumen lutschte und den langhaarigen blonden Polizisten in der schwarzen Lederjacke mit weit aufgerissenen Augen anstarrte.

»Guten Tag«, grüßte Winter und bückte sich ein Stück zu dem Jungen, der zu weinen anfing.

»Aber, aber, Timmy«, beruhigte ihn der Weißhaarige. Der Junge verstummte und versteckte sein Gesicht am Hosenbein des Mannes. Der Junge hatte eine gelbe Pudelmütze schräg auf dem Kopf.

»Ja, guten Tag also«, wiederholte Winter und reichte dem Mann die Hand. Er stellte sich und sein Anliegen vor. Die Suche nach einer Vermissten. Zwei Vermissten, schoss es ihm durch den Kopf: ein Kind und ein Mörder.

»Ernst Lundgren«, stellte sich der Mann vor. Er war groß, hielt sich aber leicht gebeugt.

Als junger Mann muss er an die zwei Meter gewesen sein, dachte Winter beeindruckt.

»Können wir uns ein Weilchen unterhalten?«, fragte Winter.

Ernst Lundgren drehte sich um. Winter hatte Stimmen von Kindern und Erwachsenen gehört, und jetzt sah er, dass mehrere ältere Leute dabei waren, kleinen Kindern in ihre Mäntel zu helfen. Der Boden war mit Jacken und Mützen übersät.

»Wir sind auf dem Weg nach draußen, wie Sie sehen«, erklärte Ernst Lundgren. »In so ungefähr zehn Minuten wird es hier etwas friedlicher zugehen. Wenn Sie so lange warten wollen?«

»Aber gewiss«, sagte Winter. Sollte er seine Hilfe anbieten? Er wusste zwar nicht, wie man ein Kind anzog, aber einen Stiefel würde man doch wohl anbekommen ... Eine Frau, die Ernst Lundgren merkwürdig ähnlich sah, mühte sich ab, einen weichen Gummistiefel über einen kleinen Fuß zu ziehen. Es schien furchtbar schwierig zu sein. Schließlich gab die Frau auf und ließ das Kind hinaus mit nur einem Stiefel. Im Treppenhaus hinter Winter machte sie einen neuen Versuch, der, wie er beobachtete, auch glückte.

Ernst Lundgren sah ihn an. »Dauert 'ne Weile«, sagte er.

»Ja, das habe ich bemerkt.«

»Haben Sie selbst Kinder?«

»Nein«, antwortete Winter und wich einer Reihe von Dreikäsehochs aus, die zu dritt nebeneinander durch die Tür wollten.

»Wir konnten einfach nicht mehr mit ansehen, wie anstrengend es für sie war«, erzählte Ernst Lundgren. »Also für die jungen Mütter.«

Winter nickte. Sie saßen in der Küche. Durchs Fenster konnte er den kleinen Trupp über den Weg in den Wald wandern sehen. Es mochten zehn Kinder und vier Erwachsene sein.

»Hier wohnen viele allein Stehende mit kleinen Kindern«, fuhr Lundgren fort. »Sie haben keine Arbeit, keine Kinderbetreuung und auch kaum Bekannte. Viele sind wie gefangen in ihrer Einsamkeit, gehen nie aus.«

Winter nickte wieder.

»Das ist gefährlich«, sagte der Leiter der Tagesstätte. »Kein Mensch wird auf Dauer damit fertig.«

»Wie lange betreiben Sie die Tagesstätte schon?«, fragte Winter.

»Seit ungefähr einem Jahr. Mal sehen, wie lange wir noch weitermachen dürfen. Es ist keine Tagesstätte in dem Sinn, wie die Behörden das Wort verstehen.«

»Was ist es dann?«

»Es ist der Versuch einiger alter Menschen, den Jungen und Verzweifelten zu helfen, wenn Sie meine Meinung hören wollen.« Ernst Lundgren deutete auf die Kaffeemaschine. »Möchten Sie eine Tasse?«

Winter nahm dankend an. Ernst Lundgren stand auf und schenkte sich und Winter Kaffee ein, dann setzte er sich wieder. »Einige dieser armen Frauen wissen nicht, an wen sie sich wenden sollen. Sie brauchen jemanden, wo sie ihre Sorgen ... Tja, in Ermangelung eines treffenderen Ausdrucks darf ich sagen: einen Ort, wo sie ihre Sorgen abladen dürfen. Wir versuchen, ihnen diesen Ort zu bieten.«

»Mhm.«

»Das heißt, eine junge Mama kann für ein paar Stunden ihr Kind bei uns abliefern, um zum Friseur oder in die Stadt zu gehen. Ein paar Stunden für sich zu haben. Oder sich einfach nur zu Hause auszuruhen.«

»Ja«, sagte Winter. »Ich glaube, ich weiß, was Sie meinen.«

»Einmal in der Woche eine Weile für sich zu sein«, ergänzte Ernst Lundgren. »Können Sie sich vorstellen, was es bedeutet, nie für sich zu sein?«

»Nein«, gab Winter zu. »Ich kenne eher das Gegenteil.«

»Was meinen Sie?«

»Das Gegenteil. Dass ich zu viel für mich bin.«

»Aha. Aber sehen Sie, das ist auch ein Problem dieser jungen Frauen. Sie haben keinen Umgang mit anderen Erwachsenen.« Ernst Lundgren krempelte den einen Ärmel seines Khakihemds hoch, und Winter sah, dass das Haar seinen Arm bedeckte wie weißes Moos, das bis hinunter auf die mittleren Fingerglieder wuchs. »Einige haben dazu gleich mehrere Kinder.«

»Sind es viele, die hierher kommen?«

»Es sind schon einige, aber mehr würden wir nicht schaffen können. Dazu bräuchten wir eine größere Wohnung und mehr Leute, aber es ist ohnehin eine Einrichtung, die gerade so geduldet wird. Die Behörden sehen in uns eher Piraten. Sollen sie!«

»Sie tun ein gutes Werk«, sagte Winter.

»Nun, ein bisschen was kann man wohl noch tun, bevor man stirbt. Mir macht es Spaß. Es ist das Beste, was ich seit langem getan habe.«

»Gibt es mehr Leute wie Sie in der Gegend?«

»Nein. Ich habe gehört, dass ein paar Senioren oben in Gårdsten über eine ähnliche Sache nachdenken. Oder war es in Rannebergen …«

Winter nahm einen Schluck aus der Tasse. Der Kaffee war noch warm.

»Es wird eine Menge Mist über die Außenbezirke der Stadt geredet, aber eines ist wahr«, meinte Ernst Lundgren. »Es gibt sehr viel Einsamkeit in diesen Vierteln. Die Schwachen und Einsamen werden an den Rand gedrängt. Merkwürdig. Es gibt hier Einwandererfamilien, die noch richtig zusammenhalten, auch wenn es manchmal ziemlich exzessive Formen annehmen kann. Trotzdem. Aber mitten unter ihnen wohnen diese jungen schwedischen Mütter mit ihren kleinen Kindern. Fast nie junge Männer. Nur Frauen und ihre Kinder. Eine merkwürdige Mischung.«

»Ja.«

»Ich rede zu viel. Das kommt vielleicht daher, dass Sie auch von einer Behörde sind.«

»In die Schublade möchte ich lieber nicht gesteckt werden.« Winter lächelte.

»Nun, aber Sie repräsentieren sogar die Staatsmacht«, wandte Ernst Lundgren ein. »Sie tragen zwar keine Uniform, aber Sie haben Macht.«

Winter antwortete nicht. Der Mann ihm gegenüber blickte aus dem Fenster. Winter tat es ihm nach. Sie konnten die Kinder und ihre Betreuer im Rentenalter am Waldrand herumtoben sehen, wie Farbtupfer auf einem Bogen groben Papiers.

»Viele verstecken sich«, sagte Ernst Lundgren ganz in Gedanken und sah noch immer raus zu der Kinderhorde. »Das könnte der Grund dafür sein, dass ich von dieser Frau, nach der Sie fragen, noch nie gehört habe. Wie hieß sie noch, Helene?«

»Ja. Helene Andersén. Das Mädchen heißt Jennie.«

»Kenne ich nicht. Aber ich kann natürlich meine… Angestellten, oder wie ich sie nennen soll, fragen.«

»Dafür wäre ich dankbar.«

»Wäre doch komisch, wenn keiner die zwei kennen würde. Vielleicht wissen die Kinder mehr. Können Sie beschreiben, wie das Mädchen aussieht?«

»Das wäre möglich.« Ringmar betrachtete den hohen Stapel Kinderzeichnungen auf Winters Schreibtisch.

»Ein Tagebuch«, beschrieb es Winter. »Das könnte wie ein Tagebuch sein.«

»Dann hätten wir Gluck.«

»Glück haben bedeutet oft nur, die Chancen erst einmal zu erkennen, die sich einem bieten«, philosophierte Winter und dachte bei sich: Mann, was bin ich doch für ein elender Besserwisser.

»Und hier«, sagte Ringmar und hielt ein Bild hoch, das einen einsamen Baum auf einem Feld vorstellte. Das Bild war geteilt. Regen. Sonne. »Hier gibt es sowohl Regen als auch Sonnenschein.«

»Das hat sie auf vielen Bildern gemalt, soweit ich bis jetzt erkennen konnte«, erklärte Winter.

»Hat das was zu bedeuten?«

»Ich weiß nicht.«

»Scheint ein Fall für den Kinderpsychologen zu sein.«

»Daran habe ich auch gedacht.«

»Und das gilt überhaupt für die Landschaften.«

»Und die Figuren.«

»Bei dem hier kann einem ganz anders werden. Das ist nicht so wie auf den Zeichnungen von meinen eigenen Kindern. Ob das was zu bedeuten hat?«

»Alle Kinder malen viel, oder? Aber was malen sie? Das, was sie sehen. Also haben wir hier das, was sie gesehen hat.«

»Regen und Sonne und Bäume«, beschrieb Ringmar. »Ein Schiff und ein Auto. Wo führt uns das hin?«

»Wir können sie uns ja auf jeden Fall mal genauer ansehen«, schlug Winter vor. »Beier ist noch nicht mal mit allen Bildern in der Wohnung fertig.«

»Was meint er dazu?«

»Dass er gestresst ist.«

»Und das, wo er jetzt so schmucke neue Räume hat ...«

»Er muss sich ja auch noch um die ballistischen Untersuchungen kümmern.«

»Aha. Und passen die Patronen zum Gewehr?«

»Weiß er noch nicht«, sagte Winter.

Sie hatten leere Patronenhülsen von der Schießerei auf dem Vårväderstorget und eine Waffe. Beier hatte die gleiche Munition besorgt und mit dem beschlagnahmten Gewehr in den Wassertank geschossen, um die Spuren an den Patronenhülsen zu vergleichen. Zum Glück hatten sie die notwendige technische Ausrüstung dafür in Göteborg. Seit dem Mord am Ministerpräsidenten verfügte wohl sogar das SKL in Linköping über eine Kartei, in der die Daten aller Waffen und jeder Munition, die je bei einer Ermittlung untersucht worden waren, erfasst waren. Sobald sie glaubten, dass ein Verbrechen mit einer der Motorradgangs zusammenhing, mussten allerdings zusätzlich die kriminaltechnischen Labors in Oslo, Helsinki und Kopenhagen abgefragt werden. Das machte die Untersuchung der Patronenhülsen in Göteborg besonders brisant und verursachte eine Menge zusätzlicher Arbeit, ging es Winter durch den Kopf.

»Woran denkst du?«, fragte Ringmar.

»Jetzt gerade? An eine Kugel, die in Wasser dringt, und an ein Motorrad, das irgendwo in Skandinavien durch eine Straßensperre brettert.«

»Und ich denke an das Mädchen«, sagte Ringmar. »Und an seine Mutter.«

»Ich warte immer noch auf den Bericht des Sozialamtes«, seufzte Winter. »Und auf den über die Krankenhäuser.«

»Anscheinend hatten die beiden keine Angehörigen oder Bekannten.«

»Doch. Und wir kommen ihnen langsam auf die Spur. Es dauert nicht mehr lange und wir sitzen ihnen auf den Fersen.« Winter griff nach seinem Sakko und zog ihn über.

»Wohin willst du?«, fragte Ringmar.

»Ich dachte, es wäre ratsam, dass ich mich endlich mal mit einem Reporter treffe. Stimmst du mir zu?«

»Meinst du, du schaffst es, ihn hinters Licht zu führen?«

»Wohin?«

»Mein Gott, du kennst doch die Floskel. Musst du eigentlich jedes Wort auf die Goldwaage legen?«

»Wieso jedes Wort?«

»Und lass dir bloß die Haare schneiden, bevor du dich an die Presse wagst. Birgersson hat heute Morgen was von Beatlesfrisuren gemurmelt.«

»Er lebt noch in der guten alten Zeit«, scherzte Winter und ging zum Aufzug.

Hans Bülow wartete in einer Bar im Zentrum auf ihn. Draußen schwand das Tageslicht, und auf dem Tisch brannten Kerzen. Die Leute auf der Avenyn gingen rasch vorbei, als hätten sie ein festes Ziel.

»Darf man dich zu einem Bier einladen, wo du dir tatsächlich mal Zeit für mich nimmst?«, begrüßte ihn Bülow.

»Ein Perrier würde ich annehmen.«

»Du wirst immer mehr zu so einem *Straight-edge*-Typ«, sagte Bülow.

»Trinken die Perrier?«

»Wasser. Keinen Alkohol.«

»*Straight edge?*«

»Ja.«

»Klingt gut«, sagte Winter und zündete einen Zigarillo an. »Guter Sound.«

»Die rauchen aber nicht.«

Winter blickte nachdenklich auf seinen Zigarillo. »Dann kann ich wohl ebenso gut ein Leichtbier nehmen. Hof vom Fass, wenn es das gibt.«

Bülow ging zur Theke und kam mit zwei vollen Gläsern zurück. Er nickte einem bekannten Gesicht zu und setzte sich.

»Das ist doch ein Kollege von dir, oder?«, fragte er und nahm einen Schluck aus seinem Glas.

»Wo denn?«

»Schräg hinter mir. Rechte Seite. Der, den ich eben gegrüßt habe.«

Winter blickte über die Schulter des Reporters und erkannte Halders' kurz geschorenen Kopf. Halders schaute sich nicht um. Winter konnte nicht sehen, ob er Gesellschaft hatte.

»Du kennst Halders?«, fragte er Hans Bülow.

»Machst du Witze? Als Reporter mit dem Präsidium als Fischgrund lernt man alle guten Bullen kennen«, sagte Bülow.

»Rechnest du Halders dazu?«

»Er hat den besten Ruf.«

»Bei wem?«

»Bei der Presse selbstverständlich. Er ziert sich nicht. Und wenn er was sagt, hat es Hand und Fuß.«

Winter trank vom Bier.

»Was tut sich denn bei euch?«, fragte Bülow.

»Wir versuchen noch immer, die ermordete Frau zu identifizieren. Und ihr Kind, wenn sie wirklich eines hatte, aber genau wissen wir das nicht. Das macht mir Sorgen.«

»Und wenn ich dir nun sage, dass ihr sie gefunden habt?«

»Du darfst sagen, was du willst. Aber was meinst du? Klar, haben wir sie gefunden.«

»Ihre Identität? Ihr wisst doch, wer sie ist. Ihr wollt es nur nicht rauslassen.«

»Und«, sagte Winter.

»Warum?«, wollte Bülow wissen, plötzlich ernst.

Winter schwieg. Er trank wieder von dem Bier, als wollte er sich beschäftigen. Der Barkeeper ließ halblaut Musik laufen. Es klang wie Rock.

»Warum, Erik?«

»Ich war einverstanden, dich zu treffen, weil ich ein paar Dinge klarstellen wollte«, antwortete Winter. »Aber auf gewisse Fragen kann ich ganz einfach nicht antworten.«

»Aus ermittlungstechnischen Gründen?«

»Ja.«

»Mit Rücksicht auf Geheimhaltung?«

Winter nickte. Halders saß noch immer da, mit dem Rücken zu Winter. Vielleicht hat er einen Doppelgänger, überlegte Winter.

»Strafgesetzbuch Abschnitt fünf Komma eins und neun Komma siebzehn«, zitierte Bülow.

»Bist du auf einmal auch Jurist?«

»Mir reicht's, Gerichtsreporter zu sein.«

»Aha.«

»Also, was kannst du mir denn berichten?«

35

Es war längst dunkel draußen. Winter war zurück in seinem Büro. Bülow hatte sich bereit erklärt, noch abzuwarten, bis er mit gewissen Informationen an die Öffentlichkeit ging, und Winter hoffte auf seine Verschwiegenheit. *Not publish and be damned*, hatte er gesagt. Winter glaubte zu verstehen, was der Reporter meinte. Du schuldest mir einen Gefallen, hatte Bülow sich verabschiedet. Den habe ich dir gerade getan, hatte Winter erwidert.

Er öffnete das Fenster. Das herbstlich-gelbe Laub raschelte in den Bäumen. Bald würde er wieder freie Sicht haben, nach Norden und über den Fluss auf die stumm dastehenden Häuser auf der anderen Seite. Sie waren erst in den letzten Jahren errichtet worden, während er an seinem Schreibtisch gesessen und über böse Taten gegrübelt hatte. Er fand, die Häuser waren zu starr gebaut, sodass sie vor Winters Augen auch verfallen würden. Nun würden sie ihn bald wieder blenden, wenn ihre Wände das Licht der tief stehenden Wintersonne reflektierten und es von keinem Laub gelindert zu ihm durch die Baumwipfel schickten.

Nun übertönte die Musik von der CD alle anderen Geräusche im Haus, Michael Brecker blies *Tales from the Hudson.* Die Töne des Tenorsaxophons schienen vor Kälte einzufrieren in *Naket Soul.* Nackte Seele. Winter hatte Helenes Gesicht vor Augen, ihren Körper. Ihre Seele hatte den Körper verlassen. Es war für ihn jetzt nicht anders als damals, er konnte an denselben Namen denken. Woher hatte er es gewusst? Wie hatte sie es ihm mitgeteilt?

Er nahm die oberste Kinderzeichnung von dem Stapel auf seinem Schreibtisch. Dem Bild fehlte der Himmel. Es zeigte eine Person, die ein Kind mit nach oben gestreckten Armen sein konnte. Es gab keinen Boden. Die Gestalt schwebte in der Luft.

Winter betrachtete das nächste Bild. Die Sonne schien am linken Rand, und rechts regnete es. Im selben Augenblick prasselte Regen an sein Fenster und ein Windhauch griff nach den Bildern auf dem Tisch.

Winter erhob sich, ging zum Fenster und schloss es. Mit der Zeichnung in der Hand ließ er sich wieder auf den Stuhl fallen. In der Bildmitte fuhr ein Auto über einen Weg, der zwischen Bäumen verlief. Es waren keine Gesichter hinter den Autofenstern, weil das Auto gar keine Fenster hatte. Es hatte auch keine Farbe, es war weiß wie das Papier. Die Bäume waren grün und der Weg braun. Auch auf dem nächsten Bild war ein Auto. Es stand diesmal zwischen Häusern, die wie hohe Klötze gemalt waren, mit unregelmäßigen Vierecken als Fenster. Die Straße war schwarz.

Winter blätterte die Zeichnungen durch, bis er noch eine mit einem Auto als Motiv fand. Diesmal fuhr es einen braunen Weg entlang. Fünf Zeichnungen weiter stand das Auto auf einem schwarzen Weg. Die Autos waren nie ausgemalt, sondern alle weiß wie das Papier. Auf einer Zeichnung blickte eine Person mit rotem Haar aus einem der Wagenfenster. Kein Auto hatte einen Fahrer.

Winter prüfte, ob irgendwo Buchstaben oder Ziffern auf den Autos standen. Aber das Mädchen hatte immer nur ihren Namen geschrieben: »jeni«. Konnte Jennie einen Buchstaben oder eine Ziffer wieder erkennen und abmalen? Es gab doch auch Fünfjährige, die schon fließend lesen und schreiben konnten?

Er schloss die Augen. Die Musik unterstützte sein Denken, seine Konzentration.

Nach einer Weile öffnete er die Augen und legte die Zeichnungen mit den Autos auf die rechte Seite. Es gab Bilder mit anderen Fahrzeugen. Auf einigen tauchte etwas auf, das eine Straßenbahn sein konnte. Die Wagen waren lang, mit Fenstern, wie sie die Hochhäuser hatten, die er zuvor angesehen hatte. Eine Zeichnung zeigte etwas, das eine Straßenbahn von vorn sein konnte. Ganz oben war die Ziffer 2 gemalt, über einem großen Fenster.

Winter legte die Zeichnung neben sich und blätterte den Stapel nach weiteren Bildern von Straßenbahnen durch. Zehn Zeichnungen später fand er eine. Sie hatte keine Zahl. Und da war nochmals die Ziffer 2 auf einen Wagen gemalt, aber diesmal auf die Fahrzeugseite. Ein Gesicht mit rotem Haar war an einem der Fenster zu sehen. Augen, Nase, Mund.

Winter blickte auf die Uhr. Er griff nach dem rosa Teil des Telefonbuchs und schlug die Nummer der Verkehrsauskunft nach. Die Filiale am Drottningtorget war noch geöffnet. Winter rief an. Eine Frau meldete sich. Winter erkundigte sich nach der Strecke der Linie 2, notierte sich die Antwort und legte auf.

Es passte. Die Linie führte am Norra Biskopsgården vorbei. Offensichtlich waren Helene und ihre Tochter mit ihr gefahren. Vielleicht täglich. Oder mit der 5. Er hatte gefragt, ob noch andere Linien dort entlangführten. Vielleicht fände er eine 5 unter den Zeichnungen. Winter merkte, dass er zu schwitzen begonnen hatte. Er stand auf, ging zur Toilette, ohne Licht zu machen, und wusch sich das Gesicht mit kaltem Wasser. Er blickte in den Spiegel. In dem Licht, das durch die offene Tür vom Flur hereinfiel, war sein Gesicht ein dunkles Oval. Er trocknete sich flüchtig mit einem Papierhandtuch die Stirn und kehrte in sein Zimmer zurück. Die Zeichnungen lagen auf dem Tisch, und er würde weiter die Spuren eines Lebens in ihnen suchen.

Das Telefon läutete. Winter hob ab und grüßte: »Winter.«

»Hier ist Beier. Ich dachte mir schon, dass du noch da sein würdest.«

»Und wo bist du gerade?«

»Na, auch noch hier, selbstverständlich. Ich habe etwas, das du dir vielleicht ansehen möchtest.«

»Was denn?«

»Ich weiß nicht genau. Sieht aus wie ein uralter Zettel. Vielleicht hundert Jahre? Jedenfalls ziemlich alt.«

»Einen Zettel?«

»Einen Zettel, auf dem etwas geschrieben steht. Wir haben doch alles mitgenommen, was in diesem Kellerraum war, und da standen unter anderem zwei Kartons mit Kleidern. In einem davon lagen Kindersachen, und in einem Kleid befand sich eine Tasche, und in der Tasche steckte dieser Zettel.«

»So?«

»Ein altes Kleid und ein alter Zettel.«

»Weißt du das genau?«

»Ja, nicht wirklich. Wir haben noch nicht mit den Analysen angefangen. Es steht also nicht fest, wie alt die Sachen sind.«

»Du hörst dich an wie ein unentschlossener Archäologe.«

»In diesem Beruf muss man so sein. Aber Altersbestimmungen sind sehr schwer. Also wie ist es? Willst du raufkommen und es dir ansehen? Ich wollte mich bald auf die Socken machen.«

Winter betrachtete zögernd die Zeichnungen, die er in Stapeln zu sortieren begonnen hatte. Er fühlte sich gestört. »Sollte ich?«

»Wie du willst. Die Sachen laufen ja nicht weg. Aber ... es ist irgendwie eigenartig. Ich spüre hier eine Art Vibration.«

»Intuition«, half Winter.

»Ja, eine Eingebung«, bestätigte Beier.

»Dann komme ich am besten.«

Winter legte auf und stellte die Musik ab, bevor er das Zimmer verließ. Es war, als hätte er damit auch die Gedanken an die Bilder ausgeschaltet, für den Augenblick.

»Was hältst du davon?«, fragte Beier.

»Tja, was soll man da sagen.« Winter starrte auf das Kleid und den Zettel, der daneben auf dem beleuchteten Tisch lag. Das Kleid könnte Jennies sein, aber dafür war es irgendwie ... zu altertümlich, gehörte einer anderen Zeit an. Winter konnte nicht sagen, welcher Zeit, aber so etwas ließe sich sicher unschwer feststellen.

Das Papier maß zehn mal zehn Zentimeter und schien tausendmal gefaltet worden zu sein. Es war vergilbt und wirkte unendlich spröde. So stelle ich mir die Qumran-Rollen vor, vom Toten Meer, ging Winter durch den Kopf.

»Das sieht aber reichlich alt aus«, sagte er. »Hast du eine Kopie gemacht? «

Beier reichte sie ihm. »Man kann die Schrift noch erkennen«, erklärte er.

»Ist das Tinte?«

»Tusche, glauben wir. Aber frag bitte noch nichts Schwieriges. Wir überprüfen es noch, wie alles andere. Wenn es sinnvoll erscheint.«

»Ja«, sagte Winter. »Die Leute heben so manches alte Zeug auf. Daran ist ja an und für sich nichts merkwürdig.«

»Nein.«

»Dann werden sie ermordet oder verschwinden, und plötzlich stehen wir da, über ihre Habseligkeiten gebeugt.«

»Und dann kann ein Kinderkleid richtig interessant werden«, stimmte Beier zu. »Oder ein Stück Papier mit einer rätselhaften Botschaft.«

Wie ein Ruf aus früheren Zeiten, dachte Winter und betrachtete die Kopie in seiner Hand. Da standen die Ziffern »20/5«. In der zweiten Zeile war ein Strich von einem Zentimeter Länge, gefolgt von »16.30«. Die dritte Zeile lautete: »4–23?« Danach kam ein Zwischenraum von einigen Zentimetern und dann »L.v – H,T«; das T war eingekreist. Am rechten Rand des Papiers befanden sich Linien, die Winter an eine Karte erinnerten. Neben der Linie, die am weitesten nach links oben verlief, befand sich etwas, das ein Kreuz oder zwei kurze Linien sein konnte.

»Das könnte eine Karte sein«, meinte er.

»Die waagerechte Linie beginnt bei diesem T«, sagte Beier.

»Das könnte ja ein Weg sein«, schlug Winter vor. »Eine Straße oder Landstraße. Oder bloß ein ... Strich.«

»Es kann alles und nichts sein«, resignierte Beier.

Winter betrachtete die Ziffern und Buchstaben. »Dies hier dürfte eine Uhrzeit sein: 16.30. Das *ist* eine Uhrzeit.«

»Und 20/5 ist vielleicht ein Datum«, sagte Beier. »Der zwanzigste Mai.«

»Der zwanzigste Mai um halb fünf«, setzte Winter die Botschaft zusammen. »Na, was war da, Göran? Erinnerst du dich noch, was du da gemacht hast?« fragte er. Er meinte es ernst.

»Tja. Das gibt uns Stoff zum Nachdenken. Lässt sich bestimmen, wie alt die sind, das Kleid und das Papier?«

»Kommt drauf an. Je älter Papier ist, desto leichter ist es, das Alter festzustellen. Aber das hier ist bestimmt keine hundert Jahre alt.« Beier betrachtete den Zettel genauer. »Dann wird es schwieriger. Die Methoden der Papierherstellung haben sich ja nicht mehr viel verändert. Wir müssen die Marke herausbekommen. Die Papierqualität bestimmen.«

»Aber mehr ist nicht drin?«

»Hier kommen wir mit chemischen Methoden nicht weiter, wenn du das meinst. Fingerabdrücke, ja. Alter, nein. Sonst müssten wir das Labor in Stockholm hinzuziehen. Die können aber auch nur klären, was zehn, zwanzig oder dreißig Jahre zurückliegt. Es gibt vielleicht noch andere Experten, aber ...«

»Ich verstehe schon.«

»Wenn es die Mühe lohnt?«

»Ja.«

»Mit dem Kleid, das ist ein bisschen was anderes. Wir haben hier zum Beispiel ein Etikett. Das wird die Arbeit sehr erleichtern. Ich kenne diesen Markennamen zwar nicht, aber das spielt für uns keine so große Rolle. Selbst wenn die Firma längst zugemacht hat. Und bei Tuchmaterial ist es leichter, das Alter zu bestimmen. Das können wir wohl selbst machen.«

»Vielleicht stammt der Zettel aus der gleichen Zeit«, gab Winter zu bedenken.

»Möglich. Aber wir wissen es nicht.«

»Und Fingerabdrücke?«

»Es gibt welche, aber mehr kann ich jetzt nicht sagen.«

Winter betrachtete die kleinen Sachen, die von einer starken Lampe angestrahlt wurden, und empfand Trauer. Eine natürliche Reaktion. Er erinnerte sich an sein Gespräch mit Beier über Archäologen. Fühlten sie Trauer, wenn sie über geöffneten Grabkammern standen und zwischen den Grabbeigaben der Verstorbenen nach weiteren Funden suchten?

Das Kleid vor ihm konnte dem Mädchen, Jennie, gehören, aber das glaubte er nicht. Er war davon überzeugt, dass es Helene gehört hatte, sagte aber nichts zu Beier. Sie hatte es getragen, als sie etwa so alt war wie ihre Tochter jetzt, also vor ungefähr 25 Jahren. Aus dieser Zeit stammt es, überlegte Winter. Aus den frühen siebziger Jahren. An der Grenze zu meiner Teenagerzeit. Sie hatte dieses Kleid getragen, und vielleicht hatte sie selbst den Zettel in die Tasche gesteckt. Oder jemand anders zu einem ganz anderen Zeitpunkt? Vielleicht die Tochter? Warum? Die Frage ist auch, ob das für mich überhaupt von Bedeutung ist. Ich glaube es. Ja. Ich bin mir sicher.

»Wenn du das Alter des Papiers ungefähr bestimmen kannst, würde es, glaube ich, uns für die Ermittlung ausreichen«, sagte er laut.

»Die Frage ist, was ungefähr ist«, wandte Beier ein.

»Gute Frage.«

»Ich lasse von mir hören.« Beier begann, die Lichter zu löschen und abzuschließen. »Jetzt muss ich heim und packen.«

»Verreist du?«

»Morgen. Zu den Kollegen in Sundsvall. Nur den Tag über. Ein Vortrag.«

»Muss das sein?«

»Jammere nicht, Erik. Es gibt noch andere Leute hier, die an deinem … unserem Fall arbeiten. Und außer den Polizisten Göteborgs muss ich auch andere zum Licht führen.«

»Dann hältst also du den Vortrag?«

»Selbstverständlich.«

»Worüber denn?«

»Wie man eine effektive technische Abteilung schafft«, antwortete Beier.

»Und wann verrätst du das den Leuten hier?«, fragte Winter.

36

Winter parkte in Mölnlycke nah bei einem Supermarkt und ging durch die schmale Einkaufspassage zwischen dem Kaufhaus und einem Geschäft für Videofilme, Bücher und Papier. Ein Geschäft bot beides, Parfüm und Reformkost, an. Weizenkleie mit Moschusduft. Winter schüttelte sich.

Die Passage mündete auf eine freie Fläche. Das Tageslicht tauchte den Platz in ein hartes Licht und verlieh allem scharfe Konturen, alles erschien zweidimensional, wie ein in Stein geschnittenes Bild. Das Blau des Himmels war klar. Kalt. Überall kündigte sich jetzt der Herbst an. Der Sommer war in einen Herbst mit klirrendem Frost übergegangen.

Rechts von Winter lag der Eingang zum Postamt. Winter stellte sich neben die Doppeltür und ließ seinen Blick über den Platz wandern: Links von ihm das Einkaufszentrum, schräg links, der Post genau gegenüber, befand sich Jacky's Pub. Gerade vor ihm erstreckte sich eine freie Fläche von ungefähr fünfundsiebzig Meter Durchmesser. Fast schon ein Park, mit Büschen, auf denen das Sonnenlicht zu tanzen schien. An der rechten hinteren Ecke des Platzes stand ein achtstöckiges Haus mit einem Uhrengeschäft und einer Geschenkboutique, an dem rechts eine offene Arkade nach Osten vorbeiführte. Winter konnte ein Sparkassenschild und das Schild eines Blumengeschäfts ausmachen. Er schaute sich um. Wer vom Platz kam, ging normalerweise nach links oder rechts, um den Parkplatz oder andere Läden zu erreichen. Winter machte ein paar Schritte auf den Platz und drehte sich dann um. Die Fenster des Postamts nahmen ungefähr zwanzig Meter der Fassade ein. Winter setzte sich auf eine Bank, die Sicht war noch immer gut. Dann stand er auf und ging rüber zum Pub. Er war geschlossen und würde erst in drei Stunden aufmachen. Er drehte sich prüfend um: Auch von hier aus konnte er die Tür des Postamts sehen. Hinter ihm gab es ein Fenster, und als er hindurchblickte, standen dort eine Bank und Barhocker. Winter war überzeugt, dass man drinnen sitzen und von dort aus die Türen des Postamts im Blick behalten konnte.

Als er das Postamt betrat, gelangte er zunächst in einen ersten Raum mit den Postschließfächern. 257 Stück. Eine kleine Halle. Man musste eine weitere Tür aufstoßen, um zu den Schaltern zu gelangen. Gut, befand Winter. Es dauerte länger, bis man drinnen war, aber auch, bis man wieder herauskam.

Bis jetzt hatte noch niemand die Miete für Helene Anderséns Wohnung bezahlt. Soweit es nicht in der letzten Stunde geschehen war.

Drei Personen standen über das Schreibpult in der Mitte der Schalterhalle gebeugt und füllten Formulare aus.

Einer der Drei war Bergenhem. Er hob kurz den Kopf und musterte Winter gleichgültig. Dann blickte er wieder auf sein Formular.

Ganz hinten im Raum befand sich der Schalter der »Postbank«, ohne die üblichen Schutzscheiben aus bruchsicherem Glas. Dahinter hatte man einen Giebel zu einem roten kleinen Häuschen gebaut.

In vier Meter Höhe war zwischen dem Schild der Postbank und der Kasse 1 eine Videokamera an die Wand montiert worden. Winter blickte flüchtig hinauf. Sie war gut platziert und bis auf das schwarze Auge, das sich langsam bewegte, in demselben diskreten Grau gehalten wie die Wand.

Die zweite Kamera war über Kasse 3 angebracht neben einem Plakat mit den Worten »Es kostet nichts, sich Rat zu holen«.

Winter hatte das Hinweisschild an der Tür vollkommen übersehen, auf dem stand, dass das Amt videoüberwacht wurde. Gut, freute er sich. Wenn ich es nicht beachtet habe, wird es vielleicht auch anderen entgehen.

Jetzt erst wurden ihm die Stimmen bewusst, die den Raum erfüllten. Sein Körper hatte sich entspannt, und so brandeten die Stimmen an sein Ohr, als hätte er den Lautstärkeregler von Null auf volle Lautstärke aufgedreht. Zwei Kinder sangen etwas, ständig kamen Leute herein oder gingen wieder. Bergenhem verharrte nun vor dem Schreibwarenregal. Er hielt einen DIN-A5-Umschlag in der Hand und wirkte wie einer, der sich seine Umschläge gründlich aussucht. Winter starrte ihn unverwandt an, aber Bergenhem blickte nicht einmal in seine Richtung.

Winter fiel auf, dass die dicke blaugraue Fußmatte an der Tür in der Mitte eine Falte hatte, und er wusste, dass Bergenhem sie auf diskrete Weise angebracht hatte.

Alle hatten sie etwas zu erledigen: Zwei Frauen mit Kindern um die Beine schwatzten miteinander, andere schrieben oder blickten geradeaus. Es waren ungefähr ebenso viele Frauen wie Männer im Raum. Keiner der Männer hatte einen Bart oder starrte die Kameras misstrauisch an.

Vielleicht ist er dennoch gerade hier, stellte Winter sich vor. Vielleicht passiert es genau jetzt. Hält er sich ans Protokoll, ist es erst morgen so weit, aber Gewohnheiten konnten sich ändern.

Die Postangestellten hinter dem Glas arbeiteten ruhig und professionell. Es waren alles Frauen. Sie trugen postblaue Jacken und schmal gestreifte Blusen. Trotz der Nummernausgabe bildeten sich an allen Kassen Schlangen.

Die Kassiererinnen hatten eine Notiz mit der Wohnungsnummer erhalten. Wenn sie auf die Zahl stießen … Es hatte früher funktioniert. Alle wussten, worum es sich handelte. Kein Kunde drängelte, verlangte schnelle Bedienung, die ablenken könnte. Sollte dies geschehen, wären sie doppelt aufmerksam.

Winter lauschte auf die Stimmen ringsum und musste plötzlich wieder an die stumme Helene denken. Wie sie während der Obduktion ausgesehen hatte.

Winter fuhr Richtung Stadtzentrum an Helenevik vorbei und durch den Tunnel unter der Schnellstraße. Beim Parkplatz bog er ab und stieg aus. Zwei weitere Autos standen da. Er hörte einen Motor über dem Wasser, sah aber kein Boot. Der Himmel spiegelte sich im See. Himmel und Wasser schienen eins zu sein, und das Licht blendete ihn, als er näher trat.

Sie hatten das Gelände noch einmal nach Gegenständen abgesucht, aber sie fanden nichts, das sie mit dem Mord in Zusammenhang bringen konnten. Auch nach einer weiteren Leiche hatte man gesucht. Niemand hatte laut davon gesprochen, als die Polizisten ausschwärmten, aber alle wussten, was dort versteckt unter den Bäumen liegen konnte.

Unter den Bäumen oder im Wasser, überlegte Winter. Wir müssen bald mit dem Schleppnetz arbeiten, wenn wir ... an Land nichts finden. Dieses Boot, das die Frau angeblich gesehen hat. Maltzer. Das könnte das der Jungen gewesen sein. Daran waren tausend Fingerabdrücke von fünfhundert Menschen. Das Boot war beliebt. Es brachte den Jungen bestimmt ganz schön was ein. Aber sie hatten keine Abdrücke von Helene gefunden. Bislang war es als Beweisstück noch wertlos. Aber es hatte einen roten Farbfleck.

Der letzte Gedanke kam ihm unter dem Baum. Das Zeichen war noch da, das rote Zeichen, das chinesische Schrift sein konnte und dem Buchstaben »H« ähnelte.

Die Absperrbänder glitzerten im Sonnenlicht und waren stellenweise an den Rändern eingerissen, als wären Tiere da gewesen und hätten daran gekaut. Winter bückte sich und sah Spuren im weichen Kies auf dem Weg, die von den Hufen von Hirschen oder Rehen stammen konnten. Er sah Losung, die vom Hasen oder, so weit er wusste, ebenso gut von Wildschweinen kommen konnte. Ich bin zu sehr Städter, seufzte Winter. Komme nur durch die Arbeit mal raus.

Das Motorengeräusch wurde lauter, und er richtete sich auf und blickte durch die Äste zum See. Ein Boot fuhr langsam ein Stück in die Bucht hinein und drehte in einem weiten Kreis wieder nach draußen ab. Zwei Personen saßen darin. Einer von ihnen hatte eine Baseballkappe auf und hielt eine Angelrute. Winter meinte, für einen Augenblick die nasse Angelschnur im Licht der Sonne, das von der Oberfläche des Sees reflektiert wurde, aufblitzen zu sehen.

»Wegen der Einzahlungsquittung ...«, begann Ringmar, und er kratzte sich am Nasenrücken. Es sah aus, als saugte er gleichzeitig an einem Zahn. »Stockholm hat sie mit dem Auto geschickt, wie du gesagt hast.«

»Ich hab's nicht gesagt. Ich hab es angeordnet.«

»Jedenfalls wollten sie, dass wir mit dem Auto kommen.«

»Das ist deren Art zu reagieren, wenn sie Befehlen aus Göteborg gehorchen sollen.«

»Hast du Komplexe?«

»Ich nicht. Aber die in Stockholm.«

Ringmar kratzte sich weiter. Seine Nasenspitze ist schon ganz weiß, grinste Winter in sich hinein, als hätte Bertil das ganze Blut rausgedrückt.

»Eins ist klar: Auf dem Formular werden massenweise Fingerabdrücke sein, vielleicht so von dreißig Personen. Und das sind erst die, die wir möglicherweise identifizieren können.«

»Aber sie haben sie noch nicht in AFIS eingeben können?«

»Das läuft gerade.«

Bald würden die Abdrücke dem neuen computerisierten Programm AFIS anvertraut, was für Automatisches Fingerabdruck-Identifikations-System stand. Vielleicht hatte ja jemand, der schon einmal verhaftet worden war, diese Zahlkarte angefasst. Winter zweifelte daran. Derjenige, der die Miete bezahlt hatte, dürfte auf alle Fälle Handschuhe getragen haben. Das wussten sie zwar nicht genau ... Vielleicht gelang es ihnen ja so, dem Mörder näher zu kommen, als der ahnte.

Was sie mit Sicherheit finden würden, waren Spuren der Finger der unbescholtenen Postangestellten.

»Übrigens hat sich vorhin ein Zwischenfall ereignet an einem dieser Orte, wo diese Motorradgangs sich treffen«, erzählte Ringmar.

»Jetzt geht das wieder los«, seufzte Winter.

»Ich frage mich, was das zu bedeuten hat«, wunderte sich Ringmar. »Wir haben doch geglaubt, dass endlich Frieden eingekehrt sei.«

»Wir haben uns eben auf diese jugendlichen Motorradfahrer verlassen«, scherzte Winter.

»Die meisten sind älter wie du«, gab Ringmar zurück.

»Als du.«

»Was?«

»Es heißt ›als du‹. Nicht ›wie du‹.«

»Ach, rutsch mir doch …« Ringmar kratzte sich wieder. »Irgendwas muss diese Unruhe doch ausgelöst haben«, murmelte er.

»Das kann man wohl sagen«, antwortete Winter, und Ringmar wusste, dass er an die Schießerei auf dem Vårväderstorget dachte.

»Die haben wir ja auch noch nicht ganz aufgeklärt«, stöhnte Ringmar.

»Aber so gut wie.«

»Uns fehlen bloß noch die Schuldigen, ha, ha.«

»Die übliche Frage also: Warum?«

»Es ist nicht das erste Mal, dass diese Höllenengel sich hier auf Erden unter uns Menschen eine Schießerei liefern«, sagte Ringmar. »Das gehört bei denen zur Philosophie.«

»Du meinst …«

»Terror als Gruppenphilosophie. Es tut gut, Angst zu verbreiten.«

»Außer für den, auf den geschossen wird.«

»Gott sei Dank kommt Jonne durch.«

»Wir müssen zusehen, dass wir diesen Bolander wieder zu fassen kriegen.«

»Er ist untergetaucht.«

»Ein unterirdischer Engel«, witzelte Winter. »Wie der Teufel. Ein gefallener Engel.«

»Apropos Schießerei, sie haben den Kurden heute wieder in seine Heimat zurückgeschickt. Also haben wir doch noch dem Recht zum Durchbruch verholfen.«

»Ich weiß.«

»Der arme Teufel. Glaubst du, er hatte gehofft, wegen der Drohung, sich und den Jungen zu erschießen, hier vor Gericht gestellt zu werden?«

»Wegen versuchter Erpressung? Ich weiß nicht. Wegen so was würden wir ihn hier doch nicht mehr anklagen. Seine einzige Chance wäre gewesen zu tun, womit er gedroht hatte.«

»Dann hätten wir ihn ernst nehmen müssen.«

Oder wenn er einen gerissenen Anwalt gehabt hätte, der unter Berufung auf eine psychische Krankheit einen Aufschub erreicht hätte, grübelte Winter. Aber das hätte natürlich nicht zugetroffen: Der Mann hatte ganz normal gewirkt, vielleicht etwas überreizt. Den Grund würden sie sowieso nie erfahren.

»Er wird sicher glücklich«, sagte Ringmar.

Aneta Djanalis Schritte auf dem Asphalt waren noch tastend. Eine Weile hatte sie das Gefühl gehabt, erst wieder gehen lernen zu müssen. Vielleicht wegen der Dienstwaffe, die das Gleichgewicht verschob.

»Ist dir swindlig?«, scherzte Halders. »Du siehst aus, als hättest du einen Fehltritt getan.« Sie verließen ihren Dienstwagen, um mit einem Mann zu sprechen, der einen Ford Escort mit einem Nummernschild besaß, das mit H begann.

»Bitte?«

»Ist dir swindlig?«

»Swindlig? Warum redest du so komisch?«

»Ich dachte, ich sollte mich deinem Dialekt anpassen, um die Rehabilitation zu erleichtern.«

»Mein Gott, hätte Erik bloß an so was gedacht, bevor er mich mit dir in eine Schicht gepfercht hat.«

»Ich versuche eben, das Beste aus der Situation zu machen.«

»Das Beste wär, wenn du die Klappe hältst.«

»Zu Befehl.«

»Dieses kleine Gespräch hier hätte ich auch allein führen können.«

»Vielleicht brauchst du ein wenig Unterstützung in diesen ersten zarten Stunden.«

»Was machst du dann hier?«

»Jetzt sind wir an der Tür angekommen«, leierte Halders wie eine Sprachlehrkassette ... »Jetzt läute ich an dieser Türklingel.«

Winter hatte gerade begonnen, sich durch den Stapel Kinderzeichnungen zu arbeiten, als das Telefon auf seinem Tisch läutete. Er nahm den Hörer mit der rechten Hand ab und hielt mit der linken das Bild von einem lichten Wald und blauem Himmel gegen das Licht.

»Du bist wohl überhaupt nicht mehr zu Hause«, sagte seine Schwester.

»Hallo, Lotta.«

»Hast du jetzt schon ein Bett dort stehen?«

»Ganz so weit ist es noch nicht.«

»Kannst du dich nächsten Samstag freimachen?«

»Samstag?«

»Nächsten Samstag. Den Achten.«

»Was ist denn da?«

»Ein kleines Fest. Ich glaube, ich habe es schon mal erwähnt. Ich habe einen runden Geburtstag. Viel zu rund.«

»Wolltest du nicht nach Marbella fahren?«

»Du hast mit Mutter gesprochen, wie ich höre.«

»Eher umgekehrt.«

»Ich fahre erst später. Also, was sagst du?«

»Wo wird es stattfinden? Das Fest.«

»Hier zu Hause. Falls das eine Rolle spielt.«

»Samstagabend?«

»Ja. Um sechs oder so. Ganz zwanglos, ein wenig Bowle und Abendessen. Ohne Tischordnung. Wenn du willst, kannst du in der Küche sitzen.«

»In dem Fall ...«

»Gut. Ich schreibe deinen Namen hier auf den Block.«

»Wie viele werden es?«

»Zweihundert meiner engsten Freunde. Spaß beiseite: Vielleicht dreißig Personen. Durchweg nette Leute.«

»Ich weiß wirklich nicht, Lotta.«

»Ach nee. Wär ja auch zu schön, um wahr zu sein.«

»Es ist nur ... die Arbeit. Ich komme, wenn ich kann, aber ... es kann schwierig werden. Vielleicht.«

»Du kannst doch nicht rund um die Uhr ermitteln? Wie ich dich kenne, machst du das auch noch im Schlaf.«

»Ich tu mein Bestes, um nächsten Samstagabend da zu sein. Sechs Uhr.«

»Du kannst später kommen.«

»Okay.«
»Selbstverständlich ist auch Angela eingeladen.«
»Angela ...«, wiederholte Winter.
»Deine Freundin. Du erinnerst dich doch noch an sie?«

37

Beier kam mit rosigen Wangen aus Sundsvall zurück. »Dort roch es schon nach Schnee«, erzählte er Winter, nachdem er sich in seinem Büro auf dem Stuhl niedergelassen hatte.

»Das war doch wohl nicht Kiruna, wo du warst.«

»Norrland bleibt Norrland. Das nehmen die dort oben ganz genau.«

»Hast du das mit Sture diskutiert?«, fragte Winter.

»Ich bin gerade erst angekommen, wie du weißt. Außerdem spricht Sture gar nicht gern über seine Vergangenheit im hohen Norden.«

»Vielleicht verheimlicht er etwas.«

»Tun wir das nicht alle?«

»Was mich zum Grund meines Besuches hier bringt.«

»Du bist mal wieder zu schnell. Hast du den üblichen Wunsch aller Fahnder auf dem Herzen, ›irgendwas müsst ihr doch haben?‹ Ich hab es noch nicht einmal geschafft, nach meiner Bildungsreise mit meiner Mannschaft zu sprechen.«

»Soll ich später wiederkommen?«

»Du hast sicher noch was anderes zu tun, oder?«

»Wann?«

»Gib mir eine Stunde.«

Als Winter durch die Sperren zum und vom technischen Dezernat ging, vibrierte sein Handy in der Sakkotasche.

»Winter.«

»Heeej, Erik.«

»Guten Morgen, Mutter.«

»Wir haben im *GP* gelesen, dass Verrückte auf einem Platz in Hisingen eine Schießerei hatten. Sind die jetzt alle verrückt geworden?«

»Ist schon 'ne Weile her.«

»Wir waren mit guten Freunden in Portugal, und als ich dann zu Hause die Zeitungsberge durchgegangen bin, musste ich dich unbedingt anrufen und fragen, ob du in die Sache verwickelt warst. Davon hat nichts in der Zeitung gestanden.«

»Ich war in keiner Weise in die Sache verwickelt.«

»Das freut mich zu hören.«

Auf dem Weg die Treppe hinunter begegnete er Wellman, der vor dem Aufzug im vierten Stock stand. Wellman nickte und betrat den Aufzug, als sich die Türen vor ihm öffneten.

»Bist du noch dran, Erik?«

»Ja.«

»Wo bist du?«

»Hier.«

»Ich mei...«

»Ich bin im Präsidium auf dem Weg in mein Büro.«

»Einfach furchtbar, mit dieser Frau, die ermordet wurde.«

»Ja.«

»Ihr wisst immer noch nicht, wer sie war?«

»Nein.«

»Wirklich furchtbar.«

»Jetzt muss ich aber ...«

»Lotta hat ihre Reise verschoben«, unterbrach seine Mutter ihn.

»Das habe ich gehört.«

»Hast du mit ihr gesprochen?«

»Ja. Gerade.«

»Hast du sie getroffen?«

»Nein, am Telefon.«

»Sie möchte, dass du sie öfter besuchst. Aber da habe ich nun schon oft was zu gesagt.«

»Ja.«

»Sie hat es nicht leicht.«

»Nein.«

»Aber jetzt wird sie ein kleines Fest feiern. An ihrem großen Tag. Da kannst du doch wohl nicht fehlen?«

»Nein.«

»Versprichst du das? Lotta braucht ihren kleinen Bruder.«

»Ich weiß. Wir müssen uns hier oben umeinander kümmern, da ihr anderswo beschäftigt seid.«

»Nun sei nicht so, Erik. Wir haben schon genug darüber geredet. Papa hat versucht ...«

Winter war in seinem Zimmer angekommen und starrte auf den CD-Player und den Tisch, der unter den Zeichnungen fast verschwand. Es war still.

»Jetzt werde ich im Büro am Telefon verlangt«, sagte er.

»Ich hab es aber nicht läuten hören.«

»Es blinkt stattdessen. Wiedersehen, Mutter.« Er brach das Gespräch ab und trat ans Fenster, griff nach einer CD und steckte sie ins Gerät.

Aneta Djanali klingelte, aber es machte niemand auf. Sie klingelte noch einmal, aber sie bekamen keine Antwort.

»Wir haben noch andere Namen und Autos auf der Liste«, sagte Halders.

»Diese Adresse ist am weitesten weg.«

»Wir müssen doch die Fahrtkosten nicht bezahlen.«

»Ich denke ja auch daran, dass ich sonst noch einmal mit dir hier rausfahren müsste.«

»Wie schön, dass du wieder da bist, Aneta.«

»Es steht kein Auto hier, also ist der Fahrzeughalter nicht zu Hause.«

»Wir können eine Weile spazieren gehen. Es ist schön und ruhig hier.«

»Das heb dir mal für den Urlaub auf, wenn du noch welchen hast.«

Sie machten eine Runde ums Haus. Die Wiese leuchtete grün in der Nachmittagssonne. Zwei Pferde weideten hundert Meter weiter weg. Eines von ihnen blickte kurz in ihre Richtung, fuhr dann aber fort zu grasen.

»So müsste man wohnen«, seufzte Halders.

»Willst du noch hier bleiben?«

»Nee, dann wird die Sehnsucht zu stark. Wir fahren lieber morgen oder übermorgen noch einmal her.«

Beier rief Winter an: »Komm bitte sofort rauf.«

»Was gibt's?«

»Komm nur gleich rauf.«

Winter passierte die Sperre und betrat das Labor, in dem Fingerabdrücke erfasst wurden. Beier und Sundlöf warteten schon auf ihn. Auf einem Tisch lag der Zettel mit der Karte, oder was es war, und dem Datum, oder was es war.

»Wir haben eine Sache herausgefunden«, begann Beier. »Auf diesem Zettel gibt es zwei Sätze Fingerabdrücke von Helene Andersén.«

»Wie meinst du das?«

»Einmal von ihr als Kind und dann von der erwachsenen Helene Andersén.«

»Als Kind?«, fragte Winter nach.

»Ja. Es sind die gleichen Linien, allerdings kleiner. Sie hat diesen Zettel in der Hand gehabt, als sie noch ein Kind war. Ungefähr vier, fünf.«

»Bist du dir sicher, dass es ihre sind?«

»Selbstverständlich bin ich mir sicher. Willst du mich beleidigen.«

»Dann war sie es, die ihn aufbewahrt hat. Warum?«

»Das ist deine Arbeit, das herauszufinden, Erik.«

»Dann haben wir ja gleichzeitig eine Art Altersangabe für den Zettel«, dachte Winter laut.

»Das würde ich nicht so einfach behaupten«, winkte Beier ab. »Wir wissen bisher nur, dass sie ihn vor rund fünfundzwanzig Jahren angefasst hat.«

»Und andere Abdrücke?«, fragte Winter und blickte auf das Papier, das nun nicht mehr ganz so alt wirkte, seit er mehr über seine Geschichte wusste.

»Das ist etwas kniffliger«, erklärte Beier. »Wir können einige Teile von Fingerabdrücken erkennen, aber keine ganzen. Also kann ich dir dazu noch nichts sagen.«

»Okay.«

»Willst du, dass wir weitermachen?«

»Was meinst du?«

»Mit diesem Zettel? Ist er so wichtig?«

Winter schnaufte und blickte nachdenklich auf die blasse Schrift und die merkwürdigen Linien.

»Vielleicht hat sie ihn aus einem bestimmten Grund aufgehoben ... Ich weiß nicht. Ich weiß es wirklich nicht, Göran.«

»Ich frage nur, weil wir die Fingerabdrücke aus einer ganzen Wohnung und dem Keller zu prüfen haben. Dieser Fall ist schließlich nicht der einzige, an dem wir arbeiten.«

»Dann beschäftigt euch erst wieder mit dem hier, wenn ihr ein bisschen mehr Luft habt«, entschied Winter. »Aber, kannst du was mit den vollständigen Abdrücken anfangen?«

»Du weißt doch, dass wir, um einen Fingerabdruck zu bestimmen, mindestens zwölf Punkte finden müssen, die identisch sind. Das verstehst du doch?«

Winter verstand es, theoretisch. Das mit der Praxis war freilich etwas anderes. Er wusste, dass ein Fingerabdruck aus einer riesigen Anzahl Linien bestand, die ineinander übergingen. Manchmal bildeten sich Schleifen, manchmal teilten sich die Linien an Gabelungen ... Jedes dieser charakteristischen Merkmale wurde einzeln mit dem Fingerabdruck eines Verdächtigen verglichen, und wenn sie zwölf übereinstimmende Punkte fanden, dann stand für sie fest, dass die Abdrücke identisch waren. Eine Arbeit für Experten, denn der Computer registrierte nur die Schleifen und die Gabelungen, die Punkte. In Schweden gab es zwanzig solcher Experten, davon zwei in Göteborg. Einer von ihnen hieß Bengt Sundlöf und stand noch immer neben Beier und Winter über den Zettel gebeugt.

»Es juckt ein wenig in den Fingern, wenn ich das mal einwerfen darf«, sagte er jetzt.

»Eine echte Herausforderung«, stimmte ihm Beier zu.

»Man sitzt konzentriert da und hat etwas zum Vergleichen vor sich und guckt in die zwei Lupen und sucht ... und macht Skizzen.«

»Einen Tag nach dem anderen«, ergänzte Beier. »Und bekommt schwere Rückenschmerzen von dieser krummen Arbeitshaltung.«

»Und man macht so lange weiter, bis man zwölf Punkte gefunden hat«, sagte Sundlöf. »Weißt du, was man dann sagt?«, fragte er Winter.

»Bingo«, riet Winter.

»Wenn man überhaupt dahin kommt. Verstehst du jetzt, was du von uns forderst?«, fragte Beier.

»Bei eurem Talent ...«, sagte Winter.

»Okay, wir helfen dir«, ging Sundlöf auf seinen Ton ein. »Du schätzt Weisheit und Erfahrung trotz deiner Jugend und deiner langen Haare.«

»In Frankreich verlangen die sogar die Übereinstimmung in vierzehn Punkten«, erklärte Beier. »Vielleicht gehen wir hier oben im Norden ein Risiko ein.«

»Die Amerikaner haben selbstverständlich das größte Register der Welt«, sagte Sundlöf. »Das FBI hat viele Millionen Fingerabdrücke zur Auswahl. Und dort hat man einmal tatsächlich zwei Abdrücke gefunden, die in sieben Punkten übereinstimmten. Von verschiedenen Personen!«

»Jetzt komme ich nicht mehr mit«, musste Winter eingestehen.

»Sie hatten zwei Sätze von Abdrücken, und die zwei Sätze waren in sieben Punkten identisch«, mühte sich Beier. »Sie waren völlig identisch. Trotzdem stellte sich heraus, dass es sich um die Abdrücke von zwei verschiedenen Personen handelte. Noch nie hatte man so viele gemeinsame Punkte bei zwei verschiedenen Personen gefunden. Nie.«

»Noch nicht«, sagte Winter. »Zwölf ist dann doch reichlich bemessen?«

»Da kann man sich wirklich sicher sein«, bestätigte Beier.

»Dann macht ihr das Gleiche mit dem Abdruck an der Kommodenschublade in Helenes Wohnung?«, fragte Winter.

»Das ist ein Randabdruck«, gab Sundlöf zu bedenken. »Und verwischt. Ist vermutlich entstanden durch einen Riss in einem Fingerhandschuh. Vielleicht bestätigt das ja die Faserprobe, die wir in der Nähe gefunden haben. Die Kollegen arbeiten gerade noch daran.«

»Also nicht so einfach«, sagte Winter.

Beier und Sundlöf nickten gleichzeitig.

»Und die andern? In der Wohnung?«

»Zwei sind deutlich. Aber wir haben noch keinen passenden Satz im AFIS gefunden. Also keine Identifizierung.«

»Habt ihr die meinen da auch schon eingegeben?«

»Wir sind dabei, Herr Kommissar«, sagte Beier. »Es können sich aber noch mehr Fingerabdrücke in der Wohnung finden.«

»Ich bin überzeugt, ihr findet sie alle«, schmeichelte Winter und machte einen Schritt zur Tür. »Danke übrigens für die Lehrstunde.«

Winter wollte in sein Büro zurück, um endlich die Zeichnungen durchzugehen und sie zu sortieren. Er wollte sich auch seine Kopie des Zettels noch einmal vornehmen. Als er ihn oben im technischen Dezernat betrachtet hatte, war es ihm so vorgekommen, als wären die Ziffern und Buchstaben deutlicher geworden, die Linien länger, schärfer. Er war sich sicher, ihre Bedeutung gefunden zu haben: Es war eine Karte.

Und auch Helene musste sie etwas bedeutet haben. Oder hatte sie den Zettel vor fünfundzwanzig Jahren in der Tasche vergessen … nach einem Spiel? Möglich war das, aber nur für den, der an Zufälle glaubte.

Sie hatte das bestimmt nicht selbst geschrieben und die Striche gezogen. Eine erwachsene Person hatte den Stift geführt.

Winter war warm, und er fühlte einen Druck in seinem Kopf. Er musste sich unbedingt bald unter eine kalte Dusche stellen.

38

Das Licht zeichnete auch an diesem Tag allem auf dem Platz eine harte Kontur, obwohl die Luft wärmer geworden war. Winter hatte sich auf einer der Bänke mit dem Blick zum Eingang des Postamts niedergelassen. Er saß schon eine halbe Stunde da und wollte bald aufstehen. Es war Viertel vor eins. Viele Menschen betraten die Geschäfte unter den Arkaden, gingen ein und aus. Es war die Zeit, in der Löhne und Renten ausbezahlt wurden. Und Rechnungen beglichen. Viele trauten dem bargeldlosen Verkehr noch nicht genug, um solche Beträge zu überweisen.

Winter war nicht allein auf dem Platz. Viele Leute ruhten sich wie er auf den Bänken aus. Eine Gruppe Männer wartete vor Jacky's Pub darauf, dass die Türen geöffnet würden. Ich gehe später mal rein, nahm Winter sich vor. Ich kann auch von dort aus was sehen.

Viele Leute im besten Alter waren unterwegs, die eigentlich an einem Arbeitsplatz sein sollten. Bestimmt arbeitslos, überlegte Winter. Sie waren entlassen worden und liefen nun auf dem Platz herum, im Licht der späten Mittagssonne.

Sara Helander hatte Bergenhem vor eineinhalb Stunden abgelöst und saß mit einem Prospekt über Darlehen auf einer der Bänke am Fenster. Es befanden sich mehr Menschen im Raum, als sie gedacht hätte. Sie hielt einen Nummernzettel gut sichtbar in der rechten Hand. Vielleicht würden sie Glück haben.

Sie schielte in den Prospekt und versuchte gleichzeitig zu beobachten, was sich an den Kassen tat. Von hier aus hatte sie einen guten Überblick, aber vielleicht sollte sie aufstehen. Ich ruhe die Beine noch eine Minute aus, dachte sie. Vielleicht lerne ich etwas, wenn ich das hier lese.

Sie blickte in den Prospekt. Wer in geordneten wirtschaftlichen Verhältnissen lebe, könne für alles und jedes leicht ein Darlehen bekommen, las sie. Ein Versprechen. Man konnte nach einer Prüfung der Kreditwürdigkeit jederzeit eine schriftliche Darlehenszusage bekommen, wollte man eine Wohnung oder ein Ferienhaus kaufen. Sara Helander konnte sich durchaus vorstellen, ein Ferienhaus zu kaufen ... wenn sie nur die Zeit hätte, sich auch mal in diesem Haus aufzuhalten.

Sara Helander hob den Blick, stand auf und sah, dass eine der Kassiererinnen ihre Hand hochreckte. Schalter drei, rechts. Sara Helander trat schnell näher, schlängelte sich zwischen dem Kinderwagen und einem Kind durch. Die Frau hinter der Glasscheibe war ganz blass, als wäre sie im Begriff, jeden Moment von ihrem Stuhl zu kippen. Als sie Sara Helander erkannte, nahm sie die Hand runter und deutete auf die Tür. Was zum Teu...

Da bemerkte Sara Helander, dass das Lichtsignal über der Kasse in kurzen Abständen gedrückt wurde, wie eine Erinnerung an ihre Nachlässigkeit.

Ein Mann, breit wie das Plakat über ihm, hatte sich bereits vor die Kasse gestellt und wartete darauf, bedient zu werden. Sara Helander stieß ihn zur Seite, als sie sich mit einem flauen Magen vordrängte.

»Verdammt, was soll das!«, fluchte der Mann, den sie weggeschubst hatte.

»Er war doch hier!«, rief die Frau hinter dem Schalter. »Ich wollte Ihnen ein Zeichen geben, aber Sie haben nicht aufgeblickt. Es ist noch keine Minute her. Hat die Lampe nicht geblinkt?«

Sara Helander hob reflexartig den Kopf und sah wieder das Signal der Warnlampe. Oh, Gott, ich fliege raus, lieber Gott, ich habe nicht geda... Sara Helander gab sich eine Sekunde, ihre Ruhe zurückzugewinnen. »War es dieselbe Nummer?«, fragte sie dann.

Die Frau hielt eine Zahlkarte hoch. Sie wirkte noch immer völlig verschreckt und hielt das Formular mit spitzen Fingern, als wäre es blutgetränkt.

Sara Helander schnappte sich den kleinen geflochtenen Korb auf der Bank. Er war halb voll mit gebrauchten Nummernzetteln.

»Bewahren Sie die gut auf«, rief Sara Helander und versuchte, den Korb durch die zu enge Lücke unter der Scheibe zu zwängen. »Machen Sie auf und stellen Sie den bei sich hin!«

»Er ist w... weg«, stammelte die Frau in ihrem marineblauen Anzug und der schmal gestreiften Bluse.

Das befürchte ich auch, dachte Sara Helander, rannte zum Eingang und wäre beinahe über die Falte in der Matte gestolpert. Sie fing sich wieder und schaffte es gerade noch geistesgegenwärtig, der Eingangstür aus bruchsicherem Glas auszuweichen und sich an ihr vorbeizudrücken.

Winter war aufgestanden und hatte sich gerade einen Zigarillo angezündet, als er sah, wie Sara Helander durch die Tür der Sparkasse geschossen kam und sich hektisch umschaute.

Da ist was schief gegangen! Eilig warf Winter den Zigarillo weg und rannte zu der Stelle, wo Sara stand.

Kaum hatte sie ihn wahrgenommen, rief sie atemlos: »Er war hier! Die Kassiererin ...«

»Welche Richtung?«, fiel ihr Winter ins Wort.

»Ich weiß nicht.«

»Wann?«

»Gerade eben. Vor ein paar Minuten. Es tut mir ...«

»Scheiß drauf. Wie sieht er aus?«

»Ich weiß nicht. Es ist so schne...«

»Bergenhem ist in der Bar und isst. Lauf schnell rüber und hole ihn ins Postamt. In den Raum hinten, wo wir uns das Videoband ansehen können. Aber als Erstes rufe Bertil an und bitte ihn, zwei Streifen herzuschicken. Ich warne die Jungs auf dem Parkplatz.«

Winter wählte die Nummer und erreichte die Kollegen in dem Streifenwagen.

»Sie halten die Augen offen«, sagte er und drückte auf Aus. »Mal sehen, ob wir ihn nicht doch noch fassen können.«

Verflucht, dachte er. Jetzt heißt es Ruhe bewahren und doch schnell handeln.

»Ich bin drin und schaue mir die Filmsequenz an. Kommt ihr so schnell wie möglich nach. Welche Kasse, sagst du?«

»Die Drei.«

Winter hastete in die Post, wo alles verblüffend normal wirkte. Der Postamtsleiter wartete an der Tür zu den hinteren Räumen.

»Ich muss das Band zurückspulen«, sagte Winter. »Er ist hier gewesen. Lösen Sie die Frau an Kasse 3 ab und schicken Sie sie zu mir.«

»Und wer soll dann bitte an der Kasse sitzen?«

»Sie sind wohl nicht ganz bei Trost?«, schnauzte Winter. »Wir ermitteln hier in einem Mord ...« Er zwang sich zur Ruhe. »Schließen Sie einfach oder setzen Sie sich selbst auf den Stuhl, wenn es sein muss. Ich will die Frau sofort hier sehen.«

Die Kamera war direkt an das Videogerät angeschlossen, das wiederum mit einem Monitor in einem fensterlosen Raum verbunden war. Winter hielt die Aufnahme an und blickte auf die Uhr. Er ließ das Band bis eine halbe Minute vor der Uhrzeit zurücklaufen, die Sara für den Auftritt des Mannes notiert hatte. Die Kassiererin kam zu ihm in den Raum. Winter drückte wortlos auf *play*. Der Film lief mit einem schabenden Geräusch an. Die Schalterhalle war im Bild. Winter hatte die Kamera gewählt, die den Raum überblickte. Eine Unmenge Menschen schien die Halle zu füllen. Die Kassiererin war auch zu sehen. Ihr Profil bewegte sich in etwa vier Meter Entfernung von der Kamera. Eine Kundin verließ den Schalter. Ein Mann mit Baseballkappe und langer dicker Jacke, der gewartet hatte, trat vor. Winter beobachtete, dass er seinen Nummernzettel mit einer mechanischen Bewegung in den Korb vor sich fallen ließ. Sein Gesicht war nicht so gut zu erkennen, nur im Profil, von schräg hinten.

»Das ist er«, entfuhr es der Kassiererin.

»Sind Sie sicher?«

»Klar ist er das. Der hatte auch so eine Kappe auf«, sagte sie, als wäre das Bild nicht die Wiederholung jüngster Ereignisse, sondern eine Szene aus einer Fernsehserie.

Der Mann reichte der Frau hinter dem Schalter etwas, das diese entgegennahm. Prüfend schaute sie darauf und dann auf ihren Bildschirm. Als sie den Blick wieder hob, sah sie an dem Mann vorbei. Winter folgte ihrem Blick quer durch den Raum bis zu Sara Helander, die auf einem Sofa saß und in einen Prospekt starrte.

Die Lampe über der Kasse begann zu blinken, und die Frau sagte etwas zu dem Mann.

»Ich habe versucht, ihn aufzuhalten, aber er wollte keine Quittung haben«, erklärte sie Winter die stummen Bilder.

Der Mann mit der Kappe verließ die Kasse und ging zur Tür. Die Kassiererin hob den Arm und winkte. Ein anderer Mann trat zur Kasse vor und beobachtete fasziniert die ungewöhnliche Aktion der Kassiererin. Sara Helander schreckte auf, drängte sich zum Schalter vor. Währenddessen verließ der Mann mit der Kappe das Postamt durch die Doppeltür, ohne Bergenhems Falte in der Matte auch nur wahrzunehmen.

Bergenhem und Sara Helander waren in der Zwischenzeit in den dunklen Raum gekommen und hatten sich neben die Kassiererin gestellt.

»Herrgott«, fluchte Sara Helander, als ihr klar wurde, dass jede Bewegung von ihr zu sehen war. Was bin ich für eine Idiotin, beschimpfte sie sich in Gedanken.

Winter hielt das Band an und spielte es noch einmal zurück. Der Mann mit der Kappe kam wieder ins Bild.

»Das ist er«, sagte Winter. »Der mit der Baseballkappe.« Er ist nicht der einzige, der so 'ne blöde Kappe trägt, dachte er. Aber die hier hat vorne eine Aufschrift in großen, leuchtenden Buchstaben.

»Ja, das ist er«, bestätigte die Kassiererin.

Winter wiederholte die Beschreibung am Handy für die beiden Streifenpolizisten.

»Sie fangen an und suchen draußen«, erklärte er Sara Helander und Bergenhem mit dem Handy am Ohr. Er wartete, dass die nächste Verbindung zustande kam. »Hallo? Ja, sperrt im Westen und Osten ab, wenn es geht. Was? Nein, um Gottes willen keine Sirenen. Und vergesst den Busbahnhof nicht. Ja, den Busbahnhof. Jemand muss *sofort* hin.«

Er drückte auf Aus und eilte zur Tür.

»Ist Bertil mit Verstärkung unterwegs?«

»Ja«, bestätigte Bergenhem. »Was machen wir jetzt?«

»Ihr wisst, wie er aussieht.« Winter sah auf die Uhr. »Es sind noch keine zehn Minuten vergangen, seit er hier war. Er kann sich ins Auto gesetzt haben und weggefahren sein, aber es besteht die Möglichkeit, dass er noch irgendwo hier ist. Wir haben die großen Parkplätze in der Nähe und den Busbahnhof unter Kontrolle. Ich glaube nicht, dass er Verdacht geschöpft hat.«

»Okay«, sagte Bergenhem.

»Er ist bestimmt noch da«, hoffte Winter. »Ein Mädchen von der Bereitschaft hat sich vor den Türen zum Einkaufszentrum postiert. Ich möchte, dass du reingehst und dich umschaust, ob du ihn sehen kannst, Bergenhem. Wenn ja, kommst du sofort raus, wartest mit den Kollegen vor der Tür und rufst mich an.«

Und zu Sara Helander sagte er: »Du kommst mit mir.«

Sie antwortete nicht.

Schnell verließen sie das Postamt und wandten sich nach rechts.

»Mach die Runde links um den Platz, wir treffen uns dann an der Ecke«, sagte Winter und ging rechts in die Förenings Sparbanken und wieder hinaus. Der Mann mit Kappe war weder im Blumenladen noch in der Nordbank, auch nicht in der Pizzeria Bella Napoli oder in den Räumen von Förbo Härryda an der Ecke.

»Nichts«, sagte Sara Helander, als sie an der Ecke anlangte.

Gemeinsam liefen sie durch die Fußgängerunterführung. Links lag der Parkplatz, und Winter sah den Streifenwagen. Der andere stand in der Nähe des Einkaufszentrums. Bertil war noch nicht angekommen, oder er war auf der anderen Seite.

Sie gingen am Neubau des Gymnasiums vorbei und standen vor dem Kulturhaus. Links führte eine Brücke über den Fluss, hinter der sich die Straße gabelte, und dann noch einmal weiter weg und dann noch einmal. Winter fühlte sich an die Fingerabdrücke erinnert. Sein Herz schlug ihm bis zum Hals.

Sie gingen in das Kulturhaus und weiter durch die Bibliothek und die anderen Räume, aber sie sahen nur zwei Teenager mit Kappen.

»Er war mindestens vierzig«, sagte Sara Helander.

»Ja.«

Sie verließen das Gebäude. Gegen den Wind eilten sie im Laufschritt weiter. Dort war schon der Busbahnhof. Winter konnte die Rückseite des Einkaufszentrums und den Parkplatz daneben, zur Straße hin, überblicken. Fredrik und Aneta bewegten sich zwischen den Autos. Halders' kahler Schädel glänzte im Sonnenlicht.

Polizisten standen bei den Bussen. Winter erkannte Ringmar, der mit Börjesson redete. Bergenhem kam aus der Passage neben dem Konsum gelaufen und schüttelte viel sagend den Kopf, als er Winter entdeckte. Jetzt sind wir alle hier, dachte Winter, die ganze Rasselbande, aber wozu?

Er schritt in westlicher Richtung weiter quer über die große Bushaltestelle. Schräg rechts von ihm, auf der anderen Straßenseite, war ein großes Ärztehaus, und direkt vor ihm begann der nächste große Parkplatz, voller rangierender Autos. Winter lief weiter. Dreißig Meter vor ihm stand ein Mann und bückte sich, um einen roten Volvo 740 aufzuschließen. Er trug eine schwarze Kappe mit weißer Aufschrift und einen grünen Parka, von dem Winter nur den obersten Teil erkennen konnte, weil der Mann an der entfernten Seite seines Fahrzeugs stand. Winter rannte los.

Der Mann blickte auf, die schwarze Kappe tief in die Stirn gezogen. Um den Hals hatte er ein rotes Halstuch. Plötzlich wird aus dem Schwarzweißfilm von eben einer in Farbe, ging Winter durch den Kopf, während er lief.

Der Mann blickte ihn an und drehte sich dann um, als wolle er nachsehen, ob sich hinter ihm etwas abspielte. Er sah, wie andere losliefen. Ein Streifenwagen fuhr mit quietschenden Reifen am Busbahnhof an und näherte sich. Und dieser blonde Typ in der Lederjacke kam auf ihn zugestürzt und rief ihm etwas zu. Da warf er sich ins Auto und steckte den Schlüssel ins Schloss. Der Volvo-Motor heulte gequält auf. Der Rückwärtsgang war eingelegt. Nur noch die Handbremse gelöst, und das Auto schob sich befreit rückwärts. Da hängte sich dieser Kerl in der Lederjacke ihm einfach an die Autotür. Als er in den Vorwärtsgang schaltete, die Kupplung kommen ließ und vorwärts schoss, flog der Mann zur Seite. Es hätte alles so gut funktioniert, wenn die Bullen ihm nicht an der Ausfahrt vom Parkplatz die Schranke vor der Nase zugemacht hätten, direkt vor seinen Augen. Mit der Schranke quer über der Motorhaube kam der Volvo noch halb über die Straße, und dann war es aus. Er bekam die Tür nicht auf und warf sich auf die andere Seite. Endlich stand er auf der Straße, und dann kommt dieser verdammte Skinhead angerannt und rammt ihn den Schlagring direkt in den Bauch, und die Luft bleibt ihm weg, und er geht nach zwei Schritten geschockt zu Boden, und der Skinhead wirft sich wieder auf ihn.

»Was ist mit dir?«, fragte Halders.

»Nur ein kleiner Kratzer«, antwortete Winter und besichtigte seinen Ellbogen durch das Loch in der Lederjacke. »Gut gemacht, Fredrik.«

»Das ist er also.« Halders betrachtete zufrieden den Mann, der auf dem Rücksitz eines der Streifenwagen saß.

»Das ist der, der die Miete bezahlt hat.«

»Er sieht aus wie ein Strolch.«

»Wahrscheinlich ist er einer.«

»Hat er was gesagt?«

»Kein Wort.«

»Dann müssen wir ihn wohl foltern«, meinte Halders. »Das hier war erst der Anfang. Und, bist du noch immer nicht glücklich, Winter?«

»Glücklich?«

»Die Sache hätte verdammt schief gehen können, aber wir hatten das Glück auf unserer Seite.«

»Verdammt, das ist ein großer Erfolg für das Fahndungsdezernat. Schau ihn dir doch an. Er weiß, dass er gleich sein Lied singen wird.«

»Gut gemacht, Fredrik«, wiederholte Winter. »Ich möchte noch ein paar Worte mit Sara reden, bevor wir zurückfahren.«

Halders nickte und ging auf Aneta und das Auto zu. Es war eher ein Schlendern.

Sara Helander wartete am Bahnhofsgebäude.

»Ich war unaufmerksam«, sagte sie. »Kriminell unaufmerksam.«

»Wir hätten das Ganze vorher ein wenig trainieren sollen«, antwortete Winter. »Aber es ist nicht gesagt, dass es dann anders gelaufen wäre. Es waren viele Leute in der Post, und der Typ war schnell.«

»Quatsch«, sagte Sara Helander.

Winter zündete einen Zigarillo an. Das tat gut. »Okay. Aber unsere Bereitschaft hat funktioniert.«

»Er war überhaupt nicht misstrauisch«, wunderte sich Sara Helander. »Nicht einmal, als du angerannt kamst. Ist das nicht merkwürdig?«

»Wir wollen mal sehen, was er sagt und wer er ist«, meinte Winter. »Ob er so heißt wie auf dem Führerschein. Ob er was zu erzählen hat.« Er tat einen Zug und blickte dem Rauch nach, der aufstieg zum Himmel.

»Was war das übrigens, was dich da drin so fasziniert hat? Dieser Prospekt.«

»Scheiße, ja. Den ganzen Mist gibt es ja sogar auf Film.«

»Was war es denn?«

»Spiel bitte nicht den gütigen Vater, der alles versteht und verzeiht.«

»Nein, ich will es wirklich wissen.«

»Tja, es ging um Darlehen. Verschiedene Arten, Geld zu leihen, welche besser ist und so.«

»Aha.«

»Nichts für dich.«

»Wieso?«

»Dir reicht dein Geld doch wohl?«

»Wo hast du das her?«

»Das ist doch kein Geheimnis.«

»Das ist alles vollkommen übertrieben, was so geredet wird.«

»Es geht mich sowieso nichts an«, lenkte Sara Helander ein.

»Geld allein macht keine Freude«, sagte Winter. »Nimm das als guten Rat. Geld richtet nur Elend an.«

39

Der Mann hieß Oskar Jakobsson und hatte eine lange Liste von Einträgen im Strafregister. Sie hatten seine Fingerabdrücke abgenommen und durch den Computer laufen lassen. Oskar Jakobsson hatte einen kriminellen Hintergrund. Nichts Großes. Er hatte wegen Diebstahls und Körperverletzung gesessen und war wegen Autodiebstahls eingelocht worden.

Und er hat Dinge getan, von denen wir nichts wissen, dachte Winter, als er Oskar Jakobsson gegenüber saß. Ihm fiel auf, dass sich die Marke seines Mantels, der zu Hause im Flur hing, und in seinem Anzug, ganz ähnlich schrieb: Oscar Jacobson. Winter atmete tief durch. Dieser Jakobsson wirkte nervös, aber keineswegs verzweifelt. Er schien darauf vorbereitet, zwölf Stunden, vielleicht länger, festgehalten zu werden, aber nicht viel länger. Er behauptete, zu wissen, was er getan habe, aber nicht, warum.

»Klar tut man einem, der einen darum bittet, einen Gefallen. Ist doch klar, dass man das tut.«

Unter der Baseballkappe lugte wirres, dunkelbraunes Haar hervor. Einen Kamm hatte Jakobsson abgelehnt, den Kaffee aber dankend angenommen. Mit seiner Narbe über dem Kinn sah er aus wie ein echter Krimineller, einer, der im Lauf seiner Karriere einen abgebrochenen Flaschenhals ins Gesicht bekommen hat. Er sprach die Wörter deutlich aus, doch am Ende der Sätze lösten sie sich auf wie die Druckerschwärze einer Zeitungsseite im Regen. Als würde er die Signale seines Gehirns nicht mehr richtig verarbeiten können. Oder es war umgekehrt, überlegte Winter. Vielleicht hatte er sich das Sprachzentrum und den Rest des Hirns durch langjährigen Alkoholmissbrauch aufgeweicht.

Jakobssons Blick war wie seine Worte, scharf und gleichzeitig verschwommen, als versuchte er ständig in der Ferne am Horizont etwas zu erkennen.

»Tun Sie immer so bereitwillig etwas für Ihre Mitmenschen?«, fragte Winter nach.

»Sonst macht's halt ein anderer.«

»Berichten Sie bitte noch einmal von Anfang an.«

»Von wo denn?«

»Von dem Moment, als jemand Sie gefragt hat, ob Sie ihm helfen würden.«

Das Tonbandgerät drehte sich auf dem Tisch zwischen ihnen. Neben Winter saß der Vernehmungsleiter Gabriel Cohen und schwieg. Sonst war niemand in dem fensterlosen Raum. Die Klimaanlage schickte mit leisem Zischen Frischluft zu ihnen hinein. Jakobsson hatte gefragt, ob er rauchen dürfe. Winter hatte es ihm verwehrt.

»Ich hatte gerade geparkt«, begann Jakobsson.

Winter fragte sich, wie der Mann monatelang hatte Auto fahren können, ohne kontrolliert worden zu sein. Er hatte nie einen Führerschein besessen. Das Auto gehörte seinem Bruder, der zwar den Führerschein gemacht hatte, dafür aber nur selten fuhr.

»Wann war das?«

»Wann? Vorigen Monat. Oder war es am Ende des vorvorigen? An derselben Stelle auf dem Parkplatz wie heute, habe ich gestanden. Vielleicht eine Lücke …«

»Was hatten Sie vor?«

»Was? Ich wollte einkaufen gehen.«

»Wo?«

»Bei Terningen. Mein Bruder wollte was zu trinken und ich auch. Und dann noch ein Brot und Kartoffeln.«

»Okay«, sagte Winter. »Sie haben gerade das Auto abgeschlossen. Was passierte dann?«

»Sie ist auf mich zugekommen, als ich mich umgedreht hatte. Vielleicht hatte ich auch schon ein paar Schritte gemacht.«

»Vorher haben Sie sie nicht gesehen?«

»Bevor ich ausgestiegen bin?«

»Ja.«

»Nein.«

»Oder als Sie geparkt hatten?«

»Wozu, zum Teufel. Soll das wichtig sein?«

»Beantworten Sie bitte meine Frage.«

»Was hatten Sie gefragt?«

»Haben Sie die Frau schon gesehen, als Sie geparkt hatten, aber noch nicht ausgestiegen waren?«

»Nein. Nicht, soweit ich mich erinnere.«

»Sie sind also ausgestiegen und ein paar Schritte gegangen. Was ist dann passiert?«

»Wie ich gesagt habe. Sie ist mit dem verdammten Umschlag auf mich zugekommen.«

»Sie hatte einen Umschlag?«

»Ja.«

»Wie hat er ausgesehen?«

»Wie er ausgesehen hat? Der war braun und nur halb so groß wie der andere ... Tja, A irgendwas heißt das. Warum fragen Sie danach? Ihr habt ihn doch verdammt noch mal von mir bekommen. Ihr habt ihn doch aus dem Fach genommen.«

Sie hatten einen leeren DIN-A5-Umschlag im Handschuhfach des Autos gefunden.

»Hat er so ausgesehen?«, fragte Winter und hielt einen weißen DIN-A5-Umschlag hoch. »Sie dürfen ihn gerne in die Hand nehmen.«

Jakobsson nahm den Umschlag und hielt ihn vor sich. »Er hat die gleiche Größe, aber der andere war braun.«

»Die Frau ist auf Sie zugekommen. Mit diesem Kuvert. Konnten Sie es sehen? Hat sie es sichtbar in der Hand gehalten?«

»Ja.«

»Was hat sie gesagt?«

»Sie hat gefragt, ob ich mir ein bisschen Geld verdienen will. Nee, ›bisschen‹ hat sie gar nicht gesagt, sie hat bloß gefragt, ob ich Geld verdienen wollte.«

»Und was haben Sie geantwortet?«

»Nichts. Ich muss sie wohl angeglotzt haben.«

»Sie haben diese Frau angeglotzt?«

»Ja, verdammt, sag ich doch.«

»Beschreiben Sie, wie sie ausgesehen hat.«

»Viel konnte man nicht sehen. Schwarze Sonnenbrille und einen Hut auf dem Kopf, so dass ich kein Haar sehen konnte, aber sie hatte einen Pullover und lange Hosen an. Daran erinnere ich mich.«

»War sie weiß?«

»Wie, weiß?«

»Welche Hautfarbe hatte sie?«

»Na ja, eine Negerin war sie nicht, wenn Sie das wissen wollen. Sie war wohl braun gebrannt, aber die Brille war so groß, dass sie fast das ganze Gesicht bedeckt hat.«

Da werden wir später noch mal einhaken, beschloss Winter. Der hat doch noch mehr über ihr Aussehen zu sagen.

»Und dann?«

»Ich hab doch schon gesagt, dass sie gefragt hat, ob ich Geld verdienen will.«

»Was haben Sie geantwortet?«

»Nichts. Ich hab sie wie bescheuert angeglotzt. Wenn ich ehrlich sein soll, war es verrückt, stehen zu bleiben. Es war schon verdammt komisch, dass einfach jemand auftaucht und einem einen Umschlag übergibt.«

»Was hat sie dann gesagt?«

»Dass ich mir Geld verdienen könnte, wenn ich ihr einen kleinen Gefallen täte, und dann hat sie gesagt, worum es sich handelt, nämlich dass ich am Ende jeden Monats zur Post gehen und diese Miete einzahlen und die Nummer von der Wohnung hinschreiben soll. Das war alles.«

»Warum war dann das Kuvert nötig?«

»Da war doch das Scheißgeld drin. Und ein Papier mit der Postsche... Postschecknummer und dieser andern Zahl.«

»Wo ist der Zettel jetzt?«

»Den hab ich weggeworfen.«

»Warum?«

»Ich kann die Nummern auswendig. Ich habe ein gutes Zahlengedächtnis, wissen Sie. Und dann bin ich ja nicht so blöd, dass ich nicht begriffen hätte, dass da irgendein krummes Ding dahinter steckt, und da soll man keine Zettel aufheben. Heb nie Zettel auf, ist mein Motto.«

Jakobsson sah aus, als würde er gleich anfangen stolz zu grinsen. Winter spürte, wie sich ihm die Haare sträubten. Er war ungeduldig, aber er verbarg seine Nervosität hinter einer Maske der Ruhe, damit er mit dem Verhör fortfahren konnte.

»Bitte sagen Sie die Nummer«, forderte Winter Jakobsson auf. »Die Postschecknummer.«

»Was?«

»Sie haben doch so ein phänomenales Zahlengedächtnis. Sie haben schon berichtet, dass Sie zwei Mieten bezahlen sollten und dass Sie sich fünftausend von dem Geld in die eigene Tasche stecken konnten. Da werden Sie sich doch jetzt an die Zahlen erinnern.«

»Drei Mieten«, korrigierte Jakobsson, »und ich habe zehntausend bekommen. Wer hat hier das Zahlengedächtnis?« Er sah Beifall heischend Cohen an und nickte. »Der kann sich noch nicht mal erinnern, ob es zwei oder drei waren.« Cohen nickte zurück.

»Okay«, sagte Winter. »Kann ich jetzt die Zahlen hören?«

Jakobsson antwortete nicht. Er starrte das Tonbandgerät an. Die Klimaanlage rauschte. Jakobsson räusperte sich. »Teufel auch, das macht dieses Verhör. Ich bin nervös, sehen Sie. So was ist nicht komisch. Sie kommen ja selbst nicht mal drauf, wie viele Mieten es waren.«

»Sie erinnern sich nicht an die Zahl?«

»Doch, verdammt, nur gerade im Moment nicht. Ich sollte ja schließlich noch eine Miete bezahlen, oder nicht? Da muss ich ja draufkommen. Ich hab doch das Geld bekommen.«

»Wo ist das Geld?«, fragte Winter, aber er konnte sich die Antwort schon denken.

»Sind Sie nicht gescheit? Glauben Sie, ich hab es auf der Bank, damit ich es Ihnen zeigen kann?«

»Wo ist es dann?«

»Verbraucht, Herr Kommissar. Man könnte es wohl auch feiner ausdrücken: konsumiert. Und das schon längst.«

»Was war das noch für eine Zahl, die Sie in das Einzahlungsformular auf der Post eintragen sollten?«

»Bitte?«

»Sie sollten doch noch eine Zahl schreiben. Wie lautete die?«

»Die weiß ich erst, wenn ich dort stehe.«

»Sie werden dort nicht mehr stehen.«

»Nee … Aber Sie wissen, wie ich es meine. Wenn es darauf ankommt, fällt's einem wieder ein.«

»Verstehen Sie eigentlich, worum es hier geht?«, fragte Winter und rückte ein wenig näher an die Tischkante.

»Mir sagt ja keiner was.«

»Hier geht es immerhin um Mord und Entführung.«

»Was hat das alles mit mir zu tun?«

»Sie hängen mit drin.«

»Mit drin… Wie zum Teufel sollte ich in so was mit drinhängen … Was sagen Sie? Entführung? Mord? Verd… Sie kennen mich doch, ja, Sie vielleicht nicht, aber andere im Haus. Fragen Sie die. Fragen Sie! Wie kommen Sie nur auf die Idee, Oskar Jakobsson könnte in so was mit drin… Herrgott, das müssen Sie mir erst mal erklären.«

»Wo ist der Zettel?«

»Ich sag doch, ich hab ihn weggeschmissen.«

»Wo?«

»Was?«

»Wo haben Sie den Zettel weggeschmissen?«

»In den Müll, verdammt. Zu Hause in den Müll.«

»Wann?«

»Wann? Das ist ewig her. Als ich das Zeug von dieser Tante da bekommen hab.«

Winter beschloss, etwas mehr über den Fall zu verraten. Warum Jakobsson hier war. Cohen stand auf und holte frischen Kaffee. Jakobsson klagte, er habe solchen Schmacht nach 'ner Zigarette, dass er gleich tot umfiele, und Winter zog das Päckchen raus, das er extra für diesen Zweck gekauft hatte, und reichte es rüber. Er gab Jakobsson Feuer und zündete sich selbst einen Zigarillo an. »Das riecht verdammt gut«, sagte Jakobsson und zeigte auf den Zigarillo in Winters Mund, und Winter nickte. Cohen kam mit Kaffee und Zimtbrötchen zurück. Jakobsson kaute und rauchte.

»Vielleicht hab ich ihn zu Hause«, sagte Jakobsson.

»Sie haben ihn also bestimmt nicht mitgenommen, als Sie auf der Post bezahlen sollten? Also Sie müssen uns hier schon ein bisschen mehr sagen«, sagte Winter.

»Okay, okay, ich hab ihn hinterher weggeworfen.«

»Sie haben ihn weggeworfen? Wann denn?«

»Als ich bezahlt hatte. Da war ein Papierkorb draußen in dem Raum, durch den man vor dem Postamt mit den Kassen geht. Da hab ich ihn reingeworfen.«

»Warum haben Sie ihn weggeworfen? Sie sollten doch noch eine Miete bezahlen?«

Jakobsson rauchte und beobachtete den Rauch, der zur Decke stieg.

»Warum haben Sie ihn weggeworfen?«, wiederholte Winter.

»Okay, okay, ich sollte keine Miete mehr bezahlen.«

»Sie sollten keine mehr bezahlen?«

»Nein, sag ich. Sie ... hatten vorhin Recht. Obwohl Sie es nicht wissen konnten. Ich musste nur zwei Mieten bezahlen.«

»Stimmt es, was Sie jetzt sagen?«

»Ja.«

»Warum sollen wir es jetzt glauben, wo Sie vorher gelogen haben?«

Jakobsson zuckte die Schultern. »Wegen dem, was Sie mir da grad erzählt haben«, murmelte er. »Das ist ’ne verdammt scheußliche Angelegenheit. Mit so was will man ja nun wirklich nichts zu tun haben, pfui Teufel.« Er sah sich nach einem Aschenbecher um, und Cohen deutete auf den Teller, auf dem die Brötchen gelegen hatten. »Ich stecke nicht mit drin. Ich habe nichts damit zu tun.«

»Warum tischen Sie mir dann Lügen auf über diese Frau?«

»Was zum Teufel soll das jetzt wieder? Ich lüge doch gar nicht.«

»Sie haben erzählt, dass die Frau auf Sie zukam, als Sie aus dem Auto stiegen. Stimmt das?«

»Ja.«

»Sie standen beide dort, und die Frau reichte Ihnen den Umschlag und machte Ihnen dieses Angebot?«

»Ja.«

»Was genau hat sie gesagt?«

»Herrg… Ich hab es Ihnen doch schon zehnmal gesagt. Sie hat mich gefragt, ob ich Geld verdienen und ihnen gleichzeitig einen Gefallen tun will.«

»Ihnen?«

»Was?«

»Jetzt haben Sie ›ihnen‹ gesagt. Wen meinen Sie damit?«

»Hab ich das gesagt? Ich meine gar nichts. Das war ein Versprecher.«

»Sie wollen uns ja gar nicht helfen, Jakobsson. Sollen wir jetzt unterbrechen und weitermachen, wenn Sie etwas mehr über die ganze Sache nachgedacht haben?«

»Ich brauche nicht nachzudenken.«

»Sie wollen weitermachen?«

»Sie fragen, und ich antworte. Wie immer. Stellen Sie eine gute Frage, dann kriegen Sie eine gute Antwort.«

»Das hier ist kein Spiel«, schärfte ihm Winter ein. »Es gibt irgendwo ein vierjähriges Mädchen, das vielleicht in Lebensgefahr ist, und wir haben schon zu viel Zeit verloren.«

Sie war keine fünf Jahre alt. Sie hatten feststellen können, dass Jennie erst viereinhalb war.

Jakobsson schwieg. Der Zigarettenstummel lag krumm auf dem Teller vor ihm. Winter hielt seinen ausgegangenen Zigarillo in der Hand. »Es kann von Ihnen abhängen, wie die Sache ausgeht«, drohte Winter. »Verstehen Sie, was ich sagen will?«

Jakobsson schwieg.

»Verstehen Sie?«

»Ich habe nichts getan.«

»Das hier ist eine Mordermittlung, und Sie stehen unter Verdacht.«

»Teufel auch, alle hier im Haus können Ihnen versichern, dass …«

»Keiner wird Ihnen helfen. Der Einzige, der etwas für Sie tun kann, bin ich. Ich gebe Ihnen jetzt noch diese Chance.«

»Kann ich noch eine Zigarette haben?«

Winter hielt ihm wieder das Päckchen hin und ließ Jakobsson sich die Zigarette selbst anzünden.

»Das wissen doch alle, dass ich nichts mit ’nem Mord zu tun habe«, wiederholte Jakobsson. »Alle wissen das.«

»Wir nicht«, sagte Winter. »Sie stehen unter Verdacht.«

»Nein, zum Teufel.«

»Haben Sie es getan?«

»Was getan?«

»Die Frau ermordet?«

»Verdammt, verdammt, ver…«

»Sagen Sie es jetzt, und Sie helfen uns und sich selbst.«

»Oskar Jakobsson ein Mörder? Da lach…«

»Wo haben Sie diese Frau getroffen?«

»Was?«

»Die Frau, die Ihnen angeblich das Angebot gemacht hat. Wo haben Sie sie getroffen?«

»Hier geht es verflucht noch mal zu schnell, wenn ich das sagen darf. Ich habe gesagt, es war auf dem Parkplatz.«

»Ich glaube nicht, dass das wahr ist. Und wenn Sie mir nicht endlich erzählen, wo es wirklich war, dann kann ich Ihnen auch nichts anderes mehr glauben, was Sie sagen.«

Jakobsson blickte Cohen an, der ihm aufmunternd zunickte.

»Okay, okay, VERDAMMT, es war in 'nem Café dort, und ich hatte vorher ein Gespräch bekommen.«

»Ein Gespräch? Ein Telefongespräch?«

»Ja.«

»Von wem?«

»Von ihr. Sie, die ich dann im Café getroffen habe.«

»Hat sie Sie angerufen?«

»Ja.«

»Wo waren Sie da?«

»Wo ich war? Zu Hause natürlich. Ich besitze kein Handy.«

»Waren Sie allein zu Hause?«

»Wann denn? Als der Anruf kam? Mhm. Vielleicht war mein Bruder da? Ich weiß nicht mehr.«

»Was hat die Frau gesagt?«

»Dass sie einen Vorschlag hätte, und ob ich ihr einen Gefallen tun könnte und … Herrgott … das haben wir doch schon fünfzigmal durchgekaut.«

»Was meinen Sie?«

»Was die Frau gesagt hat, hab ich Ihnen doch erzählt, aber es war … an einem anderen Platz. Im Café.«

»In welchem Café?«

»Jacky's Pub.«

»Ist das ein Café?«

»Für mich ist es ein Café. Ich trinke nur Kaffee dort. Das Bier ist verflucht teuer, und außerdem hab ich sowieso damit aufgehört.«

»Wer hat den Treffpunkt vorgeschlagen?«

»Das war ich.«

»Sind Sie sich sicher?«

»Nee. Vielleicht war sie es. Es ist so ... Könnten wir nicht mal 'ne Pause machen? Ich werde langsam müde von dem hier.«

»Wir brechen bald ab«, sagte Winter. »Versuchen Sie, sich zu erinnern, wer den Treffpunkt vorgeschlagen hat.«

»Das war sie.«

»Sie war es, die ihn vorschlug?«

»Ja.«

»Warum wollte die Frau Sie treffen?«

»Ich kann diese Frage nicht noch einmal beantworten.«

»Was war das Erste, was sie sagte?«

»Ich komme nicht mehr drauf.«

»Wie heißt sie?«

»Keine Ahnung. Das habe ich Ihnen doch schon gesagt, bevor wir uns hier hingesetzt haben. Ich hatte sie noch nie vorher gesehen.«

»Sie kennen sie.«

»Wie kommen Sie auf so 'n Quatsch?«

»Warum sollte sie sich sonst an Sie wenden?«

»Ich hab keinen blassen Schimmer.«

»Finden Sie es normal, dass bei Ihnen Fremde anrufen und Dienste vorschlagen?«

»Woher soll ich wissen, warum die mich ausgewählt hat, oder?«

»Sie haben vorher gesagt, dass Sie andern gern bereitwillig helfen.«

»Hab ich das gesagt? Ja, also vielleicht deshalb.«

»Sind Sie als bereitwilliger Helfer bekannt?«

»Fragen Sie das nicht mich. Aber wie gesagt, vielleicht war es ja so, sie hat von jemand gehört, dass ich ’n hilfsbereiter Mensch bin, und hat mich deshalb angerufen.«

»Von wem könnte sie das denn erfahren haben?«

»Was denn?«

»Das Sie so ’n netter Mensch sind?«

»Bestimmt von hundert Leuten«, meinte Jakobsson.

»Dann zählen Sie sie mal auf«, sagte Winter und zog einen frischen Notizblock zusammen mit einem Bleistiftstummel aus der Innentasche.

»Sie sind ja nicht normal«, ereiferte sich Jakobsson. »Außerdem muss ich mal auf den Topf.«

»Noch eine Weile.«

»Ich muss aber jetzt. Sie begreifen nicht. Das kommt bei mir ganz plötzlich. Wenn ich nicht in einer Minute pissen gehen darf, wird es für keinen mehr lustig sein, hier zu sitzen.«

»Wie heißt sie?«

»Ich weiß es nicht. Das hab ich Ihnen doch gesagt. Wir können das Verhör gern auf dem Topf fortsetzen, wenn Sie wollen, aber ich kann ni…«

»Geben Sie mir den Namen.«

»Ich weiß es nicht, VERDAMMT.«

»Wer kann ihr den Tipp gegeben haben, dass Sie ein Mensch sind, der andern gern mal einen Gefallen tut?«

Jakobsson antwortete nicht. Er hatte sich halb aufgerichtet, und sie konnten an dem Fleck, der sich vorn auf seiner Hose ausbreitete, sehen, dass er gerade, vielleicht zum ersten Mal während des Verhörs, die Wahrheit gesagt hatte.

40

Ringmar las die Abschrift des Verhörs mit Jakobsson. Auch ihn hatte dieser Elan gepackt, diese Möglichkeit, plötzlich mit den Ermittlungen voranzukommen. Sie waren ein Stück näher dran. Es war, als habe man die Witterung aufgenommen, ein Geruch, der immer stärker werden würde, je näher sie dem Ziel kämen, überlegte Winter.

»Ich glaube nicht, dass er weiß, in was er da geraten ist«, meinte Ringmar.

»Das ist ein gerissener Bursche.«

»Nicht gerissen genug«, wehrte Ringmar ab. »Für so was nicht. Jakobsson ist ein kleiner Gauner.«

»Die können mal in einer Panikreaktion ...«

»Gewiss. Aber ... Tja, nein, das passt nicht.«

»Möllerström hört sich jedenfalls mal in seinem Bekanntenkreis um.«

»Der dürfte recht groß sein«, sagte Ringmar.

»Nicht so groß, wie man erwarten würde.«

»Kommt drauf an, wie man es sieht. Hast du gewusst, dass unser Oskar früher mal Motorrad gefahren ist?«

»Ja«, sagte Winter, »auch wenn man sich das heute nur noch schwer vorstellen kann.«

»Er war sogar in einer Motorradgang. Irgendeine lokale Variante der Hell's Angels, aber sogar die haben ihn rausgeschmissen, glaube ich.«

»Das hör ich die ganze Ermittlung über«, grübelte Winter.

»Was?«

»Nichts. Es ist nur …«

Ringmar blickte seinen jüngeren Vorgesetzten an. Winter hatte Ränder unter den Augen, bei bestimmter Beleuchtung sah es aus, als hätte er ein blaues Auge. Das lange Haar fiel ihm inzwischen bis auf die Schultern.

»Vielleicht denke ich zu viel«, sagte Winter. »Vielleicht ist Jakobsson nur ein unschuldiger Zuschauer.«

»Unschuldiger Bote«, gab Ringmar zurück. »So was gibt's doch nicht, einen unschuldigen Boten.«

»Wollen wir ihn zum Teufel jagen?«

»Meinetwegen, aber erst soll Cohen ihn noch ein wenig in die Mangel nehmen.«

Winter blätterte in den Abschriften. Die Worte stürmten auf ihn ein. In den letzten zwei, drei Jahren hatte er solche Verhörprotokolle nur mit einem vagen Widerwillen gelesen, als wären sie Fiktion, einer Welt entsprungen, zu der er keinen Zugang hatte. Diese Gespräche waren sowohl Dichtung als auch Spiel, und beide Partner wussten, dass es so war. Ein Krieg im Geiste, während die Wirklichkeit, um die es eigentlich ging, gar nicht vorkam – bis die Erschöpfung dafür sorgte, dass die Fantasiegebäude in sich zusammenfielen und die nackte Bosheit zum Vorschein kam. Die Wahrheit blitzte manchmal nur für Sekunden auf, bevor sich die Fantasie wieder Bahn brach. Und wenn er, oder wer auch immer das Verhör führte, dann nicht sofort nachfasste, waren sie die Verlierer – für den Augenblick und vielleicht für immer.

Er hatte lange über diesen Wortgefechten früherer Jagden gebrütet und darüber gestaunt, wie sich die Stimmen ähnelten, die ihn mit sich in den Abgrund reißen konnten wie ein Windstoß. Ein Windstoß. Die Stimmen waren für ihn wie dieser Wind, und die Worte waren wie Steine, die vom Sturm mitgerissen wurden. Genauso war es. Die Worte waren Steine, und die Stimmen waren wie der Wind. Wenn man die Augen schloss, konnte man dem Tosen lauschen und von den Worten getroffen werden. Tödlich getroffen, wenn man sich nicht schützte.

»Er sagt, die Frau könnte vierzig oder auch erst fünfundzwanzig gewesen sein.«

»Daran war vielleicht die Sonnenbrille Schuld«, meinte Ringmar. »Wenn sie denn eine trug. Wenn sie überhaupt existiert.«

»Es ist ja nicht ungewöhnlich, dass jemand einen anderen vorschickt«, sagte Winter. »Unser Jakobsson bekommt seinen Auftrag von einem, der ihn wiederum von jemand anders erhalten hat, der seinerseits angesprochen wurde vom ... Mörder.«

»Ja, das ist eine ganz gewöhnliche Vorgehensweise unter Kriminellen«, stimmte Ringmar ihm zu.

»Wir müssen uns also an der Kette in umgekehrter Richtung entlanghangeln«, fasste Winter seine Erkenntnis zusammen.

»Er hätte es gleich zugeben sollen«, meinte Ringmar. »Wie und von wem.«

»Das hab ich auch gedacht.«

»Wenn er wirklich nur diesen Gefallen ausgeführt und sonst nichts damit zu tun hat, hätte er es uns gleich sagen müssen.«

»Ja.«

»Also kennt er die Person, die ihm den Auftrag gegeben hat. Die Frau, wenn es eine Frau ist.«

»Vielleicht.«

»Es ist ja auch nicht sicher, ob Geld dabei im Spiel war.«

»Nein.«

»Wir müssen ihn uns noch mal vornehmen«, seufzte Ringmar. »Aber lass ihn diesmal rechtzeitig gehen und Wasser lassen.«

Die Fahndungsmeldung war landesweit verbreitet worden. Wellman rechtfertigte die Verzögerung, und er machte es gut. Winter würde Wellman vielleicht nach dieser Sache mit anderen Augen betrachten.

Die Ereignisse des vergangenen Monats wurden wieder aufgerollt. Winter konnte seine eigene Ermittlung in den verschiedensten Versionen in der Zeitung beschrieben sehen. Er las alles, warf die Zeitungen dann aber fort. Bülows Artikel war anständig. Er zeigte sich gut informiert, aber das war nicht weiter verwunderlich, da ihm Winter schließlich Auskunft gegeben hatte. Sein Teil der Abmachung.

Winter hatte zugestimmt, am nächsten Vormittag an einer Pressekonferenz teilzunehmen. Am nächsten Tag, nicht früher.

Er saß allein im Zimmer und hatte der Zentrale mitgeteilt, alle Gespräche zuerst zu Ringmar und dann zu Möllerström durchzustellen. Beide waren an ihrem Platz, beinahe in Hörweite. Winter schloss die Augen und lockerte das Zwerchfell: totototo. Vielleicht reinigte das auch die Gedanken. Er griff wieder zu den Zeichnungen, schloss aber die Augen statt die Bilder anzusehen, kniff die Augen so fest wie möglich zusammen, damit sein Hirn ihm endlich Ruhe gäbe, dass es still und dunkel würde in seinem Kopf.

Sie suchten mit Schleppnetzen den Delsjön ab und gingen noch einmal die Waldgebiete um das Gewässer ab. Sie konnten jetzt deutlicher werden bei ihren Fragen in der Nachbarschaft.

Die Fotos aus Helene Anderséns Wohnung waren an die Medien verteilt und auf neuen Plakaten abgedruckt worden. Sie durchforsteten alle Melderegister. Helene Andersén hatte drei Jahre in Norra Biskopsgården gewohnt und davor in einer Wohnung in Backa. Jennie war im Östra-Krankenhaus geboren. Der Vater war als unbekannt angegeben worden. Helene hatte sich von Anfang an allein um ihr Kind gekümmert.

Sie hatte Kontakt zum Sozialamt gehabt oder eher umgekehrt. Die Behörde hatte sie kontrolliert und war bei ihr zu Hause gewesen, und man hatte sie anscheinend für fähig gehalten, sich selbst um ihre kleine Tochter zu kümmern. Aber keiner, mit dem Winter sprach, konnte sich näher an etwas erinnern.

Helene hatte keine Arbeit, bekam aber keine Sozialhilfe. Das passte nicht zusammen. Sie hatte nirgendwo Schulden, also bezahlte sie ihre Rechnungen, ohne ein Einkommen zu haben. Das bringt keiner so einfach fertig, dachte Winter und machte die Augen wieder auf. Irgendwoher musste sie Geld bekommen haben. In ihren Steuererklärungen hatte sie ein kleineres Vermögen angegeben, aber sie fanden nichts, weder auf irgendwelchen Konten noch in Bankfächern. Allerdings war diese Untersuchung noch nicht ganz abgeschlossen.

Was er nun wissen wollte, war, wie und wo sie gewohnt hatte, ehe sie nach Hisingen kam, in die Wohnung am Backaplan.

Seine Männer waren bereits einmal dort gewesen und würden nochmals hingehen zu dem jungen Paar, das ausgesehen hatte, als wäre es sozusagen auf frischer Tat ertappt worden.

Er wollte endlich wissen, was Helene wirklich gemacht hatte. Kein Arbeitgeber hatte bislang von sich hören lassen, keine Schule. Und keine Eltern. War sie mit ihrem Kind wirklich völlig allein auf der Welt gewesen? Noch sah es so aus.

Es gab 145 Anderséns im Göteborger Telefonbuch, aber bisher hatte sich keiner gemeldet.

Helene hatte ein Telefon gehabt, seit dem 10. August. Und sie hatte irgendwo ein Telefon gekauft, wo, wussten sie noch nicht. Eine fast dreißigjährige Frau, die vielleicht ihr erstes Telefon bekam. Warum erst jetzt? Warum nicht schon früher? Reichte das Geld nicht dafür? Hatte sie es von jemand anders geschenkt bekommen?

Eine Veränderung musste eingetreten sein, die dafür verantwortlich war, dass sie auf einmal ein Telefon brauchte, schloss Winter. Vielleicht musste sie dringend mit jemandem Kontakt aufnehmen. Hatte sie Angst? Hatte sie das Telefon als Schutz gekauft? Hatte sie Bescheid bekommen, dass sie ständig erreichbar sein musste ... Rund um die Uhr?

Sieben Tage nach der Anmeldung ihres Telefons war sie gestorben. Sie hatte nur zweimal telefoniert, und beide Gespräche gingen an Telefonzellen. Die eine stand auf dem Vågmästarenplatsen, und dort hatte sie am 14. August um 18.30 Uhr angerufen. Die andere befand sich am Busterminal im Stadtteil Heden, und dorthin hatte sie einen Abend später, am 15. August, telefoniert. Falls sie selbst gewählt hatte. Beide Gespräche waren fast gleich lang: zweieinhalb Minuten. Das ist wenig Zeit, dachte Winter. Er hatte mit Ringmar zweieinhalb Minuten gesprochen und die Zeit gestoppt, und da war nicht viel gesagt worden.

Helene hatte auf ihrem neuen Telefon auch drei Gespräche bekommen. Zwei waren ihren eigenen Telefonaten unmittelbar vorausgegangen und von denselben Telefonzellen ausgegangen. Jemand war an Ort und Stelle gewesen und hatte anscheinend darauf gewartet, angerufen zu werden. Warum? rätselte Winter.

Das dritte Gespräch kam von einer Nummer, die zu einem Teilnehmer in einer Wohnung in Majorna zurückverfolgt wurde. Jemand hatte am 16. August nachmittags um halb fünf von dort bei Helene angerufen. Das Gespräch hatte nur eine Minute gedauert. Angerufen hatte eine Frau, die Maj Svedberg hieß und die sich erst überhaupt nicht mehr an das Telefonat erinnern konnte. Am 16. August? War sie da überhaupt in der Stadt gewesen? Konnte es gewesen sein, als sie sich verwählt hatte? Ein Kind hatte sich gemeldet und dann eine Frau, aber es war die falsche Nummer gewesen. Wen hatte sie anrufen wollen? Eigentlich den Zahnarzt. Sie gab ihnen die Nummer – und sie unterschied sich nur in einer Ziffer von Helenes.

»Überprüft sie trotzdem«, hatte Winter zu Möllerström gesagt.

Der Stapel mit Jennies Zeichnungen war dünner geworden, und Winter nahm sich nun den Rest vor. Er konnte sehen, dass einige später entstanden sein mussten. Fortschritte waren erkennbar, aber er war nicht sicher, ob es am Alter lag. Vielleicht war das Mädchen manchmal müde gewesen oder unkonzentriert.

Einige Motive wiederholten sich: Schiffe und Autos, Gesichter in einem Fenster. Ein Wald oder nur einige Bäume. Es war nicht leicht, da einen Unterschied zu erkennen. Ein Weg, der braun, manchmal schwarz war. Sonne und Regen, fast immer Sonne und Regen gleichzeitig. Immer Landschaften. Winter hatte noch keine Zeichnung von einem Innenraum gesehen.

Er hielt eine Zeichnung vor sich hoch. Sie stellte ein Haus mit einem spitzen Dach und einer dänischen Flagge dar.

Die dänische Flagge machte Winter nachdenklich. Weißes Kreuz auf rotem Grund. Das Haus stand auf einer Wiese, die durch einige grüne Striche angedeutet war. Das Haus hatte Wände, die weiß waren wie das Papier.

Während der folgenden halben Stunde arbeitete er sich durch den Rest des Stapels und fand eine weitere Zeichnung mit der dänischen Flagge.

Er hatte zwei Zeichnungen mit der dänischen Flagge und über zwanzig, auf denen ein Schiff dargestellt war.

Dazu drei Zeichnungen von einem Auto, gesteuert von einem Mann mit einem schwarzen Ziegenbart.

Winter legte die beiden Bilder mit der dänischen Flagge nebeneinander auf den Tisch, verglich sie miteinander. Er suchte nach der Signatur »jeni« und erstarrte: Die linke Zeichnung auf dem Tisch war mit »helene« signiert. Er suchte nach einer Unterschrift auf der andern. Sie fand sich unten rechts: »helene«. Winter schluckte und nahm sich noch einmal den Stapel vor. Eine der Zeichnungen mit dem Mann im Auto war auch mit »helene« signiert. Man konnte sie nicht von den zwei übrigen unterscheiden. Fünf der Bilder, die Schiffe darstellten, waren mit »helene« signiert – im gleichen kindlichen Stil wie sonst die Schrift »jeni«. Die Motive waren die gleichen, die Ausführung schien identisch.

Das hier ist mit das Unheimlichste, das ich je erlebt habe, dachte Winter.

Er stand auf und reckte sich. Er spürte die Steifheit im Körper, weil er so lange vornübergebeugt dagesessen hatte, ohne auch nur einen Gedanken an eine ergonomischere Haltung zu verschwenden. Die Muskeln an den Schultern waren völlig verkrampft. Regen prasselte ans Fenster. Er hörte das Dröhnen eines Motorrads und den Schrei einer Möwe.

Ihm dämmerte, dass da noch etwas war, das er gesehen hatte, als er die Bilder in der letzten Stunde durchgesehen hatte ... Etwas, das mehrmals aufgetaucht war ... Etwas, das er wahrgenommen hatte, ohne es wirklich zu registrieren.

Er trat an den Tisch mit den sortierten Bilderstapeln zurück. Eins, zwei, drei, vier, fünf, sechs, sieben ... Da, es war der Weg, der geradewegs vom unteren zum oberen Rand des Papiers führte. Es konnte ein Weg sein, da er sich leicht um einige Bäume krümmte und bei einem Haus endete, das Tür und Fenster hatte, dem aber das Dach fehlte.

Er suchte weiter unter den Bogen, die sich in seinen Händen steif anfühlten. Da. Der Weg, der sich quer über das Papier zog. Das Haus ohne Dach, ein Fenster links von der Tür. Und da, rechts vom Haus: ein Rechteck, hochkant, mit einem Kreuz obendrauf, dessen Striche diagonal verliefen. Doppelt gekreuzt.

Winter verglich das Gesehene mit der ersten Zeichnung. Der gleiche kleine, kaum sichtbare Kasten in einem toten Winkel, dazu diese diagonalen Striche.

Eine Windmühle, überlegte er. Es könnte eine kleine Windmühle sein, die sie abgemalt hat.

Unter beiden Zeichnungen stand »jeni«.

»Ich hab einen Picknickkorb mitgebracht.« Angela hielt ihn hoch, damit er ihn sehen konnte.

»Ist heute Freitag?«, fragte Winter.

»Freitagabend, Punkt zwanzig Uhr.«

»Da kann ich dich doch nicht draußen im Hausflur stehen lassen.«

»Du könntest doch rauskommen.«

»Und das Trompetensolo verpassen? Da, jetzt setzt es ein.«

»Hört sich toll an.«

»Aber komm doch rein, und hör es dir drinnen an, bevor es vorbei ist.«

»Du bist nicht überrascht oder so?«

»Es war nur, dass ich ...«

»Gesessen und gearbeitet habe? Oder gegrübelt? Vergessen, dass ich kommen wollte?«

»Das alles und nichts«, gestand Winter.

»Und das bedeutet?«

Er gab ihr keine Antwort, sondern nahm ihr den Korb ab. Er stellte ihn auf den Boden und half ihr aus dem Mantel, der schwer war und gut nach ihr und herb nach Stadtluft duftete.

»Hier bin ich lange nicht gewesen«, sagte sie, als sie im Wohnzimmer standen.

»Ich auch nicht.«

»Das habe ich gemerkt.«

»Dann darf ich bitten?«, forderte Winter sie auf, packte sie und walzte mit ihr über das Parkett, auf dem das Licht der Stehlampe am Fenster glänzende Reflexe erzeugte.

»Was ist das?«, fragte sie und lehnte sich ein wenig zurück, um ihn anzusehen.

»Donald Byrd.«

»Ich meine den Tanz. Du hast mich wirklich überrascht.«

»Das Leben ist voller Überraschungen.«

»Was ist los mit dir? Hast du was getrunken?«

»Sei jetzt still, und lass dich führen«, erwiderte Winter. Er schwenkte sie in eine Rechtsdrehung, als Trane nach Byrds Solo einsetzte, und dann wieder Byrd. Winter drückte Angela fester an sich und tanzte rechtsherum weiter.

»Und wenn ich nicht mehr tanzen will?«, erkundigte sie sich vorsichtig.

»*Shut up*«, gab er mit geschlossenen Augen zurück.

Sie tanzten. Angela konnte sich nicht erinnern, wann sie das zuletzt getan hatte. Es war kein Fehler. Es war eine gute Art, einen Freitagabend einzuleiten. Tanz und der Wein, den sie mitgebracht hatte, und die Krabben und Weiß ...

»Du weißt, du bist freiwillig hier ...«, murmelte er ihr ins Ohr.

»*Shut up*«, antwortete sie.

Sie tanzten weiter, bis die Musik fürs Erste vorbei war, dann gingen sie in die Küche, und Angela packte das Essen aus. Winter übernahm es, Dry Martini in einem Shaker zu bereiten.

»Wann hast du zum letzten Mal Dry Martini getrunken?«, fragte sie.

»Vor fünf Jahren? Gerührt oder geschüttelt?«

»Geschüttelt natürlich.«

»Okay. Aber vielleicht wird es Sowohl-als-auch.«

Sie sah ihn an. Sein Gesicht wirkte müde, ausgelaugt, bleicher als beim letzten Mal. Das Hemd stand ihm am Hals offen. Winter blickte auf und lächelte.

»Feierst du etwas, Erik?«

Er hörte auf, in dem pastellfarbenen Zylinder zu rühren, und stellte ihn auf die Arbeitsplatte. »Es ist wohl eher umgekehrt.«

»Was meinst du damit?«

»Ich hab gespürt, dass ich ... etwas anderes brauchte.«

»Etwas anderes als diesen widerwärtigen Fall, an dem du arbeitest?«

»Tja ... Ja, etwas, das ein wenig Licht in mein Leben bringt und schimmert ... Wie der hier«, sagte Winter und deutete auf den Shaker.

»Dann schenk ein«, schlug sie vor. »Hier sind die Gläser.«

Er folgte ihrem Vorschlag, und sie tranken.

»Das schmeckt wunderbar«, sagte sie. »Kühl und trocken zugleich.«

»Ist es nicht zu viel Wermut?«

»Doch, aber das ist okay.«

»Du bist ein Snob.«

»Und wie findest du den Drink?«

»Er könnte einen Deut trockener sein.«

»Dann wäre es … was anderes.«

»Ja.«

»Sollen wir den Tisch decken und uns hinsetzen und über die vergangene Woche sprechen?«

»Wir nehmen deine«, antwortete Winter.

»Du bist doch hier der, der reden muss«, erwiderte sie.

41

Es war wieder Sommer, als er aus der Haustür trat. Altweibersommer. Oder hieß es Indianersommer? Er hatte nie den Unterschied gelernt, falls es außer dem Namen einen gab.

Es war noch vor acht, und Reste der nächtlichen Dunkelheit schienen sich in den Schatten der Häuser zu halten. Ein Wagen der Stadtreinigung kroch die Straße auf der anderen Seite des Vasaplatsen entlang und schien den letzten Rest der Morgendämmerung mit den rotierenden Bürsten zu vertreiben. Eine ganze Menge Leute warteten auf die Straßenbahn. Es war wie immer. Ein Kastenwagen lieferte frisches Brot an den Wasa Källare. Winter schnupperte. Er war hungrig, hatte nur eine Tasse Kaffee getrunken, mehr nicht. Angela hatte weitergeschlafen, als Winter das Laken über ihren Körper gebreitet hatte, der ungeschützt im Licht des frühen Morgens dagelegen hatte.

Vier Stunden zuvor war er nach tiefem Grübeln endlich eingeschlafen, als der Lärm in seinem Kopf allmählich nachgelassen hatte. Er hatte sich in einem Wald zwischen den Bäumen wieder gefunden. Regentropfen drangen durch das Blattwerk, während weiter draußen die Sonne schien. Auf dem Pfad vor ihm stand ein Auto. Es war weiß und hatte verrückte Proportionen. Jemand hatte seinen Namen gerufen, eine Kinderstimme, und Winter hatte am Auto vorbei aufs Meer hinaus geblickt, das auf einmal dort begann, wo der Pfad endete. Ein Schiff, das aussah wie aus einer Zeichnung gerissen, trieb auf dem Wasser, und Winter hatte ein Gesicht gesehen, das er nicht kannte. Das Gesicht hatte ihn aus dem Auto angeschaut, und um es herum hatte rotes Haar geglänzt, und dann hatte er es genauer betrachtet: Es war das Gesicht eines Kindes, und das Gesicht war immer größer geworden, bis es größer war als das Fenster. Winter hatte sich an die Reling des Schiffs gelehnt und hinter einem Schuh hergeschaut, der in den Wellen schwamm. Am Horizont sah er einen Leuchtturm, aber als Winter näher kam, war es eine Windmühle gewesen, die die Arme schwenkte, und er hatte ein Gesicht erblickt, das zu einer Uhr geworden war, auf der die Zeiger Lippen waren, die sich bewegten. Die Sonne hatte durch den Regen hindurchgeblitzt. Eine Flagge hatte über der Mühle im Wind geflattert, aber die Mühle war eine Uhr gewesen, die Pfeile dorthin schoss, wo er in einem Auto auf einem Weg durch den Wald fuhr. Er saß am Steuer und hielt ein kleines Mädchen an der Hand, das ihm mit einem Finger die Fahrtrichtung wies. Er hatte auf seine Füße geblickt, und an dem einen hatte ein Kinderschuh gebaumelt, an einem Riemen, der über seine Zehen gezogen war.

Dies letzte Bild wollte ihm nicht aus dem Kopf: Die Riemen eines Kinderschuhs an seinen Zehen.

Winter schlenderte über den Kungstorget. Die Marktstände wurden für den Tag aufgebaut. Gemüse und Obst wurden in Kisten von Lastwagen zu den Ständen getragen. Winter genoss die Verheißung, die in der Wärme und den Gerüchen dieses Morgens lag. Er betrat ein Café auf der anderen Seite des Kungsportsplatsen und bestellte einen Café au lait und zwei Brötchen mit Butter und Käse. Dann setzte er sich ans Fenster und beobachtete, wie das Stadtbüro der Abendzeitung aufmachte. Eine junge Frau hängte Plakate auf. Winter konnte sie von seinem Platz aus nicht lesen, aber er versuchte zu erraten, was da stand. Die Medien hatten den Mord und das Verschwinden des Mädchens »*in a big way*« behandelt, wie Wellman es am Vortag bei einer kurzen Nachmittagskonferenz ausgedrückt hatte. So war es eben. Das war selbstverständlich, und Winter konnte nur hoffen, dass dadurch nicht allzu viel Ermittlungsarbeit zunichte gemacht würde. Bisher waren auf die Medienberichte hunderte von Tipps eingegangen, vielleicht sogar tausende. Winter hatte so viele davon bearbeitet, wie er vermochte, und versucht, alles ernst zu nehmen, was ihm diesen Ernst wert schien. Bei vielen stand der Wille zu helfen im Vordergrund, aber auch der Schrecken über das, was passiert war. Denn was einmal geschehen war, konnte jederzeit wieder passieren. Und jeder könnte der Nächste sein.

Winter erhob sich und wanderte nordwärts zum Brunnsparken, wo er sich an die Haltestelle der Linie 2 stellte und wartete. Jennie hatte eine Straßenbahn mit einer 2 draufgemalt. Also war sie vielleicht öfter mit der Bahn gefahren, wahrscheinlich zusammen mit ihrer Mutter ... Helene.

Sie hatten mit den Straßenbahnfahrern gesprochen, aber keiner hatte die Gesichter wieder erkannt. Sie würden sich nie die Leute so genau ansehen, die bei ihnen mitfuhren. Vielleicht aus einer Art Selbstschutz. In der Nähe von Norra Biskopsgården hatten sie auch Fotos herumgezeigt, aber keiner wusste etwas, keiner erkannte jemanden wieder.

Einige der Fotografien musste jemand anders aufgenommen haben. Eine Serie Bilder von dem Mädchen war ein Jahr zuvor in einem Atelier am Vågmästarenplatsen gemacht worden. Der Fotograf konnte sich daran erinnern, aber mehr nicht. Das war alles, was sie hatten. Die wenigen anderen Bilder, die sie von Jennie in Helenes Wohnung gefunden hatten, waren mit einer oder mehreren Kameras aufgenommen worden, die sie aber nicht entdeckt hatten.

Jemand hatte Bilder von Helene allein und von Helene und ihrer Tochter gemacht.

Auf einigen Fotografien waren sie nämlich zusammen zu sehen. Helene hatte ihr Kind allein zur Welt gebracht. Hatte der unbekannte Vater die Fotos geschossen? Es gab nur ein Babyfoto von Jennie. Es gab sieben oder acht von ihr, die wohl erst vor relativ kurzer Zeit aufgenommen worden waren, abgesehen von den Studiobildern. Zwei davon trugen ein Datum, vielleicht half das ihnen weiter.

Es gab keine Fotografie von Helene als Kind.

Winter sah sich um. Zehn Personen warteten mit ihm auf die Straßenbahnen. Jetzt kam die 2, und er folgte einer Eingebung und stieg zusammen mit vier Männern ein, die Äthiopier sein konnten, und einem Betrunkenen, der eindeutig Schwede war, denn er schimpfte und rief den schwarzen Männern rassistische Parolen zu, als alle eingestiegen waren und der Wagen Richtung

Hauptbahnhof weiterfuhr. Winter stand auf und ging durch den fast leeren Waggon zu dem Betrunkenen, einem Mann Mitte dreißig, und Winter wünschte plötzlich, er wäre genügend aus dem Gleichgewicht, um dem Betrunkenen die Faust in die Magengrube zu rammen. Aber der Mann ist bestimmt nur unglücklich, dachte er, deshalb schreit er diesen Mist. Das muss man verstehen. Aber ich halte es nicht aus zuzuhören. Es ist ja nicht das erste Mal. Ich habe Probleme mit Rassisten, auch wenn sie betrunken sind und unglücklich.

Die Bahn hielt am Drottningtorget, und der Betrunkene stand auf und torkelte hinaus, ohne Winter einmal angesehen zu haben. Die Schwarzen kommentierten seinen Abgang in ihrer Sprache. Plötzlich stiegen zwei von ihnen aus und folgten dem Betrunkenen, der auf das Bahnhofsgebäude zutaumelte. Er wird doch seine Prügel bekommen, ging Winter auf. Und vielleicht sind die beiden Schwarzen wirklich Kriminelle. Man ist nicht zwangsläufig nett, nur weil man schwarz ist.

Sie fuhren über die Brücke. Die Kräne unten im Freihafen schwenkten vor und zurück, griffen nach Containern, die mit Obst gefüllt waren. Die Sonne brannte hinunter auf die Bananen, als wären die wieder zu Hause. Am Vågmästarenplatsen stiegen mehr Fahrgäste ein als aus, Iraner, Inder und Schwarze, die immer in Gruppen unterwegs zu sein schienen. Winter überlegte, ob er jemals einen Schwarzen, einen Dunkelhäutigen oder einen Araber gesehen hatte, der irgendwo für sich allein entlanggegangen war.

Die Felder hinter Rambergsvallen waren voller Kinder, die Fußball spielten oder ihren eigenen Schatten nachliefen. Über dem Eingang zum Lundbybad flatterten Fahnen im Wind, darunter die dänische. Das darf ich nicht vergessen, wurde es Winter bewusst: Es muss einen Grund geben, dass sie beide die dänische Flagge gemalt haben. Haben sie die hier gesehen, wie ich jetzt gerade. Verdammt, wir müssen diesen Signaturen auf den Grund gehen und uns die Unterschiede auf den Bildern mal genauer ansehen. Wenn es welche gibt.

Die Nationalflagge Dänemarks hätten sie über dem Eingang zum Lundbybad bemerken können. Sind sie regelmäßig dorthin gegangen?, fragte Winter sich. Vielleicht ist das Mädchen dort zum Schwimmunterricht angemeldet gewesen? Haben wir das kontrolliert? Dazu habe ich nichts in den Berichten gelesen.

Vielleicht hat Helene dort jemanden getroffen. Oder in Dänemark. Sie kann auf einer der Fähren gesessen und darauf gewartet haben, an Land zu kommen. Es kann etwas in Dänemark passiert sein, das mit dem Fall hier zusammenhängt. Wir haben Kontakt zu Interpol aufgenommen, aber man weiß ja, wie das geht, dachte Winter. Ob in Dänemark etwas passiert war? Oder gab es dort einen ähnlichen Fall? Hatte sie Angehörige in Dänemark, die sie besucht hat? Vielleicht hat Jennie dort gemalt und gemalt ... oder vielleicht auch Helene.

Winter stieg am Friskväderstorget aus. Die Sonne füllte die Satellitenschüsseln an den Hauswänden mit Licht. Sie standen ab wie Ohren, die gereckt sind, um Botschaften aus der Heimat einzufangen. Von irgendwoher hörte Winter Musik, die klang, als käme sie von einem John Coltrane mit Wasserpfeife und Fez. Türkischer Jazz, dachte er. Swingt auch.

Ernst Lundgren von der Tagesstätte war mit den Kindern auf dem Spielplatz vor dem Haus. Der alte große Mann bückte sich auf eine Art und Weise, die seinen Rücken entweder stärkte oder bald in Teile brechen würde.

»Was Neues?«, fragte er, und Winter berichtete.

»Ja, ich habe nach wie vor nichts gehört«, erklärte Lundgren. »Sie hat nicht zu unserer kleinen Gemeinde gehört.«

»Gibt es unter den anderen Eltern niemand, der sie kennt?«

»Den Müttern«, verbesserte Lundgren. »Nein, niemand.«

»Sie muss einer der einsamsten Menschen auf der Welt gewesen sein«, sagte Winter.

»Das würde mich nicht wundern«, antwortete Lundgren.

»Ich hätte nicht geglaubt, dass Sie ein Zyniker sind«, wunderte sich Winter.

»Ich bin nicht zynisch. Ich bin nur nicht erstaunt.«

»Über ... die Einsamkeit?«

»Damit war sie nicht allein«, erklärte Lundgren. »Es sind eine ganze Menge Menschen einsam. Man kann wohl behaupten, die Mehrheit.«

Winter sah sich die Videoaufnahme von ihrem letzten Verhör mit Oskar Jakobsson an. Cohens Stimme klang wie die eines

Priesters, zu dem ein lockerer Vogel beichten kommt. Aber Jakobsson beichtete nicht. Cohen musste ihm vielmehr jede Einzelheit aus der Nase ziehen.

»Ich habe die Frau nicht wiedergesehen und werde sie auch nicht wiedersehen«, erklärte Jakobsson gerade.

»Wen?«

»Wir sprechen doch von der, die mir die Nummern gegeben hat, äh ... den Umschlag und das Geld.«

»Und ich spreche von Helene Andersén.«

»Der bin ich nie begegnet.«

»Sie haben zweimal ihre Miete bezahlt.«

»Und was bekommt man dafür?«

»Stellen Sie sich nicht so dumm, Jakobsson.«

»Ich weiß nicht, wer sie ist. Ihr habt doch jetzt meine ganze Story. Ich habe sie oft genug erzählt!«

Und so weiter und so fort. Winter folgte der Aufnahme mit einem wachsenden Gefühl der Leere.

Es duftete nach Holz und frischer Luft in der Wohnung.

»Ich habe geputzt«, sagte Angela mit einem Glas Wein in der Hand. »Wie eine richtige Hausfrau.«

»Abgesehen vom Weinglas«, sagte Winter.

»Möchtest du auch eins?«

»Nein. Lieber einen Gin Tonic, wenn du schon mit Trinken angefangen hast.«

»Du bist es, der angefangen hat. Du trinkst zwar nie, aber diesmal hast du angefangen.«

»Es ist nie zu spät.«

Sie folgte ihm in die Küche. »Ich bin den ganzen Tag hier gewesen«, erzählte sie.

»Das ist mehr, als mir selbst je gelungen ist.«

»Es war richtig gemütlich. Wenn du willst, kann ich dir die Wohnung zeigen.«

»Wo ist das Abendessen?«

»Bitte?«

»Das Abendessen sollte da stehen!«, raunzte Winter und deutete auf den runden Tisch am Fenster.

»Wir gehen heute essen«, sagte sie ungerührt.

»So spricht eine richtige Hausfrau«, erwiderte Winter. »Aber wenn wir ausgehen, will ich mich erst unter die Dusche stellen.« Er begann, sein Hemd aufzuknöpfen. »Mein ganzer Körper ist steif. Ich habe zu lange gesessen und Videos geguckt.«

»Ich sehe, ihr amüsiert euch.«

»Ja.«

Sie kam mit seinem Gin. »Wie geht es sonst, Erik?« Angela half ihm aus dem Hemd und behielt es in der Hand.

»Tja ...«, sagte er, »wie es geht? Es geht langsam vorwärts, aber ich bin verdammt unruhig wegen des Mädchens. Du kannst dir ja vorstellen, wie die Chancen stehen.«

»Ich habe ein wenig über das nachgedacht, was du mir von ihr erzählt hast«, erklärte Angela. »Habt ihr bei allen Notaufnahmen nachgefragt?«

»Was sagt die Frau Doktor? Ob wir bei den Krankenhäusern nachgefragt haben? Ja, aber sicher.«

»Und Helene? Ich meine, die Mutter.«

»Helene? Wieso denn?«

»Dass sie keine Angehörigen hat ... Keiner von sich hören lässt. Aber irgendwo muss sie doch aufgewachsen sein.«

»Sobald wir ihren Namen hatten, was noch nicht lange der Fall ist, sind wir mit der Fahndungsmeldung auch an alle Kirchengemeinden und Stadtverwaltungen der Erde herangetreten. Einschließlich aller Pflegestellen und Kinderheime und so weiter.«

»Okay. Ich habe heute an Helene als Kind gedacht. Als sie so klein war wie ihre eigene Tochter. Jennie, ja? Okay. Sie befindet sich vielleicht nicht in einem Krankenhaus, also Jennie, oder ihr wisst es noch nicht. Das Gleiche gilt für die Mutter. Aber vielleicht ist die als Kind in einem Krankenhaus gewesen? Oder ist aus irgendeinem Grund zur Notaufnahme gekommen? Helene, meine ich. Mein Gott, ich erinnere mich noch, wie du über diesen Namen nachgedacht hast. Helene Andersén.«

»Ja.« Winter hörte gespannt zu. »Weiter.«

»Tja, sagen wir, ein kleines Mädchen, das Helene Soundso hieß, wurde aus irgendeinem Grund vor Jahren in einem Krankenhaus aufgenommen. Da muss es doch Krankenblätter geben.«

42

Auf dem Parkplatz vor dem Polizeipräsidium traf Winter, der auf dem Weg ins Haus war, Bergenhem, der sich den Vormittag frei genommen hatte. Auf dem Rücken trug er sein Kind in einem Tragegestell. Winter trat hinter Bergenhem, und Ada guckte ihn mit weit aufgerissenen Augen an.

»Wir sind uns schon mal begegnet«, grüßte Winter die Kleine.

»Zuletzt gestern«, sagte Bergenhem.

»Ich rede nicht mit dir.«

»Ach so.«

»Wie geht's?«, fragte Winter und strich mit dem Finger über die Wange des Mädchens. Die Haut fühlte sich so samtig an, wie nichts, an das er sich erinnern konnte.

»Es geht gut«, antwortete Bergenhem.

»Ich spreche immer noch nicht mit dir.«

»Es hat ihr die Sprache verschlagen«, scherzte Bergenhem. »Du hast Eindruck auf sie gemacht. Kannst du sie bitte mal herausheben?«

»Meinst du, ich soll es versuchen?«

»Ich kann in die Hocke gehen, wenn du willst.«

Winter streckte die Hände nach dem Kind aus. Ada begann, gellend zu schreien.

»Sie will nicht.«

»Sie testet dich nur.«

»Okay.« Winter hob Ada heraus, und sie verstummte. »Was mache ich jetzt?« Er hatte die Kleine dicht an sich gedrückt.

»Nichts«, sagte Bergenhem.

Winter hielt die ungewohnte Last im Arm, und Ada guckte ihn neugierig an. »Ich hab gehört, Kinder in Adas Alter finden es nicht besonders lustig, nachts zu schlafen«, sagte er.

»Wo hast du das denn gehört?«

»Ich muss es wohl irgendwo gelesen haben. In einem Buch vielleicht.«

»Ada hat sich dazu noch nicht geäußert.«

Winter betrachtete Bergenhem nachdenklich. Der junge Kriminalinspektor war zehn Jahre jünger als er. Oder waren es elf? In diesem Moment schien es Winter umgekehrt zu sein. Lars besitzt Kenntnisse auf einem Gebiet, wo ich nicht mal als Lehrling zurechtkommen würde, dachte er. Was für ein Glück, dass Angela nicht mit hier ist.

Winter setzte das Kind vorsichtig auf den Boden.

»Wir sehen uns heute Nachmittag«, verabschiedete er sich.

»Ich fahre mit Janne«, erklärte Bergenhem. »Ist nicht mehr viel übrig in der ersten Runde.«

»Es ist bloß die erste.«

»Ja«, sagte Bergenhem. »Man hat das Gefühl, das Ganze ist wie ein Fluss, der gewissermaßen gewartet hat, dass die Schleuse geöffnet wird. Der Unterschied zu den früheren Stadien der Ermittlung ist immens. Die Leute scheinen gewissermaßen nur darauf gewartet zu haben, dass sie erzählen dürfen.«

»Manchmal kommt es einem vor, als wären darüber Jahre vergangen«, seufzte Winter.

»Gestern haben mehrere angerufen, die meinten, genau zu wissen, wo sich die Kleine befindet. Und einige haben es sich nicht nehmen lassen, bei der Gelegenheit gleich zu gestehen. Alles zu gestehen. Einfach alles.«

»Vorgestern auch.«

»Wir brauchen hundert Mann zusätzlich.«

»Mhm.«

»Aber das darf man wohl nicht laut sagen.«

»Du darfst sagen, was du willst«, meinte Winter und ging vor Ada in die Hocke und schnitt eine – wie er hoffte lustige – Grimasse.

»Vielen Dank«, sagte Bergenhem.
»Mit dir rede ich doch gar nicht.«

Birgerssons Tisch glänzte vor Sauberkeit. Der Amtsleiter stand vor dem offenen Fenster und rauchte. Winter ließ seine Zigarillos in der Sakkotasche stecken. Birgerssons Gesicht wirkte bei Tageslicht, als hätte er einen Sonnenbrand.

»Diese Suche mit dem Schleppnetz hat sämtliche Journalisten des Landes auf die Story gebracht.«

»Das ist vielleicht gut für uns.«

»Jetzt hast du so viele Spuren, dass du sie mit dem Eimer ausschütten kannst.«

»Jetzt heißt es, nicht zu ehrgeizig zu sein.«

»Bist du deswegen immer noch sauer?«

»Ja.«

Birgersson lächelte und klopfte die Asche ab in den Aschenbecher, den er aus der Schreibtischschublade geholt hatte. *Same procedure*, dachte Winter genervt. Immer dieselbe Prozedur. Birgersson hob den Kopf wie ein Hund, der horcht.

»Hörst du? Die Motorradbanden fahren wieder durch die Stadt.«

»Es sind jetzt weniger, seit die Sonne sich verzogen hat.«

»Aber jetzt ist sie ja zurückgekommen.«

»Das ist doch nicht vergleichbar.«

»Diese verdammte Schießerei in Hisingen. Wie heißt er ... Bolander. Können wir den nicht anzeigen? Es gefällt mir nicht, dass er davongekommen ist.«

»Du weißt, wie die Sache liegt, Sture.«

»Ja, ja, es war mehr rhetorisch. Aber wir müssen da mehr tun. Ich weiß, wie es bei dir auf dem Schreibtisch aussieht, aber wir können solche verdammten Gangstermethoden hier nicht dulden. Und dann noch auf einem Platz mitten in der Stadt. Gangstermethoden! Gangsters!«

»Sicher, es sind Gangster.«

»Heißt das nicht Gangsters?«

»Gangster. Wir sind hier nicht in Amerika.«

»Eben. Das ist ein fremdes Element in unserem Land.«

»... dass es schon lange hier gibt.«

»In Dänemark haben sie sich gehalten«, sagte Birgersson. »Das ist ein dänisches Phänomen. Womöglich ein schonisches.«

»Ein amerikanisches«, korrigierte Winter.

»Die Dänen trifft es am härtesten«, beharrte Birgersson auf seiner Meinung. »Manche Städte müssen sich mit beiden Banden herumschlagen, den Hell's Angels und diesen Bandidos. Zum Beispiel Aalborg. Ich habe gehört, dort haben sie sich eine Schießerei vor dem Bahnhof geliefert. Direkt vor dem Bahnhof!«

»Davon habe ich auch gehört.«

»Mann, was ist heutzutage eigentlich los?«

Möllerström war ganz aufgeregt. Die Brille ist doch neu, grübelte Winter. Oder hatte er damals nicht genau hingeschaut? Die Gläser sahen aus wie Computerbildschirme, oder war es Möllerströms ganzes Gesicht, das einem Bildschirm ähnelte?

»Die im Krankenhaus haben nachgeforscht. Im Sahlgrenska«, sagte Möllerström gerade. »1972, Oktober. Das genaue Datum ist nicht ganz klar.«

Vor Winters innerem Auge ging Angela in ihrem weißen Kittel durch einen Saal, in dem jemand lag, von Kopf bis Fuß in weiße Bandagen gehüllt.

»Wonach haben die gesucht?«

»Nach einem Mädchen, das eingeliefert wurde. Allein. Irgendwann.«

»Eingeliefert?«

»In die Notaufnahme oder bei einer der Sprechstunden der Fachärzte.«

»Am Sahlgrenska?«

»Ja, das Kind war ziemlich übel dran.«

»Und das war Helene«, schloss Winter, und Möllerström machte ein enttäuschtes Gesicht, weil Winter seinen chronologischen Bericht einfach unterbrach.

»Ja«, antwortete er kurz angebunden.

»Was ist passiert?«

»Ich weiß nur, dass sie ... Nein, ich meine, sie haben nach

Angehörigen geforscht, und schon bald hat jemand das Kind erkannt.«

»Aber kein Angehöriger«, schlussfolgerte Winter, und Möllerström sah wieder enttäuscht aus.

»Nein.«

»Es ist das gleiche Muster«, sagte Winter. »Deshalb komme ich darauf.«

»Nachbarn aus Frölunda haben sie wieder erkannt.«

»Und da bekam sie einen Namen?«

»Ja. Helene. Helene Dellmar.«

»Dellmar?«

»Sie hat mit ihrer Mutter in einer Wohnung in Frölunda gewohnt. Sie hieß Dellmar.«

»Aber es war nicht die Mutter, die sich gemeldet hat?«

»Nein.«

»Und wo war die?«

»Ich weiß nicht«, musste Möllerström zugeben. »Anscheinend weiß es niemand.«

Winter hielt die Kopie des Papiers zwischen den Fingern. Die kleine und die ältere Helene hatten beide das Original in den Händen gehalten. Das waren gesicherte Abdrücke. Hatte sich der Abdruck des Kindes viel deutlicher abgezeichnet, weil es schweißnasse Finger gehabt hatte?

»Das hat also in dem Kleid in der Kiste im Keller gesteckt?«, vergewisserte sich Ringmar. »Was hatte sie an, als sie ins Krankenhaus eingeliefert wurde?«

»Weiß ich nicht. Das steht nicht da.«

»Gibt es jemanden, der es wissen könnte?«

»Keine Ahnung, Bertil. Das ist die nächste Frage, auf die wir eine Antwort finden müssen.«

»Ich denke nur über dieses Kleid nach. Ob sie es anhatte. Was dann damit passiert ist.«

»Ja.«

»Sie hat wohl kaum selbst verlangt, es mitzubekommen. Danach. Vom Krankenhaus.«

»Ja ...«, grübelte Winter, »das ist die Frage.«

»Ich fasse zusammen: Woher kommt das Papier? Wann landete es in der Tasche des Kleides? Wie lange hat es da dringesteckt? Wer hat es hineingetan?«

»Und noch eine Frage«, ergänzte Winter. »Was bedeutet es?«

In der Wohnung duftete es nach Kräutern und Knoblauch.

»Ich habe gekocht«, verkündete Angela mit einem Glas Wein in der Hand. »Wie eine richtige Hausfrau.«

»Abgesehen vom Weinglas«, wiederholte Winter sich.

»Möchtest du auch eins?«

»Nein, lieber einen Gin Tonic, wenn du wieder mit Trinken angefangen hast. Oder nein. Heute mal nichts.«

Sie folgte ihm in die Küche.

»Das wird zur Gewohnheit«, sagte er.

»Ich bin gerade erst gekommen«, entgegnete sie.

»Heute also nicht den ganzen Tag im Haus verbracht?«

»Hast du bemerkt, dass ich deine Rockplatte aufgelegt habe?«

Jetzt hörte er es. *London Calling* mit Clash. Bombombombombombombombombombombombombom.

»Es ist deine Erste«, staunte sie.

»Vielleicht auch die Letzte.« Winter setzte sich auf einen Küchenstuhl. »Du hattest Recht.«

»Ich? Womit?«

»Ein kleines Mädchen, das Helene Soundso hieß, wurde aus irgendeinem Grund vor Jahren ins Krankenhaus eingeliefert. Die Krankenblätter waren noch vorhanden.«

43

Sie hatten miteinander geschlafen, und Winter spürte, wie sich wohlige Müdigkeit in seinem Körper breit machte, aber eine kreative Müdigkeit, die die destruktive ablöste. Sein Körper fühlte sich entspannt an, erholt. In den letzten Tagen war er wie ein Automat gewesen, den man leicht hätte missbrauchen können.

»Du denkst wieder an das Mädchen«, diagnostizierte Angela.

»Ja. Aber nicht so wie vorher.«

»Wie meinst du das?«

»Du weißt, wie das schwankt. Im einen Augenblick sieht man die Chancen und im nächsten nur die Schwierigkeiten.«

»Klingt wie deine Lebensphilosophie.«

»Arbeitsphilosophie, vielleicht. Leider. Heute früh war ich pessimistisch.«

»Und musstest an das Schlimmste denken.«

»So weit will ich lieber nicht gehen.«

»Es besteht noch Hoffnung«, munterte sie ihn auf, »du hast es vorhin ja selbst mehrmals gesagt.«

»Es besteht insofern Hoffnung, als wir es nicht mit dem klassischen Fall von Verschwinden zu tun haben, wo ein Kind plötzlich weg ist von einem Spielplatz und wir den Verdacht haben, dass irgendein Teufel es entführt hat. Da gibt es selten Hoffnung. Da finden wir das Kind oft nur, wenn der Psychopath gesteht und uns zum Grab führt.«

»Aber diesmal ist es nicht so.«

»Nein. Hier taucht überhaupt keins der gewohnten Muster auf. Also sage ich, es gibt noch Hoffnung. Oder am Ende etwas Schlimmeres, als wir je gesehen haben.«

»Sag nicht so was. Aber vielleicht musst du es mal aussprechen.«

Winter antwortete nicht.

»Sprich doch mal mit jemand anders, als mit deinen Kollegen darüber«, schlug sie vor.

»Ja. Vielleicht hast du Recht.«

»Okay. Ich höre.«

»Da ist noch etwas anderes«, begann er und stützte sich auf einen Ellbogen. »Es ist diese menschliche Einsamkeit, die über diesem Fall liegt. Es hat so lange gedauert, ihren Namen und ihre Wohnung zu finden. Und den Verdacht bestätigt zu bekommen, dass es ein verschwundenes Kind gibt. Wäre da nicht diese alte Dame gewesen, würden wir vielleicht noch immer im Dunkeln tappen. Verstehst du? Was für eine ungeheure Einsamkeit. Wir haben ihren Namen, aber wir haben immer noch nicht mehr als winzige Teile des Puzzlebildes.«

»Jetzt müsste sich doch langsam mehr ergeben, wo ihr so groß mit der Fahndung an die Öffentlichkeit gegangen seid. Landesweit.«

»Sicher, stimmt schon. Aber vielleicht auch nicht. Und genau darum geht es mir. Diese unheimliche Einsamkeit, in der Helene und ihre Tochter anscheinend gelebt haben.«

»Ja.«

»Niemand, mit dem sie reden konnte. Verstehst du? Wie du und ich jetzt miteinander reden.«

»Wie du und ich«, wiederholte sie. Aber wie lange noch? dachte sie bei sich. Jetzt kann ich das nicht laut sagen. Das ist unmöglich. Aber er würde es verstehen, wenn er darüber nachdächte. Er sieht verletzlicher aus, als ich es jemals gesehen habe. Jünger, und das liegt nicht nur am Haar. Jetzt ist nicht der Moment für ein Ultimatum. Vielleicht in einer Stunde. Oder in zwei Tagen.

Angela hob den Arm und strich ihm mit der rechten Hand über das Haar. »Wie lange darf das hier noch wachsen?«

»Es wächst ununterbrochen.«

»Ich meine, wann lässt du es abschneiden.«

»Wenn wir das Mädchen finden.«

»Deshalb ...? Bist du abergläubisch geworden oder so?«

»Nein. Mir ist einfach danach. Und ich fühle mich wohl so.«

»Aber bitte keinen Pferdeschwanz. Der passt nicht zu dir.«

»Okay.«

»Der einzige Mann, dem ein Pferdeschwanz steht, ist dein Kollege aus London, finde ich.«

»Macdonald.«

»Ich habe ihn ja nur ein paar Minuten gesehen, aber er hat mit seinem Pferdeschwanz nicht wie eine Tunte gewirkt.«

»Und ich würde so aussehen?«

»Nein. Aber du hast nicht diese... Härte im Gesicht. Ich weiß nicht, wie ich es beschreiben soll.«

»Vielen Dank.«

»Das war ein Kompliment. Hörst du noch was von ihm?«

»Macdonald?«

Sie nickte. Sie hatte die Hand von seinem Haar genommen.

»Nur eine Ansichtskarte. Vielleicht rufe ich ihn mal an. Vielleicht kann er mir einen Rat geben.«

»Grenzüberschreitende Zusammenarbeit.«

»Das wäre nicht das erste Mal.« Winter schwang ein Bein über die Bettkante. Er verdrehte den Körper, um sie anzusehen. »Angela ...«

»Ja?«

»Wir haben aus Lillhagen erfahren, dass Helene dort vielleicht kurze Zeit wegen einer Depression behandelt worden ist«, erzählte Winter.

»Oh.«

»Einer aus unserer Abteilung hat die Krankenblätter durchgesehen, und sie könnte es gewesen sein. Unter einem anderen Namen. Dann war sie wieder draußen und taucht nicht mehr auf in den Klinikunterlagen.«

»Das ist jetzt so üblich«, sagte Angela.

»Dass die Leute nicht noch einmal zurückkommen?«

»Du weißt doch, wie das jetzt ist. Die Psychiatrien schließen, und die Leute werden entlassen und kommen nicht zurück, weil es nichts gibt, wohin sie gehen könnten.«

»Ja.«

»Wir bekommen einige herein, die sich bei den einfachsten alltäglichen Arbeiten verletzt haben.«

»Mhm.«

»Es ist wirklich schlimm«, betonte sie.

»Oft stürmen sie schreiend durch die Straßen oder brüllen in die Fenster«, sagte Winter.

»Davon weiß ich nichts«, meinte sie. »Aber das ist auch eine Form von Einsamkeit. Niemanden zu haben.«

»Niemanden zu haben«, wiederholte er. »Sind wir auch auf dem Weg dahin?«

»Ich weiß nicht.«

»Lässt sich das heilen?«

»Was?«

»Die Gesellschaft. Ich weiß, dass das ein bisschen überspannt klingen mag. Aber manchmal frage ich mich das. Und du bist doch hier die Ärztin.«

»Einsamkeit als unheilbare Krankheit der Gesellschaft? Das ist ja eine beängstigende Perspektive.«

»Habt ihr nicht in irgendeinem Kurs mal darüber gesprochen?«

»Während des Studiums? Damals war es noch nicht soweit.«

»Jetzt geht's schneller«, stimmte Winter zu. »Möchtest du auch ein Butterbrot?«

Der Anruf kam nach der Besprechung. Winter nahm ihn in seinem Büro entgegen. Er war darauf vorbereitet. Er hatte sich schon am Vortag so etwas erwartet, eigentlich schon seit zwei Tagen. Sie wussten schließlich von dem Kinderheim. Winter saß da, vor sich den Namen der Frau, die eben angerufen hatte. Es hatte nur wenige Minuten gedauert, es ihr beizubringen, und es war, als hätte Louise Keijser es schon geahnt.

»Es geht um Helene Andersén«, sagte sie zögernd.

»Von wo rufen Sie an?«, fragte Winter.

»Helsingborg. Ich habe hier mit einem von der Polizei gesprochen, und er hat mir gesagt, ich solle mich an Sie wenden.«

»Ja. Wir haben gerade eben den Bescheid bekommen.«

»Ich bin … oder war … ihre Pflegemutter. Eine von mehreren, muss ich wohl sagen.«

»Sprechen Sie erst einmal nur von sich, bitte«, sagte Winter. »Sie haben Helene Andersén wieder erkannt?«

»Ja …«

»Wann?«

»Ja … Ich habe das Foto im *Helsingborgs Dagblad* gesehen, und dann haben sie davon im Fernsehen gesprochen, und ich habe geraten, dass es … Helene war.« Es trat eine Pause ein. »Ich wohne in Helsingborg«, fügte sie hinzu.

»Wann haben Sie Helene zum letzten Mal getroffen?«, fragte Winter.

»Oh, das ist viele Jahre her.«

»Viele Jahre? Wie viele?«

»Wir haben keinen Kontakt gehabt seit … Vielleicht sind es jetzt … Lange bevor Johannes starb, das ist mein Mann … Helene ist vor vielleicht zwölf Jahren von hier weggezogen … Ich habe irgendwo die Papiere, ich kann sie raussuchen.«

»Aber Sie haben sie auf den Fotos in der Zeitung wieder erkannt?«

»Ja … Ich wusste nicht, dass sie ein Mädchen hatte. Sie sahen sich auf den Bildern so ähnlich.«

»Ich möchte gern, dass Sie herkommen, Frau Keijser. Wäre das möglich?«

»Nach Göteborg?«

»Ja.«

»Ich bin nicht mehr ganz jung, aber selbstverständlich kann ich mit dem Zug fahren, wenn es nötig ist.«

Winter sah auf die Uhr. »Es ist noch früh am Tag. Ob Sie so schnell wie möglich einen Zug nehmen könnten? Wir können für Sie einen Platz reservieren lassen und Sie dann anrufen und Ihnen Bescheid sagen, wann der Zug geht. Wir holen Sie am Bahnhof ab und buchen für Sie eine Übernachtung im Hotel.«

»Ich habe Bekannte in Göteborg …«

»Wie Sie möchten, Frau Keijser.«

Endlich konnte er einer Spur nachgehen. Vielleicht mehr als einer. Genügend verschiedenen, um allmählich die Grundzüge eines Musters zu erkennen.

Winter hatte von Birgersson und Wellman eine ausreichende Zahl von Polizisten zugeteilt bekommen, um sich schnell durch die Archive zu arbeiten und Fragen zu stellen. »Wir kämpfen gegen die Zeit«, hatte Birgersson gesagt. »Der Mörder ist eine Sache, aber seht zu, dass ihr das Mädchen findet.«

»Das ist dieselbe Sache«, hatte Winter erwidert.

Helene war bei drei verschiedenen Pflegefamilien untergebracht gewesen. Soweit er bis jetzt wusste, war sie nie von jemandem adoptiert worden. Sie war kurz in einem Kinderheim gewesen, nachdem sie mit einer Lungenentzündung, an der sie hätte sterben können, in das Sahlgrenska-Krankenhaus in Göteborg eingeliefert worden war. Sie war von einem Unbekannten in einem unbesetzten Wartezimmer auf ein Sofa gelegt worden. Ohne jede Mitteilung. Nur die Kleine, die in ihrem Dämmerschlaf plötzlich aufgeschrien hatte.

Das alles wusste er inzwischen. Das Mädchen hatte wochenlang geschwiegen, und es hatte lange gedauert, bis es gelungen war, sie als Helene Dellmar zu identifizieren. Ihre Mutter hieß Brigitta Dellmar.

Brigitta Dellmar war damals seit drei Wochen aus ihrem Haus verschwunden gewesen. Sie hatte mit der Tochter Helene allein gelebt, in einer Wohnung am Frölunda Torg, die seitdem dreizehn verschiedene Mieter gehabt hatte.

Aber die Polizei kannte Brigitta Dellmar. Sie hatten ihren Namen im zentralen Fahndungsregister gefunden. Brigitta Dellmar war 1968 in Zusammenhang mit einer Betrugsangelegenheit festgenommen, aber mangels Beweisen wieder freigelassen worden. Zu diesem Zeitpunkt war sie schwanger gewesen. Ihr Name tauchte im Zusammenhang mit einem Raubüberfall auf die Handelsbank in Jönköping 1971 erneut auf, aber da war sie nur nach ihrem Verhältnis zu einem Verdächtigen befragt worden. Er hatte bereits vier Jahre wegen eines anderen Raubüberfalls verbüßt, konnte aber nicht mit dem auf die Handelsbank in Verbindung gebracht werden.

Der Mann hieß Sven Johansson. Das ist John Smith auf

Schwedisch, dachte Winter und stöberte weiter in dem Stapel Dokumente, die Möllerström ihm gerade gebracht hatte.

Sven Johansson. Er war vor sieben Jahren an Lungenkrebs gestorben. War er Helenes Vater? Warum hieß sie Andersén? Es gab keinen Andersén in den Papieren, allerdings fehlte Winter noch der Name einer der Pflegefamilien.

Helenes Mutter war verschwunden und nie mehr aufgetaucht. Brigitta Dellmar. So war es. Die Geschichte wiederholte sich. Das war merkwürdig, aber nicht ungewöhnlich. Töchter allein stehender Mütter bekamen Kinder mit Männern, die verschwanden. Verschwinden, überlegte Winter. Es geht doch nicht, einfach so zu verschwinden. Wir finden schon noch alle, nach denen wir suchen. Wir haben Helene gefunden, und auch ihre Mutter. Wir werden auch ihren Vater finden. Und ihren Mann. Jennies Vater.

Und wir werden Jennie finden.

Was war mit Brigitta Dellmar passiert? Wie war sie verschwunden? Winter glaubte, dass er es bald erfahren würde. Das war schließlich Polizeiarbeit. Seine Arbeit. Das Aufspüren. Oder die Jagd. Auch auf flüchtiges Wild. Und dieses Wild hier, scheint sehr weit geflüchtet zu sein. Der Gedanke ließ sich nicht so leicht beiseite schieben.

»Das ist ganz schön hoch hier«, sagte Halders, der aus dem Fenster im Wohnzimmer spähte. »Ich kann bis zum Exercishuset sehen.«

»Ist dir schwindelig?«, fragte Aneta.

»Ja. Mir wird immer schwindelig, wenn ich Heden sehe.«

»Schlechte Erinnerungen?«

»Schlechtes Ballgefühl«, sagte Halders und drehte sich um.

Aneta Djanali hockte vor dem CD-Player. »Das ist wirklich eine Überraschung«, freute sie sich.

»Du bist ja umgezogen.«

»Na und?«

»Wenn du Hilfe gebraucht hättest beim Tragen. Jetzt nach … der Verletzung …«

»Ich trage nicht mit dem Kiefer, Fredrik.«

»Nee.«

»Was hörst du für Musik, wenn du zu Hause sitzt und abschaltest?«

»Ich schalte nie ab.«

»Und was hörst du, während du nicht abschaltest?«

»Ich habe mir ein paar Jazzscheiben von Winter geliehen, aber ich bin sie leid. Er wird scheint's nie müde, sie zu hören.«

»Nein.«

»Obwohl er zur Zeit müde aussieht.«

»Hast du dich selbst mal im Spiegel gesehen?«

»Ich habe ihn diese Woche mit Bülow in der Kneipe gesehen. Verdächtig.«

»Bülow?«

»Der Journalist. Beim *GT*. Rennt im Polizeigebäude rum und sieht wichtig aus.«

»Wie du.«

»Genau. Genau so.«

»Was hast du denn in der Kneipe gemacht?«

»Abgeschaltet«, sagte Halders. »Ich schalte nicht zu Hause ab. Ich schalte in der Kneipe ab.«

»Das ist teuer.«

»Winter hat nicht danach ausgesehen, als würde er abschalten.«

»Du sprichst viel von Erik.«

»Hast du seine Haare gesehen?«

»Nun lass mal gut sein, Fredrik.«

»Wie ein wüster Hardrocker.«

»Du bist bloß neidisch.«

»Neidisch?«

»Auf die Haare, meine ich.«

»Ich? Ich könnte Pudellocken haben, wenn ich wollte.«

Aneta Djanali warf einen Blick auf Halders' Stoppeln und auf die Glatze, die wie ein heller Sonnenfleck unter der Deckenlampe glänzte. »Klar doch«, sagte sie. »Ist das deine Musik? Hardrock? Am ehesten kann ich da wohl mit den Rolling Stones dienen.«

»Hast du keinen Jazz?«

»Nein.«

»Schön.«

»Sag doch, was dir gefällt, Fredrik.«
»Ist das so wichtig?«
»Ich bin neugierig.«
»Du glaubst bestimmt, dass es weiße Musik ist, oder?«
»Ja.«
»Volksmusik, was?«
»Nur wenn du abschaltest.«
»Du bist wirklich neugierig, stelle ich fest.«
»Ich interessiere mich eben sehr für verschiedene Kulturen«, erklärte sie. »Für deine. Und meine.«
»Bruckner«, sagte Halders.
»Wie bitte?«
»Bruckner. Das ist meine Musik. *Te Deum.*«
»Meine Güte, es ist schlimmer, als ich dachte.«
»Wagner. Ich bin Wagnerianer.«
»Sag lieber nichts mehr.«
»Und Uffe Lundell natürlich. Hast du was von Uffe?«
»Nein.«
»Hast du nicht *Offene Landschaft*?«, fragte Halders und blickte wieder auf die Stadt hinaus. »Mann ist das hoch. Die Leute da unten sehen aus wie Ameisen.«
»Eher wie Käfer.«
»Kakerlaken. Sie sehen aus wie Kakerlaken.«
»Entspricht ja wohl deinem Menschenbild, wenn ich das richtig verstanden habe.«
»Ich bin Polizist, verdammt noch mal.«
Aneta sah ihn an, eine Plattenhülle in der Hand. Halders starrte noch immer aus dem Fenster.
»Was ist los, Fredrik?«, fragte sie, und er wandte sich zu ihr um.
»Was sagst du?«
»Wie wäre es, wenn du mal eine Sekunde lang ernst wärst?«
»Ich wollte gerade dasselbe sagen.«
»Ich habe nicht angefangen.«
»Aber sicher hast du das. Du hast angefangen!«
»Fredrik. Versuch doch mal, eine Sekunde abzuschalten.«
»Ich sag doch, dass ich nur in der Kneipe abschalten kann. Sollen wir ausgehen?«

»Geh du erst mal von diesem Fenster weg, Fredrik.«
»Hast du Angst, dass ich runterspringe?«
»Das habe ich nicht gesagt.«
»Aber du hast es gedacht?«
»So was hat mir vorgeschwebt, ja.«
»Du hast Recht.«

Winter parkte vor Benny Vennerhags Haus. Ein Hund bellte wie wahnsinnig im Nachbargarten. Winter hörte das Rasseln der Laufkette.

Der Eingang des Hauses lag im Schatten. Winter klingelte an der Tür und wartete. Er klingelte noch einmal, aber niemand machte auf, also ging er die Treppe wieder hinunter, bog links um die Ecke und schlich an der verputzten Wand entlang. Der Duft nach schwarzen Johannisbeerbüschen war verschwunden, und Winter roch auch nichts anderes.

Kein Sonnenstrahl ließ mehr das Wasser des Pools an der Rückseite des Hauses glitzern; es war auch gar kein Wasser mehr im Becken. Der Pool war wie eine Grube aus blauem Beton. Wer einen Kopfsprung versuchte, würde sich zu Tode stürzen.

Benny Vennerhag schnitt Büsche. Er drehte sich kurz um, erkannte Winter, unterbrach aber seine Arbeit nicht. »Eigentlich sollte man das hier im Frühjahr tun, aber ich bin nicht dazu gekommen«, sagte er.

»Du machst dir ohnehin deine eigenen Regeln«, erwiderte Winter.

Vennerhag antwortete nicht. Er setzte seine Arbeit fort. Um seine Füße lagen Haufen von Ästen und Zweigen. Vennerhag trocknete sich die Stirn und legte die Gartenschere weg. »Dachte ich's mir doch, dass ich was gehört habe.«

»Warum machst du dann nicht auf?«

»Du hast doch trotzdem hergefunden.«

»Es hätte jemand anders sein können«, sagte Winter.

»Wäre besser gewesen«, gab Vennerhag zurück und verharrte in derselben Haltung. »Hast du nicht das Gefühl, dass dieser Wortwechsel schon einmal stattgefunden hat?«

»Doch«, gab Winter zu. »Aber mir ist es diesmal noch ernster damit.

»Den Eindruck habe ich auch«, sagte Vennerhag.

Winter trat näher.

»Du wirst doch nicht etwa wieder gewalttätig werden wollen?«, fragte Vennerhag und hielt die Gartenschere vor sich.

»Kennst du einen Sven Johansson?«, fragte Winter.

»Sven Johansson? Was soll das denn für ein Name sein? Da könntest du genauso gut John Smith sagen.«

»Ein Bankräuber. Unter anderem. Vor sieben Jahren an Krebs gestorben.«

»Ich weiß, wer das ist. Ich musste nur erst ein wenig nachdenken. Das war vor meiner … Zeit, wenn man so sagen darf, aber Sven war nicht unbekannt. Euch doch wohl auch nicht, deshalb verstehe ich nicht, warum du damit zu mir kommst.«

»Er könnte ein Verhältnis mit einer Frau gehabt haben, die Brigitta Dellmar hieß. Kennst du den Namen?«

»Birgit Dell…, nein. Hab ich noch nie gehört.«

»Brigitta. Nicht Birgit. Brigitta Dellmar.«

»Nie gehört.«

»Ich hoffe, du bist ehrlich! Weißt du, worum es geht?«

»In groben Zügen, aber ich weiß nicht, was diese Namen mit deinem Mord zu tun haben.«

»Und dem Verschwinden des Mädchens.«

»Ja. Ich hab gehört, dass das Kind weg ist.«

»Brigitta Dellmar ist die Mutter der Toten.«

»Mhm. Und was sagt sie dazu?«

»Sie ist verschwunden, Benny. Weg.«

»Dumm. Das sind ’ne Menge Vermisste.«

»Zwei.«

»Verschwunden also? Da müsst ihr sie wohl suchen.«

»Sie ist vor fünfundzwanzig Jahren verschwunden.«

»Das kann die Nachforschungen doch nicht allzu sehr erschweren.«

»Ach ja?«

»Die Leute lassen doch Spuren zurück. Besonders, wenn sie was mit Svenne Johan hatten.«

»Du musst mir alles sagen, was du weißt.«

»Reicht das noch nicht?«

»Ich habe noch ein paar Namen«, erwiderte Winter.

44

Die Suche mit dem Schleppnetz im Stora Delsjön hatte etwas ergeben. Als Winter den Anruf erhielt, fuhr er sofort los. Er war wie blind für den Verkehr. Die Wolken hatten sich verzogen, und Winter griff automatisch zur Sonnenbrille.

Ein Kinderschuh lag im Gras am Strand. Der Schuh war mit Steinen gefüllt, als hätte er versinken sollen. Er konnte einen Monat oder länger oder kürzer im Wasser gelegen haben. Er konnte wer weiß wem gehören, aber Winter glaubte zu wissen, wem.

Sie hatten auch vorher schon viel gefunden, aber bisher nichts, was einem Kind gehört hatte. Den Fund hatten sie nördlich der Landzunge gemacht, die sich zu einem Finger verengte und aussah, als wollte sie auf die Stelle deuten, wo sie suchen sollten.

Winter schwitzte unter der Jacke, im Gesicht. Die Wasserfläche glitzerte im Sonnenlicht, und der See lag still da wie Blei. Winter spürte, wie eisiges Entsetzen nach ihm griff: Sie mussten ihre Suche abbrechen, bevor sie wahnsinnig würden. Was würde auf den Schuh folgen? Winter schaute die Männer und Frauen um ihn an, und allen stand die Sorge ins Gesicht geschrieben, dass das Mädchen da unten auf dem Grund lag.

Louise Keijser war sechzig Jahre alt, wirkte aber älter.

»Ich bin dankbar, dass Sie kommen konnten, Frau Keijser«, begrüßte Winter sie.

»Das ist doch das Mindeste, was ich tun kann. Wenn ich gewusst hätte ...«

Winter sagte nichts. Er wartete, bis sie sich gesetzt hatte.

»Also, wenn ich das gewusst hätte. Ich bin beinahe froh, dass Johannes das nicht mehr erleben muss.« Sie holte ein Taschentuch vor und tupfte sich die Augenwinkel ab. »Ich war so traurig im Zug.«

»Wie alt war Helene, als Sie bei Ihnen auszog?«, fragte Winter.

»Achtzehn. Als sie volljährig wurde. Wir wollten es nicht, aber was hätten wir dagegen tun sollen?«

»Wann haben Sie zum letzten Mal von ihr gehört?«

»Das war vor mehreren Jahren. Bevor sie das Kind bekam ...« Louise Keijser holte wieder ihr Taschentuch hervor. »Davon wusste ich allerdings nicht. Aber das habe ich Ihnen, glaube ich, schon am Telefon gesagt.« Sie schnäuzte sich leise. »Das kleine Mädchen sieht ... Helene ähnlich. Nicht das gleiche Haar, aber sonst ... Wie furchtbar. Sie wissen noch nicht mehr. Über das Mädchen, oder?«

»Nein«, gestand Winter. »Wir können gern später darüber sprechen, aber jetzt würde ich Sie erst zu Helene befragen. Ginge das?«

»Ja, sicher. Verzeihen Sie.«

»Wie lange war sie bei Ihnen als Teil der Familie?«

»Das waren ja nur Johannes und ich. Fast drei Jahre. Ich habe die Unterlagen mitgebracht, wenn Sie die sehen wollen. Vom Sozialamt und so.«

»Drei Jahre«, wiederholte Winter. »Und danach keinen Kontakt mehr?« Er brachte es fertig, mit fester, ruhiger Stimme zu sprechen. »Sie sagen, es ist mehrere Jahre her, dass Sie von ihr gehört haben.«

»Ja. Das klingt für Sie wahrscheinlich merkwürdig. Schrecklich, aber so war es. Wir haben es versucht, aber sie wollte nichts von uns wissen.« Sie führte das Taschentuch wieder an die Augen. Winter sah kleine schwarze Striche unter ihren Augen, wo ihre Wimperntusche sich von den Tränen aufgelöst hatte.

»Können Sie Ihr Verhältnis zu Helene beschreiben? Wie war

es, als sie bei Ihnen gewohnt hat? Wie ist es Ihnen zusammen ergangen?«

»Gut, habe ich immer gedacht. Sie war ja die ganze Zeit irgendwie ein besonderes Mädchen. Bei ihrer Vergangenheit und allem. Aber wir sind gut miteinander ausgekommen. Sie war natürlich sehr still, und manchmal versuchte Johannes sie anzusprechen auf das, was geschehen war, aber sie hat sich nicht drauf eingelassen, will ich mal sagen. Es ging immer von Johannes aus, diese Versuche. Ich kam besser damit zurecht, diese ... diese Stille im Haus zu haben.«

»Sie ist dann zuerst nach Malmö gezogen«, ordnete Winter seine Gedanken. »So viel wissen wir.«

»Ja. Das war ja nicht so weit weg, und wir haben uns einige Male gesehen, aber das ging nicht gut. Wir haben auch versucht, sie zu uns nach Hause einzuladen, aber sie wollte nicht. Sie ist einmal mitgekommen, aber es war, als wäre sie nie bei uns gewesen. Es war merkwürdig. Oder es klingt vielleicht merkwürdig, aber es hat irgendwie zu Helene gepasst.«

»Sie ist dann nach Göteborg umgezogen«, fuhr Winter fort. »In Göteborg hat sie dreimal die Wohnung gewechselt.«

»Wir haben nie eine Nachricht von diesen Umzügen bekommen. Auch nicht, als sie einfach nach Malmö gezogen ist. Wir hätten sie gern angerufen, aber sie hatte ja kein Telefon.«

»Nein.«

»Sie hatte etwas gegen Telefone. Sie mochte Telefonieren nicht. Schwieg immer nur. Fragen Sie mich nicht warum, ich bin ja keine Psychologin, aber vielleicht finden Sie was darüber in den Unterlagen.«

»In welchen Unterlagen?«, fragte Winter.

»Von den kinderpsychologischen Untersuchungen, die man bei ihr gemacht hat. Mit denen man angefangen hat. Aber daraus ist dann wohl nichts geworden.«

»Wir warten noch auf diese Unterlagen.«

»Die finden Sie nicht unter Andersén«, erinnerte ihn Louise Keijser.

»Ich weiß.«

»Sie hieß damals Dellmar. Haben Sie das gewusst?«

»Ja.«

»Sie hieß auch bei uns Dellmar. Ich weiß nicht, wann sie plötzlich eine Andersén wurde. Haben Sie das rausbekommen?«

»Vor einigen Jahren. Vor vier Jahren hat sie einen anderen Namen angenommen.«

»Warum?«

»Das wissen wir nicht.«

»Vielleicht als sie das Kind bekam? Könnte nicht der Vater Andersén heißen? Ich meine den Vater von Helenes Tochter. Jennie war der Name, nicht?«

»Das können wir Ihnen auch nicht beantworten«, sagte Winter. »Deshalb muss ich Ihnen ja so viele Fragen stellen.«

»Ist der Vater unbekannt? Wie furchtbar. Und er hat sich nicht gemeldet bis jetzt?«

»Noch nicht.«

»Wie furchtbar. Das ist ja genau wie bei ... Helene. Sie musste aufwachsen, ohne zu wissen, wer ihr Papa war.«

»Haben Sie darüber geredet?«

»Über ihren Papa? Nein. Sie wollte oder konnte nicht. Ich weiß nicht, wie gut Sie mit ihrem ... Problem vertraut sind oder mit ihrem Krankheitsbild, oder wie man sagen soll.«

»Ich bin ganz Ohr«, sagte Winter.

»Johannes und ich waren ja die dritte Pflegefamilie. Also, ich weiß das nicht mehr so ganz genau, aber sie hatte Gedächtnislücken. Erinnerte sich nicht an die Zeit, als sie klein war, sondern nur an etwas, das sie schrecklich quälte. Immer nur ganz kurz, und dann war es wieder, als ob sie sich nie erinnert hätte. Auf diese Weise war sie sehr einsam. Allein mit sich selbst oder wie man es bezeichnen soll. Wir haben versucht, ihr zu helfen, aber die ganze Sache verfolgte sie.«

Winter nickte.

»Es hatte deswegen Probleme in allen Pflegefamilien gegeben. Ich habe ja nicht direkt nachgeforscht, aber sie ist wohl nie ... Teil von etwas geworden. Ich weiß nicht. Und wer könnte das genauer wissen? Aber das hat wohl immer eine Rolle gespielt?«

»Eine Rolle gespielt wobei?«

»Dass man sie nie adoptiert hat. Sie ist ja nie adoptiert worden. Wir haben es uns ja gewünscht, doch sie selbst wollte es nicht mehr. Man kann sagen, dass sie so auch nie eine Familie hatte.«

»Und sie hat nicht davon gesprochen, was sie als Kind mitgemacht hat?«

»Nie. Nie, soweit ich es gehört habe, und zu Johannes auch nicht. Da müssen Sie wohl andere fragen, aber wir haben nicht mit ihr darüber geredet. Ich weiß nicht, ob sie überhaupt etwas wusste.«

»Wie bitte?«

»Wusste sie was? Was wusste sie? Haben Sie eine Ahnung?«

»Nein. Noch nicht.«

»Und jetzt werden wir es wohl nie erfahren«, seufzte Louise Keijser und benutzte wieder ihr Taschentuch. »Jetzt ist es zu spät.«

»Vielleicht finden wir eine Antwort«, tröstete Winter.

»Wenn Sie die Tochter finden«, sagte Louise Keijser und sah Winter dabei in die Augen. »Ich fühle mich in gewisser Weise wie ihre Großmutter, ist es falsch, so zu empfinden?«

»Du lieber Gott«, staunte Ringmar. »Und du sagst, dass Brigitta Dellmars Name dabei ist? In diesem Fall? Bei den Gerichten in diesem Fall?«

»Ja. Möllerström hat alles ausfindig gemacht, was es über sie gibt, und nach ihr wurde deswegen damals gefahndet«, erklärte Winter.

»Nach Sven Johansson auch?«

»Er wurde verhört, aber man konnte ihn nicht festnageln. Aus irgendeinem Grund. Er hatte ein hieb- und stichfestes Alibi, glaube ich.«

»Und ihr Name war ganz bestimmt dabei?«

»Einige haben sie auf Fotos identifiziert. Dass Schweden an dem Raubüberfall beteiligt waren, wusste man. Und einer von den Angestellten hat sogar ein Kind gesehen.«

»Was zum Henker sagst du? Da war ein Kind dabei? Als es passiert ist?«

»Ich weiß es noch nicht sicher, aber es hat dafür Zeugen gegeben. Das steht da.«

»Du lieber Gott. Wo wird uns das alles noch hinführen?«

»Zu einer Lösung«, antwortete Winter. »Noch eine Komplikation mehr, die aber vielleicht endlich zur Lösung führt.«

»Oder Auflösung«, bremste ihn Ringmar. »Und sie soll das Kind dabeigehabt haben!?«

»Schon möglich.«

»Bei dem Gedanken wird einem übel«, sagte Ringmar.

»Erinnerst du dich an den Fall?«, fragte Winter.

»Ja, aber nur vage. Weil du die Sache erwähnt hast. Ein Polizist wurde getötet, wenn ich mich recht entsinne. Deshalb erinnere ich mich wohl überhaupt nur.«

»Ein Polizist und zwei der Räuber.«

»Herrgott. Ja, so war es, klar.«

»Mindestens drei sind entkommen. Und das Kind, wenn das überhaupt stimmt.«

Ringmar schwieg, schüttelte den Kopf, griff nach den Protokollen, behielt sie aber nur in der Hand, ohne zu lesen. »Wie konnte das nur geschehen, wenn es denn so war?«

»Was?«

»Man nimmt doch kein Kind mit zu einem bewaffneten Raubüberfall.«

»Es kann was mit der Planung schief gegangen sein«, riet Winter. »Was auch immer. Vielleicht sollte sie das Fluchtauto fahren, und die Zeit verstrich, und es kam keiner, um sich um das Kind zu kümmern. Was weiß ich.«

»Was sagen die Dänen?«

»Das ist in die Wege geleitet. Sie gehen jetzt ihr Material durch und schicken uns die Unterlagen in Kopie.«

»Wann werden die hier eintreffen?«

»Heute, morgen, übermorgen, so schnell es geht. Ihnen liegt genauso viel daran wie uns.«

»Die Danske Bank in Aalborg«, las Ringmar. »Montag, den 2. Oktober 1972. Die Danske Bank, Ecke Østerågade und Bispensgade. Fünf nach fünf am Nachmittag.«

»Ja«, sagte Winter. »Keine Kunden mehr, aber die ganze Bank voller Angestellter und – Geld.«

»Voller Geld?«

»Sieben Millionen.«

»Ein großer Fang.«

»Und das ist noch nicht alles.«

»Was?«

»Helene ist hier gewesen.«

»Was?!«

»Ungefähr zur gleichen Zeit, als wir hier im Präsidium alles über Brigitta Dellmar raussuchten, haben wir's entdeckt.«

»Ja, aber wieso?«

»Der Name hat den Fund möglich gemacht: Wir hatten zwar keine Helene Andersén in den Akten, aber eine Helene Dellmar.«

»Was meinst du damit, dass sie hier gewesen ist? Helene?«

»Sie war zur Vorbereitung des Verhörs und dann zum Verhör hier. Helene Dellmar.« Winter sah Ringmar an. »Du machst ein Gesicht, als würdest du Gespenster sehen, Bertil.«

»Ich höre wohl eher von Gespenstern.«

»Das liegt nur daran, dass ich das hier auch erst Minuten vor dir erfahren habe.«

»Was denn, um Himmels willen. Sag's endlich!«

»Wir haben hier Akten. Nicht viel, aber ein Stückchen werden die uns sicher weiterhelfen. Als dieses Mädchen ins Sahlgrenska eingeliefert worden ist, die vierjährige Helene, da kam offenbar der Verdacht auf, dass sie mit der Sache in Dänemark was zu tun haben könnte. Man hat das Mädchen mit Brigitta Dellmar in Verbindung gebracht, die, so vermutet man, im Zusammenhang mit dem Raubüberfall verschwunden ist …«

»Hat man sie so identifiziert?«, fragte Ringmar. »Im Krankenhaus, meine ich? Oder erst kurz vor dem Verhör? Wie sind sie auf Brigitta Dellmar gekommen?«

»Bei einer Fahndung. Und durch Nachbarn, die sich gemeldet haben, scheint es.«

»Und dann hat man hier mit dem Mädchen gesprochen? Wer hat das Verhör geführt?«

»Sven-Anders Borg, steht da.«

»Er ist vor fünf Jahren oder so pensioniert worden.«

»Aber er lebt doch noch?«

»Er ist ein Überlebenskünstler. Und klar im Kopf, soviel ich weiß. Aber wir konnten wohl kaum verlangen, dass er Alarm schlägt. In dieser Sache hier.«

»Wenn wir früher einen Namen gehabt hätten, dann.«

»Ich rufe ihn an«, beschloss Ringmar.

»Bitte ihn, so schnell wie möglich herzukommen.«

Ringmar rief sofort an. Winter versuchte zu lesen, wurde aber durch das Gespräch abgelenkt. Ringmar hielt den Hörer zu und wandte sich an Winter.

»Er hat Schmerzen im Bein, aber wir sind bei ihm zu Hause willkommen. Er wohnt in Påvelund.«

»Erinnert er sich an etwas?«

»Er will in Ruhe nachdenken, während wir unterwegs sind.«

»Fahren wir.«

Die Sicht war besser denn je. Winter konnte weit über den Fluss sehen, als sie den Oskarsleden entlangfuhren. Die Kräne auf der anderen Seite hoben sich dunkel ab vor der glänzenden Meeresoberfläche. Zwei Fähren begegneten sich, und Winter musste an Fähren nach Dänemark denken. »Sie hat die dänische Flagge gemalt«, erzählte er Ringmar, der am Steuer saß.

»Wer? Helene?«

»Ja. Und auch ihre Tochter Jennie. Beide haben die dänische Flagge gemalt.« Winter blickte wieder zu den Fähren hinüber. Der Abstand zwischen den beiden Schiffen wurde langsam größer, eine davon strebte aufs weite Meer hinaus.

»Wovon zum Teufel redest du?«

Winter berichtete von den beiden Signaturen auf den Kinderzeichnungen.

»Hast du alles in die Technik hoch geschickt?«, fragte Ringmar.

»Ist unterwegs.«

»Meine Güte.«

Die Fähre im Westen war kaum noch zu erkennen, als Winter wieder einen Blick aus dem Fenster warf.

»Vielleicht sind sie ja mal dorthin gefahren«, grübelte Ringmar. »Nach Dänemark. Jetzt ist alles denkbar.«

»Das ist es schon die ganze Zeit, Herr Kommissar.«

»Erst haben wir nichts, und dann kommt alles auf einmal.«

»Wundert dich das?«

»Nein. Ich bin nur aufgeregt.«

»Jetzt geht es los«, sagte Winter. »Wir haben Rückenwind!«

Aneta Djanali stellte sich und Halders vor. Der Mann in der Tür bat sie einzutreten. Das Haus sah aus, als wäre es hundert Jahre alt. Von außen wirkte es jedenfalls so. Aneta war deshalb erstaunt, als sie das große Wohnzimmer betrat. Durch die Fenster fiel ihr Blick auf den Wald und eine Wiese dahinter. Zwei Reitpferde bewegten sich grasend über das weite Gelände. Sie waren braun und schlank. Alles strahlte Frieden aus.

»Was für eine schöne Aussicht«, sagte sie. Der Mann folgte ihrem Blick, als sähe er den Wald und die Wiese zum ersten Mal. Sie wussten, dass er neunundsechzig war. Das stand in den Angaben, die sie vom Straßenverkehrsamt erhalten hatten. Name, Adresse und die Nummer des Personalausweises. Der Mann besaß einen weißen Ford Escort. Das Kennzeichen fing mit H an. Aber als Halders nach dem Ergebnis der Überprüfung seines Strafregisters gefragt hatte, bevor sie wieder hierher gefahren waren, mussten sie erfahren, dass die Kollegen ausgerechnet diesen Fahrzeughalter noch nicht ins Visier genommen hatten. Eigentlich eine Routineuntersuchung, die sie bei allen in Frage kommenden Autobesitzern durchführen sollten. Der alte Mann sah nett aus. Georg Bremers Kopf war ebenso kahl wie Fredrik Halders', aber er hatte einen Schnauzbart, der noch dunkel war und nicht gefärbt zu sein schien. Der oberste Knopf seines hellblauen Hemds stand offen und ermöglichte so einen Blick auf seinen Hals, der tiefe Altersfalten aufwies. Georg Bremer trug eine schwarze Hose, die von einem braunen Gürtel gehalten wurde. Er war schlank. Fast ausgemergelt, ging es Aneta Djanali durch den Kopf. Der Mann war kleiner als Fredrik, aber sehnig, soweit sie dies feststellen konnte.

Georg Bremer blickte noch immer durch das Fenster. Als die Sonne hinter Wolken verschwand, wirkten seine Gesichtszüge plötzlich sehr hart. Doch Sekunden darauf tauchte die Sonne wieder auf und gab dem Gesicht die weichen Konturen zurück. Wie eigenartig, dachte Aneta Djanali. Sie starrte auf sein Kinn und ärgerte sich ein wenig über sich selbst. Wie dumm. Ich bin auf Kinnpartien fixiert, seit man mir die meine zertrümmert hat.

»Wir haben versucht, mit Ihnen Kontakt aufzunehmen«, sagte Halders. »Hören Sie den Anrufbeantworter nicht ab?«

»Ich war eine Weile weg. Bin erst seit gestern wieder zu Hause und noch nicht dazu gekommen.«

Was sollte das auch, diese verdammte Rücksichtnahme. Wir sollten uns nicht vorher bei den Leuten melden. Halders war unzufrieden. Wir sollten lieber gleich ins Haus stürzen, wenn die Familie bei Tisch sitzt, und fragen, was denn Papa oder Mama mit ihrem Auto in den frühen Morgenstunden in der Nähe des Delsjön zu suchen hatte. Denen muss man doch mal einen ordentlichen Schrecken einjagen! Wenn aus keinem anderen Grund, würden die aus Scham schon reden.

»Also es geht um das Auto«, fuhr Halders fort. »Routinesache, wenn Sie verstehen.«

»Möchten Sie sich nicht setzen?«

»Gern«, antwortete Aneta Djanali und ließ sich auf einem Sofa nieder, das grün und abgewetzt war. Halders blieb stehen, Georg Bremer ebenfalls.

»Was ist denn mit dem Auto?«, fragte Georg Bremer.

»Sie fahren einen weißen Ford Escort, Baujahr 92?«

»92? Ist er aus diesem Jahr? Das weiß ich gar nicht genau. Da muss ich in den Papieren nachsehen.«

»Wir kontrollieren die Besitzer dieses Autotyps, weil wir hoffen, dass Sie uns helfen können, einen Fall zu lösen.«

»Was für einen Fall?«

»Einen Mord.«

»Und ein Ford Escort hat damit zu tun?«

»Ein Escort ist in der betreffenden Nacht in der Nähe des Fundortes beobachtet worden. Wir hoffen, dass der Fahrer des Autos vielleicht etwas bemerkt hat.«

»Zum Beispiel? Und wo?«

Halders warf einen Blick auf Aneta Djanali, die mit gezücktem Notizblock auf dem Sofa saß.

»Wir sprechen von der Nacht zum 18. August«, erklärte Halders. »Als es noch so heiß war.«

»Ja, die Hitze diesen Sommer kann man wohl nicht so schnell vergessen. Ich wäre hier beinahe verschmachtet.«

»Das ging wohl jedem so«, sagte Halders und blickte wieder auf Aneta. »Und jeder.«

»Auf jeden Fall war ich hier«, meinte Georg Bremer. »Und das Auto auch.«

»Okay«, sagte Halders.

»Ich habe keinen, der das bestätigen kann, weil ich allein wohne. Aber es ist nicht meine Gewohnheit, nachts mit dem Auto herumzufahren. Ich bin ein bisschen nachtblind.«

»Ich habe kein Auto auf dem Hof gesehen«, schaltete sich Aneta Djanali ein.

»Es ist seit Freitag in der Werkstatt«, sagte Georg Bremer. »Hat Öl verloren. Sie können die Spur draußen auf dem Hang selbst noch sehen. Ich hab es wegbringen müssen.«

»Wann war das?«, fragte Halders.

»Wann war was?«

»Wann haben Sie das Auto zur Reparatur gebracht?«

»Vorgestern. Ich habe versucht, selbst nachzusehen, aber es ist wohl die Ölwanne. Und mir wird schwindelig, wenn ich zu lange unter dem Auto liege und daran herumwerkle.«

»Aber haben Sie nicht gesagt, Sie waren bis gestern weg?«

»Ja und? Ist das hier ein Verhör oder was?«

»Nein, nein. Ich wundere mich nur, weil es ja hier ein bisschen abgelegen ist. Man braucht doch wohl ein Fahrzeug, um herzukommen.«

»Ja, es ist weit von der Bushaltestelle hierher. Aber ich habe ein Motorrad, das auch ab und zu bewegt werden will. Das steht in der Scheune, wenn Sie sich's ansehen wollen.«

»Wo ist das Auto?«, fragte Aneta Djanali.

Georg Bremer nannte den Namen der Werkstatt.

Aneta Djanali schrieb Namen und Adresse auf. »Das ist ein ganzes Stück von hier«, bemerkte sie.

»So geht es manchmal. Man muss eben zu denen, die anständige Preise haben.«

»Dann haben Sie sich vorher umgehört?«, fragte Halders.

»Tja, man hat ja auch seine Kontakte. Ich habe den Tipp vom Bekannten eines Bekannten.«

»Wie weit weg von hier wohnt Ihr nächster Nachbar?«

»Wollen Sie den auch nach seinem Auto fragen?«

»Man kommt an keinem Haus vorbei, auf dem Weg hierher.«

»Es gibt draußen noch ein paar. Im Wald, am Ende des Wegs. Aber hier bin ich ziemlich allein. Und wenn Sie den Weg hier weiterfahren, an der Kreuzung nach rechts, stoßen Sie nach einigen Kilometern auf einen alten Bauernhof. Ich glaube, der wird inzwischen vor allem als Sommerhaus genutzt. Den früheren Besitzer habe ich gekannt, aber die neuen grüßt man kaum. Man trifft sie ja auch nicht oft.«

»Hier hört man überhaupt nicht viel, was?«, fragte Halders.

»Wenn, dann Flugzeuge.«

45

Sven-Anders Borg öffnete, gestützt auf eine Krücke, die Tür. »Fußball gespielt?«, fragte Ringmar.

»Schön wär's. Es liegt an der Durchblutung. Wenn der Scheiß so weitergeht, werden sie es mir wohl abnehmen müssen.« Er blickte auf sein linkes Bein hinunter.

»Jetzt übertreibst du aber, Svenne.«

Der pensionierte Kriminalbeamte zuckte mit den Schultern. »Und jetzt hat mich auch noch die grausige Wirklichkeit wieder eingeholt«, sagte er. »Dann kommt mal rein.«

Sie kamen durch den Flur in ein Zimmer mit Blick auf einen Garten. Die ungeputzten Fenster konnten den Sonnenschein nicht aussperren, sondern nur dämpfen. Staubkörnchen wirbelten durch die Luft. Es roch nach kaltem Rauch und gebratenen Zwiebeln. In einem anderen Teil des Hauses plärrte ein Radio. Sven-Anders Borg ließ sich schwer in einen der Sessel auf der Fensterseite des Zimmers fallen und deutete auf das Sofa gegenüber.

»Setzt euch doch, Freunde.«

»Sie nahmen Platz, und Ringmar begann ihm den Grund ihres Kommens näher zu erläutern.

»Ich habe darüber nachgedacht«, unterbrach ihn Borg. »Scheint ein schlimmer Fall zu sein. Ein Alptraum für jeden Polizisten. Erst nichts, und dann kommt alles auf einmal. Ihr werdet es kaum schaffen, den ganzen Scheiß zu sortieren, was?«

»Stimmt«, antwortete Ringmar. »Wir haben auf dem Weg hierher genau darüber gesprochen.«

»Hätte ich eine Ahnung gehabt, dann hätte ich eher von mir hören lassen. Vielleicht hätte ich den Namen Helene mit diesem Nachnamen in Verbindung gebracht. Wie war er noch? Dellmer?«

»Dellmar.«

»Dellmar. Ja. Aber damit seid ihr nicht an die Öffentlichkeit gegangen.«

»Wir haben es nicht früher geschafft«, gab Winter zu. »Wir sind noch dabei und sortieren. Genau wie du gesagt hast.«

Borg seufzte und warf einen viel sagenden Blick zur Decke. Dann sah er Ringmar an.

»Es war damals so«, erinnerte sich Sven-Anders Borg. »Wir haben von dieser Sache mit dem Kind, das im Krankenhaus liegen gelassen wurde, gehört. Tja, und dann bekamen wir den Namen der Mutter raus. Dellmar. Und die hatte einiges auf dem Kerbholz. Ihr wisst natürlich längst, was alles bei der im Strafregister steht. Nun, wir wussten also ihren Namen und haben angefangen, sie zu suchen. Sie war weder in der Wohnung draußen in Frölunda noch irgendwo anders. Sie war verschwunden, einfach weg.«

»Sie ist also seit damals verschwunden«, hakte Ringmar ein. »Und ihr habt nie auch nur eine Spur von ihr gesehen, wie ich es verstanden habe.«

»Spuren hatten wir viele«, wehrte Borg ab. »So ein Raubüberfall geht schließlich nicht gerade spurlos vorüber.«

»Brigitta Dellmar ist damit in Zusammenhang gebracht worden«, meldete sich Winter zu Wort. »Wie sicher war das?«

Borg betrachtete Winter von oben bis unten. Dieser junge Hüpfer wagte es, ihm eine Frage zu stellen. Vielleicht war es gut, dass er aufgehört hatte, bevor der junge Mann Kommissar geworden war. Vor fünfzig sollte man nicht Kommissar werden können. Sehe man ihn sich nur mal an. Die Kleider waren in Ordnung, aber dieses Haar! Er leitet doch schließlich keine verdammte Popband!

»Wie sicher?«, fragte Borg zurück. »Danach musst du wohl die Dänen fragen. Nun, ist doch klar, dass wir uns darauf verlassen haben. Wie sicher ist sicher? Ich weiß nicht, ob es möglich gewesen wäre, weiterzukommen, als wir es schafften. Es gab ja damals keine Videoüberwachung, aber ein paar in der Bank hatten das Auto wegfahren sehen und hatten die Frau gesehen. Sie hatte sich umgedreht oder so. Ich hab das nicht alles so parat. Das müsst ihr selbst in den Protokollen nachlesen.«

»Bestimmt«, sagte Ringmar.

»Aber ein paar Passanten haben sie auch gesehen. Und das Kind. Als wir dann, oder vielmehr die Dänen, anfingen, die Sache noch einmal aufzurollen, da wollten sie gleich mehrere beobachtet haben, die beiden. An den Tagen davor.«

»Wie habt ihr Brigitta Dellmar überhaupt mit dem Raubüberfall in Verbindung gebracht?«, fragte Winter. »Das beruht doch nicht einzig und allein auf dem Kind?«

»Teilweise. Das hat natürlich den Ausschlag gegeben. Aber wir haben es wie gewohnt gemacht, als der Alarm aus Dänemark kam. Haben angefangen, unsere Pappenheimer hier zu überprüfen. Sie war ja eine von den kleineren Fischen, wie man so sagt. Ein Stück weiter unten auf der Liste. So weit waren wir noch nicht, als die Meldung vom Sahlgrenska hereinkam.«

»Und ihr habt euch daran erinnert, dass ein Kind dabei war. In Aalborg.«

»Das stand ja im Bericht«, bestätigte Borg. »Trotzdem war es noch längst nicht klar. Erst als die Nachbarn von sich haben hören lassen und das Mädchen wieder erkannten, sind wir darauf gekommen.«

»Ich verstehe«, meinte Ringmar.

»Und dann hat es seine Zeit gebraucht, bis wir das Mädchen mit dem Banküberfall in Dänemark verknüpft haben. Die Fotos und die Zeugen und das alles.«

»Ja«, sagte Ringmar.

»Und sie blieb verschwunden«, beendete Borg seine Zusammenfassung.

»Ja«, sagte Ringmar wieder.

»Hingerichtet«, warf Borg ein.

»Was sagst du da?« Ringmar wurde ganz blass.

»Hingerichtet natürlich«, wiederholte Borg. »Oder möglicherweise mit dem Tod bedroht, eingeschüchtert. Oder, als dritte Alternative, an einer Schussverletzung gestorben, von der wir nichts wissen, die sie aber bei dem Überfall erlitten haben könnte.«

»Warum war Polizei am Ort?«, fragte Winter plötzlich. »So schnell nach dem Überfall.«

»Was? Da war was mit dem Alarmsystem der Bank, das losging, bevor es richtig angefangen hatte. Irgendwas mit einem Kurzschluss, oder einer von den Angestellten ... Nein, es war was Technisches. Da erkundigt ihr euch besser direkt in Dänemark, wenn ihr meint. Aber der Streifenwagen tauchte auf, noch bevor die richtig losgelegt hatten, und der Rest ist Geschichte. Eine verdammte Wahnsinnsgeschichte.«

»Du meinst also, Brigitta Dellmar könnte von einem der anderen Räuber getötet worden sein?«

»Warum nicht? Zwei sind mit ihr zusammen entkommen. Sie hatten das Geld. Dann haben sie das Kind zurückgelassen, oder was weiß ich. Jedenfalls habe ich nie wieder von ihr gehört. Genau seit dem Bankraub. Und sie hatte ein Kind. Also!«

Ringmar nickte.

»Die Motorradgangs stecken zur Zeit ja ihre Reviere wieder mal neu ab, nachdem sie sich eine ganze Weile still verhalten hatten. Eine ernste Sache. Damals konnten wir sie nicht festnageln, aber ich sage euch, genau die haben verdammt noch mal hinter der Sache gesteckt.«

»Das steht auch so in den Akten«, bestätigte Winter.

»Die Dellmar hatte ja Kontakt zu denen«, sagte Borg. »Wir haben getan, was wir konnten, um uns ein Bild von ihrem traurigen Leben zu machen. Und sie hatte mal was mit einem dieser Typen. Wie weit das ging, weiß ich natürlich nicht. Ob sie sich von dem in so was hätte reinziehen lassen ...«

Wieder nickte Ringmar.

»Aber bei denen war sie auch nicht untergetaucht, so weit wir eruieren konnten. Zuletzt wurde sie in Dänemark gesehen, und dann war sie weg. Einfach weg. Und eines Tages treibt ein wohlbekannter Motorradrocker mit dem Bauch nach oben im Limfjord. Oder wo zum Teufel das war, und als die Bankkassiererin ihn sich ansieht, ist sie sicher, dass er dabei war!«

»Mann, was hast du für ein gutes Gedächtnis, Svenne.« Ringmar hörte sich richtig begeistert an.

»Es hapert auch nicht im Kopf mit der Durchblutung«, scherzte Borg. »Jetzt, wo ich darüber nachdenke, kommen immer mehr Einzelheiten hoch.«

»Aber es gelang letztendlich doch nicht, den Mann mit dem Raubüberfall in Verbindung zu bringen?«

»Ich weiß nicht mehr. Nein. Aber wir wussten es. Im Herzen waren wir felsenfest davon überzeugt. Er war Däne, verschwand nach dem Überfall und tauchte schließlich im Wasser auf, wie ein toter Fisch.«

»Hm.«

»Tja. Dann tauchte das Kind auf. In Göteborg. Und wir hatten also den begründeten Verdacht, dass es tatsächlich dabei gewesen war. Ein Grund von vielen, mit dem Mädchen zu reden. Also haben wir es versucht.«

»Wir haben das Protokoll des Verhörs gelesen«, sagte Winter.

»Nun, dann wisst ihr ja selbst, wie es war. Direkt hat sie nichts gesagt. Aber dass sie etwas quälte, war offensichtlich. Aber was? Das fragt ihr besser einen Psychologen. Damals war einer dabei. Habt ihr mit dem schon gesprochen?«

Winter schüttelte den Kopf.

»Irgendwie merkwürdig, das Gefühl«, meinte Borg. »Da hat man mit dieser Kleinen geredet, und dann wird sie mit dreißig ermordet.«

»Fällt dir noch was zum Verhör ein?«, erkundigte sich Ringmar.

»Zum Verhör? Sie war verängstigt. Nein, dass ist nicht das richtige Wort. Sie hat nach ihrer Mama gefragt. Und von einem Auto erzählt. Dass sie mit einem Auto gefahren waren und plötzlich das Auto gewechselt haben. Das zumindest stimmt mit dem Hergang der Ereignisse in Dänemark überein.«

Borg streckte sein linkes Bein aus und begann es zu massieren. Er bewegte es und bemühte sich weiter, die Blutzirkulation zu unterstützen. Die Sonne war hinter einer Wolke verschwunden, und damit schienen auch die Staubkörnchen in der Luft zur Ruhe zu kommen.

»Ihr habt das Protokoll ja gelesen. An einer Stelle hat sie versucht zu beschreiben, wo sie dann war. In einem Haus, immer in ein und demselben Raum. Vielleicht im Keller. Eine gewisse Zeit lang. Die Dänen haben die Angaben mit einem Haus verglichen, wo sie gewesen waren.«

»Sie«, vergewisserte sich Winter, »die Bankräuber?«

»Von wem reden wir sonst?«, antwortete Borg unwillig. »Ich spreche von den Bankräubern. Die waren in einem Haus außerhalb von Aalborg. Hatten sich dort vorbereitet. Pläne geschmiedet. Fragt die Dänen nach den Einzelheiten.« Borg schaute Winter an und begann wieder, sein Bein zu massieren. »Vielleicht haben sie sich nach dem Überfall wieder dorthin zurückgezogen. Die Überlebenden. Für eine Weile jedenfalls. Vielleicht war das Kind dabei. Ich weiß nicht. Vielleicht nur die Mutter. Das haben wir nicht herausgekriegt.«

»Ihr habt eine ganze Menge herausgekriegt«, meinte Ringmar.

»Die ganze Geschichte macht einen ganz wirr im Kopf oder darauf.« Wieder sah Borg Winter an. »Aber so ist es halt. Wer sich auf die schiefe Bahn begibt, muss teuer dafür bezahlen.«

»Das Kind hat auch bezahlen müssen«, stimmte ihm Ringmar zu.

»So ist es eben bei Verbrechen«, wiederholte Borg. »Eine Hypothek auf den Rest des Lebens.«

»Fällt dir noch was ein?«, fragte Ringmar.

»Was sollte das sein?«

»Irgendwas, das uns helfen könnte?«

»Das meiste, was ich euch erzählt habe, wusstet ihr doch schon aus den Unterlagen. Am besten wendet ihr euch jetzt an die Dänen.«

»Ja.«

»Es könnte vielleicht nichts schaden, mal hinzufahren.«

»Du hast Recht«, sagte Winter. »Das denke ich langsam auch.«

»Tja, irgendwo muss es ja eine Antwort auf eure Fragen geben. So eine Reise kann einem die Augen öffnen.« Borg fixierte Winter mit einem scharfen Blick. »Ich habe von deinem Ausflug nach London im Frühjahr gelesen.«

Winter nickte.

»War wohl auch eine Art Reise durch die Zeit«, meinte Borg nachdenklich. »Und dies hier wird bestimmt eine Reise in die Vergangenheit.«

Winter nickte wieder und sah zum Fenster hinaus.

Borg folgte seinem Blick. »Die Scheiben müssen mal wieder geputzt werden. Ich erwarte meine Tochter. Genau deshalb will sie kommen«, lächelte Borg. »Dann kann man den Garten wieder sehen.«

Winter schmunzelte und erwiderte Borgs Blick. Der alte Mann hatte sich vorgebeugt, als wollte er noch mehr sagen, wüsste aber nicht recht, wie.

»Es gibt da noch eine Sache. Wenn ihr euch damit herumquälen wollt. Glaube ich jedenfalls. Ist ein bisschen blöd. Das habt ihr sicher überprüft, oder?«

»Wovon redest du, Svenne?«, Ringmar beugte sich ebenfalls vor.

»Zu meiner Zeit hatten wir ja noch keine Videogeräte. Aber genau bei der Gelegenheit haben wir ausprobiert, ein Verhör zu filmen. Die Aufzeichnung dürfte noch vorhanden sein. Habt ihr das schon überprüft?«

»Ein Film?«, staunte Winter.

»Eine Aufnahme des Verhörs. Die Bänder sind vielleicht überspielt worden. Aber vielleicht gibt es den Film ja doch noch. Das Verhör der kleinen Helene.«

»Mir ist keine Notiz aufgefallen«, wunderte sich Ringmar.

»Dass wir gefilmt haben? Oder dass wir den Film aufgehoben haben?«

»Weder noch«, antwortete Ringmar. »Ich höre eben zum ersten Mal davon.«

»Ja, du warst ja damals nicht bei uns«, sagte Borg. »Einer wird geschludert haben. Oder der Film ist ganz einfach vernichtet worden.«

Sie fanden den Film zwischen anderen Kassetten mit Aufnahmen, die vom Schmalfilm auf Video übertragen und dann vergessen worden waren. Es gab sogar ein Verzeichnis. Aber keine Notiz in den Unterlagen zum Fall Dellmar.

In Winters Büro steckten sie das Video in den Rekorder. Ringmar machte eine Geste, die aussah, als bekreuzige er sich. Winter dröhnte der Kopf.

Borg kam ins Bild, jünger und offensichtlich noch ohne Durchblutungsstörungen. Der Raum hätte jeder beliebige im Präsidium sein können. Auch heute noch. Es hatte sich nicht viel verändert.

Das Mädchen saß auf der anderen Seite des Tisches. Von ihm war kaum mehr zu sehen als das Gesicht. Die Kleine sagte etwas und starrte vor sich auf den Tisch, dann schaute sie auf, direkt in die Kamera, als wollte sie Winter und Ringmar ansehen. Winters Kopfschmerz verstärkte sich. Das war vielleicht das Entsetzlichste. Mit dem Wissen von ihrem Tod dazusitzen und diese verdammte Reise zurück in der Zeit zu machen.

Winter hatte wieder Helenes Gesicht am Kopfende der Bahre vor Augen. Andere Bilder kamen ihm in den Sinn, als das Mädchen den Blick wieder abwandte, weiter auf den wuchtigen Tisch vor sich stierte.

»Weiß der Teufel, wie ich damit zurechtkommen soll«, fluchte Ringmar.

Winter sah Helene vom Stuhl aufstehen, und er wünschte, das Band wäre vernichtet worden.

Ringmar stand auf. »Los, wir gehen und finden Jennie«, sagte er.

46

Winter las das zu dem Video passende Protokoll von dem Verhör der kleinen Helene. Ein erfahrener Psychologe, der inzwischen verstorben war, hatte versucht, dem Mädchen zu seiner Erinnerung zu verhelfen. Es war eine lückenhafte wie schmerzliche Lektüre, quälend wie der Film vorher. Helene war offensichtlich vollkommen verstört gewesen.

Auch die Gutachten sagten Winter nicht mehr. Da war ein Vermerk, dass eine Gesprächstherapie für dringend notwendig erachtet wurde, eine Untersuchung in der Psychiatrie. Ihre psychologische Betreuung bis ins Erwachsenenleben. Und dann?, fragte sich Winter. War es für die erwachsene Helene nicht erst recht schwierig geworden?

Es gab keinerlei Hinweis darauf, dass Helene als Erwachsene weiter therapiert worden war. Nur eine routinemäßige Nachkontrolle war verzeichnet, einige Jahre nach dem Ereignis in ihrer Kindheit. Winter notierte sich den Namen der damaligen Pflegeeltern und las weiter. »Als Erwachsene kann ihr bewusst werden, in was sie da als Kind hineingezogen wurde. Auch wenn es jetzt schon deutliche Hinweise gibt, ist es aber möglich, dass sie auch später nur äußerst wenige spezifische Erinnerungsbilder wird aufrufen können.«

Welche wohl? überlegte Winter. Er versuchte sich über solche Fälle von Gedächtnisverlust kundig zu machen. Für Menschen, die in der Kindheit traumatische Erlebnisse erlitten hatten, war der einzige Weg zu einem normalen Leben, zu vergessen. Die

Vergangenheit von sich fern zu halten, Abstand zu gewinnen. Erst dann konnten die Betroffenen mit anderen Menschen im Alltag normal umgehen.

Winter dachte an die einsame Frau mit ihrem Kind in der Wohnung, in der er hin und her gegangen war. Und daran, wie sehr ihn dieser Fall mitnahm. Wie lückenhaft Helenes Erinnerungen waren, und wie leicht ihn die wenigen Erinnerungsfetzen mit in den Abgrund reißen konnten.

Es gab Beispiele von Patienten, bei denen mitten in einem Gespräch die Erinnerungen abrissen. Und dann, ganz plötzlich, konnte der Patient ein anderer werden, weil sein Ich in verschiedene Identitäten aufgespalten hatte, um die Erinnerung zu bewältigen.

»Das Bewusstsein will die Person vor der Erinnerung an unerträgliche Erlebnisse schützen.« Was für ein furchtbarer Satz. Was ging im Kopf eines solchen Menschen vor? War Helene so ein Fall gewesen? Alles deutete darauf hin, aber nichts war wirklich bewiesen, ärgerte sich Winter.

Er hob den Kopf. Ein Geräusch auf dem Flur. Dann wurde es wieder still. Winter legte Don Cherry auf, um sich besser konzentrieren zu können. Die Trompete schien die Luft im Zimmer in Schwingungen zu versetzen.

Es regnete wieder, und die Tropfen prasselten rhythmisch gegen die Fensterscheibe. Winters Blick fiel auf die Kinderzeichnungen, die er direkt vor sich an die Wand gehängt hatte. Flaggen, Windmühlen, Männer mit Bart, die Autos lenkten. Regen und Sonnenschein. Auch der Himmel hat verschiedene Identitäten, fiel ihm auf.

Im Alter von dreißig Jahren verstärken sich solche Erinnerungsschübe, die dann oft völlig unvermittelt über Personen hereinbrechen können, die als Kind unerträgliche Erlebnisse verdrängt haben. Und noch ein furchtbarer Satz: »Wenn ihnen ihre Umgebung wieder bewusst wird, können sich diese Personen an einem völlig anderen Ort befinden, ohne zu wissen, wie sie dorthin gekommen sind.«

Verschiedene Identitäten. Er las die Worte noch einmal. An einem anderen Ort.

Konnte es sein, dass es Helene genauso ergangen war?, grübelte Winter. Wenn ja, wer hatte sich so lange um ihr Kind gekümmert?

Oder hatte ihr jemand den Schlüssel zu ihrer Vergangenheit geliefert? Zu einem Wissen, das besser nicht hätte berührt werden sollen?

Winter fiel ein, dass sie den genauen Zeitpunkt von Jennies Verschwinden noch gar nicht festgestellt hatten. Sie wussten nicht, wann Helene und Jennie zuletzt zusammen gesehen worden waren. War Jennie vor Helene verschwunden? War Helene auf einmal bewusst geworden, wer sie war? Vielleicht war sie die ganze Zeit über verwirrt gewesen. Konnte das sein? Diese Fragen drehten sich in Winters Kopf.

Er machte sich eine Notiz, dass er noch einmal mit Ester Bergman reden wollte. Dann stand er auf und ging zu dem Bücherregal rechts neben der Tür. Er nahm ein Buch heraus, das davon handelte, wie Menschen mit der Erinnerung an eigene Verbrechen umgingen. »In ihrem Kopf hört sie ab und zu Stimmen. Mitunter treten gewisse Stimmen sehr deutlich hervor und fordern sie zu bestimmten Handlungen auf. Aber meistens befinden sich die Stimmen als Gemurmel im Hintergrund. Sie diskutieren miteinander.«

Halders ging ins Bad. Er machte Licht und beugte sich zum Spiegel. Das Haar hatte angefangen, an den Seiten zu lang zu werden, und er beschloss, am Wochenende zum Friseur zu gehen und es abrasieren zu lassen.

Sollte er sich in die Badewanne legen? Zu viel Aufwand. Oder sollte er trinken gehen? Es war ihm zu weit. Und sich etwas zu essen zu machen, dazu hatte er auch keine Lust.

Hol's der Teufel, fluchte er. Vielleicht schaffe ich es ja wenigstens noch, aus dem Bad ins Bett zu kommen.

Oder sollte er jemanden anrufen? Aber wen? Mit wem wollte er überhaupt reden? Wer würde ihm zuhören? Höchstens Aneta, ging ihm auf.

Er blieb am Fenster stehen und blickte hinaus in die Ahornbäume. Bald wären sie kahl. Nackt. Er spürte, wie die Leere in seinem Kopf sich beim Anblick der dunklen Baumwipfel verstärkte.

Jemand zum Reden, dachte er. Das ist nicht zu viel verlangt. Ach, das brauche ich doch gar nicht. Ich habe ja schließlich meine Arbeit.

Halders schlurfte in die Küche, öffnete die Kühlschranktür und nahm eine Flasche Bier heraus. Mit der Fernbedienung in der Hand setzte er sich vor den Fernseher und überlegte, ob er ihn einschalten sollte.

»Wir können Jakobsson nicht länger festhalten«, erklärte Ringmar.

»Ja. Verstehe ich«, sagte Winter. »Mist.«

»Er hat schließlich nur die Miete für jemand anders bezahlt«, fuhr Ringmar fort.

»Wir müssen ihn im Auge behalten.«

»Wenn er hier raus ist, besäuft er sich so, dass er zwei Wochen nicht mehr zu sich kommt.«

»Ich glaube, wir können zumindest einen von ihnen wegen der Schießerei festnageln«, meinte Winter.

»Ausgezeichnet«, lobte Birgersson. »Diesen Bolander?«

»Er gibt's natürlich nicht zu, aber er war da«, bestätigte Winter.

»Ich begreife noch immer nicht, warum«, wunderte sich Birgersson. »Soweit es nicht wieder einmal eine ihrer verrückten Machtdemonstrationen war. Diese verrückten Motorradrowdies.«

»Damit liegst du vielleicht gar nicht mal so falsch.«

»Oder eine Warnung, aber das ist wohl dasselbe. Nur dass es uns diesmal beinahe einen unserer Polizisten gekostet hätte.«

»Ja.«

»Unten in Schonen ist auch wieder allerhand los gewesen«, sagte Birgersson. »Als wären die Teufel im Begriff, wieder etwas auszuhecken. Schlechte Vorzeichen. Man kann diese Bande furchtbar schlecht einschätzen. Nicht einmal ihre eigenen Leute haben die unter Kontrolle.«

»Tja, die Kontrolle ...«

»Diese verdammte interne Hierarchie. Wie in einer Diktatur. Und machthungrig, intern wie nach außen. Eine Höllenbande.«

»Das soll der Name wohl bedeuten.«

»Mhm.«

»In Dänemark ist es zur Zeit etwas ruhiger.«

»Apropos. Ich habe mit Wellman gesprochen, und er gibt grünes Licht.«

»Ich fahre, sobald ich mehr gelesen habe von dem Material, das sie rübergeschickt haben«, sagte Winter.

»Kennst du jemanden in Aalborg?«

»Von den Kollegen? Nein. Du?«

»Nicht mehr«, gab Birgersson zu. »Was hältst du eigentlich von dieser psychologischen Kiste? Die Frau als Kind, und was das für die Erwachsene bedeutet haben könnte.«

»Bin mir nicht sicher, daher sage ich lieber nichts dazu. Aber erzähl mir nichts von einer ›Kiste‹. Ich hasse das Wort.«

Winter trank in dem schönen Aufenthaltsraum der technischen Abteilung eine Tasse Kaffee mit Beier.

»Jetzt brauchen wir nur noch Abdrücke, die wir mit den anderen vergleichen können«, meinte Beier. »Wir haben mehrere deutliche isoliert in der Wohnung, die weder die des Mädchens noch die der Mutter sind.«

»Dort haben vorher auch schon Leute gewohnt«, sagte Winter.

»Eben.«

»Oder sie kann Besuch gehabt haben.«

»Nicht nach allem, was du erzählt hast«, gab Beier zu bedenken. »In die einsame Wohnung ist niemand zu Besuch gekommen.«

Halders stürmte wütend ins Zimmer und machte ein Gesicht, als könne er sich nicht entscheiden, ob er nicht eher erleichtert sein sollte.

»Eine der Spuren können wir streichen«, sprudelte er.

Winter war aufgesprungen. »Lass hören.«

»Das Zeichen an dem Baum. Wie ich es geahnt habe: Hab ich's dir nicht gesagt? Dass irgendein dummer Junge das da hingeschmiert hat.«

»Ein dummer Junge?«

»Die Burschen mit dem Boot haben uns schließlich doch noch verraten, an wen sie das Boot verliehen hatten. Eine Menge Leute.«

»Ich weiß.«

»Wir haben die Liste jetzt durch, und ganz unten verbarg sich des Rätsels Lösung. Das ist immer so, oder? Wenn man was sucht, hat es sich immer ganz unten versteckt. Wir sollten uns demnächst von unten nach oben durch die Listen arbeiten.«

»Tun wir das denn nicht?«

»Okay, okay. Zwei Bengel, jünger als die mit dem Boot, hatten es sich geliehen, und die waren es, die den Baum bemalt haben.«

»Sind sie hergekommen?«

»Wie ich gesagt habe. Wir sind die Liste durch. Ich hatte einen von ihnen am Telefon, und dachte, da stimmt doch was nicht. Also bin ich losgefahren und habe mit ihm in der Schule gesprochen. In einer von anscheinend unzähligen Freistunden.«

»Und da hat er es gestanden?«

»Sofort. Hat gesagt, sie hätten es aus Spaß gemacht. Irgendso ein blöder Einfall.«

»Wann war das?«

»Wann war was?«

»Wann hast du das erfahren?«

»Gerade eben, verdammt noch mal. Ich weiß, es hat lange gedauert, aber wir haben es nicht an ...«

»Haben wir inzwischen überprüft, ob es solche Zeichen an anderen Seen gibt?«

»Ja. Wir haben keine gefunden.«

»Aber die Jungen mussten doch wissen, dass wir da gefragt haben?«

»Angeblich hat er nichts davon mitbekommen«, erwiderte Halders.

»Lügt er?«

»Und ob. Aber nicht, was dieses Zeichen betrifft.«

Der Abend war mild. Winter radelte über Sandarna und durch das Zentrum von Kungsten. Der Långedragsvägen wurde von trüben Laternen beleuchtet. Der Wind roch nach Meer, und Winter meinte die Brandung zu hören. Dieser Weg führte nahe an den Klippen vorbei, bevor es hinabging in die Ebene von Hagen. Ein kleines Neubaugebiet oberhalb der Klippen rechter Hand beeindruckte Winter. Einfamilienhäuser. Ganz funktional. Da müsste man wohnen … Wenn man eine Familie hätte.

Die Straße vor Lottas Haus stand voller Autos. Winter erhielt durch die offenen Fenster und die Tür eine Vorahnung der Stimmung, die auf der Feier herrschte. Bim und Kristina hatten ein Schild mit »Herzlichen Glückwunsch, Mama« über der Tür befestigt. Und Luftballons. Weiße und blaue. Winter zog die Gummiringe von den Hosenbeinen und stapfte die wenigen Treppenstufen hinauf. Er holte tief Luft und ging durch die Tür, die nur angelehnt war.

In der Diele drängten sich Menschen, die er noch nie gesehen hatte. Er nickte dreien in der Küchentür zu und hängte seine Lederjacke über tausend andere. Dann strich er seinen Sakko glatt und stopfte das Pikeehemd wieder in die schwarze Anzugshose. Das Geschenk trug er unter dem Arm.

Drinnen war die Musik lauter, als er von draußen gedacht hatte. Pop. Nicht Clash, soviel er hören konnte. Im Wohnzimmer tanzten einige. Beatles!, schoss ihm durch den Kopf. Das erkenne ich ja. Die Beatles!

»Erik.« Lotta war aus der Küche in die Diele getreten.

»Hallo, Schwester.«

»Du konntest also doch kommen!«

»Ich habe es versprochen. Und ich hatte Lust dazu.«

Sie umarmte ihn und strich ihm über die Wange. Sie duftete frisch und ganz leicht nach Wein.

»Herzlichen Glückwunsch«, sagte Winter und überreichte das Paket.

»Alle Päckchen werden auf einen Haufen gelegt, damit ich sie gleich alle unter dem Jubel der Massen auspacken kann«, erklärte ihm Lotta und nahm das Geschenk entgegen.

»Wann denn?«

»Aber, mein Lieber, was für eine Frage?«

»Entschuldige.«

»So schrecklich eilig wirst du es doch nicht haben.«

»Nein, nein.«

»Das haben sich die Mädchen einfallen lassen.«

»Komm. Dir gefällt es doch auch«, sagte Winter. »Mal im Rampenlicht zu stehen.«

»Was dir natürlich überhaupt keinen Spaß machen würde.« Lotta trat einen Schritt zurück und musterte ihn. »Hübscher Anzug. Kein Schlips.«

»Oscar Jacobson«, verriet er und musste sofort an den fast gleichnamigen Mann denken, der in diesem Augenblick wahrscheinlich seine neu gewonnene Freiheit begoss. »Teurer, als er aussieht.«

»Angela konnte nicht kommen?«, frage Lotta.

»Bereitschaftsdienst ...«

»Schade. Sie hat mich aber angerufen.«

»Ach ja?«

»Und lässt dich grüßen. Ich soll nicht vergessen, dir ihre Grüße zu übermitteln.«

»So dramatisch ist es nun auch wieder nicht. Wir verstehen uns wieder ... besser.«

»Was möchtest du trinken?« Lotta deutete auf die Küche. »Es gibt Wein, Bier und Schnaps.«

»Kein Wasser?«

»An so einem Tag? Natürlich nicht.«

»Onkel Erik!« Bim und Kristina bestürmten Winter und zogen ihn mit sich in die Küche.

»Das also ist der Problemlöser.«

»Wie bitte?«

»*Troubleshooter of Crime.*« Der Mann winkte mit dem Glas. Bekannt aus Presse, Rundfunk und Fernsehen.«

»Und dabei versuche ich immer, mich zu drücken.« Mist, was hatte der Typ hier verloren, fluchte Winter. So prominent bin ich nun auch nicht.

»Ich hab Sie sofort erkannt, Sie waren gestern im Fernsehen.« Der Mann griff in seine Innentasche, als suche er nach einem Block für ein Autogramm.

Winter bemerkte, dass Lotta versuchte, ihn zu sich zu winken. Bei ihr stand jemand, den er kannte. »Entschuldigen Sie mich«, sagte er zu seinem Fan und bahnte sich einen Weg quer durchs Zimmer, wo Leute tanzten und tranken.

»Wer war das?«, fragte Lotta.

»Keine Ahnung. Das müsstest du doch eigentlich wissen.«

»Nie gesehen. Ich habe ihn auch nicht hereinkommen sehen.«

Sie beobachtete den Mann, der sich gerade sein Glas nachfüllte.

»Er ist bestimmt mit jemandem hier, den du kennst.«

»Ich glaube eher, der ist hier einfach reingeschneit.«

»Hier? In dieser abgelegenen Gegend?«

»Ist ja auch egal«, meinte Lotta und wandte sich an den kräftig sonnengebräunten Mann an ihrer Seite. »Oder was meinst du, Peter?«

»Unbedingt.«

»Erik kennst du ja.«

»Es ist eine Weile her.« Peter streckte Winter die Hand hin, der sie nahm und schüttelte.

»Peter Krumlinde«, grüßte ihn Winter. »Ich dachte, du wärst immer noch bei dieser Weltumsegelung.«

»Seit Sommer bin ich wieder zu Hause.«

»Wie fühlt man sich da?«

»Wunderbar. Hier hat eben alles einen besonderen Duft. Und man hat festen Boden unter den Füßen.«

»Wenigstens noch eine Weile«, ergänzte Lotta.

»Ich könnte mir vorstellen, noch einen Whisky zu trinken«, sagte Peter Krumlinde.

»Ich gehe schon.« Lotta nahm Peter Krumlinde das Glas ab.

»Nicht du«, wehrte er ab. »Es ist dein Geburtstag.«

»Ich bin so gern Gastgeberin«, entgegnete sie und zwängte sich mit einem Lächeln nach allen Seiten durch die Menschenmenge.

47

Die langen Tische waren T-förmig zusammengestellt. Das Esszimmer war größer als das Wohnzimmer. Als Kind hatte Winter hier gesessen und darauf gewartet, dass die langen Mahlzeiten mit Verwandten und Freunden seiner Eltern vorbeigingen, damit er wieder auf sein Zimmer gehen durfte.

Ganz genau so war es nicht, die Mahlzeit durfte gern noch eine Weile dauern, aber dann könnte er wieder auf sein Zimmer mit der Aussicht über den Fattighusån gehen und seine einsame Jagd fortsetzen. Der Kontrast zwischen der herzlichen Stimmung in diesem Raum und den zerrissenen Existenzen, mit denen er sonst konfrontiert wurde, erinnerte ihn an die Bilder: Sonne und Regen gleichzeitig. Eine unsichtbare Mauer teilte die Welt.

»Du scheinst *lost in space*«, meinte Peter Krumlinde, der neben Winter saß und gerade sein Glas nachfüllte.

»Was?« Winter zuckte zusammen.

»Eben. Weit weg.«

»Eher *lost in the world.*«

»Du kommst doch sicher damit klar.«

»Na ja.«

»Klar«, fuhr Peter Krumlinde fort, während er auf einer Olive herumkaute und mit zwei Fingern den Stein aus seinem Mund fischte. »Du kannst nicht einfach beiseite legen, womit du dich gerade beschäftigst, nur weil heute gefeiert wird.« Er nahm noch eine Olive. »Das verstehe ich. Aber denk an deine Schwester. Versuch, wenigstens so auszusehen, als wärst du ... dabei.«

»Sie ist schon froh, dass ich hier bin. Glaube ich. Ich freue mich ja auch, hier zu sein. Es ist mal was anderes. Feste rangieren sonst nicht an erster Stelle in meinem Leben.«

»Was ist denn das?«, fragte Krumlinde und trank aus seinem Glas. Er hielt ein Tellerchen vor sich in die Luft. »Oliven vielleicht?«

»Genau«, sagte Winter. »Oliven und Sardellen.«

»Also mir reicht das«, meinte Krumlinde. »Und ein Tenorsaxophon.«

Winter schwieg. Er vermisste seinen Jazz.

»Lässt du dir immer noch von den blauen Noten helfen, deine Fälle zu lösen?«, fragte Krumlinde.

»Mehr denn je.«

»Mit deiner Trompete?«

»Nein.«

»Du hast doch selbst gespielt in deinen wilden Jugendjahren.«

»Damit war es nicht weit her.«

Der Morgen war ein trüber. Winter trank Kaffee mit Milch und las die Zeitungen. Michael Brecker tönte durch die Wohnung, aber nicht laut.

Die schlimmste Aufregung hat sich gelegt, stellte Winter fest und las die neuesten Äußerungen des Polizeipräsidenten Wellman zu seinem Fall. Wellman verstand sich gut darauf, etwas breitzutreten, wo es eigentlich nichts zu sagen gab. Auf seine Weise ist er ein ausgezeichneter Kripochef, dachte Winter. So weit bringe ich es nie. Würde ich auch gar nicht aushalten.

Die Nachricht war auf drei Spalten auf der ersten Nachrichtenseite und eine kleine Einleitung auf der Titelseite geschrumpft. Brigitta Dellmar war der Presse unbekannt. Zumindest schrieben sie nichts über sie.

War ihr Name in dänischen Zeitungen aufgetaucht, damals?

Sie hatten die Verbindung des Falls nach Dänemark der Presse erfolgreich verschwiegen. Bisher. Das würde ihnen nicht mehr lange gelingen. Vielleicht wäre es sogar von Vorteil, einen Teil unserer Erkenntnisse durchsickern zu lassen. Winter wollte aber erst einmal selbst nach Dänemark fahren, um sich vor Ort ein Bild von dem Geschehen zu machen, vielleicht ein Gefühl dafür zu bekommen, was sich damals ereignet hatte.

Es war inzwischen offensichtlich, dass der Fall in Aalborg große Bedeutung für ihre Ermittlungen hatte, und vielleicht sogar von entscheidender Bedeutung für die Aufklärung des Mordfalls war.

Winter brühte sich frischen Kaffee. Er hatte Lottas Geburtstagsfeier etwa um eins verlassen und war mit dem Fahrrad nach Hause geradelt. Die drei Gläser Wein am frühen Abend zeigten keine Wirkung mehr.

Sie hatte ihn in der Diele fest an sich gedrückt, und er hatte an ihrem Kopf vorbei beobachtet, wie die Fete im Zimmer hinter ihr in die dritte, vierte Phase überging.

Winter ging ins Wohnzimmer und schaltete den CD-Player aus. Am Schreibtisch schlug er in seinem kleinen Buch mit dem rotem Ledereinband eine Nummer nach und wählte.

»*Hello*?«, war eine Kinderstimme zu hören.

»*Hello*«, antwortete Winter. »*I would like to speak to Steve, please. My name ist Erik.*«

»Daaaady«, brüllte eine von Steve Macdonalds Zwillingen in dem Haus in Kent, südlich von London.

Ein Kichern drang aus dem Hörer, und Winter hörte ferne Stimmen, dann Macdonalds Stimme, laut an seinem Ohr.

»*Steve speaking.*«

»Hier ist Winter«, sagte Winter.

»Na, so was. Das ist aber eine Überraschung.«

»Ich habe hier gesessen und Clash gehört, und da habe ich gedacht, ich könnte dich mal wieder anrufen, um dir das zu sagen.«

»Interessant, das zu hören. Im Ernst. Ein Jazzsnob, der endlich auch mal richtige Musik hört.«

»Ich störe doch nicht?«

»Überhaupt nicht. Ich bin gerade dabei, mich für das Match vorzubereiten.«

Kriminalkommissar Steve Macdonald spielte jeden Sonntag in einer Pubmannschaft Fußball und humpelte dann jeden Montag auf Croydons Straßen herum.

»Ihr seid bestimmt zur WM gefahren, oder?«, fragte Winter.

»Die Pubmannschaft? Ich hoffe, du sprichst jetzt nicht von England«, sagte der Schotte Macdonald.

»Verdammt auch, nein. Schottland!«

»Leider kann ich mich für dich nicht auch so freuen«, erklärte Macdonald.

»So ist es nun mal«, gab Winter zurück.

»Übrigens habe ich dieser Tage Brolin im Fernsehen gesehen«, erzählte Macdonald. »Hätte nie geglaubt, dass ein ehemaliger Weltklassespieler in einem Kilometer Entfernung von der Whitehorse Lane auftauchen würde. Von meinem gottverlassenen Büro aus gerechnet.«

»So war es nun mal«, kommentierte Winter.

»Der Bursche hat ausgesehen, als brauchte er ein wenig Hilfe beim Abnehmen, und trotzdem war er der Beste auf dem Platz«, berichtete Macdonald. »Das sagt eine Menge, was?«

»Vielleicht nur über deinen Pub«, scherzte Winter.

»Wäre bei uns ein Typ mit dieser Konstitution aufgetaucht und hätte gefragt, ob er in der Pubmannschaft mitmachen darf, wir hätten ihn glatt abgelehnt«, protestierte Macdonald. »Du hast eben noch nie ein Spiel meiner Mannschaft gesehen.«

»Nein, das hat ja nie geklappt.«

»Wann kommst du mal wieder rüber?«

»Vielleicht kurz vor Weihnachten. Ich weiß nicht.«

»Neue Schuhe und neue Hemden? Es gibt einen feinen kleinen Laden in der Tottenham Court Road, die haben Regenschirme für Herren knapp unter zweihundert Pfund.«

»Ein gepflegter Preis«, meinte Winter. »Erst muss ich nach Dänemark.« Er berichtete.

Macdonald knurrte. »Wie sind die nach dem Raubüberfall wieder nach Schweden zurückgekommen?«, fragte er dann. »Spätestens eine Stunde nach dem Überfall müssten doch die Grenzen dicht gewesen sein. Von der Kontrolle auf den Fähren gar nicht zu reden.«

»Ja, klar. Aber du weißt, wie oft Fehler passieren. Aber genau über den Punkt wollte ich mit den dänischen Kollegen reden.«

»Allerdings wird es nicht schwierig sein, auf die andere Seite zu kommen, wenn man will, nehme ich an«, sagte Macdonald.

»Ein kleines Boot, das auf einen wartet. So viele Stunden braucht man doch wohl nicht, oder?«

»Nein.«

»Das ist wohl klassisches Schmuggelgewässer?«

»Ja. Während des Kriegs sind auf diese Art viele Juden von Dänemark nach Schweden geflohen.«

»Habt ihr nach dem Banküberfall eure Küste kontrolliert?«, fragte Macdonald. »Eine Heidenarbeit. Es könnte jemand was gesehen haben. Ein geheimnisvolles Boot in der Nacht.«

»Aus Tradition halten Küstenbewohner den Mund«, erklärte Winter.

»Das kann ich verstehen«, gab Macdonald zu. »Küstenbewohner sind eine verdammte Banditenbande. Die ganze Sippe. Rund um die Erde.«

»Schließt das auch die Bevölkerung von Göteborg mit ein?«

»Ja. Und von Brighton, dessen stolzen und mörderischen Vertretern vom The Lamb Football Club wir in einer halben Stunde in edlem Kampf begegnen werden.«

»Dann musst du dich jetzt aufmachen. Vergiss deine Dehnübungen nicht, Steve.«

»Ja, ich muss jetzt los. Aber ich werde über deinen Fall nachdenken, wenn ich meinen Tee trinke. Verschwundene Kinder, das ist das Schlimmste.«

»Und Morde«, sagte Winter.

»Unaufgeklärte Morde«, gab Macdonald den Ball zurück. »Das habe ich allerdings noch nie erlebt. Das muss für einen Kriminalkommissar ein schreckliches Gefühl sein.«

»*Fuck off*«, sagte Winter.

»*All the best to you too, Sir*«, verabschiedete sich Macdonald und legte auf.

Macdonald hatte Recht. Es war ein schreckliches Gefühl. Winter hatte sich an seinen Schreibtisch gesetzt. Es war fast Mittag. Durch die großen Fensterscheiben schien die Sonne ins Zimmer. Er hatte die Balkontür geöffnet und lauschte dem spärlichen Sonntagsverkehr. Eifrig im Wind diskutierend, flog ein Schwarm Möwen vorbei. Verdammte Banditenbande. Winter musste lächeln, als ihm Macdonalds Ausdruck einfiel.

Das Lachen verging ihm, als er wieder auf die Fotos vor sich blickte. Brigitta Dellmar. Ein Foto war drei Wochen vor Brigittas Verschwinden aufgenommen worden. Sie war am Montag, dem 2. Oktober 1972, wenige Minuten nach fünf Uhr nachmittags verschwunden, und dieses Bild war in einem Atelier im Westen Göteborgs auf den Tag drei Wochen vorher aufgenommen worden. Die Polizei hatte es damals in ihrer Wohnung in Västra Frölunda gefunden. Gab es irgendeinen besonderen Grund dafür, dass sie sich zu diesem Zeitpunkt hatte fotografieren lassen? Winter studierte das Gesicht auf dem Bild. Sie schien an der Kameralinse vorbei jemand anders anzusehen, der wohl neben oder hinter der Kamera gestanden hatte. Ihre Tochter? War es Helene, die so indirekt auch auf dieser Fotografie verewigt war?

Mutter und Tochter sahen sich wirklich ähnlich. Der breite Mund mit den vollen Lippen. Die weit auseinander stehenden Augen. Das blonde Haar. Die hohen Jochbeine. Es waren schöne Frauen. Und verschwanden etwa im gleichen Alter, dachte Winter.

Jennie hatte von ihrer Mutter und Großmutter das Gesicht und von jemand anders das Haar geerbt. Was war das für ein Mensch, der sein Kind im Stich lassen konnte? Wo hielt sich Jennies Vater auf? War er tot? Wer war Helenes Vater? Einer von denen, die bei dem Raubüberfall getötet wurden? Oder auch verschwanden? Der Mann, der im Limfjord aufgetaucht war?

Wer war Helenes Vater?

Diese Frage barg einen Teil der Lösung des Rätsels, das war Winter klar. Vielleicht sogar die ganze Lösung. Der Schatten der Vergangenheit fiel weit in die Zukunft.

Brigitta trug einen eng anliegenden Pullover, wie er damals modern gewesen war. Der Rand des Bildes schnitt ihn dort ab, wo die Schultern in die Arme übergingen. Wusste Brigitta, was sie erwartete? Nicht alles ... aber wusste sie schon, was drei Wochen später passieren würde? Kannte sie die Pläne für den Banküberfall? War es wirklich sie, die dabei gewesen war? Winter zweifelte noch immer, obwohl er die Beweise kannte. Auf dem Foto hielt sie den Kopf ein wenig schräg, ihre Haltung hatte etwas Unterwürfiges. Sie war allein auf dem Bild. Keine Requisiten. Das Atelier, in dem sie saß, strahlte kalte Einsamkeit aus. Das Bild war schwarzweiß. Es hätte Winter gewundert, wenn es anders gewesen wäre. Er dachte nicht in Farbe, wenn er Helenes Mutter vor sich sah. An Helene erinnerte er sich in Rot und in dem Eisblau, das die Räume in der Pathologie beherrschte. Und Jennie? Da sah er schwarz ...

Winter fuhr mit dem Fahrrad über Heden. Studenten spielten im Matsch Fußball.

Im Eingangskorb seines Büros wartete ein Fax auf ihn. Die dänischen Kollegen freuten sich auf sein Kommen. Das war vielleicht nicht einmal gelogen. Der unaufgeklärte Raubüberfall und der Tod des Polizisten hatte die Polizei in Aalborg bestimmt die ganzen Jahre über gequält.

»Und denk daran, dass ein Kommissar in Dänemark Inspektor ist und ein Inspektor Kommissar«, erinnerte ihn Ringmar, als sie am Ende der morgendlichen Besprechung zusammen Kaffee tranken.

»Dann bin ich dort Inspektor Winter?«

»Nur damit du Bescheid weißt.«

»Das werde ich schon schaffen.«

»Wann fährst du?«

»Morgen. Ganz früh. Mit dem Katamaran.«

Ringmar schwieg, rührte mit dem Löffel in der Kaffeetasse.

»Es ist wichtig, Bertil. Ich meine, ich werde dort im Moment mehr gebraucht als hier.«

»Ich glaube, du hast Recht. Es ist nur, als würdest du rüberfahren, um etwas festzustellen, was wir wissen. Nämlich, dass dieser Bankraub passiert ist. Und währenddessen arbeiten wir weiter, aber ziellos, ohne richtige Spur, die wir verfolgen könnten.« Ringmar sah sich um. »Wir schrumpfen langsam auf die Kernmannschaft. Und bei der Suche nach dem Mädchen kommen wir auch nicht weiter. Die Leute lassen schon die Köpfe hängen.«

»Ich weiß nicht, was ich dazu sagen soll«, bemerkte Winter. »Ich lasse den Kopf nicht hängen. Du nicht«, – Bergenhem kam in die Kantine –, »und Lars auch nicht.«

»Was?«, fragte Bergenhem von der Kaffeemaschine herüber.

»Wir freuen uns darüber, dass keiner in der Abteilung den Kopf hängen lässt«, sagte Ringmar.

47

Winter fuhr an Bord und parkte im Bauch der *Havskatten*. Er schloss den Mercedes ab, nahm die Aktentasche und stieg hoch zum Passagierdeck. Er stellte sich am Heck ins Freie, und sah zu, wie der Katamaran ablegte. Reste des Morgennebels trieben von Süden über den Fluss und hingen zwischen den zerklüfteten Gebäuden am nördlichen Brückenkopf. Der Wind blies aus Süden. Auf dem Kattegatt würde er ihnen mit vier Metern pro Sekunde entgegenwehen.

Winter ging hinein und durchquerte die Bar. Einige saßen schon da, das erste Bier des Tages vor sich. Sie wirkten zerknittert, verbreiteten Zigarettenrauch um sich, und Winter beobachtete, wie der Alkoholgenuss langsam ihre Gesichter zu glätten schien.

Winter setzte sich auf einen Sessel in einer Einzelreihe mit Blick aufs Fenster. Der Katamaran legte an Fahrt zu, als er den Danafjord erreichte. Winter genoss den Anblick der Sonne, die zwischen den Klippen emporstieg und langsam die scharfen Schatten vertrieb. Dem eintönigen Grau der Inselwelt entlockte das Licht der frühen Sonne unterschiedliche Nuancen von Stahl, Erde und Granit und verscheuchte die letzten Nebelfetzen.

Durch die Scheibe betrachtete Winter die Wasserwelt wie in einem Spiegel, da die Meeresoberfläche sich unbewegt bleigrau vor seinen Augen bis ins Unendliche zu erstrecken schien.

Auf der Höhe von Vinga machte die *Havskatten* vierzig Knoten. Winter folgte dem Flug dreier Wildenten mit den Augen, die lange neben dem Katamaran herflogen. Dann drehten die Vögel ab und zogen der Sonne entgegen.

Sie begegneten einer Fähre, die nach Osten unterwegs war, und Fischerbooten, die still in der Dünung lagen. Als die Sonne ihn blendete, stand Winter auf und ging zur Bar, kaufte ein Brötchen mit Käse und eine Tasse Kaffee. Die Stimmen in der Bar waren lauter geworden, hatten sich zum Gemurmel gesteigert. Die Luft war so verräuchert, dass Winter beschloss, nicht aufs Achterdeck zu gehen und sich einen Zigarillo anzuzünden, wie er es vorgehabt hatte. Hier drinnen bekam er schon genug Rauch ab.

Winter kaute sein Brötchen, trank den Kaffee, und dachte an das Gespräch, das er am Vorabend geführt hatte.

»Ich verspreche zu tun, was ich kann, damit du die Kleine findest«, hatte Benny Vennerhag ihm zugesichert. «Aber unsere Welt ist nicht mehr, was sie mal war.«

»Von welcher Welt redest du? Der Unterwelt?«

Vennerhag hatte nicht geantwortet. »Es ist nicht mehr so leicht, Auskunft zu bekommen«, hatte er stattdessen gesagt. »Die Leute reden nicht mehr, als sie müssen.«

»Ich interessiere mich besonders für die Welt des Mädchens«, hatte Winter ihm erklärt. »Für die ihrer Mutter. Und ihrer Großmutter.«

»Keine schöne Welt.«

»Wie meinst du das?«

»Tja. Sich selbst überlassen zu bleiben oder wie man es ausdrücken soll. Es gibt ja jede Menge kaputte Typen, Leute, die aus verschiedenen Gründen kaputtgemacht worden sind. Manche meinen, es sei der Sinn des Lebens, es nach kurzer Zeit wieder zu verlassen. Aber ich bin ja kein Sozialarbeiter. Erst recht kein Psychologe.«

»Du hörst dich aber so an.«

»Manchmal fragt man sich schon, auf welcher Seite man eigentlich steht. Ich bin beileibe nicht arm. Ich wohne nicht schlecht. Aber sonst ... lebe ich hier wie unter Geächteten.«

»Aber, aber, Benny Hood.«

»Ist es ein Fehler, über seine Umwelt nachzudenken?«

»Nein. Aber du bist schließlich ein Dieb«, hatte Winter gesagt. »Du bewegst dich in der Unterwelt. Und es muss doch Leute geben, die Brigitta Dellmar kannten. So groß ist die Unterwelt nun auch wieder nicht.«

»Vielleicht«, hatte Vennerhag erwidert. »Aber damals war ich nicht dabei.«

»Du musst doch was darüber gehört haben.«

»Es ist nicht in Schweden passiert, Winter. Vergiss das nicht.«

»Und danach sind sie rübergekommen. Das vergiss du mal lieber nicht.«

»Wen genau meinst du? Einen, zwei oder drei? Oder vier?«

»Das weiß ich nicht.«

»Weißt du denn, was Lotta von mir zum vierzigsten Geburtstag geschenkt bekommen hat?«

»Nein.«

»Nein? Warst du nicht auf dem Fest?«

»Doch. Aber ich glaube, sie hat dein Geschenk nicht ausgepackt.

»Kein Wunder, es lässt sich nämlich auch nicht auspacken.«

»Aha.«

»Bist du nicht neugierig, was es war?«

»Nein.«

»Ich habe nicht vor, es dir zu verraten. Aber ich bin sicher, du wirst Lotta fragen.«

»Nein«, hatte Winter ihm versichert.

»Ehe dieser Herbst zu Ende geht, wirst du sie danach fragen, mein Lieber«, hatte Vennerhag gesagt.

Winter schloss die Augen. Das Motorengeräusch und das gleichmäßige Vibrieren ermüdeten ihn, schläferten ihn ein. Er überlegte, ob er aufstehen sollte, um in den Duty-free-Shop zu gehen, vielleicht etwas zu kaufen, aber allein der Gedanke machte seinen Körper noch schwerer, und die Augen fielen ihm zu.

Er war weit weg und stand auf einer Insel. Der Granit der Felsen blitzte im Sonnenlicht, und er schleppte etwas, das über seiner Schulter hing, von einem Boot, das aufs Land gezogen worden war von zwei Jungen, die chinesische Schriftzeichen auf die Klippen malten. Eine Frau lief neben ihm her und zerrte an dem dicken Seil, das er über der Schulter trug. Sie hob es herunter und wand es zwischen ihren Armen, und Winter sagte: Das ist meine Beweiskette, rühr meine Beweiskette nicht an. Doch von der Spitze eines Leuchtturms schrie sie zurück: Das ist meine Kette, schrie sie, das sind meine Glieder. Und sie kam auf ihn zu mit Armen, die wie Propeller waren, Windmühlenflügel. Sie warf das Seil über ihn, und er hob die Arme zum Schutz, wurde aber mit seiner eigenen Kette gefesselt und dann …

… rutschte Winters Ellbogen von der Tischkante, und sein Kopf ruckte, und er wachte mit dem Gefühl auf, die Kontrolle verloren zu haben. Das dumpfe Gefühl nach einem unvermittelten Nickerchen.

Winter streckte sich und blickte aufs Meer hinaus. Der Katamaran näherte sich der dänischen Küste. Sie hatten die Geschwindigkeit verringert, das Schiff vibrierte nicht mehr so stark, und Winter fühlte sich, als würde sein ganzer Körper langsam zur Ruhe kommen.

Über die E 45 fuhr er nach Aalborg hinein, bog nach dem Tunnel unter dem Limfjord ins Stadtzentrum ab. Er war seit Jahren nicht mehr hier gewesen. Die Stadt wirkte größer, als er sie in Erinnerung hatte. Die Einfallstraße führte durch Hafengebiete, wo riesige Speicher die Sonne verdeckten. Wasserdampf, der von der Branntweinfabrik aufstieg, überzog weiß den blauen Himmel, als hätte ein Kind ihn mit Kreide bemalt.

Winter parkte vor dem Bahnhof und ging quer über den John F. Kennedy Plads zum Park Hotel. Der junge Mann an der Rezeption nickte ihm zu und fand nach einer Minute seinen Namen im Gästebuch. Winter trug sich ein und bekam den Schlüssel zu einem Zimmer im zweiten Stock. Wegen der Reisetasche und der Aktentasche nahm er den Aufzug. Er hatte es nicht geschafft, noch im Duty-free-Shop einzukaufen.

Das Zimmer war klein und roch säuerlich nach kaltem Rauch. Das Fenster ging auf den dunklen Hinterhof, wo ein

Haufen Kartons hoch aufgetürmt war, die Scheibe halb verdeckte. Die Klimaanlage brummte laut, schien sich ans Fenster zu klammern wie wilder Wein an ein Klettergerüst. Das Geräusch erinnerte Winter an die Vibrationen des Katamarans.

Er nahm seine Taschen, kehrte zu dem antiken Aufzug zurück und fuhr wieder hinunter zur Rezeption. Er widerstand dem Bedürfnis, zum Handy zu greifen, und zu Hause im Präsidium anzurufen, um zu fragen, wer das Hotel gebucht hatte und warum. Vielleicht war es Wellman persönlich gewesen. Einsparungen auch an der Spitze.

»Ich möchte ein anderes Zimmer«, sagte er zu dem jungen Mann an der Rezeption, der nickte, als wäre es eine Selbstverständlichkeit, dass die Gäste nach fünf Minuten wieder herunterkamen.

»Wir haben keine Einzelzimmer mehr«, erklärte er.

»Dann geben Sie mir ein Doppelzimmer.«

»Das kost…«

»Das spielt keine Rolle«, sagte Winter. »Aber ich möchte eins im dritten Stock mit Aussicht auf den Platz.« Winter wies durch das Foyer auf den Kennedyplatz.

Das Jüngelchen an der Rezeption drehte sich um zu der Tafel hinter ihm, wo die Schlüssel an Haken auf rotem Filzgrund aufgereiht hingen. Ich muss mitten auf dem Kattegatt eine Zeitgrenze überquert haben und bin aus Versehen im 19. Jahrhundert gelandet. Winter schloss ungläubig die Augen. Als er wieder hinsah, hielt ihm der junge Mann einen Schlüssel hin.

»Sie haben Glück«, sagte er. »Dritter Stock, Doppelzimmer, Fenster zum Platz.«

Winter fuhr also mit seinen Taschen wieder hinauf und schloss mit dem Schlüssel auf, der aus Messing oder vergoldetem Blei war und mindestens sieben Kilo zu wiegen schien.

Das Zimmer machte einen sauberen Eindruck und war groß. Winter trat ans Fenster und schaute durch die dünnen Gardinen hinunter auf den Platz und das DSB-Gebäude auf der anderen Seite des Kennedyplatzes. Zwei Soldaten standen vor dem Bahnhof, als wollten sie sein Auto bewachen. Busse fuhren hin und her. Winter sah einen Mann mit einer Wurst in der Hand unten vorbeigehen, und er bekam Hunger. Im Bahnhofsgebäude gab es auf der Höhe, wo sein Mercedes stand, eine Imbissstube. Winter ging ins Bad, pinkelte und warf einen prüfenden Blick auf sein Gesicht, während er sich die Hände wusch. Es war als hätte der Meerwind die roten Äderchen in seinen Augen einfach weggepustet. Er strich sich das schulterlange Haar hinter die Ohren, ging ins Zimmer zurück und sah sich um, bevor er es verließ. Er zog die Tür hinter sich zu und ließ den Schlüssel bei dem Mann, der jetzt an der Rezeption stand. Draußen wärmte die Oktobersonne die Luft auf dem Platz.

Winter bestellte zwei rote Würste mit Brot und Röstzwiebeln und ein Hof. Dann stellte er sich an einen der hohen Tische und begann zu essen. Er war allein in der Imbissstube. Es roch nach Schweinefleisch, nach heißem Fett und Bier.

Auf dem Parkplatz vor dem Busbahnhof waren vier Motorräder mitten in der Einfahrt zusammengekettet. Die Besitzer, alles Männer, standen daneben, unterhielten sich und tranken Bier aus Dosen. Sie waren in schwarzes Leder, blauen Denim und schwarze Boots mit beschlagenen Absätzen gekleidet. Alle vier hatten lange Bärte und dunkles Haar, das ihnen auf die Schultern fiel – wie Winter.

Andere Autos waren gezwungen, im Halbkreis den von der Motorradgang eingerichteten Lagerplatz zu umfahren, doch Winter sah und hörte niemanden, der versuchte, sich gegen die Männer aufzulehnen. Niemand regte sich auf oder beschimpfte sie, doch … einfach zur Hölle zu fahren, wo sie hin gehörten. Was Winter da sah, schien für sie ganz selbstverständlich zum Stadtbild zu gehören. Vielleicht war dies eine Stadt, in der alle friedlich Seite an Seite lebten.

Winter beendete seinen Imbiss und ging zu seinem Auto. Er folgte der Beschreibung, die man ihm im Hotel gegeben hatte, bog um das Geviert herum und fuhr zurück über den Boulevard, so dass er schließlich in der Einbahnstraße vor dem Hotel parkte. Er stieg aus, schloss den Mercedes ab und lief über den Platz zurück und am Bahnhof vorbei. Die Motorräder waren mit donnerndem Lärm, der weit auf den Fjord hinausschallte, davongebraust. Winter ging die Jyllandsgade zwei Häuserblocks hinunter, bis auf der linken Seite das Polizeipräsidium neben ihm aufragte, ein futuristischer Klotz, ganz in den Farben Anthrazit und Silber gehalten. Winter hatte von den Umbauten gehört, aber nicht geahnt, wie umfassend die Bautätigkeit gewesen war. Eine breite Treppe führte zum Eingang in der schwarzen Glasfassade, und Winter fand, dass sich die schwedische Polizei ruhig auch solche Bauwerke leisten sollte.

Der Palast blitzte im Sonnenlicht, in den Wänden spiegelten sich die gegenüberliegenden Häuser und hatten so ein wenig Anteil an dieser gewaltigen Polizeimacht. Sollten hier Motorradrowdies hineinkommen wollen, müssten sie sich wohl vorher fein machen, dachte Winter.

Direkt gegenüber lag die Bethaniakirche. Neben dem Polizeigebäude befand sich das Securitas-Büro, und dahinter lag das Haus der Anonymen Alkoholiker, vor dem Winter einige Männer sitzen und ihre verwitterten Gesichter im Sonnenschein wärmen sah.

Drinnen im Präsidium schien alles entweder mit schwarzem Leder, Stahl oder Marmor verkleidet zu sein. Durch die Fensterfront konnte man die Stadt sehen.

Winter meldete sich am Empfang bei einem uniformierten Polizisten an, der ihn bat, sich auf einen Stuhl – aus Stahl – zu setzen und zu warten.

Stattdessen ging Winter in eine große und luftige Schalterhalle mit einer mindestens fünfzehn Meter langen Theke. An Pulten standen Leute und füllten Formulare aus. Hier gibt es wenigstens Platz und Licht, dachte Winter neidisch, das enge Loch in Göteborg vor Augen, das angeblich für alle Bürger da sein sollte, die bei der Polizei etwas zu erledigen hatten. Winter nahm einige Formulare in die Hand: Antrag auf Führerschein, Antrag auf dänischen Pass, Anmeldung zur technischen Prüfung und/oder Registrierung von Fahrzeugen. Er dachte an die Motorräder vor dem Bahnhof. Ein Formular war schlicht mit ANTRAG überschrieben, und Winter steckte es in die Innentasche seines Sakkos. Wer weiß, wozu er es noch gebrauchen konnte.

Als er in den großen Vorraum zurückkam, stand eine Frau in schwarzem Hemd und schwarzen Jeans neben dem Empfangsschalter. Sie war schlank und hatte dickes, blondes Haar, das sie aus dem Gesicht gekämmt hatte. Aus ihrer linken Brusttasche ragte eine Schachtel Zigaretten. Sie hatte blaue Augen, und wirkte sogar jünger als er. Das kann doch gar nicht sein, dass jemand in einer so exponierten Position noch so jung ist, überlegte Winter und schüttelte die zur Begrüßung ausgestreckte Hand.

»Willkommen, Kriminalinspektor Winter.«

»Danke. Kriminalinspektor Poulsen?«

»Ja. Michaela. So, jetzt können wir die Titel weglassen.«

»In Schweden bin ich Kriminalkommissar«, erklärte Winter. »Hier hat man die Rangbezeichnung umgedreht.«

»Hier drehen wir viel um«, scherzte Michaela Poulsen. Sie folgte Winters Blick, der noch immer andächtig die Glasfront anstarrte. »Hübsch, was? Ich meine nicht die ausrangierten Eisenbahnwaggons dort drüben, sondern das Haus. Das Präsidium.«

»Ich bin beeindruckt«, gestand Winter.

»Wir sind alle beeindruckt«, sagte Poulsen. »Wir sind beeindruckt vom Mut der Obrigkeit. Vom Mut der alten Herren. Uns fehlen Computer, aber wir haben ein schönes Gebäude.« Sie sah Winter fragend an. »Bist du zum ersten Mal hier in der Stadt?«

»Nein. Aber das letzte Mal liegt viele Jahre zurück.«

»Wir haben ja über die Jahre immer wieder mit den Schweden Kontakt gehabt. Also mit den Kollegen.« Michaela Poulsen wies auf die Aufzüge, die wie Portale einladend die Türen geöffnet hatten. »Na, dann fahren wir mal einen Stock höher.«

49

Hier oben auf den Etagen fanden sich lange Flure und kleine Zimmer. Wie bei uns in Göteborg, schoss es Winter durch den Kopf.

Auf ihrem Weg durch den Flur mussten sie immer wieder Kartons und verschiedenen Computerteilen ausweichen, die an die Wände gelehnt waren.

»Es ist noch ein wenig unaufgeräumt«, meinte Michaela Poulsen. »Wir sind tatsächlich endlich dabei, auf Computer umzustellen. Das braucht Zeit und Platz.«

»Ja«, nickte Winter. »Ist noch gar nicht lange her, dass wir die gleiche Prozedur hinter uns gebracht haben.«

»Hier kostet es uns 265 Dienststellen«, gab Michaela Poulsen zu bedenken. »Also in Dänemark. Die werden bis zum Jahr 2000 abgebaut sein.«

Sie bat ihn in ein Zimmer am hinteren Ende des Flurs. Ein Computer beherrschte den Schreibtisch, der sich unter Ordnern bog. Ein Telefon gab es auch. Durch das Fenster konnte Winter die Anonymen Alkoholiker beim Sonnenbaden beobachten.

»Die Sache ist ja schon eine ganze Weile her«, ging Michaela Poulsen zum Thema über. »Ich habe die Akten, die wir nicht hier hatten, aus dem Bezirksarchiv in Viborg kommen lassen.« Sie wies mit einem Nicken auf den Computer und die Ordner. »Wie ich gesagt habe, sind wir noch dabei, das Archiv zu computerisieren. Ich fürchte, du wirst in dem Kasten nicht sehr viel finden.«

»Ist schon in Ordnung«, meinte Winter. Er schaute sich um.

»Wenn ihr Schweden uns in diesem alten Fall weiterhelfen könntet, wären wir mehr als froh«, gestand Michaela Poulsen. »Ich war ja damals nicht dabei. Aber wir haben hier Leute, die die Sache nicht vergessen. Tatsache ist, dass eine Menge Kollegen an dem Bankraub und dem Todesfall gearbeitet haben. Jens Bendrup ist einer von ihnen, und er wird gern mit dir darüber sprechen, wenn du willst.«

»Danke«, sagte Winter.

»Keine Ursache. Das war eine wirklich schlimme Geschichte.« Michaela Poulsen setzte sich auf einen der Stühle am Fenster. Sie machte eine Handbewegung, als wollte sie sich Haare aus der Stirn streichen, die dort gar nicht waren. Auf dem Weg in dieses Büro, war sie kurz in ihr eigenes gegangen und hatte einen klein karierten Blazer in Schwarz und Weiß geholt.

»Deswegen bin ich ja hier«, sagte er. »Es wäre sehr schön, wenn du mir alles ganz detailliert berichten könntest.«

»Ich hole besser erst Jens Bendrup.« Sie stand auf und verließ den Raum. Winter blieb vor dem Schreibtisch stehen. Er hob einen der Ordner auf, es waren fünf insgesamt. Daneben lagen braune DIN-A4-Umschläge, die Fotografien und anderes Material enthalten mochten.

Winter blickte auf. Michaela Poulsen war mit Kriminalkommissar Jens Bendrup zurückgekommen. Er war stämmig und breitschultrig, kleiner als seine Kollegin und nicht so ernst gekleidet. Er trug ein Hemd, dazu Pullover und Jeans. Bendrup roch nach Zigarren, als Winter ihm die Hand gab. Und nach bestimmt zwei Bier zum Mittagessen, schätzte Winter.

»Willkommen am Tatort«, begrüßte ihn Bendrup.

»Vielen Dank, dass ihr euch für mich Zeit nehmt.«

»Ich würde gerne rauchen«, sagte Bendrup. »Aber das ist jetzt dein Zimmer, also hast du zu bestimmen.«

Bendrup hatte eine Zigarre hervorgeholt, die lebensgefährlich aussah. Winter warf einen Blick auf Michaela Poulsen, die lächelte. »Die Chefin sieht das gewöhnlich sehr eng«, erklärte Bendrup und deutete mit dem Streichholz, mit dem er sich den Stumpen angezündet hatte, auf Michaela Poulsen. »Am besten nutzt du selbst die seltene Gelegenheit.«

Winter schüttelte den Kopf und ließ seine Zigarillos in der Sakkotasche. Er würde lieber den würzigen Rauch der Zigarre genießen.

Bendrup setzte sich und begann zu erzählen, nun wieder ganz ernst: »Ein junger Polizist musste sein Leben lassen. Ich selbst war es, der seiner Verlobten die Nachricht überbracht hat, und so was vergisst man nie. Sie war schwanger.«

»Was ist passiert?«, fragte Winter.

»Da muss ein Insider mit in der Sache gesteckt haben, aber wir konnten es nie beweisen. Das wurmt mich vielleicht am allermeisten dabei.« Bendrup zog paffend an seiner Zigarre, und Winter kam eine Lokomotive in den Sinn.

»Es waren jedenfalls sieben Millionen an diesem Nachmittag da, und die Typen, die kamen, wussten Bescheid«, fuhr Bendrup fort.

»Warum ausgerechnet an dem Tag so viel Geld?«

»Sie waren gerade dabei, die Systeme zu revidieren. Die manuellen. Das fiel mit einer Art Inventur zusammen, und außerdem wurde noch der Tresorraum renoviert.« Bendrup zuckte die Achseln und betrachtete nachdenklich seine Zigarre. »So was passiert halt im Staate Dänemark.«

»War das Bankgebäude nicht verschlossen?«, fragte Winter. »Die Öffnungszeit war doch vorbei.«

»Offiziell war geschlossen, aber die Tür war offen«, erklärte Bendrup. »Hinterher haben sie sich gegenseitig die Schuld in die Schuhe geschoben. Aber auch deswegen glaube ich, dass es die Sache eines Insiders war. Und damals war es noch nicht so üblich, dass man die Türen hinter sich abschloss. Jedenfalls nicht bei uns im guten alten Dänemark. Wenn Leute wussten, dass geschlossen war, machten sie sich eben nicht an der Banktür zu schaffen, auch wenn sie drinnen noch Leute gesehen haben. Das funktionierte wie heute versperrte Türen.«

»Also sind sie einfach reingegangen«, schaltete sich Michaela Poulsen ein. »Das Geld war da, und vier Männer kamen herein. Natürlich mit schwarzen Strümpfen über dem Gesicht. Drei gingen direkt rein, einer blieb an der Tür stehen.«

»Das wisst ihr? So genau?«

»Zeugenaussagen«, sagte Bendrup zur Erklärung.

Winter nickte.

»Und dann ging alles schief«, sagte Bendrup und zog wieder an seiner Zigarre, das glühende Ende nun schon dichter vor seinem Gesicht. »Total schief. In die Hose. Den Bach runter.« Er musste selbst lächeln, dass er sich so ereiferte. »Wir waren nämlich schon unterwegs, bevor die Schurken den ersten Schritt über die Schwelle machen konnten.«

»Das habe ich mitbekommen«, meinte Winter. »Aber kapiert habe ich nicht, wie das möglich war.«

»Ist ja auch eine unglaubliche Geschichte«, gab Bendrup zu. »Als diese Idioten von Handwerkern dabei waren, ihre neuen Elektrokabel durch den Tresorraum zu ziehen, ging der Alarm los, der mit dem Polizeigebäude verbunden war, das an derselben Stelle stand wie dies hier, nur nicht so schön.«

Winter nickte. Michaela Poulsen lehnte am Schreibtisch. Vor dem Fenster hatte ein Lastwagen gehalten, der Motor brachte die Scheiben zum Vibrieren. Jemand rief. Ein Zug ratterte vorbei. Der Lastwagen verstummte mit einem röchelnden Laut.

»Gleichzeitig saß die Belegschaft der Bank da mit sieben Millionen in alten Noten. Bar. Wir riefen also an, also ich nicht, weil ich nicht im Dienst war, die Kollegen riefen an, bekamen aber keine Antwort, weil die Idioten zufällig auch die Telefonleitung durchtrennt hatten, als sie den Alarm auslösten. Es kam also keine Antwort, und ein erstes Auto raste die Østerågade runter und schneite rein, mitten in die Party. Genauer: Als sie gerade vorbei war. Die Räuber waren auf dem Weg hinaus, und der Streifenwagen kam schleudernd zum Stehen. Søren Christiansen war als Erster aus dem Auto und der Erste, der erschossen wurde. Die Räuber hatten nämlich Waffen dabei. AK-4. Die zerreißen einen Körper, auch wenn einer ein schlechter Schütze ist.« Bendrup richtete die Augen aufs Fenster und dann auf Winter. Er saugte an der Zigarre, aber die war ausgegangen, während er geredet hatte. »Verdammt. Mit ein bisschen Fantasie kann man das Blut von Søren noch sehen.«

»Aber das Feuer wurde erwidert?«, fragte Winter.

»Ja. Die Kollegen bei Søren duckten sich hinters Auto und schossen. Gleichzeitig kam ein anderes Auto die Ved Stranden rauf … Ich zeig dir das alles nachher unten in der Stadt … und die Kollegen nahmen die Kerle mehr oder weniger in die Zange. Es wurde weiter geschossen. Wie im Wilden Westen. Ein paar Leute sprachen später dann auch von dem Bonnie-&-Clyde-Fall«, sagte Bendrup und sah Michaela Poulsen an. »Ich allerdings nicht. Es war zu ernst, um darüber zu spaßen.«

»Zwei Bankräuber sind gestorben«, sagte Winter.

»Einer war auf der Stelle tot. Eine Kugel ins Auge, ein Glückstreffer, wenn der Ausdruck erlaubt ist. Der andere lebte noch, als es vorbei war, aber er war übel dran. Wir glaubten, er würde durchkommen, aber er starb, ohne noch einmal aufgewacht zu sein. Die Ärzte haben von einer Embolie gesprochen. Weißt du, was das ist?«

»Vage«, antwortete Winter.

»Mir ging es genauso. Er war an mehreren Stellen getroffen worden, und die Brüche bewirkten, dass Knochenmark freigesetzt wurde, das ins Blut gelangte und Pfropfen bildete, die den Tod verursachten. Es war eine … Enttäuschung. Wir hatte keinen mehr zum Verhören.«

»Ja«, sagte Winter.

»Die anderen konnten entkommen. Zwei Männer, die Fahrerin und vielleicht das Kind. Am Steuer saß eine Frau, und zwei Inspektoren und ein Assistent schworen, dass sie ein Kindergesicht auf dem Boden des Fluchtautos gesehen hatten, als die Türen geöffnet wurden, bevor der Wagen davonraste.«

»Sie waren ganz sicher«, meinte Michaela Poulsen. »Genauso sicher wie darin, dass eine Frau am Steuer saß.«

»Brigitta Dellmar«, warf Winter in den Raum.

»Anscheinend ist sie später als Brigitta Dellmar identifiziert worden«, erklärte Michaela Poulsen.

»Hier war sie unbekannt«, sagte Bendrup.

»Sie sind also entkommen.« Winter bemühte sich um eine neutrale Stimme.

Bendrup sah ihn misstrauisch an. »Vielleicht ist das peinlich«, gab Bendrup zu, »ich weiß nicht. Aber die Polizisten in dem einen Streifenwagen interessierten sich in erster Linie für Christiansen und nicht so sehr für die Räuber. Man wusste ja nicht, dass Søren schon tot war. Die andere Einheit konnte ganz einfach nicht fahren, weil zwei Reifen an ihrem Auto zerschossen waren. Und als sie darauf kamen, das andere Fahrzeug zu nehmen, war das Fluchtauto bereits über die Limfjord-Brücke und irgendwo in den endlosen Slumvierteln von Nørresundby verschwunden.«

Winter nickte noch einmal. Der Lastwagen draußen war lärmend wieder in Gang gekommen.

»Da hast du die Geschichte in groben Zügen. Der Epilog: Sie hielten sich in einem Ferienhaus in Blokhus auf. Und der dritte Bankräuber trieb ein paar Wochen später tot im Fjord. Wenigstens glauben wir, dass er an dem Überfall beteiligt war. Er war ein Kumpel von den beiden Erschossenen oder zumindest von dem einen.«

»Welche Verbindung hatten sie zu den Hell's Angels?«, fragte Winter.

»Tja ...« Bendrup machte eine Pause, um seine Zigarre wieder anzustecken. Winter wartete. Michaela Poulsen war ans Fenster getreten, irritiert von dem Motorenlärm, der prompt abbrach, als sie aus dem Fenster blickte.

»Die Organisation war ja damals gerade erst hier aufgebaut worden. Hatte ihren Ursprung in Kalifornien, wie die Beach Boys und anderer Scheiß. Irgendwie fassten die in Dänemark fester Fuß als in anderen europäischen Ländern. Wie auch immer, es gab zu der Zeit hier richtige Pioniere, zu denen zwei von diesen unglückseligen Bankräubern mit Sicherheit zu zählen sind. Mindestens zwei. Aber das ist so ungefähr alles, was wir wissen. Was du bitte nicht gleichsetzt mit dem, was wir vermuten.«

»Was vermutet ihr denn?«, fragte Winter.

»Wir glauben ... oder ich glaube jedenfalls, dass es sich um eine reine Geldbeschaffungsaktion handelte, die aber von der Organisation zuvor beschlossen worden war. Sieben Millionen waren 1972 viel Geld. Und wer eine starke Organisation aufbauen will, braucht Kapital. Du musst wissen, dass der Überfall auf Den Danske Bank damals nicht der Erste war. Er war Teil einer gut geplanten Serie, wenn auch der, bei dem es um die größte Summe ging. Und der blutigste.«

»Für diese Theorie spricht auch, dass einer der Räuber von

seinen eigenen Leuten getötet wurde«, bestätigte Michaela Poulsen die Ausführungen ihres Kollegen.

»Wie meinst du das?«, fragte Winter.

»Er wurde hingerichtet, der Mann im Fjord, weil er nicht mehr gebraucht wurde. Das klingt schockierend, aber wir haben hier eine ganze Menge solcher Sachen erlebt. Oder er war ihnen zu schwach. Für die ist eine schwache Person jemand, auf den sie sich nicht verlassen können.«

»Oder sie haben sich wegen irgendwas gestritten«, meinte Bendrup. »Es könnten ja welche gewesen sein, die ihnen nicht in den Kram passten. Verbindung zur Organisation, ja. Unter dem Befehl der Führung, nein. So könnte es gewesen sein.«

»Du hast gesagt, dass sie sich wegen irgendwas zerstritten haben könnten«, wiederholte Winter. »Was könnte das gewesen sein?« Da kam ihm ein furchtbarer Gedanke. Sein Puls beschleunigte sich.

»Man kann fast sehen, was du denkst«, scherzte Bendrup. »Ich sehe es dir doch an. Kein schöner Gedanke, nicht wahr.«

»Wäre es möglich, dass auch die Frau und das Kind verschwinden sollten?«, teilte Winter ihnen seine Befürchtung mit.

»Ja«, antwortete Bendrup. »Daran habe ich oft gedacht. Es könnte gut so gewesen sein. Entweder gab es einen Beschluss von oben, dass die Schwachen zu verschwinden hatten, oder es war eine Angelegenheit zwischen den Räubern: Vielleicht hatten sich die Männer zerstritten über die Frage, ob die Frau und das Kind weiterleben sollten. Vielleicht stand das Leben jedes Einzelnen auf dem Spiel. Oder es war bloßer Zufall, dass alles so lief, wie es lief. Aber das glaube ich nicht. Was man aber mit Bestimmtheit sagen kann, ist, dass das Ganze ein einziger Alptraum gewesen sein muss.«

»Lief, wie es lief?«, hakte Winter nach. »Du meinst, dass der eine getötet wurde.«

»Ja. Er wurde erschossen, aber warum gerade er?«

Winter gab keine Antwort. Er war aufgestanden und tastete nun nach den Zigarillos.

»Okay«, begann er, zündete sich aber erst einen Corps an, bevor er weiter sprach. »Sie fliehen und entkommen. Sie halten sich irgendwo auf. Vielleicht wissen andere in einer eventuellen Organisation, wo sie sind, vielleicht nicht. Dann geschieht etwas. Möglich, dass sie sich vorher getrennt haben. Wir gehen mal davon aus, dass einer von ihnen in Anwesenheit der anderen getötet wurde. Bleiben ein Mann und eine Frau und möglicherweise das Kind. Die Frau stammt aus Schweden. Es gelingt ihnen, sich nach Schweden zurückzuziehen ...«

»Ja, verdammt«, fluchte Bendrup. »Wir haben getan, was wir konnten, aber das war nicht *good enough*. Sie müssen wohl Kontakte gehabt haben und von irgendeinem Schmuggler rübergeschafft worden sein.«

»Oder jemand hat mit ihnen Kontakt aufgenommen«, überlegte Michaela Poulsen. »Sie hatten doch das Geld.«

»Wenn das Geld noch da war«, erwiderte Bendrup. »Bei ihnen war, meine ich. Vielleicht befand sich das Geld schon beim Schatzmeister der Bande.«

»Aber wenn das Kind tatsächlich während des Überfalls dabei war, dann wissen wir, dass es jedenfalls nach Schweden gelangt und schließlich in einem Krankenhaus in Göteborg aufgetaucht ist«, sagte Winter. »Die Frage ist, wer die Reise mit der Kleinen gemacht hat.«

»Vielleicht keiner«, meinte Bendrup. »Es ist keine unwahrscheinliche Hypothese, dass auch die Frau und der übrig gebliebene Mann tot sind. Dass sie kurz nach dem Überfall starben. Hingerichtet wurden.«

»Oder sie sind mit rübergefahren«, sagte Michaela Poulsen.

»Den letzten Mann hat man also nie identifizieren können?«, fragte Winter.

»Nein. Er könnte Schwede gewesen sein. Die Frau war aus Schweden. Warum nicht auch der Mann?«

»Warum sind sie überhaupt nach Dänemark gekommen?«, fragte Winter. »Warum haben sie sich gerade an diesem Überfall beteiligt?«

»Vielleicht gab es eine Verbindung zu den Motorradgangs in Göteborg. Das haben wir nie genau feststellen können«, sagte Bendrup. »Auch nicht, nachdem wir von dem Kind und dem Krankenhaus wussten und von der Verbindung zu Brigitta Dellmar. Und dass sie hier gesehen wurde.«

»Ihr habt kein Bindeglied zwischen ihr und einem der getöteten Dänen entdeckt?«, fragte Winter.

»Nein. Und auch zu keinem andern in der jungen Organisation. Aber es könnte eine Verbindung gegeben haben. Vielleicht Liebe über die Grenzen. Genau wie Zusammenarbeit über die Grenzen. Streuung der Risiken und so.«

»Wir haben überall nach ihnen gesucht«, versicherte Michaela Poulsen. »Nach der Frau und dem Mann.«

»Von ihr hat man nie mehr etwas gehört«, sagte Bendrup. »Dabei hatte sie ein kleines Kind. Das spricht ja eigentlich nur für eines.«

»Wie war das mit diesem Haus?«, fragte Winter. »Wo lag es? Ich kann mich nicht mehr an den Namen in den Akten erinnern.«

»Blokhus. Draußen an der Westküste. Das ist ein Ferienort.«

»Ihr konntet feststellen, dass sie sich in einem Haus dort aufgehalten haben?«

»Sie sind dort von einigen Zeugen gesehen worden. Wir haben das Haus natürlich überprüft, aber es war leer. Leer wie ein Grab.«

»Man muss dazu sagen, dass das lange nach dem Überfall war«, warf Michaela Poulsen ein.

»Was?«

»Sie hatten einen Dietrich oder so was und verschafften sich Zugang. Oder einen Schlüssel. Niemand hat damals etwas Verdächtiges beobachtet. Dieses Haus liegt abseits und ist nicht ständig bewohnt. Heute ist das anders, aber damals war es eins von vielen Ferienhäusern längs der Straße. Sie haben keine Spuren hinterlassen. Dann kamen nach ein paar Wochen die Besitzer hin und fuhren mit der Renovierung fort, die schon seit einer Weile im Gang war. Neue Tapeten. Anstrich. Und am Ende reagiert irgendjemand, der ein Stück weit weg wohnte, auf die Aufregung nach dem Bankraub. Höllisch langsam.«

»Verdammt langsam«, bestätigte Bendrup. »Die Küstenbewohner halten in allen Lagen den Mund.«

»Warum hat man die Räuber gerade mit diesem Haus in Zusammenhang gebracht?«, fragte Winter. »Die Leute am Ort haben sich doch erst viel später gemeldet.«

»Sie haben etwas gefunden«, erklärte Bendrup. »Also die Hausbesitzer.« Er stand auf und hob die Ordner nacheinander hoch. Er fand den gesuchten und blätterte darin. »Sie waren bei ihrer Renovierung ...« Bendrup legte den Ordner hin und griff sich einen anderen. »Da müsste es ...«

»Es war eigentlich nur ein Stück Papier, das in ein kleines Kinderhemd gewickelt war«, erzählte Michaela Poulsen. »Sie wollten sich an den Boden machen und fingen an, die Bretter loszureißen. Unter einem losen Brett in einer Ecke, am Fenster, lag das Hemdchen, und als sie es rauszogen, fiel der Zettel heraus. Es war ein Blatt mit Zeichen darauf. Wie eine Karte.«

»Hier ist er«, sagte Bendrup und hielt Winter den Ordner hin.

Winter wurde schwindelig vor Aufregung.

»Ist dir nicht gut?«

Winter schüttelte den Kopf. Er nahm den Ordner. In einer Plastikhülle lag eine Kopie der gleichen Karte oder Mitteilung, über der er so oft in Göteborg gebrütet hatte, mit den gleichen Buchstaben und Ziffern und einer ähnlichen Zeichnung, der Karte oder was auch immer: 20/5, – 16.30, 4 – 23?, L.v – H, T.

»Den kenne ich«, sagte er und berichtete. Die beiden hörten gespannt zu. Michaela Poulsen hatte ihren Blazer ausgezogen.

»Wahnsinn«, entfuhr es ihr.

»Ja, wir haben es auch nicht deuten können«, meinte Bendrup. »Aber vielleicht ist das trotzdem ein Fortschritt.«

»Habt ihr irgendwelche Fingerabdrücke gefunden?«, fragte Winter.

»Meist von denen, die hinterher die Sachen angefasst haben«, erklärte Bendrup. »Aber wir haben auch einen Satz Fingerabdrücke entdeckt, der zu Andersen passte.«

»Andersen? In den Akten von hier habe ich nichts von einem Andersen gelesen«, sagte Winter verwirrt.

»Was? Nein, verdammt, jetzt rede ich schon wirres Zeug«, ärgerte sich Bendrup. »Der Räuber, den wir später fanden, der aus dem Limfjord, hieß Møller. Oder er heißt in allen Akten so. Aber als wir seine Kumpel hier in der Stadt befragten, kam raus, dass er eine Art Decknamen hatte, und der lautet Andersen. Tatsächlich haben alle in der Gang einen Zweitnamen.«

Winters Mund war trocken. Das Schlucken fiel ihm schwer, aber er musste schlucken, wollte er etwas sagen. »Die … die tote Frau in Göteborg heißt Andersén«, brachte er endlich heraus. »Helene Andersén. Sie hat den Namen vor einigen Jahren angenommen. Also kann sie wirklich das Kind bei dem Überfall gewesen sein.«

»Wahnsinn«, wiederholte Michaela Poulsen.

»Seit wann wisst ihr das?«, fragte Bendrup. »Also ihren Namen. Andersén.«

»Seit ein paar Tagen erst«, berichtete Winter. »Danach ist alles sehr schnell gegangen. Habt ihr den Namen noch nicht von uns bekommen? Mein Kollege in der Registratur sollte die Infos rüberschicken, bevor ich losgefahren bin.«

Michaela Poulsen sah Bendrup fragend an.

»Verdammter Mist«, fluchte Bendrup. »Ich hatte die letzten drei Tage frei und bin heute Vormittag erst wiedergekommen. Die Sachen lagen auf meinem Schreibtisch und liegen dort wohl schon, seit sie eingetroffen sind, ohne dass jemand sie sich angesehen hat.«

»Das ist meine Schuld«, meinte Michaela Poulsen. »Ich hätte die Post genauer durchsehen sollen. Aber wir sind vielleicht trotzdem ein Stück weitergekommen.« Sie sah Winter an. »Wenn du willst, können wir in die Stadt fahren. Wenn du sehen willst, wo es passiert ist.«

»Aber erst genehmigen wir uns ein Bayerisches«, schlug Bendrup vor.

50

Winter und Bendrup saßen jeder vor seinem Hof im La Strada, genau gegenüber von Den Danske Banken, an der Ecke Østerågade und Bispensgade. In der Fußgängerzone herrschte reger Betrieb. Michaela Poulsen trank ein Mineralwasser mit Zitrone. Sie waren die einzigen Gäste in der Bar, unterhielten sich aber trotzdem leise. Der Barkeeper war hinter einem Vorhang verschwunden.

»Fast alles Schweden«, sagte Bendrup mit einer Geste zum Fenster.

»Aalborg ist bei uns Schweden eine beliebte Stadt«, bestätigte Winter.

Michaela Poulsen warf ihm einen Blick zu, als wolle sie prüfen, ob er das ironisch gemeint hatte, aber Winter schaute ins Glas vor sich und dann zur Bank hinüber und der gegenüberliegenden Straßenseite.

»Die meisten Schweden benehmen sich ja auch gut«, sagte Bendrup. »Aber ihr habt eine komische Einstellung zum Alkohol. Man muss das Schlechte eben mit dem Guten nehmen, wie es kommt.«

»Was ist denn das Gute, Jens?«, fragte Michaela Poulsen.

»Das Gute? Na, dass Schweden fantastisch ist, wie die Schweden immer behaupten.«

»Und was ist dann das Schlechte?«

»Es gibt ganz einfach zu viele Schweden.«

Winter lächelte höflich.

»Ich bitte um Entschuldigung für meinen Untergebenen«, sagte Michaela Poulsen.

»Ach was, der Mann hat Humor«, gab Winter zurück.

Durch eine zufällige Lücke im Strom der allzu vielen Schweden blickte er wieder hinüber zur Bank. Sie befand sich in einem Gebäude, das Winter an eine mittelalterliche Kirche erinnerte, aber es war eine Bank gewesen, solange sich jemand in Aalborg zurückerinnern konnte. Die Steine der Wände waren grob und mit breitem Werkzeug behauen. Ein Telefonhäuschen stand neben dem breiten Portal, direkt gegenüber von Winters Platz.

»Ich frage mich, wie viele Male sie hier vorbeigegangen sind, als sie die Sache geplant haben«, überlegte er laut und wandte sich an seine dänischen Kollegen.

»Die Planung können andere übernommen haben«, meinte Bendrup. »Oder nur ein anderer.«

»Wir glauben auch, dass die Fahrerin zuerst versucht hat, über den Nytorv nach Osten zu fahren, aber der Weg ist ja versperrt«, berichtete Michaela Poulsen. »Ich zeige es dir, wenn wir rausgehen.«

»Du meinst, der Fluchtweg über die Brücke war nicht geplant?«

Sie zuckte mit den Schultern. »Könnte sein. Oder vielleicht nicht von ihr selbst. Das wissen wir nicht genau. Ich will damit nur sagen, dass vielleicht nicht alles vorher so gut durchdacht war.«

»Nun, es war aber auch nicht so, als wären sie zufällig mal vorbeigekommen«, wandte Bendrup ein.

Die Bank hatte geschlossen, und sie waren mit zwei Angestellten allein. Der Betrieb vor dem Fenster nahm in dem Maße zu, in dem das Sonnenlicht schwand. Immer mehr Vergnügungssüchtige trafen in der Stadt ein. Winter rekonstruierte die Ereignisse im Kopf, während Bendrup und seine Chefin ihm berichteten und alles zeigten. Als Winter die Kameras an den Wänden bemerkte, fühlte er sich an das Postamt in Mölnlycke erinnert. Das war noch gar nicht lange her, dass er dort gewesen war, und doch schien es ihm wie ein Ereignis aus längst vergangenen Zeiten.

Sie waren mit ihren schwarzen Masken hereingestürmt wie bei so vielen anderen Raubüberfällen in der Kriminalgeschichte und in aller Herren Länder. Ein bewaffneter Raubüberfall eben. Echte oder falsche Waffen? Echte oder falsche Bedrohung? Richtiges oder falsches Geld?

Richtig tot.

Draußen war der junge Polizist seiner Verletzung erlegen. Christiansen. Und zwei der Bankräuber. Mehr über die beiden stand in den Unterlagen, die Winter aus dem Polizeipräsidium mitgenommen hatte, um sie später im Hotelzimmer zu lesen.

Bendrup zeigte ihm, wo die Leute gestanden hatten und wo sie gestorben waren. Bis alles zu einem Brei verschmolz und Winter sich eingestehen musste, wie müde er war. Seine Aufmerksamkeit nahm ab, wie das Tageslicht. Und hier an dieser Stelle waren Menschen für Geld gestorben. Oder für etwas anderes? Für eine Ideologie? Für Macht und Kontrolle? Nackten Terror?

»... nach Norden«, sagte Bendrup gerade und Winter folgte mit dem Blick Bendrups Geste, die an etwas vorbei zeigte, das die Kopie eines englischen Pubs zu sein schien.

»Und dann haben wir die Verfolgung aufgenommen«, berichtete Bendrup weiter. »Es fing an, dunkel zu werden, wie jetzt. Es war ja fast die gleiche Jahreszeit.«

Winter wünschte sich ins Hotel zurück. Eine Stunde Schlaf und dann ein wenig Schreibtischarbeit und eine kleine Mahlzeit. Er musste mal wieder allein sein.

Tausend Schwalben flogen über den Platz wie eine schwarze Wolke, die die Nacht hinter sich herzog. Die Straßenbeleuchtung und die Reklameschilder gingen an.

»Tja ...«, endete Bendrup. »Gibt es noch irgendwas, das wir dir zeigen könnten? Möchtest du hier noch was Bestimmtes sehen?«

»Im Moment nicht«, gestand Winter. »Ihr seid unheimlich entgegenkommend gewesen, muss ich sagen.«

»Reiner Egoismus«, flachste Bendrup. »Du löst den Fall, und wir kassieren das Lob dafür.«

»Versteht sich von selbst.« Winter wurde Bendrups Redefluss allmählich ein wenig überdrüssig.

»Vielleicht sollten wir versuchen, die Sache ein wenig professioneller anzugehen als damals«, meinte Michaela Poulsen. »Na ja, fahren wir also. Wir können dich am Hotel absetzen.«

»Ich gehe gern zu Fuß«, erklärte Winter. »Es ist doch nicht weit, oder?«

»Gar nicht«, versicherte ihm Bendrup. »Geh einfach die Straße weiter, dann kommst du automatisch zum Bahnhofsplatz. Dem Kennedyplatz. Da ist doch dein Hotel?!«

Winter hob die Hand zum Gruß und machte Anstalten zu gehen. »Ich komme morgen vorbei.« Michaela Poulsen winkte und nickte. Bendrup rief »leb wohl« und eilte zu seinem Auto.

Winter hatte eine Weile gedöst und wurde von Motorenlärm geweckt. Irgendwann hört man es kaum noch, hatte Michaela Poulsen gesagt. Es geht einem dann so wie Leuten, die an einer Bahnlinie wohnen. Nun, hier hatte er beides. Motoren und die Eisenbahn. Winter stand vom Bett auf und trat ans Fenster. Das Zimmer lag im Dunkel, nur an eine Wand drang das Licht vom J. F. Kennedy Plads, diesem spärlich beleuchteten Viereck vor dem Bahnhofsgebäude. Draußen gaben zwei Motorradfahrer Gas, und eine Minute nachdem Winter sich ans Fenster gestellt hatte, brausten sie nach rechts weg. Ihm war, als hätten sie auf seine Silhouette gewartet. So war es bestimmt nicht, aber es war ein merkwürdiger Zufall.

Winter vernahm helle Stimmen und versuchte die Ecke des Platzes zu sehen, die direkt unter seinem Fenster lag. In eine der beiden Telefonzellen hatten sich drei Mädchen gezwängt und telefonierten. Mit Jungen. Ganz gewiss mit Jungen, dachte Winter. Man hört es am Gekicher.

Busse fuhren vorbei, hielten an den Haltestellen am anderen Ende des Platzes. Rechts fiel Winter der gedämpfte Schein der Mallorca Bar ins Auge. Zwei Männer gingen hinein, und einer kam heraus.

Winter schloss die Gardinen, ließ seine Kleider fallen und auf einem Haufen auf dem Boden liegen und ging ins Bad.

Das Duschwasser hatte fast auf Anhieb die richtige Temperatur. Er blieb lange stehen, bevor er sich einseifte und den Schaum mit dem Gesicht zu den Düsen abspülte.

Winter zog die Gardinen wieder auf, öffnete das Fenster und schnupperte in der Abendluft. Dann holte er den Laptop aus seiner Aktentasche und stellte ihn auf den Schreibtisch rechts vom Fenster.

Erst muss ich wohl eine Kleinigkeit essen, überlegte er und zögerte mit der Hand über der »on«-Taste. Zwei Würstchen und zwei Hof sind nicht genug.

Er kleidete sich an und telefonierte kurz mit Ringmar, bevor er die schwarzen Boots anzog und den braunen Wollsakko vom Kleiderbügel im Schrank nahm.

Winter bestellte ein Beefsteak mit Pommes frites und Salat. Er hatte keine Lust, an diesem Abend zwischen den Restaurants herumzuschlendern und überall die Speisekarten zu studieren.

Er war auf dem Boulevarden nach Norden gegangen und ein Stück vor der Bank nach links abgebogen. Er war in das erste Restaurant hineingegangen, Jensen's Bøfhus, das ihm ins Auge fiel. Die Kellnerin hatte ihn kurz kritisch beäugt und dann zu einem der wenigen freien Tische geführt. Auf die Frage, ob er etwas zu trinken bestellen wolle, hatte er sich mit einem Glas Hauswein und einer Flasche Mineralwasser begnügt. Auf der Speisekarte standen nur Fleischgerichte. Also hatte er Fleisch bestellt.

Das Restaurant füllte sich nach und nach, während Winter auf sein Essen wartete. Schließlich waren sämtliche Tische von größeren oder kleineren Gruppen belegt, nur er saß allein da. Die Kellnerin kam mit seinem Wein und dem Wasser und fragte, ob alles zu seiner Zufriedenheit sei. Das hängt nun ganz davon ab, was sie meint, schoss Winter durch den Kopf, aber so kann ich wohl nicht antworten. Also sagte er »ja« und trank einen Schluck Wasser.

Es roch nach gegrilltem Fleisch und Wein. Ein junges dänisches Paar saß am Tisch neben ihm und hielt Händchen. Für die beiden war es ein besonderer Augenblick. Eine schwedische Familie an dem Tisch auf der anderen Seite des schmalen Gangs bestellte gerade. Kinder liefen hin und her, auf dem Weg zu und von der Eistheke am anderen Ende, wo man sich sein Eis selbst holen konnte. Ein kleines Mädchen, das sein Eis stolz vor sich hielt, hüpfte los und stolperte, und das Eis flog in einem hübschen Bogen, und ein Haufen, der nach Vanilleeis aussah, landete auf Winters Stiefel, den er gerade in die Luft gereckt hatte. Er hatte gemütlich die Beine übereinander geschlagen, um sich einen Zigarillo anzuzünden. Das Mädchen begann zu weinen, und sofort kam eine junge Frau und fragte, was passiert sei, und das Mädchen deutete auf Winter. Die Frau sah das Eis auf Winters Stiefel. Er hatte sich nicht gerührt, das Streichholz noch immer unangezündet in seiner linken Hand, den Zigarillo im Mundwinkel. Das Mädchen weinte. Der Boden zwischen ihnen war streifig vom Eis. Die Frau sagte etwas zu ihm, aber Winter konnte nicht antworten, weil er plötzlich herausplatzte und noch mehr lachen musste, als er sah, wie ihm sein schlanker Zigarillo aus dem Mund flog, am Bein hinabglitt und wie eine Dekoration im Eis stecken blieb.

»Wir bitten um Entschuldigung«, sagte die Kellnerin, die mit einem sauberen Frotteehandtuch gekommen war. »Manche Kinder können sich einfach nicht bremsen, wenn es um Eis geht. Und eigentlich sind wir ja schuld, weil sie es sich selbst holen müssen.«

»Schon okay«, antwortete Winter und wischte sich das Eis vom Stiefel. »So glänzt er noch mehr.«

»Dürfen wir Sie zu etwas einladen?«, fragte sie und schaute ihn wieder kritisch an, während er sich aufrichtete und das Handtuch zurückgab.

»Nein, ist schon in Ordnung.«

»Vielleicht etwas zum Kaffee?«

»Oder zum Eis«, ergänzte Winter, und sie lachte ein kurzes und fröhliches Lachen.

Winter trank seinen Kaffee. Keinen Alkohol. Die Kellnerin bemühte sich noch einmal zu seinem Tisch. Sie war vielleicht dreißig und auf eine dänische Art blond, dachte er. Mit sandfarbenen Streifen im Haar. Ihm war so, als sähe sie enttäuscht aus bei seinem Aufbruch.

Im Zentrum waren noch immer viele Leute unterwegs. Winter ging auf dem Boulevarden zurück, begegnete aber immer weniger Menschen, je mehr er sich dem Bahnhof näherte. Der Abend war so mild, dass er sein Sakko offen lassen konnte.

Vor dem Boulevard-Café direkt gegenüber dem Hotel fielen ihm zwei Männer auf, die in dem Lokal verschwanden, als er näher kam. Die Fenster waren offen, und er hörte Stimmengemurmel. Er überquerte die Straße. Ein Mann war undeutlich in einem Fenster zu sehen. Winter zündete im Gehen einen Zigarillo an, was ihm Gelegenheit gab, erneut einen raschen Blick auf das Fenster des Lokals zu werfen, und noch immer stand der Mann da, im Halbdunkel, das Licht im Rücken, halb hinter den dünnen Gardinen versteckt.

Vielleicht stimmt's ja auch nicht, zweifelte Winter. Aber wenn es nun dieselben Männer waren, die vor Den Jyske Bank über ihre Hamburger redeten, als ich vorbeigekommen bin. Na ja, die Stadt ist ja wirklich nicht so groß.

Bei seinem Auto angekommen, schloss er es auf und tat so, als wühle er im Handschuhfach. Noch immer war der Mann da am Fenster, aber seine Silhouette hatte sich bewegt, um Winters Bewegungen besser verfolgen zu können.

Winter stieg aus dem Auto und bog um die Ecke in sein Hotel. Er bekam seinen Schlüssel ausgehändigt. Der Aufzug war irgendwo stecken geblieben, also stieg er schnell die Treppe hoch und wartete im Flur vor seinem Zimmer mit dem Schlüssel in der Hand, bis der Zeitschalter die Flurbeleuchtung ausschaltete. Dann erst öffnete er die Tür zu seinem Zimmer, trat schnell aus dem Dunkeln ins Dunkle und schloss sofort hinter sich ab. Das Zimmer schimmerte im Licht, das vom Platz und den Straßen draußen hereinströmte. Winter kniete sich hin und kroch durchs Zimmer auf das Fenster zu, wo er sich im Schutz des Vorhangs aufrichtete. Durch einen schmalen Spalt konnte er bis zur Ecke des Gebäudes und auf die andere Seite der Fußgängerzone blicken. Von der Mallorca Bar hörte er einen Ruf und sah einen Mann wankend die Kneipe verlassen. Die Tür zum Boulevard-Café lag im toten Winkel. Also wartete er ab und beobachtete schließlich, wie der Mann vor der Mallorca Bar von einem anderen Säufer Gesellschaft bekam, der ihm etwas auf Dänisch zurief. Winter wich ein Stück ins Zimmer zurück, als sich rechts etwas bewegte.

Zwei Männer tauchten auf, gingen unten vorbei. Winter erkannte, dass es dieselben Männer waren, die er gerade vor dem Boulevard-Café beobachtet hatte. Und er war sich mehr oder weniger sicher, dass er die beiden schon früher gesehen hatte, oben beim Nytorv. Eigentlich mehrmals. In solchen Dingen war er sich sicher. Schließlich gehörte es zu seinem Beruf, aufmerksam zu sein. Und seine Beobachtungsgabe war sicher ein Grund, weshalb er diesen Beruf ausübte und versuchte, so gut wie möglich zu sein.

Die Männer blickten hoch zu seinem Fenster, als sie vorbeigingen. Sie können mich nicht sehen, vergewisserte sich Winter. Einer von ihnen starrte lange auf sein Fenster, und Winter rührte sich nicht.

Dann waren sie vorbei.

Das Dümmste wäre jetzt, hinunterzugehen und ihnen zu folgen, dachte Winter. Ich glaube nicht, dass sie ahnen, dass ich sie bemerkt habe. Oder war es nur ein Zufall? Die Routinekontrolle eines schwedischen Kommissars, der in die Stadt gekommen ist?

51

Ein Höllenlärm riss Winter aus dem Tiefschlaf. Keine Träume in dieser Nacht. Die Müdigkeit vom Vortag hatte ihr Recht geltend gemacht und ihm die ersehnte Ruhe verschafft. Er lag zwei Minuten still und bereitete sich aufs Aufstehen vor. Dann schlug er die Augen auf in seinem Hotelzimmer am John F. Kennedy Plads. Als er aus dem Bett stieg, fühlte er, dass das ganze Gebäude vibrierte von dem Lärm draußen auf dem Platz. Er war sich sicher, dass es Motorräder waren, doch näher am Fenster veränderte sich das Geräusch. Winter warf einen Blick auf die Uhr. Halb sieben. Sein Wecker auf dem Nachttisch rappelte los.

Vom Fenster aus sah er den Verursacher des Bebens: Ein Tankwagen neben den Telefonzellen, von dem Schläuche in die Unterwelt hinabgezogen waren. Da geht man in ein Hotel, und dann arbeiten die Schlammsauger des Ortes in aller Herrgottsfrühe ausgerechnet vor dem Fenster, fluchte er. Aber ich muss sowieso aufstehen.

Der Himmel war schmutzig grau. Vor dem Bahnhof waren noch immer Soldaten postiert. Vielleicht sind die immer da, überlegte er.

Die Vibrationen hörten Sekunden nach dem Lärm auf. Die Besatzung des Schlammsaugers zog an Hebeln und drückte auf Knöpfe und ging vespern.

Endlich herrschte morgendliche Ruhe.

Das Park Hotel war mit rotem Teppichboden ausgelegt, auf dem das Monogramm prangte. Trotzdem war das Gewebe fadenscheinig. Die Treppen knarrten. An den Wänden im Flur vor Winters Zimmer und längs der Treppe hingen Gemälde von Eline Herts Jespersen aus den Jahren 1918 und 1919 in trüben Farben. Verlassene Kirchen, Bäume, Landschaften in Braun, das in Gelb überging und den zufälligen Betrachter an der Nichtigkeit des Lebens verzweifeln ließ. Winter betrachtete sämtliche Bilder, um in den naturalistischen Motiven wenigstens ein Lebewesen zu entdecken, aber auf Jespersens Gemälden waren nur Menschen, Gebäude und tote Natur. Die wahrscheinlich düsterste Gemäldesammlung, die Winter jemals gesehen hatte. Sie war ein schwaches Lächeln wert, und er fragte sich, warum die Hotelleitung ausgerechnet diese Werke ausgewählt hatte. Es hatte schon fast etwas Sympathisches, eine zutiefst menschliche, existenzielle Qualität, wie ein Kommentar zu der Frage nach dem Sinn des Lebens. Der Sinn des Lebens ist, dass man sterben wird, hatte Winter einmal zu Angela gesagt, und sie war fast an ihm verzweifelt. Heute Abend rufe ich sie an, beschloss er, als er die zweitunterste Treppenstufe hinabstieg, die zum Abschied laut knarzte. Aber erst nehme ich ein Frühstück zu mir.

Winter wurde von einem jungen, schweigsamen Polizisten zu seinem temporären Büro im zweiten Stock geleitet. Kaum eine Minute später tauchte Michaela Poulsen bei ihm auf.

»Ich werde beschattet«, begrüßte Winter sie.

»Das wundert mich nicht«, war die erste Reaktion. Winter nahm zur Kenntnis, dass sie nicht fragte, ob er sicher sei. »Deine Ankunft war ja nicht geheim.«

»Passiert das häufiger?«

»Eigentlich nicht, aber klar, ein Kommissar aus Schweden.«

»Dann wissen die also, dass ich hier bin?«

»Jedenfalls bist du ein fremdes Gesicht. Aber ich würde ruhig davon ausgehen, dass die wissen, wer du bist.«

»Wer sind ›die‹?«

»Die dahinter stecken? Um das zu wissen, müsste ich mir die Gesichter mal ansehen.«

»Dann sollte ich dich wohl auf einen Abend in die Stadt einladen«, schlug Winter vor. »Dann kannst du diskret einen Blick über die Schulter werfen und …«

»Okay. Aber erst nach acht.«

»Es könnte ja auch sein, dass einer von euren Motorradjungs eine Mitteilung aus Schweden erhalten hat«, überlegte Winter laut.

»Oder eine Warnung«, meinte Michaela Poulsen.

»Ja. Eine Warnung. Das würde eine Menge verraten.«

»Du musst dir darüber im Klaren sein, dass wir über eine extrem nervöse Gruppierung sprechen«, sagte Michaela Poulsen. »Oder Subkultur, wie viele Romantiker sie bezeichnen. Einige dänische Kriminologen eingeschlossen.«

»Da ist noch eine andere Sache …« Winter zögerte. »Der Name Andersen. Oder Møller. Der Tote im Fjord.«

»Kim Møller.«

»Nennen wir ihn Kim Andersen. Ich habe gestern Abend im Hotelzimmer was über ihn gelesen, bin aber nicht schlau draus geworden. Er scheint ein widerwilliges Mitglied gewesen zu sein. Ein widerwilliger Höllenengel.«

»Wir hatten auch vorher nie was von ihm gehört.«

»Es war das erste Mal?«

»Das erste und das letzte.«

»Sprichst du jetzt vom Banküberfall?«

»Ja.«

»Seine Eltern waren nicht besonders gesprächig, soweit ich sehen konnte.«

»Aus Angst um ihr Leben«, meinte Michaela Poulsen. »Genau genommen waren sie zu Tode erschrocken. Der Vater starb ein paar Monate danach, und es kann das Herz gewesen sein, oder auch etwas anderes.«

»Lebt die Mutter noch?«

»Ja.« Michaela Poulsen sah Winter fragend an. »Willst du sie vernehmen? Soll heißen, willst du, dass wir sie noch einmal vernehmen?«

»Ja, bitte, ich bin ja nicht dazu befugt. Aber wenn, dann am besten jetzt. Wenn es eine Verbindung …«

»Nach Schweden und zu deinem Mord an Helene Andersén?

Natürlich ist das eine gute Idee. Ich habe gestern selbst daran gedacht. Und heute Morgen.«

»Wo kann man sie finden?«

»Zu Hause, nehme ich an. Sie ist gar nicht mal so alt. So um die fünfundsiebzig. Ihr Sohn war nicht einmal dreißig, als er ermordet wurde.«

»Kannst du das in die Wege leiten?«

»Wir können es ja versuchen. Aber wenn sie nicht will, müssen wir uns einen Beschluss vom Richter holen.«

»Mach erst einen Versuch bei ihr zu Hause«, bat Winter.

Michaela Poulsen verließ das Zimmer und kam keine fünf Minuten später zurück. »Meldet sich niemand. Kein Anrufbeantworter.«

»Hast du die Adresse?«

»Ja, aber das ist keine gute Idee. Tauchen wir an der Tür auf, kann sie uns abweisen. Und wenn sie damals Angst hatte, hat sie die jetzt auch noch. Wir haben es über die Jahre immer mal wieder versucht.«

»Wird sie beobachtet?«

»Das würde ich meinen.«

Winter war allein im Zimmer. Er starrte auf das Papier, das einer Karte glich, und das er selbst zum ersten Mal auf Beiers Tisch in Göteborg gesehen hatte. Jetzt hielt er eine Kopie dieser Karte zum Vergleich in der Hand: Es waren verschiedene Handschriften, aber die Botschaft war die Gleiche. Die Striche schlängelten sich in die gleichen Richtungen. Winter fand, es ähnelte mehr denn je einer Karte mit Wegen und vielleicht einem Haus, das oben links eingezeichnet war. Die Buchstaben und Ziffern konnten Zeitangaben oder Ähnliches bedeuten. Eine Personenzahl oder eine Geldsumme? Oder beides? Initialen von Orten oder Namen? Er hatte vor Anspannung einen roten Kopf, aber er war sicher, dass er Fortschritte machte. Er bewegte sich rückwärts, um sich in der Zeit vorwärts zu bewegen. Auf dem Schreibtisch vor ihm und in den Computerdateien fanden sich Fragmente von Antworten. Wenn er nach Hause käme, würde er sie sofort mit sämtlichen Dokumenten und allem anderen Material in Verbindung bringen und sich dabei immer weiter bis in die Gegenwart vorarbeiten.

Dann schaute er sich ein Foto von Kim Andersen an: Vom 2. Oktober 1972 und weiter bis heute war Andersens Gesicht auf dem Foto lebendig geblieben, aber auch geprägt von einer Art Last. Wer weiß, was das für eine Sorge gewesen war. Winter ersah aus den Akten, dass das Foto ein Jahr vor Andersens Tod aufgenommen worden war. Damals war er ein Angel gewesen, auf die eine oder andere Weise. Er hatte eine Harley, 750 Kubik. Andersens Augen waren dunkel, aber ein Schatten auf dem Foto machte das Gesicht etwas undeutlich. Winter brütete lange über der Fotografie. Er wusste, wonach er suchte, aber er fand, das Gesicht hatte keine direkte Ähnlichkeit mit Helene Anderséns.

Er überquerte die Brücke und bog nach links auf die Vesterbrogade. Hier waren sie entlanggefahren. Brigitta am Steuer, Helene hinten, auf dem Boden. Wer hatte ihr befohlen, sich dort hinzulegen? Wie ängstlich war die Kleine gewesen? Und ihre Mutter? Hatte sie gewusst, wohin sie fuhr? Bendrup zufolge hatten Augenzeugen einen Fiat in hohem Tempo hier unten zwischen den hohen Häusern gesehen. Auf die Häuser folgten Villen, etwa dort, wo die Straße Thistedvej hieß.

Aus verschiedenen Gründen blickte Winter regelmäßig in den Rückspiegel. Der Verkehr war relativ dicht im bebauten Gebiet, wurde aber spärlicher, als neben der Straße Felder begannen. Die Landschaft wurde flach, und Winter hörte den Wind. Das Licht nahm von der Stadt zum Land einen anderen Charakter an, einen helleren Ton, insbesondere im Westen, zum Meer hin. Vor Aarbybro bewunderte Winter die kilometerlangen Alleen, die sich rechts der Straße durch die Felder zogen.

Eine Allee verlief parallel zu der Straße, auf der er fuhr. Da sah er es: eine Bewegung zwischen den Bäumen, im Takt mit seiner eigenen. Er blickte noch einmal hin: Die Bewegung blieb konstant, als die beiden Straßen nach Store Vildmose hineinführten. Winter schätzte den Abstand zwischen den Parallelstraßen auf dreihundert Meter. Die Sonne brach durch die Wolken, aber Winter klebte mit seinem Blick auf der Straße – und am Rückspiegel. Wieder blickte er nach rechts, und nun war er sich sicher. Neben ihm wurde das polierte Chrom in regelmäßigen Abständen in der Sonne glitzernd sichtbar, wenn die zwei Motorräder sich zwischen zwei Bäumen befanden.

Dann endete die Allee, als wäre ein Zeichner über seinem Bild müde geworden und hätte den Stift gehoben. Gleichzeitig waren die Motorräder nicht mehr zu sehen. Winter fuhr noch einen halben Kilometer weiter, aber es gab keine auffälligen Motorräder mehr. Er bremste scharf und bog auf einen Parkplatz ab. Bei laufendem Motor betrachtete er die Allee im Rückspiegel. Sie mussten genau beim letzten Baum gehalten haben, überlegte Winter. Sie wussten, was sie taten. Vielleicht haben sie nicht bemerkt, dass ich sie bemerkt habe. Vielleicht waren das gar nicht *sie*. Ich muss ruhig bleiben.

Er fuhr los und bog in Pandrup links ab Richtung Blokhus.

Das Feriendorf wirkte von der Straße her wie ein spärlich besiedeltes gewöhnliches Dorf, aber das Gefühl von Leben nahm ab, je näher er dem Meer kam. Immer zahlreicher wurden die Häuser, die jetzt, in der Nachsaison, unbewohnt waren.

Winter fuhr an der Kreuzung nach rechts und hielt nach zweihundert Metern vor dem Bellevue Hotel, einem Gebäude aus Holz und Glas, an dem der Wind rüttelte, der zwischen den Dünen hindurch vom Meer herüberblies. Die Balkons ragten verlassen vor, in Erwartung des nächsten Jahres.

Winter zog ein Papier aus der Innentasche des Sakkos und las.

Sie waren gesehen worden, wie sie Blokhus auf der Straße zwischen den Dünen, die es dort damals wie heute gab, verließen.

Winter stieg aus dem Auto, und der Wind griff nach seinem Haar, wehte es ihm über den Kopf. Der Kragen der Jacke schlug gegen den Hals. Sand war über die Straße geweht wie Schneewehen, die sich immer höher aufbauten, je näher Winter einem der wenigen offenen Läden kam, vor dem Kleider auf Bügeln mit leeren Ärmeln Grüße winkten.

Eine Geisterstadt.

Er hatte noch keinen Menschen gesehen und hörte jetzt ein

Auto, das von der Kreuzung kommend an Winter vorbeifuhr und in der Durchfahrt verschwand, einem Weg, der von West nach Ost lief, so weit man sehen konnte. Hier und da parkten Autos. Der Wind fegte Sand eine Handbreit über dem Boden in Schlieren über den Strand. Das Donnern der Brandung übertönte alle anderen Geräusche. Ein Wegweiser klärte über die Entfernung nach Rohus im Westen auf: sechs Kilometer. Nach Saltum im Osten waren es fünf Kilometer auf diesem Weg parallel zum Strand. Hier waren sie gefahren, einige von ihnen oder einer, während der Wind Sandkörner gegen Fenster und Lack trieb. Zum Schrecken des Kindes.

Autos verschwanden in Sand und Sonne und dem Dunst, der über das Land waberte. Hinter dem verlassenen Strandkiosk vergnügten sich Leute mit Papierdrachen, die sich wie wahnsinnig in den Windtunneln drehten. Winter ging über den Strand auf die Wellen zu, die draußen in der Jammerbucht über mannshoch waren. Er hob einen Stein auf und spürte die Kälte des Wassers. Dann schleuderte er den Stein in die Wellen und schaute ihm nach, wie er in der Krone aus kreideweißem Schaum verschwand. Zehntausend Jahre hat er gebraucht, um von dort wegzukommen, und jetzt habe ich ihn zurückgeschleudert, dachte Winter. Was habe ich getan.

Ein neu gepflasterter Platz markierte das Zentrum von Blokhus. Dazu ein Cowboyland und eine Skybar, deren Fenster im Schatten lagen und ihn wie leere schwarze Höhlen anzustarren schienen. Kleider und Jacken drehten sich im Wind vor einem anderen Geschäft. Winter fiel auf, dass kein Vogel sich in die Nähe wagte, als hätten die Tiere Angst vor diesen leblosen Vogelscheuchen.

Das Haus lag jenseits des Platzes, am Jens Bærentsvej. Das dritte rechts an dem Kiesweg, der über gemartertes Gras zum Meer führte. Der Verputz war grau und fleckig, und das Haus glich mehr einer dieser Ferienhütten als einem richtigen Wohnhaus. Später bemerkte Winter an der Rückseite einen alten Anbau, so groß wie ein Zimmer. Es gab keinen Zaun. Ein rostiger Rasenmäher stand auf dem kleinen Rasenstück, als hätte ihn jemand mitten in der Arbeit dort stehen gelassen. Ein schwarzes

Fahrrad lehnte an der Wand, die Reifen platt. Der Schornstein war einmal weiß gewesen, in den Fenstern gab es kein Leben. Winter fühlte sich an Eline Herts' hoffnungslose Landschaften an den Wänden seines Hotels erinnert.

Also hier war es, dachte er. Hier sind sie gewesen. Helene ist hier gewesen. Und noch jemand. Vielleicht ihre Mutter, vielleicht auch nicht. Vielleicht der Vater, vielleicht auch nicht. Kim Andersen. Der Vater? Du sollst deinem Vater gehorchen. Du sollst deinen Vater achten. Vater unser, der du bist im Himmel, kam es Winter in den Sinn.

War er hier ermordet worden?

Während der Rückfahrt nach Aalborg grübelte er, wie viel sie damals hatten ausrichten können, die Männer von der Spurensicherung. Die dänischen Techniker hatten Abdrücke von Helene gefunden. Von niemand anders sonst – abgesehen von den Hausbesitzern, die gerade erst renoviert hatten. Das war jetzt schwer vorstellbar. Aber sie hatten neue Tapeten angebracht. Fingerabdrücke ... Tapeten ... Wie oft war wohl das Haus seitdem renoviert worden? Anscheinend war neu tapeziert worden, bevor die Polizei auch nur eine Ahnung hatte, wer in dem Haus gewohnt hatte. Ob sie die neuen Tapeten heruntergerissen und auf den alten nach Fingerabdrücken gesucht hatten? Er musste Michaela fragen. In den Akten hatte er nichts dazu gefunden. Aber das hatten sie bestimmt getan, oder?

Winter konnte nicht einfach das Haus betreten, wie er es gerne getan hätte. Die Entscheidung lag beim Richter in Hjørring. Allerdings hatte das Haus dreimal den Besitzer gewechselt.

Als er wieder bei der Allee anlangte, blieb es still zwischen den Bäumen. Die tief stehende Sonne verlieh allem einen satten Goldton. Winter setzte die Sonnenbrille auf und fuhr in die Stadt zurück. Er parkte vor dem schwarzen Polizeipräsidium, das ihn immer mehr an ein Raumschiff erinnerte, das hier zwischen dänischem Wirrwarr und Frohsinn gelandet war.

Michaela Poulsen war noch in ihrem Büro. Der Computerschirm glühte mit den Sonnenstrahlen um die Wette, die durch die blanken Fensterscheiben ungehindert in den Raum fielen.

»Beate Møller möchte nicht mit uns sprechen«, berichtete

sie, speicherte einen Brief im Textverarbeitungsprogramm und blickte auf.

»Mit keinem von uns?«

»Wenn ich ehrlich sein soll, so hat sie mich zum Teufel gejagt, wenn auch mit etwas zahmeren Worten.«

»Aha.«

»Ihr Sohn hat nie etwas Böses getan. Alles Böse ist ihm angetan worden.«

»Und wenn wir ihr helfen könnten festzustellen, was ihm Böses getan worden ist?«

»Das habe ich ihr ja auch erklärt.«

»Soll ich es noch mal versuchen?«

»Ich glaube, sie weiß, dass du nicht dazu befugt bist. Und eigentlich spielt es keine Rolle. Sie traut sich nicht.«

»Hat sie Angst? Ist sie eingeschüchtert worden?«

»Ich glaube, ja.«

»Erst kürzlich?«

»Vielleicht.«

»Wo wohnt sie?«

»Wieso? Du wirst doch wohl keine Dummheiten machen wollen?«

»Im Dienst nie«, sagte Winter, und Michaela Poulsen lachte.

»Und du denkst, weil du als Beobachter hier bist, wärst du nicht im Dienst.«

»Das ist deine Interpretation. Übrigens habe ich ein paar Biker gesehen, die auf der Parallelstraße neben mir nach Blokhus gefahren sind.«

»Haben sie dich beschattet?«

»Sie wurden selbst beschattet, von den Bäumen. Aber ich weiß nicht, ob sie dort waren, weil ich dort war.«

»Sie lieben die Natur«, sagte Michaela Poulsen. »Das gehört zu ihrer Subkultur.«

Winter zählte ihr alle Fragen auf, die ihm auf der Fahrt gekommen waren, und Michaela Poulsen hörte geduldig zu.

»Ich weiß nicht, wem das Haus jetzt gehört, aber das kann ich nachprüfen. Wenn wir genug vorzubringen haben, können wir einen neuen Durchsuchungsbefehl vom Richter in Hjørring bekommen. Was die Spuren angeht, so müsstest du alles darüber in deinem Büro finden können. Und ich bin überzeugt, die Techniker waren gründlich.«

»Haben sie auch unter den neuen Tapeten gesucht?«

»Das kann ich nicht genau sagen. Wir können uns ja schnell erkundigen. Oder beim CFI, dem Zentralbüro für Identifizierung in Kopenhagen, nachfragen.«

»Okay«, stimmte Winter zu. »Wie groß ist die technische Abteilung?«

»Wieso? Meinst du, sie kommen mit ihrer Arbeit nicht nach?«

»Nein, nein, ich wollte es nur wissen.«

»Du hättest aber Recht gehabt. Sie kommen manchmal wirklich nicht mit der Arbeit nach. Die elf Techniker in der Abteilung sollen ganz Nordjütland bis runter nach Aarhus abdecken. Der Chef der Abteilung, Vizekriminalinspektor Preben Bendtsen, stöhnt jedes Mal darüber, wenn er mit uns spricht. Trotzdem leisten sie gute Arbeit. Einen Fotografen gibt es auch. Ab und zu fordern wir Spezialisten aus Kopenhagen an. Und wenn es um komplizierte ballistische Fragen und Genanalysen geht, schicken wir die Sachen sowieso an die Reichspolizei.«

Das Telefon läutete. Sie nahm ab und meldete sich. Dann sagte sie: »Für dich. Aus Schweden.«

52

Winter erkannte Ringmars Atmen, ehe der ein Wort gesagt hatte. Es knisterte im Hörer, als schwankte die Leitung im Sturm, dabei lag sie tief auf dem Grund des Kattegats.

»Winter hier.«

»Hej, Erik. Hier ist Bertil. Ich habe das Handy angewählt, aber du hast dich nicht gemeldet.«

Michaela Poulsen hatte gewinkt und zum Flur gedeutet und ihr Zimmer Winter überlassen. Er hörte die Tür hinter sich zugehen, nahm sein Handy aus der Tasche und betrachtete es. »Es sieht ganz normal aus.«

»Vom Aussehen rede ich ja nicht. Es geht darum, wie es klingt.«

»Ist was passiert?«, fragte Winter, während er sich die eingegangenen Gespräche aufs Display rief. Nichts, seit er nach Dänemark gekommen war. »Das Handy ist tot. Muss was mit der Batterie sein. Oder was anderes. Hat wohl nicht funktioniert, seit ich hier angekommen bin.«

»Ja, ja. Aber jetzt haben wir ja 'ne Verbindung. Wir haben keinen Møller in unseren Karteien«, sagte Ringmar. »Jedenfalls keinen, der passt. Noch nicht. Aber deshalb rufe ich nicht an.«

»Okay.«

»Wir haben in den letzten Stunden ganz schön Arbeit mit dem Aussortieren von Tipps zu dem Mädchen gehabt. Da waren ein paar Interessante drunter. Einer ist vor einer Stunde eingegangen. Ein Busfahrer auf der Billdalslinie behauptet, ganz sicher zu sein, dass er das Mädchen in seinem Bus gesehen hat.«

»Allein?«

»Er sagt, dass es in Gesellschaft einer Frau war. Ich habe bisher nur mit ihm telefoniert. Er kommt gleich hier vorbei.

»Gut. Wenn er glaubwürdig ist. Es ist ja nicht leicht, einen Fahrgast hinterher wiederzuerkennen.«

»Er hat früher mal was darüber gelesen, aber jetzt erst zwei und zwei zusammengezählt.«

»Wann war das?«

»Als er draufgekommen ist?«

»Wann hat er das Mädchen gesehen?« Winter hörte wieder ein Rauschen in der Leitung.

»Er wird versuchen, das auf dem Weg hierher herauszufinden. Schlägt in seinem Fahrtenbuch nach oder so. Aber es ist lange her.«

»Wie lange?«

»Monate. Kann im Zusammenhang mit dem Mord gewesen sein.«

»Oder davor.«

»Bitte?«

»Nichts. Das müssen wir später diskutieren, wenn ich wieder da bin.«

»Wann kommst du zurück?«

»Morgen Abend, glaube ich. Eigentlich sollte ich länger bleiben, aber man kann ja wieder herfahren.«

»Gab's heute was Neues?«

»Bin nicht sicher.«

»Natürlich.«

»Ich glaube übrigens, dass mich diese Motorradgang überwacht. Hell's Angels oder so. Irgendwer tut es jedenfalls.«

»Die beschatten dich?«

»Möglicherweise. Aber ich habe das Gefühl, die wollen, dass ich es merke.«

»Wir bleiben am Ball«, meinte Ringmar. »Ich bin immer mehr überzeugt, dass es da einen Zusammenhang zur Toten am See geben muss.«

»Was ist sonst los«, fragte Winter.

»Halders, Aneta und ihre Gruppe sind mit den Autos durch, die ein H im Kennzeichen haben. Ich sitze mit allen Protokollen hier. 124 Gespräche. Verdammt viel Arbeit haben die erledigt.«

»Nichts rot unterstrichen?«

»Halders hatte was, aber da ging es wohl um die Schießerei ... Ich weiß nicht, es liegt alles in der Mappe. Aber ob ich dazu komme, die Sachen zu lesen, wo jetzt die Leute hier dauernd anrufen ... Das musst du dir eben später selbst ansehen. Ist schließlich deine Aufgabe. Du kannst ja nicht bis in alle Ewigkeit *smørrebrød* essen.«

»Hab ich noch gar nicht.«

»Dann gibt es wohl keinen Grund, noch länger dort zu bleiben? Wenn du nicht vorhast, das gute *smørrebrød* zu essen?«

»Leb wohl, du Spinner«, sagte Winter und legte auf.

Eine Polizistin zeigte ihm den Ausgang. Winter hörte von irgendwoher lautes Rufen, Schreie.

»Das kommt aus den Ausnüchterungszellen«, erklärte die Polizistin.

»Scheinen mächtig voll zu sein«, sagte Winter.

Sie blickte ihn fragend an. »Die sind hier bei uns ständig belegt. Was sollen wir machen, wenn wieder welche anrufen und sich beschweren. Dann müssen wir eben die nächste Fuhre aus der Kneipe holen.«

»Die Leute suchen wohl Kontakt«, sagte Winter.

»Hier bekommen sie wahrlich Kontakt zu Gleichgesinnten.«

Winter ging die Treppe hinunter. Es war schon recht dunkel. Auf dem Güterbahnhof jenseits der Jyllandsgade klirrte Eisen auf Eisen. Winter machte sich auf den Weg zu seinem Hotel. Radfahrer und Autos fuhren an ihm vorbei. An einem Tabakladen verkündete ein Plakat die Schlagzeile des *Extra-Bladet*: »Blutbad unter Prostituierten – Messerstecher lief Amok in Bordell in Kopenhagen.«

Er zögerte vor dem Eingang des Park Hotels und ging stattdessen nach links über den Boulevarden weiter. Niemand stand am Fenster des Boulevard-Cafés, als er die ausgetretenen Stufen zur Kneipe hinaufstieg und die Tür öffnete. Eine Mischung aus

Alkohol und Rauch schlug ihm entgegen, ein dicker Nebel, der in dem aus zwei großen Räumen bestehenden Lokal waberte. Die wenigen Tische an den Fenstern waren leer. Winter setzte sich und versuchte die Fassade seines Hotels durch die mit Fett beschmierte Scheibe vor sich zu erkennen. Das Fenster seines Zimmers konnte er nicht sehen. Nur wenige Fenster in der Hotelfassade waren erleuchtet.

Die Theke stand im hinteren Raum und davor einige Männer, die aus voller Kehle sangen, ein Lied von Glauben, Hoffnung, Liebe – und Alkohol. Eine mit weißer Bluse und schwarzem Rock bekleidete Frau saß an einem der Tische beim Essen. Als sie Winter bemerkte, stand sie auf und trocknete sich den Mund mit einem Handtuch ab, das im Rockbund befestigt war. Die Männer drehten die Köpfe in Winters Richtung, mitten im Lied, wandten sich dann aber wieder ab. Die Frau kam zu ihm an den Tisch. Winter bestellte ein Hof. Sie ging, holte eine Flasche aus einem großen Kühlschrank hinter der Theke und kam mit der geöffneten Flasche und einem Glas wieder. Winter bezahlte die wenigen Kronen. Er wartete mit dem Einschenken, bis sie sich wieder vor ihren Teller gesetzt hatte. Das Glas vor ihm war mindestens ebenso schmierig wie die Fensterscheibe vor seiner Nase. Winter wischte mit der Hand über den Flaschenhals und trank aus der Flasche wie ein Däne. Erst beim Trinken merkte er, wie durstig er war.

Das Fenster, durch das ihn der Mann beobachtet hatte, befand sich einige Meter weiter zur Bar hin. Der Mann war jetzt nicht da, sondern nur die singenden Männer und die Frau, die ruhig daneben saß und still ihr Essen zu sich nahm, als wäre sie allein. Eigenartig, dachte Winter. Wie in einem Theaterstück. Oder im Traum.

An einem Tisch ganz hinten im Lokal saß ein einzelner Mann in einem braunen Mantel, vor sich ein Bier und eine Flasche Schnaps, der vor sich hin starrte, ohne den Kopf zu bewegen – außer wenn er trank. Winter sah, wie der Arm sich regelmäßig hob. Ein Profi. Als die Frau fertig war, stand sie auf und holte dem Mann im Mantel ein neues Bier, ohne dass er ein Zeichen gegeben hatte. Winter trank sein Bier aus und stand auf. Die Männer sangen. Keiner schien ihm nachzublicken.

Michaela Poulsen rief vom Foyer aus an. Es war gerade acht Uhr vorbei. Winter war fertig und ging die Treppe neben den düsteren gerahmten Landschaften an den Wänden hinunter.

Sie trug eine gerade geschnittene Jacke und die dazu passende Hose und hatte ihr Haar zu einem Pferdeschwanz zusammengebunden. Sie wirkte jünger damit. Eine Gruppe Schweden saß im Speisesaal des Hotels beim Abendessen. Winter konnte seine Muttersprache hören.

»Die Stadt ist voller Schweden«, meinte er. »Und viele wohnen anscheinend hier im Hotel.«

»Ich möchte wissen, warum«, sagte Michaela Poulsen und blickte sich in diesem Ambiente à la 19. Jahrhundert um. »Sollen wir wirklich ausgehen?«

Sie gingen den Boulevarden entlang, dann die Østerågade. Es war viel los an diesem Abend. Winter hörte ständig Schwedisch und Deutsch. Sie begegneten auf dem Weg mehreren großen Gruppen. Ein Straßensänger hatte sich auf einem freien Platz linker Hand aufgebaut und gab etwas zum Besten von ewiger Jugend, die an die Himmelspforte klopfe.

Es war windig.

Sie blieben an der Kreuzung Ecke Bispensgade stehen.

»Ich verspüre hier immer ein starkes Unbehagen«, sagte Michaela Poulsen.

»Das kann ich verstehen.«

»Eigentlich hat man oft dieses Gefühl in unserem Beruf.«

»Ich weiß, was du meinst.«

»Bitte schau einfach weiter geradeaus, während ich mit dir rede, aber ich glaube, da drüben an der Buchhandlung steht ein Typ, der sich mehr für uns interessiert als für die Bücher im Schaufenster.«

Winter musste sich anstrengen, um nicht den Kopf zu drehen. Stattdessen betrachtete er interessiert die dunklen Mauern der Bank vor sich. »Kennst du ihn?«, fragte er.

»Von hier aus kann ich das nicht genau erkennen, aber ich bezweifle es. So saudumm sind die nicht, dass sie jemanden auf uns ansetzen, den ich kenne.«

»Die haben anscheinend genug Nachschub«, meinte Winter.

»Die rekrutieren doch ständig neue Leute. Was hältst du davon, ein paar Schritte weiterzugehen, damit wir sehen können, was passiert?«

Sie liefen ein Stück Richtung Den Jyske Bank und blieben wieder stehen.

»Worüber sprachen wir gerade?«, fragte Michaela Poulsen. »Fällt dir ein, was das war?«

»Dass wir uns bei unserer Arbeit oft unwohl fühlen«, antwortete Winter.

Schweigend betrachteten sie Den Jyske Bank.

»Der Bursche von der Buchhandlung ist weitergegangen«, erklärte Michaela Poulsen dann. »Schau besser noch nicht hin, aber wir können jetzt weitergehen, sonst kriege ich noch einen Krampf.«

Sie liefen an der Buchhandlung vorbei. Nebenan im Fenster des Modehauses Nordjylland standen Schaufensterpuppen ohne Kleider und starrten sie aus gläsernen Augen an, und die Buchhandlung zeigte eine Auswahl neuer Bücher dänischer Bestsellerautoren.

»Er liest entweder Ib Michael oder Susanne Brøgger«, sagte Michaela Poulsen.

»Warum nicht beide?«

»Was liest du gern?«, fragte sie.

»Leider meist nur Berichte und Protokolle.«

»Manchmal hat man keine Zeit für was anderes. Immer ist da eine Ermittlung, die einen in Atem hält.«

»Das ist diesmal auch nicht anders«, seufzte Winter.

Sie waren auf der Bispensgade weitergegangen bis zum Vergnügungsviertel um die Jomfru Ane Gade. Man kam nur schwer voran unter den vielen, die sich zwischen Restaurants und Bars bewegten. Musik dröhnte von allen Seiten auf sie ein. Winter dachte an das Stadtfest in Göteborg. Hier herrschte die gleiche Stimmung, das gleiche ängstliche Suchen nach Frieden und Freude.

»Sollen wir uns irgendwohin setzen, wir haben ja jetzt festgestellt, dass wir beobachtet werden?«, schlug Michaela Poulsen vor.

»Ja, setzen wir uns«, stimmte Winter zu.

»Es gibt eine annehmbare Brasserie in der nächsten Straße.

Oder sollen wir versuchen, uns weiter hier durch das Gedränge zu wühlen?«

»Im Gewühl zu bleiben wäre besser, glaube ich«, sagte Winter. »Da ist es leichter, uns zu beobachten, ohne dass wir es merken.«

»Er ist uns nach ein paar Minuten wieder gefolgt«, meinte Michaela Poulsen.

»Du bist tüchtig.«

»Hier in Dänemark müssen wir das sein. Unser Leben kann davon abhängen.«

Winter war sich nicht sicher, ob das scherzhaft gemeint war.

»Er ist noch da«, sagte sie.

»Dann müssen wir ein Lokal mit Platz für drei finden.«

Sie lachte.

Winter sah sich um. Hunderte von Schildern in grellem Neon: L. A. Bar, Fyrtøjet, RockNielsen, Down Under, Rendezvous, Faklen, Rockcaféen, Duty, Jules Verne, Sunrise, Dirch på Regensen, Fru Jensen, Gaslight, Pusterummet, Corner, Jomfru Ane's Dansbar, Giraffen, Musikhuset, Spirit of America.

Sie gingen ins Sidegaden. Das Motto des Lokals lautete: Die Nacht ist euer. Sie drängten sich an die Theke, und Michaela Poulsen bestellte zwei Flaschen Hof. Aus den Lautsprechern dröhnte der nächste Song.

»Clash«, sagte Winter. »London Calling.«

»Dachte ich's mir doch, dass du auf Rock stehst«, verkündete Michaela Poulsen. »Du siehst ja auch aus wie ein Bandleader. Ich mag Rockmusik gar nicht so gerne.«

Als Winter ihr widersprechen wollte, unterbrach sie ihn: »Er ist gerade hier vorbeigegangen. Da, jetzt wieder.«

Winter führte die Flasche zum Mund und drehte unauffällig den Kopf. Leute schlenderten die Straße entlang. Das war alles.

»Ich habe ihn noch nie vorher gesehen«, sagte Michaela Poulsen. »Aber ich bin sicher, der Typ überwacht uns.«

»Und was folgern wir daraus?«

»Dass du dich wohl geehrt fühlen darfst und das hier ernst ist. Ich glaube, deine Ankunft hat einigen Staub aufgewirbelt.«

»Wir sind irgendwem zu nahe gekommen.«

»Ja. Das erschreckt und freut mich zugleich.«

»Jetzt müssen wir nur noch den letzten Bankräuber finden«, sagte Winter.

»Du glaubst, dass er noch lebt?«

»Ja. Er hat ihren Vater getötet, und er hat Helene Andersén getötet.«

Michaela Poulsen blickte ihn fragend an, die halb volle Flasche in der Hand: »Nach fünfundzwanzig Jahren. Warum?«

»Ich versuche gerade, das herauszufinden. Unter anderem bin ich deshalb hier.«

»Er hätte es doch gleich tun können.«

»Nein. Vielleicht hatte er das vor ... aber es kam was dazwischen. Vielleicht ist ihm Kim Andersen in die Quere gekommen.«

»Und was ist mit der Mutter passiert? Mit Brigitta?«

»Er hat sie auch getötet«, erklärte Winter. »Er tötete Kim Andersen und Brigitta Dellmar, und das Kind wurde nach Schweden gebracht. Auf diese Weise sollte die Fährte verwischt werden.«

»Warum dann Helene nach so langer Zeit töten?«

»Keine Ahnung. Etwas ist passiert. Irgendwas. Vielleicht hat sie was erfahren. Sie hat rausbekommen, wer es war. Hat ihn zur Rede gestellt. Den Mann, der ihre Mutter und ihren Vater getötet hat. Ich glaube, wir suchen die ganze Zeit nur einen einzigen Mörder.«

»Und ein Kind«, erinnerte ihn Michaela Poulsen. »Eine furchtbare Geschichte.« Sie stellte ihre leere Flasche auf die Theke. »Theorien. Aber die Frage ist doch, was unsere Motorradgangs damit zu tun haben.«

»Dass sie was damit zu tun haben, beweist doch unser Beschatter.«

»Vielleicht wissen die etwas«, überlegte Michaela Poulsen. »Es fragt sich auch, ob nicht von Anfang an mehr als die fünf in die Sache verwickelt waren.«

»Sechs«, sagte Winter. »Du vergisst das Kind. Helene.«

»Und dein Mörder? Ist er mit nach Schweden gegangen oder ist er noch in Dänemark? Hier in Aalborg?«

»Er ist vielleicht gerade eben draußen auf der Straße vorbeigegangen«, scherzte Winter. »Nein, aber der Mord im August in Göteborg, der würde zwar nicht beweisen, dass der Typ in Dänemark lebt, aber zu dem Zeitpunkt war er dort.«

»Wenn es nur einer ist«, wandte Michaela Poulsen ein.

Winter nickte stumm.

»Man könnte auch eine andere Theorie vertreten«, meinte sie. »Dass es nur eine überlebende Person aus der Gruppe der Bankräuber gibt, und da rechne ich alle sechs. Nur dass es auch eine Frau sein könnte. Brigitta Dellmar.«

Wieder nickte Winter.

»Du siehst auf einmal ganz blass aus«, sagte sie. »Ich bestimmt ebenso. Ein grässlicher Gedanke.«

»Dann hätte sie ihr eigenes Kind töten lassen?«

»Vielleicht hatte sie keine andere Wahl. Vielleicht wusste sie es nicht. Du weißt genauso gut wie ich, dass wir uns hier am Rand menschlicher Abgründe bewegen.«

»Ja«, erwiderte Winter, »das gehört zur Arbeit.«

»Aber das ist ja nur 'ne Theorie«, sagte Michaela Poulsen.

Winter sah sich auf dem Boulevard um. Niemand wartete vor der Kneipe an der Ecke. Niemand stand am Fenster. Einige Zecher grölten vor der Mallorca Bar.

Er machte es genauso wie am Abend zuvor.

Als er im Halbdunkel seines Zimmers stand, sah er den Mann vom Vortag dicht unter dem Fenster vorbeigehen.

Das Handy vibrierte, das er mit sich herumgetragen hatte, obwohl es unbrauchbar war. Er nahm es aus der Innentasche und betrachtete es zweifelnd. Angelas Nummer leuchtete im Display auf. Er antwortete.

»Ich bin's bloß«, sagte sie.

»Hast du schon mal versucht anzurufen?«

»Nein. Wieso?«

»Es hat nicht mehr funktioniert, seitdem ich hier bin.«

»Kann das nicht sein, wenn man ins Ausland fährt?«

»Nur wenn das Abonnement neu ist.«

»Aber jetzt funktioniert es. Wie geht es dir, Erik? Wie ist es in Aalborg?«

Was sollte er darauf antworten?

»Unheimlich«, sagte er.

53

Regen prasselte gegen die Fensterscheibe und weckte Winter vor dem Wecker. Draußen war es noch dunkel, kein Lichtstrahl, der ihm den Weg durchs Zimmer vom Bett zur Toilette erhellen konnte.

Winter schwang die Beine über die Bettkante, und als er Richtung Bad ging, stieß er sich am Nachttisch einen Zeh. Das passierte ihm mindestens einmal zu jeder Jahreszeit.

Er fluchte und setzte sich, um den Zeh zu massieren. Als er nur noch einen dumpfen Schmerz verspürte, stand er auf, um zu verrichten, wozu es ihn drängte.

Als er wieder im Bett lag, blickte er zur Decke. Ihm fiel Beate Møller ein, die er nun doch nicht gesehen hatte. Sollte er es nachholen? Sollte er zu ihrem Haus im Osten der Stadt fahren, ein Stück weit weg parken und versuchen, sie abzupassen, sobald sie das Haus verließ.

Er würde dort draußen nicht allein sein. Irgendwo würde ein anderes Auto parken oder ein Motorrad, das er vielleicht sogar bemerken würde. Eine Provokation. Von beiden Seiten? Aber die Frau geriete zwischen die Fronten, und was konnte dabei Gutes herauskommen?

Besser, ich überlasse es Michaela, mit ihr zu reden, beschloss er. Ich mache sonst am Ende alles nur schlimmer.

»Wir haben noch zwei weitere unaufgeklärte Morde, die uns auf der Seele liegen«, erzählte Jens Bendrup, der sich auf dem

Schreibtisch in Winters provisorischem Büro niedergelassen hatte. »Die uns verfolgen wie Gespenster.«

»Wie bitte?« Winter blickte vom Bildschirm seines Laptops auf.

»Alte offene Morde«, wiederholte Bendrup. »Gar nicht zu reden von den ungeklärten Raubüberfällen. Bist du dir bewusst, dass die Verjährungsfrist für den Überfall auf Den Danske Bank abgelaufen ist? Die beträgt zwanzig Jahre. Alles, was in Dänemark mit über acht Jahren Gefängnis bestraft würde, hat zwanzig Jahre Verjährungsfrist. Das gilt auch für Mord. Aber vielleicht spielt das keine Rolle mehr, wo wir die Uraltfälle mit einem neuen Fall in Verbindung bringen können.

»Das hoffe ich«, sagte Winter.

»Wer einen anderen tötet, ohne Mörder zu sein, wird wegen Totschlags mit Gefängnis nicht unter fünf Jahren und in besonders schweren Fällen zu lebenslanger Freiheitsstrafe verurteilt«, zitierte Bendrup auf Dänisch. »Dänisches Strafgesetzbuch, Paragraph 237.«

Wer einen anderen tötet, ohne Mörder zu sein, dachte Winter. Das klingt mild, geradezu lyrisch.

»Das klingt zu schön, was«, sagte Bendrup. »Vermutlich um Verbrecher, die das Gesetzbuch studieren, reinzulegen.«

»Was für unaufgeklärte Morde sind das?«, fragte Winter.

»Der eine ist meiner Meinung nach auch ein Bikermord«, berichtete Bendrup, »aber wie gewöhnlich ist es unmöglich, die Tatverdächtigen auf Grund der Beweislage zu überführen.«

»Was ist passiert?«

»Eine vierundzwanzigjährige Frau wurde mit durchgeschnittener Kehle in der Bahnhofstoilette aufgefunden. Sie hatte eine Fahrkarte nach Frederikshavn in der Handtasche. Der Zug sollte eine halbe Stunde später abfahren, aber da saß sie nicht drin. Das war vor vierzehn Jahren. 1984. Am selben Abend haben sie im Fernsehen *French Connection* gezeigt. Irgendwie habe ich diesen Mord immer mit dem Titel verknüpft.«

»*French Connection*«,wiederholte Winter.

»Wie jetzt«, sagte Bendrup. »Das hier, mit dem wir gerade beschäftigt sind, könnten wir ja *Swedish Connection* nennen.«

»Oder *Danish Connection*«, meinte Winter.

»Einmal im Jahr nehme ich mir die Ermittlungsunterlagen vor und gehe die Protokolle durch«, fuhr Bendrup fort. »Der Fall Jutte. Die Tote, die im Bahnhof gefunden wurde, hieß Jutte. Das ist mein Fall, ich habe die ganze Akte da. Jetzt kommt sie auch in den Computer. Vielleicht hilft das was. Den Fall vergesse ich nie, der ruht nur. Den vergesse ich nicht.«

»Keine neuen Spuren?«

»Doch. Jedes Jahr ein paar Kleinigkeiten, aber nichts Greifbares. Und dann ruft noch Pedersen aus Ringsted regelmäßig an und gesteht den Mord. Er gesteht alles, aber solche Typen werdet ihr bei euch sicher auch haben.«

»Ja. Die kosten einen ganz schön viel Zeit.« Winter schaltete den Computer aus. »Du glaubst also, dass der Mord an Jutte mit den Rockerbanden in Zusammenhang steht?«

»Mit den Bandidos«, erklärte Bendrup. »Sie war, was man als passives Mitglied bezeichnen könnte. Ihr Kerl war Mechaniker und ebenfalls nur passives Mitglied. So was akzeptieren die nicht so leicht. Ganz oder gar nicht. Vielleicht war es eine Art Warnung für andere. Ihr Kerl war jedenfalls nicht der Täter.«

»Andere Verdächtige?«

»Nicht wirklich«, sagte Bendrup. »Die heißeste Spur war der Brief eines Selbstmörders, in dem der Unglückliche den Mord an der Frau gestand, aber es gelang uns nicht zu beweisen, dass er den Brief selbst geschrieben hatte. Du weißt, wie das ist. Ein Teil unserer Arbeit ist es nun mal, die notwendigen Indizien zusammenzutragen. Zu beweisen, ob so ein Geständnis echt ist!«

Bendrup verstummte, als müsse er über die Absurdität seiner Arbeit nachsinnen. Draußen goss es in Strömen. Die Tropfen, die an die Fensterscheibe schlugen, sperrten alle anderen Geräusche aus.

»Du hast noch einen zweiten Mord erwähnt«, erinnerte ihn Winter.

»Was? Ja. Der an Frau Bertelsen. Vor vier Jahren. Sie war in ein Wirtshaus eingekehrt, eines von der billigen Sorte, ist alleine von dort weggegangen und – verschwunden. Acht Monate später hat irgendein Haustier auf einem unbebauten Stück Hafengelände ihr Skelett ausgegraben. Wir fanden keine persönliche Habe, nichts. Sie war nackt gewesen, und nun war sie mehr als das. Immerhin war sie als vermisst gemeldet, so dass wir sie anhand der Zähne identifizieren konnten. Aber weiter sind wir nie gekommen.«

Winter sah Helenes Gesicht und den See vor sich, den schmalen Graben. Wie ein ausgehobenes Grab im Moor. Ein Wasservogel schrie eine Warnung.

Eine Sache wollte er noch erledigen. Zuerst rief er das Sea-Cat-Büro in Fredrikshavn an und reservierte einen der wenigen noch vorhandenen Plätze auf dem 15.15-Schiff. Er hatte die Hotelrechnung bezahlt. Die Reisetasche lag im Auto, das direkt gegenüber vom Haus der Anonymen Alkoholiker stand. Es war kurz nach zwölf. Winter erhob sich und ging über den Flur zu Michaela Poulsens Zimmer. Die Tür war offen. Er sah sie über den Schreibtisch gebeugt dasitzen. Das Haar fiel ihr auf die Schultern. Winter klopfte an die Tür, und sie blickte hoch und winkte ihn herein.

»Ich mach mich jetzt auf«, sagte er.

»Ja. Was Neues zu Hause?«

»Vielleicht. Ein Busfahrer hat das Mädchen gesehen. Vielleicht. Und dann sehne ich mich danach, die Unterlagen zum Fall alle noch einmal durchzulesen.«

»Das hast du gestern schon gesagt.«

»Wir hören bald voneinander?«

»Das hoffe ich«, antwortete sie. »Ich versuche ein Treffen mit Beate Møller zustande zu bekommen. Als Anfang. Dann spreche ich mit dem Richter über das Haus in Blokhus. Und mit dem jetzigen Besitzer.« Sie blickte auf die Akte vor sich und schüttelte den Kopf. »Wenn ich mich durch diese Brühe gekämpft habe.«

»Was für Brühe?«

»Na, so'ne Suppe in Form von achtzigtausend Liter beschlagnahmtem Schnaps. Wir haben achtzigtausend Liter Schmuggelware auf einem Bauernhof auf halbem Weg nach Fredrikshavn gefunden. Achtzigtausend Liter! Eine ganze Menge!«

»Und kein Besitzer?«

»Nicht einmal das Herkunftsland wissen wir«, stöhnte Michaela Poulsen. »So, jetzt hast du auch einen Einblick in unser Alltagsleben. Der Schmuggel von Drogen und vor allem von Alkoholika ist hier an der Tagesordnung. Ware für Schweden und andere Länder. Das meiste allerdings für Norwegen.«

»Na, prima!«, sagte Winter, winkte Lebewohl und schritt zum letzten Mal über die Flure der Kripo im Aalborger Präsidium. Vierundvierzig Kriminalbeamte kämpften hier mit dem Unbehagen, die Chefs eingeschlossen. Ein Betrugsdezernat und die Drogenfahndung. Dazu dreißig Polizisten, gleichmäßig verteilt auf Diebstahldelikte und Einbruch. Schwere Gewalttaten und Vergewaltigung, Mord. Das Land war ein anderes, aber die Verbrechen waren die gleichen.

Dann saß Winter allein in einem Zimmer im Erdgeschoss des Gebäudes. In einem Raum mit dem Schild »Avismikrofilm« an der Tür. Er legte die Filmrolle in das Gerät und stand auf, um ein wenig Luft in das muffige Zimmer zu lassen. Durch das Fenster blickte er hinaus auf einen Fußgängerüberweg. Das Ampelmännchen leuchtete rot. Als er das Fenster schräg gestellt hatte, war noch immer rot.

Er las die Titelseite der *Aalborgs Stiftstidende*, die in deftigem Ton gehalten war. Die Nachricht vom Bankraub nahm mehr als die halbe Seite ein: »Bankräuber tötet Polizisten«. Der Untertitel berichtete von zwei weiteren Toten.

Außer dem Leitartikel war dem Vorfall ein zweiseitiger Bericht gewidmet. Jens Bendrup wurde zitiert, und Winter konnte sich ein Schmunzeln über den jungen Bendrup mit langem Haar und merkwürdigen Koteletten nicht verkneifen. Alle Männer, die er auf den Fotos vom 3. Oktober 1972 sah, hatten diese seltsamen Koteletten.

Bendrup log eine Menge, sagte die Wahrheit nur, wo es notwendig war, und Bendrups Vorgesetzte traten das Wenige breit, was sie wussten. »Man darf sich nie einen Trumpf aus der Hand nehmen lassen«, hatte Bendrup erst am Vormittag noch zu Winter gesagt. In diesem Fall hatten sie es wahrlich getan. Die Frage war nur, ob sie überhaupt einen Trumpf in der Hand hatten.

Diese Zeitungsartikel sollten die Verbrecher bestimmt bewusst verwirren, spiegeln aber auch den Stand der Ermittlungen wider, überlegte Winter. Das Übliche. Er sah Fotografien des toten Polizisten und des Bankräubers, der noch am Tatort gestorben war. In Dänemark geht die Presse augenscheinlich anders mit solchen Ereignissen um. Aber war man in Schweden wirklich zurückhaltender? War man es früher? Er würde Bülow bei Gelegenheit fragen.

Winter las, fand aber nichts, was er nicht bereits wusste. Er spulte den Film nicht mehr weiter, und die Drehbewegung vor seinen Augen hörte auf. Ihm war ein wenig schwindelig. Vielleicht lag es an der Luft im Raum, oder an den unterschiedlichen Geschwindigkeiten, mit denen das Gerät den Film transportierte. Winter fühlte sich wie in einem Auto, aus dessen Fenster er bei schneller Fahrt versuchte, in der vorbeieilenden Landschaft etwas zu erkennen.

Er erhob sich und warf einen Blick aus dem Fenster. Die Ampel war immer noch rot, und der Überweg schien bereits vor langer Zeit von den Fußgängern der Stadt aufgegeben worden zu sein.

Winter setzte sich. Er las in den Zeitungen von damals herum und fragte sich, ob Brigitta das Gleiche gelesen hatte wie er jetzt. Er überflog einen Artikel, der davon berichtete, dass die Mitarbeiter der Zeitung »nein« zur EG sagten, während der Schriftsteller Leif Panduro dafür war – mit Rücksicht auf die »sozial Schwachen«.

In dieser Hinsicht hat sich einiges geändert, fand Winter. Er spulte weiter und las von einem Straßenräuber, der fünf Jahre bekommen hatte. Ein Polizist war von einem bewaffneten Gangster verletzt worden. Winter fühlte sich an die Berichte seiner dänischen Kollegen über diese Serie von Raubüberfällen erinnert, die damals von den Angehörigen der Motorradgangs verübt worden waren.

Winter setzte seine langsame Reise mit der Zeitmaschine fort. Dänemark war 1972 der weltweit größte Bierexporteur gewesen. Eine Skizze zeigte die geplante Infrastruktur von Aalborg 1990: U-Bahn, eine Hochbahn auf einer Schiene rund um die Stadt, bei der sich der Zeichner anscheinend von Göteborgs Vergnügungspark Liseberg hatte inspirieren lassen. Hubschrauber-Linienverkehr. Winter war neidisch auf den Fortschrittsglauben jener Zeit. Er selbst war damals zwölf Jahre alt gewesen, und träumte von der Zukunft in seinem Spielhaus auf dem Grundstück in Hagen.

Der Senat befürwortete die Bombardierung Nordvietnams mit einem Buffet um 19.50 Uhr im Faklen. Die Fahrbahnmarkierungen wurden erneuert. Auf der Automobilausstellung in Paris saß eine barbusige Blondine auf der Haube eines Jaguar V-12. Wie heute, dachte Winter. Die siebziger Jahre sind wieder da.

Der englische Nationaltrainer Alf Ramsey lobte vor der Qualifikation zur Fußball-WM 1974 die Spieler seiner Mannschaft. Bobby Moore war abgebildet. Aber auch ein junger Ray Clemence und ein 21-jähriger Kevin Keegan mit Koteletten, die noch verrückter waren als die von Jens Bendrup, die Winter kurz zuvor bewundert hatte.

Paul und Linda McCartney gründeten einen Zoo, und die Studentenunruhen an den Universitäten wurden eingedämmt.

Der Bildschirm flimmerte. Winter war noch immer unwohl. Er sah auf die Uhr. Zeit aufzuhören und nach Hause zu fahren, dachte er und bemerkte, dass er weiter vorgespult hatte, während er auf die Armbanduhr gesehen hatte. Erst bei einer Lokalseite über Pandrup und Umgebung hatte er den Film angehalten. Der Name Blokhus stach ihm ins Auge in einer Überschrift über einem Artikel, der anscheinend vom Bau des Grandhotels handelte, an dem er am Vortag vorbeigekommen war. Auf dem Foto war der Platz vor dem Hotel genauso öde und verlassen wie bei Winters Besuch im Ort. Keine Menschenseele war zu sehen.

Winter bemerkte einen weiteren Artikel über Blokhus, und wie Winter die Überschrift interpretierte, handelte er von Neulandgewinnung. Ein Foto war abgebildet, das laut Unterschrift an einem Weg, der Sønder i By hieß, aufgenommen worden war. Winter betrachtete nachdenklich das Bild und staunte darüber, dass er genau wusste, wo der Fotograf gestanden hatte. Dann überflog Winter die Einleitung des Artikels, sein Blick aber wanderte immer wieder zurück zu dem Foto, auf dem sieben oder acht Häuser zu erkennen waren. Das musste der Jens Bærentvej sein! Winter erkannte das dritte Haus auf der rechten Seite an dem Kiesweg wieder, der über windzerzaustes Gras zum Meer führte. Der Verputz war grau und fleckig, und das Haus glich mehr einer dieser Ferienhütten als einem richtigen Wohnhaus. Es gab keinen Zaun. In den Fenstern zeigte sich kein Leben. Das Foto musste im Zusammenhang mit der Reportage entstanden sein. Vor Aufregung bekam Winter einen roten Kopf.

Vor der Bruchbude stand ein Auto auf dem Weg, in etwa fünf Meter Entfernung. Zwei Gestalten waren undeutlich vor dem Haus zu sehen, auf dem Weg hinein oder heraus. Man konnte die Gesichtszüge nicht erkennen, aber es waren eine erwachsene Person und ein Kind.

Winter hatte sich nach kurzem Zögern auf den Weg gemacht. Zuvor aber hatte er Michaela Poulsen angerufen und ihr von der Fotografie in der *Aalborgs Stiftstidende* berichtet.

»Es muss sich doch feststellen lassen, wann genau die gemacht wurde«, hatte Winter aufgeregt gesagt.

»Natürlich. Ich wende mich an die Zeitung. Und an den Fotografen, wenn er noch lebt.«

»Wärst du so nett und würdest mir so schnell wie möglich eine gute Vergrößerung schicken? Mit der wir weiterarbeiten könnten?«

»Natürlich«, hatte sie geantwortet.

Der Wind zerrte an seinem Haar. Von oben auf dem Deck beobachtete Winter, wie Dänemark immer kleiner wurde und schließlich ganz verschwand. Es dämmerte schon. In internationalen Gewässern angekommen, hatte es aufgehört zu regnen. Winter fühlte sich fiebrig, sein Puls ging schnell. Er war halbwegs zu Hause. In der Bar, die gut besucht war, saßen die Gäste mit glänzenden Augen da und tranken. Sogar einige im Rollstuhl waren darunter. Praktisch, musste Winter denken, wenn man mal so richtig einen heben will.

Auf den Tischen türmten sich Flaschen und Dosen zu riesigen Bergen. Winter kam sich vor, als hätte es ihn ins Mittelalter verschlagen als Gast bei einem Trinkgelage.

Winter verließ die verräucherte Bar und ging wieder an Deck, um ein wenig Frischluft zu tanken. Vielleicht würde ihm dort draußen sogar ein Zigarillo schmecken. Der Katamaran passierte Vinga. Enten flogen auf, schwarze Punkte am Abendhimmel. Der Leuchtturm schickte Lichtkegel über das Wasser. Winter rauchte. Er war jetzt wieder ruhiger. Der Katamaran fuhr an Arendal vorbei, und sie kreuzten ein paar große Fähren, die Skandiahamnen ansteuerten. Ihr Anblick erinnerte Winter an die Wohnklötze in Biskopsgården, nur dass statt Satellitenschüsseln tausende von Bullaugen hinauf ins All zu starren schienen.

Winter betrat sein Büro im Präsidium. An der Wand schimmerten die Zeichnungen im Licht, das von draußen ins Zimmer drang. Er knipste die Schreibtischlampe und die Deckenbeleuchtung an und stellte sich vor die Bilder. Es war, als hätte die dänische Flagge auf den Abbildungen jetzt eine andere Bedeutung.

Der Weg verlief noch immer durch Wald.

Eine Windmühle bewegte ihre Flügel.

Die Straßenbahn fuhr irgendwohin.

Winter wischte sich mit der Hand übers Gesicht. Er fühlte sich nach der Reise müde und gleichzeitig erregt, ein Gefühl, das sich aus verschiedenen Fassetten zusammensetzte, wie das wiederkehrende Motiv auf den Kinderzeichnungen. Sonne und Regen, gleichzeitig.

Ringmar klopfte an die offene Tür und kam herein. »Willkommen zu Hause.«

Winter wandte sich um. »Danke. Wie sieht's aus?«

»Das sollte ich wohl fragen.«

»Wie ist es euch mit dem Fahrer ergangen?«

»Er sagt, sie könnte es sein.«

»Dann haben wir das Gebiet vielleicht etwas eingegrenzt, in dem wir das Mädchen suchen können«, meinte Winter.

»Es ist allerdings kein kleines Gebiet, die Linie fährt eine große Runde ...«

»Mir ist was Merkwürdiges passiert«, erzählte Winter. »In einer Zeitung von damals, von 1972, habe ich eine Fotografie gefunden, von jemandem, der Helene sein könnte, aber ich habe die ganze Zeit nur an die hier gedacht.« Er wies auf die

Zeichnungen an der Wand. »Das Mädchen sah aus wie Jennie.«

»Was ist so merkwürdig daran?«, fragte Ringmar.

»Verstehst du nicht? Alles fließt ineinander. Bald weiß ich nicht mehr, wer wer ist. Oder bin ich nur müde?«

»Du siehst verdammt blass aus, Erik. Geh nach Hause und ruh dich aus.«

»Ich muss was lesen.«

»Geh heim, ruh dich aus und lies dann.«

»Hast du das Protokoll von deinem Gespräch mit dem Chauffeur?«

Halders trommelte mit den Fingern auf der Tischplatte. Er hatte nicht die ganze Arbeit allein gemacht, aber er war dafür verantwortlich. Ich, der *Executive Inspector*, dachte er stolz. Das alles fällt in meinen Verantwortungsbereich.

Das Material war ordentlich in Mappen aus grauem und durchsichtigem Plastik verteilt, und er, Halders, war der Erste, der das Ergebnis ihrer Bemühungen vor sich hatte: 124 Autobesitzer, die einen Ford Escort fuhren, der ein H als ersten Buchstaben im Kennzeichen hatte.

Sie hatten niemanden verhaftet. Eigentlich hatten sie auch nichts Auffälliges bemerkt. Einer der gestohlenen Wagen war nicht wieder aufgetaucht, aber der Besitzer hatte ein Alibi und eine makellose Vergangenheit.

Die hatten allerdings bei weitem nicht alle. Ein Achtel der Fahrzeughalter war bereits einmal wegen eines Bagatelldelikts oder etwas Schlimmerem verurteilt worden. Halders war jedoch lange genug Polizist, um entscheiden zu können, ob das eine große oder eine eher geringe Anzahl war. Er fand, sie war erfreulich gering. Was nicht direkt hilfreich war. Ein Verkehrsdelikt, Trunkenheit im Straßenverkehr, leichte Körperverletzung, kleinere Diebstähle oder ein Einbruch machten den Betreffenden noch nicht gleich zum Mörder. Die Vorbestraften waren eher lästig, nahmen Zeit in Anspruch, auch weil man sich durch einen Haufen Akten arbeiten musste.

Etwas anderes ging Halders ständig im Kopf herum. Es betraf einen dieser Vorbestraften: Bremer. Georg Bremer. Der

Alte hatte einmal wegen Einbruchs gesessen. Sechs Monate. Vor zwanzig Jahren. Halders erinnerte sich an sein Haus auf dem Land. An den Weg dorthin durch die Wildnis. Die Pferde am Feldrand. Die Flugzeuge, die nach Landvetter und Härryda hereinkamen und über das Haus donnerten.

Verdammt, grübelte Halders. Was kann das nur sein? Was daran lässt mir keine Ruhe? Hab ich vergessen, was zu überprüfen? Irgendwas hatte ich mir doch vorgenommen zu tun. Aber was?

Er blätterte, las nach.

Die Werkstatt!

Aneta hatte sich Notizen gemacht, aber er hatte selbst den Bericht geschrieben. Wer hatte diese Werkstatt überprüft, wo Bremer sein Auto zur Reparatur stehen hatte? Hätte er selbst das in die Hand nehmen müssen? Nein, sagte sich Halders. Aber wem hatte er den Auftrag gegeben? Es stand nicht da. Noch nicht einmal der genaue Name der Werkstatt stand da. Aber er hatte doch den Namen notiert, irgendso etwas Austauschbares, wie Autoreparaturen AG oder so. Darum würde er sich sofort kümmern, beschloss Halders. Vielleicht war die Angelegenheit längst erledigt, aber das ging aus dem Bericht nicht hervor. Halders sah auf die Uhr und rief Möllerström an, der sich nach dem dritten Rufzeichen meldete.

»Hier ist Fredrik. Könntest du mir bei einer Sache helfen?«

Und nun saß Halders vor einem anderen Bericht: dem Protokoll eines Verhörs, das er geführt hatte.

Veine Carlberg, so hatte Halders herausgefunden, hatte die Werkstatt in Hisingen längst überprüft. An ihr war nichts auszusetzen. Und der alte Bremer hatte auch wirklich sein Auto dort zur Reparatur abgegeben. Schaden an der Ölwanne. Auch die Zeitangaben hatten übereingestimmt. Merkwürdig war nur, dass einer mit so einem Leck den ganzen Weg quer durch die Stadt machte. Aber Bremer kannte den Besitzer der Werkstatt schließlich.

Fredrik Halders aber auch. Jonas Svensk war ein alter Bekannter, mit dem er erst vor kurzer Zeit ein kleines Verhör geführt hatte. Halder versuchte sich zu erinnern, bei welchem

Fall. Svensk hatte vorgegeben, sich von seiner Vergangenheit längst gelöst zu haben. Einer Rocker-Vergangenheit.

Halders hatte ihm nicht geglaubt.

Sollte er sich mit Winter über Bremer und Svensk unterhalten? Oder sollte er zuerst selbst der Sache nachgehen? Winter war mit unheimlichen Berichten aus Smørrebrødsland zurückgekehrt. Hatte von blitzendem Chrom und einer langen Allee erzählt. Winter hatte das Richtige getan, als er rübergefahren war. Vielleicht könnte er, Halders, auch etwas Richtiges machen. Er auch.

Halders überlegte. Sie verfolgten verschiedene Spuren und mussten dabei Schwerpunkte setzen. Im Augenblick kreiste alles um Billdal, die neue Spur. Außerdem hatte Winter bei der Besprechung am Morgen von dem Ferienhaus in Dänemark und von Helene Anderséns Verbindung dorthin gesprochen. Von diesem Zusammenhang oder wie zum Teufel man es nennen wollte.

Dieser Bremer hatte ein großes Grundstück. Aneta hatte die Aussicht bewundert. Als wäre es ein Ferienhaus.

54

Winter saß bei Christina Wallin, die Psychologin und Psychotherapeutin war. Winter hatte sich schon in zwei früheren Fällen an sie gewandt.

Er hatte versucht, Fragmente von Puzzleteilen in den mageren Krankenakten zu finden. Fragmente von Helenes Erlebnissen. Wenn sie dort zu finden waren, dann nur zwischen den Zeilen. Winter wünschte, ein Therapeut hätte mit der erwachsenen Helene gesprochen.

»Sie hätte es gebraucht«, stimmte ihm Christina Wallin zu.

»Kann sie nicht zu einem Therapeuten gegangen sein, ohne dass wir es erfahren haben?«

»Habt ihr nicht alles überprüft?«

»Nun, es gibt praktisch hunderte private Therapeuten«, sagte Winter genervt. »Wir rufen sie an und fragen nach, aber bisher ohne Erfolg. Und Leute können sterben. Sogar Therapeuten.«

Sie sah ihn an.

»Entschuldige. Vergiss den letzten Satz. Weißt du, ich sitze hier und habe so wenig in der Hand.«

»Sie hat ein starkes Trauma erlitten, und das hat bewirkt, dass sie … oder ihr Selbsterhaltungstrieb … entschieden hat, sich an nichts mehr zu erinnern«, erklärte Christina Wallin. »So lese ich das hier.«

»Sie erinnert sich also nicht?«

»Nur auf einer Ebene. Auf einer anderen ist sie sich all dessen bewusst. Es handelt sich bei ihr um einen kranken Menschen.«

Christina Wallin schaute Winter an. »In welchem geistigen Zustand sie war, als sie starb, wissen wir ja nicht.«

»War ihr bewusst, was ... tja, vielleicht nicht, was geschehen war, aber dass sie ... krank war?«

»Aber ganz sicher. Sie wusste sehr wohl, dass ihre Gefühle blockiert waren. Eingesperrt in einer Kammer tief in ihr.«

Winter hörte zu. Er stand auf, lehnte sich an die Wand.

»Vielleicht war ihr auch bekannt, dass es ihr helfen könnte, wenn sie mit diesen Erinnerungen und den lange unterdrückten Gefühlen konfrontiert würde. Der Schlüssel zu ihrer Erinnerung.«

»Und das hätte sie ohne Therapie wissen können?«

»Menschen wissen viel über sich«, sagte Christina Wallin.

»Ist es in solchen Fällen nicht auch so, dass die betreffende Person sich ganz plötzlich an einzelne Dinge wieder erinnern kann?«, fragte Winter.

»Doch.«

»Was passiert dann?«

»Schwer zu sagen. Es kann furchtbar sein. Oder wie ein Schlüssel ... Wie ich gesagt habe. Oder der Teil eines Schlüssels. Es hängt ja auch von den Erinnerungen ab. Von den Ereignissen in der Vergangenheit.«

»Aber im Grund hat sie stark belastende Erinnerungen mit sich herumgeschleppt, an die sie sich auf keinen Fall erinnern will, oder?«

»Sowohl als auch. Ihre Gedanken müssen sehr zwiespältig gewesen sein.«

»Das verstehe ich.«

»Es ist auch eine Frage davon, wie ... nah sie andere an sich herangelassen hat, ob es jemanden gab, mit dem sie reden konnte.«

»Wir haben ja mit den verschiedenen Pflegeeltern gesprochen, und ich glaube nicht, dass es nähere Kontakte gab«, meinte Winter. »Deshalb hat es wohl auch auf Dauer nicht funktioniert.«

»Manche Kinder finden etwas anderes, dem sie sich anvertrauen können. Das kann eine Puppe sein ... oder ein Kleidungsstück.«

»Ein Kleidungsstück?«

»Ja. Traurig, nicht wahr? Ein Kleidungsstück als besten Freund zu haben.« Ihr fiel auf, dass Winter an diesem Tag nicht den gewohnten Anzug trug.

Winter bemerkte ihren Blick.

Ich weiß genau, was sie gerade denkt, schoss ihm durch den Kopf.

»Ihr Leben war also eine Art … Fragment?«

»Das glaube ich.«

»Aber wie kam sie dann allein zurecht … mit ihrem Kind.«

»Den Alltag zu bewältigen, ist meist nicht das Problem. Und wir wissen ja nicht, ob sie nicht doch Hilfe bekam.«

Winter fiel ein, dass Helene über Geld verfügt hatte, das sie irgendwoher bekam. Genug Geld zum Leben. Aber andere … Hilfe? Therapeutische Hilfe? Hatte die am Ende … etwas ausgelöst?

»Könnte sie von ihrer Vergangenheit etwas … entdeckt haben?«

»Wie meinst du das?«, fragte Christina Wallin.

»Nun, vielleicht hat ihr jemand am Ende berichtet, was geschehen ist. Jemand, der Bescheid wusste und ihr davon erzählte. Sodass ihre Erinnerung zurückkam.«

»Oder die Bestätigung«, sagte die Psychotherapeutin.

»Ja. Die Bestätigung. Dass die entsetzlichen Erinnerungen Wirklichkeit waren. Nicht nur Fragmente von Erinnerung. Vielleicht hat sie wirklich begriffen, was geschehen war. Und was deswegen mit ihr passiert war.«

»Und welche Folge hätte das gehabt, Erik?«

»Dass sie sterben musste.«

Wenig später zeigte Winter Christina Wallin die Zeichnungen.

»Was hältst du davon«, fragte er nach einer Weile und wies auf die doppelte Botschaft, Regen und Sonne.

»Dazu kann ich so noch nichts sagen.«

»Wie zuverlässig hat sie denn abgebildet, was sie gesehen hat?«

»Hundertprozentig. Aber es sind wohl zwei, die die Bilder gemalt haben? Und hast du nicht gesagt, dass ihr Zeichnungen von demselben Kind habt, auf denen man aber trotzdem Unterschiede erkennen kann?«

»Doch. Ich vermute, Helene hat wie ein Kind gemalt. Ist das zu verstehen? Begreifst du das? Dass sie plötzlich zum Kind wurde?«

»Das gehört zu den Phasen der Erinnerung, von denen wir gerade gesprochen haben. Aber ich muss mir das erst mal näher ansehen, ehe ich was dazu sage.«

»Was sie gemalt hat, entspringt also nicht ihrer Fantasie?«

»Nein.«

»Dann könnte man sie deuten?«

»Vielleicht. Das da ist Wald und das da Wasser.« Christina Wallin zeigte auf ein Bild an der Wand.

»Was ist dann das hier?« Winter trat näher und deutete darauf.

Sie ging näher heran. »Was?«

»Das da. Rechts von dem. Was ist das für ein Ding?«

»Ich finde, es sieht aus wie eine kleine Windmühle.«

55

Winter war wieder allein im Zimmer und arbeitete sich langsam durch die Ermittlungsunterlagen. Er machte immer wieder Notizen, trank Kaffee und ging ab und zu raus, um zu rauchen oder, wenn notwendig, eine Pause zu machen.

Er wartete auf Michaela Poulsens Anruf. Winter war sich ziemlich sicher, wie sich das Gespräch entwickeln würde.

»Einen Moment lang habe ich geglaubt, wir wären dümmer als ich denke«, würde sie sagen.

»Kein Kommentar«, würde er darauf antworten.

»Ein wacher Kriminalassistent hat damals, als es passierte, die Zeitungen durchgeblättert und den Artikel auf der Lokalseite über Blokhus gefunden. Genau wie du.«

»Es stand aber nichts davon in meinen Akten.«

»Wahrscheinlich deshalb, weil da nichts war.«

»Woher weißt du, dass da nichts war?«

»Ich habe Jens Bendrup gefragt.«

»Das erklärt die Sache natürlich«, würde Winter sagen.

»Das tut es tatsächlich. Er hat sich gut daran erinnert. Die Frau und das Kind vor dem Haus. Klar, dass sie das damals interessiert hat.«

»Also waren es die falschen Personen? Für euch. Für uns.«

»Ja. Die wohnten da.«

Das Telefon läutete. Die Zentrale fragte, ob ein Gespräch aus Aalborg durchgestellt werden sollte. Winter musste ein paar Sekunden warten.

»Einen Moment lang habe ich geglaubt, wir wären dümmer als ich denke. Leider hat sich das als wahr erwiesen«, begann sie.

Winter richtete sich auf, schlug ein Blatt im Block um.

»Ich kann nichts über dieses Foto finden«, fuhr sie fort.

»Es stand auch nichts darüber in den Akten, die ich durchgearbeitet habe«, meinte Winter.

»Das muss wirklich mit dem Teufel zugegangen sein«, fluchte sie. »Ich weiß nicht, was ich sagen soll.«

»Du warst doch damals nicht dabei«, tröstete Winter sie.

»Mich trifft keine Schuld, meinst du das?«

»Hier geht es doch nicht um schuld oder nicht schuld. Ihr habt damals eben gar nicht nach so was gesucht.«

»Ein schwedischer Bulle kommt her und findet auf Anhieb, was wir vor fünfundzwanzig Jahren hätten bemerken müssen. Das ist alles andere als lustig, sag ich dir.«

»Dann sag keinem was davon.«

»Jens weiß Bescheid, und er hält bestimmt den Mund. Aber ich habe versucht, es wieder gutzumachen, wenigstens zum Teil.«

»Schieß los«, sagte Winter.

»Der Fotograf ist pensioniert, lebt aber noch. Der Lokalredakteur selbst hat damals das Bild gemacht, also kein professioneller Fotograf. So ein Mist. Ich habe mit dem Mann gesprochen und er erinnert sich an den Artikel, Landgewinnung und so. Aber zu der Fotografie ist ihm nichts eingefallen. Also bin ich hin und hab ihm eine Kopie der Zeitungsseite gezeigt. Auch da konnte er sich noch nicht erinnern. Schließlich meinte er, er müsse es ja wohl gewesen sein.«

»Wann war das?«, fragte Winter.

»Er wusste den Tag nicht. Es muss kurz vor Erscheinen des Artikels gewesen sein, da der Beschluss der Verwaltung zur Neulandgewinnung erst kurz zuvor gefasst wurde. Drei Tage vor der Veröffentlichung nämlich. Also muss er das Bild in diesen drei Tagen aufgenommen haben. Oder innerhalb von zweien.«

»Hat er Abzüge?«

»Nein. Das ist der nächste Punkt. Er hat die Filmrolle einem

Bauern gegeben, der mit seinem Transporter voller Schweine in die Stadt fuhr. Der hat sie in der Redaktion abgegeben, wo man sie entwickelt und Abzüge davon gemacht hat. Im Zeitungsarchiv sind sie noch alle, ganz ordentlich einsortiert. Das weiß ich so gut, weil ich von da anrufe.«

»Du hast das Foto also?«

»Ich habe sogar die Negative. Es gibt nicht nur eine Aufnahme von der Gegend. Ich nehme sie alle mit ins Präsidium und lasse unseren Fotografen in der technischen Abteilung daran arbeiten. Sobald wir die Vergrößerungen haben, lasse ich von mir hören.«

»Ausgezeichnet.«

»Ich habe auch mit dem Richter in Hjørring gesprochen. Er zögert mit einem Durchsuchungsbefehl für das Haus in Blokhus und verweist mit Recht auf den Paragraphen 794: Es muss ein nachweisbarer Grund zu der Annahme vorliegen, dass Spuren eines Verbrechens oder Tathinweise dort zu finden sind, die beschlagnahmt werden können.«

»Wem gehört die Bude?«

»Einer Erbengemeinschaft.«

»Oh, nein.«

»Die Besitzer wohnen in Aarhus und sind schon lange nicht mehr im Haus gewesen.«

»Aber wir werden doch wohl einen ›nachweisbaren Grund‹ finden können«, meinte Winter.

»Ich lasse wegen der Fotos von mir hören«, verabschiedete sich Michaela Poulsen und legte auf.

»Jakobsson ist verschwunden«, sagte Ringmar. »Sein Bruder glaubt an ein Verbrechen.«

»Der ganze Kerl ist doch ein einziges Verbrechen«, mischte sich Halders ein. »Der ist irgendwo eingebrochen und jetzt sitzt er da und besäuft sich.«

»Aber er ist wirklich weg«, meinte Winter. »Er hat vorgestern das Haus verlassen, und jetzt hat ihn sein Bruder als vermisst gemeldet.«

»Was soll man davon halten?«, sagte Bergenhem in die Runde.

»Wir müssen das Schlimmste befürchten«, gab Ringmar zurück.

Winter wandte sich an Sara Helander und Aneta Djanali. »Unten in Billdal hat niemand was gesehen?«

»Ein Haufen Ahnungsloser wohnt da, in schönen Prachtvillen und alten Bruchbuden. Aber keiner kennt seinen Nachbarn. Die wissen alle angeblich von nichts.« Aneta Djanali warf einen Blick auf Sara Helander.

»Wir haben uns von Norden nach Süden durchgefragt, aber keiner will ein fremdes Mädchen mit rotem Haar bemerkt haben.«

»Noch nicht einmal an der Haltestelle, an der sie laut dem Fahrer ausgestiegen sein soll«, fügte Sara Helander hinzu.

»Wir haben dort alle Häuser abgeklappert.« Börjesson stand auf und ging zu der Karte, die sie an die Wand gehängt hatten. »Von hier bis da.«

»Wir müssen weiterackern«, schlug Halders vor. »Tiefer graben.« Er drehte sich zu Aneta Djanali um. »Das und nichts anderes müssen wir machen.«

»Ich hab doch gar nichts gesagt!«, schoss sie zurück.

Halders blieb nach dieser Besprechung am späten Nachmittag im Raum. Er hatte Winter vorher um eine Unterredung gebeten.

»Gehen wir zu mir«, forderte Winter ihn auf.

Im Büro sah Halders sich erstaunt die Zeichnungen an den Wänden an, sagte aber nichts. Er strich sich über den Schädel, als wolle er auf den Unterschied zwischen seinen eigenen Stoppeln und Winters langem Haar hinweisen. Winter strich sich das Haar aus der Stirn und hinter die Ohren zurück.

»Hast du es schon geschafft, die Gesprächsprotokolle von unseren Besuchen bei den Autohaltern durchzusehen?«, fragte Halders.

»Nein. Da liegen sie.« Winter wies mit einem Nicken auf den Schreibtisch, auf dem sich Ordner und Unterlagen zu hohen Stapeln türmten. So etwas wie »Ein«- und »Aus«gangskörbe verschwand vollständig darunter.

»Ich hab da einen ...«, begann Halders.

Georg Bremer. Winter las seine Akte. Es war Abend draußen. Drinnen brannte eine Lampe, und Charlie Haden spielte ein Solo, das von den Schatten unter einem Fenster handelte. Der CD-Player war leise gestellt. Hadens Bass schien eher aus den Wänden zu dringen als aus den Lautsprechern.

Bremer hatte wegen Einbruchs und Sachbeschädigung gesessen. Sich in Härlanda gut geführt. Keine Auffälligkeiten. Danach war er entlassen worden und aus der Welt der Diebe und der Polizei verschwunden. Er besaß einen Ford Escort, aber das war kein Verbrechen. Er war, nach eigener Aussage, mit einem ehemaligen Mitglied einer Motorradgang bekannt. Es konnte sein Auto sein, das in der Mordnacht auf dem Boråsleden gesehen worden war. Winter hatte die Videokassette in das neue Regal gelegt, das er hinzubekommen hatte. Er griff nach der Lampe und richtete den Lichtkegel auf das Regal. In dem Licht leuchtete der Rücken der Kassettenhülle hell auf.

Winter erhob sich und nahm das Telefonbuch vor. Er schlug unter B nach. Da stand es: Bremer, Georg. Seine Adresse war Ödegård, Härryda. Nicht Övergård oder Östergård. Ödegård. Was für ein Name.

Winter griff zum Telefon, doch seine Finger verharrten über den Tasten. Nein. Besser, er wartete bis zum folgenden Tag. Eigentlich hatte er nur mal die Stimme des Mannes hören wollen. Um ein Gefühl dafür zu bekommen, ob sie sich da in etwas verrannten, für das eigentlich keine Zeit war. Dennoch: Er würde am nächsten Tag zeitig dorthin fahren.

»Du siehst aus, als könntest du ein wenig Schlaf brauchen«, sagte Angela.

»Drück mich mal«, bat er. »Nein, lieber eine Massage.«

»Erst drücke ich dich«, erklärte sie und hielt ihn fest im Arm; bestimmt eine halbe Minute verharrten sie unbewegt. »Jetzt darfst du dich setzen.«

Sie stellte sich hinter ihn und begann, ihm Hals und Schultern zu bearbeiten.

»Ich bin ganz schön verspannt, was?«

»Nicht sprechen!«

Winter schwieg. Er schloss die Augen und genoss es zu

spüren, wie ihre starken Hände seine Durchblutung wieder in Gang brachten. Ihn entspannten. Sie massierte weiter.

»Nicht so hart, das tut weh.«

»Es soll wehtun. Du bist steif wie ein Brett. Schlimmer.«

»Ich verspanne mir immer den Rücken, wenn ich lese.«

»Und trotzdem bringst du deine Akten mit nach Hause.«

Er antwortete nicht. Es gab nichts zu sagen. Es roch nach Essen. Durch die Balkontür kam kalte Luft herein.

»Ich glaube, es reicht«, meinte er. »Jetzt kannst du mir die Pantoffeln holen.«

»Ich bin keine Hausfrau«, erwiderte Angela. »Masseurin, ja. Hausfrau, nein.«

»Das würdest du auch nicht aushalten«, sagte er.

»Also sind wir wieder beim Thema«, gab sie zurück.

»Bei welchem Thema?«

»Wir sind heute zufällig beide hier in deiner Wohnung. Aber nur zufällig.«

»Angela ...«

»Nein. Ich weiß ja, dass dir noch der Kopf schwirrt von alldem, was du in Dänemark erfahren hast. Dass dich die Suche nach dem kleinen Mädchen beschäftigt und ... dieser Mord. All das. Ich weiß das und versuche, mich zurückzuhalten.«

»Angela ...«

»Wir haben schon früher darüber geredet. Aber es werden neue Fälle kommen, neue Grausamkeiten. Und wenn ich nichts sage, ändert sich nie was. Ich weiß, du willst das so. Aber wenn ich einfach den Mund halte, passiert gar nichts. Und am Ende blickt man in den Spiegel und ist alt geworden.«

Winter wusste nicht, was er sagen sollte. Sie hatte ja Recht, die Zeit verging, und man wurde alt.

»Ich will mich ja nicht ... beschweren, du weißt, dass ich das nicht will. Aber mir ist es ernst damit. War es immer ernst damit«, erklärte sie und wandte sich ab. Die Hände verschwanden von seinen Schultern. »Und ich bekomme nicht gerade meine Tage. Falls du meinst, es läge daran.«

Er hatte gesessen und sie gestanden, während sie redete.

Winter erhob sich und drehte sich zu ihr, die das Gesicht von ihm angewandt hatte.

»Ich gehe jetzt nach Hause«, beschloss sie. »Ich will, dass du dich endlich entscheidest. Das wird dich ja wohl kaum überraschen.«

Als sie sich ihm zuwandte, bemerkte er, dass sie ganz feuchte Augen hatte.

»Es wird nie den richtigen Moment dafür geben«, sagte sie noch. »Du bist müde. Du musst diesen Fall lösen. Aber ich habe auch ein Problem, das ich lösen will: *Wir* haben beide ein Problem. Ich will nicht mehr … allein sein. Ich will nicht. Ich will nicht! Ich will nicht!«

Angela ging in den Flur, und Winter rief ihren Namen, bekam aber keine Antwort. Er war wie gelähmt. Als er sich wieder bewegen konnte, folgte er ihr, sah aber nur noch das Zufallen der Wohnungstür. Ihre Schritte verklangen im Treppenhaus.

Seine Aktentasche lehnte an der Wand neben der Tür. Eine Ecke Papier lugte heraus, dort, wo sie nicht richtig schloss. Er versetzte der Aktentasche einen Tritt, und sie prallte weich gegen die Wand.

Teil 3

56

Der Wind schlug ihr ins Gesicht. Sie lehnte an der Reling. Die Sonne stand tief, war nur noch ein Strich am Horizont, dort, wo die Erde zu enden schien. Es war die letzte Reise. Es begann zu regnen. Sie bemerkte es erst, als sie den Blick abwendete vom schwindenden Tageslicht. Ein letzter Blitz, ein letzter Sonnenstrahl, kurz wie ihre eigenen Momente der Erinnerung, die plötzlich über sie hereinbrachen und eine große Leere in ihr hinterließen. Als wäre sie aus einem Traum hochgeschreckt und fände sich wieder in einem fremden Leben. Die Rufe in ihrem Kopf, wie Echos.

Das Böse finden. Das Böse besiegen. Wiederholte diese Stimme in ihr. Als sie wieder dort war, brach alles aus ihr hervor. Alles!

Der Hof lag im Dunkeln. Der Alte stand hinter der Fensterscheibe und hob die Hand. Wie eine Vogelschwinge. Ein Quietschen wie von einer Schaukel.

Im Auto war es still. Es gab kein Licht im Wagen. Auch draußen keine Geräusche.

Erst war sie um den Tisch im Wohnzimmer herumgegangen, hatte ihre Kreise gezogen. Es war heiß, aber sie öffnete nicht das Fenster. Sie war im Keller, konnte da nicht bleiben.

Die Sonne war da, dann war sie weg. Alles geschah gleichzeitig. Ich friere, Mama. Das wird bald besser. Es roch nach Nacht, nach Regen. Es fiel ihr wieder leichter, sich zu bewegen.

Sie saß lange bei Mama. Sie schlief ein Weilchen auf dem Rücksitz und kroch dann nach vorn. Dort war es kalt. Mama ließ den Motor eine Weile laufen und schaltete ihn dann wieder aus. Mama hatte auf ihre Frage nicht geantwortet, also fragte sie noch einmal, und Mamas Stimme klang streng. Da schwieg sie.

Er stand dicht hinter ihr. Nahm ihr die Schere aus den Händen. Sie wollte noch etwas fragen, aber … Der Kuckuck rief. Seine Hände griffen nach ihr. Sie lauschte dem Kuckuck, dem Wind, der in den Flügeln der Mühle sang. Ein Schrei im Himmel.

57

Halders fuhr. Aneta Djanali saß neben ihm. Winter hatte auf dem Rücksitz Platz genommen. Sie bogen von der Schnellstraße ab und suchten sich ihren Weg durch die Wälder.

»Im Wald, da sind die Räuber«, scherzte Halders. »Gleich springt einer mit ’ner Pistole und langen Unterhosen vors Auto.«

»Sei still, Fredrik«, sagte Aneta nur.

Die Bäume standen eng zusammen, dann wieder lichtete sich der Wald zu beiden Seiten. Neuanpflanzungen folgten auf Abholzungsgebiete, neben einer Aufforstung wucherte ein Rest Urwald.

»Seht doch«, rief Aneta Djanali. Ein Reh sprang über den Weg und verschwand im Wald. Der weiße Spiegel des Tiers hüpfte wie Wellen zwischen den Bäumen.

Wieder eine Kreuzung.

»Das ist die letzte«, meinte Halders und bog nach links ab. Nach einem Kilometer, vielleicht war es auch weniger, verbreiterte sich der Weg am Rand einer Böschung und endete vor dem Haus. Halders parkte. Sie stiegen aus. Das Haus war schief, wirkte aber stabil. Winter glaubte es wieder zu erkennen. Sein Mund war ganz trocken. Es gab keinen Garten, nur die Böschung vor dem Haus. Winter konnte den Wald dahinter und Teile einer Wiese sehen. Sie wandten die Köpfe, als der dunkle Laut von Hufen auf hartem Boden an ihre Ohren drang. Dort hinten, Pferde, die vielleicht der Klang von Halders’ Volvo in

Unruhe versetzt hatte. Halders hatte neben Bremers Escort geparkt, der so dreckig war, dass das ursprüngliche Opalweiß sich kaum noch erahnen ließ. Kein Wunder, da er in diesem regnerischen Oktober ständig auf Waldwegen gefahren wurde. Winter konnte das Kennzeichen nicht entziffern.

Es war still, als die Pferde wieder zu grasen begonnen hatten. Niemand war aus dem Haus gekommen.

Winter blieb neben den Autos stehen.

Links vom Haus, in etwa zehn Meter Entfernung vom Gebäude und vom Waldrand, stand eine Windmühle.

Sie war gelb. Die Flügel bewegten sich nicht. Sie war höchstens anderthalb Meter hoch. Sah genau so aus wie auf den Bildern.

Immer mit der Ruhe, Erik. Winter trat näher. Ganz ruhig, rief er sich zur Ordnung.

Halders hatte an die Tür geklopft, in der ein kleines Fenster war mit einer Gardine. Niemand öffnete.

Sie hatten sich nicht angemeldet, hatten nicht vorher angerufen.

»Was wollen Sie noch?« Der Mann war ums Haus herum gekommen. »Warum sind Sie schon wieder hier?« Er trat näher und streckte die Hand aus. »Das Auto steht da, aber das sehen Sie ja.« Er sah dabei Aneta Djanali und Halders an. »Sie beide kenne ich schon.«

Auch Winter begrüßte ihn, stellte sich vor.

Bremer war groß und seine Hand trocken. Er blickte an Winter vorbei. Über dem Hemd trug Bremer eine dünne Strickjacke. Er hatte Gummistiefel an, und Winter bemerkte, dass der eine Stiefel knapp über dem einen Fuß eingekerbt war. Bremer hatte eine Strickmütze auf dem Kopf. Winter wusste, dass der Mann neunundsechzig Jahre alt und kahl unter der Mütze war. Aber der Schnurrbart war dunkel. Er war schlank, wirkte so ausgemergelt, wie Aneta es im Auto auf dem Weg heraus beschrieben hatte.

»Was wollen Sie noch? Geht es wieder um das Auto?«

»Dürfen wir kurz reinkommen?«, fragte Winter. Er hob den Kopf, als wolle er darauf hinweisen, wie tief die Wolken über ihnen hingen. »Es hat angefangen zu regnen.«

»Ein bisschen Regen schadet wohl nichts«, meinte Bremer. »Aber wir können reingehen.«

Aneta Djanalis Blick begegnete Winters, als sie die Treppe hochstiegen. Sie traten ein. Im Flur war es dunkel. Bremer zog seine Stiefel aus. Auch die anderen Polizisten ließen die Schuhe im Flur und folgten Bremer dann in ein Zimmer mit Fenstern, die nach hinten herausgingen. Das Grundstück grenzte an Wiese und Wald. Winter konnte die Pferde sehen, die er zuvor nur gehört hatte. Bremer stand mitten im Zimmer. Keiner hatte sich gesetzt.

Winter überlegte, wie er beginnen sollte. Auf dem Weg hierher hatte er sich nichts zurechtgelegt, sondern nur den Wald angeschaut.

»Was wollen Sie?«, wiederholte Bremer.

Winter sah aus dem Fenster. Die Pferde waren verschwunden. Er wandte sich an Bremer und trat einen Schritt vor. »Es geht wieder um das Auto«, sagte er. »Und um ein paar andere Dinge.«

»Was ist mit dem Auto?«

»Wir führen weitergehende Gespräche mit den Besitzern gerade dieses Fahrzeugmodells. Vielleicht fällt ja doch einem noch etwas ein, was uns helfen könnte.«

»Helfen wobei?«

»Ist Ihnen nicht bewusst, dass wir einen Mord untersuchen?«, fragte Winter. »Und dass wir jemanden suchen, der im Zusammenhang mit dem Mordfall verschwunden ist.«

Bremer sah Halders an. »Ihr Kollege hat so was angedeutet.«

»Sonst haben Sie nichts darüber gehört?«

»Vielleicht im Radio oder Fernsehen. Ich weiß nicht. Ich kümmere mich um meinen Kram.«

Winter traf die Entscheidung, in dem Augenblick, als die Pferde wieder zwischen den Bäumen auftauchten, sich in vollkommener Symmetrie über die Wiese bewegten, als schwebten sie über dem hohen Gras. »Kennen Sie Jonas Svensk?«, fragte Winter.

»Wie bitte?«

»Ich möchte gern wissen, ob Sie einen Jonas Svensk kennen«, sagte Winter und blickte hastig in Halders Richtung.

»Svensk? Ja … Er hat ja die Autowerkstatt, in die ich mein Auto zur Reparatur gebe, wenn es kaputt ist. Wieso?«

»Wir sind dabei, verschiedene Zusammenhänge zu untersuchen.« Winter drückte sich so kryptisch aus wie möglich. »Wir würden gerne mit Ihnen darüber reden.«

»Was für Zusammenhänge? Was hat mein Auto damit zu tun?«

»Davon habe ich nichts gesagt«, erwiderte Winter.

»Nein? Sie haben doch von der Werkstatt gesprochen.«

Winter holte Luft. »Ich möchte Sie bitten, mit uns aufs Präsidium zu kommen, damit wir uns dort näher darüber unterhalten können.«

Bremers Miene verdüsterte sich, und er machte einen Schritt auf Winter zu. Halders bewegte sich.

»Was sagen Sie da?« Bremer blieb nach dem ersten Schritt stehen. »Ich kann jetzt nicht mitkommen. Ich habe anderes zu tun.«

»Sie wären uns eine große Hilfe«, fuhr Winter fort.

»Worum geht es hier eigentlich? Wenn Sie glauben, ich fahre Diebesgut mit meinem Auto oder so was, dann sehen Sie doch selbst nach.«

Winter antwortete nicht.

»Sie glauben, Sie können mit einem wie mir umspringen, wie Sie wollen, was? Ich habe mich gut geführt, seit ich draußen bin. Fragen Sie, wen Sie wollen, dann werden Sie's ja hören. Geht es um Svensk? Der hat nichts getan. Geht es um diese Schießerei? Ist es deshalb?«

»Wir möchten Sie bitten mitzukommen«, wiederholte Winter beharrlich.

Bremer sah Halders und Aneta Djanali an, als stünde es in ihrer Macht, Winters Beschluss aufzuheben. Nach einem weiteren Schritt hielt Bremer inne.

Jetzt fällt er plötzlich in sich zusammen, beobachtete Winter. Als sei alle Luft raus.

»Wie lange denn?«, fragte Bremer plötzlich resigniert.

Vielleicht hatte er längst vorher resigniert, überlegte Aneta Djanali.

Winter antwortete nicht.

»Sechs Stunden«, beantwortete Bremer selbst seine Frage.

Sechs plus sechs, dachte Aneta Djanali. Wenn nicht sogar länger.

Ringmar kam zu Winter ins Büro, während sie Bremer eine Weile schmoren ließen.

»Es ist mein gutes Recht.« Winter hob die Hände.

»Ich habe doch gar nichts gesagt.«

»Das Auto steht noch dort draußen. Aneta ist vor Ort geblieben. Ich will, dass dieser Wagen sofort hierher geschafft wird.«

»Um es auseinander zu nehmen, meinst du.«

»*Whatever it takes.*«

»Ich frage lieber nicht, ob du glaubst, dass Helene und ihre Tochter in diesem Auto gewesen sind.«

»Sehen wir uns nochmals den Film an«, sagte Winter und legte die Kassette von der Videoaufnahme der Verkehrsüberwachung ein.

Das Auto fuhr vor und dann zurück. Vor und zurück.

»Wenn er das ist, dann dürfte er ja nicht in die Stadt fahren. Zu ihm nach Hause wäre die entgegengesetzte Richtung«, meinte Ringmar.

»Er hat jemanden besucht«, überlegte Winter laut. »Nein. Er ist zu ihrer Wohnung gefahren.«

»Wenn er es ist«, gab Ringmar zu bedenken. »Es sind jedenfalls nicht Bremers Fingerabdrücke, die wir dort gefunden haben. In ihrer Wohnung.«

»So leicht macht er es uns nicht.« Winter hielt den Film an. Ließ ihn weiterlaufen und drückte wieder auf »off«. »Es sitzt ein Mann am Steuer, und es ist immer noch ein Ford.«

»Aber jetzt haben wir ein Auto zum Vergleichen«, sagte Ringmar. »Vielleicht bringt das was. Wir müssen diesen Film genauso auseinander nehmen wie das Auto.«

»Und ich will alles über Svensk haben«, sagte Winter. »Alles.«

»Ich will alles über seine Gang wissen«, fügte Ringmar hinzu. »Alles.«

»Ich will auch herausbekommen, wo zum Teufel dieser Jakobsson ist«, fluchte Winter.

»Sollen wir eine Haussuchung bei Bremer machen?«

Winter schüttelte den Kopf.

»Zu früh?«

»Wir warten noch ein bisschen. Und für diese Sache möchte ich die Zustimmung des Staatsanwalts einholen. Dann erst zerlegen wir das Haus. Aber richtig.«

»Du scheinst ja schon alles beschlossen zu haben.«

»Wurde auch langsam Zeit, oder?«

Winter führte das Verhör selbst. Bevor er zurück in den Verhörraum ging, hatte er den neuesten Bericht über die Suche im Delsjön gelesen.

Bremer saß auf einem Stuhl und blickte ins Leere. Aber auch wenn er Winter ansah, wirkte er abwesend. Das Licht im Zimmer war blendend hell. Winter hatte beschlossen, keine Videoaufzeichnung zu machen, sondern stellte das Tonbandgerät an und sprach den obligatorischen Prolog ins Mikrofon. Danach begann das Verhör.

Bremer blieb in Gewahrsam.

Winter brummte der Schädel. Er hatte seine Schreibtischlampe angemacht, weil es bereits wieder dämmerte, aber er blieb tatenlos sitzen. Er rauchte und betrachtete nachdenklich den Umschlag mit den Fotografien vor sich auf dem Tisch. Michaela war schnell gewesen, genauso schnell wie der Fotograf und das Fotolabor. Die Bilder waren nach Kopenhagen und weiter nach Göteborg geflogen worden.

Winter schloss die Augen, wollte eine Minute warten, bevor er den Umschlag öffnete. Er drückte den Zigarillo aus. Vielleicht den Letzten seines Lebens. Für Raucher gab es keinen Platz in einer modernen Welt.

Doch er zündete bereits einen neuen Zigarillo an, bevor er aufstand und an die Wand mit den Zeichnungen trat.

Landvetter. Als sie Bremers Ödegård verließen, war eine Boeing durch den Luftraum über Bremers Haus gedonnert. Bremer hatte keinerlei Reaktion gezeigt. Aneta war zusammengefahren, als das Flugzeug plötzlich über ihnen aufgetaucht war. Winter hatte nach oben geblickt, und der Bauch des Flugzeugs füllte den Himmel, als der Schall längst auf der anderen Seite des Waldes und der Schnellstraße angekommen war.

Das hatte er doch auf Jennies Bildern gesehen … in ihrem Tagebuch. Das betreffende Bild hing nicht an der Wand. Er ging zum Tisch, wo die Zeichnungen sortiert lagen, und im dritten Stapel von links, dem für Fahrzeuge aller Art, befanden sich zwei Bilder mit einem länglichen Ding, das über dem Wald und dem Haus schwebte. Es war ein gutes Bild. Winter konnte beinahe das Donnern hören, mit dem das Flugzeug durch die Wolken stieß, durch Regen und Sonne.

Winter öffnete den Umschlag. Es waren fünf Bilder darin. Das oberste zeigte zwei Personen auf dem Weg zum Haus: Eine Frau, die ein Kind an der Hand hielt. Sie blickten beide geradeaus. Die Gesichter konnte man nicht sehen.

Auf dem anderen Bild waren sie dem Haus bereits näher gekommen. Das Kind hatte sich umgedreht oder jedenfalls in diese Richtung. Vielleicht hatte es den Fotografen bemerkt. Winter kannte das Gesicht. Es war das des Kindes auf dem Videofilm. Von dem Verhör im Präsidium, Jahre zuvor. Es war Helene. Das Gesicht der Frau war nicht zu sehen.

Das dritte Bild aus dem Umschlag war eine Ausschnittvergrößerung des zweiten. Winter fühlte sich an einen Film erinnert, den er vor ungefähr zehn Jahren im Kino angeschaut hatte. Schon als er mit Michaela Poulsen über die Bilder gesprochen hatte, war ihm der Gedanke gekommen, wie sehr sich die Situationen ähnelten. In diesem Film aus den sechziger Jahren war ein Fotograf einem Mord auf die Spur gekommen, als er zufällig aufgenommene Fotos vergrößert hatte. Zumindest glaubte Winter, dass dies die Story war.

Jetzt war es das Gleiche. Die Fotografie war zu einem bestimmten Zweck aufgenommen worden und hatte nun eine völlig andere Bedeutung bekommen. Das Dokument eines Verbrechens. *Blow Up*. So hieß der Film. Vergrößerung, dachte er. Grotesk vergrößerte Bilder.

Auf dieser dritten Fotografie war das Mädchen noch deutlicher erkennbar. Von der Frau sah man nur das Profil. Winter wünschte, er könnte dem Profil einen Namen geben, aber er war sich nicht sicher.

Nein, etwas ganz Anderes auf dem Bild versetzte ihm einen Schock. Er schloss die Augen und blickte erneut hin: Zwischen der Frau und der Tür befand sich ein Fenster, und in dem Fenster war schemenhaft eine weitere Gestalt zu sehen. Noch einmal machte Winter die Augen zu und öffnete sie wieder, versuchte sich ganz darauf zu konzentrieren. Die Gestalt war noch da, hinter einer dünnen Gardine. Ein Gesicht und ein Oberkörper. Aber so dunkel. Winter schwitzte und wischte sich ärgerlich eine Haarsträhne aus dem Gesicht. Ich schneide den Mist ab, fluchte er.

Nachdenklich betrachtete er den Schemen. Ob sie in Dänemark die Silhouette gesehen hatten? Bestimmt. Winter riss den Umschlag ganz auf und fand den Begleitbrief, der an der Innenseite hängen geblieben war. Er überflog ihn. Michaela hatte etwas über die Gestalt im Fenster geschrieben. »Wir setzen unser *blow up* fort«, schrieb sie. »Wir wissen nicht, wer das ist.«

Das vierte Bild war wohl nur Sekunden nach dem zweiten aufgenommen worden. Die Frau und das Kind standen vor der Tür. Die Gestalt im Fenster war fort. Winter starrte auf die beiden Rücken, den großen, den kleinen.

Die fünfte Fotografie zeigte das Haus in der stärksten Vergrößerung, grob gerastert, undeutlich. Vielleicht war sie erst eine Minute nach den anderen gemacht worden. Der fotografierende Lokalredakteur hatte bei seiner Dokumentation kurz pausiert. Dann hatte er ein letztes Mal geknipst. Im Fenster war ein Mann zu sehen. Er hatte die Gardine ein Stück weggezogen, als wolle er nachschauen, was da eigentlich draußen vor sich ging. Ein Moment der Unvorsichtigkeit. Ein verräterischer Augenblick.

Der Mann sah aus, wie Winter sich einen jungen Georg Bremer vorstellte: Er hatte einen Schnurrbart. Und eine Mütze auf, die tief in die Stirn gezogen war. Wahnsinn, dachte Winter. Was für ein Wahnsinn.

Das Handy meldete sich. Es war seine Mutter.

»Papa geht es schlecht«, sagte sie.

»Das ist keine gute Nachricht.« Winter steckte die Bilder in den Umschlag zurück und legte den Begleitbrief in eine Mappe in seiner Schreibtischschublade. »Was hat er denn?«

»Er hat sich am Nachmittag nicht wohl gefühlt, und wir baten Magnergå …, einen Arzt, der hier in der Gegend wohnt, herzukommen. Er hat uns geraten, in die Klinik in der Stadt zu fahren.«

Winter versuchte, sich Marbella vorzustellen, schaffte es aber nicht. Er hatte nur einmal den Stadtplan im Internet gesehen. »Und was haben sie gesagt?«

»Ich rufe von dort an. Die Ärzte haben ihn untersucht und ein EKG gemacht, haben aber nichts gefunden.«

»Das ist ja gut.«

»Aber er hat doch Schmerzen in der Brust.«

»Was passiert jetzt?«

»Er ruht. Wenn es etwas mit dem Herzen ist, braucht er völlige Ruhe.«

»Vielleicht ist es Überanstrengung«, sagte Winter. Auf dem Golfplatz, fügte er in Gedanken hinzu. Er versuchte, an etwas anderes zu denken, abzuschalten, aber der Druck in seinem Kopf blieb, verstärkte sich.

»Er hat sich nicht überanstrengt«, meinte seine Mutter. »Wir haben nichts anderes gemacht als sonst auch.«

»Eben.«

»Ich mache mir Sorgen, Erik. Wenn es schlimmer wird, musst du herkommen.«

Winter antwortete nicht. Es klopfte. Er rief: »Augenblick bitte«, und hörte weiter zu.

»Was war das?«, fragte seine Mutter.

»Nur jemand an der Tür.«

»Bist du im Büro? Ja klar, es ist ja erst Abend.«

»Ja.«

Er hörte, wie sich draußen Schritte entfernten. Seine Mutter sagte etwas.

»Entschuldige, Mutter. Ich habe dich nicht verstanden.«

»Wenn es schlimmer wird, musst du herkommen.«

»Das wird schon nicht passieren. Ihr müsst es nur etwas ruhiger angehen. Keine spontanen Reisen nach Gibraltar mehr.«

»Versprichst du es mir, Erik? Versprichst du herzukommen, wenn es schlimmer wird? Ich habe mit Lotta gesprochen, und sie meint auch, dass du kommen musst. Ihr müsst beide kommen.«

»Ich verspreche es«, lenkte er ein.

»Du hast es versprochen. Ich rufe später heute Abend noch mal an. Sonst kannst du dich auch melden.« Sie gab ihm die Nummer der Klinik durch. »Ich werde die ganze Zeit hier sein.«

»Vielleicht könnte ihr bald schon nach Hause fahren.«

»Jetzt muss ich los, Erik.«

Er saß mit dem Handy in der Hand da. Es klopfte wieder. Winter rief »herein«, und Ringmar erschien in der Türöffnung.

»Bremers Schwester wohnt in der Västergatan«, berichtete Ringmar und setzte sich. »Das ist in Annedal.«

»Das weiß ich.«

»Greta Bremer. Unser Georg sagt, er hat die Adresse nicht.«

»Er sagt ja auch, sie hätten sich seit vielen Jahren nicht gesehen«, meinte Winter.

»Irgendwie will er überhaupt nicht von ihr sprechen.«

»Tja, ich glaube, er versteht einfach nicht, warum wir was mit seinen Angehörigen zu tun haben wollen.« Winter lächelte. »Wo er doch gar nicht versucht hat, sich ein Alibi zu verschaffen.«

»Was machen wir also?«

Winter warf einen Blick auf die Uhr. Es war fast sechs. Georg Bremer hatte nur widerstrebend von seiner einzigen Angehörigen, seiner Schwester Greta, berichtet. Angeblich gab es sonst niemanden. Sie konnten ihn nur diesen Abend über festhalten und mussten ihn nach Mitternacht laufen lassen. Aber es war sinnlos, jetzt zum Staatsanwalt zu gehen.

»Ehrlich gesagt, Erik …«

»Ja?«

»Wir werden ihn wohl laufen lassen müssen.«

»Um Mitternacht. Ich weiß. Wie weit sind wir mit dem Auto?«

»Wir arbeiten wie die Wilden daran.«

»Er wird damit heimfahren wollen, und das müssen wir ihm auch zugestehen.«

»Das weiß ich. Und alle anderen auch.«

»Ich werde vorerst nicht noch einmal mit Bremer reden«, erklärte Winter. »Wir lassen ihn heimfahren, und übermorgen holen wir ihn uns wieder.«

»Bist du sicher?«

»Nein.«

Ringmar schlug die Beine übereinander. Wie immer trug er eine khakifarbene Hose, sah aus wie ein Ökofreak.

Ringmar sieht aus wie ein Bergsteiger, dachte Winter bei sich.

»Soll ich dir sagen, worauf ich den ganzen letzten Monat gewartet habe?«, fragte Ringmar.

»Erzähl.«

»Dass der Vater des Mädchens von sich hören lässt. Verdammt noch mal ... seine ... Ehemalige ist tot, und das Kind ist verschwunden. Wir suchen, ganz Schweden weiß davon. Aber der Mann lässt einfach nicht von sich hören.«

»Vielleicht kann er es nicht.«

»Daran hab ich auch schon gedacht, aber ich weiß nicht. Klar, er könnte längst tot sein, aber ...«

»Oder er hat Angst.«

»Das Thema zieht sich doch durch diese ganze Ermittlung: Angst.«

»Oder er weiß nicht, dass er ein Kind hat.«

Ringmar wirkte unruhig. »Es ist nicht gerade leicht, die Vergangenheit von so einem kleinen Mädchen zu rekonstruieren«, meinte er. »Es gibt ja praktisch noch gar keine.«

»Da sagst du was«, stimmte ihm Winter zu. »Genau darum geht es doch. Eigentlich hatte sie noch keine Vergangenheit, und dann wird sie einfach von der Vergangenheit eingeholt. Aber was ist die Ursache dafür gewesen?«

Winter holte tief Luft. Ringmar schwieg.

»Ihr Leben ist doch zu Ende, bevor es überhaupt richtig angefangen hat.«

Winter fuhr nach Hagen. Lotta öffnete, als er klingelte. Sie umarmte ihn, und er hielt sie fest.

»Ich hab deine Nachricht auf dem Anrufbeantworter gehört«, sagte sie. »Ich bin auch gerade erst gekommen.«

»Wo sind die Mädchen?«

»Bim schwimmt, und Kristina büffelt bei einer Freundin zu Hause. Jedenfalls hat sie das heute Morgen gesagt.« Lotta lächelte blass. »Du hast mit Mama gesprochen, oder?«

»Ja. Aber so schlimm schien es ja nicht zu sein.«

»Sie hat mich bei der Arbeit angerufen, und ich habe versucht, mit dem behandelnden Arzt zu reden, aber ich war wohl etwas daneben. Ich habe erst am Ende des Gesprächs bemerkt, dass ich mit dem Mann am Empfang gesprochen habe.«

Winter schmunzelte. »*Que*?«

»Ich habe also noch nicht mit dem Arzt gesprochen, aber ich glaube, es ist schlimmer, als Mama sagt.«

»Sie will, dass wir hinkommen, falls es schlimmer wird«, meinte Winter.

»Würdest du's machen?«

»Klar. Ich kann nur gerade jetzt eigentlich nicht. Aber ich würd's machen, wenn es unbedingt sein muss.«

»Ich wollte gleich noch einmal versuchen, sie zu erreichen. Möchtest du einen Kaffee?«

Winter warf einen Blick auf seine Armbanduhr.

»Musst du weg?«, fragte sie.

»Nach Hause. Nachdenken.«

»Wieso das denn?«

»Wir sind der Lösung näher denn je.« Er berichtete einen Teil von dem, was sich in den letzten Tagen ereignet hatte. »Manchmal ist es wie in einem Film.«

»Du wirkst nicht so ... besessen wie sonst oft«, sagte Lotta.

»Ich bin es aber«, meinte Winter. »Na ja, ein bisschen anders ist es diesmal schon. Ich habe ständig diesen Druck im Kopf. Aber ich bin mal angestrengter, mal weniger.«

»Es ist aber auch eine furchtbare Geschichte«, sagte Lotta.

58

Einige Minuten nach Mitternacht fuhr Bremer mit seinem Auto davon. Er hatte nichts gesagt dazu, dass Winter ihn nicht bis zum Wagen begleitete.

Beier war bei Winter gewesen, erstattete ihm persönlich Bericht über die Spurensuche in Bremers Ford.

»Ganz schön viel Dreck in dem Auto«, begann er.

»Du kannst nicht sagen, ob es kürzlich erst besonders gründlich gereinigt worden ist?«

»Geputzt worden ist es schon. Aber wann? Der 18. August ist schon eine Weile her.«

»Dann ist es unmöglich, etwas festzustellen?«

»Das habe ich nicht gemeint. Ich habe gesagt, dass es viel Dreck in dem Auto gibt. Im Kofferraum und auf dem Boden und im Handschuhfach et cetera.«

»Mhm.«

»Ein Haufen Kippen in den Aschenbechern. Und eine Kippe, die tief unter dem Sitz eingeklemmt war. Und ich frage mich, was die dort zu suchen hatte.«

»Was sagst du?«

»Eine kleine Zigarettenkippe, die zwischen der Matte und dem Bodenblech lag. Es hat ’ne Weile gedauert, bis wir die gefunden haben. Echte Profiarbeit war das.«

»Meinst du, sie war dort versteckt?«

»Vielleicht. Es war fast nur der Filter übrig. Du weißt nicht, welche Marke Helene Andersén geraucht hat?«

»Nein. Könnte es ihre Zigarette gewesen sein?«

»Ich versuche nur, ein bisschen Optimismus zu verbreiten«, sagte Beier. »Wir haben sie gefunden, und jetzt geht sie ans SKL.«

»Mist«, stöhnte Winter. »Das dauert Monate, bis sie dort die DNS-Analyse gemacht haben.«

»Willst du sie selbst machen?«

»Der Fall muss doch vorrangig behandelt werden. Du hast einen guten Ruf in Linköping, Göran.«

»Ich werde tun, was ich kann«, meinte Beier. »Du weißt, auf Schmeicheleien reagier ich sofort. Aber du weißt auch, dass man sich normalerweise ganz brav hinten anstellen muss.«

»Verdammt noch mal, wir haben doch was zum Vergleichen«, ereiferte sich Winter. »Sag denen das. Wir haben einen ganz starken Verdacht und haben doch schon alle Ergebnisse von der Leiche.«

Und das schon viel zu lange, fügte er im Stillen hinzu.

Winter saß in seinem Büro und grübelte. Den ganzen Abend schon war ihm ein Gedanke nicht aus dem Kopf gegangen. Im Gegenteil. Je müder er wurde, umso weniger konnte er an etwas anderes denken. Es war die Frage nach dem Fundort von Helens Leiche, die ihm keine Ruhe ließ: Warum hatte sie genau dort gelegen? Warum in dem Graben am See? Warum? Der Fundort lag weit weg von Helenes Wohnung. Und auch von Bremers Haus. Falls Bremer etwas damit zu tun hatte. Winter schloss die Augen und dachte an den Fundort. Er lag weit weg von Helenes Wohnung und auch von Brem…

Winter hatte eine Idee. Er ging über den langen Flur zum Besprechungszimmer und stellte sich vor die große Karte von Göteborg und Umgebung, die dort an der Wand hing. Erst markierte er die ungefähre Lage von Helenes Wohnung in Biskopsgården. Dann suchte er im Osten auf der Karte und fand Bremers Haus. Ödegård. Auch dort brachte er eine Markierung an.

Dann noch ein Klebepunkt an dem Fundort am Stora Delsjön.

Winter maß die Entfernung von Biskopsgården zum Fundort. Dann die Strecke von dort nach Ödegård. Der Abstand auf der Karte war jeweils genau gleich.

Winter wich der Straßenbahn auf der Västergatan aus und lief weiter zwischen den dicht stehenden Häusern entlang. Es war neun Uhr. Am Eingang gab er den Türcode ein, den er am Vortag erhalten hatte. Er drückte die schwere Tür auf, als er den Summton hörte, betrat das Treppenhaus und stieg hoch in den ersten Stock. Auf der Briefklappe stand »Greta Bremer«. Er klingelte an der Tür und wartete. Von innen waren Schritte zu hören, und die Tür wurde vorsichtig geöffnet. Er nahm nur eine Silhouette wahr.

»Ja?«

»Mein Name ist Erik Winter. Kriminalkommissar beim Fahndungsdezernat der Polizei Göteborg. Ich habe gestern angerufen.«

»Das ist er«, war eine Stimme von drinnen zu hören, »der kommen sollte.«

Die Tür wurde weit aufgemacht. Die Frau ihm gegenüber mochte fünfzig sein oder etwas jünger. Sie trug eine Schürze. Das Haar war unter einem Kopftuch versteckt. In der Hand hielt sie eine kleine Bürste, eine Kleiderbürste.

Sie zog sich in den Flur zurück, und Winter folgte ihr. Da erblickte Winter eine Frau im Rollstuhl. Sie saß im Halbdunkel, sodass Winter ihre Gesichtszüge nicht erkennen konnte. Ihr Haar schien lang zu sein. Die Wohnung roch wie die Straße draußen. Sie haben gerade gelüftet, dachte Winter.

»Kommen Sie doch herein«, grußte ihn die Stimme im Rollstuhl. Die Frau griff mit einer geübten Bewegung in die Räder und rollte rückwärts. Winter bückte sich, um die Schuhe auszuziehen.

»Das ist nicht nötig. Kommen Sie nur herein, damit wir das hinter uns bringen.«

Winter folgte ihr ins Wohnzimmer, wo Pflanzen auf dem Boden bestätigten, dass die Fenster zum Lüften geöffnet worden waren. Die Frau, die Winter die Tür aufgemacht hatte, entschuldigte sich.

»Das ist meine Hilfe«, erklärte Greta Bremer. »Ohne so jemanden kommt man nicht zurecht, wenn man sich kaum bewegen kann.«

Jetzt konnte Winter ihr Gesicht sehen oder zumindest Teile davon. Die Frau trug eine dunkle Brille, mehr braun als schwarz. Die Augen waren nur undeutlich zu erkennen. Das Haar war grau und ein wenig unordentlich. Die Haut war dünn und trocken, fast rissig. Winter schätzte ihr Alter auf siebzig Jahre oder mehr. Vielleicht ließ die Hautkrankheit, unter der sie offensichtlich litt, ihr Gesicht älter wirken. Winter wusste noch nicht, wie alt sie wirklich war.

»Und nun wollen sie die Mittel streichen.«

»Wie bitte?«

»Sie wollen die Altenhilfe streichen und mich in ein Heim einweisen.«

»Sie wollen das nicht?«

Greta Bremer antwortete nicht. Winter fiel auf, wie verkrampft sie ihre Hände hielt, mit Fingern, die bleich und dünn waren. Vor dem Fenster fuhr die Straßenbahn quietschend um die Kurve, ein Geräusch, das von den Hauswänden zu beiden Seiten widerhallte. Die Häuser standen so nahe, dass es so aussah, als müsse sich die Bahn hindurchwinden.

»Es geht also um meinen Bruder«, sagte Greta Bremer, ohne Winter anzusehen. »Aber setzen Sie sich doch erst.« Noch immer schien sie Winters Blick auszuweichen. Verhielt sich wie eine Blinde, und Winter fragte sich, ob sie das nicht vielleicht war. Er wollte nicht fragen.

»Sie wollen mir Fragen nach meinem Bruder stellen. Ich glaube nicht, dass ich auch nur eine Einzige beantworten kann.«

»Ich werde ...«

»Wir haben uns seit vielen Jahren nicht mehr gesehen.«

»Warum nicht?«

»Warum nicht?« Jetzt hatte sie Winter das Gesicht zugewandt, aber den Ausdruck in ihren Augen sah er trotzdem nicht. »Tja, wir haben uns nichts zu sagen. Es ist besser, man geht sich aus dem Weg, wenn man sich nichts zu sagen hat.«

»Hören Sie nie voneinander? Bei ... Festen oder so?«

»Nie. Ich will es so haben. Ich will ihn nie mehr sehen.«

Die Stimme war neutral, und das machte es noch unheimlicher, dachte Winter. Da war keine Bitterkeit, nur eine Stimme, die genauso gut von einem Automaten hätte kommen können wie von einem lebenden Menschen.

»Was ist denn ... geschehen?«

»Muss ich Ihnen das sagen? Es hat bestimmt nichts mit dem zu tun, weswegen Sie hier sind.« Sie blickte Winter nicht an, wandte ihm die Seite zu. »Warum sind Sie denn hier, Herr Kommissar?«

»Ich habe Ihnen das am Telefon ja bereits angedeutet.«

Winter erklärte mehr, berichtete von den wenigen Anhaltspunkten, die sie hatten, und spürte, wie dürftig es klang.

»Ich habe zu all dem nichts zu sagen«, meinte sie. »Ich weiß nichts über meinen Bruder.«

»Wann haben Sie sich zuletzt gesehen?«

Sie war still, aber Winter war sich nicht sicher, ob sie über seine Frage nachdachte. Er wiederholte sie.

»Ich weiß nicht«, antwortete sie.

»Ist es über zehn Jahre her?«

»Ich weiß nicht.«

»Wie lange sind Sie schon ... krank?«

»Ich bin nicht krank. Ich sitze im Rollstuhl, aber ich bin nicht krank. Und jetzt wollen sie die Altenhilfe streichen, oder?«

Winter blickte zum Flur. Die Frau von der Altenhilfe konnte ihr Gesicht nicht rechtzeitig in den Schatten zurückziehen. Sie lauscht, wurde Winter bewusst. Sie ist neugierig. Wäre ich auch.

»Er ist im Gefängnis gewesen«, sagte Greta Bremer. »Aber das wissen Sie ja.«

Winter nickte.

»Sie haben wohl alles in Ihren Akten, nicht wahr?«

»Wie bitte?«

»Sie können wohl sehen, was ein Mensch tut oder getan hat, nicht wahr?«

»Ich verstehe nicht, was Sie meinen, Frau Bremer?«

»Fräulein Bremer. Ich bin Fräulein Bremer.«

»Können Sie ... Ich verst...«

»Warum kommen Sie denn dann zu mir, wenn sowieso alles in Ihren Akten steht. Sie haben doch ein Archiv, oder?«

»Sicher haben wir ein Archiv«, antwortete Winter. Dieses Gespräch wird immer sonderbarer, schoss ihm durch den Kopf. Sie will oder kann nichts sagen.

»Ich habe ihn viele Jahre nicht gesehen, und dafür danke ich Gott«, murmelte sie jetzt. Sie hatte sich nicht bewegt.

»Haben Sie ihn je in seinem Haus besucht?«, fragte Winter.

»Ja. Aber das ist, wie ich gesagt habe, schon lange her.«

»Wann war das?«

»Es hat keinen Zweck zu fragen. Fragen Sie Ihr Archiv.«

Was hatte sie nur mit dem Archiv. Winter notierte etwas auf seinem Block. Er drehte den Kopf und spähte in den Flur, aber das Gesicht der Helferin war nicht mehr zu sehen.

»Wie lange wohnt er schon dort?«

»Wissen Sie das nicht?«

»Ich frage Sie.«

»Da müssen Sie doch nicht mich fragen?!«

Winter stand auf und trat näher. Greta Bremer in ihrem Rollstuhl hatte sich noch immer nicht bewegt. Winter fasste vorsichtig den Rollstuhl an und fragte: »Ist das ein neueres Modell?«

»Was spielt das für eine Rolle?«

»Ich habe gesehen, wie leicht Sie ihn selbst bedienen.«

»Das ist leichter, als ihn von einem anderen schieben zu lassen. Probieren Sie es selbst, dann sehen Sie's.«

Winter stellte sich hinter den Stuhl und Greta Bremer löste die Bremse. Ihr Haar berührte fast … Winters Hände, breitete sich aus auf dem Bezug der Rückenlehne.

»Versuchen Sie, mich eine Runde durchs Zimmer zu schieben«, forderte sie Winter auf. Gehorsam zog er sie ein Stück rückwärts und rollte sie zwei Meter ins Zimmer.

»Schwer, wie?«

»Sehr«, antwortete er.

»Sie können mich in den Flur schieben«, meinte sie. »Ich nehme an, Sie wollen jetzt gehen.«

Als er durch den Flur kam, sah er die Frau von der Altenhilfe. Sie stand mit dem Rücken zu ihm in der Küche über die Spüle gebeugt.

Draußen auf der Straße vibrierte das Handy in der Innentasche seines Jacketts. Winter ahnte, wer es war.

»Sein Zustand ist unverändert«, sagte seine Mutter.

»Und was genau hat er?«

»Wenigstens ist es kein Herzinfarkt, Gott sei Dank.«

»Ja.«

»Aber es ist eine Entzündung. Papa muss zur Beobachtung in der Klinik bleiben.«

»Die werden wissen, was sie tun.«

»Das fragt man sich manchmal«, sagte seine Mutter.

»Ihr habt es euch ausgesucht, da zu wohnen«, meinte Winter.

»Reden wir jetzt nicht davon. Jetzt ist das Wichtigste, dass Papa gesund wird.«

»Ja.«

»Ich melde mich am Nachmittag wieder. Dann haben wir die Ergebnisse von einigen Untersuchungen. Ich habe mit Lotta gesprochen. Ich bin so froh, dass ihr euch etwas häufiger trefft.«

»Ich auch«, sagte Winter.

»Und du kommst, wenn es ... nötig wird?«

»Ich hab es doch versprochen.«

»Vielleicht kommt am Ende alles wieder in Ordnung«, seufzte seine Mutter.

»Das hoffe ich.«

Winter ging in Ringmars Büro, der gerade telefonierte. Ringmar deutete auf den Stuhl vor dem Schreibtisch. Winter wartete, bis er das Gespräch beendet hatte.

»Wir haben jetzt die Unterlagen. Die beiden sind Geschwister«, begann Ringmar. »Die Papiere stimmen. Sie ist sechsundsechzig. Zu alt, um verdächtig zu sein.«

»Was für eine Geschwisterliebe«, bemerkte Winter ironisch.

»Was? Ja. Es gibt viele Schicksale«, erwiderte Ringmar. »Das muss ja 'ne eigenartige Unterhaltung gewesen sein.«

»Sie schien in Gedanken weit weg zu sein.« Winter hielt seine Kopie des Zettels hoch, den sie in dem Kinderkleid in Helenes Keller gefunden hatten. »Aber ich bin deshalb gekommen. Wenn ich es richtig verstanden habe, ist der damals bei Helene gefunden worden, als sie im Sahlgrenska aufgetaucht ist?«

»Ja. Ordentlich, wie sie sind, haben sie ihn in einem Umschlag zu ihren anderen Habseligkeiten gelegt. Zu Hose, Wolljacke und Kleid.«

»Und sie hat ihn ihr ganzes Leben lang behalten.«

»Das wissen wir ja nicht«, meinte Ringmar. »Wir wissen nicht, ob sie ihn selbst in das Kinderkleid gesteckt hat.«

»Aber er wird in keinem der Polizeiberichte von damals erwähnt«, gab Winter zu bedenken. »Auch nicht bei dem Verhör.«

»Damit müssen wir wohl leben«, sagte Ringmar resigniert.

»Es könnte ihn ihr auch jemand vor kurzem gegeben haben«, grübelte Winter. »Oder sie hatte ihn vergessen und zufällig wieder gefunden.«

»Worauf willst du hinaus?«

»Ich weiß nicht. Ich kann es einfach nicht sein lassen, darüber nachzudenken. Immerhin ein greifbares Indiz.«

»Ja?«

»Ich habe mir über diese Zahlen Gedanken gemacht ... aber wir lassen die für den Augenblick mal beiseite. Diese Striche, ich finde, die sehen aus wie eine Karte.« Winter beugte sich vor und zeigte es Ringmar. »Nachdem wir zu Bremer gefahren waren, durch die Wälder, bin ich ins Besprechungszimmer gegangen und habe die Striche auf dem Zettel mit der Karte verglichen. Siehst du? Wenn man im Ort Landvetter abbiegt und parallel zur Schnellstraße fährt ... auf der alten Straße, und links abbiegt, wo wir links abgebogen sind ... und wenn die Kreuzungen im Wald damals ähnlich ausgesehen haben, dann stimmt das Teufel noch mal mit dem Weg zu Bremers Haus überein. Da, es ist sogar eingezeichnet, oben links, über dem letzten Kreuz.«

»Und du hast es mit der Karte verglichen?«

»Ja. Ich zeige es dir.«

»Tja, was sagt man dazu.«

»Damit willst du doch bloß ausdrücken, dass ich eine blühende Fantasie habe. Aber manchmal kann es einem helfen.« Winter blickte wieder auf den Zettel. »Ich weiß auch nicht, was ich dazu sagen soll. Aber es stimmt jedenfalls. Und dann würde das L für Landvetter stehen und das H für Härryda.«

»Und das T für Torpet«, sagte Ringmar.

»Vielleicht.«

»Wollten sie sich dort treffen, hinterher?«, fragte Ringmar. »Hätte eine mündliche Verabredung nicht genügt?«

»Nur wenn man dieselbe Sprache spricht«, gab Winter zu bedenken. »Das hier sollte vermutlich später vernichtet werden.«

»Aber das wurde es nicht«, sagte Ringmar.

»Nein. Helenes Fingerabdrücke von ihr als Kind sind darauf. Das ist eine Tatsache.«

»Ja, Herrgott.« Ringmar blickte auf die Buchstaben und Ziffern. »Aber der Rest?«

»Ich weiß nicht. Das können Summen sein, Abf…« Winter verstummte.

»Was ist los?«, fragte Ringmar.

»Ich dachte an diese 23 mit dem Fragezeichen. Ob das eine Abfahrtszeit sein könnte? Ich meine, die Abfahrtszeit einer Fähre zum Beispiel?«

»Du glaubst doch nicht, die waren so blöd und hatten vor, gleich nach einem bewaffneten Raubüberfall in Dänemark an Bord einer Fähre zu gehen?«

»Nein. Aber vielleicht sollte sie nur einer von ihnen nehmen. Jemand, der nicht bei dem Überfall dabei war … oder nicht damit rechnete, erkannt zu werden. Kannst du bei Stena nachprüfen, ob damals um 23 Uhr eine Fähre von Fredrikshavn abging?«

»Und Sessanlinjen«, fügte Ringmar hinzu. »Ich bin immer am liebsten mit Sessan gefahren.«

Am Nachmittag kam eine neue Vergrößerung eines der Bilder aus Dänemark. Die Gestalt im Fenster war eindeutig ein Mann, und es konnte sich um den jungen Georg Bremer handeln. Das würde vor Gericht nie als Beweismittel standhalten. Trotzdem hatte der Richter in Dänemark eingelenkt. Das erfuhr Winter, als Michaela Poulsen kurze Zeit später anrief.

»Die Vergrößerung hat den Ausschlag gegeben«, freute sie sich. »Wir gehen am Nachmittag rein. Hier ist zur Zeit auch ein Typ vom CFI in Kopenhagen, sodass wir dir nichts zur Analyse schicken müssen. Falls wir was finden. Er ist einer der größten Experten in Sachen Fingerabdrücke in ganz Dänemark.«

»Denkt dran, es können mehrere Schichten Tapeten sein«, erinnerte Winter sie.

»Der vom CFI hat nur den Kopf geschüttelt. So was kann einen Fahnder erst richtig ermutigen, was?« Michaela Poulsen bewies Galgenhumor.

»Ja. Eine ganz andere Frage: Hast du herausbekommen, warum die es gewagt haben könnten, so lange in dem Haus zu bleiben? Das scheint mir, gelinde gesagt, merkwürdig.«

»Nicht, wenn man weiß, wer die Leute waren, denen das Haus eigentlich gehörte«, antwortete Michaela Poulsen. »Wir haben es jetzt erst rausgefunden. Denn die, die begonnen haben zu renovieren, das waren gar nicht die Mieter. Wir glauben, das waren bloß die Untermieter.«

Winter hatte seinen Beschluss gefasst, als Halders außer Atem bei ihm ankam. Das war wie eine Bestätigung.

»Wir holen ihn wieder her«, erklärte Winter.

59

Georg Bremer saß mit gesenktem Kopf im Licht der hellen Lampen da. Er wollte keinen Anwalt haben. Er hatte kein einziges Wort zu Winter gesagt, seit er erneut in Haft genommen worden war. Winter hatte sich entschieden, das Verhör wieder selbst zu führen. Cohen war einverstanden. Gabriel Cohen musste sich nicht unbedingt profilieren, blieb gerne mal im Hintergrund.

Es juckte Winter in den Fingern, als wären sie eingeschlafen, als er das Zimmer zum Verhör betrat. Er hatte sich gesetzt, die Hände gerieben und mit dem Verhör begonnen.

EW: Wir haben Sie gebeten, noch einmal hierher mitzukommen, weil wir Ihnen noch ein paar Fragen stellen wollen.

GB: Ja, das ist offensichtlich.

EW: Nun, Sie hatten signalisiert, dass Sie uns gerne behilflich sein wollten.

GB: Hab ich das?

EW: So habe ich es verstanden.

GB: Sie haben nichts verstanden.

EW: Können Sie erklären, was Sie damit meinen?

GB: Meinen womit?

EW: Dass ich nichts verstanden habe.

GB: Es gibt nichts zu verstehen.

EW: Aber wir versuchen es. Wir tun alles, was wir können, um zu verstehen, was geschehen ist.

GB: Viel Glück, mehr kann ich nicht sagen.

EW: Mehr können Sie nicht sagen?

GB: Das ist alles. Was soll ich sonst sagen? Ich kümmere mich nur um meine eigenen Angelegenheiten.

EW: Ich verstehe. Aber Sie müssen doch Bekannte, Freunde haben. Und genau deshalb brauchen wir Ihre Hilfe. Vielleicht könnten Sie einen Ihrer Bekannten bitten, mit uns zu sprechen.

GB: Ich habe …

EW: Ich habe Ihre Antwort nicht verstanden.

GB: Das war keine Antwort. Ich habe nichts gesagt.

EW: Es würde uns zum Beispiel allen sehr helfen, wenn einer Ihrer Bekannten uns bestätigen könnte, was Sie an dem fraglichen Abend getan haben.

GB: Ich habe Ihnen doch gesagt, dass ich allein war.

EW: Waren Sie den ganzen Abend zu Hause?

GB: Ja.

EW: Was haben Sie in der Nacht gemacht?

GB: Welcher Nacht?

EW: Der Nacht zum 18. August dieses Jahres.

GB: Da war ich zu Hause.

EW: Verleihen Sie öfter Ihr Auto?

GB: Was?

EW: Verleihen Sie öfter Ihr Auto?

GB: Nie. Wie sollte ich sonst von zu Hause wegkommen?

EW: Sie haben ein Motorrad.

GB: Ja, und?

EW: Sie haben ja noch ein Fahrzeug.

GB: Das geht nicht. Da bastle ich ständig dran herum. Ich muss es immer erst zusammenschrauben, wenn ich damit fahren will, und das dauert seine Zeit.

EW: Sind Sie ein tüchtiger Mechaniker?

GB: Ich kann ein Motorrad auseinander nehmen und wieder zusammenbauen.

EW: Wie lange haben Sie schon ein Motorrad.

GB: Lange. Seit ich jung war, und das ist lange her.

EW: Sie fuhren Motorrad, wenn Sie einen Einbruch begangen haben.

GB: Was?

EW: Sie fuhren Motorrad bei Ihren Einbrüchen?

GB: Mag sein, aber ich habe für meine Schuld gebüßt. Meine Schuld gegenüber der Gesellschaft.

EW: Sie sind damals nicht allein gewesen.

GB: Was?

EW: Ihr habt die Einbrüche zu mehreren begangen. Alle auf Motorrädern.

GB: Davon weiß ich nichts. Ich habe meine Strafe angenommen. Ich habe seitdem für mich allein gelebt und davor auch.

EW: Sie haben doch noch Freunde aus der Zeit.

GB: Nein.

EW: Sie haben Ihr Auto bei einem Freund abgegeben. Jonas Svensk.

GB: Er ist kein Freund.

EW: Was ist er dann?

GB: Er ist …

EW: Ich habe nicht verstanden, was Sie sagen.

GB: Er ist Automechaniker. Kraftfahrzeugmechaniker. Er repariert Autos.

EW: Wir haben schon einmal über Ihr Auto gesprochen. Es wurde in der Nacht zum 18. August gesehen.

GB: Verdammt noch mal: Wo denn?

EW: Bestreiten Sie, dass Ihr Auto in der Nacht zum 18. gesehen worden sein kann?

GB: Ich habe zu Hause gelegen und geschlafen. Wenn mein Auto irgendwo gesehen wurde, dann hatte es jemand geklaut und wieder hingestellt, bevor ich aufgewacht bin.

EW: Sie sagen, Ihr Auto könnte gestohlen und dann wieder zurückgebracht worden sein?

GB: Ich sage, es ist eine Lüge, dass mein Auto weg war. Ich wollte Ihnen zeigen, wie komisch sich das überhaupt anhört.

EW: Zeugen haben Ihr Auto in der betreffenden Nacht gesehen.

GB: Was für Zeugen? Kann ja höchstens ein Bulle sein, der das sagt. Wenn Sie ’nen Zeugen brauchen, dann suchen Sie sich eben einen …

EW: Was meinen Sie damit?

GB: Ich meine, dass Sie das alles nur erfinden.

EW: Ich habe nicht erfunden, dass Zeugen Sie gesehen haben, wie Sie mit anderen im Auto in jener Nacht unterwegs waren.

GB: Was ist das? Ist das jetzt was ganz Neues?

EW: Haben Sie in den letzten drei Monaten Besuch gehabt? In Ihrem Haus?

GB: Was?

EW: Haben Sie in den letzten drei Monaten Besuch in Ihrem Haus gehabt?

GB: Möglich. Drei Monate? Kann sein.

EW: Wer hat Sie besucht?

GB: Ein Nachbar vermutlich, der vorbeikam. So was soll ja vorkommen.

EW: Es sind drei Kilometer bis zum nächsten Nachbarn.

GB: Ja, es kommt nicht oft jemand vorbei.

EW: Wen haben Sie dann zu sich eingeladen?

GB: Niemanden. Ich habe überhaupt niemanden eingeladen.

EW: Die Zeugen haben gesehen, dass Sie einmal mit einer Frau und einem Kind als Mitfahrer nach Hause gefahren sind.

GB: Das ist eine Lüge. Das kann gar nicht sein.

EW: Wir haben Zeugen, die das behaupten.

GB: Sollen das Nachbarn sein, die das behaupten? Wie Sie selbst gerade gesagt haben, sind es drei Kilometer bis zum nächsten Nachbarn. Die müssen verdammt gute Augen haben.

EW: Ein paar Häuser liegen nahe an der Straße.

GB: In denen wohnt doch niemand.

EW: Doch, es wohnen Leute in diesen Häusern an der Straße.

GB: Ich habe nie jemanden dort gesehen.

EW: Sie sind aber gesehen worden.

Bremer war gesehen worden. Halders und Aneta Djanali hatten begonnen, alle aufzusuchen, die rund um Bremers Ödegård ein Haus oder ein Sommerhaus besaßen.

»Ich habe den Mann einige Male vorbeifahren sehen. Ein paarmal mit Leuten im Auto.« Der Redner war frisch geschieden und hatte den Schuppen billig mieten können, wie er es ausgedrückt hatte. Er hatte dort gesessen und nachgedacht, wieso alles so gekommen war. Hatte einiges getrunken und weite Spaziergänge durch den Wald gemacht, nervös, in dieser

Katerstimmung, die die Aufmerksamkeit schärft. »Von meiner Bude aus sieht man den Weg ja nicht, aber es sind nicht mehr als einige hundert Meter bis dort. Einmal war ich oben bei seinem Haus. Es muss ja seines gewesen sein, denn ich habe das Auto davor wieder erkannt.«

»Haben Sie dort auch jemand anders bemerkt?«

»Nein, bei der Gelegenheit nicht. Aber ein paarmal habe ich das Auto mit Leuten vorbeifahren sehen. Einem Kind und vielleicht einer jungen Frau. Könnte auch ein junger Mann gewesen sein. Hatte langes, blondes Haar.«

»Können Sie ungefähr sagen, wann?«

»Im Sommer, aber ich weiß es nicht genau. Nach meiner Scheidung jedenfalls. Scheiß drauf. Jedenfalls war es warm. Juli, August. Anfang August? Vor dem Regen.«

»Wohnen Sie noch dort?«

»Manchmal, aber selten.«

»Haben Sie den Mann nach August wiedergesehen?«

»Ja, sicher.«

»Hat er jemanden bei sich gehabt? Besuch?«

»Es sind Leute da gewesen. Nicht oft, aber ab und zu kam mal jemand vorbei. Autos, Motorräder.«

»Motorräder auch?«

»Er hat ja selbst ein Motorrad. Oder? Er ist jedenfalls einmal mit einem gefahren. Ein paarmal. Es waren Leute auf Motorrädern bei ihm oben.«

»Leute auf Motorrädern?«

»Ein paarmal. Aber ich hab mich wirklich nicht weiter drum gekümmert.«

»Würden Sie einen von den Motorradfahrern wieder erkennen, wenn Sie ihn sähen?«

»Unmöglich. Ich hab immer gemacht, dass ich wegkam, wenn ich die Bande gesehen habe.«

»Dieses Kind damals, das Sie gesehen haben, und die Person, die vielleicht eine Frau war. Wann haben Sie die beiden zum letzten Mal gesehen?«

»Das ist lange her. Im Sommer, wie ich gesagt habe.«

»Als es warm war?«

»Als es so heiß war wie in der Hölle.«

Diesmal traf Winter sich mit Vennerhag anderswo. Sie konnten Schiffe sehen und das Rauschen der vorbeifahrenden Autos auf der Brücke hören, unter der sie im Wagen beisammen saßen.

»Komm bloß nicht mehr zu mir nach Hause. Das macht einen schlechten Eindruck.«

»Ja, was werden die Nachbarn sagen.«

»Es ist unruhig in der Stadt, und ich will nicht als ein verdammter Spitzel auffallen.«

»Du bist ein großes Tier, Benny. Und mein Schwager, beinahe.«

»Was soll das jetzt heißen?«

»Was willst du mehr?«, fragte Winter.

»Das Gerücht macht sich breit, dass Jakobsson beseitigt wurde. Er war nur ein kleiner Fisch, deshalb wundern sich alle. Sein Bruder ist ja ein ganz elender Bursche. Muss wohl deswegen sogar bei euch gewesen sein.«

»Ja.«

»Tja, das ist alles, was ich dir sagen wollte. Jakobsson. Nur ein Gerücht.«

»Von wo ist es ausgegangen?«

»Kann ich nicht sagen. Du weißt doch, wie das bei Gerüchten ist.«

Winter antwortete nicht. Er überlegte kurz, ob der BMW, in dem sie saßen, ein gestohlener Wagen war, vielleicht aus einem anderen Land. Die Brücke über ihnen vibrierte, als die Straßenbahn Richtung Hisingen darüber fuhr. Ringsum parkten Autos. Winter schätzte, dass zehn Prozent gestohlen und nur abgestellt worden waren, weil das Benzin ausgegangen war und die Drogensüchtigen sich ein Neues geklaut hatten, um zwischendurch mal eine Spritztour zu machen. Halders kannte sich mit so was aus.

»Die Hell's Angels haben sich gespalten, heißt es. Haben eine neue Gang gebildet«, meinte Winter nach kurzem Schweigen. »Weißt du was davon?«

»Von diesen verdammten Psychopathen?« Vennerhag wand sich auf dem Sitz und sah Winter an. »Nichts, aber auch gar nichts. So gut solltest du mich nun wirklich kennen.«

»Keine Gerüchte darüber? Oder von denen?«

»Ich würde mir die Ohren zuhalten, sollte ich etwas hören. Die sind gefährlich. Glaub mir. Je weniger man weiß und so weiter.«

»Darüber scheinen überhaupt nur wenige Bescheid zu wissen«, hakte Winter nach.

»Das ist ein Teil von deren Berufsethos. Na ja, die würden eher Berufung sagen.«

»Fast als gehörten sie zur guten Gesellschaft, was?«

»Ihr seid schließlich auch ein Teil der Gesellschaft«, sagte Vennerhag. »Die Polizei und ... und die anderen eben auch.«

»Was bist du doch für ein Philosoph, Benny.«

»Und trotzdem wollte deine Schwester mich nicht haben.«

»Auch du bist demnach ein Teil der Gesellschaft.«

»Man dankt.«

»Warum? Ich denke nicht, dass du in angenehmer Gesellschaft bist.«

»Wenn es nach dir ginge, gäbe es ja sowieso nur noch Bullen. Aber wie ihr sind wir ebenso austauschbar, Erik. Wir sind ebenso bedauernswert. Ganz genauso bedauernswert.«

»Der Teufel soll dich holen.«

»War ich zu feinfühlig?«

»Nur zu pathetisch. Du bist vielleicht austauschbar, ich nicht.«

»Denk an meine Worte«, sagte Vennerhag. »Du wirst das irgendwann auch begreifen. Es ist nun leider einmal so.«

Winter wollte nichts mehr hören. Eine Streife fuhr vorne bei der Shelltankstelle vorbei. Vielleicht hatten sie sich die Nummer des Autos, in dem er saß, notiert.

»Wenn du nichts von den Höllenengeln weißt, musst du mir wenigstens mit Georg Bremer weiterhelfen.«

»Ich habe dir doch gesagt, dass da nichts ist. Wenn er behauptet, er sei seit dem Gefängnis sauber, dann sagt er die Wahrheit. Jedenfalls nach allem, was ich weiß. Ich hatte seinen Namen noch nie gehört, bevor du ihn mir genannt hast.«

»Ich spreche von deinen ... Geschäftspartnern. Vielleicht weiß einer von denen Bescheid. Er muss ja gar nichts Schlimmes verbrochen haben, Kleinkram. Was auch immer. Ich will nur wissen, wo er gewesen ist. Ob ihn jemand gesehen hat. Irgendwo. Und ob er Jakobsson kannte.«

Der Abend war noch jung, als Winter Angela zu Hause anrief. »Was machst du gerade?«, fragte er.

»Mich von der Arbeit erholen. Bei Wein und Musik.«

»Coltrane?«

»Ja. Sven Coltrane's Boogie Woogie Band.«

»Hört sich spannend an.«

»Besser als Clash allemal.«

»Die habe ich hier gerade aufgelegt.«

»Im Büro?«

»Ja. Aber das sollte ich dir lieber nicht verraten.«

»Erzähl doch, was du willst.« Sie schwieg, als müsste sie sich über ihre Gefühle klar werden. Ihre Stimme klang anders, als sie weitersprach. »Tut mir leid, das mit deinem Vater. Ich habe es von Lotta gehört.«

»Du hast mit Lotta gesprochen?«

»Sie hat gerade angerufen, um zu erfahren, wie es geht und um sich noch mal für mein Geschenk zu bedanken, das du ihr ja dann doch noch gegeben hast. Mit zwei Tagen Verspätung.«

»Sorry.«

»Nein, das war kleinlich. Entschuldige, Erik. Dein Vater ist anscheinend auf dem Weg der Besserung.«

»Herzmuskelentzündung.«

»So ernst?«

»Ich glaube, meine Mutter versucht eben, mich übers Handy zu erreichen«, meinte Winter.

»Am besten gehst du ran.«

»Ich muss heute Abend arbeiten«, sagte er noch. »Ich muss ... was lesen. Ich rufe dich später noch mal an.«

»Sprich jetzt mit deiner Mama«, antwortete sie.

60

Staatsanwalt Wällde beschloss, Bremer am Vormittag verhaften zu lassen. Bis zur Haftprüfung konnte Bremer am Ernst Fontells Plats maximal vier Tage festgehalten werden.

»Tu dein Bestes.« Winter hoffte, Wällde würde es so lange hinauszögern können.

»Das sieht nicht einmal ansatzweise nach haltbaren Beweisen für eine Verhaftung aus«, meinte Wällde.

»Danke, dass du's trotzdem gemacht hast.«

»Nur Ihretwegen, Herr Kommissar. Und vielleicht kommt was Gutes dabei heraus.«

»Aus dem hier kommt nichts Gutes heraus«, gab Winter zurück.

»Und das Mädchen? Es ist doch noch irgendwo da draußen? Wir müssen einfach daran glauben, nicht wahr?«

Winter antwortete nicht.

»Hand aufs Herz, Erik. Glaubst du, das Mädchen lebt noch?«

Winter sah sich um, nach dem, der sich da in sein Arbeitszimmer geschlichen hatte und nun auf Antwort wartete.

»Nein. Ich halte es für ausgeschlossen.« Er sah Ringmar an, dass er genauso dachte. Das Gesicht des Fünfzigjährigen war blass und wirkte abgearbeitet in dem fahlen Licht, das sich wie ein Leichentuch über die Stadt gelegt hatte. »Aber wir können wenigstens ihre Leiche finden, wenn wir Bremer endlich zum Reden bringen. Oder einen andern.«

»Oder einen andern«, echote Ringmar.
»Bist du müde, Bertil?«
»Bis in den Tod.«
»Das ist das Wetter.« Winter blickte aus dem Fenster. »Bald braucht man eine Grubenlampe.«
»Versuch nicht, mich aufzumuntern.«
Winter fuhr sich mit der linken Hand übers Gesicht. Er kniff die Augen zusammen und drehte sich zu Ringmar um. »Sie hat diese Kippe absichtlich versteckt«, meinte er.
»Was?«
»Ich glaube, dass es Helenes Zigarettenstummel ist. Sie wusste, dass etwas passieren würde. Sie hat ihn so weit es ging hineingequetscht. Wo ihn niemand finden konnte, der nicht so gründlich war wie Beiers Bande.«
»Konnte sie hellsehen?«
»Vieles ist möglich. Sie hatte die Hölle durchgemacht, und vielleicht wusste sie, dass es noch lange nicht zu Ende war«, sagte Winter.
»Wenn ihr Speichel dran ist, erfahren wir es, sobald das SKL fertig ist.«

Bevor Winter den Durchsuchungsbefehl für Bremers Haus durchsetzte, sprach er mit Beier. Der Dezernatschef stand unter Zeitdruck und war es leid, auf das Kriminallabor in Linköping zu schimpfen. Den Kollegen dort mehr Druck zu machen. Schließlich würde er noch Jahre mit ihnen gut zusammenarbeiten. Wollte es sich nicht mit ihnen verderben.
»Dürfen wir das? Sein Haus auf den Kopf stellen?«, fragte Beier als Erstes. »Wird Wällde da zustimmen?«
»Ich habe vorläufig freie Hand.« Winter strich ein Streichholz an und zündete sich einen Zigarillo an.
»Ganz schön viel Freiheit«, meinte Beier.
»Das ist jetzt nicht die Frage. Die Frage ist, ob es überhaupt möglich ist. Da bist du der Experte.«
»Ich weiß«, sagte Beier. »Aber gerade jetzt empfinde ich es eher als Belastung.«
»Nimm dich zusammen, Göran, und sag mir, wie wahrscheinlich es ist.«

»Fingerabdrücke nach fünfundzwanzig Jahren ... Du willst wirklich, dass wir hier die Tapeten runterreißen und Gott weiß wie viele Schichten freilegen, drei vielleicht oder fünf, um zu sehen, ob sich noch irgendwelche Fingerabdrücke darunter befinden ... oder auf einer von den Schichten dazwischen.«

»Ja. Vielleicht gibt es auch nur eine Schicht. Die oberste. Dann ist das Problem aus der Welt.«

»Vergiss nicht, dass wir hier ein ganzes Haus absuchen müssen.«

»Nein, klar. Aber wenn. Ich sage wenn. Es kann doch darunter noch etwas geben? Spuren von Fingerabdrücken?«

»Ich weiß es tatsächlich nicht, Erik. Du willst die Wahrscheinlichkeit wissen? Ich glaube, sie ist gering, verdammt gering.«

»Warum?«

»Ich glaube, der Tapetenkleister wird alles verdorben haben. Besonders nach so langer Zeit. Der ist feucht und dringt tief ein.«

»Aber du kannst nicht schwören, dass es so ist?«

»Ich schwöre selten.«

»Dann möchte ich, dass wir es zumindest versuchen. Willst du einen Versuch wagen, Göran?«

»Ich habe noch an was anderes gedacht. Wenn einer Zeitungen oder anderes Papier lose in die Zwischenräume gestopft hat ... sagen wir als Isoliermaterial vor fünfundzwanzig Jahren. Also wenn einer mit der Druckerschwärze an den schwitzigen Händen einen Abdruck hinterlassen hätte, sähe die Sache durchaus anders aus. Dafür haben wir gute chemische Methoden, an die du dich vielleicht noch aus der Schule erinnerst. Die Ninhydrinmethode.«

»Ausgezeichnet. Ich bin dir dankbar, dass du es versuchen willst.«

»Okay.«

»Die Dänen machen schließlich das Gleiche.«

»Was?«

»Haben sie sich noch nicht bei dir gemeldet? Dann tun sie es bestimmt bald. Sie kratzen die Tapeten von den Wänden dieses Sommerhauses in Blokhus.«

»Auf die gleiche Art? Was hoffen sie, dort zu finden?«

»Spuren von damals«, meinte Winter. »Wir wissen, dass Helene dort war. Wie wäre es, wenn Georg Bremer auch dort gewesen wäre? Wie, wenn wir es beweisen könnten? Wie, wenn wir beweisen könnten, dass Helene Andersén als Kind in Bremers Haus war? Oder als Erwachsene?«

»Dann fahren wir zum FBI nach Washington und halten Vorlesungen«, sagte Beier. »Also muss ich das geradezu machen.«

»Washington ist jedenfalls besser als Sundsvall.«

Der Wind heulte um Ödegård, während drinnen die Tapeten von den Wänden gelöst wurden. Der Himmel war düster. Mitten am Tag. Schwarz wie die Nacht, dachte Winter, der vor der Windmühle stand. Die Flügel drehten sich im Wind, der ständig die Richtung wechselte. Der Wald wirkte bedrohlich bei diesem Wetter, schien sich ihnen entgegenzustellen, Winter und allen, die hergekommen waren, um Spuren zu suchen. Einer von denen, die zusahen, war Birgersson. Er war zusammen mit Wellman gekommen, und das war eine Sensation.

»Wie hast du es angestellt, dass nicht die gesamte Presse hier zwischen unseren Technikern herumstiefelt?«, fragte Wellman.

»Ich dachte, du hättest das geregelt«, antwortete Winter.

Wellman überließ die Antwort dem Wind und schaute sich auf dem Grundstück um.

»Verdammt unheimlicher Ort. Ödegård. Passt wahrhaftig.«

Aus dem Haus schallten laute Geräusche. Eine Säge bei der Arbeit. Vielleicht ein Spaten.

»Im Keller ist vor kurzem gegraben worden«, sagte Birgersson.

»Was sagst du da?«, fragte Wellman.

»Im Keller ist frisch gegraben worden«, wiederholte Birgersson und blickte erschreckt zum Himmel hinauf, als ein Flugzeug direkt über ihnen zum Landeanflug ansetzte.

»Verdammt«, fluchte Wellman. »Ein einziger Alptraum!«

»Das ist die Wirklichkeit«, erwiderte Birgersson.

Was weißt du schon von der Wirklichkeit, dachte Winter bei sich. Du bekommst sie bloß von mir auf Papieren, die du irgendwo an geheimen Stellen versteckst.

»Was ist denn das?«, fragte Wellman und deutete auf das Bauwerk vor ihnen.

»Erkennst du nicht, dass das eine Windmühle ist?«, fragte Birgersson ungläubig zurück. »Das sieht doch jeder.«

»Ich bin nicht jeder.« Wellman sah aus, als würde er gleich anfangen zu weinen.

»Ich fahre mit dir in die Stadt zurück«, sagte Birgersson und folgte Winter zum Auto. Wellman war schon längst wieder fort.

Auf dem Weg durch den Wald sah Winter ständig das Abbild in Malkreide vor sich, so ähnlich waren die Zeichnungen.

»Du weißt, dass wir den Burschen nicht werden festhalten können, wenn wir nicht langsam was Neues herausfinden«, begann Birgersson. Winter hielt sich ganz rechts auf dem Kies, als ihnen ein Streifenwagen auf dem Weg nach Ödegård entgegenkam.

»Zur Ermittlungsarbeit gehört nun mal auch, Verdächtige zu eliminieren«, erklärte Winter. »Das habe ich von dir gelernt, Sture.«

»Versuchst du, dich seelisch auf einen Misserfolg einzustellen?«

»Darauf läuft es doch in vielen Fällen hinaus«, meinte Winter.

»Du bist dabei, eine hübsche Indizienkette zu knüpfen, aber sie ist noch recht brüchig«, überlegte Birgersson laut.

»Das hast du schön gesagt«, erwiderte Winter.

»Lass mal gut sein, Erik.«

Winter fuhr auf die Schnellstraße, und Birgersson kurbelte sein Fenster hoch, als er beschleunigte. Die Autos auf der Straße waren nur dank des Abblendlichts zu sehen. Der Nebel wurde zur Stadt hin dichter. Winter wurde vom Flughafenbus überholt, der sich wohl bemühte, auch endlich mal zu fliegen.

»Den Fahrer sollte man verhaften, der glaubt wohl an Reinkarnation«, schimpfte Birgersson. »Eigentlich müssten wir den Teufel sofort stoppen.«

»Ich habe gestern Bolander verhört«, unterbrach Winter seine Tirade. »Das ist der von den Hell's Angels, der für die Schießerei in His...«

»Ich weiß, wer das ist. Ich bin praktisch dein Chef.«

»Er schweigt natürlich, aber es gibt noch immer eine Verbindung zu dem Fall hier. Ich habe versucht, mich auf diesen Punkt zu konzentrieren.«

»Welchen Punkt?«, fragte Birgersson.

»Na, diese Organisationen. Ich rede im Plural, weil es mehrere sind.«

»Ja?«

»Das ist ... alles. Wir kommen nicht weiter. Ich geb dir das noch schriftlich, dann hast du was zum Archivieren, Sture. Man kann einen möglichen Zusammenhang erkennen, aber das ist auch schon alles. Wir haben alle Dateien aufgerufen, vor und zurück, und uns in der Zeit zurückgetastet ... ja, du weißt ja über Brigitta Dellmar Bescheid und über Dänemark. Die Drohung gegen mich. Falls es eine Drohung war.«

»Hier hast du so was nicht bemerkt?«

»Nicht, dass ich wüsste.« Winter zuckte mit den Achseln. »Können wir herausbekommen, was mit Jakobsson passiert ist. Jetzt haben wir noch eine vermisste Person mehr in diesem Fall.«

Birgersson schien tiefer in seinen Sitz zu sinken. Sie näherten sich Delsjömotet. Birgersson blickte nervös in Richtung See und Parkplatz. »Die Presse verliert allmählich das Interesse an der Geschichte«, sagte er. »Ich hab kein gutes Gefühl dabei. Wenn es um die Presse geht, hat man das nie. Am Anfang einer Ermittlung sitzen sie einem im Nacken, und wenn wir zur Fleißarbeit übergehen, interessieren die sich für alles andere. Als glaubten die, dass man den Fall so nie löst.«

»Wir werden ihn lösen«, schwor Winter. »Und die Medien haben sich ja auch zwischendurch wieder eingeschaltet. Bei Bremers Verhaftung.«

»Ich nehme dich beim Wort, Erik.«

Winter klingelte wieder bei Bremers Schwester. Diesmal unangemeldet. Die Straßenbahn rauschte hinter ihm durch die Pfützen. Der Herbst regnete sich in den November hinein. Winter spürte die Nässe auf der Stirn und an den Händen.

Er klingelte noch einmal. Aus der Wohnung kam keine Reaktion. Beim dritten Klingeln polterte irgendetwas hinter der Tür. Ein Schlüssel wurde im Schloss gedreht, die Tür vorsichtig geöffnet, und Winter sah ihr Gesicht. Sie musterte ihn ein paar Sekunden.

»Sie schon wieder?«

»Ich will nur noch ein paar Fragen stellen«, erklärte Winter.

Die Frau seufzte laut vernehmbar. Noch hatte sie sich nicht weiter gerührt in ihrem Rollstuhl.

»Ich habe geschlafen«, sagte sie. »Ich sitze meistens hier im Stuhl und schlafe, wenn meine Hilfe unterwegs ist und andere wertlose Greise pflegt.«

»Darf ich reinkommen?«

»Nein.« Sie rührte sich nicht. »Wenn es nur ein paar Fragen sind, dann können Sie sie auch so stellen.«

»Es sind ein paar Fragen Ihren Bruder betreffend ... Zu seiner Vergangenheit.«

»Das habe ich alles vergessen. Es hat keinen Sinn zu fragen. Ich habe geschlafen.«

»Ich kann später zurückkommen.«

»Das ist zwecklos.«

»Es ist wichtig«, entgegnete Winter. »Ich komme später noch einmal. Ich rufe an, und wir machen einen Termin aus.«

Eineinhalb Tage vergingen. Winter verhörte noch einmal Georg Bremer, aber es schien sinnlos. Wortwechsel ohne Ergebnisse. Winter las erneut die Protokolle und Berichte. Er wartete, sprach mit Beier. »Du musst dich in Geduld fassen«, riet Beier.

Dann rief Beier an, aus Ödegård. »Wir sind bei der nächsten Tapetenschicht. Keine Ahnung, wie alt die ist, aber da sind Abdrücke drauf. Es könnten Bremers sein, falls er die Tapete selbst angebracht hat. Davon hätten wir natürlich nicht viel. Aber es könnten auch die von jemand anders sein. Es sind wenige. Und sie sind klein.«

»Klein?«

»Klein. Mehr kann ich nicht sagen. Kann von der Zeit, dem Kleister, der Feuchtigkeit abhängen. Aber jetzt weißt du Bescheid. Lass uns also ein wenig in Ruhe. Wir werden zügig arbeiten, das verspreche ich. Mach dir nicht zu große Hoffnungen.«

»Denk an Washington«, entgegnete Winter. »An deinen Ruhm.«

61

Michaela Poulsen meldete sich. Winter war auf dem Weg zu Bremer. Zum Verhör des Tages. Michaela Poulsens Stimme klang unbewegt, neutral. »Auf der untersten Tapetenschicht sind vielleicht Abdrücke, aber die Techniker sagen, die Zeit und der Tapetenkleister könnten alles zerstört haben.«

»Ja. Wäre zu schön gewesen, um wahr zu sein.«

»Wie geht es bei euch?«

»Wir haben nicht so guten Kleister wie ihr in Dänemark. Hier haben sie etwas gefunden.«

»Wirklich?« Jetzt erkannte er eine Spur Aufgeregtheit in ihrer Stimme. »Und was?«

»Ich weiß es noch nicht.«

»Hier sind sie auch noch nicht ganz fertig. Aber jetzt fahren die hier schwere Geschütze auf: Schwermetalle. Bleiweiß. Das haftet ganz furchtbar, vor allem auf fettigen Flächen.«

»Bleiweiß? Das ist doch verboten.«

»In Schweden ist es verboten. Hier nicht. Aber das sollte es und wird es vielleicht bald sein. Aber diesmal sind wir bereit, das Risiko einzugehen.«

Winter saß da und hörte zu. Cohen führte das Verhör. Bremer schien sich in einer anderen Welt zu befinden, einer eigenen, die er vielleicht vor langer Zeit für sich geschaffen hatte.

GC: Gestern haben Sie berichtet, dass Sie mit anderen zusammengearbeitet haben. Bei den Einbrüchen, von denen wir sprachen.

GB: War das gestern?

GC: Das war gestern. Sie haben bestätigt, dass Sie Mitglied einer Organisation waren.

GB: Nicht Mitglied. Ich bin nie Mitglied von irgendwas gewesen.

GC: Das haben Sie gestern gesagt.

GB: Dann habe ich das falsche Wort gebraucht. Es war nicht Mitglied, was ich gemeint habe.

GC: Fahren Sie häufig mit Ihrem Auto in der Stadt herum?«

GB: Was?

GC: Fahren Sie häufig mit Ihrem Auto in der Stadt herum?

GB: Was ist das für eine Frage?

GC: Soll ich es genauer erklären?

GB: Ja.

GC: Fahren Sie häufig ohne eigentliches Anliegen mit Ihrem Auto in der Stadt herum?

GB: Ich verstehe Sie immer noch nicht.

GC: Manche Leute fahren nur so mit dem Auto in der Gegend herum. Zum Entspannen. Das habe ich selbst schon getan.

GB: Mag vorgekommen sein.

GC: Haben Sie dann Lieblingsstrecken?

GB: Nein.

GC: Können Sie keine nennen?

GB: Tja ... Ich weiß nicht, was das soll. Ein paarmal bin ich wohl ans Meer gefahren. Hab auf die Wellen geschaut. Wohnt man im Wald, will man manchmal das Meer sehen.

Winter bemerkte, dass Bremer auf die Wand neben sich starrte, als gäbe es dort ein Fenster, durch das er das Meer sehen könnte. Bremers Gesicht war schlaff. Der Ausdruck ist irgendwie unscharf geworden, seit er hier sitzt, dachte Winter. Das bilde ich mir doch nicht nur ein ...

GC: Erinnern Sie sich, dass wir Ihnen gesagt haben, Zeugen hätten gesehen, dass Sie auch manchmal Mitfahrer hatten?

GB: Ja.

GC: Sie geben zu, dass Sie Mitfahrer im Auto hatten?

GB: Das war nicht die Frage, auf die ich geantwortet habe.

GC: Auf welche Frage haben Sie geantwortet?

GB: Ich erinnere mich nicht. Ob ich ... ob ich mich erinnere, dass Sie gesagt haben, dass mich jemand gesehen hat.

GC: Mehrere Personen haben Sie mit Mitfahrern gesehen.

GB: Wer ist das? Das ist nicht wahr.

Winter wusste, dass Cohen nun eine härtere Gangart einschlagen würde. Aber ob das überhaupt bei Bremer ankam? Er wirkte so verloren, der Welt entrückt.

GC: Warum gestehen Sie nicht, dass es wahr ist?

GB: Was?

GC: Warum gestehen Sie nicht, dass Sie Helene Andersén und ihre Tochter Jennie in Ihrem Auto mitgenommen haben?

GB: Das habe ich nicht getan.

GC: Es ist kein Verbrechen, jemanden im Auto mitzunehmen.

GB: Das weiß ich.

GC: Dann sagen Sie es doch.

GB: Was soll ich sagen?

GC: Dass diese beiden Personen mit Ihnen in Ihrem Auto gefahren sind. Dass Sie zusammen in Ihrem Haus waren.

GB: Wir waren nicht in meinem Haus. Nur ich bin da zu Hause.

Bremer ließ den Kopf hängen. Winter versuchte, sein Gesicht trotzdem zu beobachten. Da war etwas in ... in den Augen, das er auch bei der Schwester gesehen hatte. Ein matter Glanz, aber auch noch etwas anderes. Eine Trauer ... oder ein Wissen. Oder war es bloß Furcht? Die Augen starrten ins Nichts wie ein trockengelegter Delsjön.

Greta Bremer saß in ihrem Wohnzimmer, und die Hilfe wartete im Flur darauf, dass sie mit dem Gespräch anfingen. Es gab keine Tür, und Winter konnte die Frau nicht gut in die Küche bitten und dort die Tür schließen.

Greta Bremer wirkte an diesem Nachmittag noch kränker, ihr Gesicht nur von einer schwachen Stehlampe beleuchtet.

»Was wollen Sie von mir? Warum bedrängen Sie mich?«

»Nur ein paar Fragen«, erklärte Winter. »Über Ihren Bruder.«

»Es gelingt ihm immer, sich aus der Affäre zu ziehen«, sagte sie. »Sie kennen jetzt wohl seine Geschichte?«

»Wie bitte?«

»Sie haben wohl in Ihrem Archiv nachgesehen?« Sie blickte ihn an. Die Hilfe im Dunkel des Flurs lauschte wieder, was Winter sehr wohl bewusst war.

»Wir ... prüfen das noch«, sagte er aufs Geratewohl. »Aber da sind ein paar Dinge ...« Er wartete, bis die Straßenbahn draußen vorbeigerattert war.

»Was für Dinge?«

»Wissen Sie, ob Georg häufig nach Dänemark gereist ist?«

»Dänemark? Warum sollte er nach Dänemark fahren?«

»Überlegen Sie nur, ob er das getan hat.«

»Da brauche ich nicht zu überlegen. Ich weiß es nicht.«

»Ich meine früher. Vor fünfundzwanzig, dreißig Jahren.«

»Weiß ich nicht, was er damals gemacht hat. Einbrüche werden's wohl gewesen sein. Und anderes.«

»Was meinen Sie mit anderes?«

»Das weiß ich nicht. Das wissen vielleicht Sie.«

»Ich frage Sie, Fräulein Bremer.«

»Er hat Einbrüche bei Leuten gemacht.«

»In Dänemark?«

»Das wissen Sie besser als ich.«

»Wie meinen Sie das?«

»Sie sind doch Polizist, oder? Sie wissen es.«

Das Gericht konnte keine ausreichenden Gründe finden, um Bremer länger festzuhalten.

»Einfach auf freien Fuß gesetzt. Verdammtes Gericht«, hatte Halders während der Nachmittagsbesprechung geflucht. »Die sollten mal da rausfahren, zu diesem Haus, dann würden sie's kapieren.« Seine Augen waren größer als Winter es jemals gesehen hatte.

»Der Richter hat persönlich darüber entschieden«, versuchte Ringmar ihn zu beschwichtigen.

Winter sagte nichts.

Er scheint sich in seiner eigenen Welt zu befinden, dachte Aneta Djanali.

»Ich hab sein Gesicht gesehen, als er das Gericht verlassen hat«, ereiferte sich Halders weiter. »Der hat nicht gewagt aufzublicken.« Halders beobachtete Winter. »Was soll man da machen?«

Winter antwortete nicht, und Halders schwieg.

»Das Mädchen«, sagte Winter in die entstandene Stille. »Jetzt geht es um das Mädchen.«

Ein weiterer Tag verging. Winter rief in Spanien an. Er war darauf vorbereitet, dass sein Vater antwortete. Aber am anderen Ende hörte er die Stimme seiner Mutter.

»Wie steht es jetzt?«

»Es geht ihm viel besser, Erik. Das ist nett, dass du anrufst. Wir sind wieder zu Hause, wie du ja weißt.«

»Und es war eine Entzündung?«

»Vor allem Überanstrengung, wie ich mir gedacht habe. Papa ist nicht mehr der Jüngste.«

»Schön, dass es ihm besser geht.«

»Du hörst dich müde an, Erik.«

»Ich bin auch ein bisschen müde. Nicht sehr.«

»Ich habe gelesen, dass ihr einen Verdächtigen habt. Gestern, glaube ich. Die Zeitung war von … Ich weiß nicht mehr. Ich bin in den letzten Tagen gar nicht dazu gekommen.«

»Das ist nicht verwunderlich.«

»Aber ihr habt einen Verdächtigen eingebuchtet?«

»Nicht mehr«, klärte Winter sie auf. »Wir waren gezwungen, ihn laufen zu lassen. Aber er steht noch immer unter Verdacht.«

»Und das geht so einfach?«

»Ja, so kann das gehen. Das ist das Gesetz.«

»Wenn das alles vorbei ist, musst du mal zu uns kommen und dich ein wenig erholen. Papa würde sich so freuen.«

Winter murmelte eine Antwort und sagte auf Wiedersehen. Er legte auf, erhob sich und trat ans Fenster. Es war endgültig November. Nur die Scheinwerfer der Autos beleuchteten die Welt. Bald war Weihnachten. Angela würde arbeiten müssen. Und ich habe Angela vielleicht schon verloren, dachte Winter. Soll ich anfangen, mich darauf einzustellen?

Winter ging eine Etage höher in Beiers Labor. Bengt Sundlöf saß da, über seine Lupen gebeugt. Es sah unbequem aus. Der Fingerabdruckexperte arbeitete so konzentriert, dass er Winter nicht hörte. Winter betrachtete unbemerkt das Papier, auf das Sundlöf seine Muster aus Linien und Gabelungen zeichnete. Erst als Sundlöf aufblickte, um sein Auge an die andere Lupe zu halten, fiel ihm auf, dass er Gesellschaft bekommen hatte. Winter sagte nichts.

»Du willst wissen, wie es läuft?«

»Wie läuft es?«

»Da sind eindeutig Abdrücke, aber ich kann noch nicht sagen, ob wir bis auf zwölf Punkte kommen. Oder auch nur zehn.«

»Wie viele hast du jetzt?«

»Darauf möchte ich dir lieber noch keine Antwort geben. Aber es ist etwas Besonderes ... über gerade dem hier zu sitzen.«

»Wie meinst du das?«

»Tja, dass es überhaupt möglich ist. Ich muss gestehen, dass ich nicht daran geglaubt habe.«

»Ich auch nicht«, gab Winter zu.

»Aber sei nicht zu optimistisch«, sagte Sundlöf.

»Ist es wirklich der Abdruck eines Kindes?«

»Sieht so aus. Ich habe die zwei verschiedenen Sätze hier und vergleiche mit denen der Frau ... und ihren Abdrücken als Kind.«

Winter drehte sich zum Gehen um.

»Man kommt ganz schön ins Grübeln bei der Sache«, meinte Sundlöf zum Abschied.

Winter zuckte zusammen. Er lag im Bett. Das Telefon klingelte. Die Lampe am Kopfende brannte. In seiner Hand hielt er noch die Akte, über der er eingeschlafen war. Der Wecker zeigte drei Uhr. Das Telefon klingelte und klingelte.

»Ja, hallo?«

»Göran hier. Zeit aufzustehen.«

»Was ist los?«

»Zwei Dinge. SKL ist mit der DNS-Analyse fertig. Mogren

war mir einen Gefallen schuldig und hat vor einer halben Stunde angerufen. Es ist ihre. Helenes. Die Kippe. Sie hat diese Zigarette im Mund gehabt.«

»Wir wussten es, oder?«

»Wir wissen nichts, bevor es nicht bewiesen ist«, wandte Beier ein und fügte triumphierend hinzu: »Jetzt ist es bewiesen. Und noch etwas. Sundlöf steht neben mir und will es dir selbst sagen.«

Sundlöfs Stimme kam aus dem Hörer. »Ich hab sie identifiziert. In zwölf Punkten!«

Winters Gesicht fühlte sich heiß an, als stünde er in Flammen. Als hätte es ihm das Haar weggesengt.

»Unser Glück war, dass das, was wir gefunden haben, ein Abdruck von der Fingerkuppe war«, fuhr Sundlöf eifrig fort. »Sonst hätte es nie und nimmer geklappt.«

»Und du bist dir sicher?«

»Ich bin mir wirklich verdammt sicher, Winter. Wir haben jetzt Fingerabdrücke hier, die beweisen, dass sie ... Herrgott, ich bringe sie durcheinander ... also langsam: Helene war als Kind in diesem Haus.« Sundlöf schwieg und holte dann tief Luft. »Der Alte hat alles abgewischt, was auf der obersten Tapetenschicht war, aber er hat nicht alles weggekriegt, was darunter war.«

»Nein.« Winter dröhnte der Kopf. »Er hat nicht alles weggekriegt.«

»Hier noch mal Göran«, kündigte Sundlöf an und reichte offenbar den Hörer wieder zurück.

»Wir sind alle hier versammelt, die ganze Bande«, sagte Beier. »Hast du vor, jetzt mit uns noch mal rauszufahren?«

»Worauf du dich verlassen kannst!«, rief Winter, der jetzt wirklich wach war, auch von der Kühle im Zimmer: Er hatte die Balkontür halb offenstehen lassen.

»Ich bin dabei«, sagte Beier.

Halders fuhr. Winter hatte ihn sofort angerufen, und Halders hatte Aneta angerufen, die jetzt neben Halders auf dem Vordersitz saß. Winter und Ringmar hatten hinten Platz genommen. Beier fuhr im Streifenwagen hinter ihnen mit.

Der Wald schien ganz farblos um diese Zeit. Es war halb fünf. Kein Flugzeug zerteilte die Luft über ihnen. So weit sie sehen konnten, gab es kein elektrisches Licht. Sie fuhren wie durch einen Weltraum ohne Sterne. Die Lichter der Stadt reichten nicht bis hierher.

»So was von Schwärze hab ich noch nie gesehen«, sagte Aneta Djanali und hoffte, Fredrik würde das nicht zum Anlass nehmen für eine blöde Bemerkung: Nur du bist dunkler, oder so. Aber Halders hielt den Mund.

Eine Lampe beleuchtete schwach den Platz vor dem Haus. Bremers Ford stand draußen, quer, als hätte der letzte Fahrer es eilig gehabt. Der Autolack schimmerte matt im Schein der Lampe, die von Nebel umhüllt war.

»Was war das?« Aneta Djanali zuckte zusammen, kaum dass sie aus dem Auto gestiegen waren.

»Die Pferde da hinten«, meinte Winter leise. »Die sind unruhig geworden.«

»Na, und ich erst. Unruhig? Wenn's nur das wäre«, flüsterte sie zurück.

Der zweite Streifenwagen hielt hinter ihnen, und Beier und die uniformierten Polizisten stiegen aus.

Wie in so 'nem richtigen Polizeistaat, dachte Winter. Abholung im Morgengrauen.

Aus dem Haus drang kein Laut. Keine Lampe wurde angeschaltet. Bei dieser Beleuchtung ähnelt das Haus noch mehr dem auf Jennies und Helenes Zeichnungen, befand Winter. Die Proportionen verändern sich im Dunkeln.

Die Polizisten machten sich bereit. Winter klopfte an die Tür, ein hohles Geräusch, das laut in der Stille widerhallte. Winter klopfte noch einmal, aber niemand kam im Nachthemd an die Tür. Er tastete nach der Türklinke, drückte sie nach unten. Die Tür öffnete sich. Winter rief: »Georg Bremer«, aber niemand antwortete.

Hinter sich hörte er Halders, der Aneta oder einem der anderen zuzischte: »Runter, verflucht!«

Ringmar stand neben Winter, der Ringmars Atem hören konnte. Ringsum Stille.

»Wir gehen rein«, ordnete Winter an. Lauter wiederholte er

es denen, die hinter ihm standen: »Bertil und ich gehen rein. Zwei Mann bitte zur Rückseite, und Fredrik und Aneta warten hier vorne.«

Sie betraten den Flur. Es roch nach Erde aus den Zimmern oder vielleicht nach Pferd.

»Verdammt kalt hier«, zischte Ringmar. »Hat der keine Heizung?«

Es war kalt. Nicht so kalt wie draußen, aber kalt, als wäre das Haus seit Tagen nicht mehr geheizt worden. Eine feuchte Kälte. Vielleicht war es drinnen kälter als draußen.

»Er war vier Tage in Haft«, gab Winter mit leiser Stimme zurück.

»Und seit drei zu Hause«, flüsterte Ringmar. »Da wird er das doch wohl geschafft haben, auch mal im Warmen zu sitzen.«

Sie standen in der Küche. Winter befühlte die Herdplatte, die unter seiner Hand eiskalt war. Durchs Fenster konnte er die Wiese hinterm Haus sehen. Der Himmel war heller dort, Morgengrauen. Jetzt hörte er den ersten Vogel. Der saß südlich des Hauses. Zumindest klang es für Winter so.

»Hier unten ist er nicht.«

»Vielleicht ist er überhaupt nicht da«, meinte Winter.

Ringmar antwortete nicht.

»Wir gehen nach oben«, beschloss Winter und ging zurück, um es den anderen mitzuteilen.

»Ich komme mit«, verkündete Halders.

Sie stiegen die Treppenstufen hoch. Jede dritte knarrte. »Georg Bremer«, rief Winter jetzt. Er hielt seine Waffe in der Hand. Auch in Halders' Hand glänzte es von Stahl, als sie oben im Flur standen und ein plötzlicher Mondstrahl auf sie fiel und auf ihre Waffen. Winter folgte dem Lichtstrahl mit den Augen, von rechts nach links. Das Mondlicht drang halb durch den Flur und fiel durch eine Tür in das Zimmer dahinter und schien auf zwei nackten Füßen zu verweilen, die über dem Boden in der Luft schwebten.

»Verdammt!« schrie Ringmar, der es auch gesehen hatte und vor den anderen durch den Flur rannte. Winter folgte und sah, wie Ringmar die Füße und Beine und damit den Körper anhob, der im Dunkel des Zimmers baumelte.

»Wo ist der Lichtschalter?«, schrie Halders und tastete an der Wand neben der Tür herum. Das Zimmer schien im Licht der Deckenlampe zu explodieren. Winter zwinkerte und zwang seine Augen hinzusehen. Ringmar hielt den Körper gefasst, der an einem Strick hing, der durch eine grobe, neben der Lampe in die Decke gebohrte eiserne Öse gezogen war. Es war, als brannte sich Winter der Anblick in die Netzhäute, als er in das grelle Lampenlicht starrte.

Halders versuchte, das Seil über Georg Bremers verfärbtes Gesicht zu ziehen, doch es gelang ihm nicht. Er holte sein Messer heraus und schnitt das Seil ab. Winter und Ringmar fingen den Körper auf und legten ihn auf den Boden. Erst jetzt fiel Winter auf, wie es im Zimmer roch. Aus dem Augenwinkel bemerkte er, dass auch Halders den Gestank wahrgenommen hatte. Sein Gesicht verfärbte sich, wurde kreidebleich und sein kahler Schädel leuchtete, angestrahlt von dem grellen Licht. Winter konnte Ringmars Gesicht nicht sehen, da dieser sich über die Leiche beugte. Da blickte er Winter an und deutete auf etwas an Bremers Brust. Winter entdeckte das Blatt Papier, das Bremer mit Nadeln durch das Unterhemd hindurch in der Haut auf seiner Brust befestigt hatte. Eine der Nadeln hatte sich gelöst, als sie die Leiche herunterhoben, und der Bogen Papier hing lose am Körper. Winter musste den Kopf schräg halten, um den Text, der mit schwarzer Tusche in großen Druckbuchstaben geschrieben war, lesen zu können. ICH HABE DAS KIND GETÖTET. DER HERR ERBARME SICH MEINER SEELE. Winter las zweimal, ohne es richtig zu begreifen. Er hörte Ringmar keuchen und dann Halders, dessen Magen rebellierte und der sich auf die Türschwelle erbrach. Winter las die Worte noch einmal und schloss die Augen. Stimmen drangen von unten aus dem Erdgeschoss herauf. Er sah Gestalten im Dunkel vor dem Zimmer, Aneta Djanali, die sich über Halders beugte, der der Länge nach auf dem Boden lag, quer über der Türschwelle mit dem Kopf draußen im Flur. Er hörte Ringmar, der sich mit jemandem besprach. Beim zweiten Mal verstand er die Worte: »Schick uns Verstärkung und Maschinen. Wir müssen graben. Wir müssen das Grundstück umgraben.«

62

Die Maschinen lärmten in Ödegård. Unter dem Zementboden im Keller fanden sie Kleidungsstücke. Alle versuchten sich vorzubereiten. Seelisch. Wie auch immer.

Als Winter vom Hof in die Stadt fuhr, war ihm, als hätte die Welt an Tiefenschärfe verloren, als wäre sie nichts als ein flacher, in Nebel gehüllter Acker. Ein Totenacker, und in Ödegård herrschte der Tod. Erst in Stadtnähe begann das Leben: Die Lichter der Stadt ließen sich aus zwanzig Kilometer Entfernung nur erahnen in diesem Nieselregen, an diesem grauen Morgen. Wie Pisse im Schneematsch.

Winter rannte hoch in Beiers Labor, als er die Notiz auf seinem Schreibtisch fand, sie gelesen hatte.

Winter fuhr nach Hause, stellte das Auto in die Garage und machte sich zu Fuß auf den Weg. Er klingelte an der Tür. Niemand machte auf. Wie beim vorigen Mal. Er klingelte noch einmal, die Tür öffnete sich mit einem Knacken, und Winter sah ihre Augen drinnen glänzen. Er hatte den Rollstuhl nicht gehört.

»Schon wieder«, sagte sie.

»Diesmal müssen Sie mich reinlassen.«

»Ich bin allein hier. Die Hilfe ist nicht da.«

»Ich möchte, dass Sie die Tür aufmachen.«

»Warum sollte ich das tun?«

»Es ist vorbei, Brigitta.«

»Eine nicht geringe Wahrscheinlichkeit«, hatte Beier gesagt.

»Reicht es?«, hatte Winter gefragt.

»Ja. Sonst würde der Test nicht so viel kosten und so lange dauern.«

»Haben Sie den schon oft gemacht?«

»Frag mich nicht. Komm wieder, wenn es ein Register für so was gibt. Könnte noch dieses Jahr sein.«

Sie war vor ihm her ins Zimmer gerollt. Eine Straßenbahn ratterte vorbei und ließ den Balken beben. Dies war kein Zimmer, um darin zu leben. Vielleicht tut sie es auch nicht, überlegte Winter. Leben. Sie lebt, aber was für ein Leben.

»Wie haben Sie mich angeredet?«

»Mit Ihrem richtigen Namen. Brigitta.«

»Den Namen hab ich noch nie gehört.«

»Ich habe gesagt, es ist vorbei. Sie brauchen keine Angst mehr zu haben.«

»Ha!«

»Ich kann Ihnen helfen.«

Sie antwortete nicht, ihr Gesicht in den Schatten des Zimmers verborgen.

»Haben Sie mich verstanden, Brigitta?«

»Warum nennen Sie mich so?«

»Sie heißen so.«

»Ich meine, warum Sie plötzlich anfangen, mich Brigitta zu nennen. Warum Sie ... das glauben.«

»Ich glaube es nicht nur«, sagte Winter. »Ich weiß es.«

»Wie das?«

»Ihre Identität als Greta Bremer ist nicht einmal gefälscht«, antwortete er stattdessen. »Wenn man es nicht weiß, wird man nichts bemerken. Geschickt gemacht, die Papiere.«

Sie nickte. Er fand jedenfalls, dass es aussah, als nicke sie.

»Und Ihr ... Aussehen. Sie konnten ja unmöglich die fünfundfünfzig Jahre alte Brigitta Dellmar sein.«

»Sehen Sie«, sagte sie. »Bewegen kann ich mich auch kaum.«

»Ich glaubte fest, dass Sie Brigitta sind«, fuhr Winter fort. »Aber es schien ... unmöglich. Und ich hatte keinerlei Hinweis, keine Hilfe von anderer Seite.«

Zum ersten Mal drehte sie ihm das Gesicht zu. »Und? Wieso wissen Sie es jetzt?«

Winter trat einen Schritt näher und stellte sich neben sie und den Rollstuhl. Er streckte vorsichtig die Hand vor und nahm etwas von dem Kissen in ihrem Rücken. »Davon«, erklärte er und hielt ein einzelnes Haar hoch, das in dem spärlichen Licht, das durch das Fenster hereindrang, kaum zu sehen war.

»Was ist das? Ein Haar?«

»Eines von Ihren Haaren«, korrigierte Winter. »Haben Sie schon mal den Begriff DNS gehört?«

»Nein.«

»Sie haben noch nie davon gehört?«

»Doch.«

Winter ließ das Haar fallen und ging quer durchs Zimmer zu einem Sessel. Er setzte sich.

»Im Zellkern gibt es die gewöhnliche DNS«, dozierte er. »Und dann gibt es noch etwas anderes. Das heißt Mitochondrien und kommt im Zellplasma vor. Das ist schwerer zu isolieren.«

Sie murmelte etwas, und Winter wartete darauf, dass sie die Worte laut wiederholte, aber sie verstummte wieder.

»Mitochondrien werden von der Mutter auf das Kind vererbt«, sagte er.

Sie wandte ihm wieder den Kopf zu, wie ein Vogel. »Das denken Sie sich doch nur aus.«

»Nein. Es ist wahr. Die werden von der Mutter auf die ... Tochter vererbt. Oder den Sohn. Das gibt es in allen Zellen im Körper, zum Beispiel in Haaren.«

»Sie haben eins von meinen Haaren mitgenommen, als Sie letztes Mal hier waren«, begriff sie. »Sie haben sich hinter den Rollstuhl gestellt, haben mich geschoben.«

»Ja. Ich dachte plötzlich, das sei eine gute Gelegenheit.«

»Dieser verfluchte Rollstuhl«, schimpfte sie.

»Sie sind Brigitta Dellmar?«

»Das sagen Sie.«

»Ich will es von Ihnen hören.«

»Spielt das eine Rolle?«

»Ja.«

Sie rieb sich die verkrüppelten Beine. »Ich bin Brigitta Dellmar«, sagte sie leise. »Ich bin Brigitta Dellmar, aber das macht niemanden glücklicher.«

»Und Georg Bremer ist nicht Ihr Bruder.«

»Er ist nicht mein Bruder.«

»Warum hat er uns gesagt, Sie wären seine Schwester?«

»Er glaubte, er könne mich so besser einschüchtern. Und ich habe lange Jahre als seine Schwester gegolten ... All die Jahre, ohne es zu sein. Ich habe die Rolle spielen müssen. Die haben das verlangt.« Sie blickte Winter zum ersten Mal ganz direkt an. »Aber er konnte mich nicht einschüchtern.«

Das Telefon läutete, und sie nahm nach dem dritten Klingelzeichen ab und sagte fragend »ja«. Dann hörte sie zu. Sie sagte »warte« und wandte sich an Winter.

»Dauert das hier lange?«

Winter antwortete nicht auf diese unsinnige Frage.

»Ich rufe später an«, sagte sie und beendete abrupt das Telefonat.

»Sie haben vor zwei Tagen von diesem Apparat aus Bremer angerufen«, stellte Winter fest.

»Woher wissen Sie, dass ich es war?«

»War es nicht so?«

»Doch, das war ich. Ich habe angerufen, als er zum letzten Mal aus dem Polizeigewahrsam nach Hause zurückgekehrt ist.«

»Haben Sie nicht geahnt, dass wir das nachprüfen würden?«

»Vielleicht.«

»Warum haben Sie angerufen?«

»Es war Zeit für ihn zu sterben. Er hatte zu lange gelebt. Er hat mein Kind getötet«, sagte sie und ließ endlich die Maske fallen. Sie kippte im Rollstuhl auf die Seite und lag da wie tot, mit dem zerstörten Gesicht nach unten. Sie alterte sichtlich vor Winters Augen. Versuchte, etwas zu sagen, aber ihre Worte wurden vom Polsterstoff geschluckt.

Sie zog sich wieder hoch in eine aufrechtere Position, und Winter sah Tränen über ihr Gesicht laufen. »Ich habe ihm verraten, dass er meine Tochter getötet hatte. Dass ich es wusste. Er hatte keine Ahnung, dass ich das wusste«, sagte sie gequält und stöhnte. Es war mehr ein Schrei aus ihrem tiefsten Innern, der anschwoll zu den nächsten Worten: »Er wusste nicht, dass ICH AN ALLEM SCHULD WAR.« Sie verstummte und blickte Winter an. Ich muss geduldig sein und abwarten, überlegte er.

Brigitta Dellmar saß da, das Kinn auf der Brust. Dann hob sie wieder den Kopf. »Ich habe ihm verraten, dass er sein eigenes Kind getötet hatte. DAS HABE ICH IHM GESAGT!«

Winter schwieg. Die Straßenbahn schlich draußen vorbei, die Uhr an der Wand war stehen geblieben.

»Ich habe ihm gesagt, dass er seine eigene Tochter getötet hatte. Dass Helene sein Kind war.«

Nun schaute sie Winter wieder in die Augen.

»Das ist das Furchtbarste, was es gibt: einen anderen Menschen zu töten. Wie viel mehr bedeutet es dann, sein eigenes Kind zu töten?«

»Sie haben ihm erzählt, dass Helene seine Tochter war?«

»Ja.«

»War es so? Ist das wahr?«

»Nein.«

»Und trotzdem haben Sie es ihm gesagt.«

»Ich wollte, dass er leidet für das, was er getan hat, leidet. Er hat nie gelitten. Er wusste nicht, was Leiden ist. Er weiß es nicht. Er wusste es nicht.«

»Was meinen Sie, wenn Sie sagen, dass Sie an allem schuld sind?«, fragte Winter.

»Sie war mein Mädchen«, murmelte Brigitta Dellmar jetzt, als sei sie in Gedanken weit weg, in einer anderen Zeit. »Helene war mein Mädchen. Sie war nicht wie die andern. Wir waren nie wie die andern.«

»Sie war Ihr Mädchen«, wiederholte Winter.

»Sie hat es schwer gehabt.« Brigitta Dellmar streckte plötzlich ihre Arme über den Tisch und umfasste Winters Hände mit ihren eigenen. »Sie hat gelitten, und das war meine Schuld, und am Ende konnte ich es nicht sein lassen ihr alles zu ... erzählen. Ich habe es ihr erzählt.«

»Was haben Sie ihr erzählt? Dass Sie Ihre Mutter sind?«

»Was? Dass ich ... Sie wusste, dass ich ihre Mutter war. Sie wusste, dass ich ihre Mutter war.«

Winter spürte, wie ihre Finger seine umkrallten. Der Griff war warm und schien ihm doch kalt.

»Seit wann wusste sie es?« Winter beugte sich vor. »Seit wann wusste Helene es?«

»Sie hat es immer gewusst. Sie hat es im ... seit sie ein kleines Mädchen war.«

»Aber sie lebte doch viele Jahre als Pflegekind bei anderen Leuten. Sie war ... allein ... als sie ... hierher zurückkam«, stotterte Winter.

»Sie wusste es«, sagte Brigitta Dellmar beschwörend. »Im Innern wusste sie es. Als sie zurückkam. Ein großes Mädchen war. Da ist es ihr wieder klar geworden.«

Winter fragte, und Brigitta Dellmar erzählte. Sie war bei dem Überfall verletzt worden. *Die* hatten sie versteckt gehalten, und dann hatte sie sich selbst so lange von der Welt fern gehalten, dass diese aufgehört hatte zu existieren. Es gab nichts, was sie nicht probiert hatte, um ihrem Leben ein Ende zu bereiten. Sie war jedes Mal gleich enttäuscht worden. Sie wusste nicht ... wie viele Jahre. Sie wusste es nicht. Sie hatten ihr ein wenig von dem Geld gegeben und ihr eine neue Identität geschaffen. Und sie war nach Schweden zurückgekehrt, zu ihrem so genannten Bruder. Ha! Ha!

Als das Mädchen versuchte, sein Leben in die eigenen Hände zu nehmen und ein Kind bekam, war sie aufgetaucht. Plötzlich war sie wieder aufgetaucht.

»Wer ist Jennies Vater?«, fragte Winter.

»Das weiß keiner«, sagte sie.

»Nicht einmal Sie?«

»Es schien, sie wollte, dass ich es als Letzte erführe.«

»Warum?«

Sie zuckte die Achseln. Winter hatte langsam seine Ruhe wiedergewonnen, aber das Haar im Nacken war schweißnass.

»Alles war meine Schuld. Ich habe wieder Kontakt zu ihr aufgenommen. Es ist ihr schwer gefallen, mit anderen Menschen umzugehen ... und dann wurde es unmöglich. Sie hat sich immer mehr in sich zurückgezogen.«

»Wie oft haben Sie sich getroffen?«

»Nicht oft.«

Hier.«

»Manchmal. Ich habe ihr geholfen, ihr Gedächtnis wieder zu finden. Und das wurde ihr Tod.«

»Wie bitte?«

»Ihr Gedächtnis ... Es wurde ihr Tod.«

»Wie meinen Sie das?«

»Ich erzählte ihr, was sie nicht mehr wusste. Und was sie nie gewusst hatte, worüber sie aber dennoch viel nachdachte. Alles, was passiert war.«

Winter nickte.

»Bremer hat ihren Vater ermordet. Er war es.«

»Ihren Vater?«

»Kim. Meinen Kim.«

»Kim Andersen? Meinen Sie Kim Andersen? Der auch Kim Möller hieß?«

»Bremer hat ihn ermordet.«

»Und das haben Sie Helene gesagt?«

»Ich habe ihr alles gesagt. Ich habe ihr alles erzählt. Und sie hat ihn besucht. Ich wusste, wo er wohnte. Sie hat ihn mehrmals besucht. Am Ende wusste sie so viel, dass sie es ihm sagte. Aber er dachte, sie lügt. Er war sich sicher, dass er ihr Vater war. Ich hatte Angst, schreckliche Angst. Helene schien überhaupt nicht ängstlich, als sie erfuhr ... was mit ihrem Vater passiert war. Mit Kim. Dass Bremer ihn ermordet hatte. Was mit ihr selbst passiert war ...« Brigitta Dellmar ließ den Kopf wieder schwer vornüberfallen. Sie schien erschöpft, nachdem sie so lange geredet hatte. »Ich wollte auch mein Geld haben, und das machte mir Angst, aber ich brauchte es ... Helene brauchte es. Wir hatten ein Recht auf ... unser Geld. Und Jennie auch. Wir hatten ein Recht auf alles Geld, das noch da ist. Das meiste ist weg ... *Die* haben das Geld genommen. Aber es ist noch welches da.«

Winter atmete tief durch, dann wagte er es zu fragen: »Wo ist Jennie?«

Sie sah ihn an, an ihm vorbei. Ihr Blick war verschwommen. »Er hätte noch einmal töten können. Er hat es getan.«

»Er hat es getan? Er hat Jennie ermordet?«, hakte Winter nach, und sein Mund war so trocken, dass er nicht sicher war, ob er laut genug, deutlich genug gesprochen hatte.

»Er konnte es wieder tun«, sagte Brigitta Dellmar. »Er war verrückt. Er hat Oskar getötet. Den armen Oskar. Das war auch meine Schuld. Er muss es getan haben.«

»Oskar? Oskar Jakobsson? Hat Bremer Jakobsson getötet?«

Sie saß da, aber Winter hätte nicht zu sagen gewusst, ob sie auch wirklich anwesend war. Ob sie mit ihrem Verstand bei der Sache war. Sie hatte begonnen, den Kopf vor und zurück zu wiegen, vor und zurück.

»Hat Bremer Jakobsson getötet?«, wiederholte Winter seine Frage.

»Er muss es gewesen sein. Oskar war eine weitere Bedrohung. Genau wie ... Helene. Helene hat Kontakt zu Bremer aufgenommen, aber ich weiß nicht genau, wann. Er muss bereut haben, dass er sie nicht ... dass er ni... damals ...«

»Was hat er bereut?«

»Sie wollte Bescheid wissen. Das war alles. Sie wollte es nur wissen. Sie wollte ihr Recht bekommen. Sie hat es mir erzählt, aber nicht alles. Dann war es zu spät.«

»Wozu war es zu spät?«

»Ich weiß nicht, was geschehen ist«, betonte Brigitta Dellmar. Sie antwortete auf eine andere Frage in ihrem Kopf, führte ein anderes Gespräch. »Vielleicht war es trotzdem ein Unglück. Ein Unfall. Ich weiß nicht ... wie es geschehen ist. Ich weiß, dass es passiert ist. Meine Helene ist nicht zurückgekommen. Jetzt kommt meine Helene nie mehr zurück.«

»Wo ist Jennie?«, fragte Winter noch einmal. »Sie müssen mir auf diese Frage antworten.«

»Armer Oskar«, seufzte Brigitta Dellmar. »Er wusste nichts. Er war nett. Sie kannten einander. Wusstet ihr das nicht? Sie waren alte Bekannte.«

»Da waren viele alte Bekannte«, meinte Winter. Bremer war es: Er hat Jakobsson das Geld gegeben, um die Miete zu bezahlen, dachte er. Vielleicht um uns glauben zu machen, es wäre Jakobsson gewesen. Nein. Es muss einen anderen Grund geben. Vielleicht wollte er, dass wir ihn finden und bestrafen für das, was er dem Kind angetan hatte, für dessen Vater er sich hielt. Helene. »Wir haben alles versucht, die richtigen Antworten zu finden.«

»Ich hatte selbst nicht den Mut dazu«, flüsterte sie, plötzlich wieder voll da. Ihre Augen blickten wieder klar, sahen ihn scharf an: »Ich hatte einfach nicht den Mut dazu. Habe es nicht gewagt. Ich schleppe meine eigene Schuld mit mir herum. Die wissen das. *Die* wissen das.«

»Wer sind ... die?«

»Das wisst ihr doch, ihr Bullen.«

»Wir beide wissen es und wissen es doch nicht. Wir können nichts beweisen.«

»So ist es immer gewesen«, ärgerte sie sich. »Niemand wird jemals frei sein.«

»Bremer ist tot.« Winter sah sie an.

»Er ist tot?«

»Ja.«

»Endlich tot? Ist das wahr?«

Winter begriff, dass sie keine Ahnung gehabt hatte.

»Wir haben es nicht bekannt gegeben«, erklärte er. »Aber er ist ... tot. Er hat sich erhängt.«

»Er hat auf mich gehört«, sagte sie zufrieden.

»Wo ist Jennie?«, fragte Winter noch einmal.

»Ich habe versucht, sie zu schützen«, versicherte Brigitta Dellmar ihm. »Ich habe versucht, sie zu schützen, als mir klar war, dass Helene alles wissen wollte ... Alles.«

»Sie schützen? Vor wem?«

»Vor ihm. Vor denen allen. Ich habe versucht, sie zu schützen.« Sie sah Winter an. »Sie war auch ... allein. Sie brauchte Schutz.«

»Warum haben Sie sie nicht als vermisst gemeldet? Sie hätten es ja anonym tun können.«

»Ich wusste es doch nicht.«

»Sie wussten nicht, dass sie ... weg war?«

»Zunächst nicht. Damals nicht. Sie hatte den Kontakt abgebrochen ... Plötzlich wollte Helene nichts mehr von mir wissen. Ich kann das ja verstehen.« Und direkt an Winter gewandt fuhr sie fort: »Vielleicht ist das alles ein Traum. Ein Märchen.« Sie regte ihren verkrüppelten Körper. »Vielleicht ist das nie geschehen. Nichts davon.«

Ein böses Märchen, ging es Winter durch den Kopf. Ich kann

nicht erwarten, von ihr alles erklärt zu bekommen, aber das eine muss ich herausfinden. Wir können den ganzen Hof umgraben, aber wo sollen wir graben, wenn wir dort nichts finden?

Sie hievte sich hoch. Das Telefon läutete. »Lassen wir es läuten«, sagte sie. »Haben Sie ein Auto? Können Sie mich tragen?«

Sie wies ihm den Weg, und er fuhr nach Süden, den Säröleden hinunter. Sie konnten das Meer sehen. Brigitta Dellmar sagte kein einziges Wort mehr. Winter war mehr als zwanzig Kilometer weit gefahren, an Billdal vorbei, als sie mit einer Geste anzeigte, er solle an der nächsten Abfahrt rechts abbiegen.

Der Straßenbelag ging in Schotter über. Winter fühlte sich an Ödegård erinnert, aber dieser Weg führte durch Dünen. Wasservögel stiegen in einer Kette auf. Winter merkte, wie verkrampft er atmete, fast keuchte. Er kurbelte das Autofenster herunter. Die Luft roch nach Meer, je näher sie dem Strand kamen.

Brigitta Dellmar wies nach links. Der Weg verengte sich. Sie bat ihn um sein Handy und machte einen kurzen Anruf. Der Weg verbreiterte sich zu einer offenen Fläche. Die Sonne schimmerte durch die dünne Wolkendecke.

Das Haus lag in einer Senke. Das Grundstück war eingezäunt, und ein Mann kam zum Auto, als es vor einem eisernen Tor hielt. Der Mann trug eine Waffe. Brigitta Dellmar nickte. Sie fuhren auf den Hof, und Winter parkte vor dem Haus. Er vermeinte das Meer zu hören. Ein Rauschen in seinem Kopf. Die Sonne stand schon tiefer. Brigitta Dellmar saß still neben Winter im Auto, deutete nach links. Winter stieg aus und ging ein paar Schritte vom Auto weg. Wieder winkte sie ihm ein Zeichen zu.

Sie ist wahnsinnig, schoss es ihm durch den Kopf. Ich bin wahnsinnig.

Der Mann stand noch am Gartentor mit seiner Waffe, einer Maschinenpistole. Winter näherte sich dem Haus. Er ging die Böschung hinauf und hatte plötzlich das Meer vor Augen. Die Sonne blendete ihn. Er hörte Stimmen und beschattete die Augen mit der Hand, um etwas zu sehen. Ein Kind war auf dem Weg vom Meer her, lief in seine Richtung. Eine Frau ging neben dem Kind, das etwas in den Händen hielt. Die Frau war blond. Noch fünfundzwanzig Meter. Langsam kamen sie näher. Winter sah nur die Silhouette des Gesichts der Frau, wie sie sich vor der Sonne abzeichnete.

Nun standen sie voreinander. Jennie hatte Steine in den Händen und grüne Algen, Seetang. Winter starrte ihr blind entgegen, blind von der Sonne und der Nässe in den Augen, von den salzigen Tropfen, die über sein Gesicht liefen. Er ging vor dem Kind in die Hocke. Die Frau rührte sich nicht. Er schloss die Augen, und als er sie wieder öffnete, war die Frau fort, als hätte sie sich aufgelöst. Winter streckte vorsichtig die Hand aus und berührte die Schulter des Mädchens. Es war, als tippte er einen Vogel an. Sie hatte keine Angst.

»Wer bist du?«, fragte sie.